古典珍品

经典回到生活　阅读从心开始

# 中华古典珍品

『中华古典珍品』丛书遴选了清代《四库全书》的精华，而且每一种书在注释、译文、解读等方面做了大量的、扎实的工作。

——傅璇琮

国学就是中国人的学问。『中华古典珍品』是一套非常适合大众阅读的国学经典丛书。国学的传承和发展迫切需要好的大众读本。

——毛佩琦

《四库全书》浩如烟海，真正的必读经典就这百余部。

——任德山

国学是相互通融的，切忌断章或是割裂。今人只有从《周易》等原始经典入手，才能真正找到进入国学的门径。

——刘君祖

中华古典珍品

古典珍品

# 图解 文心雕龙

（南朝梁）刘勰 著
崇贤书院 释译

黄山书社

# 阅读指南

**专家推荐保证阅读质量**

以最优异的品质呈现给读者最权威的《文心雕龙》读本。

---

**图文配合再现经典著述**

遍览群书，甄选古代版画优秀作品，力求营造与经典年代相合的阅读氛围。

---

**准确注释阐述珠玑字句**

详细准确的注释把握刘勰文思的精髓，简洁典雅的译文再现文坛写作要旨。

---

**典故由来阐述文句内蕴**

详细解说文辞由来，联系历史典故，透彻再现文辞的深层义理。

## 题解

● 出现在每篇开头，共五十篇。
● 点出每篇主题，解释每篇主旨。

## 选字注音

● 生僻字选出单独标注音标。
● 古今异读的字单独标注音标。
● 重复出现的字词反复标注拼音。

## 译文

● 阐释每段主题，明晰文章要义。



### 正纬第四

**题解**

“纬”是一种假托经义以宣扬符瑞的迷信预言著作。本篇主要论述了盛行于东汉的纬书和经书无关，儒家的思想经过汉代的儒生用阴阳五行加以神化后，就威信扫地了，特写此篇，是为了说明纬书是伪造的。

全篇分为四部分：一、古代圣人在取法自然之道的前提下，讲到了《河图》《洛书》。二、列举了四条依据来证明托名孔子的纬书是伪造的。三、讲汉儒托名孔子的纬书造成了很坏的影响，最重要的是搅乱了经书，“乖道谬典”，因此遭到桓谭等人的强烈反对。四、讲纬书虽然无益于经典，但是对文学创作还是有意义和作用的。

**原文**

夫神道阐幽①，天命微显②。马龙③出而大《易》兴，神龟见而《洪范》耀④。故《系辞》⑤称“河出图，洛出书，圣人则⑥之”，斯之谓也。但世敻（xiòng）⑦文隐，好生矫诞⑧，真虽存矣，伪亦凭焉。

[注释]

①神道：自然之道。阐幽：与“微显”相对，即幽阐，深奥的要使它明显。阐，明；幽，深、隐。

②天命：自然界的法规。微显：微，幽深；显，明现。

③马龙：像马的龙。相传马龙从黄河里负图而出，伏羲照着河图制成了八卦，后来周文王为八卦作爻辞而成《周易》。

④神龟：传说大禹时洛水中有龟负书进献。见：同“现”。《洪范》：《尚书·洪范》说天赐给大禹洪范九畴。洪范，大法。九畴，九类、各类。耀：发出光彩。

⑤《系辞》：指《周易·系辞上》。

⑥则：效法。

⑦敻：久远。

⑧矫诞：假托。矫，诈。诞，荒诞、虚妄。

[译文]

根据自然之道阐明幽深的事理，上天的启示显现于微妙的事物。黄河里马龙出图而产生了《易》，神龟在洛水负书出献。所以《周易·系辞》里说“黄河出图，洛水出书，圣人效法它写作了经书”，讲的就是这些道理。但因历时久远，文辞隐晦不清，



## 注释

● 注释权威、准确、客观，极具启发性。



容易产生不实的假托荒诞之事，虽然保存有真实的东西，但假的也据此存留下来。

**原文**

夫六经①彪炳，而纬候②稠叠；《孝》《论》昭晰③，而《钩》《谶（chèn）》葳蕤（wěi ruí）④。按经验纬，其伪有四：盖纬之成经，其犹织综⑤，丝麻不杂，布帛乃成。今经正纬奇，倍摘⑥千里，其伪一矣。经显，世训⑦也；纬隐，神教也。圣训宜广，神教宜约，而今纬多于经，神理更繁，其伪二矣。有命自天，乃称符谶（chèn），而八十一篇⑧皆托于孔子，则是尧造绿图⑨，昌制丹书⑩，其伪三矣。商周以前，图箓（lù）⑪频见。春秋之末，群经方备。先纬后经，体乖⑫织综，其伪四矣。伪既倍摘，则义异自明。经足训⑬矣，纬何预⑭焉？

《孝经》传曾

经书是上古圣贤流传的精要，为世人所尊崇。孔子就曾向曾子讲述孝经之义。

[注释]

①六经：指《诗》《书》《礼》《乐》《易》《春秋》儒家六经。

②纬候：宣传占卜瑞应的迷信之书。

③《孝》《论》：即《孝经》《论语》。昭晰：清楚明白。

④《钩》：《钩命诀》，是关于《孝经》的九种纬书之一，也是代表《孝经》的纬书。《谶》：指有关《论语》的谶书，有《比考谶》等八种。葳蕤：草木茂盛的样子，这里是指谶纬众多纷乱。

⑤织综：织机上经线上下开合的装置，这里指织机。

⑥倍摘：即背迕，抵触。倍，违背。摘，抵牾的意思。

⑦世训：即以世事进行教训。

⑧八十一篇：指《河图》九篇、《洛书》六篇、《七经纬》三十六篇、“自黄帝至周文王所受本文”三十篇，共计八十一篇。

⑨绿图：《尚书中候·握河纪》中记载说，尧在黄河、洛水边筑坛祭祀时，



## 以古版画与原文译文相配

● 古人原创插图，原汁原味。
● 广征博采保证插图清晰质感。
● 以图释文，文字与插图一一对应。

## 插图名称、说明

● 古版画的名称、出处等。
● 正文意蕴的合理阐发。
● 叙述与正文相关的故事内容。

# 总 序

国学是什么？简单说，国学就是中国人之所以成为中国人的学问。因此，国学不仅包括数千年积累流传下来的经典，比如“四书五经”、《老子》、《庄子》、《孙子》、《史记》、《汉书》、唐诗、宋词，也包含研究中国人思维方式、生活方式、行为方式乃至娱乐方式的各种学问。广言之，国学研究的对象不仅包括文献，也包括实物；不仅包括物质文化遗产，也包括非物质文化遗产，如我国各民族的建筑、服饰、饮食、音乐、绘画、医药、戏曲，等等。

国学是不断丰富、不断发展的学问。上面说的从“四书五经”到唐诗、宋词就是一个不断丰富发展的过程。近代以来，国学的研究范围还在不断地扩大，比如敦煌学、甲骨学，是随着有关文物的出土而兴起的；比如红学，是随着文学理论和学术风气的发展变化而兴起和发展的。随着时间的推移和学术的进步，必将有更多的学问被纳入国学研究的范围。

数千年来，中国人做学问形成了自己独特的理论和方法，比如思想理论、史学理论、文学理论，以及训诂学、考据学、音韵学，等等。但这些理论和方法并不是一成不变的。比如，在史学研究领域，由于地下文物的出土，王国维等人提出了以地下文物与传世文献相补充互证的“二重证据法”。近代以来，西风劲吹。国人主动借鉴西方学术研究的理论和方法，研究中国学问。王国维借鉴尼采的哲学理论研究中国的文学戏剧，胡适以杜威的实验主义研究中国的“国故”。国学从来没有拒绝外国学问的融合，佛教传入中国后，经过改造，形成了中国独特的佛学、因明学；自明朝末年西学传入中国后，中国的天文学、数学等就已经融入了西学的因素。马克思主义传入中国后，不少人用马克思主义理论研究中国历史文化，它们自然也成为了国学的一部分。因此，国学又是开放的、随时代而进步的。那么，当今我们研究、振兴国学，不允许也不应该倒退，不允许也不应该僵化。

然而，国学又是与西学明显区分的。国学是西学的对应物，是与西学完全不同的学术体系。在近代，西学挟坚船利炮强势进入中国之后，中国人还视自我，对于中国固有之学问的称呼出现了中学、国故学、国粹、国学这样的名称。面对“帝国主义”的强大，很多中国人自愧不如，一方面拼命地学习、引进西学，另一方面拼命地贬低、抛弃国学。虽然也有一些人，如张之洞为保护中华文化之根本，提出“中学为体，西学为用”，如胡适，提出“整理国故”，以“再造文明”“建立民族自信心”，但其声音终被时代淹没。国学一再被严重曲解和轻视，造成了中国历史文化的大断裂。也许，这一历史过程是必然的。但回顾过去，中国在走向独立富强的过程中，国学所付出的代价实在太大、太惨重了。

新中国成立后，饱受屈辱的中国人站立了起来，民族自信心大大加强，但没有能够及时认识到国学在新时代的重要性，甚至仅存的一点点国学遗产也进一步成为被抛弃的对象。改革开放三十年之后，走向富强的国人终于幡然醒悟，保护和振兴国学逐渐成为全民的共识。一个强大的自立于世界民族之林的国家，必然要有与之相匹配的伟大的民族文化。中国人，从领导者、学术界到普通百姓，都在重新发现国学的现代价值。同时，在走向全球化的进程中，东西方各国也把目光投向了中国。中国学问，中国的一切都在被重新评价。中国不仅为了自身的建设和发展需要从传统文化中汲取智慧，而且面临着以优秀的中华文化向全人类贡献智慧的责任和挑战。

那么，这套丛书的编纂就是可喜的，编纂者的初衷和努力就是可敬的。希望这套丛书能发挥点滴作用，如同涓涓细水与千百万有志者的努力一道汇成大潮，去迎接中华民族的伟大复兴！

是为序。

毛佩琦

# 前 言

中国是文学的国度，几千年的文学作品，辉煌灿烂，一如漫天繁星，举不胜举。江山代有才人出，各领风骚数百年。后世人赏读前代的作品，总是叹为观止，心驰神往。然而光阴荏苒，也有许多优秀作品，令后来者不得其门而入。于是便有许多文人学者殚精竭虑，总结前代和当世的文学潮流，归纳文章写作技巧，成就多本文学评论著作，为后世学子提供借鉴的范例。自南北朝以降，提及文学评论的丛书和类书，断不会不提《文心雕龙》。

那么，《文心雕龙》究竟是一本什么样的书呢？是书成于南朝齐代，由刘勰集毕生精力撰著。全书共五十篇，包括总论、文体论、创作论、批评论四个部分，将文学创作的主要方面一一尽述。刘勰一改前朝浮华绮靡的文风，明确指出，文章不仅要重视华美的藻饰，也需看重内在的本质。文采斐然、言之有物方是为文之道。不仅如此，他还提出雅正为文学创作的最高准则。

时至今日，世人对文学的需求有增无减。日复一日的忙碌，使人们更希望能有闲暇时刻，沏茗于几，捧卷在手，书香与茶馨同入心脾。于是乎，著书者日益增多，评论家日渐活跃，文学流派日见其繁，国外文学思潮也纷纷涌入，令人目不暇接。存在主义、后现代主义、元历史主义等，给人一次又一次的撞击。但同时，读者也被这些众多的名目弄得晕头转向，只好驻足观望，遑论登入文学殿堂了。其实，何必舍本逐末？一本《文心雕龙》，就是有关写作的至理精论，系统完整地阐述了写作的各种问题，是文坛诸生心神向往的写作宝典。它体例宏大、内容精深，自问世之日便被世人奉为文坛的耀眼明星、写作的不二法门。

正因如此，我们才不惜花费大量时间和精力，重新编辑整理这枝文坛奇葩，以期给读者更多的指引和启发。本书毕竟年代久远，各种疏漏在所难免，我们参照各种研究成果，仔细斟酌，尽可能地选取最合理的文辞，并对其作出准确的译注。此外，本书还配以精彩生动的版画插图，化抽象于具体，化枯燥为生动，化概念为形象，助读者把握写作的精微巧思。

总体说来，《文心雕龙》一书的主要特点如下：

一、丰富精美的古代版画插图。

本书采用大量精美的古代版画插图，将文论内容更直观地呈现在读者面前。我们翻阅大量古籍刊刻，从卷帙浩繁的版画图库中细心甄选，给读者以视觉享受。所选插图主要出自《飞影阁》《唐诗画谱》《风景园林图汇》《中国古版画》《中国古籍插图精鉴》等优秀古版画专业书。选图时，我们更是力求插图与文字相互呼应，以图释文，以激起读者的阅读兴趣。

二、独特的注音体系。

《文心雕龙》成书于南朝齐，年代久远，许多字词在流传过程中业已湮没无闻，抑或随时代的变化而更改了读音。为了帮助读者理解，我们给许多生僻字和异读字都标注了读音，以期还原文章本来面目。

三、详尽的注释体系。

《文心雕龙》言文古奥，词约意丰，其精髓很难为当今世人所体悟，故而编者参照各家译注，查阅王力的古代汉语词典，力求为原文作出最准确的注释。针对许多晦涩难懂的词语，结合时代背景，详细说明，除阐述字面意义外，也写明文句典故由来，让读者知其然更知其所以然。

四、准确的译文体例。

编者按照信、达、雅的原则，兼采各家，在现代读者能理解的基础上，尽力保留古人的行文风格。文章骈散杂糅，词句华美，再现了刘勰行文的淋漓气势。

由此可见，本书是对《文心雕龙》全面解读的经典版本。图文并茂，生动精彩；拼音标注，阅读流畅；译文详尽，准确把握文章主旨，将写作的经典要旨一一阐明。读《文心雕龙》，领悟写作精髓，是读者的愿望，也是编者的梦想。

# 目　录

# 原道第一

## 题解

《原道》《征圣》《宗经》《正纬》《辨骚》五篇，是《文心雕龙》的“枢纽”，即总论部分。

《原道》的“原”，意为本、根源，“道”指“自然之道”。“原道”即文章根源于“自然之道”。所谓“自然之道”，刘勰用来指宇宙间万事万物的自然规律；所谓有道之文，大多源于万物的文采。因此，刘勰主张文章应该有动人的文采，强调艺术技巧；但又反对过分雕琢的创作倾向，因为这样违反了“自然之道”。这就是刘勰论文要首标“原道”的主要原因。

全篇分三部分：一、讲“文”和“自然之道”的关系。刘勰从天地自然之道，说到人必然有“文”；万物所有的文采都不是人为的、外加的，而是自然而然形成的。二、讲“人文”的起源及其发展。从人类之文的起源，讲到孔子的集人类文化之大成。三、讲“自然之道”和“圣”的关系。刘勰认为，古代的圣人是根据“自然之道”的基本精神来著述的，“自然之道”是通过古代圣贤的文章来得到阐明的。只有这样的文章，才能起到教化天下的作用。

## 原文

文之为德也大①矣，与天地并生者，何哉？夫玄黄色杂②，方圆③体分，日月叠璧④，以垂⑤丽天之象；山川焕绮⑥，以铺理地⑦之形：此盖道之文⑧也。仰观吐曜⑨，俯察含章⑩，高卑定位，故两仪⑪既生矣。惟人参⑫之，性灵所钟⑬，是谓三才⑭。为五行⑮之秀，实天地之心生。心生而言立，言立而文明，自然之道⑯也。旁⑰及万品，动植皆文：龙凤以藻绘⑱呈瑞，虎豹以炳蔚⑲凝姿；云霞雕色，有逾画工之妙；草木贲(bì)华⑳，无待锦匠之奇。夫岂外饰，盖自然耳㉑。至于林籁㉒结响，调如竽瑟㉓；泉石激韵，和若球锽(huáng)㉔。故形立则章成矣，声发则文生矣。夫以无识之物，郁然㉕有彩，有心之器，其无文欤？

### [注释]

①文：此处指广义的文，包括颜色、形状、五音、文采等在内。德：指文本身所具有的属性和功用，像天地万物的形状、颜色就是文。大：广大、普遍。

②玄黄：玄，黑而赤，天的颜色；黄，地的颜色。杂：糅，混合。这一句指天地混沌未分。

③方圆：指地和天，古人认为地是方的，天是圆的。

④璧：环状的玉，中间有孔。叠璧：《尚书》中曾传说日、月一度像璧那样重叠起来。

⑤垂：悬挂，引申为显示，展现。

⑥焕绮：光彩绮丽。焕，光彩；绮，有花纹的丝织品，此处用来指文采。

⑦铺：分布，展开。理地：使天地有纹理，与“丽天”对偶。

⑧道之文：“道”指“自然之道”。“道之文”即显现自然规律的“文”。

⑨吐曜：即发光，指日、月、星。曜，光明照耀。

⑩含章：蕴含着美，多指地理风光。章，文采。

⑪两仪：指天和地。

⑫参：模拟，仿效。

⑬性灵：指人的天性灵气。钟：集中、聚集。

⑭三才：天、地、人。

⑮五行：金、木、水、火、土，古人认为这是组成天地万物的五种元素。

⑯自然之道：即事物本然的道理，事物自身的规律。

⑰旁：即广大、普遍。

⑱藻绘：藻，文采；绘，彩画。

⑲炳：光彩亮丽。蔚：色彩繁多。

⑳贲：装饰。华：花。

㉑“夫岂外饰”二句：指世间万物的纹彩，都是其本身所自然具有的，不是外力所加上去的。

㉒籁：风吹孔窍所发出的声音。

㉓竽：像笙一类的簧乐器，有三十六簧。瑟：像琴一类的弦乐器，有五十弦或十五弦。

㉔球：玉磬，一种敲击乐器。锽：钟声。

㉕郁然：草木茂盛的样子，形容文采之盛。

### ［译文］

文章的属性是多么普遍啊！它和天地一起产生，为何这么说呢？从天地产生之时起就有玄黄色彩的交错，天地间有圆形和方形的区别，日月有如叠联的璧玉，显示出壮丽天体的形象；山川好像灿烂的锦绣，显示出锦绣大地形貌的纹理，这些都是“与天地并生”的大自然

霞胜境

形质华美的文章，使读者有如站在巍峨的山顶，欣赏云霞蒸蔚。

之“文”啊！向上看天空，日月发射出耀眼的光芒；向下看大地，山川万物含藏着丰富的文采。天高地卑的位置确定了，于是产生了天地“两仪”。人只有与天、地相配，他们身上才孕育天地的灵性，这就是“三才”。人为万物之灵，实为有思想的天地之心而生。心灵产生了，语言才得以确立，语言确立了，文章才能鲜明，这是自然的道理。推广到万物，不论动物、植物都有文采：龙凤以五彩的颜色显示它们的祥瑞，虎豹以斑斓的花纹构出它们的雄姿；精心雕绘的云霞，色彩缤纷胜过画工设色的巧妙；鲜花满缀的草木，如同刻意装饰过一般，不需工匠手艺的神奇。这些难道都是外界强加修饰的吗？是它们本身自然形成的罢了。至于风吹山林发出的声响，谐和的有如吹竽鼓瑟的乐调；泉水击石的韵律，犹若叩磬鸣钟的和声。所以形体确立声韵激发，文章就出现了。无知的自然之物都富有丰富的纹彩，有心智的人难道还没有自己的“文”吗？

## 原文

人文之元①，肇(zhào)自太极②，幽赞神明③，《易》象④惟先。庖牺⑤画其始，仲尼翼⑥其终。而《乾》《坤》⑦两位，独制《文言》⑧。言之文也，天地之心⑨哉！若乃《河图》⑩孕乎八卦，《洛书》韫(yùn)乎九畴(chóu)⑪，玉版⑫金镂之实，丹文绿牒(dié)⑬之华，谁其尸⑭之，亦神理⑮而已。自鸟迹⑯代绳，文字始炳。炎皞(hào)⑰遗事，纪在《三坟》⑱，而年世渺邈⑲，声采靡⑳追。唐、虞㉑文章，则焕乎为盛。元首载歌㉒，既发吟咏之志；益、稷陈谟㉓，亦垂敷奏㉔之风。夏后氏㉕兴，业峻鸿绩㉖，九序㉗惟歌，勋德弥缛(rù)㉘。逮㉙及商、周，文胜其质㉚，《雅》《颂》所被㉛，英华日新。文王患忧㉜，繇(zhòu)辞炳曜(yào)㉝，符采复隐㉞，精义坚深㉟。重以公旦多材㊱，振其徽(huī)烈㊲，剬(zhì)诗缉《颂》㊳，斧藻㊴群言。至夫子㊵继圣，独秀前哲，熔钧六经㊶，必金声而玉振㊷；雕琢情性，组织辞令，木铎(duó)㊸启而千里应，席珍流㊹而万世响，写天地之辉光，晓生民之耳目矣。

### [注释]

①元：始。

②肇：开始。太极：古人用以指天地未分以前的混沌状态，认为天地是由太极生成的。

③幽：深。赞：明，通晓明白。神明：指精微玄妙的事物。

④《易》象：《易经》八卦的卦象，即说明每种卦象吉凶的文句。

⑤庖牺：即伏羲，传说中的三皇之一。

⑥仲尼：孔子的字。翼：相传孔子为了阐明《易经》的道理，曾写了《彖辞》上、下，《象辞》上、下，《系辞》上、下，《文言》，《说卦》，《序卦》，《杂卦》，共十篇，称为《十翼》。

⑦《乾》《坤》：《易经》中的两卦。

⑧《文言》：是对《乾》《坤》二卦的解释篇章，写得很有文采，所以刘勰认为是对《乾》《坤》二卦的文饰。

⑨天地之心：和上文的“天地之心”意思不同。心是本性，指天地有文，是天地自身就有的本性、特点。

⑩《河图》：相传伏羲时黄河中有龙献出图来，伏羲仿效而画出了八卦。

⑪《洛书》：相传大禹治水时有神龟献出书来，大禹取法而制定了《九畴》。九畴，九类，指治理天下的各类大法。九是虚数，指各类。

⑫玉版：王嘉《拾遗记》说，尧在水边得到玉版，上有天地图形。

⑬丹文绿牒：郑玄注引《尚书中候·握河纪》曾言，传说黄帝时黄河出图，洛水出书，是“赤文绿字”。牒，竹简。

⑭尸：主宰，做主。

⑮神理：神妙的自然之理，即自然之道。刘勰认为自然之道比较深奥，只有圣人才可以掌握，所以才称为神理。

⑯鸟迹：文字。相传太古之时，结绳记事，黄帝的臣子仓颉仿照兽蹄鸟迹的形状创造出文字。

⑰炎：炎帝神农氏。皞：太皞伏羲氏。

⑱《三坟》：相传记载“三皇”伏羲、神农、黄帝事迹的书。坟，大道。

⑲渺邈：久远。

⑳声采：文章的音节文采，这里指音节本身。靡：没有，不能。

㉑唐虞：唐尧、虞舜，传说中的上古帝王。

㉒元首：指舜。歌：传为舜作的歌。

㉓益稷：舜的大臣伯益和后稷。陈谟：陈述计谋。谟，计谋，谋议。

㉔敷奏：指臣下对君主提出建议。

㉕夏后氏：指禹。禹即天子位，国号夏后。

㉖业、绩：均指事功。峻：高。鸿：大。

㉗九序：即治理天下的各种工作都有了秩序。九，虚数，指一切。

㉘勋：功。弥缛：弥，更加；缛，繁盛。

㉙逮：到。

㉚文胜其质：指商周的作品比以前有所发展。文，文采丰富。质，质实朴素。

㉛《雅》《颂》：《诗经》中的《雅》诗和《颂》诗。被：及，这里指影响所及。

㉜文王：周文王姬昌。患忧：周文王为西伯时，曾被殷纣王囚于羑里（今河南汤阴县）。

㉝繇辞:《易经》中的《卦辞》和《爻辞》,相传是周文王被囚羑里时所作。曜:作“耀”。炳耀:发出光彩。

㉞符采:玉的横纹,这里借指作品的文采。复隐:内容表达丰富而含蓄。

㉟精义坚深:含意确切而深刻。

㊱重以:加以。公旦:周公姓姬名旦,周文王之子,周武王之弟。

㊲振:振兴、发扬。徽:美。烈:功业。

㊳剬:即“制”,这里有创作之意。缉:辑,辑录。《颂》:此指《周颂》。

㊴斧藻:修饰、加工。斧,砍削。

㊵夫子:孔子。

㊶熔钧:制作编订。熔,铸金属器物的模子;钧,造陶土瓦器的转轮。六经:指《诗》《书》《礼》《乐》《易》《春秋》六种儒家经典。

㊷金声而玉振:奏乐时先击钟,结束时击磬,指集大成。刘勰用集音乐的大成来比喻孔子的集经典人文之大成。

㊸木铎:用木作舌的大铃,宣传文教时摇铎。

㊹席珍:儒者讲席上有珍贵的道德学问供别人请教。席,坐具,指传教讲学的讲席。流:流行传布。

## [译文]

人类文章的开端,起源于天地未分之前的一团元气,深刻地说明这个神理的,要算《易经》的卦象最早。那时伏羲画了八卦的图像,孔子最后加上辅助性的解说《十翼》。而其中的《乾》《坤》两卦,孔子特地用《文言》加以解释。可见语言要很有文采,才算是顺乎天地自然的心灵吧!至于传说中黄河里有龙献图,伏羲氏效法《河图》画出了八卦,洛水里有龟献书,夏禹根据《洛书》,酝酿出包含九类治国的大法,还有玉石书版的金字内容,绿色简牒上丹红文字的文采,这些又是谁在主宰着呢?是神妙的启示罢了。自从仓颉创造出文字,代替了结绳记事,文字的作用开始彰显。炎帝神农氏和太皞伏羲氏的事迹,记载在《三坟》这部古书上,可是年代太久远了,事迹渺茫,文章文采也已无从追寻。唐尧和虞舜时代的文章,文采才开始焕发丰富起来。天子大舜和皋陶开始唱和的歌辞,已经发出了唱叹的情志;伯益和后稷陈进的计谋,也传下了敷陈进奏的风气。夏后氏大禹兴起,事业崇高而功绩巨大,各

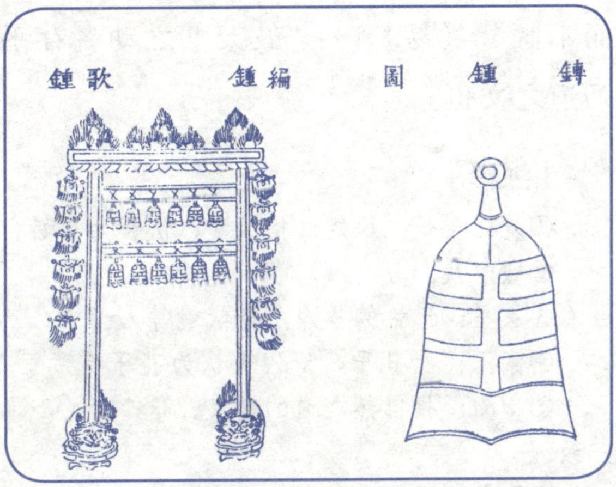


编钟

编钟敲击时作金玉之声,如经典文章,余韵流长。

项工作都有秩序而受到歌颂，勋德日益丰富。到了商朝和周朝，文章的文采胜过了前代的质朴，在《雅》乐和《颂》歌影响下，文章辞采显得愈发新颖。周文王被殷纣王拘押在羑里受难时演《周易》，卜辞光彩照耀，像宝玉的文采一样，内容含蓄丰富，义理精微深刻。加以周公旦多才多艺，发扬周文王美善事业，制作诗歌，辑录《周颂》，修润各种文辞。到了孔子承继以前的圣人，独有他超过了从前的圣哲，他编订“六经”，像打钟开始击磬结束一般集经典之大成；他陶冶性情，组织辞令，这些经典就同施政教时所用的木舌铜铃一样，只要一开启振动，千里响应，又像儒者讲席上的珍宝一般流传下来，真可以说是发扬了天地的光辉，启发了人们的聪明才智啊！

## 原文

**爰(yuán)自风姓①，暨(jì)②于孔氏，玄圣③创典，素王④述训，莫不原道心⑤以敷章，研神理而设教。取象⑥乎《河》《洛》，问数乎蓍(shī)龟⑦，观天文以极变，察人文以成化；然后能经纬区宇⑧，弥纶彝(yí)宪⑨，发挥事业，彪炳⑩辞义。故知道沿圣以垂文，圣因文而明道，旁通⑪而无涯，日用而不匮⑫。《易》曰：“鼓天下之动者存乎辞⑬。”辞之所以能鼓天下者，乃道之文也。**

### [注释]

①爰：于是。风姓：指伏羲，伏羲为风姓。

②暨：及。

③玄圣：远古的圣人，指伏羲等人。玄，远。

④素王：指孔子，汉代人认为孔子有帝王之道而无王位，所以称之为素王。

⑤道心：指自然之道的精义。这个“心”和上文“天地之心哉”的“心”意思一致。

⑥取象：取法。

⑦数：术数，指未来的命运。蓍：草名，古时用它的梗来占卜吉凶。龟：龟甲，古代在龟甲上钻孔烧烤，看它的裂纹来卜吉凶。这句是说从蓍草和龟甲中去求知定数，指占卜吉凶。

⑧经纬：织布的经线和纬线纵横交织，指治理。区宇：区域空间，指疆土、国家。

⑨弥纶：包举、综合的意思。彝宪：常法，经久不变的大经大法。彝，常；宪，法。

⑩彪炳：像虎纹般光彩鲜明。彪，虎纹；炳，光明。

⑪旁通：广通，处处相通。

⑫匮：竭，缺乏。

⑬辞：《周易·系辞上》的原意指卦、爻辞，刘勰借用来泛指一般的文辞。

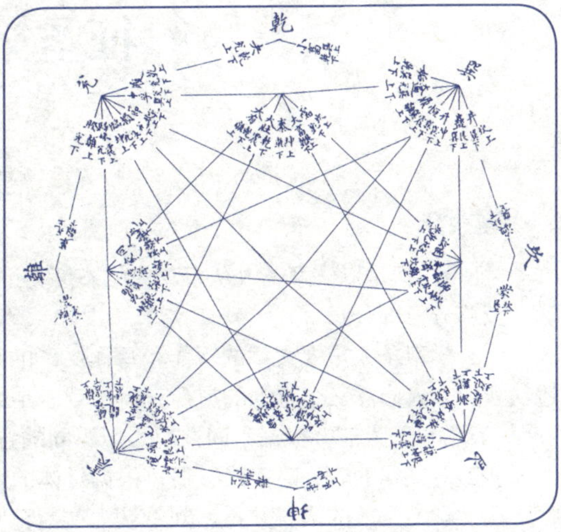


河图交八卦之图

[ 译文 ]

从伏羲到孔子，前者开创，后者发挥，没有不根据自然之道的精神来进行创作的，也没有不钻研精深的道理来设置教化从事教育的。他们效法《河图》《洛书》，用蓍草和龟壳来占卜问谒事物未来的变化，观察天文以穷究各种变化，学习过去的典籍来完成教化；然后才能治理天下，制定出恒久的根本大法，发挥光大圣人的事业，使文辞义理发挥最大的作用。由此得知，自然之道是依靠圣人而表现于文章著作里面，圣人也通过文章著作才得以阐明自然之道，到处都行得通而无所阻碍，天天可以运用也不会觉得匮乏。《周易·系辞上》里说："能够鼓动天下的东西，主要在于文辞。"文辞之所以能够鼓动天下，就是因为它是符合自然之道的缘故。

## 原文

**赞①曰：道心惟微，神理设教。光采玄圣②，炳耀仁孝③。龙图献体，龟书呈貌。天文斯观，民胥(xū)④以效。**

[ 注释 ]

①赞：助，明。古代一些文章末尾有赞文，用以总括说明全篇大意。《文心雕龙》每篇都有赞。

②玄圣：指孔子。

③仁孝：泛指古代圣贤提出来的伦理道德。

④胥：全，都。

[ 译文 ]

总结：那自然之道啊精深微妙，穷究这神理并因之来设教。它既使伟大的圣人发出光芒，又使仁义忠孝的道德得以宣扬。黄河里龙马负图献出八卦的形体，洛水中神龟负书呈上九畴的相貌。在观察天地自然的文采的同时，世人都应学习效仿。

# 征圣第二

**题解**

“征圣”就是以儒家圣人从事著作的态度为证验，向这种态度学习。

全篇分三部分：

一、学习圣人重视文章的写作和写作文章的基本原则的态度。根据圣人对政治教化、事迹功业、个人修养三个方面的重视，得出“志足而言文，情信而辞巧”的写作的金科玉律。

二、学习圣人能够根据不同情况采用不同的方法的通变态度。由于圣人掌握了自然之道，所以能够对文章的繁、略、隐、显，根据具体的情况作适当处理。

三、学习圣人的华实并重。刘勰认为“衔花佩实”是圣人文章的突出的优点，这也是他论文的一条基本的原则。

## 原文

夫作者[①]曰圣，述者[②]曰明。陶铸[③]性情，功在上哲[④]。“夫子[⑤]文章，可得而闻”，则圣人之情，见乎文[⑥]辞矣。先王圣化[⑦]，布在方册[⑧]；夫子风采，溢于格言。是以远称唐世，则焕乎[⑨]为盛；近褒周代，则郁哉[⑩]可从：此政化贵文之征也。郑伯入陈，以文辞为功[⑪]；宋置折俎(zǔ)，以多文举礼[⑫]：此事绩[⑬]贵文之征也。褒美子产[⑭]，则云“言以足志，文以足言”[⑮]；泛论君子，则云“情欲信，辞欲巧”[⑯]：此修身贵文之征也。然则志足而言文，情信而辞巧，乃含章之玉牒(dié)[⑰]，秉文之金科[⑱]矣。

［注释］

①作者：开始，创作者。

②述者：继承阐述者。这两句本于《礼记·乐记》：“作者之谓圣，述者之谓明。”原意是指能够制礼作乐的圣人，能够叙说圣人的制作的贤人。刘勰讲文章，要从圣人的创作讲起，因此引用了这两句话。

③陶铸：像陶人冶工制器那样把人改造成有用的人。陶，制造瓦器；铸，熔铸金属。

④上哲：指圣人。哲，有智慧的人。

⑤夫子：老师，指孔子，这是引用孔子学生子贡的话。

⑥文：唐写本无“文”字。

子 产

子产能言善辩，才德超群，故能以言语化解危机。

⑦圣化：即教化。

⑧方册：书籍，古代的著作刻写在方册上。方，方牍、木板。册，简册，编联在一起的竹简。

⑨焕乎：《论语 · 泰伯篇》："焕乎其有文章。"焕，光明，文中指文化。

⑩郁哉：《论语 · 八佾篇》："郁郁乎文哉！吾从周。"郁，富有文采。从周，遵从周代的文化。

⑪"郑伯入陈"二句：《左传 · 襄公二十五年》载，郑简公起兵攻入陈国后，派子产去向当时各国的盟主晋国报告。晋国质问郑国为何要侵略小国。子产回答，陈国此前领了楚国来攻打郑国，填塞了井，砍伐了树，对郑国犯了罪。郑国向晋国报告了，晋国却不管，所以只好去讨伐。子产所讲的理由很充足，因而得到孔子的称赞。

⑫"宋置折俎"二句：《左传 · 襄公二十七年》载，宋平公接待晋国的贵宾赵文子，宴会上宾主的发言都非常有文采，得到孔子称赞。折俎，即把牲体骨节切开放在器皿内，这是一种隆重的欢迎礼节。俎是古代祭祀、宴会时陈置牲体的器皿。举礼，此处指孔子让弟子记录下宴会的礼仪。举，记录。

⑬绩：功。

⑭子产：郑国执政者公孙侨的字，春秋时著名的政治家。

⑮"言以足志"二句：孔子称赞子产的话，见《左传 · 襄公二十五年》。足，成。

⑯"情欲信"二句：见《礼记 · 表记》。情，感情、情志。信，真实可信。

⑰含章：蕴含文采，指写作要有文采。玉牒：重要文书，此处为重要法则之意。

⑱秉文：掌握文章。金科：重要的条例。犹金科玉律，指重要的规律。

## [译文]

所谓"圣"，就是能够认识自然之道而独立创作的人；所谓"明"，就是能够理解圣人的著作而加以阐述其学说的人。用述作来陶冶人的性情，先哲在这方面有很大的功劳。孔子的学生子贡说："孔子的文章是可以看得到的。"就是说这些著作里，表达了圣人的某些意见或者主张。古代圣王的教训，在古籍上面记载着；孔夫子的言行，都表现在那些富于教导人的格言里面。所以，远古的文章，孔子曾称赞过唐尧之世，说："多么兴盛焕发啊！"对于近世，他褒扬过周代的文章，说："多么丰富多彩啊，十分值得效法！"这就是政令教化方面重视文章的例证。春秋时郑国攻入陈国，在对待晋国的责问中，郑国的子产因善于言辞而立了功劳；宋国用最隆重的礼仪来接待晋国的赵文子，宾主言辞都很有文采，孔子特使弟子记录下来。这些都是事业上以文为贵的例证。孔子褒扬赞美子产就说："不仅能用语言成功地表达自己的思想，又能用文才成功地将语言修饰得很漂亮。"孔子一般谈到有才德的人就说："情感应该真实可信，文辞应该巧妙精美。"这些都是个人学习修养也应重视文采的证明。由此可见，思想要充实而言辞要有文采，感情真诚而文辞要巧妙精美，这些就是写作的基本法则了。

## 原文

夫鉴周日月①，妙极机神②；文成规矩③，思合符契④。或简言以达旨，或博文以该⑤情，或明理以立体⑥，或隐义以藏用⑦。故《春秋》一字以褒贬⑧，丧服举轻以包重⑨：此简言以达旨也。《邠(bīn)诗》⑩联章以积句，《儒行》缛(rù)⑪说以繁辞，此博文以该情也。书契决断以象《夬(guài)》⑫，文章昭晰以象《离》⑬：此明理以立体也。四象⑭精义以曲隐，五例⑮微辞以婉晦：此隐义以藏用也。故知繁略殊制⑯，隐显异术；抑引随时，变通适会⑰。征之周孔，则文有师矣。

### [注释]

①鉴：查看、观察。周：普遍。日月：借以概括整个自然界。

②极：追究到底。机神：机，预兆；神，神妙精微。

③规矩：文章的法度、规则。规，画圆形用的工具；矩，画方形用的工具。

④思合符契：思与文完全相合。符，古代作为凭信的东西，分为二，二者相合为凭；契，约券。符契，指合同、契约。

⑤该：兼备。

⑥体：主体，重要部分。

⑦藏用：隐藏其作用，即含蓄地表现文章的用意。用，功用，作用。

⑧《春秋》一字以褒贬：《春秋》中常见的笔法，往往用一个字表示赞美或者贬斥。如隐公元年"郑伯克段于鄢"，用"克"字，既指责郑伯以弟为敌，也指斥公叔段与兄为敌。

⑨丧服举轻以包重：丧服，居丧之服，古代根据孝者和死者亲疏关系的不同而穿轻重不同的丧服，父母及君主死时穿的丧服最重。《礼记·曾子问》中孔子有"缌不祭"的说法。缌，用细麻布制作的一种轻丧服。按规定穿轻丧服的尚且不能参加宗庙祭祀活动，那么穿重丧服的人更不能参加宗庙祭祀了。古人认为服丧期间不能参加宗庙祭祀这类吉礼活动。

⑩《邠诗》：即《诗经·豳风·七月》，一首农事诗，全诗八章，每章十一句，

是《国风》中最长的一首诗。

⑪《儒行》：指《礼记》中的《儒行》篇。儒行，儒者的行为规范，孔子曾在该篇中指出过十六种儒行规范。缛：繁盛。

⑫《夬》：六十四卦之一，表决断。

⑬昭晰：明白。《离》：《易经·离卦》用离来象征火。

⑭四象：《易经》六十四卦中有实象、假象、义象、用象。如以乾卦象天，是实象；以乾为父，是假象；以乾为健，是义象；乾有元、亨、利、贞（始、通、和、正）四德，为用象。四象的含义曲折隐晦。

⑮五例：杜预《春秋左氏传序》讲的五种写作体例：一、微而显；二、志而晦；三、婉而成章；四、尽而不污（同"迂"，纡曲之意）；五、惩恶而劝善。

⑯制：体例。

⑰适会：适应各种情况。适，适应；会，时机。

## [译文]

圣人全面考察自然万物，并深入探究各种精深奥妙的变化，这样才能写成堪称楷模的文章，其表达的思想内容才会与客观事物相符。圣人的著作或者用简练的语言来表达旨意，或者用广博的文辞来备述情理，或者用明白的道理来建立文章的主体，或者用含蓄的语义来隐藏文章的作用。如像《春秋》就常用极少的字来表示对某人某事的赞扬或批评，《礼记》里常用轻丧服的礼仪规则来讲述重丧服的礼仪规则，这就是用简练的语言来表达主要思想的例子。又如《豳风·七月》用很多的章句联章成篇，《礼记·儒行》也用复杂的叙述和丰富的词句来记载：这就是用较多的文辞来完备地叙述情理的例子。此外，有的文字决断万事像《夬卦》那样果断干脆，有的文章说明事理仿效《离卦》那样明白清楚：这就是用明白的道理来表述文章要点的例子。《易经》的四种卦象，道理精深，意义迂回隐蔽，《春秋》所运用的五种纪事体例，也是委婉隐晦，意义婉转：这就是用含蓄的语义来隐藏文章作用的例子。根据上述我们知道，各种文章在表现手法上，有繁缛和简略、隐晦和明显的区别，对这些不同体制和不同手法，或者抑制，或者援发，都随着时机而定；

七月流火

《诗经》中许多描绘劳作场景的诗歌，词句精练贴切。

写作时的千变万化，既要注意融会贯通圣人写作的经验，又要适应具体情况的变化灵活运用。如果我们以周公、孔子的文章作为标准，那写作上就找到老师了。

## 原文

是以子政论文必征于圣，稚圭劝学必宗于经[1]。《易》称“辨物正言，断辞则备”[2]；《书》云“辞尚体要，弗惟好异”。故知正言所以立辨，体要[3]所以成辞；辞成无好异之尤[4]，辨[5]立有断辞之义[6]。虽精义曲隐，无伤其正言；微辞婉晦，不害其体要。体要与微辞偕通，正言共精义并用；圣人之文章，亦可见也。颜阖(hé)[7]以为“仲尼饰羽而画，徒事华辞”。虽欲訾(zǐ)[8]圣，弗可得也。然则圣文之雅丽，固衔华而佩实[9]者也。天道难闻，犹或钻仰[10]；文章可见，胡宁[11]勿思？若征圣立言，则文其庶[12]矣。

读《易》有感

《易经》是上古经典之言，孔子曾反复研读，不忍释手。

［注释］

①“子政论文”二句：子政，西汉末期学者刘向的字，曾经屡次上书论时政的得失。稚圭，西汉末期学者匡衡的字，曾向汉成帝建议重视学习经书。宗，主，以为主。

②“辨物”二句：原文的意思是指对爻卦的解释辨物要清楚，说明要正确，用辞要决断明确，这里刘勰借作对写作的要求。辨物，辨明事物。断，决断。备，具备，这里有充实的意思。

③体要：体实之要。体，体现、表现；要，要点。

④尤：过失。

⑤辨：辨理，指通过“辨物”（辨析事物）而推论出的道理。

⑥义：宜，美。与上文“尤”对偶。

⑦颜阖：战国时鲁人。他的话见于《庄子·列御寇》。

⑧訾：诋毁，说别人的坏话。

⑨衔华：口中衔着花朵，指文章具有美的形式。衔，含在口中。佩实：身上佩

戴着果实，指文章具有好的内容。佩，带在身上。

⑩钻：研究。仰：仰而求之。

⑪胡宁：何以？为什么？

⑫庶：近，差不多。

［译文］

所以刘向谈论文章，一定要以圣人为标准来进行验证；匡衡上书劝学，一定要以经典为根据。《周易》里说："辨别事物并给以恰当的说明，有了明确的辞语就可以充分表达了。"《尚书》说："文辞应抓住重要的内容，不应一味追求奇异。"因此，正确的说明才能使文章辨理成立，抓住要点才能安排好文章的词句；文辞组织运用得好便避免了爱好奇异的过失，辨理成立就能得到辞语明确的优点。这样即使精深的义理隐蔽曲折，也不会伤害说明的恰当；即使微妙的辞语隐晦委婉，也不会影响抓住要点。抓住要点与微妙的辞语并不矛盾，正确的说明同精深的含义也可以并存；这些情形，在圣人的文章中都可以看到。颜阖说："孔子好比在已有自然文采的五彩的羽毛上再加装饰，只是追求华丽的辞藻。"他虽然想以此来指责圣人，但是事实上是做不到的。因为圣人的文章内容雅正而又文辞绚丽，本来就兼有动人的文辞和充实的内容。自然之道那么难于弄懂，尚且要钻研；圣人的文章是显而易见的东西，为什么不去思索探究呢？如果能根据圣人的著作来进行写作，那写出的文章就接近于成功了。

## 原文

赞曰：妙极生知①，睿哲惟宰②。精理为文，秀气成采。鉴③悬日月，辞富山海。百龄影徂④，千载心在。

［注释］

①生知：指自然之道。

②睿哲：智慧的圣人。睿，智慧；哲，圣哲。宰：主宰，引申为掌握、具有。

③鉴：察看。指观察事物而形成主张和见解。

④百龄：百岁，指终生。影徂：形影消逝。徂，往。

［译文］

总结：神妙至极的自然之道，只有睿智的圣人才能掌握。精心顺从自然之理写作文章，灵秀的气质构成闪耀的文采。宝镜高悬好似日月之明，言辞丰富犹如山海。百岁圣人虽然如影逝去，千载之后精神依然存在。

# 宗经第三

**题解**

《宗经》和上一篇《征圣》有着密切的联系;因为圣人的思想观点是通过经典呈现出来的,所以要想学习圣人就必须学习经典,向圣人学习写作也必须借助于经书。

全篇分三部分:一、概述诸经的基本情况及其教育作用。二、介绍“五经”写作的基本特点及其成就。三、说明必须宗经的原因:从经书和后代各种作品的关系看,刘勰认为各种文体都起源于经书;文章能够宗经,就会有六种好处,否则就会出现楚汉以后的文章创作过分追求形式的流弊。

## 原文

三极彝(yí)训①,其书曰经。经也者,恒久之至道,不刊②之鸿教也。故象天地③,效鬼神,参物序④,制人纪,洞性灵之奥区⑤,极文章之骨髓者也。皇世《三坟》⑥,帝代《五典》⑦,重以《八索》⑧,申以《九丘》⑨,岁历绵暖(ài)⑩,条流纷糅(róu)。自夫子删述,而大宝咸⑪耀。于是《易》张《十翼》⑫,《书》标七观⑬,《诗》列四始⑭,《礼》正五经⑮,《春秋》五例⑯,义既埏(shān)⑰乎性情,辞亦匠⑱于文理,故能开⑲学养正,昭明有融⑳。然而道心惟微,圣谟(mó)㉑卓绝,墙宇重峻㉒,而吐纳㉓自深,譬万钧㉔之洪钟,无铮(zhēng)铮㉕之细响矣。

[注释]

①三:三才,指天、地、人。极:把三才的道理探索到了极致。彝:经常,经久不变。训:道理。

②不刊:不可以削除,即不能磨灭。刊,削。

③象天地:即取象于天地。取象,即效法。

④参:参究,深研。物序:事物的秩序、规律,此指事物的道理。

⑤洞:深通。奥区:神秘渊深的地区。

⑥《三坟》:传说是记“三皇”伏羲、神农、黄帝时代的书。坟,大道。

⑦《五典》:相传是记载“五帝”少皞、颛顼、高辛、尧、舜事迹的书。典,常道。

⑧《八索》:相传是讲八卦的书。

⑨《九丘》：相传是讲九州地理的书。

⑩绵：久远。暧：昏暗不明。

⑪大宝：指经书。咸：杨校：唐写本作“启”。

⑫《易》张《十翼》：《易》指《易经》。张，展开、张开，指阐述、发挥。《十翼》，十篇对《易经》的解释文章。

⑬标：标示、标立。七观：《尚书大传》载，孔子认为可以从《尚书》中看到义、仁、诚、度（法度）、事（事物）、治（政治）、美七个方面的内容。

⑭列：分出、陈列。四始：《毛诗序》说《诗经》中的《国风》《小雅》《大雅》和《颂》四个部分为四始。始，王道兴衰的开始。

杭寺梵钟

杭州灵隐寺的黄钟大吕，声极悠远宏大，如宗经之文，道在其中。

⑮《礼》正五经：《礼》，指《礼记》。正，确定、明确。五经，指吉礼（祭祀等）、凶礼（丧吊等）、宾礼、军礼、嘉礼（婚、冠等）。

⑯五例：杜预《春秋左氏传序》讲的五种写作体例：一、微而显；二、志而晦；三、婉而成章；四、尽而不污；五、惩恶而劝善。

⑰埏：和泥制瓦，比喻文章的教化作用。

⑱匠：工匠，指掌握技巧。

⑲开：启发。

⑳昭明：明亮。有：又。融：长。

㉑谟：谋议。

㉒墙宇：指容纳，一指言论。重：深。峻：高。

㉓吐纳：偏义复词，犹吐语，即言论，这里指著作。

㉔钧：古以三十斤为一钧。

㉕铮铮：金属互击的声音。

## [译文]

说明天、地、人三才恒久不变的道理的书籍叫“经”。所谓“经”，就是永恒的、绝对的道理，不可改易的伟大的教导。圣人创制经典，取法于天地，征验于鬼神，深究事物排列的秩序，从而制定出人伦纲纪，这样的经典，可以说是进入人类灵魂的深处，探究掌握了文章的根本。三皇时出现的《三坟》，五帝时出现的《五典》，加上《八索》《九丘》这些经典，因为时代绵延久远，流传越来越不清楚，后来的著作也纷糅杂乱。自从经过孔夫子对古书的删削整理，这些经典才放射出光辉。于是《周易》的意义由《十翼》来发挥，《尚书》中标立了“七观”，《诗经》中列出了“四始”，《礼记》确定了五种主要的礼制，《春秋》提出了五项条例。所有这些，在内容上既能陶冶人的性情，在用辞上也可称为写作的典范。因此，它能启发学习，培养正道，这些作用永远历历分明。然而自然之道的精神又十分微妙，圣人的见解十分高深，而且他们的道德学问高超，因此他们的著作就能体现出深刻的自然之道，这就好比千万斤重的大钟，不会发出细微的响声一样。

## 原文

夫《易》惟谈天①，入神②致用。故《系》称旨远辞文，言中(zhòng)③事隐；韦编三绝④，固哲人之骊(lí)渊⑤也。《书》实记言，而训诂茫昧⑥，通乎《尔雅》⑦，则文意晓然。故子夏叹《书》，“昭昭若日月之明，离离如星辰之行”⑧，言昭灼⑨也。《诗》主言志，诂训同《书》，摛(chī)风裁兴⑩，藻辞谲(jué)喻⑪，温柔在诵，故最附⑫深衷矣。《礼》以立体，据事制⑬范，章条纤曲，执而后显，采掇⑭片言，莫非宝也。《春秋》辨理，一字见义，五石六鹢(yì)，以详备成文；雉(zhì)门两观⑮，以先后显旨；其婉章志晦⑯，谅以邃(suì)⑰矣。《尚书》则览文如诡⑱，而寻理即畅；《春秋》则观辞立晓，而访义方隐⑲。此圣文⑳之殊致，表里之异体者也。至根柢(dǐ)槃(pán)㉑深，枝叶峻㉒茂，辞约而旨丰，事近而喻远。是以往者虽旧，余味日新，后进㉓追取而非晚，前修㉔文用而未先，可谓太山遍雨㉕，河润千里者也。

寒山闻钟

登山闻钟，音入心魂，如圣人之文，以自然之道震撼世人。

### [注释]

①天：天道，自然之道。

②神：神妙，精妙。

③中：中肯。

④韦编三绝：《史记·孔子世家》载，孔子晚年爱好《周易》，读《周易》弄断了编串竹简的牛皮三次。韦，熟牛皮。古代用熟皮来做绳编联竹简。

⑤骊渊：黑龙潜伏的深渊。骊，骊龙，黑龙。

⑥训诂：解释古语，这里作古语解。茫昧：不明白。

⑦《尔雅》：我国最早解释词义的工具书，汉代人编辑。此指近正，近乎标准，指用通行语来解释。

⑧"子夏叹《书》"句：子夏，孔子的弟子。他的话见《尚书大传》。昭昭，明亮。离离，光明。

⑨昭灼：明显、明亮。

⑩摛风裁兴：摛，发布、创作。风，指风、雅、颂各体诗歌。裁，制、取。兴，指赋、比、兴的写作艺术手法。

⑪藻辞：使文辞有文采。谲喻：比喻婉曲。

⑫温柔：儒家认为的温柔敦厚是诗教。附：接近。

⑬制：体制。

⑭掇：拾取。

⑮雉门：指鲁宫的南门。两观：宫门外左右两边的楼。

⑯婉章志晦："婉而成章""志而晦"，是《春秋》写作的五项条例中的两条。

⑰谅：确实。邃：深远。

⑱诡：古奥。

⑲隐：隐晦、隐蔽。

⑳圣文：儒家经典。

㉑柢：根。槃：同"盘"，盘曲、回绕。

㉒峻：高。

㉓后进：后来的学者。

㉔前修：前贤。

㉕太山遍雨：太山，即泰山。这里是说它的意义发掘不完，前辈发掘了后辈还可发掘。

[译文]

《周易》是专门研究自然变化的道理的，它十分精深细微，并且完全可以在实际中加以运用。所以《系辞》里说："它的旨意深远，言辞有文采，它的语言中肯符合实际，它讲的事理隐晦深奥。"孔子读这部书时，串订竹简的牛皮条都翻断了三次，可见这部书是圣人探索深奥哲理的宝库。《尚书》主要记的是先王的言论，只是它的文字难懂，读起来不易理解，但是只要通过《尔雅》这部工具书，懂得了古代的语言，那它的意思也就很明白了。所以子夏赞叹《尚书》说："《尚书》的论事，像日月那样明亮，像星辰那样清晰。”这就是说《尚书》记得很清楚明白。《诗经》主要是抒发作者思想感情的，同《尚书》一样不易理解，里面有风、雅等不同类型的诗篇，写作采用了比、兴、赋等写作手法，文辞华美，比喻委婉，诵读起来就会感受到它温柔敦厚的特点，所以《诗经》是最切合圣人内心深处的思想感情的。《礼记》可以建立体制，它根据实际需要来制定法规，各种条款非常详细，为的是执行起来明确有效，即使任意从中取出一词一句，没有不是十分珍贵的。《春秋》辨析事理，一个字便能表现它的赞誉和批判来，例如关于“石头从天上落到宋国的有五块”“六只鸟退着飞过宋国的都城”的记载，就以文字的详尽来显示写作的技巧；又关于“雉门和两观发生火灾”的记载，就用先后次序的不同来显示了作者区分主次的意思；《春秋》用委婉曲折、用意隐晦的方法写成，确实有很深刻的含意。《尚书》虽则读起来文辞似乎古奥，但一寻究它的内容，道理却明白易懂；《春秋》的文辞似乎很容易通晓明白，但当你要探访它的意义时又深奥难懂了。由此可见，圣人的文章丰富多彩，各有特色，形式和内容都不尽相同。经书和树一样根柢盘结深固，枝长就会叶茂，言辞简约而意义丰富，取事平凡而喻理远大。所以这些著作虽然历时久远，但意义日日新颖，后世学者去追求探取一点也不算晚，前代先贤用了很久也不嫌过早。经书的作用好比泰山的云气使雨水洒遍天下，像黄河的河水灌溉千里沃野一样啊！

## 原文

故论、说、辞、序[1]，则《易》统其首[2]；诏、策、章、奏[3]，则《书》发其源[4]；赋、颂、歌、赞[5]，则《诗》立其本；铭、诔(lěi)、箴(zhēn)、祝[6]，则《礼》总其端；纪、传、盟、檄(xí)[7]，则《春秋》为根：并穷高以树表[8]，极远以启疆[9]，所以百家腾跃，终入环内[10]者也。若禀经[11]以制式，酌雅[12]以富言，是即[13]山而铸铜，煮海而为盐也。故文能宗经，体有六义：一则情深而不诡[14]，二则风清而不杂，三则事信而不诞[15]，四则义直而不回[16]，五则体约而不芜[17]，六则文丽而不淫[18]。扬子[19]比雕玉以作器，谓五经之含文

东岳泰山

经书虽文辞显明，但旨意宏大，如泰山云气，润泽万物。

也。夫文以行立，行以文传，四教⑳所先，符采相济㉑。迈㉒德树声，莫不师圣，而建言修辞，鲜(xiǎn)克宗经。是以楚艳汉㉓侈，流弊不还，正末归本，不其懿(yì)㉔欤！

［注释］

①论、说、辞、序：四种文体名称。

②《易》统其首：统，总起来。《周易》有彖辞、象辞、系辞，说卦、序卦、文言等，其特点都在说理论断，所以刘勰在探源上述文体时，认为“《易》统其首”。

③诏、策、章、奏：四种政治性文体名称，前两种是上对下，后两种是下对上。

④《书》发其源：《书》指《尚书》。《尚书》的诰、誓等和上述文体关系紧密。

⑤颂：歌功颂德的韵文。赞：颂的变体。

⑥铭：刻在器物上记功或者自警的作品。诔：哀悼死者的作品。箴：对人进行告诫规劝的作品。祝：祷告神明的作品。

⑦纪、传、盟、檄：都是文体的名称。檄，征召或声讨的文书。

⑧表：标。

⑨启疆：开拓疆域，指扩大文章范围。

⑩环内：范围。

⑪禀经：接受经书的榜样。禀，接受。

⑫酌：取。雅：正，指经书较标准的语言，别于方言而言。

⑬即：靠近。

⑭诡：诡诈，指虚假。

⑮诞：虚妄、荒诞。

⑯直：唐写本作“贞”，正之意。回：邪。

⑰体：风格。约：简练。芜：繁杂。

⑱淫：过度。

⑲扬子：扬雄，西汉末文人，他的话见于《法言·寡见》。

⑳四教：《论语·述而》：“子以四教：文、行、忠、信。”

㉑符采相济：符采，玉石的横纹。济，帮助。这里以玉和纹的关系比喻德行、忠诚、信义与文的关系，相辅相成。

㉒迈：勉、行之意。

㉓楚：指楚辞。汉：指汉赋。

㉔懿：美好。

［译文］

因此，论、说、辞、序等体裁都从《周易》开始；诏、策、章、奏等体裁都发源于《尚书》；赋、颂、歌、赞等体裁以《诗经》为根本；铭、诔、箴、祝等体裁都从《礼记》开端；纪、传、盟、檄等体裁都以《春秋》为根源。它们都为文章树立了很好的榜样，替文章的发展开辟了广阔的领域。所以任凭诸子百家如何驰骋踊跃，但终究还是超不出经书的范围。如果根据经书的体式去制定各种体裁的文章格式，参照“五经”雅正的词汇来丰富写作的语言，那作文就像靠近矿山冶炼，在海边熬煮海水制盐一样取用不竭了！所以，如果作文章能够学习“五经”，这样的文章就具有六种特点：一是思想感情深挚而不诡谲，二是文风纯正而不杂乱，三是叙事真实可信而不虚诞，四是义理正直而不歪曲，五是文体精约而不繁芜，六是文辞华丽而不过分。扬雄以玉石之有雕琢才能成玉器作比喻，说明“五经”里也应包含着华彩。人的德行决定文章的好与坏，而德行又是通过文辞才得以表现而加以流传，孔子的文辞、德行、忠诚、信义这“四教”中，将文辞放在了首位，正如玉石必须有精致的花纹一样，相济相成，文辞也必须与德行、忠诚、信义三者互相结合。后来人们勉励道德、树立声名，都向圣人学习，只是于文章的写作方面却很少向圣人的经典学习。所以楚辞就比较艳丽，汉赋就过度侈华，它们的弊病流传下来，越发展越厉害，其势不可回还。纠正这些错误，使文风回归到经书的正路上去，不就好了吗？

琢玉图

文章如玉石，需精心切磋琢磨，方才能有宏大意旨与典丽文辞。

## 原文

赞曰：三极彝训，训深稽①古。致化②惟一，分教斯五③。性灵熔匠，文章奥府。渊哉铄（shuò）④乎，群言之祖。

### [注释]

①稽：查究。

②致化：达到教化的目的。

③斯：则。五：指“五经”。

④渊：深。铄：同“烁”，光亮。

### [译文]

总结：经书阐述了天、地、人三才的常道，道理很深刻稽考到远古。教化民众是它们总的目的，分类教导分为五经。它们真是培养人性灵的巨匠，它们真是探究文章奥秘的宝库。多么精微啊多么灿烂，真是一切文章的宗祖。

# 正纬第四

**题解**

“纬”是一种假托经义以宣扬符瑞的迷信预言著作。本篇主要论述了盛行于东汉的纬书和经书无关，儒家的思想经过汉代的儒生用阴阳五行加以神化后，就威信扫地了，特写此篇，是为了说明纬书是伪造的。

全篇分为四部分：一、古代圣人在取法自然之道的前提下，讲到了《河图》《洛书》。二、列举了四条依据来证明托名孔子的纬书是伪造的。三、讲汉儒托名孔子的纬书造成了很坏的影响，最重要的是搅乱了经书，“乖道谬典”，因此遭到桓谭等人的强烈反对。四、讲纬书虽然无益于经典，但是对文学创作还是有意义和作用的。

## 原文

夫神道阐幽①，天命微显②。马龙③出而大《易》兴，神龟见而《洪范》耀④。故《系辞》⑤称“河出图，洛出书，圣人则⑥之”，斯之谓也。但世夐（xiòng）⑦文隐，好生矫诞⑧，真虽存矣，伪亦凭焉。

**[注释]**

①神道：自然之道。阐幽：与“微显”相对，即幽阐，深奥的要使它明显。阐，明；幽，深、隐。

②天命：自然界的法规。微显：微，幽深；显，明现。

③马龙：像马的龙。相传马龙从黄河里负图而出，伏羲照着河图制成了八卦，后来周文王为八卦作爻辞而成《周易》。

④神龟：传说大禹时洛水中有龟负书进献。见：同“现”。《洪范》：《尚书·洪范》说天赐给大禹洪范九畴。洪范，大法。九畴，九类、各类。耀：发出光彩。

⑤《系辞》：指《周易·系辞上》。

⑥则：效法。

⑦夐：久远。

⑧矫诞：假托。矫，诈。诞，荒诞、虚妄。

**[译文]**

根据自然之道阐明幽深的事理，上天的启示显现于微妙的事物。黄河里马龙出图而产生了《易》，神龟在洛水负书出献。所以《周易·系辞》里说“黄河出图，洛水出书，圣人效法它写作了经书”，讲的就是这些道理。但因历时久远，文辞隐晦不清，容易产生不实的假托荒诞之事，虽然保存有真实的东西，但假的也据此存留下来。

## 原文

夫六经[①]彪炳，而纬候[②]稠叠；《孝》《论》昭晰[③]，而《钩》《谶(chèn)》葳蕤(wēi ruí)[④]。按经验纬，其伪有四：盖纬之成经，其犹织综[⑤]，丝麻不杂，布帛乃成。今经正纬奇，倍摘[⑥]千里，其伪一矣。经显，世训[⑦]也；纬隐，神教也。圣训宜广，神教宜约，而今纬多于经，神理更繁，其伪二矣。有命自天，乃称符谶(chèn)，而八十一篇[⑧]皆托于孔子，则是尧造绿图[⑨]，昌制丹书[⑩]，其伪三矣。商周以前，图箓(lù)[⑪]频见。春秋之末，群经方备。先纬后经，体乖[⑫]织综，其伪四矣。伪既倍摘，则义异自明。经足训[⑬]矣，纬何预[⑭]焉？

《孝经》传曾

经书是上古圣贤流传的精要，为世人所尊崇。孔子就曾向曾子讲述孝经之义。

### [注释]

①六经：指《诗》《书》《礼》《乐》《易》《春秋》儒家六经。

②纬候：宣传占卜瑞应的迷信之书。

③《孝》《论》：即《孝经》《论语》。昭晰：清楚明白。

④《钩》：《钩命诀》，是关于《孝经》的九种纬书之一，也是代表《孝经》的纬书。《谶》：指有关《论语》的谶书，有《比考谶》等八种。葳蕤：草木茂盛的样子，这里是指谶纬众多纷乱。

⑤织综：织机上经线上下开合的装置，这里指织机。

⑥倍摘：即背迕，抵触。倍，违背。摘，抵牾的意思。

⑦世训：即以世事进行教训。

⑧八十一篇：指《河图》九篇、《洛书》六篇、《七经纬》三十六篇、"自黄帝至周文王所受本文"三十篇，共计八十一篇。

⑨绿图：《尚书中候·握河纪》中记载说，尧在黄河、洛水边筑坛祭祀时，

有龙马衔出赤文绿地的《河图》献给尧帝。

⑩丹书:《尚书中候·我应》中记载说，赤色雀衔着丹书飞到周文王姬昌住所的门户上停下来，将丹书赐给了周文王。

⑪图箓：即图谶，如《河图》《洛书》等。

⑫乖：违背。

⑬训：典法，准则。

⑭预：参预。

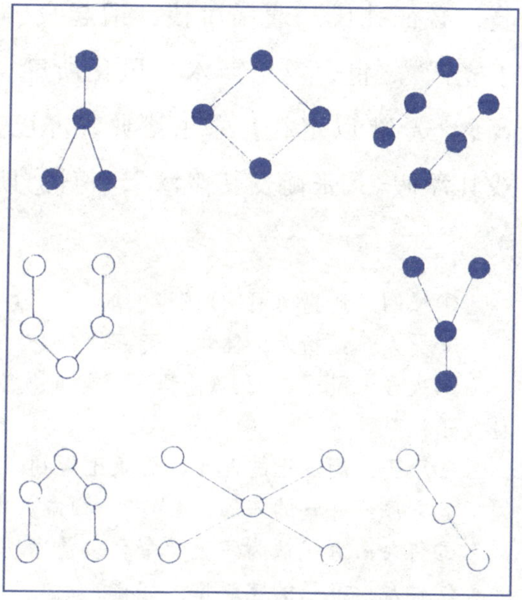

河图八卦图

《周易》中《河图》有八篇，但是后世对其解释的书籍举不胜举。

### [译文]

儒家六经文采焕发，而纬书却十分繁琐;《孝经》《论语》等昭著明晰，而解说它们的《钩命诀》和《八谶》却十分纷乱。根据经书来检验纬书，有四点可证明纬书是伪托：用纬书来配经书，就像织布帛一样，必须丝和麻的经线和纬线不相混杂，布或帛才能织成。而现在经书是正常的，但是纬书十分诡奇，彼此背违，相距千里，这是证明纬书是伪托的第一点。经书内容明显，那是因为它用人世来进行训言教育；纬书的内容隐晦，因为它是以神秘的现象来说教。人世的训言本宜说得详细，神界的说教本宜说得简约，而现在纬书反多于经书，把神秘的道理说得更加繁多，这是证明纬书是伪托的第二点。要由自天而降旨意，才可叫作符谶，可是有人说八十一篇纬书都是孔子所作，而纬书又说唐尧制了绿图，周文王姬昌制了丹书，这是证明纬书是伪托的第三点。在商周以前，纬书就已经频繁出现了，但经书是在春秋末年才完备的。如果是先有纬书后有经书，这就违背了先有经线后有纬线的自然规律，这是证明纬书是伪托的第四点。伪托的纬书既然和经书相抵触，那它和经书的意义不同就很明显了。圣人著的经书已经足以成为后世的准则了，纬书又去参预干什么呢？

## 原文

原夫绿图①之见，乃昊天休命②，事以瑞圣，义非配经。故河不出图，夫子有叹③，如或可造，无劳喟然。昔康王④河图，陈于东序⑤，故知前圣符命⑥，历代宝传，仲尼所撰⑦，序录⑧而已。于是伎数之士⑨，附以诡术，或说阴阳，或序灾异，若鸟鸣似语⑩，虫叶成字⑪，篇条滋蔓，必征孔氏。通儒讨核，谓起哀、平[12]，东序秘宝，朱紫[13]乱矣。至于光武[14]之世，笃信斯术，风化所靡，学者比肩[15]，沛献[16]集纬以通经，曹褒[17]选谶(chèn)以定礼，乖道谬典，亦已甚矣。是以桓谭[18]疾其虚伪，尹敏戏其浮假[19]，张衡发其僻谬[20]，荀悦[21]明其诡托。四贤博练[22]，论之精矣。

［注释］

①绿图：泛指《河图》《洛书》。

②昊天：泛指天。休命：美善的命令。休，吉庆。

③夫子：孔子。叹：《论语·子罕》所载孔子感叹："凤鸟不至，河不出图，吾已矣乎！"

④康王：周成王的儿子，周康王姬钊。

⑤东序：厅堂的东厢。《尚书·顾命》中说，周康王把《河图》等陈放在东厢。

⑥符命：古代认为帝王受命登位前出现的某些现象是天降瑞应，所以叫符命。

⑦仲尼：孔子的字。撰：编撰。

⑧序录：即叙录，这里指对前世符命的叙述记载。

⑨伎数之士：古称医、卜、占等人为方技或术数之士。伎，同"技"。数，术。

⑩鸟鸣似语：《左传·襄公三十年》载，有鸟鸣嘻嘻。又说这年宋国发生火灾。

⑪虫叶成字：《汉书·五行志》记载，汉昭帝时，上林苑中有虫吃柳树叶，形成"公孙病已立"几个字。"公"指汉昭帝。"孙"指汉宣帝，宣帝原名"病已"。以此说暗示他为帝是天意。

⑫谓：疑为"伪"之误。哀：指汉哀帝刘欣。平：指汉平帝刘衎。

⑬朱紫：比喻邪乱真伪相混淆。朱，代表正色，古代以青、黄、赤、白、黑为正色。紫，代表杂色，古代以绀、红、缥、紫、流黄为间色。

⑭光武：指光武帝刘秀，是东汉第一个皇帝。

⑮比肩：并肩，指趋向谶纬的人很多。

⑯沛献：沛献王刘辅，光武帝的

曹褒撰礼制

二儿子，著有纬书《沛王通论》。

⑰曹褒：东汉人，光武帝令他作礼制，他杂用“五经”和谶书写成了冠婚吉凶制度一百五十篇。

⑱桓谭：东汉学者，是当时谶纬迷信的积极反对者。光武帝因他反对谶纬迷信是“非圣无法”，想要以这个罪名来除掉他。

⑲尹敏：东汉学者。光武帝强迫尹敏核阅图谶，他便在谶书的缺漏处补上了六个字：“君无口，为汉辅。”“君无口”即“尹”，意思是“尹敏是汉朝的辅佐”。用这种戏谑玩笑的方式表示自己的不满。浮假：意为虚实不符。

⑳张衡：东汉科学家、文学家，曾上书言谶纬的虚妄。发：揭发。僻：邪。谬：错误。

㉑荀悦：东汉学者，其《申鉴·俗嫌篇》对纬书进行了批评。

㉒博：学识广博。练：熟练精通。

### [译文]

《河图》《洛书》的出现，是由于苍天有美好的旨意，这些事完全是为了预兆圣人在世的祥瑞，而并不在于匹配经书。所以，孔子在世时，黄河不再出现《河图》，他就有所感叹；如果这些事情是可以随意伪造的，那孔子也就无须劳神去喟然叹息了！从前周康王把《河图》陈列在东厢，可以知道前世圣王对于上天所降祥瑞视之如宝而世代相传，孔子编撰，不过是客观地叙述记录下来而已。于是，那些有方技的术士，就用诡诈之术来牵强附会：有的谈说阴阳鬼怪，有的预言灾难变异，什么鸟雀叫声像人说话呀，什么虫子吃树叶成了文字呀，各种各样的纬书到处滋生蔓延，都必定要假托孔子的著述。精通儒学的人讨论考核，认为这些纬书起源于西汉哀帝和平帝时，《河图》《洛书》本是古代帝王珍藏的国宝，从此便真伪混淆、邪正相杂了。到了东汉光武帝之时，由于光武帝本人非常相信谶纬之术，追随者也争先恐后，随着这种风气的影响，谶纬之学的学者可以说是比肩接踵，沛献王刘辅杂选一些纬书来解释经书，曹褒依据旧典杂选谶书来制定礼仪制度，这种离经叛道的行为已经相当严重了。所以桓谭痛恨谶纬虚伪，尹敏嘲讽谶纬浮妄虚假，张衡揭发谶纬乖僻谬误，荀悦指明谶纬诡诈伪托。这四位贤人的学识都非常渊博，他们的论述是精到深刻的。

## 原文

若乃羲（xī）、农、轩、皞（hào）之源[①]，山渎（dú）、钟律之要[②]，白鱼、赤乌[③]之符，黄金、紫玉[④]之瑞，事丰奇伟[⑤]，辞富膏腴[⑥]，无益经典而有助文章。是以后来辞人，捃摭（zhí）英华[⑦]。平子[⑧]恐其迷学，奏令禁绝；仲豫[⑨]惜其杂真，未许煨燔（fán）[⑩]。前代配经，故详论焉。

[注释]

①羲：伏羲，相传他始画八卦。农：神农，相传他演八卦为三十六卦。轩：轩辕，黄帝名轩辕。皞：少皞，传为黄帝的儿子。《左传·昭公十七年》中记载说他登位的时候，凤凰飞来。源：源头，指以上的传说。

②山渎：山岳和河流。渎，大川，这里泛指水。谶纬书中有《遁甲开山图》《古岳渎经》。钟律：音乐，乐律。《汉书·艺文志》中有《钟律灾应》等书。

③白鱼、赤乌：《史记·周本纪》记载，武王伐纣渡黄河至中流时，有白鱼跳入武王的船中，又有火从上落到武王住的屋上，化为赤色乌。

④黄金、紫玉：纬书中称，君主乘着金德做天子的，有黄银紫玉出现在深山之中。

⑤伟：奇异，壮丽。

⑥膏腴：指辞采丰富。膏，肥，土润叫作膏；腴，肥美、肥沃。

⑦捃摭：拾取，收集。英华：精华，指纬书中有助文章的部分。

⑧平子：即张衡。

⑨仲豫：即荀悦。

⑩煨燔：焚烧。

[译文]

至于纬书中关于伏羲、神农、黄帝、少皞故事的最早的传说，山川和音乐灵应的会合，白鱼跳进周武王船中与流火在周武王屋上变为赤乌的符验以及黄银与紫玉等所显现的祥瑞，这些记载，内容广泛，奇异瑰玮而又辞采华丽、富厚，它们对经书虽然没有什么益处，而对写作文章却有所帮助。所以后来的作者常常拾取采摘它们中的精华来描写。张衡因担心纬书使后人学习时迷惑上当，曾上奏请求下令禁绝谶纬之书；荀悦为它们中还混杂着有价值的东西而惋惜，不同意把它们全部焚烧了。因为前代人的纬书是用来配合经书的，所以有必要详细地加以论述。

忠孝祥瑞

古时纬书中多有祥瑞记载，用以辅证经义，同时也给文章增添了奇趣内容。

## 原文

赞曰：荣河温洛[1]，是孕图纬。神宝藏用，理隐文贵。世历二汉，朱紫腾沸[2]。芟夷[3]谲诡，采其雕蔚[4]。

### [注释]

①温洛：纬书《周易乾凿度》说，帝王有盛德，洛水先温，六天后再变冷。

②腾沸：即沸腾，指到了汉代谶纬的书十分泛滥。

③芟：割草，除去。夷：平，弄平。

④采其雕蔚：即“捃摭英华”的意思。雕蔚，富有文采。

### [译文]

总结：光荣的黄河，温暖的洛水，孕育了谶纬出现的是河图洛书。神圣的宝物蕴藏着巨大用途，内容深隐而文辞可贵。可是经过了西汉和东汉，谶纬的出现搅混了经书。剔出它们欺诈诡异的部分，吸取它们有助文章的精华。

# 辨骚第五

**题解**

所谓“辨”，就是辨析、辨正的意思。需要辨的原因是：首先历代的评论家对《楚辞》有各不相同的评价，应该辨其是非。更重要的是《离骚》是否符合儒家经典，需要辨其同异。

全篇分三部分：一、通过引证汉代学者对《离骚》的评论，说明了其赞扬和指责都不合实际。二、比较了《楚辞》和儒家经书的异同，从而肯定了《楚辞》的巨大成就，指出它“取熔经意，自铸伟辞”的创造性。三、讲《楚辞》对后代作者的不同影响，进而总结出骚体作品创作的基本原则。

以《离骚》为代表的《楚辞》，继承《诗经》优良传统而又有创新，在中国文学史上具有划时代意义。历代评论不一，这些分歧不仅涉及对屈原作品的评价，而且涉及文学创作的方向，所以列入“文之枢纽”，专篇讨论。

## 原文

自《风》《雅》寝①声，莫或抽绪②，奇文郁③起，其《离骚》哉！固已轩翥(zhù)《诗》人④之后，奋飞辞家⑤之前，岂去圣之未远⑥，而楚人之多才乎！昔汉武⑦爱《骚》，而淮南⑧作《传》，以为：《国风》好色而不淫，《小雅》怨诽而不乱⑨，若《离骚》者，可谓兼之。蝉蜕⑩秽浊之中，浮游尘埃之外，皭(jiào)然涅(niè)而不缁(zī)⑪，虽与日月争光可也。班固⑫以为：露才扬己，忿怼(duì)⑬沉江；羿、浇、二姚⑭，与左氏不合⑮；昆仑悬圃⑯，非经义所载；然

屈子行吟图

屈原被逐而作《离骚》，抒发幽愤之情，文辞华美，意境深远，成为后世典范。

其文辞丽雅，为词赋之宗，虽非明哲，可谓妙才。王逸[17]以为：诗人提耳，屈原婉顺[18]，《离骚》之文，依经立义：驷(sì)虬乘鹥(yì)[19]，则时乘六龙[20]；昆仑流沙[21]，则《禹贡》敷土[22]。名儒辞赋，莫不拟其仪表，所谓“金相玉质[23]，百世无匹者”也。及汉宣[24]嗟叹，以为皆合经术；扬雄讽味[25]，亦言体[26]同《诗》雅。四家举以方[27]经，而孟坚谓不合传[28]。褒贬任声，抑扬过实，可谓鉴而弗精，玩而未核者也。

［注释］

①寝：止息、停息。

②抽绪：像抽丝相继不断，指继续写作。绪，丝的头。

③郁：繁盛。这里指新起作品之多。

④轩翥：高飞的样子，指作家积极从事创作活动。《诗》人：指《诗经》的作者。

⑤辞家：指辞赋作家。

⑥圣：指孔子。未远：从孔子逝世（前 479 年）至屈原出生（约前 340 年），只不过一个多世纪。

⑦汉武：汉武帝刘彻。

⑧淮南：淮南王刘安，汉高祖孙、汉武帝叔。著有讲解《离骚》的《离骚传》，但是已失传，以下引文是刘安《离骚传序》中的话，保留在班固《离骚序》中。

⑨诽：讥讽。乱：没了秩序。

⑩蜕：脱皮。

⑪皭：洁白。涅：染黑。缁：黑色。

⑫班固：东汉史学家。他的话见其《离骚序》。

⑬忿怼：怨恨。

⑭羿：后羿，传说是夏朝有穷国的国君，以善射著名。浇：过浇，后羿的臣子寒浞（浊）的儿子。二姚：夏朝有虞氏国君的两个女儿。

⑮左氏：指《左传》，又称《春秋左氏传》，作者是左丘明。不合：指与《左传》所记载不合，《离骚》里讲：后羿贪恋打猎，被臣子寒浞所杀，寒浞的儿子过浇恃强残暴（他曾灭亡夏帝相），被相的儿子少康所杀，有虞氏的二姚未嫁，少康想托人去做媒。这些和《左传》关于后羿、过浇以及二姚的记载基本相同，并非“不合”，这是班固对《离骚》的过分苛责。

⑯昆仑：《离骚》和《天问》里都曾讲到昆仑山。悬圃：即昆仑山巅。

⑰王逸：东汉学者，著有《楚辞章句》，下面的话见于其序。

⑱“诗人提耳”二句：《诗·大雅·抑》里有“言提其耳”的话，而“屈原之辞，优游婉顺”。提耳，即讽刺的话，扯着耳朵讲的话。《抑》相传是卫武公讽刺周

平王，同时也是勉励自己的诗，所以说要提着耳朵，免得忘掉。婉顺，顺从。

⑲驷：四匹马拉的车，在这里作为动词，乘坐。虬：传说中的一种无角的龙。鹥：凤凰的一种。

⑳时乘六龙：《易·乾卦·彖辞》："时乘六龙以御天。"（意即时常乘着六龙登天巡视。）

㉑流沙：《离骚》中有"忽吾行此流沙兮"。此流沙，指西方的沙漠。

㉒《禹贡》：《尚书》中的《禹贡》篇，《禹贡》中谈到了昆仑和流沙。敷：分布治理。敷土：治理九州的水土。

㉓金相玉质：金玉为质，文质俱美。相，质地。

㉔汉宣：西汉宣帝刘询。

㉕扬雄：王逸《楚辞·天问后序》说扬雄曾解释过《楚辞》，今失传。讽：诵读。味：体味。

㉖体：风格、风貌。

㉗方：比、并。

㉘孟坚：班固的字。传：经的注解，这里也指经。

驷玉虬乘鹥

屈原在《离骚》中抒发自己的宏愿，希望乘龙驭凤。

## [译文]

自从《国风》《大雅》《小雅》的歌声渐渐停息，再没有类似新的创作，后来涌现出一批奇特的妙文，那就是《离骚》一类的作品啊！这是兴起在《诗经》的后面，活跃在辞赋家的前头，大概是由于离圣人孔子的时代还不久远，而楚国人又多有才华的缘故吧。从前汉武帝喜爱《离骚》等篇，命令淮南王刘安作了《离骚传》，刘安认为：《诗·国风》言情但并不过分，《诗·小雅》讽刺上位的人但并不作乱，像《离骚》这样的作品，可以算是兼有二者的长处。屈原想象蝉从污秽混浊的泥土中蜕壳出来那样摆脱污浊的环境，逍遥于尘俗之外，他的清白是染也染不黑的，完全可与日月比光明啊！但班固认为：屈原夸耀自己的才华，以至愤懑怨恨，自投汨罗沉江而死；他在作品中讲到后羿、过浇和有虞国王两个女儿二姚的故事，都和《左传》的有关记载不相符合；他写的登昆仑、悬圃这些虚无缥缈的东西，又是儒家经典所不曾记载的；然而他的文辞瑰丽雅正，是辞赋的创始者，所以屈原虽然算不上贤明的人，但也可以称得上了不起的人才。王逸却认为《诗经》的作者尚有讽谏其上肯切的“提耳”之言，屈原的《离骚》抒发怨恨的感情较之却委婉和顺得多。《离骚》这一作品经常有依据经典来写作的：说驾龙乘凤，就是从《易经》里“时乘六龙”的比喻那里来的；讲登昆仑、走流沙，就是从《尚书·禹贡》里关于大禹治理九州水土的记载来的。所以后世名家写作辞赋，都以他为榜样，的确可说是像金玉一样值得珍贵，历史上没有和他并称的。此外，如汉宣帝赞叹《楚辞》，认为它完全符合儒家学说；扬雄吟诵品味《离骚》，也说它的风貌和《诗经》相近。刘安、王逸、汉宣帝、扬雄四家都把《离骚》和经书并举，而只有班固却说它与经书不合。他们的赞誉与贬责都仅仅着眼于表面，常常不符合作品的实际，都可以说是鉴别不精当，玩味而没有查考。

## 原文

将核其论，必征言焉。故其陈尧、舜之耿介[1]，称汤、武之祗(zhī)敬[2]，典诰之体也；讥桀、纣之猖披[3]，伤羿、浇之颠陨[4]，规讽之旨也；虬龙[5]以喻君子，云霓[6]以譬谗邪，比兴之义也；每一顾而掩涕[7]，叹君门之九重[8]，忠怨之辞也。观兹四事，同于《风》《雅》[9]者也。至于托云龙[10]，说迂怪，驾丰隆求宓妃(mì fēi)[11]，凭鸩鸟媒娀(sōng)女[12]，诡异之辞也；康回倾地[13]，夷羿彃日[14]，木夫九首[15]，土伯三目[16]，谲(jué)怪之谈也；依彭咸之遗则[17]，从子胥以自适[18]，狷狭之志[19]也；士女杂坐，乱而不分[20]，指以为乐，娱酒不废，沉湎日夜[21]，举以为欢，荒淫之意也。摘此四事，异乎经典者也。

洛神

洛神是高洁美女的象征，屈原以及后世文人常写文章颂赞她的美好。

[注释]

①《离骚》:“彼尧舜之耿介兮，既遵道而弭路。”耿介，光明正大。

② 汤武：疑原从《离骚》作“汤禹”。汤禹之祗敬:《离骚》:“汤禹俨而祗敬兮，周论道而莫差。”俨，严谨。祗，敬。

③ 讥桀纣之猖披:《离骚》:“何桀纣之猖披

兮，夫唯捷径以窘步。”猖披，狂妄邪僻。

④《离骚》：“羿淫游以佚畋兮，又好射夫封狐；固乱流其鲜终兮，浞又贪夫厥家；浇身被服强圉兮，纵欲而不忍；日康娱而自忘兮，厥首用夫颠陨。”颠陨，坠落。

⑤虬龙：《九章·涉江》：“驾青虬兮骖白螭。”虬、螭，皆适宜驾乘的神兽，此处比喻贤人。

⑥云霓：《离骚》：“飘风屯其相离兮，帅云霓而来御。”云霓，恶气，比喻不正派的人。霓，即虹。

⑦每一顾而掩涕：《九章·哀郢》：“望长楸而太息兮，涕淫淫其若霰；过夏首而西浮兮，顾龙门而不见。”太息，长叹。淫淫，状多。霰，雪珠。

⑧叹君门之九重：宋玉《九辩》：“岂不郁陶而思君兮，君之门以九重。”郁陶，忧思的样子。九重，喻君门深闭难入。

⑨《风》《雅》：以上四事，三件比《诗经》，一件比《尚书》，这里当兼指《诗》《书》。

⑩托云龙：《离骚》：“驾八龙之婉婉兮，载云旗之委蛇。”委蛇，飘动的样子。

⑪《离骚》：“吾令丰隆乘云兮，求宓妃之所在。”丰隆，云神，一说雷神。宓妃，洛水之神。

⑫鸩鸟媒娀女：《离骚》：“望瑶台之偃蹇兮，见有娀之佚女。吾令鸩为媒兮，鸩告余以不好。”偃蹇，状高。佚，美。鸩，鸟名，羽毛有毒。

⑬康回倾地：《天问》：“康回凭怒，地何故以东南倾？”康回，共工。共工与颛顼战，共工撞倒作为天柱的不周山，因此天崩地塌。

⑭彃：羿夷彃日。夷，羿的姓。尧时十日并出，羿射下九个太阳。

⑮木夫九首：《招魂》：“一夫九首，拔木九千些。”些，语音。

⑯土伯三目：《招魂》：“土伯九约，其首觺觺些。三目虎首，其身若牛些。”约，曲。觺觺，角尖貌。

⑰依彭咸之遗则：《离骚》：“虽不周于今之人兮，愿依彭咸之遗则。”彭咸，殷大夫，谏君不从，投水而死。遗则，留下榜样。

⑱从子胥以自适：《九章·悲回风》：“从子胥而自适。”子胥，伍子胥，春秋时楚国人，助吴王夫差打败了越国后，夫差逼他自杀，将他的尸体装入革囊之中，投入江中。自适，顺从自已的心意。

⑲狷狭之志：耿直不容邪恶的心胸。狷狭，急躁偏狭。

⑳“士女杂坐”二句：《招魂》：“士女杂坐，乱而不分些。”

㉑“娱酒不废”二句：《招魂》：“娱酒不废，沉日夜兮。”废，止。湎，沉醉，沉迷。

## ［译文］

要考核他们的论点是非，必须核对《楚辞》本身来加以验证。像《离骚》中陈述唐尧、虞舜的光明和伟大，称颂商汤、夏禹的庄严与恭敬，这些就是近乎《尚书》中的《典》《诰》；像《离骚》中讥讽夏桀和殷纣王的狂妄偏狭，伤叹后羿与过浇的灭亡，这些就是符合经书中规劝讽喻的意思。像《涉江》中用虬龙来比喻贤明高尚的君子,《离骚》中用云霓来譬比奸邪谗佞的小人,这就是《诗经》里“比”和“兴”的表现方法;《哀郢》中说回顾祖国要掩面流涕,《九辩》中叹息君门深重君王难见，这些就是经书中常有的忠君爱国的言辞。从这四点来看，就是《楚辞》同经书相同的地方。至于《离骚》中托言驾八龙、载云旗，讲说离奇怪诞的事，令云师丰隆驾彩云去寻求神女宓妃，让鸩鸟去有娀国向美女说媒，这些就是离奇的说法;《天问》中讲共工碰断了天柱使地向东南倾斜，羿射下了九个太阳,《招魂》中说拔木的大力士有九个脑袋，地神有三只眼睛，这些就是神奇古怪的传说;《离骚》中说要学习殷大夫彭咸，以其为榜样,《九章·悲回风》中说愿随从伍子胥，死后浮江入海来顺适自己的心意，这是急躁而狭隘的心胸;《招魂》中把男女杂坐调笑当作乐事，把日夜饮酒沉醉其中看作欢娱，这些就是讲荒乱淫邪的例子。以上所讲的四点，就是《楚辞》和经书不同的地方。

凤凰在笯

《离骚》中都以凤凰来喻君子，暗示世道昏乱，贤人不得用。

## 原文

故论其典诰则如彼，语其夸诞则如此。固知《楚辞》者，体宪于三代[①]，而风杂于战国，乃《雅》《颂》之博徒[②]，而辞赋之英杰也。观其骨鲠(gěng)[③]所树，肌肤所附，虽取镕经意，亦自铸伟辞。故《骚经》《九章》[④]，朗丽以哀志;《九歌》《九辩》[⑤]，绮靡[⑥]以伤情;《远游》《天问》[⑦]，瑰诡而慧巧[⑧];《招魂》《大招》[⑨]，耀艳而采华;《卜居》标放言[⑩]之致,《渔父》[⑪]寄独往之才。故能气往轹(lì)[⑫]古，辞来切[⑬]今，惊采绝艳，难与并能矣。

[ 注释 ]

①宪：法，效法。三代：夏、商、周。

②博徒：赌徒，微贱者。对于良家子弟来说，浪子是叛逆者；对于经书来说，《楚辞》有相异即叛逆之处。

③骨鲠：偏义复词，即骨，指作品中的主要成分。

④《骚经》：即《离骚》，是屈原自述生平的长篇叙事诗。王逸尊称《离骚》为《离骚经》。《九章》：屈原作的九首诗，都是对自己的志向不能实现的哀叹。

⑤《九歌》：是楚国民间祭神曲，经屈原加工改写。《九辩》：宋玉作的长篇抒情诗，抒写哀伤的感情。

⑥绮靡：华丽。绮，一种有花纹的丝织品。靡，美。

⑦《远游》：旧说屈原作，写他与仙人远游四方，最后思念回归祖国；近人疑是汉代作品。《天问》：是屈原看到庙里神话和故事而提出的疑问，共提出了一百七十多个问题，都写得瑰丽奇特。

⑧瑰诡：瑰丽奇伟。瑰，奇伟；诡，怪奇。惠：通“慧”。

⑨《招魂》：屈原因楚怀王到秦国去被拘留而死，哀悼怀王而作。《大招》：旧说是屈原作，屈原大招其魂来讽谏；一说为景差作。

⑩《卜居》：写屈原被放逐后，到太卜那儿卜问。放言：放荡不羁的话。

⑪《渔父》：写渔父劝屈原随俗浮沉，屈原表示不愿同流合污。

⑫轹：车轮碾压，指超过。

⑬切：切断，绝。

[ 译文 ]

所以论《楚辞》和经书相同的地方就有这样一些内容，说它夸张荒诞的描写和经书相异的也有这样一些地方。由此我们知道《楚辞》的写作基本上效法古代圣贤，但里面包含的内容已经掺杂吸收了战国时代的风气，相比《诗经》要差一些，但是如果同后代的辞赋相比就好很多了。看他用来建立骨骼的主旨，作为

山鬼乘赤豹从文狸

屈原《九歌·山鬼》中以详尽恣肆的笔触描摹山鬼的宛然情态，辞章华丽。

附着骨骼肌肤的文采，虽然熔化经书的含义，也独自创制出卓越的文采。所以《离骚》《九章》明朗婉丽地表现了作者哀怨的心志，《九歌》《九辩》绮丽细致地表达了作者哀伤的感情，《远游》《天问》瑰伟诡奇而又文思巧慧，《招魂》《大招》光耀照耀而辞采华丽，《卜居》标立了不羁的意志，《渔父》寄托了特立独行、不同流合污的性气才情。所以《楚辞》的气概能够压倒古人，文辞可以超越今后的文人，它的华彩使人惊奇，艳丽使人叹绝，难以和它比美了。

## 原文

自《九怀》①以下，遽(jù)蹑②其迹，而屈、宋逸步③，莫之能追。故其叙情怨，则郁伊④而易感；述离居，则怆怏⑤而难怀；论山水，则循声而得貌；言节候，则披⑥文而见时。是以枚、贾⑦追风以入丽，马、扬沿⑧波而得奇，其衣被⑨词人，非一代也。故才高者苑(wǎn)其鸿裁⑩，中巧者猎⑪其艳辞，吟讽者衔⑫其山川，童蒙者拾其香草。若能凭轼⑬以倚《雅》《颂》，悬辔(pèi)⑭以驭楚篇，酌奇而不失其贞⑮，玩华而不坠其实⑯，则顾盼⑰可以驱辞力，咳唾⑱可以穷文致，亦不复乞灵于长卿⑲，假宠于子渊矣⑳。

### [注释]

①《九怀》：西汉王褒的作品。根据《楚辞释文》的次序，在王褒《九怀》以下，有东方朔《七谏》、刘向《九叹》、严忌《哀时命》、贾谊《惜誓》、王逸《九思》。除《大招》外，都是汉人模仿《楚辞》而作。

②遽：遂，于是。蹑：踩，追随。

③逸步：快步。指《楚辞》的好榜样。

④郁伊：指心情不舒畅。郁，忧愁。伊，助词。

⑤怆怏：失意的样子。

⑥披：翻阅。

⑦枚、贾：枚乘、贾谊，西汉初辞赋家。

⑧马、扬：司马相如、扬雄，西汉辞赋家。沿：循，循屈、宋的余波，即学习屈、宋。

⑨衣被：加惠于人，指给人以影响。

⑩苑：通“婉”，取的意思。鸿裁：大义，宏伟体制。

⑪中巧：心巧，即说心巧者仅仅着眼于文辞方面，只是小巧而已。猎：采取。

⑫衔：含在口中，这里指经常诵读。

⑬轼：古代车前的横木。凭轼，即倚着车前横木。此处指纵横驰骋。

⑭悬辔：在马头上挂上马笼头，指控制。辔，马笼头。

⑮酌奇：酌，取。奇，和“正”相对，指反常，即“异乎经典”的方面。贞：正，和“奇”相对，指正常，即“同于《风》《雅》”的方面。

⑯玩华：玩，玩味、欣赏，学习、运用。华，花，和“实”相对，指华美的形式。实：果实，和“华”相对，指有意义的内容。

⑰顾盼：一顾一盼之间，指极短的时间。

⑱咳唾：咳嗽、吐口水。指不十分费力的事。

⑲乞灵：求教。长卿：司马相如的字。

⑳假：借。宠：宠爱、荣宠。子渊：王褒的字。此句与上句的意思是不必向司马相如和王褒学习了。

[译文]

从王褒的《九怀》以后许多作品都学习《楚辞》，但是屈原、宋玉卓越的步子没有人能够跟得上。所以屈原、宋玉的作品叙述怨恨的感情，就能使人郁悒而容易感动；诉说离伤别绪，就能使人悲伤不平而难以忍受；描绘山水风景的时候，就能使人依循声韵得到山水的形貌；叙述季节气候，就能让人通过文辞看到时令的变化。所以枚乘、贾谊追随《楚辞》的风貌学到了雅丽的特色，司马相如、扬雄沿着《楚辞》的余波获得了奇伟动人的成就。《楚辞》使文学家获得的好处，不仅仅是一代啊！所以文才高的就从创作中学习大的体制，心灵慧巧的就猎取它艳丽的文辞，喜爱吟咏讽诵的就记住了它描绘山水的诗句，学童便只是拾捡到描写香草的语言。倘能严肃地遵照《雅》《颂》的准则，有控制地驾驭《楚辞》写作的要领，斟酌采取它奇异的方面而又不至失其正确；玩味鉴赏它形式华艳的方面而又不失其实质的方面，那在一顾一盼间就可以发挥文辞的作用，一开口间就可以穷尽文章的情致，也就不再需要去向司马相如乞求写作的灵感，向王褒借用写作的经验了。

秋风天凉

宋玉文章继承屈原风格，一句“悲哉，秋之为气也”道尽秋之况味。

## 原文

赞曰：不有屈原，岂见《离骚》？惊才风逸，壮志烟高。山川无极，情理实劳[①]。金相玉式[②]，艳溢锱（zī）毫[③]。

### [注释]

①劳：古时“劳”常借为“辽”。辽：辽阔，遥远。

②金相：金质。相，质。式：用。

③锱毫：细微处。锱，锱铢，古代重量单位，六铢为一锱，四锱为一两。毫，丝毫，古代度量单位，十丝为一毫，十毫为一厘。这句指极细微处都十分有文采。

### [译文]

总结：要是没有伟大的作家屈原，哪会见到伟大的作品《离骚》？惊人的才华如风般飘逸，豪壮的志气如烟云直冲九霄。楚国的山河无限广阔美好，诗人的情思实在宽广远遥。它美好的内容金玉般的质地，它艳丽的文采处处闪耀。

# 明诗第六

题解

从《明诗》至《书记》共二十篇为文体论。这既是各种文体的简史，又是各种文体写作经验的总结。《明诗》主要讲四言诗和五言诗的发展史及其写作特点。

全篇分三部分：一、讲诗的含义及其教育感染作用。二、讲先秦到晋宋的诗歌发展情况。三、总结上述诗歌发展情况，提出四言诗和五言诗的基本特色和历代诗人的不同成就。

在本篇中，刘勰对四言诗和五言诗所总结的特点是“雅润”“清丽”，比曹丕、陆机等都有所发展；主张诗歌写作要言志、缘情并重：刘勰通过对诗歌的创作和诗歌理论的探源，看到了诗的“言志”与“缘情”并不矛盾而是一致的。因而他坚持诗歌既要“言志”，又要“缘情”，强调诗歌的艺术感染力，主张诗歌要写得美，不满足于“辞达而已”。此外，刘勰还强调诗歌的“持人性情”“顺美匡恶”的教育作用。

## 原文

大舜云：“诗言志，歌永言。”[①]圣谟[②]所析，义已明矣。是以“在心为志，发言为诗”[③]，舒文载实[④]，其在兹乎？诗者，持[⑤]也，持人情性；三百之蔽[⑥]，义归“无邪”，持之为训，有符焉尔。

檀裼暴虎献于公所

《诗三百》现实意味浓厚，尤其是《国风》，描写人民生活劳作各方面，以教读者。

［注释］

①“诗言志”二句：见于《尚书·尧典》。永，长、拉长。永言，长言，指延长音节的咏唱。

②圣谟：圣训。谟，谋议。

③“在心为志”二句：见于《诗·大序》。志，情意。

④舒文：展布文辞，承上“永言”“发言”而言。载实：载其情志，承上“言志”“为志”而言。

⑤持：持守把握，不使有失，引申为培养教育。

⑥蔽：当，引申为总结、概

括。“思无邪”是《诗经·鲁颂》里的一句，孔子用来概括《诗经》的全部内容，这是不切实际的。

### [译文]

《尚书·舜典》中大舜曾说过：“诗是思想感情的表达，歌是把诗的语言音节加以拉长来咏唱的。”有了圣人的议论分析，诗歌的含义已经十分明白了。所以郑玄《毛诗序》说：“人的思想感情蕴藏在内心的是志，用言语表达出来就是诗。”诗歌创作要通过文辞来表达情志，道理就在这里。诗是扶持端正，要端正人的性情；《诗经》三百篇用一句话来概括归结为“没有邪念”上面，扶持端正的解释是符合这个意义吧。

## 原文

人禀七情①，应物斯感，感物吟志，莫非自然。昔葛天②乐辞，《玄鸟》③在曲；黄帝《云门》④，理不空弦⑤。至尧有《大唐》⑥之歌，舜造《南风》⑦之诗，观其二文，辞达而已。及大禹成功，九序⑧惟歌；太康⑨败德，五子⑩咸讽，顺美匡恶⑪，其来久矣。自商暨周，《雅》《颂》圆⑫备，四始彪炳，六义环⑬深。子夏监绚素⑭之章，子贡悟琢磨⑮之句，故商、赐⑯二子，可与言诗。自王泽殄(tiǎn)⑰竭，风人辍(chuò)⑱采，春秋观志⑲，讽诵旧章，酬酢(zuò)以为宾荣⑳，吐纳而成身文㉑。逮㉒楚国讽怨，则《离骚》㉓为刺。秦皇灭典㉔，亦造《仙诗》㉕。

### [注释]

①禀：接受，引申为赋性。七情：喜、怒、哀、惧、爱、恶、欲七种感情。

②葛天：葛天氏，传说中的古代氏族首领。

③《玄鸟》：葛天氏时代的歌。玄鸟，指燕子。

④《云门》：黄帝时代的舞曲。

⑤空弦：只有曲调，没有歌辞。《玄鸟》《云门》没有歌辞传下来，这是刘勰为探究问题的起源而作的判断。

⑥《大唐》：歌名，是对唐尧禅让的颂歌，实际是后人拟作，载《尚书大传》。

⑦《南风》：歌名，相传为虞舜所作，实际是后人托作，载《孔子家语·辩乐解》。

⑧九序：指治理天下的各种工作都有秩序。九，虚数。

⑨太康：夏禹的孙子，因荒淫而失国。

⑩五子：一说是太康之弟五观，一说是太康的五个兄弟。

⑪顺美：将顺其美。将顺是顺着作，指歌颂。匡恶：匡正、纠正错误和丑恶。

匡，正，纠正。即规劝讽刺的意思。

⑫《雅》《颂》：指《诗经》。圆：全。

⑬六义：指风、雅、颂三种诗体，赋、比、兴三种作诗的手法。环：围绕，引申为周密。

⑭子夏：孔子的弟子。监：察看，明白。绚素：绚，彩色；素，白色。

⑮子贡：孔子的弟子。琢磨：琢和磨本是治玉的两种方法，指治玉石的人精益求精。

⑯商：子夏姓卜名商。赐：子贡姓端木名赐。

⑰殄：尽。

⑱风人：采诗官，传说周代统治者曾派人采集歌谣。辍：停止。

⑲观志：春秋时外交集会，主客双方观个人的情志，都通过念诗来表示。

⑳酬：主人敬酒。酢：客人回敬。宾荣：宾客的荣宠。

㉑吐纳：偏义复词，偏在吐，指诵诗。身文：本身的文采，这里指口才。

㉒逮：及，到。

㉓《离骚》：这里以其为《楚辞》的代表。

㉔灭典：焚书。典，泛指古代的书。

㉕《仙诗》：《史记·秦始皇本纪》载，秦始皇曾使博士作《仙真人诗》。该诗已失传。

### [译文]

人具有各种各样的感情，它们受到外界事物的刺激，便产生一定的反应；心有感于外物而发为吟咏，这是自然而然的。从前葛天氏时代，将《玄鸟》歌配上歌辞；黄帝时的乐章《云门》曲，照理也不会是只供空奏的曲子而没有歌辞的。到唐尧时代有《大唐》歌，虞舜有《南风》诗，看这两首诗歌的文辞，都非常朴质，仅仅是达意罢了。后来夏禹治水成功，各种工作都已井然有序，便有了歌颂他的《九德》之歌；夏帝太康道德败坏，他的兄弟五人就作了《五子之歌》来讽刺劝诫他，由此可见，用诗来歌颂功德和讽刺纠正过

青青园中葵

失，是很早以前就有的做法了。从商代到周代，风、雅、颂各体都已经完备成熟起来，《诗经》的“四始”也开始光彩焕发，《诗》的“六义”也周全而又精深。孔子的学生子夏能够理解“素以为绚”的诗句的深意，子贡能够领悟“如琢如磨”的诗句的道理，所以孔子认为他们有了谈论诗歌的资格。后来周王朝的德泽开始衰竭，停止了采集民歌的活动。春秋时代，常常在外交集会的场合，通过朗诵诗歌来表达自己的情感愿望。用朗诵诗歌来互相酬答，既可作为宾主的体面光荣，又可显出自身的文化修养。到战国时代，讽刺楚怀王的《离骚》就产生了。秦始皇虽然毁灭了大量典籍，但他还是叫人写作了《仙真人诗》。

## 原文

汉初四言，韦孟[①]首唱，匡谏之义，继轨[②]周人。孝武[③]爱文，《柏梁》列韵[④]。严、马[⑤]之徒，属辞无方[⑥]。至成帝品录[⑦]，三百余篇[⑧]，朝章国采[⑨]，亦云周备[⑩]。而辞人遗翰[⑪]，莫见五言，所以李陵、班婕妤[⑫]见疑于后代也。按《召南·行露》[⑬]，始肇(zhào)半章；孺子《沧浪》[⑭]，亦有全曲；《暇豫》优[⑮]歌，远见春秋；《邪径》[⑯]童谣，近在成世[⑰]。阅时取证[⑱]，则五言久矣。又《古诗》[⑲]佳丽，或称枚叔[⑳]，其《孤竹》[㉑]一篇，则傅毅[㉒]之词。比[㉓]采而推，两汉之作乎？观其结体散文[㉔]，直[㉕]而不野，婉转附物，怊(chāo)怅切[㉖]情，实五言之冠冕[㉗]也。至于张衡《怨》篇，清典[㉘]可味；《仙诗》《缓歌》[㉙]，雅有新声。

［注释］

①韦孟：西汉初期诗人，曾作《讽谏诗》讽谏楚王刘戊的荒淫。

②继轨：继承。轨，法则。

③孝武：汉武帝刘彻。

④《柏梁》：相传汉武帝元封三年，修建柏梁台，召集群臣在台上联句作七言诗，每人一句，句句押韵。诗见《古文苑》卷八。

⑤严、马：严指严助，马指司马相如。严助与其父严忌均为西汉文学家，本姓庄，后人避汉明帝刘庄名，改姓严。

⑥属辞：写作。属，连缀。方：常。

⑦成帝：西汉成帝刘骜。品：评论。录：辑集。

⑧三百余篇：《汉书·艺文志·诗赋略》载，当时诗歌有二十八家，共三百一十四篇。

⑨朝章：在朝者的文章。国采：在野者的作品。

⑩周备：全备。

⑪遗翰：遗留下来的作品。翰，笔，指文章作品。

⑫李陵：汉武帝时的名将，西汉名将李广之后，武帝时率兵北抗匈奴，矢尽粮绝而投降。著有《与苏武诗》三首，皆五言。班婕妤：汉成帝时官人。《文选》载有她的《怨歌行》一首，为五言。

⑬《召南·行露》:《诗经》十五国风之一，其中《行露》的每章是六句，四句是五言。因此诗不全是五言，故称“半章”。

⑭《沧浪》:《孟子·离娄上》载孔子曾听到儿童唱此歌。因除“兮”字外全是五言，故称“全曲”。

⑮《暇豫》：载于《国语·晋语》，共四句，一句是五言，一句是四言。优：倡优，古代奏乐或供人玩乐的人。这里指晋国的优人，名施，据说《暇豫歌》为他所作。歌词共四句，有三句是五言。

⑯《邪径》:《汉书·五行志》记载的成帝时的童谣，共六句，全是五言。

⑰成世：指汉成帝时期（前32—前7年）。

⑱阅：经历。证：杨校：唐写本作“征”。征：验证。

⑲《古诗》：指《古诗十九首》，一般认为是东汉后期作品。

⑳枚叔：即枚乘，字叔，西汉初期文人。《玉台新咏》认为《古诗十九首》中的《西北有高楼》等九首是枚乘所作，但未必可信。

㉑《孤竹》：即《冉冉孤生竹》，是《古诗十九首》其中的一首，无名氏所作。

㉒傅毅：东汉初期文人。

㉓比：比较、类比。

㉔结体：指《古诗十九首》所构成的风格。散文：指《古诗十九首》行文所表现出来的文采特点。散，分布，书写。文，文采。

㉕直：质朴。

㉖怊怅：悲恨。切：切合。

㉗冕：皇冠。引申为首屈一指之意。

㉘张衡：东汉中期文人。《怨》篇：指他的《怨诗》，四言八句。清典：清丽典雅。

㉙《仙诗》《缓歌》:《仙诗》为张衡所作，《缓歌》已无从考。

江南采莲图

《古诗十九首》其一是“江南可采莲，莲叶何田田”，文辞清丽流畅，生动再现了两汉采莲风景。

[译文]

汉代初期的四言诗，首先有韦孟的作品，他诗里讽谏劝告的意义，是继承了周代作家的传统。汉武帝爱好文学，便出现了《柏梁诗》。严助、司马相如这些人，他们写作诗歌没有一定的程式。西汉成帝命令刘向对诗歌进行了评论整理，一共得三百余篇，所收集到的都是全国朝野具有华彩的代表作品，可以说是相当齐全丰富了。但是这些遗留下来的作品中，没有看到五言诗，因此李陵的《与苏武诗》、班婕妤的《怨诗》，难免被后代人怀疑。不过在《诗经》中，《召南·行露》就开始有半章五言；《孟子·离娄篇》里引用的《孺子歌》，就全首诗都是五言了；此外，较远的如晋国优施唱的《暇豫歌》出现在春秋时期，孩童唱的《邪径谣》则出现在较近的西汉成帝时期。根据上述诗歌发展的情况足以说明，五言诗很久以前就有了。再说《古诗十九首》写得十分漂亮雅丽，但是作者不易确定，有人说它是枚乘所作，而《冉冉孤生竹》一诗，又是傅毅的手笔。就这些诗的辞采特色来推断，大概都是两汉时期的作品吧！从行文风格上看，质朴而不粗野，能婉转地托附事物来表现情思，能够哀感动人地来抒发深切的感情，确实是五言诗中的代表作品啊！至于说张衡的《怨诗》，具有清丽典雅的特点，耐人寻味，他的《仙诗》《缓歌》之类的诗歌，则素称有新的声韵。

## 原文

暨建安[1]之初，五言腾踊。文帝、陈思[2]，纵辔(pèi)以骋节[3]；王、徐、应、刘[4]，望路而争驱。并怜[5]风月，狎(xiá)[6]池苑，述恩荣[7]，叙酣宴，慷慨以任气，磊落以使才。造怀指事，不求纤密之巧，驱辞逐貌，唯取昭晰[8]之能：此其所同也。及正始明道[9]，诗杂仙心[10]；何晏[11]之徒，率[12]多浮浅。唯嵇志清峻[13]，阮[14]旨遥深，故能标[15]焉。若乃应璩(qú)[16]《百一》，独立不惧，辞谲(jué)义贞，亦魏之遗直[17]也。

[注释]

①建安：东汉献帝年号（196—220年），实际为曹操执政。

②文帝：魏文帝曹丕，字子桓，曹操的长子。陈思：曹植，字子建，曹丕之弟。封陈王，死后加号“思”，所以称陈思王。

③骋节：纵马奔驰。节，节度、节拍。这里用纵横驰骋比喻在文坛上放手大干。

④王、徐、应、刘：指王粲、徐幹、应玚、刘桢，为“建安七子”中四人。

⑤怜：爱。

⑥狎：游玩、戏耍。

⑦恩荣：恩宠荣誉，指曹操父子对当时文士们的优待。

⑧晰：清楚、明白。

⑨正始：魏废帝齐王曹芳年号（240—249年），当时清谈风气开始兴盛，崇尚

老庄思想。道：指道家思想。

⑩仙心：指道家思想。

⑪何晏：正始时期清谈玄学的领袖，最先写玄言诗。玄学指《易》学和老庄学术，玄言诗即写玄学内容的诗。

⑫率：大抵，大多。

⑬嵇：嵇康，正始年间文人、玄学家，鲁迅辑其作品为《嵇康集》。峻：高而严。

⑭阮：阮籍，正始年间文人、玄学家，有《阮步兵集》。他与嵇康齐名，都属“竹林七贤”中的人物。

⑮标：显著。

⑯应璩：应玚之弟，三国魏末文人，著有《百一诗》，“百一”即“百虑一失”之意，内容皆是劝诫当政者的。

⑰直：耿直、正直。

善哉行

曹丕《善哉行》中有“上山采薇，薄暮苦饥”之语，诉尽动荡世情。

[ 译文 ]

到了建安初期，五言诗的创作十分活跃。魏文帝曹丕、陈思王曹植在文坛上大显身手；王粲、徐幹、应玚、刘桢等人争先恐后地驱驰。他们的诗歌，都爱好清风明月，戏玩塘池园苑，在诗歌中述说恩宠荣耀的遭遇，描绘宴会酣乐的场景，慷慨激昂地抒发他们的志气，坦白直率地展现他们的才情。他们在抒发情怀叙述事理时，不追求细密的技巧；在遣辞写景上，只求其明白清楚。这些就是建安文人共同的特点。到正始年间，道家思想玄学的风气兴起，诗歌里也夹杂了这些出世求仙的思想。像何晏等人，作品大都浮泛浅薄。唯有嵇康的情志清高峻拔，阮籍的诗旨意遥远深邃，因此，他们的成就就比同时的诗人要高。至于应璩的《百一诗》能够无所畏惧地讽刺时事，独树一帜，文辞虽然委婉曲折，道理却很正确，这是建安时代的正直遗风。

## 原文

晋世群才，稍入轻绮①。张、潘、左、陆②，比肩诗衢（qú）③，采缛（rù）④于正始，力⑤柔于建安；或析文⑥以为妙，或流靡以自妍⑦：此其大略也。江左⑧篇制，溺乎玄风，嗤笑徇务⑨之志，崇盛忘机⑩之谈。袁、孙已⑪下，虽各有雕采，而辞趣一揆（kuí）⑫，莫与争雄。所以景纯⑬《仙篇》，挺拔而为俊矣。宋⑭初文咏，体有因革⑮，庄老告退，而山水方滋；俪（lì）采百字⑯之偶，争价一句之奇，情必极貌以写物⑰，辞必穷力⑱而追新：此近世之所竞也。

[注释]

①轻绮：指诗歌浮华，内容不充实，只追求文采。

②张："三张"，即张载、张协、张亢三弟兄。潘："两潘"，即潘岳、潘尼叔侄二人。左：左思。陆："二陆"，即陆机、陆云两兄弟。他们都是西晋太康前后的文人。

③比肩：并肩。诗衢：诗坛。衢，四通八达的大道。

④缛：繁盛。

⑤力：指建安诗歌的风骨。

⑥析文：讲究文字的对偶辞藻。

⑦流靡：流丽，指文辞音节协调流利。妍：美。

⑧江左：江东，长江中下游南岸。这里指偏安江南的东晋。

⑨嗤：讥笑、嘲笑。徇务：亲身从事政务。

⑩忘机：忘掉机诈。清谈家认为人事尔虞我诈，所以忘机即出世。机，巧诈，人事尔虞我诈。

⑪袁、孙：袁宏、孙绰，均东晋初玄言诗人。已：同"以"。

⑫揆：理，此处指玄学。

⑬景纯：郭璞的字，两晋间诗人，著有《游仙诗》，共十四首。

⑭宋：南朝刘宋王朝。

⑮因：沿袭、继承。革：革新。

⑯俪：对偶。百字：五言诗二十句共一百字，指全篇。

山水图

⑰情：指作品内容。物：指自然景物。

⑱穷力：竭力。

**[译文]**

晋代的诗人们，诗歌创作开始走上了浮浅绮丽的道路。张、潘、左、陆等人在诗坛上并驾齐驱。他们诗歌的文采，比正始时代更加繁缛，但是内容的感染力比建安时代柔弱；他们或者以讲究文辞的骈偶华丽为能事，或者偏重靡丽的笔调来自逞其美：这就是西晋诗坛大概的情况。到了东晋，诗歌的创作便淹没在了清谈老庄玄理的风气之中。玄言诗人们都嗤笑从事政务的志向，而推崇出世忘机的清谈。所以袁宏、孙绰以后的诗人，虽然作品各有不同的文采雕饰，但作品的内容都一致趋向于玄学，再没有别的诗可以和玄言诗争雄于当时的诗坛了。所以，郭璞的《游仙诗》就成为隽永杰出的作品了。南朝宋初的诗歌，对前代诗风有所继承，也有所变革；清谈老子、庄子学说的风气渐渐告退了，而描绘山水的作品却日益兴盛起来。于是诗人努力在全诗的骈俪对偶上显示文采，在每一句的独特新奇上竞逞才能；内容方面要求逼真地描绘出景物的形貌，文辞方面要求尽可能地做到新颖。这就是近世诗人们所竞相追求的。

## 原文

故铺观①列代，而情变之数可监②；撮(cuō)③举同异，而纲领之要可明矣。若夫四言正体，则雅润为本；五言流调，则清丽居宗。华实异用，惟才所安。故平子④得其雅，叔夜含其润⑤，茂先⑥凝其清，景阳振其丽⑦；兼善则子建、仲宣⑧，偏美则太冲、公幹(gàn)⑨。然诗有恒裁⑩，思无定位⑪，随性适分⑫，鲜(xiǎn)能圆通⑬。若妙识所难，其易也将至；忽之为易，其难也方来⑭。至于三六杂言，则出自篇什⑮；离合⑯之发，则萌于图谶(chèn)⑰；回文⑱所兴，则道原⑲为始；联句共韵⑳，则柏梁余制。巨细或殊，情理同致，总归诗囿(yòu)㉑，故不繁云。

**[注释]**

①铺观：纵观。铺，陈列。

②数：规律。监：察看，指看清楚。

③撮：聚集取用，总括的意思。

④平子：张衡的字。

⑤叔夜：嵇康的字。张衡和嵇康都写四言诗，所以说雅润。

⑥茂先：张华的字。

⑦景阳：张协的字。张华和张协都写五言诗，所以说清丽。

⑧子建：曹植的字。仲宣：王粲的字。二人都四、五言兼长，所以说兼善。

⑨太冲：左思的字。公幹：刘桢的字。两人都写五言诗，所以说偏美。

⑩诗有恒裁：诗有一定的体裁和风格。

⑪思无定位：作者的思想没有一定的标准。

⑫性：性情。分：本分。均指作者的个性特点。

⑬圆通：佛教术语，圆性体周遍，通妙用无碍。这里指全面精通。

⑭“妙识所难”四句：是刘勰用治国的道理来说明文学创作难和易的辩证关系。

⑮篇什：指《诗经》。《雅》《颂》诗以什计，每十篇称为什。

⑯离合：离合诗，即拆字诗，是一种按字的形体结构，用拆字法组成的诗歌。

⑰萌：萌芽，起源。文中指离合诗最初见于迷信预言的图谶里。

⑱回文：回文诗。可以颠倒念的一种诗。最著名的回文诗是晋窦滔之妻苏蕙的《回文璇玑图》。

⑲道原：人名，未详。一说即南朝末的贺道庆。

⑳联句共韵：几人联句，押共同的韵，共作一首诗。

㉑诗囿：指诗坛。囿，园林。

## [译文]

因此，纵观历代诗歌，其发展变化的趋势和规律便可以清楚地看到；归纳一下它们相同和相异的特色，就可以看出诗歌创作的纲领和要点了。如说到四言诗的正规体制，那主要是典雅温润；说到五言诗的常见格调，则以清新华丽为宗。对于这些不同特点的掌握，就需要诗人根据具体才华来定了。如张衡的诗得到四言诗典雅的格调，嵇康的诗歌具有温润的特点，张华的诗歌凝聚着清新的风格，张协的诗歌发扬了华丽的特色。各方面都兼善的要算曹植和王粲，只偏长于某一方面的就是左思和刘桢。但是诗歌的体裁虽然有一定之数，而人的思想感情却各不相同，作者只能随着个性的偏好来进行创作，所以很少能兼善各体的。如果深知其中的难处，那可能写作还比较容易；

江边春景

魏晋四、五言诗清丽典雅，如江边春景让人心旷神怡。

如果轻率地认为诗歌创作是一件容易的事，那反而会在写作中碰到很大的困难。至于三言诗、六言诗和杂言诗，它们起源于《诗经》；至于离合诗的产生，则萌芽于汉代的图谶纬书；回文诗的兴起，则是从道原那里开始的；而几人联句共韵的联句诗，则是继承了《柏梁诗》的体裁。这些诗歌的创作，大小不同，逐次有别，但是写作的具体情况和道理是一样的。总之，它们都归属于诗歌的范围，所以这里就不再逐一论述了。

## 原文

赞曰：民生而志，咏歌所含。兴发皇世①，风流二南②。神理③共契，政序④相参。英华弥缛(rù)⑤，万代永耽⑥。

### [ 注释 ]

①皇世：太平盛世，上古“三皇”时代。

②二南：《诗经·国风》中有《周南》和《召南》，这里用以代表《诗经》。

③神理：精妙的道理。

④政：政教。序：时序，时代的发展。

⑤弥缛：日益繁多，更加繁复。弥，更加。

⑥耽：喜爱、入迷。

### [ 译文 ]

总结：人生来就有情志，这成为他们咏唱的诗歌的内容。歌咏开始于“三皇”之世，它的风教流传到后代那《周南》和《召南》。它和神理契合一致极相符合，还与政教时代互相渗透互相验参。文采丰富的诗歌越来越繁茂，千秋万代永远爱好。

# 乐府第七

**题解**

"乐府"本是西汉政府中的一个机构,"府"是官府,"乐府"就是管理音乐的官府,掌管音乐,兼采民间诗歌和乐曲。后来把乐府机关收集保管的配乐的诗歌称为"乐府",于是乐府便成了一种诗歌体裁的名称,这个名称范围渐渐扩大,逐渐包括后代收集的民歌以及文人摹仿创作的作品。乐府和一般的诗歌区别在于它是配乐的诗歌,后来文人创作的乐府也有不少是不配乐的。本篇讲论的乐府主要是配乐的,但也涉及少数不配乐的作品。

全篇分三部分:一、讲"乐府"的含义、起源和教育作用。二、讲"乐府"的产生和从汉到晋乐府诗的发展历史。三、阐述音乐和诗歌的关系,并且说明自己在《明诗》外另写《乐府》的原因。

## 原文

乐府者,"声依永,律和声"[1]也。钧天九奏[2],既其上帝[3];葛天八阕[4],爰及皇时[5]。自《咸》《英》[6]以降,亦无得而论矣。至于涂山歌于候人[7],始为南音;有娀(sōng)谣乎飞燕[8],始为北声;夏甲叹于东阳[9],东音以发;殷整思于西河[10],西音以兴。心声[11]推移,亦不一概矣。匹夫庶妇[12],讴吟土风[13],诗官[14]采言,乐盲[15]被律,志感丝篁[16],气变金石[17]。是以师旷觇(chān)风[18]于盛衰,季札鉴微[19]于兴废,精之至也。夫乐本心术[20],故响浃肌髓[21],先王慎焉,务塞淫滥。敷训胄子[22],必歌九德[23];故能情感七始[24],化动八风[25]。

[注释]

①声依永,律和声:见于《尚书·尧典》。声,指宫、商、角、徵、羽五种声调,相当于简谱中的1、2、3、5、6。永,长,拉长,指延长词语音节咏唱。律,乐律,有六吕、六律,也称十二律。

②钧天九奏:《史记·赵世家》载赵简子梦中到了天帝所在,听到了天上的音乐,看到了天上的舞蹈。钧天,天的中央。九,虚数,指多。

③既:皆、尽。上帝:指天帝。

④葛天:传说中的上古帝王。阕:量词,指词或歌曲。八阕,即八首歌曲。

⑤爰:语气助词。皇时:指上古时期。

⑥《咸》：乐名，即《咸池》，相传黄帝作的乐曲，一说尧作的乐曲。《英》：乐名，即《六英》，相传帝喾作的乐曲。

⑦候人：《吕氏春秋·音初》说，夏禹远巡南方时，涂山氏女在涂山等候所唱《候人歌》。

⑧“有娀”句：《吕氏春秋·音初》说，有娀氏有两个女儿，帝让燕子去看她们，她们很喜欢燕子，燕子向北飞去一去不返，她们便唱“燕燕往飞”的歌。

⑨“夏甲”句：《吕氏春秋·音初》说，夏王孔甲在东阳打猎迷路，遇一百姓家人正生孩子，后认为养子，孩子长大，脚被斧头砍伤致残，于是孔甲作《破斧歌》。

⑩“殷整”句：《吕氏春秋·音初》说，殷代帝王整甲，在迁居西河地方后，仍然怀念着自己的故居，于是作了怀念故居的歌。

⑪心声：指歌辞。

⑫匹夫庶妇：匹夫，普通男子；庶妇，普通妇女。此处合指民间百姓。

⑬土风：指以《诗经·国风》为代表的地方民歌。

⑭诗官：采诗官，周代曾派采诗官在春天和秋天二季到各地去采集歌谣，以了解民间情况。

⑮乐盲：指乐师。古代乐师多为盲人或者有眼疾，故称“乐盲”。

⑯丝：指琴、瑟类的弦乐器。篁：竹，指箫、笛一类的管乐器。

⑰金石：指钟、磬等打击乐器。此处用乐器来代表音乐。

⑱师旷觇风：相传晋国乐师师旷根据楚国军队的音乐音调微弱不协调，判断其士气不振，因而必定失败。师旷，春秋时晋国的乐师。觇，暗地察看。

⑲季札鉴微：吴公子季札在鲁国听奏各国的民歌，从民歌中听出了各国的兴亡。

⑳乐本心术：即音乐是人感应外物而产生的思想感情的表现。心术是感应外物之后才形成的。

㉑浃：浸透、湿透。肌髓：肌肤骨髓，此处指人的感官和心灵。

㉒敷训：施教。胄子：贵族的子弟后代。

㉓九德：九功之德，指音乐教育的内容应有利于统治阶级的各种功德。九功，有关国计民生的九种功德，即金、木、水、火、土、谷、正德、利用、厚生等方面的功德。

㉔七始：指天、地、人“三才”和春、夏、秋、冬“四时”。

㉕八风：四面八方的风俗。

## [译文]

所谓“乐府”，就是用“五声”来引申发挥诗意，又用“十二律”来和“五声”配合。不但传说天上常作《万舞》，而且上古葛天氏的时候也曾有过八首乐章。此外，从前黄帝时的《咸池》、帝喾时的《六英》现在都无从论证了。之后涂山氏之女等候夏禹所唱的“候人兮猗”之歌，是南方音乐的开始；有娀氏的两个女儿唱的“燕燕往飞”的歌谣，是北方乐歌的开始；夏后氏孔甲在东阳作了《破斧歌》，是东方乐歌的开始；殷帝王整甲作了怀念故乡的歌曲，是西方乐歌的开始。历代音律歌辞的发展演变，是十分复杂的。庶民百姓一般唱本地的歌谣，诗官采集这些民歌的歌辞，乐官记录并谱出它们的音乐，使人们的情志、气质通过各种乐器表达出来。因此，晋国的师旷从南方歌声里看到了楚国士气的衰弱，吴国公子季札也能从《诗经》的乐调里看出周朝和各诸侯国的兴起与亡废，真是精妙极了。音乐本来是表达人的思想感情的，所以它能透入人的心灵深处，古先圣王对此非常重视，坚决制止堵塞一切淫荡靡烂的音乐。教育贵族子弟时，一定要学习歌唱有利政教的音乐。因此，乐曲中所表达的情感能感动“七始”，它的教化作用能遍及四面八方。

飞燕汲水

春天到来，燕子飞回的生机景象是诗人创作的源泉，也是乐府诗中的常见场景。

## 原文

自雅声浸①微，溺音腾沸。秦燔(fán)《乐经》②，汉初绍③复；制氏纪其铿锵(kēngqiāng)④，叔孙定其容典⑤。于是《武德》⑥兴乎高祖，《四时》⑦广于孝文，虽摹《韶(sháo)》《夏》⑧，而颇袭秦旧，中和⑨之响，阒(qù)⑩其不还。暨武帝崇礼，始立乐府，总赵、代⑪之音，撮(cuō)齐、楚⑫之气，延年以曼⑬声协律，朱、马以骚体⑭制歌。《桂华》⑮杂曲，丽而不经；《赤雁》⑯群篇，靡而非典；河间荐雅而罕御⑰，故汲黯⑱致讥于《天马》也。至宣帝⑲雅颂，诗效《鹿鸣》；逮及元、成⑳，稍广淫乐。正音乖俗㉑，其难也如此。暨后汉郊庙㉒，惟新㉓雅章，辞虽典文，而律非夔(kuí)、旷㉔。

### [注释]

①雅声：古代的正声。浸：渐渐。

②燔：焚烧。《乐经》：相传是六经之一，讲音乐的经书。

③绍：继承。

④制氏：汉初的乐师。铿锵：响亮而和谐的乐器声，这里指节奏。

⑤叔孙：姓叔孙，名通，汉初儒生，曾给汉高祖制定各种礼乐。容典：舞容典礼，即乐舞和礼节。典，法则。

⑥《武德》：舞蹈名。

⑦《四时》：舞蹈名。

⑧《韶》：《韶乐》，相传是虞舜时的音乐。《夏》：《大夏》，相传是夏禹时的音乐。

⑨中和：恰到好处的和谐境地。

⑩阒：静寂，没有声音。

⑪赵代：今河北、山西一带地区。

⑫齐楚：今山东、安徽、湖北一带地区。

⑬延年：李延年，汉武帝宠妃李夫人的哥哥，善歌，汉武帝的音乐大臣，是乐府机关的长官。曼：美。

⑭朱：朱买臣，以精通《楚辞》著称，《汉书·艺文志》说他有赋三篇。马：司马相如，相传汉武帝时的《郊祀歌》中有一部分是他的作品。骚体：即《离骚》体，此处指楚辞。

⑮《桂华》：曲名，赞美汉朝的功德，内容没有不合经典的。

⑯《赤雁》：为汉武帝巡游东海时获得赤雁而作。

⑰河间：河间王刘德，为汉景帝第三子，死后加号“献”，世称河间献王。向汉武帝进献所收集到的雅乐，汉武帝不常使用它。罕御：很少采用。

⑱汲黯：汉武帝时敢于直谏的大臣。汉武帝得到一匹天马，作《天马歌》加以赞颂。并把此歌列入祭祀宗庙祖先的《郊祀歌》中，汲黯对此提出了批评。

⑲宣帝：汉宣帝刘询。

⑳逮：及、到。元：汉元帝

采莲戏水

汉时诗歌淫靡之风兴起，采莲戏水等游冶景象在诗中屡屡出现。

刘奭。成：汉成帝刘骜。

㉑正音：雅正的音乐。乖俗：违背世俗。乖，违背、不合。

㉒郊：祭天，指祭天的乐歌。庙：祭祖庙，指祭祖庙的乐歌。

㉓新：新作品，指东平王刘仓的《武德舞歌》。

㉔夔：舜的乐官。旷：师旷，晋国的乐官。

### [译文]

自从雅正的音乐逐渐衰微，淫靡歪邪的音乐便渐渐兴起了。秦始皇焚烧了《乐经》，西汉初年想恢复古乐。乐师制氏记下乐曲铿锵的声调节奏，叔孙通制定了礼容和法度。于是《武德舞》汉高祖时兴起，《四时舞》在汉文帝时广泛传播，虽然摹仿的都是古代《韶》《夏》的音乐，但也继承了秦代旧有的乐章，那些中正和平的古乐沉寂无闻而不再复返了。到汉武帝时重视礼乐，开始建立专门管音乐的“乐府”机关，汇总赵代各地的音乐，采集齐、楚诸国的音调，还有李延年用美妙的声调来配合乐律，朱买臣、司马相如用骚体诗来写作歌词。《桂华》这些杂曲歌辞，华美艳丽但不合常规；《赤雁》这类乐曲篇章，浮艳绮靡而不符法度。河间献王刘德向汉武帝推荐的符合传统古乐，但汉武帝很少采用，所以汲黯对汉武帝把《天马歌》也列入《郊祀歌》十分不满。到汉宣帝时雅正的宫廷诗乐，大都仿效《鹿鸣》古乐；到汉元帝、汉成帝的时候，稍稍扩大浮靡的音乐。雅正的古乐不合世俗的爱好，它的推行这样困难。后汉郊庙祀祭的歌词夹杂着一些古乐，它的歌词虽然雅正，但声律并不是古代音乐家夔和师旷的正统音乐。

## 原文

至于魏之三祖[①]，气爽才丽，宰割辞调[②]，音靡节平[③]。观其北上众引[④]，秋风[⑤]列篇，或述酣[⑥]宴，或伤羁(jī)戍[⑦]，志不出于慆(tāo)荡[⑧]，辞不离于哀思。虽三调[⑨]之正声，实《韶(sháo)》《夏》之郑曲[⑩]也。逮于晋世，则傅玄[⑪]晓音，创定雅歌，以咏祖宗；张华[⑫]新篇，亦充庭《万》[⑬]。然杜夔(kuí)[⑭]调律，音奏舒雅；荀勖(xù)改悬[⑮]，声节哀急，故阮咸讥其离磬[⑯]，后人验其铜尺[⑰]。和乐之精妙，固表里而相资矣。

### [注释]

①三祖：魏太祖曹操、魏高祖曹丕、魏烈祖曹叡，合称三祖。

②宰割：分裂。辞调：指汉乐府。曹操等用汉乐府旧调写的与古题无关的新内容，即所谓以古题乐府写时事。

③音靡节平：音律美妙，节奏平和。节，音节。

④北上：曹操《苦寒行》，其首句是“北上太行山”。引：乐曲。

⑤秋风：曹丕《燕歌行》，其首句是“秋风萧瑟天气凉”。

⑥酣：痛饮。

⑦羁戍：指兵士出征守边不归。羁，拘束；戍，驻守边疆。

⑧慆：过分。荡：放逸。

⑨三调：《平调》《清调》《瑟调》，都是周代古乐。

⑩郑曲：春秋时郑国的乐曲，古乐中的靡靡之音。因为三调是古乐，而魏三祖按照三调所作新歌歌词并不典雅，所以说是靡靡之音。

⑪傅玄：魏晋间诗人，善作祭天地的雅乐。

⑫张华：西晋文人，善作宫廷舞曲。

⑬《万》：《万舞》，一种大舞，用盾、斧、羽来舞。

⑭杜夔：三国时魏音乐家，曾负责考订恢复古代音乐工作。

⑮荀勖：西晋音乐家。改悬：即改变钟磬悬挂的距离，此指改制乐器。

⑯阮咸：三国魏末文人，精通音乐。离磬：悬磬稀疏相离，即调整距离。荀勖所用的尺子比杜夔的短，所以声高急，于是阮咸便讥笑其调音错误，声高急是不可能雅正的。

⑰铜尺：阮咸以后有人用从地下发掘出的铜尺来验证，果然荀勖尺比周古尺长四分多。从刘勰在本文的态度看，他是肯定据荀勖调整的乐器符合雅正的音乐的。

### [译文]

到了魏太祖曹操、魏高祖曹丕、魏烈祖曹叡，志气豪爽，才华富丽，他们改作的歌词曲调音调浮靡，节奏平庸。看到曹操的《苦寒行》、曹丕的《燕歌行》等作品，无论是叙述酣歌宴饮还是哀叹出征，内容都不免过分放纵，句句离不开悲哀的情绪。虽然用的是汉代正统的“三调”音乐，可是比之《韶》乐和《夏》乐等古乐来说却差远了。到了晋代，傅玄通晓音乐，他创作了许多雅正的歌曲，来歌颂晋代的祖先；张华也写了一些新的乐曲，作为宫廷的《万舞》曲。然而魏的杜夔所调整的音律，节奏舒缓雅正；而晋初荀勖改制的乐器，音乐的声调节奏便悲哀而急促了，所以阮咸曾讥笑荀勖定得不协调，使音乐偏离了正统。后来，有人考察了古代的铜尺，才知道荀勖使用的尺子不对。可见和美协调音乐的精微奥妙，是需要靠乐曲和歌词的互相配合啊！

## 原文

故知诗为乐心①，声为乐体②。乐体在声，瞽(gǔ)师③务调其器；乐心在诗，君子④宜正其文。“好乐无荒”⑤，晋风⑥所以称远；“伊其相谑”⑦，郑国所以云亡⑧。故知季札观乐，不直⑨听声而已。若夫艳歌婉娈(luán)⑩，怨志诀⑪绝，淫辞在曲，正响焉生？然俗听飞驰，职⑫竞新异；雅咏温恭，必欠伸鱼睨(nì)⑬；奇辞切至，则拊髀(fǔ bì)雀跃⑭。诗声俱郑，自此阶⑮矣。

### [注释]

①心：灵魂，精神。

②体：躯体，形式。

③瞽师：乐师。瞽，瞎。古代很多乐师是盲人。

④君子：有德行修养的人。

⑤“好乐无荒”：此诗句见于《诗经·唐风·蟋蟀》。荒，废乱。

⑥晋风：即《唐风》。古唐国在周代时处于晋国所在。《唐风》是晋国的民歌，吴公子季札听了这首歌，赞美它用思深远。

⑦“伊其相谑”：见于《诗经·郑风·溱洧》。伊，语助词，乃；谑，调笑。

⑧郑国所以云亡：季札到鲁国观乐，听到演奏《郑风》时说：“郑国难道要先亡吗？”

游乐图

乐曲发展到后来，出现许多轻佻、淫亵之词，为俗小所喜，却为君子所不齿。

⑨不直：不仅。

⑩婉娈：缠绵，爱恋。

⑪诀：分别，割断联系。

⑫职：主。

⑬欠伸：打哈欠，伸懒腰。鱼睨：像鱼眼那样死瞪着看，形容发愣。

⑭拊：拍。髀：大腿。雀跃：像雀一样跳跃，形容高兴喜悦。

⑮阶：指通向浮靡的阶梯。

### [译文]

由此可知，诗篇是乐府的核心，声调是乐府的形式。乐府的形式附着在声律上，那么乐师务必调整他的乐器；乐府的核心在诗歌里，所以诗人应当端正他的文辞。因为《唐风·蟋蟀》里有“喜爱娱乐，不要过度”的诗句，所以季札称赞说有远见；因为《郑风·溱洧》里有“男男女女互相调戏”的内容，所以季札预言说郑国要先灭亡。由此我们知道，季札观听《诗》的演奏，不光是听听它的声调便罢了。至于后来的乐府诗中，写婉转缠绵相亲相爱或者怨恨满腔分别决裂，把这些淫靡的作品谱成曲，怎能产生良好的音乐呢？然而时俗却喜欢追求新鲜奇异的乐章；雅正的乐府温和恭谨，听了就必然厌烦得打哈欠，像鱼一样瞪眼；新奇的歌辞，切合心意，看了便一定高兴得拍大腿，像雀一样跳起来。诗歌和音乐都走上了邪路，从此越来越厉害。

## 原文

凡乐辞曰诗，咏声曰歌。声来被辞[1]，辞繁难节。故陈思称左延年闲[2]于增损古辞，多者则宜减之，明贵约也。观高祖之咏《大风》[3]，孝武之叹来迟[4]，歌童被声，莫敢不协。子建、士衡[5]，亟[6]有佳篇，并无诏伶人[7]，故事谢丝管[8]。俗称乖调[9]，盖未思也。至于轩岐《鼓吹》[10]，汉世《铙(náo)》《挽》[11]，虽戎丧[12]殊事，而并总入乐府。缪(miào)、韦[13]所致，亦有可算焉。昔子政品[14]文，诗与歌别[15]，故略序[16]乐篇，以标区界。

### [注释]

①被辞：指根据歌词来配乐谱曲。被，配。

②陈思：指陈思王曹植。左延年：魏时音乐家。闲：通“娴”，熟习。

③《大风》：汉高祖刘邦回故乡所作《大风歌》。

④来迟：汉武帝所作《李夫人歌》有“偏何姗姗其来迟”句，是其最后两字。

⑤子建：曹植的字。士衡：陆机的字。

⑥亟：屡。

⑦诏：皇帝的命令。伶人：奏乐演戏的人，这里指制乐谱的人。

⑧谢：别，离开。丝管：管弦乐器，指乐器。

⑨乖：违背。调：乐律、声调。

⑩轩：轩辕，黄帝的名号。岐：岐伯，黄帝时主管医药的大臣。《鼓吹》：《鼓吹曲》，古代一种军乐，相传为岐伯所作。

⑪《铙》：即《铙歌》，汉代的军乐。《挽》：即《挽歌》，汉代的丧乐。

⑫戎：军事。丧：丧事。

⑬缪：缪袭，三国时魏国人，改作有《魏鼓吹曲》共十二篇。韦：韦昭，三国时吴国人，改作有《吴鼓吹曲》共十二篇。

⑭子政：刘向的字。品：品味、

京国古风

汉初诗歌语句精练。森然有古意，歌者也容易配合音节。

评量，引申为研究整理。

⑮诗与歌别：刘向及其子刘歆整理古籍时，著《七略》，将诗归入了《六艺略》、歌归入了《诗赋略》。

⑯序：同“叙”，叙述。

### [译文]

乐府的歌词就是诗，诗按一定的曲词咏唱就是歌。声律合配歌词时，如果歌词繁多就难以符合音乐的节拍。所以陈思王曹植称赞说，左延年善于增减原作，多了的字句就适当减少，这说明歌词贵在精练简约啊！看看汉高祖的《大风歌》，汉武帝的“来迟”诗，让唱歌的孩子按乐谱演唱，没有不和谐的。后来曹植和陆机虽有好的诗篇，但没有诏令乐师配乐，所以不能演奏。人们认为这是因为他们的诗歌违反了音乐的曲调，这都是没有经过思考的挑剔说法。至于轩辕黄帝时岐伯创作的《鼓吹曲》，汉代出现的《铙歌》和《挽歌》，虽然反映的内容不同，有的是军乐，有的是丧乐，但都是乐府诗歌的一种。还有缪袭和韦昭所改编的汉代乐府歌曲，也有好的作品值得计数在乐府诗内的。从前刘向品评文章，把诗和歌区别开来，所以在这里特意略述这篇《乐府》篇，以标明“诗”与“歌”间的区别。

## 原文

**赞曰：八音摛(chī)文①，树辞为体。讴吟坰(jiōng)②野，金石云陛③。《韶(sháo)》④响难追，郑声易启。岂惟观乐，于焉⑤识礼。**

### [注释]

①八音：古称金、石、土、革、丝、木、匏、竹为八音，实即指用这八类材料做的各种乐器。摛文：作文，指演奏音乐。摛，发布。文，文采，此处指音乐悦耳动听。

②坰：郊野。

③金石：八音中的两音，这里泛指音乐。陛：宫殿的高阶，指宫廷。

④《韶》：虞舜时代的音乐，代表雅正的古乐。

⑤焉：此，这里指音乐。

### [译文]

总结：各种乐器产生种种动听的声音，而好的歌词却是其中的核心。讴歌吟唱的声音响遍乡村郊野，音乐的演奏环绕宫殿的玉陛。雅正的《韶》乐传统很难继承，不正当的淫靡之门却如此容易开启。季札观礼岂止是为了听听音乐，更可以在其中看出礼法的盛衰。

# 诠赋第八

**题解**

“赋”原指《诗经》的“六义”之一，是铺陈描写的表现手法。在汉魏六朝时期，“赋”是文学创作的主要形式之一，所以刘勰将其放入文体论来加以论述。“诠赋”即对赋这种文体及相关的创作情况进行解释、阐述和评论。

全篇分四部分：一、讲“赋”的含义及其起源，这是历代评论家争论较多的一个问题，刘勰着重说明其与《诗经》《楚辞》的关系。二、主要说明汉赋的创作盛况，指出了“大赋”与“小赋”的不同特点。三、评论先秦、两汉和魏晋时期“赋”的代表作家及其作品。四、总结“赋”的创作原则。

刘勰提出了“赋”的写作应“睹物兴情”“义必明雅”“辞必巧丽”的基本创作原则，主张雅正的内容和华丽的文辞相配合，反对没有教育意义、单纯追求华丽的作品。这些意见有一定的普遍意义。

## 原文

《诗》有六义①，其二曰赋②。赋者，铺也；铺采摛(chī)文③，体物写志④也。昔邵公⑤称：“公卿⑥献诗，师箴瞍(zhēnsǒu)赋⑦。”《传(zhuàn)》⑧云：“登高能赋，可为大夫。”⑨《诗序》则同义⑩，传(zhuàn)说则异体⑪。总其归涂，实相枝干。刘向明“不歌而颂”⑫，班固称“古诗之流也”⑬。

**[注释]**

①六义：指风、雅、颂、赋、比、兴。其中风、雅、颂是《诗》的三种文体，赋、比、兴是《诗》的三种表现手法。

②其二曰赋：赋在《毛诗序》中的“六义”的顺序中位置在第二。

③铺采：铺陈辞采。摛文：发布文辞。

④体物：体察、描绘事物。志：情思。

⑤邵公：即周代的召公，姓姬名奭，封于召。他的话见于《国语·周语》。

⑥公卿：指周王朝高级官吏。

⑦师箴瞍赋：师，少师，主管教化的官员。箴，一种刺谏教训的短韵文。瞍，没有瞳仁的盲人，专管朗诵。赋，朗诵。

⑧《传》：此处指《毛诗诂训传》，相传是西汉毛亨所作，是解释《诗经》经义的专著，简称《毛传》。

⑨“登高能赋”二句：《毛传》中说，有“升高能赋”等九种本领，才“可以

登高赋诗

为大夫”。

⑩同义：同为“六义”之一的意思。

⑪传：这里指《国语》和《毛传》，并非单指《毛传》。异体：不同的文体、体裁，指赋不同于诗而成另一种文体。

⑫刘向：字子政，西汉末人，其语见《汉书·艺文志》，原文为：“不歌而诵谓之赋。”

⑬班固：字孟坚，汉代史学家、文学家。其话见于《两都赋序》，原文为：“赋者，古诗之流也。”古诗，指《诗经》；流，支流。

### [译文]

在《诗经》的“六义”中第二项就叫“赋”。所谓“赋”，就是铺陈的意思；铺陈华彩，舒布文辞，为的是描绘事物，抒写情志。从前周代的召公说：“各级官吏献诗，主管教化的官员进箴，盲人赋诵诗。”《毛传》中说：“登高能够赋诗的人，就可以当大夫。”由此可见，《诗序》把赋与比、兴同列于“六义”表现手法之中，而《毛传》和《国语》则把赋和诗区别开来，成为一种不同的文体。但是总观它们归属的途径，实际上只是枝与干的区别。所以刘向说“不歌唱只朗诵的诗就叫赋”，班固称言“赋是《诗经》的一个支流”。

## 原文

至如郑庄之赋大隧（suì）①，士蒍（wěi）之赋狐裘②，结言短韵③，词自己作，虽合赋体，明而未融④。及灵均唱《骚》⑤，始广声貌⑥。然则赋也者，受命于《诗》人⑦，而拓⑧宇于《楚辞》也。于是荀况《礼》《智》⑨，宋玉⑩《风》《钓》，爰（yuán）锡⑪名号，与诗画境⑫，六义附庸⑬，蔚⑭成大国。遂客主⑮以首引，极声貌以穷文，斯盖别诗之原始，命赋之厥（jué）初⑯也。

### [注释]

①大隧：《左传·隐公元年》载，郑庄公恨母亲姜氏帮助自己的弟弟共叔段作乱，于是发誓“不到黄泉不相见”。后来虽后悔但不好收回誓言，于是颍考叔给出主意，掘隧道地下与母亲相见。庄公朗诵：“大隧之中，其乐也融融！”姜氏朗诵：

“大隧之外，其乐也泄泄！”融融、泄泄，都是快乐和谐的样子。

②士芀：晋国大夫。狐裘：晋国大夫士芀见晋国政令不统一，因此朗诵道：“狐裘猛龙茸，一国三公，吾谁适从？”龙茸，杂乱的样子。

③短韵：篇体不广。

④明而未融：日初出有光叫明，日升高光明普照叫融。比喻“赋”初发展，还未成熟。

⑤灵均：屈原的字。《骚》:《离骚》，代指《楚辞》。

⑥声貌：指声音形貌。

⑦《诗》人:《诗经》的作者。

⑧拓：开拓、扩充的意思。

⑨荀况：即荀卿，战国时赵国的思想家。所著《荀子》中有《赋篇》，共有《礼》《智》《云》《蚕》《箴》五篇赋。

⑩宋玉：战国末楚国辞赋家，作品有《高唐赋》《神女赋》《登徒子好色赋》《风赋》，多疑为后人拟作。

⑪爰：于是。锡：赐予。

⑫画境：划界。

⑬六义：指《诗经》。附庸：小国附属于大国，这里用来喻指“赋”是“六义”之一的从属地位。

⑭蔚：繁盛，指赋体的兴盛。

⑮客主：指赋中常用的一种主客问答的对话形式。

⑯厥初：开初，这里是起源的意思。厥，其，语助词。

### [译文]

至于像郑庄公的赋诵“大隧之中”，晋国士芀的赋诵“狐裘龙茸”，篇幅很短，词句是自己顺口念出的，这种作品接近后代所说的赋，但是还没有成熟。直到屈原创作了《离骚》，才开始发展了赋的形式。所以，赋起源于《诗经》，而发展于《楚辞》。接着是荀况的《礼赋》《智赋》，宋玉的《风赋》《钓赋》的出现，才正式给这种作品以“赋”这个名号，和诗区别开来。这样，“赋”本来只是“六义”的一部分，处于附庸的地位，现在却蔚然发展成了文体中的一个大类。于是，作者常常从主客问答形式的对话引起，极力描写事物的声音状貌而追求文采。这大概就是赋和诗区别开来的起始，也是赋得以被命名为“赋”的开初。

## 原文

秦世不文，颇有《杂赋》①。汉初词人，顺流而作。陆贾扣②其端，贾谊振其绪③，枚、马播④其风，王、扬⑤骋其势。皋（gāo）、朔已⑥下，品物毕图⑦。繁积于宣⑧时，校阅于成⑨世，进御⑩之赋，千有余首。讨其源流，信兴楚而盛汉矣。

[注释]

①《杂赋》：据《汉书·艺文志》记载，秦代有《杂赋》九篇。

②陆贾：秦汉之间的文人。《汉书·艺文志》说他有赋三篇，今已失传。扣：打开。

③贾谊：西汉初文人。《汉书·艺文志》说他有赋七篇，尚存《鹏鸟赋》等四篇。振：发扬。绪：端绪。

④枚：枚乘。《汉书·艺文志》说他有赋九篇，尚存《菟园赋》《柳赋》。马：司马相如。《汉书·艺文志》说他有赋二十九篇，尚存《子虚赋》等六篇。播：扬。

⑤王：王褒，西汉末文学家。《汉书·艺文志》说他有赋十六篇，现仅存《洞箫赋》一篇。扬：扬雄。《汉书·艺文志》说他有赋十二篇，《甘泉赋》等八篇尚存。

⑥皋：枚皋，西汉文人。《汉书·艺文志》说他有赋一百二十篇。朔：东方朔，西汉辞赋家。二人的赋作已全部失传。已：同"以"。

⑦品物：各种不同的物类。毕：完全。图：描绘。

⑧宣：汉宣帝刘询。

⑨成：汉成帝刘骜。

⑩进御：即献给皇帝。

扬雄作赋

[译文]

秦世文学不发达，但是也有《杂赋》。汉代初期的辞赋作者，继前代而起。陆贾发起了汉赋创作的开端，贾谊接着发展汉赋创作的事业，枚乘、司马相如继承了这个风气，王褒、扬雄扩大了这个势头。枚皋、东方朔以后，各种事物都用赋来描绘。到西汉宣帝的时候赋作已经很多了，汉成帝时刘向加以组织整理，进献给皇帝的赋就有一千余首。探讨赋的起源和演变，可以看出它确实是兴起于战国末期的楚国而盛行于汉代的。

## 原文

夫京殿苑猎[①]，述行序志[②]，并体国经野[③]，义尚光大。既履端于唱[④]序，亦归余于总乱[⑤]。序以建言，首引情本；乱以理篇，写送文势[6]。按《那》之卒章[7]，闵马称乱[8]，故知殷人辑《颂》[9]，楚人理赋[10]，斯并鸿裁之寰(huán)域[11]，雅文之枢辖[12]也。至于草区禽族[13]，庶品[14]杂类，则触兴致[15]情，因变取会[16]。拟诸形容[17]，则言务纤[18]密；象其物宜[19]，则理贵侧附[20]。斯又小制之区畛(zhěn)[21]，奇巧之机要[22]也。

［注释］

①京殿：指描写京都、宫殿的赋。如班固的《两都赋》、王延寿的《鲁灵光殿赋》等。苑猎：指描写苑囿、狩猎的赋。如司马相如的《上林赋》、扬雄的《羽猎赋》等。

②述行：叙述远行的赋。如班彪的《北征赋》。序志：抒写内心情志的赋。如张衡的《思玄赋》。

③体国经野：即大赋写作中要求作者进行全国范围的规划，对国都和郊野的情况进行了解，予以描绘。体，划分。国，城中。经，大量。野，郊外。

④履端：开始写作。履，践，实行。唱：导。

⑤归余：按历法推算每年积余的时日，指结尾。乱：乐曲的最后一章，用在辞赋指作结尾的总结。

⑥写送：使之充足的意思，意指高声咏叹以结尾。文势：文章的气势。指加强结尾，使表现力充足。

⑦《那》:《诗经·商颂》中的一篇。卒章：最后一章。

⑧闵马：即闵马父，春秋时期鲁国大夫，他的话见于《国语·鲁语下》。称乱：即称结尾为“乱”。

⑨殷人辑《颂》:《颂》指《商颂》，是殷的后代宋国人所辑。殷亡后，周将其遗民迁于宋，封为宋国。

⑩楚人理赋：楚人，此处指《楚辞》的作者。理赋，为赋的末尾写结语。理，即“乱”。

⑪鸿裁：指大赋，篇幅宏大，内容广富。寰域：领域、范围。

⑫枢辖：关键、要点。

⑬区、族：都是类的意思。

⑭庶品：各种各样的东西。

⑮兴：兴致。致：引起。

⑯会：合。

⑰拟诸形容：摹拟事物的形貌。诸，之于。

⑱纤：细小。

⑲物宜：物理。宜，义、理。

⑳侧附：不直接进行描写，指将理寄托附着在物象上。

㉑小制：即小赋，篇幅短小，内容狭窄。区畛：区域界限。畛，分界。

㉒机要：关键，主要之处。

[ 译文 ]

云台宫殿

有些赋描写京都宫殿，叙述园林狩猎，或者记载出征远行，叙情述志，这些都关系到国家的大事，崇尚重大而光耀的意义。这些赋，开头往往有“序言”，结尾以“乱辞”结束。“序言”确立写作的起点，首先引出作赋的情事缘由；“乱辞”用来总结全篇的要旨，可以进一步增强文章的气势。从前《诗经·商颂·那》末尾的一章，闵马父称之为“乱”，可见殷人编辑《商颂》和楚人创作赋，都要撮理要点作出“乱辞”。上述这些都属于鸿篇巨制的大赋领域内的问题，也是写作典雅的主要特点。此外还有描写草木禽兽和各种物品的赋，都要触物而发，起兴抒情，根据事物和情思的变化采用恰当的表现方式。比拟它们的形态容貌，语言务必细致周密；表现事物的意义，说理贵在从侧面去说明。这些又属于小赋区域内的问题，也是使小赋能够写得新奇精巧的主要特点。

## 原文

观夫荀结隐语①，事数自环②；宋③发夸谈，实始淫丽④；枚乘《菟(tù)园》⑤，举要以会新；相如《上林》⑥，繁类以成艳；贾谊《鹏(fú)鸟》⑦，致辨于情理；子渊《洞箫》⑧，穷变于声貌；孟坚《两都》⑨，明绚以雅赡(shàn)⑩；张衡《二京》⑪，迅拔⑫以宏富；子云《甘泉》⑬，构深玮(wěi)之风⑭；延寿《灵光》⑮，含飞动之势。凡此十家，并辞赋之英杰也。及仲宣靡⑯密，发篇必遒(qiú)⑰；伟长⑱博通，时逢壮采；太冲、安仁⑲，策勋于鸿规⑳；士衡、子安㉑，底(zhǐ)绩于流制㉒；景纯㉓绮巧，缛(rù)理有余；彦伯梗概㉔，情韵不匮㉕。亦魏晋之赋首也。

[ 注释 ]

①荀：荀子。结：联系，指创作。隐语：谜语。

②事数自环：荀子的《礼》《智》《云》《蚕》《箴》五篇小赋，都是谜语形式，

自相问答，重复描绘。环，循环，环绕。

③宋：宋玉。他的赋常常写与楚王的谈话，描写很夸张。

④淫丽：过于华丽。

⑤《菟园》：枚乘的《梁王菟园赋》，主要描写菟园中的景物。

⑥《上林》：司马相如的《上林赋》，分类描写了天子上林苑中的景物。

⑦《鹏鸟》：贾谊的《鹏鸟赋》，主要写作者对祸福无常的看法以及自我宽慰。鹏鸟，不祥之鸟。

⑧子渊：王褒的字。他的《洞箫赋》描写箫声的变化，十分形象生动。

⑨孟坚：班固的字。《两都》：即《东都赋》和《西都赋》，其中《东都赋》写洛阳，《西都赋》写长安。

⑩赡：富足，就内容而言。

⑪《二京》：张衡的《西京赋》和《东京赋》。

⑫迅拔：刚健有力。

⑬子云：扬雄的字。他的《甘泉赋》写甘泉宫的富丽堂皇，十分奇伟瑰丽。

⑭玮：美好。风：指作品的教化作用。

⑮延寿：王延寿，东汉中期文人。他的《灵光殿赋》着力描写灵光殿的建筑雕刻，写得很生动。

⑯仲宣：王粲的字，“建安七子”之一。他的赋作短小有力，《登楼赋》是其代表作。靡：细。

⑰发篇：写作文章。遒：强劲有力。

⑱伟长：徐幹的字，代表作有《齐都赋》等。

⑲太冲：左思的字，著有《三都赋》。安仁：潘岳的字，西晋文人，著有《西征赋》《籍田赋》。

⑳策勋：立功。鸿规：指大赋，《三都赋》《西征赋》《籍田赋》都规模宏大。

㉑士衡：陆机的字，著有《文赋》。子安：成公绥的字，西晋文人，著有《啸赋》。

㉒底绩：致绩，建立功绩。底，致。流制：文学艺术的不同部门，

群鸟图

指陆机的《文赋》之类。

㉓景纯：郭璞的字，著有《江赋》。

㉔彦伯：袁宏的字，东晋文人，著有《北征赋》。梗概：慷慨。

㉕匮：缺乏。

[ 译文 ]

看看荀子的赋作，大都由谜语组成，叙述事物常常自问自答；宋玉的赋生发了夸张铺饰的谈风，确实是赋走向淫靡艳丽的开始；枚乘的《菟园赋》，描写扼要而又写得新颖；司马相如的《上林赋》，内容繁复，文辞艳丽；贾谊的《鹏鸟赋》，善于辨析；王褒的《洞箫赋》，对于箫的声音状貌的描绘穷尽了变化；班固的《两都赋》，文辞明朗绚丽而内容雅正充实；张衡的《二京赋》，文笔刚健而含义丰富；扬雄的《甘泉赋》，构思深邃具有瑰丽奇特的风格；王延寿的《灵光殿赋》，具有飞灵生动的神态和气势。上面所述的这十大赋家都是辞赋创作中杰出的英才。到了王粲，他的赋文辞细靡严密，发端遒劲有力；徐幹知识渊博通达，他写作的辞赋富丽的文采处处可见；左思和潘岳，在写作规模宏大的赋方面有很大的成就；陆机和成公绥，在品评文章方面作出了成绩；郭璞的赋文辞绮丽巧妙，道理丰富；袁宏的赋慷慨激昂，余味无穷。这几家是魏晋时代辞赋作者的代表。

## 原文

原夫登高之旨，盖睹物兴[①]情。情以物兴，故义必明雅；物以情[②]睹，故词必巧丽。丽词雅义，符采相胜[③]。如组织之品朱紫[④]，画绘之著玄[⑤]黄；文虽杂[⑥]而有质，色虽糅(róu)而有仪[⑦]，此立赋之大体[⑧]也。然逐末之俦(chóu)[⑨]，蔑弃其本，虽读千赋，愈惑体要[⑩]。遂使繁华损枝，膏腴害骨[⑪]，无实风轨[⑫]，莫益劝戒。此扬子所以追悔于雕虫[⑬]，贻诮(qiào)于雾縠(hú)[⑭]者也。

[ 注释 ]

①睹：观看。兴：引起。

②情：情志。

③符采：玉的模纹。相胜：相称。

④组织：用丝或麻织成的东西。品：品评、评量。朱：指正色。紫：指间色。品朱紫即分正和邪。

⑤著：附加。玄：黑赤色。

⑥杂：指五色相间。

⑦糅：杂。仪：准则、仪则。

⑧大体：主体。

⑨俦：同辈。

⑩“读千赋”二句：扬雄曾说“读千赋，乃能为之”。此处刘勰反其意而用之。

⑪膏腴：肥肉，比喻文采过分华丽。骨：骨力，内容。

⑫风轨：风，教育意义；轨，法则。

⑬扬子：扬雄。雕虫：即雕刻鸟虫书。鸟虫书是古代的一种篆字，汉代规定儿童必须学习的内容之一，以此比喻微不足道的小技。

⑭贻：遗留。诮：讥笑、责怪。雾縠：轻雾似的绉纱。这里用以说明没有意义的赋作，就如同女工织薄纱一样，只是浪费工夫，而没有任何的实际用处。

[译文]

所谓“登高能赋”这句话的意思，是在说明看到外界的景物可以引起内心的感情。情感由外界景物的触动而兴起，那么作品内容必然明白雅正；景物由作者情感来表现，因此使用的词语必须精巧华丽。华丽的文辞和雅正的意义，就像是玉石的纹彩和它的质地一样配合得恰当。好比丝麻讲究红色和赤色，绘画时使用黑色和黄色一样；文才固然要求五彩缤纷，但必须有一定充实的内容，如同色彩虽糅杂相混，然却有它的底色。这就是写赋的要点。可是，有些只知追求形式华丽的人，蔑视抛弃了写赋的根本，他们即使读赋千篇，然而对作赋的要点却永远抓不住。于是他们写作的赋，就像花叶过于繁盛损伤了枝干，人体过于肥胖损害了骨骼一样，既对教育没有什么实际意义，又对劝告警诫没有什么益处。这就是扬雄之所以后悔作赋这种雕虫小技的作品的原因，因为这种赋像轻雾般的绉纱一样无益。

## 原文

赞曰：赋自《诗》出，分歧异派①。写物图貌，蔚②似雕画。抑滞③必扬，言旷④无隘。风归丽则⑤，辞翦稊稗（tí bài）⑥。

天女散花

赋体越到后期越华丽繁冗，如天女散下来的花瓣，纷扬飘荡，华丽绚美。

[注释]

①异派：指赋有大赋、小赋的区别。

②蔚：指文采丰盛。

③抑：压抑。滞：阻滞，不通畅。

④旷：宽广。

⑤丽则：扬雄《法言·吾子篇》：“诗人之赋丽以则，辞人之赋丽以淫。”诗人，指《诗经》的作者。辞人，指过分讲求华丽的汉赋作者。刘勰赞成赋应“丽以则”。

⑥稊稗：稻田里的杂草。

[译文]

总结：赋从《诗经》发展而来，它本身又分成不同流派。它描写事物图绘声音形貌，文采丰富如同雕刻绘画。受抑滞的讽谏作用必须发扬，言路宽旷内容才不狭隘。文风应回到既雅丽又有法度，要剪除那些华而不实的文辞。

# 颂赞第九

**题解**

《颂赞》的“颂”和“赞”是两种文体。从本篇起，文体论部分常在一篇中讨论两种相近的文体。本篇主要讨论“颂”，其次讨论“赞”。

全篇分两部分：一、讲“颂”的含义、起源、发展变化情况以及写作基本特点。二、讲“赞”的含义、起源、发展变化情况及其写作的基本特点。

颂和赞都是歌功颂德的作品。刘勰在本篇中所肯定的作品大都没有什么价值。这两类作品的应用范围有限，特别是赞，但是对这两种区别甚微的文体作了较为明确的界说。对“颂”的写作，反对过分华丽，“弄文失质”，主张从大处着眼来确立内容，应该根据具体的内容确定细节描写。这些意见，对一般写作也有一定意义。

## 原文

四始之至①，颂居其极②。颂者，容也，所以美盛德而述形容也。昔帝喾(kù)③之世，咸黑④为颂，以歌《九招》⑤。自《商》已⑥下，文理允⑦备。夫化偃(yǎn)⑧一国谓之风，风正四方谓之雅，容告神明谓之颂。风雅序人⑨，事兼变正⑩；颂主告神，义必纯美。鲁国以公旦次编⑪，商人以前王追录⑫，斯乃宗庙之正歌⑬，非宴飨(xiǎng)⑭之常咏也。《时迈》⑮一篇，周公所制，哲人之颂，规式存焉。夫民各有心，勿壅(yōng)惟口⑯。晋舆之称原田⑰，鲁民之刺裘鞸(bì)，直言不咏，短辞以讽⑱，丘明、子顺⑲，并谓为诵，斯则野颂之变体，浸被⑳乎人事矣。及三闾《橘颂》㉑，情采芬芳，比类寓意，乃覃㉒及细物矣。

**[注释]**

①四始之至：风、大雅、小雅、颂是王道兴衰的开始。

②极：最好。颂在“四始”的最后，地位最高。

③帝喾：传说中的上古帝王。

④咸黑：帝喾时的乐师。帝喾曾命咸黑作歌。

⑤《九招》：帝喾时的乐歌。

⑥《商》：即《商颂》，《诗经》有《商颂》五篇。已：同“以”。

⑦允：实。

⑧化偃：教化像风，百姓像草，风吹草倒。化，教化。偃，倒下，引申为受影响。

⑨序人：写人事。序，叙。

⑩变正：指《诗经》中有正风、正雅、变风、变雅。治平时的风雅称正，变乱时的风雅称变。

⑪“鲁国”句：周公旦辅佐成王，功勋卓著，封居鲁国，享有天子之礼，死后鲁国人用《鲁颂》来祭祀周公。周公姓姬名旦。

⑫“商人”句：当作宋人，是宋大夫正考父校《商颂》以祭先王。周封商朝的后代在宋国。

⑬宗庙：祖庙。正歌：庄重、严肃的颂歌。

⑭宴飨：酒席宴会。

⑮《时迈》：《诗经·周颂》中的一篇。

⑯勿壅惟口：见于《国语·周语上》。召公认为要让百姓说话，不能像筑堤那样防止百姓说话。壅，筑堤防水。

⑰原田：《左传·僖公二十八年》载，晋文公在与楚国的城濮之战前，怕部下畏战，于是听反映众人思想情绪的诵歌。诵歌说：“原田每每，舍其旧而谋其新。”（原野上的青草长得多茂盛，除掉旧根子，速播新种子。）意思是说晋军强盛，可以打仗。舆：众人。

⑱“鲁民之刺”句：孔子相鲁，改正坏的风俗，鲁国人作颂毁谤孔子说：“麛裘而韠，投之无戾。”意思是孔子没有什么功劳还当官，赶走他也没有罪。后来众人了解了，又歌颂孔子。

⑲丘明：左丘明，春秋时鲁国的史官，传为《左传》的作者。子顺：孔子的六世孙孔顺子，《孔丛子》的作者。

⑳浸被：逐渐影响。浸，

元圣周公庙

周公姬旦德行超越众人，后世追崇，许多人为他写出颂赞之词。

渐渐。

㉑三闾：指屈原。屈原曾做过三闾大夫。《橘颂》：屈原所作的《九章》中的一首。

㉒覃：推、延。

[ 译文 ]

《诗经》“四始”的诗理到达了极致，而“颂”在“四始”中居处在最后一项。“颂”的意思就是形容状貌，通过形容状貌来赞美盛大功德。从前帝喾的时候，咸黑曾作颂扬功业的《九招》等。从《诗经·商颂》以后，“颂”的写作方法就已成熟完备了。教化能够感化一诸侯国的诗歌叫作风，能够影响到全国风化的诗歌叫作雅，能够通过形容状貌来赞美当代盛德功业、禀告神明的诗歌叫作颂。“风”和“雅”的诗歌是写人事的，所以有“正风”“正雅”“变风”“变雅”；“颂”是用来禀告神明的，所以说的内容必须纯正美好。鲁国因为周公姬旦享有天子之礼，所以有《鲁颂》；宋人追录了祭祀他们祖先前王的颂歌而有《商颂》，这些都是宗庙祭祀用的雅正的颂歌，不是宴会上常用的吟咏。《诗经·周颂·时迈》这一篇颂，是周公姬旦所作的。这篇贤人写成的颂，为颂的写作留下了典范。老百姓都各有自己的心思想法，不能去堵塞他们的嘴巴。春秋时，晋国的民众用“原田每每”来赞美晋国的军队，鲁国的百姓用“麛裘而韠”来讽刺孔子，都是直说出来，并不咏唱，而用简短的辞语来进行讽刺，左丘明和孔顺叫它们为颂，这些都是有了变化的不正规的颂，颂已从原来的祭神渐渐用于人间的事情。到了屈原的《橘颂》，内容和文采都很美好，事物的类比和深刻的寓意又延伸到细小的物品了。

## 原文

至于秦政刻文[①]，爰颂其德。汉之惠、景[②]，亦有述容[③]。沿世并作，相继于时矣。若夫子云之表充国[④]，孟坚之序戴侯[⑤]，武仲之美显宗[⑥]，史岑[⑦]之述熹后，或拟《清庙》[⑧]，或范《駉》《那》[⑨]，虽浅深[⑩]不同，详略各异，其褒德显容，典章一也。至于班、傅之《北征》《西征》[⑪]，变为序引[⑫]，岂不褒过而谬体哉！马融[⑬]之《广成》《上林》，雅而似赋，何弄文而失质[⑭]乎！又崔瑗(yuàn)《文学》[⑮]，蔡邕(yōng)《樊渠》[⑯]，并致美于序，而简约乎篇。挚虞品藻[⑰]，颇为精核[⑱]；至云杂以风雅[⑲]，而不辨旨趣[⑳]，徒张虚论，有似黄白之伪说矣[㉑]。及魏晋杂颂[㉒]，鲜(xiǎn)有出辙[㉓]。陈思[㉔]所缀，以《皇子》为标[㉕]；陆机积篇，惟《功臣》[㉖]最显，其褒贬杂居，固末代之讹[㉗]体也。

［注释］

①秦政：秦始皇嬴政。刻文：歌颂秦始皇的石刻。

②惠、景：即西汉惠帝刘盈、景帝刘启。

③亦有述容：惠、景二帝在位时间都不长且景帝又不爱好文学，但是仍有人作颂。述容，即乐舞。

④子云：扬雄的字。充国：赵充国，西汉初有武功的大臣。汉成帝为了纪念赵充国的功劳令扬雄作《赵充国颂》。

⑤孟坚：班固的字。戴侯：窦融，东汉初以武功而封安丰侯，死后谥戴。班固作《安丰戴侯颂》歌颂他。

⑥武仲：傅毅的字，东汉文人，歌颂汉明帝而作《显宗颂》十篇，现仅残存四句。显宗：汉明帝庙号。

⑦史岑：字孝山，东汉人，曾作《和熹邓后颂》，今已亡佚。

⑧《清庙》：《诗经·周颂》第一篇。这里用以指《周颂》。

⑨《駉》：《诗经·鲁颂》第一篇。这里用以指《鲁颂》。《那》：《诗经·商颂》第一篇。这里用以指《商颂》。

⑩浅深：即"深浅"。

⑪班、傅：班固、傅毅。《北征》：指班固的《车骑将军窦北征颂》。《西征》：指傅毅的《西征颂》，今只有残文四句。

⑫序引：都是散文文体的名称，这里指长篇的散文。序，同"叙"；引，延长。

⑬马融：东汉学者，其《广成颂》描写苑囿广阔，景物丰富，打猎勇敢，用来劝谏邓太后废除武功，不再打猎。

⑭失质：失去颂的体制。

⑮崔瑗：东汉文人，作《南阳文学颂》。

⑯蔡邕：东汉末文人、学者，作《京兆樊惠渠颂》。樊惠渠，是一条农田水利灌溉渠。

⑰挚虞：西晋文人，著有《文章流别论》。品藻：评论。

⑱精核：精确。

⑲杂以风雅：《文章流别论》说："傅毅《显宗颂》，文与《周颂》相似，而杂以风雅之意。"

⑳旨趣：宗旨、旨意，指基本的意义。

㉑"有似黄白"句：有人认为白色的金属（白锡）性质坚硬，黄色的金属（黄铜）性质柔韧，黄、白色金属相混杂的剑就既坚且韧。反对者认为，白色金属不韧，黄色金属不坚，黄、白色金属混杂一起就既不坚又不韧。刘勰用这个故事批评挚虞对《显宗颂》的评论前后有矛盾，既说它"文与《周颂》相似"，又说它"杂以风雅之意"。

㉒杂颂：不是宗庙中的舞歌，所以称杂颂。

㉓出辙：脱离轨道，脱离颂的正常体制。辙，车轮碾迹。

㉔陈思：陈思王曹植。

㉕《皇子》：指曹植的《皇太子生颂》。标：树的上端，指代表作品。

㉖《功臣》：指陆机的《汉高祖功臣颂》，因所颂不止一人，所以说积篇。

㉗末代：末世，指乱世，即魏晋时期。讹：错误。

乾明访碑

碑铭不仅是死者的生平介绍，也是作铭者文采的体现，到后来逐渐发展为颂诗。

[译文]

至于秦始皇时代的石刻，都是为了歌颂他的功德。西汉的孝惠帝、孝景帝时代，也有描绘形容的颂诗。所以各世都有颂的制作，一代一代地相继发展流传下来了。至于扬雄歌颂表彰赵充国的颂诗，班固作的《安丰戴侯颂》，傅毅赞美汉孝明帝功德的《显宗颂》，史岑作的《和熹邓后颂》，有的摹拟《诗经·周颂·清庙》，有的学习《诗经·鲁颂·駉》《商颂·那》，这些作品虽然深浅不同，详略各异，但是它们褒扬功德显示其德容，其写作基本法则是一致的。至于班固的《车骑将军窦北征颂》、傅毅的《西征颂》，就把颂变成了长篇的散文，岂不是褒扬过分而使颂违反了正常体制了吗？马融的《广成颂》《上林颂》，有颂的用意却写得很像赋，为什么玩弄文墨而又失去了颂这一文体的特点呢？还有崔瑗的《南阳文学颂》、蔡邕的《京兆樊惠渠颂》，都是序写得很漂亮而精简了颂的篇幅。挚虞在《文章流别论》中，对颂这一文章体裁的品评，颇为精湛，能够抓住它的要点；可是在谈到汉代的颂时，他却说又杂有风和雅的思想内容，而不弄清根本意义，这只不过是徒张虚势的议论，和古代白坚黄韧那样虚伪诡辩的谬说差不多。到了魏晋时代的杂颂，少有跳出旧有的道路的。陈思王曹植的作品，以《皇太子生颂》为代表；陆机的作品，只有《汉高祖功臣颂》最显著，其中褒扬和贬抑混杂在一起，确实是魏晋时期颂体已有所变化的作品了。

## 原文

原夫颂惟典懿（yì）①，辞必清铄（shuò）②。敷③写似赋，而不入华侈之区；敬慎如铭④，而异乎规戒之域；揄扬以发藻⑤，汪洋以树义⑥，虽纤⑦巧曲致，与情而变。其大体所弘，如斯而已。

[注释]

①原：推求根源。典：典雅、正确。懿：美好。

②铄：同“烁”，光彩。

③敷：分布，陈述。

④铭：以警诫为主的一种韵文。

⑤揄扬：称扬、赞美。发藻：驱遣文辞。

⑥汪洋：广大，指内容深广。树义：树立内容意义。树，确立。以上从文辞、内容两个方面来说明“颂”这种文体写作的风格特点。

⑦纤：细。

[译文]

颂的写作，本来是讲究内容典雅，文辞美懿。虽然描写铺陈有些像赋，但不像赋那样陷入华丽侈艳的地步；恭敬严肃像“铭”，但又和“铭”的规劝警诫意义有差异。它的写作应该雍容舒展地铺陈辞藻，气势磅礴地树立义理，虽然也要讲究纤细精巧、婉曲尽致，但要随着情况的变化而变化。颂的写作，大概情况就是这样了。

原文

赞者，明也，助也。昔虞舜之祀，乐正[①]重赞，盖唱发之辞也。及益赞于禹[②]，伊陟(zhì)赞于巫咸[③]，并扬言[④]以明事，嗟叹以助辞也。故汉置鸿胪(lú)[⑤]，以唱言为赞，即古之遗语也。至相如属笔，始赞荆轲[⑥]。及迁《史》固《书》[⑦]，托赞褒贬[⑧]，约文以总录，颂体以论辞。又纪传后评[⑨]，亦同[⑩]其名。而仲洽《流别》[⑪]，谬[⑫]称为述，失之远矣。及景纯注《雅》[⑬]，动植必赞[⑭]；义兼美恶，亦犹颂之变耳。然本其为义，事生奖叹，所以古来篇体，促而不广[⑮]，必结言于四字之句，

过鲁祀圣

古时祭祀仪式上都会有专人主持并且讲述赞颂之语，流传下来便成为赞辞。

盘桓(huán)乎数韵[16]之辞；约举以尽情，昭灼以送文[17]，此其体[18]也。发源虽远，而致用盖寡，大抵所归，其颂家之细条[19]乎！

［注释］

①乐正：古代乐官。

②益赞于禹：禹攻有苗，有苗不服，益劝禹修德教，禹退兵修德，七十天而有苗服。益帮助禹的话称为赞。益，传说中舜的臣子。赞，助。

③伊陟赞于巫咸：伊陟看到桑、谷并生的异常现象，认为不祥，伊陟赞于巫咸，这个说明被称为赞。伊陟，伊尹的儿子。巫咸，古神巫，名咸。二人都是殷帝王太戊的臣子。

④扬言：即高声说话。

⑤鸿胪：官名，执掌各种祭祀典礼的司仪。鸿，大声。胪，传呼。司仪者要大声传呼。

⑥赞荆轲：荆轲，战国末期的刺客，为燕太子丹刺杀秦始皇，失败被杀。司马相如有《荆轲赞》，末尾可能有赞辞。

⑦迁《史》固《书》：指司马迁的《史记》和班固的《汉书》。

⑧托赞褒贬：《史记》本纪、列传末尾都有个评语称"太史公曰"，《汉书》改称为"赞曰"，这个赞有的是说明，有的是补充，即辅佐。不像过去的赞只有赞扬。

⑨纪传后评：《史记》最后一篇《太史公自序》和《汉书》最后一篇"叙传"，都是用来说明全书各篇写作之意的。如《太史公自序》，先述每篇作意而后说"作××本纪第×""作××列传第×"。《汉书》叙传，依仿《史记》。这种总的"纪传后评"从《后汉书》开始，才散入每篇之后的"赞曰"。

⑩同：同一类名称和性质。

⑪仲洽：挚虞的字。《流别》：即《文章流别论》。

⑫谬：错误。

⑬景纯：郭璞的字。《雅》：《尔雅》。

⑭动植必赞：郭璞有《尔雅图赞》二卷，对动物、植物都用四言韵语，或褒或贬，皆有赞辞。

⑮促：短。广：长。

⑯盘桓：环绕。数韵：指篇幅不长。赞的韵文一般两句一韵，数韵则为一二十句。

⑰昭灼：明显。送文：结束文辞。

⑱体：要点。

⑲细条：支派。

［译文］

"赞"的意思就是说明、辅助的意思。相传从前虞舜的祭祀，很重视乐官的赞语，因为它是唱颂歌之前的说明之辞。至于益帮助大夏时说的话，伊陟向巫咸作的说明，都是用强硬的措辞来说明事理，加强语气来帮助言词。所以，汉代设置了鸿胪官，他在各种典礼上大声传呼指挥人们歌唱行礼的话就是赞辞，这些都是古代遗留下来的口头的赞语。到了司马相如进行写作，才在《荆轲论》中对荆轲加以赞颂。接着司马迁的《史记》、班固的《汉书》便借赞辞来进行褒扬和贬抑，那是用简要的文字加以总结，用颂的体裁加以议论。还有《史记》和《汉书》最后的评语，都是全书的总评，也和“赞”的名称是相同的。可是挚虞在《文章流别论》中，看到《汉书》“叙传”里不说“作”而说“述”，便错误地称班固的《汉书》“叙传”为《汉书》“述”，那就差得太远了。到了郭璞注释《尔雅》，作《尔雅图赞》，无论是动物、植物都要写赞辞；内容上赞扬与批评都兼而有之，这和前面讲的魏晋时代的颂有变体一样，也是赞体发生变化之后的作品。从赞本来的意义看，它因人对事物的嘉奖赞叹而产生，所以古来赞这种文体的篇幅就很短小，必须是由四言的句子所构成，多为一二十句；简单扼要地讲完内容，清楚明白地终结全文，这就是赞这一文体的写作要点。赞的产生虽然很悠久，但是实际运用中不多，从它的大致趋向和归属看，它只能算是“颂”的一个支派吧！

## 原文

**赞曰：容德底颂①，勋业垂赞。镂影②摛(chī)声，文理有烂。年迹愈远，音徽(huī)如旦③。降及品物，炫辞作玩。**

### [注释]

①底：到达、完成。

②镂影：描绘形象。镂，雕刻。影，像。

③徽：美。旦：早晨，引申为新。

### [译文]

总结：形容盛德致以歌颂，评述功业垂篇论赞。刻镂形影组成声韵，那文采情理光辉灿烂。古代的事迹虽说年代久远，但那美好的颂赞像清晨那样清新。后来用赞辞品评动植物，往往是炫耀辞藻做文字戏玩。

# 祝盟第十

**题解**

《祝盟》的“祝”和“盟”是两种文体的名称。“祝”是祭祀时向神祷告，“盟”是结盟时向神宣誓。祝文伴随着原始宗教活动诞生，起源很早。祝辞的写作又注意“炼字协音，以便背诵”，所以其产生和发展，对后代的文学影响也很大。“盟”是随着社会的发展，氏族、部落、集团、国家之间“结盟”的出现才产生的，文学价值较小。本文以论述祝文为主，同时讲了与祝文相近的盟文。

全篇分两部分：一、讲祝文的起源、发展情况及其写作的基本特点。二、讲盟文的产生、发展情况及其写作的基本特点。

本篇所讲的这两种文体，随着时代的变迁，日渐失去实际的意义和作用。从本篇可以看出刘勰对鬼神的基本态度，基本上可以说是强调事在人为，鬼神之说较为虚无。

## 原文

天地定位，祀(sì)遍群神①。六宗既禋(yīn)②，三望③咸秩。甘雨和风，是生黍稷(jì)④，兆民⑤所仰，美报兴焉。牺盛惟馨(xīn)，本于明德⑥；祝史⑦陈信，资⑧乎文辞。昔伊耆(qí)始蜡(zhà)⑨，以祭八神⑩。其辞云：“土反其宅⑪，水归其壑(hè)⑫，昆虫毋⑬作，草木归其泽⑭。”则上皇⑮祝文，爰(yuán)在兹矣。舜之祠⑯田云：“荷(hè)此长耜(sì)⑰，耕彼南亩，四海俱有⑱。”利民之志，颇形于言矣。至于商履(lǚ)⑲，圣敬日跻(jī)⑳，玄牡㉑告天，以万方罪己㉒，即郊㉓禋(yīn)之词也；素车祷旱㉔，以六事责躬㉕，则雩禜(yú yǒng)㉖之文也。及周之太祝㉗，掌六祝㉘之辞。是以“庶物咸生”㉙，陈于天地之郊；“旁作穆穆”㉚，唱于迎日之拜；“夙兴夜处”㉛，言于祔(fù)庙㉜之祝；“多福无疆”㉝，布于少牢之馈㉞；宜社类祃(mà)㉟，莫不有文。所以寅(yín)虔于神祇(qí)㊱，严恭于宗庙也。

### [注释]

①群神：即众神，各种神灵。

②六宗：即四时（春夏秋冬）、寒暑、日、月、星、水旱六种受尊敬祭祀的神。宗，尊，指尊祀之神。禋：升烟为祭，古代祭天的一种典礼，引申为诚心诚意地享祭。

③三望：指祭泰山、河、海。望，祭。

桑林祷雨

④黍稷：黄米一类，这里泛指五谷。

⑤兆民：众多百姓。兆，古称一万亿为兆。

⑥牺盛：祭品。牺，指用于祭祀的牛羊；盛，指放在祭器中的谷物果品。馨：散布很远的香气。明德：光明之德。

⑦祝史：祭祀时负责祷告的官员。

⑧资：靠。

⑨伊耆：神农氏，一说是帝尧。蜡：即蜡祭，十二月合祭，在岁末举行。

⑩八神：谷物之神，主管百谷之神，农耕之神，邮亭之神，食田鼠田豕的猫、虎之神，防水的堤神，水沟神，昆虫神。

⑪反：返回。宅：住所，指土本来的位置。

⑫壑：沟。

⑬毋：勿，不要。

⑭泽：薮泽，草木聚生的水泽地方。这一祝辞见《礼记·郊特牲》。

⑮上皇：指有耆氏等“三皇”时代。

⑯祠：春天的祭祀。

⑰耜：一种翻土的农具。

⑱四海：四海之内，天下。有：有年，大丰收。

⑲履：商开国帝王成汤的名，为三王之一。

⑳圣敬：圣人之德。跻：上升。

㉑玄牡：黑色公牛。

㉒万方罪己：汤得天下后，天下大旱，五年不收，汤祷告祝辞说：“朕躬有罪，无以万方，万方有罪，罪在朕躬。”

㉓郊：祭天。

㉔素车祷旱：相传汤曾乘素车白马祷告求雨。素车，无彩饰的车。

㉕六事责躬：传成汤在祷告辞中用六件事来责备自己：政不节、使民疾、宫室荣、妇谒盛、苞苴（贿赂）行、谗夫兴。

㉖雩禜：两种祭祀名。雩，求雨；禜，祷晴。这里主要是指求雨除旱。

㉗太祝：殷周时期掌管祭祀祝辞的官名。

㉘六祝：六种祷告。即顺祝（顺民心，求丰年），年祝（求长寿），吉祝（求福），化祝（求息兵灾），瑞祝（求风调雨顺），策祝（求远罪疾）。

㉙“庶物咸生”：见于《小戴礼记·公冠篇》所载《祭天辞》《祭地辞》。庶，众。

㉚“旁作穆穆”：见于《小戴礼记·公冠篇》所载《迎日辞》，此处代指《迎日辞》。旁，广大，普遍。穆穆，壮美。

㉛“夙兴夜处”：《仪礼·士虞礼》所载祔辞中的话。

㉜祔庙：把新死子孙附置在祖庙里与祖先合祭。

㉝“多福无疆”：《仪礼·少牢馈食礼》所载祭祖祷辞中的一句。

㉞少牢：古代祭祖用的猪和羊。诸侯的卿大夫祭宗庙用少牢。馈：祭祀用的熟食。

㉟宜社类祃：出师时的两种祭祀。宜社，祭地；类祃，祭天。祃，祭祀军队所到地方之神。

㊱寅：敬。神祇：天地诸神。祇，地神。

［译文］

自从天地确定了位置，各种神灵都受到祭祀。既诚心诚意地尊祭“六宗”之神，名山大川也都按一定的顺序致祭。于是风调雨顺，使得五谷庄禾生长起来，这是千百万老百姓所仰望的，报答诸神降福的祭祀就这样兴起来了。馨香的祭品，要以道德本身为根本；掌管祭祀的官员向鬼神陈述虔诚的信念和愿望，就要以文辞为凭据。传说上古时代的神农氏，开始在年终祭祀和农事有关的八种神灵。它的祝辞说：“土地返回它的位置，水流归回它的沟壑中去，昆虫不要为害作乱，对庄稼有害的草木都回到水泽。”上古三皇时代的祝文，在这几句话中表现出来。虞舜在春天祭祀田土的祷辞中说：“扛起这长长的铧犁，去耕种那南山的田亩，让四海之内都获得大丰收。”他为百姓谋利的思想，已表现在言辞里了。到了殷商的成汤，礼贤下士，尊敬贤良，德行威望一天天高起来，他用黑色的公牛来告祭上天，把天下百姓的罪过都归在自己一个人身上，这就是他的祭天祝祷之辞；商汤还曾乘着毫无装饰的马车去祈祷免除旱灾，列举了六种过失来责备自己，这就是求雨的祷祝文辞。到了周代的祭官太祝，掌管六种祷祝的祝辞，于是用“万物齐生”等话来祭天地；用“光明普照”等话在迎接太阳的祭祀礼拜时诵唱；用“早起晚睡”等话在祖孙合庙的合祭典礼上告谕；用“多福无疆”这样的祝辞在祭祖献食的祭礼上宣布；天子出征时的祭祀天地和祭祀军队所到的地方之神，也没有不用祝文的。这些都是用以表示对天神地祇的敬畏虔诚，对宗庙祖先的尊崇恭敬。

## 原文

自春秋已下，黩(dú)祀(sì)谄(chǎn)①祭，祝币史辞②，靡③神不至。至于张老贺室，致善于歌哭之祷④；蒯聩(kuǎi kuì)临战⑤，获祐(yòu)于筋骨之请。虽造次颠沛⑥，必于祝矣。若夫楚辞《招魂⑦》，可谓祝辞之组丽⑧也。汉氏群祀，肃其百礼，既总硕儒之议，亦参方士之术⑨。所以秘祝移过⑩，异于成汤之心；侲(zhèn)子驱疫⑪，同乎越巫之祝⑫：礼⑬失之渐也。至如黄帝有祝邪之文⑭，东方朔有骂鬼之书⑮，于是后之谴咒，务于善骂。唯陈思《诰咎》⑯，裁以正义矣。若乃礼之祭祝，事止告飨⑰；而中代⑱祭文，兼赞言行。祭而兼赞，盖引伸⑲而作也。又汉代山陵⑳，哀策㉑流文；周丧盛姬，内史执策㉒。然则策本书赠㉓，因哀而为文也。是以义同于诔(lěi)㉔，而文实告神。诔(lěi)首而哀末，颂体而祝仪，太祝㉕所读，固祝之文者也。

[ 注释 ]

①黩：滥用、亵慢。谄：奉承献媚。

②祝币史辞：祭祀时由祝官献币帛，由史官致祷辞。祝、史都是主管祭祀的官。祝币，祭神用的币帛，古代玉、马、皮、圭、璧、帛等都叫币。史辞，祝官的祝辞。

③靡：无。

④“张老贺室”二句：指大夫张老祝贺新建成宫室。张老，晋大夫。

⑤蒯聩：卫灵公的太子。临战：蒯聩逃亡晋国时，随晋军与郑国军队作战，临战前请求祖先保佑的祷辞。

⑥造次：匆忙。颠沛：困顿。

⑦招魂：屈原招怀王魂归楚，因怀王被秦国拘囿。

⑧组丽：雾縠组丽，比喻文采。雾縠，轻雾般的绉纱。组，丝织品。

出殡图

诔文主要用在葬礼之上，列举死者生前功德。

⑨方士之术：用方士的法术来祭，指求神仙降临说。

⑩秘祝：祝官的秘密祷告，求神把灾祸移到臣民身上。移过：推过。

⑪侲子：童子，古时特指逐鬼用的童子。选十至十二岁童子一百二十人，戴赤头巾，穿黑衣服，拿着摇鼓，在宫内赶疫鬼来免除疾病。驱疫：驱逐疫疾。

⑫越巫之祝：越地的巫人主张敬鬼求福。

⑬礼：应作“体”。体：事体，指“汉氏群祀”。

⑭祝邪之文：相传为黄帝所作，是黄帝对一种通万物之情而能说话的白泽兽的祝文，今已不存。

⑮东方朔：西汉文人。骂鬼：东汉王延寿在《梦赋序》中说他幼时晚上睡觉曾看见鬼物，鬼物与他搏斗，“遂得东方朔与臣作骂鬼之书”。

⑯陈思《诰咎》：陈思王曹植曾感于风灾之害，借“天帝之命”作《诰咎文》，质问风神、雨神并进行祈福。

⑰飨：尚飨。飨，同“享”。尚享：请被祭祀者来享用祭品。

⑱中代：指汉魏时代。

⑲引伸：指祭祝文的发展、衍化。

⑳山陵：帝王的坟墓。

㉑哀策：一种文体的名称，汉代用这种文体来祭皇帝陵墓。

㉒周：周穆王。盛姬：周穆王的妃子。内史：主管册封任命的官员。策：策命，指赠死者之文。

㉓赠：送给死者之物。

㉔诔：列举死者生前德行的哀悼文，在丧礼中进行宣读。

㉕太祝：祭祀时读祝辞和迎神送神的官。汉设太祝令。

[译文]

春秋以后，污渎讨好群神的祭祀多了起来，以致祝祭的史官念祝祷的文辞，无神不祭祀的。到春秋时代，晋国大夫张老祝贺晋献文子赵武新建宫室落成，有祝他长久居住于此的祝辞；卫国的太子蒯聩在临战之前，还做了祷告请求祖先保佑自己不要断筋折骨的祝辞。可见，虽然处于仓卒或困难的情况下，也必须祭祀祝祷。至于《楚辞》里的《招魂》，可以说是祝辞里最早讲究文采的作品。汉代的各种祭祀，对各种礼节都十分重视，既总括大儒们的建议，也掺杂了方士们的方术。所以祝官遇到灾变就秘密地把罪过推到下面，和成汤在祝辞中把罪过归于自己的心意完全不同；又如用十岁至十二岁的黄门子弟作为“子”，去打鬼驱除疫疠，同越巫骗人的说法相同。这些都说明祝辞这种文体渐渐变质。又如因为有了黄帝的“祝邪之文”、东方朔的“骂鬼之书”，于是后世谴责邪鬼咒辞，都仿效它们，极力追求善于咒骂。唯有陈思王曹植的《诰咎文》，才是正确的诅咒。至于《礼记》上记载的祭祝之礼用的祝辞，其内容只是祈告祖先希望他们来享受祭品；而汉魏时代的祭文，还要同时赞美被祭祀人的言行。祭文中兼用赞颂，是从古代祝辞中引申来的。还有，汉代皇帝的陵墓里，流传下了哀策这种文体；周穆王的爱妃盛姬死后，《穆天子传》里有“内史官主持写作哀策文章”的记载。“策”本来是为了书写赠送给死者的礼品，是为了表达哀悼的思想感情而写作的一种文辞。所以，它的内容和诔有些相同，而这种哀文主要是上告神明的。它从赞扬死者的事迹开始，表示对死者的哀悼结束，内容上具有颂这种文体的特点。却以祝这种文体的形式来表达，所以汉代的太祝令在祭祀时所读的哀策，其实是周代祝文的发展。

## 原文

凡群言发华，而降神务实，修辞立诚[①]，在于无愧。祈祷之式，必诚以敬；祭奠之楷，宜恭且哀。此其大较[②]也。班固之《祀涿山》[③]，祈祷之诚敬也；潘岳之《祭庾(yǔ)妇》[④]，奠祭之恭哀也。举汇而求，昭然可鉴矣。

### [注释]

①修辞立诚：原意是修理文教以树立诚信，这里借指写祝辞的真诚。

②大较：大略、大概。

③《祀涿山》：班固《涿邪山祝文》，文不可考。

④《祭庾妇》：指潘岳的《为诸妇祭庾新妇文》，文缺不全。

### [译文]

各种文章都表现出一定华丽的文采，而请神降临用的祝辞则要求朴实，祝辞的写作要虔诚，要无愧于内心。祈祷的义辞的格式，须诚恳和肃敬；祭奠文的格式，应当写得恭敬而且哀痛。这就是祝这类文体写作的大概要求。班固的《祀涿山》，就表现了祈祷的诚恳和肃敬；潘岳的《祭庾妇》，就表现了奠祭的恭敬和哀痛。列举汇集这类作品加以研究，其特点是显而易见的。

## 原文

盟者，明也。骍旄(xīngmáo)白马[①]，珠盘玉敦[②]，陈辞乎方明[③]之下，祝告于神明者也。在昔三王[④]，诅盟[⑤]不及。时有要[⑥]誓，结言而退。周衰[⑦]屡盟，弊及要劫[⑧]。始之以曹沫[⑨]，终之以毛遂[⑩]。及秦昭盟夷[⑪]，设黄龙之诅[⑫]；汉祖建侯[⑬]，定山河之誓[⑭]。然义存则克[⑮]终，道废则渝始[⑯]。崇替[⑰]在人，咒何预[⑱]焉。若夫臧洪歃(shà)血，辞截云蜺[⑲]；刘琨铁誓[⑳]，精贯霏(fēi)霜[㉑]，而无补[㉒]于晋汉，反为仇雠[㉓]。故知信不由衷，盟无益也。

桃园结义

古时结义也需膜拜神明，以示庄严，还要发誓祸福与共。如刘关张桃园三结义。

[注释]

①骍旄：赤牛。相传周平王东迁以后，对随从他东迁有功的七姓诸侯赐给了用赤牛为牲的盟礼，是为"骍旄之盟"。白马：《汉书·王陵传》载，汉高祖曾杀白马而盟。

②珠盘玉敦：盟誓用于盛血、食的器皿，以珠玉为饰。

③方明：即用六面六色方木以象征上下四方神明，这里泛指一切神像。方，六方，即上、下、东、南、西、北。明，神明。

④三王：指夏、商、周三代帝王。

⑤诅盟：誓约。

⑥要：约。

⑦周衰：指东周政权衰落时期。

⑧弊：运用盟誓的流弊。要劫：强制、要挟，指下面所讲的曹沫、毛遂的行为。

⑨曹沫：春秋时鲁国人。《史记·刺客列传》载，鲁国与齐国交战，三战皆败。在鲁庄公献地求和的会盟上，曹沫执匕首劫持齐桓公，迫使齐桓公答应归还全部所占鲁国的土地。

⑩毛遂：战国时赵国平原君赵胜的门客。《史记·平原君列传》载，秦军围攻赵都城邯郸，平原君带毛遂等二十人到楚国求救，从早谈判到中午，楚王拖延不决。毛遂按剑上前要挟楚王，楚王被迫答应合纵抗秦。

⑪秦昭：战国时秦国昭襄王。盟夷：和夷人订立盟约。夷，古代对边疆少数民族的称呼，这里指巴郡阆中（今四川阆中）一带夷人。

⑫黄龙之诅：秦昭襄王与夷人所订的盟文。黄龙，指难得之物，表示秦人决不侵犯夷人。

⑬汉祖：汉高祖刘邦。建侯：封建诸侯。

⑭山河之誓：即汉高祖刘邦的《封爵誓》。

⑮克：能。

⑯渝始：违背最初的盟誓。渝，变。

⑰崇替：兴废。

⑱预：参与、干预。

⑲臧洪：东汉末人。歃血：古代盟誓时含牛马、鸡羊之血于口表示信用，叫歃血。蜺：虹的一种。

⑳刘琨：晋人。铁誓：坚定的盟誓，指刘琨的《与段匹磾盟文》，盟文表示坚决共同尽忠垂危的西晋王朝，体现了刘琨的爱国主义思想。

㉑霏霜：雪霜，这里喻坚贞之意。

㉒无补：没有帮助。

㉓反为仇雠：指臧洪被同时起来讨伐董卓的人所杀，刘琨被段匹磾所杀。雠，同“仇”。

[译文]

入关约法

刘邦入汉中约法三章，昭告百姓汉军秋毫不犯。

“盟”的意思就是明。用赤色的牛，或者用白色的马做祭品，盛放在装饰着玉石的器皿中，在神像下陈述的言辞，在神明面前祝告的话语，就是“盟”。在从前夏禹、商汤、周武王三王的时代，他们都是众望所归，大家信任的，所以不需要发誓立盟。如果有什么事需要约誓，用口头语言约定后就分开。到东周衰落之后，盟约的事就经常进行了，出现了强迫要挟和劫持订盟的情况。开始有鲁国的曹沫要挟齐桓公订下了齐鲁之盟，后来有赵国的毛遂劫持楚王迫使订下了合纵之约。到了秦昭王时，与巴蜀的少数民族订盟为誓，用珍贵的黄龙表示不侵犯夷人；汉高祖得天下分封诸侯王时，用山河不变之誓来冀望诸侯保持长久。然而，任何盟誓，只有坚持道义盟约才能坚持到底，道义不存，就会改变起初的盟誓。事情的兴废完全决定于人，赌咒结盟能起什么作用呢！如像汉末臧洪在讨伐董卓时的《酸枣盟辞》，慷慨激昂；西晋末年刘琨《与段匹磾盟文》，也写得十分坚定。但这些盟誓，对挽救东汉、西晋的社稷并没有什么补益，盟誓者后来反成仇人。所以我们知道彼此不是由衷地信任，盟誓也就毫无用处。

## 原文

夫盟之大体，必序危机，奖忠孝，共存亡，戮[①]心力，祈幽灵以取鉴，指九天以为正[②]，感激以立诚，切至以敷辞，此其所同也。然非辞之难，处辞为难。后之君子，宜存殷鉴[③]。忠信可矣，无恃[④]神焉。

### [注释]

①戮：并立、合力。

②九天：九方之天，这里泛指天。正：证。《离骚》："指九天以为正兮。"

③殷鉴：借鉴。殷人以夏的灭亡为镜子。这里泛指借鉴历史经验。

④恃：依靠。

### [译文]

"盟"这种文体的主要特点是，必须叙述当前形势的危机，褒奖忠孝节义的品行，约定同生共死，要求同心协力，祈求幽鬼神灵来监督，指着上天来作证，用感情激动的言辞来立下忠诚的意念，用恳切的语言来敷陈盟誓的文辞，这些就是盟文的共同点。然而困难的并不是写作盟誓之辞，实行盟誓之辞才是最困难的事。后世的君子，应当把过去盟誓的教训保存下来作为借鉴，讲究诚信就可以了，不要依赖神灵。

## 原文

赞曰：毖(bì)祀钦明[①]，祝史惟谈[②]。立诚在肃，修辞必甘。季代[③]弥饰，绚言朱蓝[④]。神之来格[⑤]，所贵无惭。

### [注释]

①毖：谨慎。钦明：这里借以泛指祝盟者应有的德行。

②谈：说，指祝辞。这里为押韵故用"谈"。

③季代：末世，动乱衰败之世，指魏晋时期。

④绚：文采华丽。朱蓝：朱色、蓝色，代表各种颜色。

⑤格：感通。

### [译文]

总结：慎重祭祀上下四方的神明，祝官太史专管祝祷的祝辞。道德的实诚在于恭敬严肃，修饰文辞必须写得善美。季代末世的祝辞越来越讲装饰，祝辞就要写得绚丽多彩。神灵被感召降临啊，以诚意无所愧惭为贵。

# 铭箴第十一

## 题解

《铭箴》的“铭”和“箴”，都是文体的名称，它们共同的特点是具有警诫作用。铭有两种：一是纪念功德的，一是作警诫的。箴则完全以警诫为主。从古籍记载和地下发掘的文物来看，铭、箴是我国古代两种较早的韵文。虽然刘勰在考察这两种文体的起源时列举的许多作品是后代伪托，但他论断这两种文体“盛于三代”还是比较正确的。汉魏以后，“以石代金”，碑文渐盛，这两种文体便逐渐衰没。所以本篇正反映了这两种文体在我国古代从盛行到衰弱这一过程的基本面貌。

全篇分三部分：一、讲“铭”的意义、起源和发展情况。二、讲“箴”的意义、起源和发展情况。三、讲“铭”“箴”二体的同异及其写作的基本特点。

## 原文

昔帝轩刻舆几以弼违①，大禹勒笋虡(jù)而招谏②；成汤盘盂③，著日新之规；武王户席④，题必戒之训。周公慎言于金人⑤，仲尼革容于欹(qī)器⑥：则先圣⑦鉴戒，其来久矣。故铭者，名也。观器必名也，正名⑧审用，贵乎盛德。盖臧武仲之论铭也，曰：“天子令德，诸侯计功，大夫称伐。”⑨夏铸九牧之金鼎⑩，周勒肃慎之楛(kǔ)矢⑪，令德之事也；吕望铭功于昆吾⑫，仲山镂绩于庸器⑬，计功之义也；魏颗纪勋于景钟⑭，孔悝(kuī)表勤于卫鼎⑮，称伐之类也。若乃飞廉有石椁(guǒ)之锡⑯，灵公有蒿(hāo)里之谥(shì)⑰，铭发幽石，吁可怪⑱矣！赵灵勒迹于番吾⑲，秦昭刻博于华山⑳，夸诞示后，吁可笑也！详观众例，铭义见矣。

[注释]

①帝轩刻舆几：相传黄帝在舆、几上刻有铭文。帝轩，指黄帝，传说中的古代帝王。舆，车。几，案。弼：辅助。违：纠正过失。

②笋虡：悬挂钟、磬的木架。谏：规劝的意见。

③成汤：商王朝的第一个帝王。盘盂：食器。

④武王：周武王。户席：即《户铭》《席四端铭》，都是后人伪托。

⑤周公慎言于金人：孔子在周太庙前看到金人（铜像），背上刻有铭文“无多言，多言多败”。

⑥革容：脸色因激动而变化。欹器：古代贵族宗庙中的一种巧器。空时重心在上，故倾斜；半满时重心在下，故位正；水满时重心又在上，很易倾覆。

⑦先圣：指上述黄帝、夏禹、商汤、周武王、孔子等。

⑧正名：端正器物的名称。

⑨臧武仲：春秋时鲁国大夫，其论铭的话见《左传·襄公十九年》。令德：称颂美德。令，美。计功：计数功绩。称伐：铭其征伐之劳。

⑩九牧：天下九州的首领或官长。金鼎：鼎上有百兽的图形，未提到铭文。

⑪勒：刻。肃慎：古国名，约在今黑龙江省东南。楛：茎可以作箭杆的树木。

⑫吕望：本姓姜，名尚，辅佐周武王灭殷建国的功臣。昆吾：古代著名冶匠名，一说为盛产金属的山名。

⑬仲山：仲山甫，周宣王时的卿士。镂：雕刻。庸器：记功的铜器。

⑭魏颗纪勋于景钟：魏颗因打败秦军，曾刻其功劳在景钟上。魏颗，春秋时晋国的武将。景钟，晋景公钟。

⑮孔悝表勤于卫鼎：《礼记·祭统》载孔悝的《鼎铭》，赞美其祖先的功绩。孔悝，春秋时卫国大夫。勤，劳苦。

⑯飞廉：殷纣王的臣子，秦国的祖先。椁：古代有钱人埋葬用棺椁，内为棺，外为椁，椁即外棺。

⑰蒿里：在泰山下，相传是人死后聚集的地方。谥：古代有地位的人死后被追加的封号。

⑱吁：表示怀疑的惊叹词。可怪：飞廉与灵公的传说都荒唐可怪。

⑲赵灵勒迹于番吾：传赵武灵王曾派人在番吾山刻了个大脚印，并在上面刻字。赵灵，战国时期赵国武灵王，自号主父。番吾，山名，在今河北平山南。

⑳秦昭刻博于华山：秦昭王曾叫人到山上用松柏之心做了个大型局戏，并在上面刻上“昭王常与天神博于此”几个字。秦昭，战国时秦昭王。博，古代一种棋局游戏，用六著，十二棋，可能相当于今天的“六子棋”。华山，在今陕西东部。

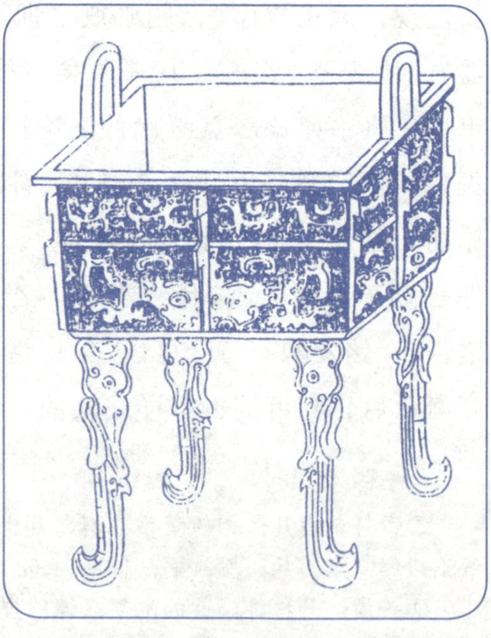

周晋姜鼎

鼎是古代最常见的礼器，被认为是尊贵和盛大的象征。古人常在鼎上刻写铭文，用来赞美祖先功德。

## [译文]

相传从前轩辕黄帝在车厢上、几案上刻下铭文以辅助自己纠正过错，夏禹曾在乐器架上刻勒铭文来招纳规谏之言；商朝成汤在盘子上刻写了“一天要比一天新”的规劝话语；周武王的《户铭》和《席四端铭》写了必须警诫的训言。周公把“说话要谨慎”的告诫刻在金人的背上，孔子看到了“欹器”脸色大变。可见，列位古先圣人重视诫语的作用，由来是很久远的。所以，“铭”就是名称的意思。观看器物必须端正它的名称，正定它的名称，审明它的警诫作用，关键在于有美好的德行。春秋时鲁国大夫臧武仲在论“铭”的时候说：“天子作铭是为了赞扬他们盛大的美德，诸侯作铭是为了计数他们的功勋，大夫作铭是为了称颂自己的劳绩。”夏禹把九州贡献的铜铸造成金鼎，周武王在肃慎氏上贡的矢上刻字，这就是属于天子颂扬美德的事情；吕望把功勋铭刻在冶匠昆吾铸造的金版上，仲山甫把他的大功刻在缴获的器物上，这就是属于诸侯计数他们的功勋；晋国将领魏颗的功勋被记刻在晋景公的钟上，卫国大夫孔悝的勋绩被铭表在卫鼎上，这属于大夫称颂自己劳绩一类的铭文。至于飞廉得到天赐的刻有铭文的石棺，卫灵公夺得坟地得到阴间加封的谥号，他们的铭文从埋藏在深幽的地下发掘出来，唉，可真奇怪啊！战国时赵武灵王在番吾山上刻勒上自己的游踪，秦昭王在华山上刻画棋局，用荒诞夸张的刻石给后代人看，唉，实在可笑啊！详细观察了众多的例子，铭的意义就可见了。

## 原文

至于始皇勒岳①，政暴而文泽②，亦有疏通③之美焉。若班固燕然④之勒，张昶(chǎng)华阴之碣(jié)⑤，序亦盛⑥矣。蔡邕(yōng)⑦铭思，独冠古今；桥公之钺(yuè)⑧，吐纳典谟⑨；朱穆⑩之鼎，全成碑文，溺所长也。至如敬通杂器⑪，准矱(yuē)武铭⑫，而事非其物，繁略违中。崔骃(yīn)品⑬物，赞多戒少；李尤⑭积篇，义俭⑮辞碎。蓍(shī)龟⑯神物，而居博弈⑰之中；衡斛(hú)嘉⑱量，而在臼杵(jiù chǔ)⑲之末，曾名品之未暇，何事理之能闲⑳哉！魏文九宝㉑，器利辞钝。唯张载㉒《剑阁》，其才清采，迅足骎骎(qīn)㉓，后发前至，勒铭岷(mín)汉㉔，得其宜矣。

### [注释]

①始皇勒岳：《史记·秦始皇本纪》载有《泰山刻石》《琅琊台刻石》等六篇铭文，都是李斯歌颂秦始皇的。始皇，指秦始皇。岳，指泰山等山岳。

②泽：润，恩。

③疏通：指文辞畅达。

④燕然：指班固的《封燕然山铭》，歌颂东汉窦宪北征的功绩。燕然山，在今蒙古人民共和国。

⑤张昶：字文舒，汉末建安时期文人。华阴之碣：即《西岳华山堂阙碑铭》。

碣，圆顶形的石碑。

⑥序亦盛：指《封燕然山铭》和《西岳华山堂阙碑铭》都有很长的序。

⑦蔡邕：东汉末文学家，以善于写作碑、铭著称。

⑧桥公：字玄，汉末大官僚。钺：即蔡邕的《黄钺铭》，歌颂桥玄为度辽将军时安靖边疆的功劳。钺：兵器，似斧。

⑨吐纳典谟：写作仿效《尚书》。吐纳，指写作。典谟，即《尚书》，因其中有《尧典》《皋陶谟》等。

⑩朱穆：字公叔，东汉中期文人。蔡邕《鼎铭》是歌颂朱穆的，叙述其家世、经历，和碑文一样。

⑪敬通：冯衍的字，东汉初期文人。杂器：指他的《刀阳铭》《刀阴铭》《杖铭》等。

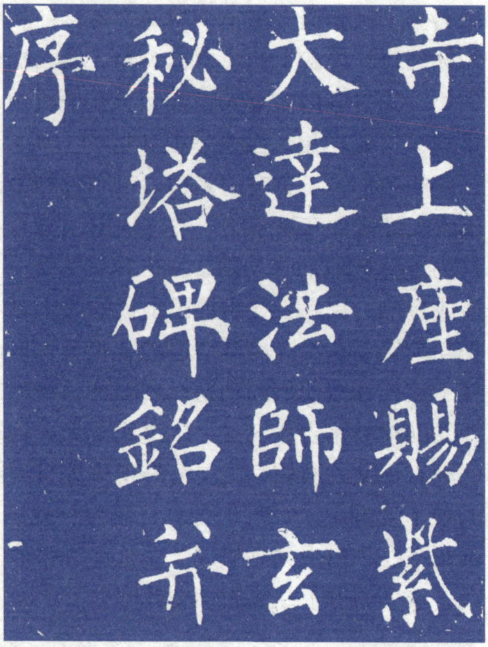


大达法师玄秘塔碑

⑫准矱：尺度标准。武铭：指周武王所作之《席四端铭》《户铭》等。

⑬崔骃：东汉文人。品：评量。

⑭李尤：东汉文人。

⑮义俭：意义不大。

⑯著龟：占卜用的蓍草和龟甲，指李尤所写有关著龟的《著龟铭》，今已不存。

⑰博弈：围棋，指李尤的《围棋铭》。

⑱衡斛：衡量之器，此指李尤的《权衡斗铭》。嘉：美好。

⑲臼杵：舂米用的器具，这里指李尤有关臼杵的铭文，今已不存。

⑳闲：即“娴”，熟练。

㉑魏文：魏文帝曹丕。九宝：曹丕《典论·剑铭》中谈到九种宝器，三把剑、三把刀、两把匕首和一把露陌刀，借指《剑铭》。

㉒张载：西晋文人，著有《剑阁铭》。

㉓骎骎：马快跑的样子，这里借喻张载的文才。

㉔勒铭：应作“诏勒”。诏勒：《晋书·张载传》载晋武帝派人把《剑阁铭》刻在剑阁山上。岷：岷山，在今四川。汉：汉水，指在今陕西南部的汉水上游。剑阁山在川北、陕南之间。

## [译文]

至于秦始皇在山岳上刻了赞颂秦的功德的铭文，他的统治虽然暴虐，但这些铭文的文辞颇为光泽，而且有通达事理的好处。到了汉代，像班固的《封燕然山铭》、张昶的《西岳华山堂阙碑铭》，铭文的内容也很丰富了。蔡邕的铭文，可以说是独冠古今；他赞扬桥玄的《黄钺铭》，行文采纳《尚书》；但是他为朱穆作的《鼎铭》，完全写成了散体碑文，是他擅长写碑文而陷进去了。至于像冯衍写的关于各种器物的铭文，虽然是模仿武王的《武王践阼》诸铭，但所说的内容和各种器物不相符合，详略也不恰当。崔骃品评各种器物的铭，多赞美而少劝诫；李尤作的铭很多，但意义浅薄而文辞琐碎。像《蓍龟铭》谈的是占卜吉凶的神灵之物，李尤却把它置于讲戏玩的《围棋铭》的下面；《权衡斗铭》谈的是衡量器物的事，他却把它放在有关杵臼的《臼杵铭》的后边，对器物名称品第都没有考虑好，怎么能熟悉事物的道理呢！魏文帝曹丕的《剑铭》铭刻在九件宝器上，宝剑宝刀虽锋，可惜文辞平钝。唯有张载的《剑阁铭》，作者文采清丽，像骏马奔腾，后来居上，晋武帝司马炎诏令把他的铭文刻勒在岷山、汉水之间的剑阁山上，可以说是得当的。

## 原文

箴[①]者，针也。所以攻疾防患，喻针石[②]也。斯文之兴，盛于三代。夏、商二箴[③]，余句颇存。周之辛甲，百官箴阙，唯《虞箴》[④]一篇，体义备焉。迄至春秋，微而未绝。故魏绛讽君于后羿[⑤]，楚子[⑥]训民于在勤。战代以来，弃德务功，铭辞代兴，箴文委[⑦]绝。至扬雄稽[⑧]古，始范[⑨]《虞箴》，作卿尹州牧[⑩]二十五篇。及崔、胡[⑪]补缀，总称百官，指事配位，鞶鉴[⑫]有征，可谓追清风于前古，攀辛甲于后代者也。至于潘勖[⑬]《符节》，要而失浅；温峤《侍臣》[⑭]，博而患繁；王济[⑮]《国子》，引多而事寡；潘尼[⑯]《乘舆》，义正而体芜。凡斯继作，鲜有克衷[⑰]。至于王朗[⑱]《杂箴》，乃置巾履[⑲]，得其戒慎，而失其所施[⑳]。观其约文举要，宪章武铭[㉑]，而水火井灶[㉒]，繁辞不已，志有偏也。

[注释]

①箴：劝告。

②针石：即石针，古代用针石来治病，即原始的针灸。

③夏、商二箴：《周书·文传解》引用《夏箴》几句，《吕氏春秋·应同篇》引《商箴》几句。但这些未必都是夏商时的作品。

④辛甲：原是商臣，后为周文王大史。阙：同“缺”，过错、缺点。《虞箴》：即《虞人之箴》。

⑤魏绛：春秋时晋国人。他用后羿亡国之事讽谏晋君。后羿：传说中夏代有穷

国君主，因荒于打猎亡国。

⑥楚子：楚庄王，春秋五霸之一。他训民的事见《左传·宣公十二年》。

⑦萎：衰。

⑧稽：查考。

⑨范：模范，此处用为动词，指模仿、学习。

⑩卿尹州牧：均为官名。扬雄给各种官吏写的箴文共二十五篇，如《司空箴》《冀州箴》《尚书箴》等。

⑪崔：指崔骃、崔瑗父子。胡：指胡广。都是东汉时期文人。

⑫鞶鉴：装饰有铜镜的束衣皮带。鞶，古代用皮做的束衣带。鉴，铜镜。

⑬潘勖：东汉末文人，著有《符节箴》，今已失传。

⑭温峤：东晋初期文人。《侍臣》：指温峤的《侍臣箴》。

⑮王济：西晋文人，作有《国子箴》，今已失传。

⑯潘尼：潘勖的孙子，其《乘舆箴》载《晋书·潘尼传》。

⑰衷：中，恰到好处。

⑱王朗：三国魏之重臣。

⑲巾：头巾。履：鞋。

⑳失其所施：古代的箴辞用于箴诫帝王，而王朗《杂箴》连头巾、鞋子等也写，所以刘勰认为用非其所。

㉑宪章：法度，指学习。武铭：指周武王所作户、席等铭文。

㉒水火井灶：指王朗《杂箴》中写的关于井、灶的箴文。

［译文］

箴，就是针刺的意思。用以针砭过失、防止后患，这是用治防疾病的针石来作比喻。这种文体的兴起，盛行于夏、商、周三代。夏、商两代的箴文还保存着少数残句。周的大史辛甲，他的百官箴散失了，只存有《虞人之箴》一篇，文体格式和针砭意义都是完备的。到了春秋时代，这种文体衰微下去，但仍没有断绝。所以魏绛还用《虞箴》里的后羿失国的事来讽劝晋君，楚庄王还用“民生在勤”的话来教训民众。战国以来，各国都抛弃先王的德政，力求有功；铭文取代箴文而兴起，箴文便枯萎断绝了。直到西汉末年的扬雄稽考古代文章，才开始模仿《虞箴》，作了卿、尹、州、牧等二十五篇箴文。到东汉的崔骃、崔瑗和胡广又加以补充，连同扬雄的箴文一起，总称作《百官箴》。这些箴文，根据各种官位，指出他们所应警诫的事情，像镜子一样可以借鉴，确实是追随着上古的好风气，效法辛甲的后起之秀了。至于东汉末年潘勖的《符节箴》，扼要而又失于肤浅；东晋温峤的《侍臣箴》，广博而又有繁琐之弊；西晋王济的《国子箴》，文多事少；西晋潘尼的《乘舆箴》，义理正确但文体芜杂，所有这些继续的创作，少有能够写得恰到好处的。至于东汉末王朗的《杂箴》，把头巾、鞋履也写进去，虽然能得以发现警诫谨慎之意，但施写的方法不恰当。《杂箴》文辞简约，意义扼要，学习了周武王的铭文，但其内容里谈到“水火井灶”一类的箴文，文辞繁杂，把写箴文的目的和意义搞偏了。

## 原文

夫箴诵于官，铭题于器，名用虽异，而警诫实同。箴全御[1]过，故文资确切；铭兼褒赞，故体贵弘润[2]。其取事也必核以辨[3]，其摛(chī)文也必简而深，此其大要也。然矢言之道盖阙[4]，庸器[5]之制久沦，所以箴铭寡用，罕[6]施于代。惟秉文君子，宜酌其远大[7]焉。

[注释]

①御：抵御，止。

②弘润：出自陆机《文赋》："铭博约而温润。"

③核：核实。辨：明。

④矢言：直言。阙：缺少。

⑤庸器：记功的器具。庸，功绩。

⑥罕：稀少。

⑦远大：指上面所说的深远、弘润。

[译文]

箴是官员用来诵读讽谏君主的，铭是题刻在器物上的，它们的名称虽然不同，但警诫作用是一样的。箴完全是用来制止过失的，故文辞依靠准确切实；铭兼有褒扬和赞颂的作用，故文体以宏大温润为贵。无论写作铭和箴，引用事例一定要核实而辨明，作文一定要简练而深刻，这是大的方面的要求。然而因为说直话的风气已经丧失，在器物上刻写铭文记功的制度又久已沦亡，因此箴、铭这两种文体很少用到了，也就很少施行于后代了。虽然如此，掌握文辞的作者，也应当斟酌吸取它们深远、宏大的特点。

## 原文

赞曰：铭实表器，箴惟德轨。有佩[1]于言，无鉴于水[2]。秉兹贞厉[3]，敬乎言履[4]。义典则弘，文约为美。

[注释]

①佩：带。

②无鉴于水：《尚书·酒诰》："古人有言曰：'人无于水监，当于民监。'"孔传："视水见己形（貌），视民行事，见吉凶。"又《国语·吴语》载，伍子胥谏吴王夫差说："王其盍亦鉴于人，无鉴于水。"鉴，镜。刘勰的意思是要以箴、铭的警言为镜，不要以水为镜。

③贞：正。厉：劝勉。

④敬乎言履：应作“警乎言履”。言，说话。履，践，行。

[译文]

总结：铭是表刻于器物上的赞词警言，箴只是道德的标准规范。对这些警言铭记在心上，不要在水里只照见自己。要用这纯正勉励的话，警诫自己的语言和行为。箴铭内容意义正确才宏大，文辞要简约方称得上善美。

# 诔碑第十二

**题解**

《诔碑》主要讲了“诔”和“碑”两种文体。诔文是临丧时列举死者德行的文章。碑是石碑，碑文就是刻在石碑上的文章，主要指刻在石碑上记载、歌颂死者功德的文章。所以它和诔、铭二体都有一定的关系。

全篇分两部分：一、讲“诔”的定义、源流、发展情况，侧重于体制源流、形式技巧的发展和作家作品方面的得与失。二、讲“诔”的写作的基本特点，要求生动地刻画死者的形象，文辞具有艺术感染力。三、讲“碑”的定义、产生、发展情况及其写作的要求。

作为应用文，一般诔文和碑文与文学艺术的关系不大。但它们要记述赞颂死者的德行功绩，因而和传记文学有一定关系。按照刘勰的要求，要使所写的人能如见其面，闻辞而悲，这就涉及人物描写的一些艺术要求，其中有些意见对传记文学和颂诗的写作有一定价值。

## 原文

周世盛德，有铭诔(lěi)[①]之文。大夫之材，临丧能诔[②]。诔者，累也。累其德行，旌(jīng)[③]之不朽也。夏、商已前，其词靡(mí)[④]闻。周虽有诔，未被于士[⑤]；又贱不诔贵，幼不诔长[⑥]。其在万乘(shèng)[⑦]，则称天以诔之。读诔定谥[⑧]，其节文[⑨]大矣。自鲁庄战乘丘[⑩]，始及于士。逮尼父之卒[⑪]，哀公作诔[⑫]，观其慭(yìn)遗之切，呜呼之叹[⑬]，虽非睿[⑭]作，古式存焉。至柳[⑮]妻之诔惠子，则辞哀而韵长矣。

[注释]

①诔：哀悼死者的一种文体，主要列举死者的德行。

②“大夫之材”二句：意思是在丧事中能作诔文是大夫的九种才能之一。

③旌：表扬。

④靡：无，没有。

⑤被：及。士：指身份低于卿、大夫而高于庶民的社会阶层。

⑥贱不诔贵，幼不诔长：是一种严格的等级规则，该话见于《礼记·曾子问》。诔，作动词。

⑦万乘：有兵车万辆的帝王。乘，兵车。

⑧谥：封建社会给帝王或有地位的人死后所加的称号。

⑨节文：这里指礼节仪式。

哀公立庙

孔子死后，哀公亲自为其作诔文，还立庙纪念。

⑩鲁庄战乘丘：《礼记·檀弓上》记载，鲁庄公和宋国在乘丘交战，庄公从车上跌下来，怪驾车的卜国与县贲父不勇，两人就冲向敌阵战死，后才知是马中流矢受惊的缘故，庄公知错，对卜国、县贲父作诔加谥。乘，鲁国地名。

⑪尼父：指孔子。卒：死。

⑫哀公作诔：鲁哀公为孔子作诔，事见于《左传·哀公十六年》。哀公，鲁哀公，和孔子同时的鲁国国君。

⑬“慭遗之切”二句：鲁哀公诔孔子文中有上天“不慭遗一老”和“呜呼哀哉”的话。慭，宁愿。呜呼，哀叹。

⑭睿：深明、睿哲。

⑮柳：柳下惠，春秋时鲁国大夫，即展禽，名获，住在柳下，惠是死后的谥号。其妻曾为之作《柳下惠诔》。

## [译文]

周代崇尚德行功业，产生了铭和诔这两种文体。士大夫的才能之一，就是遇丧事能够作出诔文。诔，就是积累。累计死者生前的德行，加以表彰，使其不朽。夏代、商代以前，没有听到和见到过诔文。周代虽然有了诔文，但并不用在士大夫身上；而且规定低贱的人不能给士大夫作诔文，小辈的人不能给长辈作诔文。天子死了，只能以上天的名义为他作诔。宣读诔文，确定谥号，在礼节上是很重要的。自从乘丘之战中卜国和县贲父英勇战死，鲁庄公作诔表彰了他们，才开始对士人作诔。到了孔子死后，鲁哀公亲自为他作了诔文，里面有“上天不愿遗留下这样一个老人”的哀切的文辞，“呜呼”的叹息，虽然不是高明的作品，但古代诔文的格式由此保存了下来。到柳下惠的妻子为其夫作的诔文，那就文辞悲切而韵语深长了。

## 原文

暨[①]乎汉世，承流而作。扬雄之诔元后[②]，文实烦秽(huì)。“沙麓(lù)”撮其要[③]，而挚疑成篇[④]，安有累德述尊，而阔略[⑤]四句乎！杜笃[⑥]之诔，有誉前代。《吴诔》[⑦]虽工，而他篇颇疏，岂以见称光武，而改眄(miàn)千金哉[⑧]！傅毅[⑨]所制，文体伦序[⑩]；孝山崔瑗(yuàn)[⑪]，辨洁[⑫]相参。观其序事如传，辞靡(mí)律调[⑬]，固诔之才也。潘岳[⑭]构意，专师孝山，巧于序悲，易入新切，所以隔代相望，能徽厥声[⑮]者也。至如崔骃(yīn)诔赵[⑯]，刘陶诔黄[⑰]，并得宪章，工[⑱]在简要。陈思叨名[⑲]，而体实繁缓，文皇诔末，百言[⑳]自陈，其乖甚矣。若夫殷臣咏汤[㉑]，追褒《玄鸟》之祚(zuò)[㉒]；周史歌文[㉓]，上阐后稷(jì)[㉔]之烈。诔述祖宗，盖诗人之则也。至于序述哀情，则触类而长[㉕]。傅毅之诔北海[㉖]，云“白日幽光，淮雨杳冥[㉗]”，始序致感[㉘]，遂为后式。影[㉙]而效者，弥[㉚]取于工矣。

### [注释]

①暨：及。

②元后：指西汉元帝皇后王政君，扬雄著有《元后诔》。

③“沙麓”撮其要：《元后诔》原文很长，《汉书·元后传》只引用了四句。撮，取出一小部分。

④挚疑成篇：指挚虞怀疑《元后传》所引四句是全文。

⑤阔略：粗略、简略。

⑥杜笃：东汉初期文人。

⑦《吴诔》：《大司马吴汉诔》。吴汉，东汉初期著名的将领。

⑧“见称光武”二句：杜笃的《大司马吴汉诔》曾经受到汉光武帝的称赞。眄，斜眼看，引申为看待、对待。

⑨傅毅：东汉辞赋家。

⑩伦序：伦次，指文有次第。

风雨如晦

后世诔文文才益发斐然，读文亦可见风雨波涛之色。

⑪孝山：即苏顺，字孝山，东汉文人。崔瑗：东汉文人。

⑫辨洁：明约简洁的意思。

⑬靡：细。律调：音律调和。

⑭潘岳：西晋文人。

⑮徽：美善。厥：其。声：名。

⑯崔骃：东汉文人，其《诔赵文》今不存。诔赵：他给姓赵者所作的诔文。

⑰刘陶：东汉文人，其《诔黄文》今不存。诔黄：他给姓黄者所作的诔文。

⑱工：疑作“功”。

⑲陈思：陈思王曹植。叨名：得名，有不应得而得的意思。

⑳文皇：指曹植为魏文帝曹丕所写的《文帝诔》。百言：指《文帝诔》最后的百余言，实际上是曹植的自我陈述。

㉑汤：即商汤王，商朝的开国君王。

㉒《玄鸟》：《诗经·商颂》的《玄鸟篇》，这是一首歌颂商朝祖先的诗歌。其开头为“天命玄鸟，降而生商”。玄鸟，燕子。祚：福。

㉓文：即周文王，姓姬名昌。

㉔后稷：传说中周的始祖，农业之神。《诗经·大雅·生民》等篇，是歌颂周祖先的。

㉕触类而长：见于《周易·系辞》。触，动，相感而心有触动。类，物类。长，发挥、延长。

㉖北海：指东汉光武帝的侄儿刘兴，被封为北海王。

㉗淮雨：即暴雨。杳冥：昏暗。

㉘始序致感：《北海王诔》序中说，刘兴死后，他所领辖地区的民众都“感伤”得像失去了亲人一样。

㉙影：影从，模仿。

㉚弥：更加。

[译文]

到了汉代，继承了以前的趋势来写诔。扬雄的《元后诔》，实在是繁多而杂乱。“沙麓之灵”几句只是摘要，而挚虞《文章流别论》却怀疑它是《元后诔》的全篇，哪有累列德行、叙述尊荣却只用粗略的四句话呢！杜笃作的诔文，在前代有很高的声誉。他作的《吴汉诔》虽然精巧，但其他的诔文多粗疏，难道因为他的《吴汉诔》受到过汉光武帝的称赞，就对这些粗疏的诔文改变看法，都视它们为千金那么珍贵吗？傅毅作的诔，是符合诔文体制和次序的；苏顺和崔瑗作的诔，内容辨白，与文辞的简约互相参照。看他们叙事如传记一样，文辞靡丽声律协调，确实是作诔文的人才。潘岳作诔文的构思专门学习苏顺，很会叙述悲哀的感情，容易达到新颖贴切的意境，所以他和东汉的苏顺隔代并称，能够得到美好的声名。至于像崔骃的《诔赵文》、刘陶的《诔黄文》，都得到后人的效法，他们的好处在于简明扼要。陈思王曹植虚得名气，他的诔文实在辞繁冗而文气迂缓，他在《文帝诔》的结尾，有百余言完全是在自我陈述表白，这就远离了作诔文的意义和要求。至于殷代的臣民咏颂商汤，在《玄鸟》诗中追述上天的降福；周代的史官歌颂文王，在《生民》诗中追述先代后稷的勋烈。作诔累列叙述祖宗的功德，这是诗人的写法。至于叙述哀情，那就要接触相关的事物来抒发。傅毅作的《北海王诔》中说“太阳的光被遮住，大雨使得天昏地暗”，开始在序中表达感情，于是它便成了后代写诔文的样式。仰慕而效法傅毅的，就越写越好了。

## 原文

详夫诔之为制①，盖选言录行，传②体而颂文，荣③始而哀终。论其人也，暧(ài)乎若可觌(dí)④；道⑤其哀也，凄焉如可伤。此其旨也。

### [注释]

①制：法度。

②传：纪传，文体的名称。

③荣：死者生前的光荣功德。

④暧：应是“僾”字。僾：隐约、不很明显。觌：看见。

⑤道：应作“述”。

### [译文]

详细考察诔文的体制，它的特点是选择死者生前的言论，记下死者的德行，体裁像纪传，文辞像颂文。它以叙述死者光荣的过去开始，以抒发哀痛的感情而结束。讲到死者的为人，仿佛能够与之相见；讲到对他的哀痛，凄凄切切使人悲伤。这就是写作诔文的要旨。

## 原文

碑者，埤(pí)①也。上古帝王，纪号封禅②，树石埤岳，故曰碑也。周穆纪迹于弇(yǎn)山③之石，亦古④碑之意也。又宗庙有碑，树之两楹(yíng)⑤，事止丽牲⑥，未勒⑦勋绩。而庸器⑧渐缺，故后代用碑，以石代金，同乎不朽。自庙徂(cú)⑨坟，犹封墓⑩也。自后汉以来，碑碣(jié)⑪云起，才锋所断⑫，莫高蔡邕(yōng)⑬。观《杨赐》⑭之碑，骨鲠(gěng)训典⑮；《陈》《郭》⑯二文，词无择言⑰；《周》《胡》⑱众碑，莫非清允⑲。其叙事也该⑳而要，其缀采也雅而泽；清词转㉑而不穷，巧义出而卓立。察其为才，自然而至矣。孔融㉒所创，有摹伯喈(jiē)㉓。《张》《陈》㉔两文，辨给㉕足采，亦其亚㉖也。及孙绰㉗为文，志在于碑，《温》《王》《郗(xī)》《庾》㉘，辞多枝杂㉙，

《桓彝》[30]一篇，最为辨裁[31]矣。

[注释]

①埤：增加。

②纪号：记功绩。纪，同“记”；号，告，古代帝王表明功绩以告臣下的意思。封禅：古代帝王受命后需要进行祭天祭地的典礼。封是封泰山，祭天；禅是禅梁父，祭地。梁父是山名，在泰山下。

③周穆：周穆王。《穆天子传》说周穆王曾在弇山刻石记功。弇山：古神话中日落之处。

④古：当删去。

⑤楹：堂前立的直柱。

⑥丽牲：拴系供祭祀用的牲畜。丽，系、附着。

⑦勒：刻。

⑧庸器：铭刻功绩用的器具。

⑨徂：往、到。

⑩封墓：即堆坟。古代的墓、坟是有区别的，墓是平的，坟是隆起的。封，是把土堆聚起来。

⑪碑碣：石碑。方形的叫作碑，圆顶形的叫作碣。

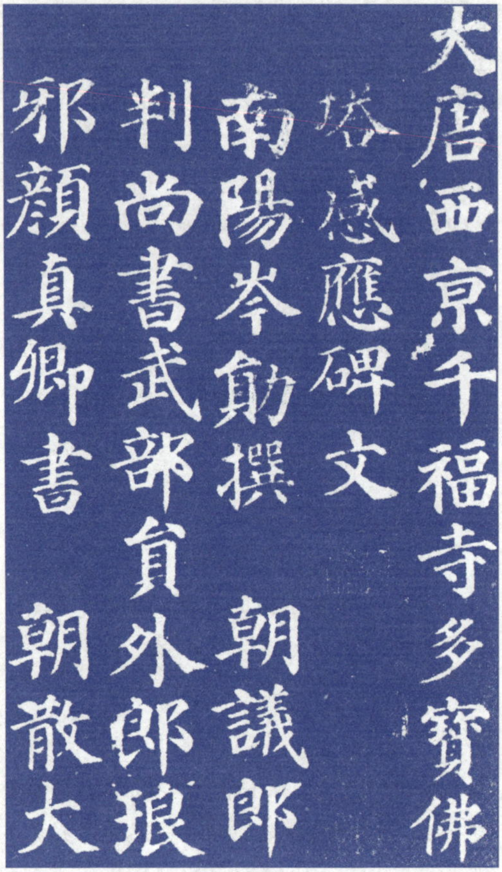


千福寺多宝塔碑

多宝塔碑由颜真卿撰写，文辞并茂，笔力遒劲，被后世奉为典范。

⑫断：止、绝。

⑬蔡邕：东汉末著名的文学家。

⑭《杨赐》：蔡邕的《太尉杨赐碑》。杨赐，东汉末大官僚。

⑮骨鲠：这里指骨力端直。鲠，鱼骨。训、典：指《尚书》，因《尚书》中有《尧典》《伊训》等篇章。

⑯《陈》《郭》：指蔡邕的《陈太丘碑文》和《郭有道碑》。陈太丘，名寔；郭有道，名泰，二人均为东汉末期名士。

⑰词：应作“句”。句无择言：即每句没有败字。择，通“殬”，败坏的意思。

⑱《周》《胡》：指蔡邕的《汝南周勰碑》《太傅胡广碑》。周勰，东汉末期名士；胡广，东汉末期大官僚。

⑲允：得当。

⑳该：兼备。

㉑转：移，指变化。

㉒孔融：字文举，东汉末期鲁国人。

㉓摹：摹仿。伯喈：蔡邕的字。

㉔《张》：指孔融的《卫尉张俭碑铭》。张俭，东汉末期名士。《陈》：此文已失传，陈不知是谁。

㉕辨给：指便捷巧慧。辨，辨析；给，充分。

㉖亚：次。

㉗孙绰：东晋文人。

㉘《温》：指《温峤碑》，今已亡。《王》：指《丞相王导碑》，残存。《郗》：指《太宰郗鉴碑》，残存。《庾》：指《太尉庾亮碑》，残存。四文均为孙绰所作。温峤、王导、郗鉴、庾亮四人都是东晋时期的大官僚。

㉙杂：应作“离”。

㉚《桓彝》：孙绰的《桓彝碑》，今不存。桓彝，东晋官僚。

㉛辨裁：说事分明，善能裁断。辨，辨诘；裁，剪裁。

［译文］

碑，就是增益。上古的帝王记下告天地的话，进行告天地的典礼，要竖立一块石碑于山岳之上，所以叫作碑。传说周穆王巡游的时候，把功绩铭刻在弇山石上，也是古代立碑的意思。还有，古代宗庙中也有碑，它们竖立在宗庙堂的东西两柱之间，只是作为祭祀前拴牲口用，不在上刻功勋。后来铭刻功绩的金属器物渐渐缺少，所以后代用碑来代替了，用石碑来代替金属器物，同样可以使功绩永垂不朽。以后碑又从宗庙里移到了坟墓上，在坟前立碑，犹如堆聚泥上而加高了墓地一样，使其显得高大而又能保持长久。自东汉以来，作碑文、碣文的风气盛行，这些作者中，才气横溢的莫过于蔡邕。看看他的《杨赐碑》，骨力是从《尚书》中来的；《陈太丘碑文》和《郭有道碑》这两篇碑文，措辞没有失当的；《汝南周勰碑》《太傅胡广碑》等众多碑文，无不写得清晰恰当。他叙事全面而扼要，文辞雅正而润泽；清润的文辞婉转变化而没有穷尽，巧妙的用意层出而突立。考察他作碑文的才能，是自然达到好处。孔融的创作，摹仿蔡邕。他的《卫尉张俭碑铭》和《陈碑》两篇碑文，明辨巧捷，富有文采，也算得上是仅次于蔡邕的作品了。到了孙绰作文，有志于写作碑文。他的《温峤碑》《王导碑》《郗鉴碑》《庾亮碑》文辞繁多，段落复杂，只有《桓彝碑》这一篇，辨析裁断算是最好的了。

## 原文

夫属[①]碑之体，资[②]乎史才，其序则传，其文则铭。标[③]序盛德，必见清风之华；昭纪鸿懿(yì)[④]，必见峻伟之烈[⑤]。此碑之致[⑥]也。夫碑实铭器，铭实碑文。因器立名，事先于诔。是以勒器赞勋者，入铭之域；树碑述亡者，同诔之区焉。

[注释]

①属：连缀，引申为写作。

②资：凭借。

③标：突出、显出。

④懿：美好。

⑤烈：功业。

⑥致：极，指作碑文的最高标准。

[译文]

写作碑这类文章，要依靠史家的才能，碑文的叙事就是传记，它的韵语就是铭文。标立叙述死者美好的德行，一定要显现其清朗风节之光彩；明白地记录死者的鸿勋，必须显现卓越宏伟的功绩。这些就是写作碑文的法式。碑实是刻铭文的器物，铭实是碑的文辞。因为在石碑上刻写铭文而立下了碑文的名称，碑的产生是先于诔文出现的。所以刻石记功的，就归入铭这类文体的领域；树碑叙述亡者事迹的，就同于诔这种文体的范围。

## 原文

赞曰：写远①追虚，碑诔以立。铭德纂行，光彩②允集。观风似面，听辞如泣。石墨镌（juān）③华，颓影岂戢（jí）④！

题季札墓

[注释]

①远：指死者生前的事迹功德。

②光彩：指亡者生前的德和行。

③镌：刻。

④颓影：死者的影像。戢：隐藏，消失。

[译文]

总结：叙述行事追写道德，碑文与诔文因而树立。铭刻功勋纂辑德行，使德行光彩的形象会集。观那人的风采似在当前，听到他的话像在悲泣。墨拓石碑上留下华彩，亡者的影像岂能就这样消失！

# 哀吊第十三

**题解**

《哀吊》的“哀”和“吊”都是文体的名称。这两种文体的性质相近，都是对不幸死亡和遭遇灾祸表示哀悼慰问的文体。哀辞多用于对夭折者的哀悼，吊文主要用于对古人的吊念。

全篇分四部分：一、讲“哀”的含义、哀文的应用范围及其发展情况；二、主要讲哀辞的写作特点，强调“情主于伤痛”“虽丽不哀”。三、讲“吊”的含义及其发展状况。从口头吊慰到书面吊文都有所提及。四、吊文的主要写作特点。刘勰强调要对前人作具体的分析，再予以赞扬和批评，从而起到发扬封建道德和警诫的作用。

刘勰论文强调“为情而造文”，反对华而不实，而这两种文体以表达悲情为主，因此，更为反对过分夸张和华丽，要求写出有真情的感人之作。

## 原文

赋宪之谥[①]，短折曰哀[②]。哀者，依也。悲实依心，故曰哀也。以辞遣[③]哀，盖下流[④]之悼，故不在黄发[⑤]，必施夭昏[⑥]。昔三良殉秦[⑦]，百夫莫赎[⑧]，事均夭枉[⑨]，《黄鸟》赋[⑩]哀，抑亦《诗》人[⑪]之哀辞乎！暨(jì)汉武封禅[⑫]，而霍子侯[⑬]暴亡，帝伤而作诗[⑭]，亦哀辞之类矣。降及后汉，汝阳主[⑮]亡，崔瑗(yuàn)哀辞，始变前式[⑯]。然履(lǚ)[⑰]突鬼门，怪而不辞；驾龙乘云，仙而不哀；又卒章五言，颇似歌谣，亦仿佛乎汉武[⑱]也。至于苏顺、张升[⑲]，并述哀文，虽发其情华，而未极其心实[⑳]。建安[㉑]哀辞，惟伟长差[㉒]善，《行女》[㉓]一篇，时有恻怛(cè dá)[㉔]。及潘岳[㉕]继作，实钟[㉖]其美。观其虑赡[㉗]辞变，情洞悲苦[㉘]，叙事如传，结言摹《诗》，促节[㉙]四言，鲜有缓句。故能义直而文婉，体旧而趣新，《金鹿》《泽兰》[㉚]，莫之或继[㉛]也。

[注释]

①赋宪之谥：即指《逸周书·谥法》。赋，布；宪，法。赋宪，即布法。谥，古时帝王和有地位的人死后所追加的号。

②短折曰哀：是《逸周书·谥法解》中的话。折，即夭折，年幼而死为折。

③遣：发，这里指表达。

④下流：即下辈、晚辈。

⑤黄发：老人。

⑥夭昏：短折叫作夭，未满三月而死叫作昏。

⑦三良殉秦：事见于《左传·文公六年》。三良意思是三个好人，此处指秦国子车氏三个儿子：奄息、仲行、针虎。殉秦，秦穆公死前要“三良”为其死后陪葬。殉，古代统治者死后，强迫活人陪葬。秦，指秦穆公，春秋五霸之一。

⑧百夫莫赎：秦穆公死后用“三良”来殉葬，人们为了哀悼“三良”写了《诗经·秦风·黄鸟》，其中有“如可赎兮，人百其身”的诗句。赎，换回。

⑨夭枉：枉曲夭折。

⑩《黄鸟》：指《诗经·秦风·黄鸟》一诗。赋：陈述。

⑪《诗》人：指《诗经》的作者。

⑫汉武：汉武帝刘彻。封禅：帝王祭天地的隆重典礼。封泰山祭天，禅梁父（泰山下）祭地。

⑬霍子侯：名霍嬗，西汉名将霍去病之子，汉武帝命霍嬗随同到泰山举行封禅典礼，归途中暴死。

⑭帝伤而作诗：汉武帝伤悼霍嬗的暴死而作诗，今已不存。

⑮汝阳主：汝阳公主。

⑯前式：指为夭折者写哀辞，后来的哀辞不完全限于幼年。

⑰履：践，走，冲入。

⑱仿佛汉武：指和汉武帝所作霍嬗哀辞十分相似。

⑲苏顺、张升：皆为东汉文人，他们所作的哀辞都已不存。

⑳心实：即情实，指真情实感。

㉑建安：东汉末汉献帝刘协的年号（196—220年）。

㉒伟长：徐幹的字。差：比较。

㉓《行女》：徐幹作有《行女哀辞》，今已不存。

㉔怛：哀痛。

㉕潘岳：西晋辞赋家。

㉖钟：聚集、集中。

㉗赡：富足。

㉘洞：深。苦：痛。

㉙促节：音节短促。

㉚《金鹿》《泽兰》：指潘岳的《金鹿哀辞》和《为任子咸妻作孤女泽兰哀辞》，今存。

㉛莫之或继：无人能继续写出这样的作品。

## [译文]

按照周代颁布的谥法，短命夭折叫作哀。哀，就是依恋。悲哀的感情实际依附着人的内心，所以说哀。用文辞来表达哀痛，大概用于悼念幼辈，所以这种文体不用于老年寿终的人，必须用于夭折或不满三个月的小孩身上。从前三位良人在秦穆公死后殉葬，用一百人换一人也换不回来的事情跟短命夭折相同。对这件事《黄鸟》诗中表达了这种哀痛之情，这抑或就是作者的哀辞吧！到汉武帝封禅泰山，随行的霍嬗归途暴病而死，武帝作了《伤霍嬗诗》来表达自己的哀伤，这也是哀辞一类的作品。到东汉，汝阳公主死后，崔瑗为之作了哀辞，开始改变以前哀辞写作的样式。然而说到死者脚步突进鬼门关，很是怪诞而不讲究文辞；一会又说驾龙乘云，这是神仙而无哀痛的感情；结尾一章的五言诗，又很像歌谣，也与汉武帝的《伤霍嬗诗》十分相似。说到苏顺、张升他们，都作哀辞，虽然表现出他们的情感和文采，却没有表达他们内心真实的思想感情。建安时代的哀辞，只有徐幹作得好，他的《行女哀辞》还有一些哀痛的感情。到西晋的潘岳，确实是集中了前人的优点。他的哀辞思虑周到，想象丰富，文辞变化，感情深切而悲哀，叙事像传，组织言词摹仿《诗经》，四言音节短促，少有和缓的句子。所以他的哀辞能够做到义理正直，文辞婉转，文体样式虽旧而情趣是新的，像他的《金鹿哀辞》和《为任子咸妻作孤女泽兰哀辞》这样的作品，后代没有人能继续写出来的。

乘云遨游

## 原文

原夫哀辞大体①，情主于痛伤，而辞穷②乎爱惜。幼未成德，故誉止于察惠③；弱不胜务，故悼加乎肤色④。隐心而结文则事惬(qiè)⑤，观文而属心则体奢⑥。奢体为辞，则虽丽不哀。必使情往会悲，文来引泣，乃其贵耳。

[注释]

①大体：主体，指写作的要点。

②穷：极、尽。

③察惠：聪明。惠，同“慧”。

④肤色：指容貌。

⑤隐心：痛心。惬：满意。

⑥属：联结。奢：夸张，不实。

［译文］

推求哀辞写作的要点，抒情主要是表达悲伤痛苦，而措辞要尽量表现对夭折者的爱惜。死者幼小，德行没有成就，所以赞美只停留在夭折者的聪明敏慧上；年幼弱小，不能承担什么重任，所以悼念只在夭折的肤色容貌上。痛心而作文便情辞切合，为了文辞而表达哀痛，便会文体浮夸。用奢华夸张的文笔来写作哀辞，那文章虽是漂亮却不能表现悲哀的感情。一定要使作者的感情融会在悲哀之中，使文辞表现出来的真情实感能引起人们的痛泣，这才是哀辞中可贵的。

## 原文

吊者，至也。《诗》①云“神之吊②矣”，言神至③也。君子令终定谥(shì)④，事极理哀，故宾之慰主，以至到⑤为言也。压溺乖道⑥，所以不吊⑦矣。又宋水郑火⑧，行人奉辞⑨，国灾民亡，故同吊⑩也。及晋筑虒(sī)台⑪，齐袭燕城⑫，史赵、苏秦⑬，翻⑭贺为吊，虐民构故⑮，亦亡之道。凡斯之例，吊之所设⑯也。或骄贵而殒(yǔn)身⑰，或狷(juàn)忿以乖道⑱，或有志而无时⑲，或美才而兼累⑳，追而慰之，并名为吊。

柴桑口卧龙吊丧

丧事一般都有吊文，评述死者生前功绩，并寄托生者的哀悼。

［注释］

①《诗》：指《诗经·小雅》中的《天保》。

②吊：即递，到。和哀吊的吊不是一回事，刘勰勉强混用。

③至：到。

④令终：善终，正常死亡。定谥：泛指办理丧事。

⑤至到：刘勰解释吊的意义为到，所以这里就是指宾客“至到”就是吊慰的“言辞”。

⑥压溺乖道：《礼记·檀弓上》说有三种情形的死亡不去吊：一是畏人攻击且不反抗而死，二是外出被东西压死，三是被溺死。封建礼教认为这三种为非正常死亡，都是不合常道的，所以不吊。乖，不合。

⑦不吊：指不前去吊慰。

⑧宋水：宋国发生水灾，鲁国曾派人去吊慰。事见于《左传·庄公十一年》。郑火：郑国发生火灾，各国都去吊慰。事见于《左传·昭公十八年》。

⑨行人：外交使节。奉辞：指给人以慰问。

⑩同吊：指各诸侯国的使节对水灾、火灾的慰问之辞，和哀吊的意义相同。

⑪晋筑虒台：晋平公筑虒祁宫，郑国派了游吉去表示祝贺。虒祁宫，晋国宫名，故址在今山西省曲沃县。

⑫齐袭燕城：齐宣王趁燕国办丧事时，攻占燕国十城。苏秦为燕国去游说齐宣王，“再拜而贺，因仰而吊”。齐归还了燕十城。袭，攻其不备。

⑬史赵：晋国史官。苏秦：战国时期的纵横家，主张六国合纵抗秦。

⑭翻：变。

⑮虐民：苛虐百姓，指晋国筑虒祁宫劳民伤财。构敌：指齐国攻击燕国，结成了仇敌。构，结。

⑯设：用、施。

⑰骄贵而殒身：如秦二世胡亥。司马相如《哀秦二世赋》批评秦二世“持身不谨”。殒，死。

⑱狷忿以乖道：如屈原等。狷忿，急躁愤恨。乖道，不合世俗之道。

⑲有志而无时：如张衡。祢衡在《吊张衡文》中说：“伊尹值汤，吕望遇旦，嗟矣君生，而独值汉。”叹惜张衡胸有大志而生不逢时。

⑳美才而兼累：如曹操等。陆机《吊魏武帝文》中有“岂不以资高明之质”而不免卑浊之累。累，牵连受损。

［译文］

吊，就是到。《诗经·小雅·天保》中说“神之吊矣”，就是说神灵到了。君子寿命善终确定谥号，办理丧事情理哀伤，所以宾客慰问丧主，用“至到”作为慰问的言辞。《礼记·檀弓上》说，压死、淹死不是正常死亡，所以不用去吊了。春秋时代，宋国发生水灾，郑国发生火灾，各国使臣都前去致辞慰问。因为国家受灾，民众死亡，所以各国诸侯都要派人同去吊慰。至晋国修筑虒祁台，齐国袭击了燕国的城池，史赵和苏秦认为这都不是正义的事，所以他们改祝贺为哀吊，因为筑宫劳民伤财，攻袭别国结下仇怨，这些都是亡国之道，所以值得哀吊。凡上述这些事例，都说明了吊辞的用处。或者因为富贵骄奢而丧生，或者因为耿直愤懑而违背正道，或者虽有志气却生不逢其时，或者具有美才却兼有各种缺点，追念这些古人加以慰问，都叫作吊。

## 原文

屈原悲怆流涕

自贾谊浮湘[1]，发愤吊屈[2]，体同而事核[3]，辞清而理哀，盖首出之作也。及相如之吊二世[4]，全为赋体，桓谭以为其言恻怆(cè chuàng)[5]，读者叹息；及[6]卒章要切，断[7]而能悲也。扬雄吊屈[8]，思积功寡，意深反骚[9]，故辞韵沉膇(zhuì)[10]。班彪、蔡邕[11]，并敏于致诘[12]，然影附[13]贾氏，难为并驱耳。胡阮之吊夷、齐[14]，褒而无间[15]；仲宣[16]所制，讥呵[17]实工。然则胡阮嘉其清，王子伤其隘[18]，各其志[19]也。祢(mí)衡之吊平子[20]，缛(rù)丽而轻[21]清；陆机[22]之吊魏武，序巧而文繁。降斯以下，未有可称者矣。

### [注释]

①贾谊：西汉初期文人。浮：渡水。湘：湖南的湘江。

②吊屈：指贾谊的《吊屈原赋》。

③核：核实。

④相如：司马相如，西汉辞赋家。吊二世：指《哀秦二世赋》。

⑤桓谭：东汉初期学者。他评论《哀秦二世赋》的话无从考。恻怆：悲伤。

⑥及：疑为“乃”之误。

⑦断：止，结束。

⑧扬雄吊屈：《汉书·扬雄传》说，扬雄为了吊慰屈原而写了《反离骚》。

⑨反骚：即《反离骚》。

⑩沉膇：脚肿，一种湿气病。沉，湿气病；膇，脚肿。比喻文辞滞涩而不流畅。

⑪班彪：东汉文学家、史学家，作有《悼离骚》，今仅存八句。蔡邕：东汉末文人，其《吊屈原文》残。

⑫诘：责问、反诘。

⑬影附：跟随、追随。附，依附。

⑭胡：胡广，东汉时期文人。阮：阮瑀：东汉末文人。吊夷、齐：指胡广的《吊夷齐文》和阮瑀的《吊伯夷文》，今均已不全。夷、齐，即伯夷、叔齐，殷的遗民，为表示忠于殷，不食周粟，饿死在首阳山上。

⑮间：非难。

⑯仲宣：王粲的字，作有《吊夷齐文》，今已不全。

⑰讥呵：责备、批评。

⑱隘：窄、狭。

⑲志：情志。

⑳祢衡：东汉文人，其《吊张衡文》尚残存于世。平子：张衡的字。

㉑轻：忽视、轻视。

㉒陆机：西晋初文人，作《吊魏武帝文》。魏武帝即曹操。

[译文]

自从贾谊南渡湘水，抒发幽愤而著《吊屈原赋》，这篇作品体制同于哀吊，事情核实，文辞清丽，情思哀痛，这要算最早出现的吊文作品。到司马相如的《吊秦二世赋》，用的完全是赋的体裁，桓谭认为这篇吊文言辞悲恻凄怆，能使读者为之叹息；之所以这样，是因为结尾能够切中要害，既做了结论又能使人感到悲伤。扬雄哀吊屈原写《反离骚》，用了很多心思但成就不大，他立意要反诘《离骚》，所以文辞都滞重而不流畅。班彪的《悼离骚》、蔡邕的《吊屈原文》，都擅于提出疑问，然而他们都依附贾谊，就很难和贾谊并驾齐驱了。胡广的《吊夷齐文》和阮瑀的《吊伯夷文》，对伯夷、叔齐都只有赞扬而没有批评；王粲的《吊夷齐文》对伯夷、叔齐的讽刺指斥的确巧妙。但胡广、阮瑀是嘉奖夷齐的清高，王粲是嘲笑夷齐的狭隘，各有各的用意。祢衡的《吊张衡文》，辞采繁缛但是分量不够；陆机的《吊魏武帝文》，序写得精巧而正文很冗繁。从此以下，便没有什么值得称道的吊文了。

## 原文

夫吊虽古义，而华辞末造①。华过韵缓，则化而为赋。固宜正义以绳②理，昭德而塞违③，剖析褒贬，哀而有正，则无夺伦④矣。

[注释]

①末：后期，有衰世之意。造：作。末造，指衰世。

②绳：纠正。

③昭：明。塞：止，防止。违：过错、过失。

④夺伦：违理，违反要求。夺，失误；伦，条理。

[ 译文 ]

吊辞虽然在古代就有它的意义和作用，但那时很质朴，后代却注重文辞华丽。华丽过分，情韵缓慢，就变成赋了。吊文确实应该端正意义，纠正违理，宣扬美德，防止错误，分析好坏来进行褒贬，文辞不悲哀而内容纯正，这就不会失去哀文的义理和特点了。

## 原文

赞曰：辞之所衰，在彼弱弄①。苗而不秀②，自古斯恸③。虽有通才，迷方失控④。千载可伤，寓言以送。

[ 注释 ]

①弱弄：指儿童，柔弱而好玩。弱，年少；弄，戏。

②秀：农作物抽穗开花。

③恸：极度悲痛。

④迷方：迷失方向。方是方向，这里指写作哀文、吊辞的基本原则。失控：失去控制。

[ 译文 ]

总结：哀辞所伤痛的地方，在那死者还是年幼的儿童。像幼苗一样刚扬花结实便夭折，自古以来就为此事悲痛。即使有写作的全才，但迷了方向写哀吊也会失去制控。这种可令人千年哀伤的事，只有寄托哀辞来遣送。

# 杂文第十四

**题解**

《杂文》主要论述了两汉、魏晋期间出现的三种杂体文学作品，即“对问”“七发”“连珠”。

“对问”体，其主要的格式是客问主答，通过一问一答，将叙述铺陈开来，推进文章。“七体”源于枚乘的《七发》。《七发》里客人用七件事来启发楚太子。后来形成了一种文体。它的格式是全篇分八段，第一段是序，以后每一段说一件事，以进行讽谏。“连珠”是一种小而精的文章，像连贯的珍珠一样。

全篇分五部分：一、概述“对问”“七发”“连珠”三种类型作品的产生及其意义。二、讲“对问”体的代表作家、作品及其写作特点。三、讲“七发”体的代表作家、作品及其写作特点。四、讲“连珠”体的代表作家、作品及其写作特点。五、讲上述三种以外的其他杂文名目。

“杂文”是正统的文体之外的各种文章作品，写得比较随便，因而受封建正统思想的束缚也少一些，一些作品在思想性、艺术性上有一定成就。刘勰看到了这一点，说明了他独具慧眼。但他把这些作品看成作家“负文余力”的产物，是消遣的东西，这显然是受了“宗经”思想的束缚。

## 原文

智术[1]之子，博雅之人，藻[2]溢于辞，辨[3]盈乎气。苑囿[4]文情，故日新殊致[5]。宋玉[6]含才，颇亦负俗[7]，始造《对问》[8]，以申[9]其志，放怀寥廓[10]，气实使文。及枚乘摛(chī)艳[11]，首制《七发》[12]，腴(yú)辞云构[13]，夸丽风骇[14]。盖七窍[15]所发，发乎嗜(shì)欲，始邪末正[16]，所以戒膏粱[17]之子也。扬雄覃(tán)思文阁[18]，业深综述[19]，碎文琐语，肇(zhào)为《连珠》[20]，其辞虽小而明润矣。凡此三者，文章之枝派，暇(xiá)豫之末造[21]也。

**[注释]**

①智术：智慧、才能。术，艺、才能。

②藻：文采。

③辨：指善于言辞。

④苑囿：这里指培养。

⑤殊致：特殊的情趣。

⑥宋玉：战国末楚国辞赋家。

⑦负俗：才高者被世俗所讥论。

⑧《对问》：指宋玉的《对楚王问》。文中楚王问宋玉“何士民众庶不誉之甚也”的问题，本文就是回答这个问题。

⑨申：陈述。

⑩寥廓：广阔。宋玉在文中自比凤凰，飞上苍天，比喻怀抱大志。

⑪枚乘：西汉辞赋家。艳：运用文藻。

⑫《七发》：我国第一篇“七”体文，写楚太子有病，吴客用七件事情来启发他。

⑬腴：肥美，指文辞华藻。云构：云集，就创作说，故称构。

风花雪月

⑭风骇：指风起。骇，骤起。

⑮七窍：七孔，指人的两目、两耳、鼻、口、舌。

⑯邪：嗜欲，此处指《七发》前几段所讲音乐的动听、酒食的甘美等。正：要言妙道，此指最后所讲的“论天下之精微，理万物之是非”。

⑰膏粱：指富贵人家。膏，肥美的肉；粱，上等粮食。

⑱覃：深，静。文阁：指汉代藏书的图书馆天禄阁，扬雄校书的地方。

⑲业：事业、学业。综述：综合前任著作来著述，指扬雄的《法言》《太玄》。

⑳《连珠》：指扬雄所作的《连珠》，现在只存有几条残文。

㉑暇豫：空闲娱乐。末造：末代，指后代。这里指末流、下等的作品。

## [译文]

富有智慧才能的人，学问渊博高雅的人，他们的文辞华彩四溢，他们的辩说充满气势。他们培养自己的文情，所以创作能呈现新的风貌和特殊的情趣。宋玉才华横溢，也颇受世俗的讥议，他首先写了一篇《对楚王问》，用来申述自己的志向，纵情抒发自己宽广的胸怀，气势确实驾驭着文辞。到了西汉的枚乘，铺陈艳辞首创了《七发》，美好繁复的辞藻像云彩一样聚集，夸耀的丽辞像风一样骤起。大概从人的七窍里发出来的各种嗜好欲望，开始是不正确的人欲，结末归于正道，是用来告诫富贵人家的子弟。扬雄在天禄阁中静默深思，学业精深，善于综述前人著作，把一些琐碎的言辞集结起来首创《连珠》这种文体，这种文体虽然短小，但晶莹润泽。举凡这三种文体，都是文章的分枝和支流，闲暇时用来作乐的后代作品。

## 原文

自《对问》以后，东方朔[1]效而广之，名为《客难》[2]，托古慰志，疏而有辨[3]。扬雄《解嘲》[4]，杂以谐谑[5]，回环自释，颇亦为工。班固《宾戏》[6]，含懿(yì)[7]采之华；崔骃(yīn)[8]《达旨》，吐典言之裁[9]；张衡《应间》[10]，密而兼雅；崔寔(shí)[11]《答讥》，整而微质[12]；蔡邕(yōng)《释诲》[13]，体奥而文炳[14]；景纯[15]《客傲》，情见而采蔚[16]。虽迭相祖述[17]，然属(zhǔ)篇[18]之高者也。至于陈思《客问》[19]，辞高而理疏；庾敳(ái)《客咨》[20]，意荣而文悴[21]。斯类甚众，无所取才[22]矣。原夫兹文之设，乃发愤以表志。身挫凭乎道胜，时屯寄于情泰[23]，莫不渊岳其心，麟凤其采，此立体之大要也。

愤懑抑郁

汉朝对问之作也颇富文采，情景自在文中。

[注释]

①东方朔：汉武帝时文人。

②《客难》：东方朔由于不受重用，地位低下，因此便假设客人责难自己为何地位卑下，而作了《答客难》。

③疏：通畅。辨：解释、辨析。

④扬雄《解嘲》：扬雄自设有人嘲笑自己地位低下，作《解嘲》以回答。

⑤谑：应作“调”。

⑥《宾戏》：指班固的《答宾戏》。宾，宾客。

⑦懿：美好。

⑧崔骃：东汉时期文人，其《达旨》载《后汉书·崔骃传》。

⑨典：雅正。裁：体裁。

⑩《应间》：张衡《应间》写客人问他做官不得志，他答以不怕官位不高，只怕德不高，智不博。间，间隙，挑毛病。应间意思是应答挑毛病的人。

⑪崔寔：崔骃之孙，东汉文人。其《答讥》写客人笑他穷苦贫困，他答以避祸保持节操，甘于贫困。

⑫整：整饬、严整。质：朴。

⑬《释诲》：蔡邕的《释诲》，见《后汉书·蔡邕传》。

⑭炳：明。

⑮景纯：郭璞的字，东晋文人。其《客傲》写客人笑他地位低微，他回答说自己甘心隐逸。

⑯见：同“现”。蔚：繁盛。

⑰祖述：效法、继承。

⑱属篇：写作。属，连缀。

⑲《客问》：陈思王曹植作，文散佚。

⑳庾敳：西晋文人，其《客咨》今已不存。

㉑悴：衰弱、憔悴。

㉒才：通“材”。

㉓屯：艰难。泰：安。

### [译文]

自从宋玉作了《对楚王问》后，东方朔仿效它并加以扩展，写了一篇《答客难》，借用古事慰藉自己，文章条理畅达而又辨析明了。扬雄的《解嘲》，夹杂着诙谐的戏嘲，反复替自己解释，也写得颇为工巧。班固的《答宾戏》，含有美好的文采；崔骃的《达旨》，吐露着雅正的言辞；张衡的《应间》，文辞细密，议论雅正；崔寔的《答讥》，叙述严整，又微带质朴；蔡邕的《释诲》，风格隐奥，文辞炳蔚；郭璞的《客傲》，情思显露，文采丰茂。上述这些作者，虽然都是互相仿效，然而都成为创作的高手。至于陈思王曹植的《客问》，文辞虽然高雅，然而说理却较为粗疏；庾敳的《客咨》，内容虽然丰富，然而文辞却有些枯燥。这类作品很多，没有什么可取之处。推究这类文章的创作，是为抒发愤懑表达情志。作者身遭挫折而凭借道义来战胜困苦，世事艰难而保持心情的舒泰，所以写作时他们无不使作品的思想内容像渊谷和山岳一样高深，使作品的文辞像麒麟和凤凰一样彩丽，这就是确立此类作品的大概情况。

## 原文

自《七发》以下，作者继踵(zhǒng)①。观枚氏②首唱，信独拔而伟丽矣。及傅毅《七激》③，会清要之工；崔骃(yīn)《七依》④，入博雅之巧；张衡《七辩》⑤，结采绵靡⑥；马融《七厉》⑦，植义纯正；陈思《七启》[8]，取美于宏壮；仲宣[9]《七释》，致辨于事理。自桓麟（lín）[10]《七说》以下，左思[11]《七讽》以上，枝附影从，十有余家[12]，或文丽而义暌（kuí）[13]，或理粹而辞驳[14]。观其大抵[15]所归，莫不高谈宫馆，壮语畋（tián）[16]猎，穷瑰奇之服馔（zhuàn）[17]，极蛊[18]媚之声色，甘意摇骨髓，艳词洞魂识[19]，虽始之以淫侈（chǐ）[20]，而终之以居正。然讽一劝百[21]，势不自反。子云所谓“先骋郑卫之声，曲终而奏雅”者也[22]。唯《七厉》叙贤，归以儒道，虽文非拔群，而意实卓尔矣。

天子狩猎图

### [注释]

①踵：脚后跟，指跟随。

②枚氏：指枚乘，西汉辞赋家。

③傅毅：东汉文人，其《七激》清新扼要。

④《七依》：崔骃所作，文残。

⑤《七辩》：张衡的《七辩》写无为先生在隐居，有七人用七件事情来说服他，写得十分细致。

⑥绵：密。靡：丽。

⑦《七厉》：写闲人用七件事来激励人。

⑧《七启》：陈思王曹植所作，描写得十分壮观。

⑨仲宣：王粲的字。其《七释》写潜虚丈人在隐居，大夫用七件事来启发他。

⑩桓麟：东汉末文人。其《七说》仅存残文五条。

⑪左思：西晋文人。其《七讽》已失传。

⑫十有余家：从桓麟至左思，除刘勰已举出的傅毅等六家外，崔琦、李尤、徐

幹等，都作有“七”体文。

⑬睽：违反正道。

⑭驳：杂。

⑮大抵：大略、大概。

⑯畋：打猎。

⑰馔：饮食，吃喝。

⑱蛊：迷惑。

⑲洞：透彻，指深度。魂识：魂魄。

⑳淫侈：过分夸张。

㉑讽一劝百：《汉书·司马相如传赞》中引用扬雄的话。原文是“劝百讽一”。劝，劝诱，以各种享受劝诱；讽，讽谏。意指汉赋劝诱多而讽谏少。

㉒“子云”二句：见于《汉书·司马相如传赞》。子云，扬雄的字。

### [译文]

自枚乘《七发》以后，写这类文章的人前后相接。看枚乘首开的创作，确实是杰出的鸿篇丽藻了。到傅毅的《七激》，荟萃了清丽扼要的优点；崔骃的《七依》，达到广博雅丽的妙处；张衡的《七辩》，组织辞采绵密绮丽；马融的《七厉》，树立义理纯正精当；曹植的《七启》，以宏伟壮丽取胜；王粲的《七释》，致力于辨析事理。自桓麟的《七说》以后，到左思的《七讽》以前，像枝条附着于树干、影子跟着形体一样，随附前代写作这类作品的有十余家，他们的作品有的文体华丽而意义违反正道，有的道理纯粹而文辞驳杂。看它们大概的趋向，无不高谈宫殿馆阁的富丽堂皇，大书纵马田猎的喜悦欢欣，描写瑰丽奇特的服装食品，刻画迷惑人的歌舞美女，美好缠绵的抒情打动了人们的精神，美艳的文辞深入了人们的灵魂。这些作品，内容开始时是淫侈夸张，但结尾结束时以讽谏归正。然而讽谏旧道的内容少，劝诱享乐的内容多，其势必然向淫侈滑下去而不能走上正路。这正是扬雄所说的：“先大肆宣扬放纵郑国、卫国淫荡的靡靡之音，到了曲子结尾时才演奏一点雅正的音乐。”这么多作品里，唯有《七厉》叙述贤人的事，以儒家之道为归依，虽然文辞不算杰出，但它的意义确实是卓尔不群的。

## 原文

自《连珠》以下，拟者间(jiàn)①出。杜笃、贾逵之曹②，刘珍、潘勖(xù)③之辈，欲穿明珠，多贯鱼目④。可谓寿陵匍匐，非复邯郸之步⑤；里丑捧心，不关西施之颦(pín)矣⑥。唯士衡⑦运思，理新文敏，而裁章置句，广于旧篇，岂慕朱仲四寸之珰⑧乎！夫文小易周⑨，思闲可赡(shàn)。足使义明而词净，事圆而音泽⑩，磊磊⑪自转，可称珠耳。

[注释]

①间：交替迭出，指出来的不少。

②杜笃、贾逵：东汉文人，都有《连珠》，多已散佚。曹：辈。

③刘珍：东汉文人。其《连珠》今已不存。潘勖：东汉末文人。其《拟连珠》文残。

④鱼目：鱼目似珠，所以有鱼目混珠之说。

⑤“寿陵匍匐”二句：《庄子·秋水篇》说，燕国寿陵地方的人到赵国国都邯郸去学邯郸人走路，不仅没有学会，还把自己原来走路的方法也忘了，只好爬着回去。匍匐，爬行。

⑥“里丑捧心”二句：《庄子·天运篇》说，美女西施因心痛而皱着眉头。邻里的丑女认为很美，也学西施捧心皱眉，变得更加丑。西施，春秋时越国美女。颦，皱眉。

⑦士衡：陆机的字，作有《演连珠》五十首。

⑧朱仲四寸之珰：朱仲常在会稽市上卖宝珠，刘邦之女鲁元公主向朱仲购买，朱仲献了一颗直径四寸的宝珠给她。宝珠送到宫门边后，朱仲就一去不返了。朱仲，传说中的仙人。珰，耳珠。

⑨周：密，紧凑。

⑩泽：丰润。

⑪磊磊：圆转的样子。

[译文]

自从扬雄作了《连珠》以后，摹拟的交替出现。杜笃、贾逵之流，刘珍、潘勖之辈，都想把明珠串联起来，然而大多却是贯串了鱼目。这就像寿陵的少年爬行着回来，已不再是邯郸的步法；又像西施的邻居丑女模仿西施皱眉，只知其美，不知其所以美。只有陆机的构思用意新颖，所作的《演连珠》义理新颖，文辞敏捷，精心裁制篇章，措置词句，扩大了前人的篇幅，他这样做岂是羡慕仙人朱仲四寸大的宝珠吗？连珠篇幅短小，容易考虑周到写得紧凑。只要能使得文章的义理明白而文辞洁净，所述的事情圆通而音调和谐，那就可以称为“连珠”了。

## 原文

详夫汉来杂文，名号多品[①]，或典、诰、誓、问[②]，或览、略、篇、章[③]，或曲操、弄、引[④]，或吟、讽、谣、咏[⑤]，总括其名，并归杂文之区。甄(zhēn)别[⑥]其义，各入讨论之域[⑦]。类聚有贯[⑧]，故不曲[⑨]述也。

[注释]

①品：类。

②典：记大事。诰：上告下。誓：宣誓。问：策问，帝王向臣子询问的一种文体。

③览：观察。略：概要，要约。章：篇的分散。

④曲：曲子，汉乐府有《鼓吹曲》《横吹曲》。操：琴曲。如伯牙《水仙操》、许由《箕山操》、刘安《八公操》。弄：小曲。梁代萧衍、沈约等有《江南弄》。引：音调拉长的歌。汉乐府中有《箜篌引》、东晋石崇有《思归引》。

⑤吟：唱的歌。陆机有《梁甫吟》《泰山吟》。讽：西汉韦孟有《讽谏诗》。谣：民谣，歌谣。汉乐府有《杂歌谣辞》。咏：班固有《咏史诗》、西晋阮籍有《咏怀诗》。

⑥甄别：鉴别考核。

⑦域：范围。指以上所举各种文体名称，可归入本书所论及的文体的范围。如曲、操、引、吟、弄、讽、谣、咏，可以归入《明诗》《乐府》两篇的讨论范围。

⑧类聚：即以类相聚。有贯：即有其连贯。

⑨曲：详尽。

## [译文]

详细考察汉以来的杂文，名称有很多种，有的叫典、诰、誓、问，有的叫览、略、篇、章，有的叫曲、操、弄、引，有的叫吟、讽、谣、咏，总括起它们的名称，都归入杂文这一类。但是鉴别一下它们的意义作用，它们又可以各自归入本书所要讨论的各种文体的范围。因为它们和本书要讨论的文体都有其相通贯联之处，所以不细讲了。

春江美景

杂文体式虽异，但也重视言辞的修饰。读好的杂文如沐浴春江景色，舒适惬意。

## 原文

赞曰：伟矣前修①，学坚才饱。负文②余力，飞靡③弄巧。枝辞攒④映，嘒（huì）若参昴（shēnmǎo）⑤。慕颦（pín）⑥之心，于焉只搅。

## [注释]

①前修：前贤。

②负文：担负着各种文体创作。指从事写作。

③靡：美。

④枝辞：旁枝的文章，此处指杂文。攒：集中、聚集。

⑤嘒：闪亮。参昴：两个星宿，光芒较弱。

⑥慕颦：含有作不恰当的仿效意。

［译文］

总结：多么伟大啊前代的文人，学问坚实富有才华。带着创作的剩余精力，发挥绮丽的文辞运用巧妙的手法。各种形式的杂文积聚相映，像那点点的星星天空闪耀。可那些羡慕他人的仿效之徒，只能使人心受搅扰。

# 谐讔第十五

**题解**

《谐讔》的"谐"和"讔"都是文体的名称。"谐"指谐词，即笑话；"讔"指隐语，即谜语。都属于讽刺幽默一类文学作品。谐词、讔语主要来自民间，古代的文人认为不登大雅之堂，少加论述，刘勰专篇论述，难能可贵。

全篇分三部分：一、讲"谐讔"的意义和作用。刘勰认为这种文体不可废弃，主要是因为这种文体可以表达百姓的怨怒，对统治者有一定的箴戒作用。二、讲"谐"的意义、评论有关作家作品，肯定那些有讽刺意义的作品，反对供人玩乐的作家作品。三、讲"讔"及其发展为"谜"的意义，评论有关作家作品。

## 原文

芮良夫①之诗云："自有肺肠，俾民卒狂。"②夫心险如山，口壅若川③，怨怒之情不一，欢谑④之言无方。昔华元弃甲，城者发睅目之讴⑤；臧纥丧师，国人造侏儒之歌⑥，并嗤⑦戏形貌，内怨为俳⑧也。又蚕蟹鄙⑨谚，狸首淫哇⑩，苟可箴戒，载于《礼》典⑪。故知谐⑫辞讔言，亦无弃矣。

颍考叔舍肉遗母

颍考叔为人事孝，并以行动感化郑庄公，使其母子和好如初。后世人作文来赞扬颍考叔的孝，讽刺郑庄公的伪善。

### [注释]

①芮良夫：周厉王时的大夫，他作诗讽刺周厉王，见《诗经·大雅·桑柔》。

②"自有肺肠"二句：《诗经·大雅·桑柔》中的诗句，指周厉王心肠很坏，逼得百姓发狂，将他赶走。肺肠，心肠。俾，使。卒，终。

③口壅若川：要堵住百姓的口如同堵塞河流，终于溃决，百姓就会将其赶走。

④谑：挖苦。

⑤“华元弃甲”二句：宋国大夫华元与郑国交战，战败被俘，逃回后又去监筑城墙，筑城者讴歌说：“其目，皤其腹，弃甲而复；于思于思，弃甲复来。”睅，眼睛突出。皤，高挺。于思，大胡子。讴，歌。

⑥丧师：吃败仗。侏儒：个子十分矮的人，此处比喻臧纥缺才少能。

⑦嗤：讥笑。

⑧俳：嘲戏。

⑨蚕蟹：《礼记·檀弓》载鲁国成地有一人，兄死不穿丧服，听说孔子的弟子子皋将去陈做官，就穿丧服，成人便作歌道：“蚕则绩（织茧）而蟹有匡（背壳似筐），范（蜂）则冠而蝉有緌（蝉嘴似下垂的帽带），兄则死而子皋为之衰（孝服）。”匡，与蚕筐谐音，蚕织茧的筐与蟹筐没有关系，这里讽刺穿丧服与兄死无关而是被迫的。鄙：粗俗。

⑩狸首：原壤的母亲死了，他站在母亲的外棺边唱道：“狸首之斑然，执女手之卷然。”狸首，野猫头。淫哇：淫乱的歌。

⑪《礼》典：指儒家经典《礼记》。

⑫谐：戏笑。讔：隐语。

## [译文]

芮良夫的诗里说：“君王自己有坏心肠，逼使民众终于发狂。”昏君的心险恶得如高山，人们的嘴像大川一样难以堵塞，怨恨和愤怒的感情不一样，嘲笑和挖苦的言语也没有一定的。从前宋国的华元打仗败得丢盔弃甲，筑城的人用“突出他的大眼睛”加以歌唱；鲁国的臧纥吃败仗丢了军队，国人也创造了“矮子”的歌谣，这些都是讥笑他们的形貌，把内心的怨恨化成歌谣。还有鲁国用蚕和蟹作的鄙俗谣谚，用野猫头花纹来唱的淫乱谄媚的歌谣，可以起到针刺警诫的作用，也记载在《礼记》里。由此可知，诙谐的言辞，有隐意的言语，也是用不着抛弃的了。

## 原文

谐之言皆[①]也，辞浅会[②]俗，皆悦笑也。昔齐威酣[③]乐，而淳于说甘酒[④]；楚襄[⑤]宴集，而宋玉赋《好色》[⑥]。意在微讽，有足观者。及优旃（zhān）之讽漆城[⑦]，优孟之谏葬马[⑧]，并谲（jué）[⑨]辞饰说，抑止昏暴。是以子长[⑩]编史，列传《滑稽》[⑪]，以其辞虽倾回[⑫]，意归义正也。但本体不雅，其流易弊。于是东方[⑬]、枚皋，餔糟啜醨（lí）[⑭]，无所匡[⑮]正，而诋嫚媟弄[⑯]。故其自称为赋，乃亦俳（pái）也，见视如倡[⑰]，亦有悔矣。至魏文[⑱]因俳说以著《笑书》，薛综[⑲]凭宴会而发嘲调，虽抃（biàn）[⑳]推笑衽席，而无益时用矣。然而懿（yì）文之士，未免枉辔（pèi）[㉑]。潘岳[㉒]《丑妇》之属，束晳《卖饼》[23]之类，尤[24]而效之，盖以百数。魏晋滑稽，盛相驱扇[25]。遂乃应玚(yáng)[26]之鼻，方于盗削卵[27]；张华[28]之形，比乎握舂(chōng)杵[29]。曾是莠(yǒu)言[30]，有亏德音，岂非溺者之妄笑[31]，胥靡(mí)[32]之狂歌欤(yú)！

[注释]

①皆：刘勰用“皆”来解释“谐”。

②会：合，适应。

③齐威：战国时代的齐威王。酣：酒喝到极高兴。

④淳于说甘酒：事见《史记·滑稽列传》。淳于，淳于髡，战国时齐国人。他以自己喝酒作例子，来说明“酒极则乱”的道理，以劝诫齐威王。

⑤楚襄：战国时楚顷襄王。

⑥《好色》：指宋玉的《登徒子好色赋》。此赋讽谏楚顷襄王的好色。

⑦优旃之讽漆城：秦二世胡亥准备漆城墙，优旃说很好，虽然会花很多的钱，但漆了城，敌人爬不上来。只是漆虽容易，却难以把它放在室内让漆阴干。秦二世听后，取消了漆城的打算。优旃，优人，名旃，秦代优伶。

⑧优孟之谏葬马：楚庄王心爱的战马死后，打算用大夫礼来安葬。左右的人劝说无用，优孟知道后请求用君礼来安葬它，诸侯知道了，都知道大王看重马而看轻人了。楚庄王遂认识到自己错了。优孟，春秋时楚国优伶。

⑨谲：诡诈。

⑩了长：司马迁的字。

⑪《滑稽》：指《史记》中的《滑稽列传》。其中写了淳于髡、优旃、优孟、郭舍人、东方朔等八个滑稽人物，大都是地位低微而能借笑谈来讽谏君主的人。滑稽，盛酒的器皿，酒从器中流出不间断，用以比喻人的善说笑话，口若悬河，滔滔不绝。

⑫倾回：倾斜枉曲，不正。

⑬东方：东方朔，他和枚皋都会调笑，会辞赋。

⑭铺：吃。糟：酒渣。啜：饮。醨：薄酒。喝不好的酒只求一醉，比喻混饭吃。

⑮匡：纠正。

闺阁春浓

东方朔等人混迹宫廷，所作赋大都是风花雪月之事。

⑯诋：攻击、毁谤。嫚：怠慢、轻侮。媟：通“亵”，狎侮。弄：玩弄。

⑰见：被。倡：供人取乐的乐人。

⑱魏文：魏文帝曹丕，其《笑书》不传。

⑲薛综：三国时期吴国文学家。

⑳忭：拍手。

㉑枉辔：车子走了冤枉路，指不走正路。

㉒潘岳：西晋文人，其《丑妇赋》今不存。

㉓束晰：西晋文人。卖饼：可能指束晰的《饼赋》，带有嘲笑的意味。

㉔尤：过错。

㉕驱扇：驱驰、扇动，指争相学习鼓动。

㉖应玚：三国时魏国文人。关于他鼻子的事情已不可考。

㉗盗：偷。削卵：半个鸡蛋。削，分开、分半，此喻嘲笑鼻子大。

㉘张华：西晋文人。

㉙握舂杵：握着的杵米的木棒，上大下小。指张华戴头巾，形如舂蒜用的杵，即上小下大。

㉚曾：乃，是。莠言：丑话。莠，丑。

㉛溺者之妄笑：《左传·哀公二十年》载吴王的话“溺人必笑”。吴国被越国包围，快要灭亡，吴王自比快要淹死的人无可奈何而笑。溺，淹在水里。

㉜胥靡：被绳子系着的犯人。

［译文］

谐字之所以由“言”和“皆”两字组成，就是因为所说的言辞浅显适合世俗，大家听了都高兴发笑。从前齐威王喜好酣乐饮酒，淳于髡便给他说“甘酒”之事来讽谏他；楚襄王欢宴集会，宋玉便作了《登徒子好色赋》来讽谏他。他们的意图都在于婉转地讽谏，颇有可取之处。到优旃谏止秦二世油漆城墙，优孟谏止楚庄王厚葬爱马，都是用诡诈的话、夸张的言行来阻止帝王昏庸残暴的行为。司马迁编纂《史记》，将他们列入《滑稽列传》，就是因为他们的言辞虽然诡诈，而用意却都归于正确。但是谐辞本身就不雅正，所以它的流传就容易出现弊病。于是东方朔、枚皋这类文人只能在朝廷中混饭吃，对于帝王的缺点错误没有什么讽谏匡正，而只是说些供人狎戏玩弄的话。所以他们自称作赋，也是属于游戏文，以致被别人看成供人取乐的乐人，自己也有悔心。到魏文帝曹丕收集滑稽笑话而写成了《笑书》，薛综在宴会上说嘲笑的话，这些虽然能使人拍手大笑，却对现实没有什么益处。然而，一些做好文章的人，在这个问题上，也未免走冤枉路。像潘岳的《丑妇》、束皙的《卖饼》之类，知道它不好还要仿效它，大概有百余人。魏晋时代讲滑稽话的风气非常盛行。于是就有把应玚的鼻子，比方成被削过的半个蛋的；有把张华的头，比喻成舂杵棒的。这些丑恶的话，有损于圣人的形象，这难道不是快要淹死的人的苦笑，受刑服役的人疯狂的歌声吗？

## 原文

讔(yǐn)者，隐也。遁(dùn)辞①以隐意，谲(jué)譬②以指事也。昔还社求拯(huán)于楚师，喻眢(yuān)井而称麦曲③；叔仪乞粮于鲁人，歌佩玉而呼庚癸④。伍举刺荆王⑤以大鸟，齐客讥薛公⑥以海鱼；庄姬托辞⑦于龙尾，臧文谬书⑧于羊裘。隐语之用，被于纪传⑨。大者兴治济身⑩，其次弼⑪违晓惑。盖意生于权⑫谲(jué)，而事出于机⑬急，与夫谐辞，可相表里者也。汉世《隐书》⑭，十有八篇，歆、固⑮编文，录之赋末⑯。昔楚庄、齐威，性好隐语。至东方曼倩⑰，尤巧辞述。但谬辞诋戏，无益规⑱补。自魏代以来，颇非俳优(pái yōu)，而君子嘲隐，化为谜语。

［注释］

①遁辞：逃遁其辞，即不直说。

②谲譬：即绕着弯子作譬。

③还社：即还无社，《左传·宣公十二年》载，楚王攻萧国，萧国大夫还无社向楚军的司马卯、申叔展求救。申叔展问："有麦曲夫？"麦曲，酿酒的曲子，可以御寒，暗示让他逃入泥水中。还无社回答没有麦曲，请申叔展"自于眢井而拯之"。眢井，枯井，暗示躲在枯井里，请看到枯井来救他。

④"叔仪乞粮于鲁人"二句：事见《左传·哀公十三年》。吴大夫申叔仪向鲁大夫公孙有山请求接济粮食，说："佩玉挂满了，我却没得挂。"指吴王有粮食，我却没有。公孙有山氏的回答也是隐语："倘登上首山喊：庚癸乎！我便供应粮和水。"庚，西方，代表谷。癸，北方，代表水。

⑤伍举刺荆王：《史记·楚世家》载，楚庄王即位三年，不理国事，下令说："敢谏者死。"伍举就向楚庄王说隐语："有鸟在于阜，三年不飞不鸣，是何鸟也？"庄王明白了他的意思，回答说："三年不飞，飞将冲天；三年不鸣，鸣将惊人。"荆，楚。

⑥齐客讥薛公：《战国策·齐策》载，齐国的靖郭君田婴要在薛建城，不愿听门下食客之谏，一律不让谏者进见。一齐人对他说：只说三个字；多说一字，请下油锅烹杀。齐人说的三个字即"海大鱼"。认为君像大鱼，齐国像海，有了齐国不用筑薛城，没有齐国，筑薛城也没有用，谏他不要忘了百姓疾苦去建薛城。

⑦庄姬托辞：《列女传·辩通》载，臧庄姬见楚顷襄王说："大鱼失水，有龙无尾，墙欲内崩，而王不视。""大鱼失水"隐喻楚顷襄王离国五百里，"有龙无尾"隐喻楚顷襄王年已四十还无太子，"墙欲内崩，而王不视"，隐喻处境十分危险。

⑧臧文谬书：事见《列女传·仁智》。藏文仲出使齐国，被拘留，齐将出兵攻

鲁。文仲托人给鲁君送信“食猎犬，组羊裘”，暗示齐国正积极准备进攻鲁国。这封信实际是情报书。

⑨被：加。纪传：即历史书，指上述《左传》《战国策》《史记》《列女传》等书。

⑩济身：有益于自身。

⑪弼：匡正。

⑫权：权变。

⑬机：变化。

⑭《隐书》:《汉书·艺文志》中所列杂赋类，有《隐书》十八篇。

⑮歆：刘歆，西汉文人，《七略》的编著者之一。固：班固，《汉书》的编著者。

⑯赋末：班固根据《七略》编著的《汉书·艺文志》，把《隐书》十八篇放在了杂赋类的末尾。

⑰曼倩：东方朔的字。

⑱规：劝。

[ 译文 ]

“讔”，就是隐语。用躲闪的语言来隐藏含意，用巧妙的譬喻来暗示事情。从前萧国大夫还无社向楚国的申叔展求救，用了“枯井”和“麦曲”作隐喻；吴国的申叔仪向鲁国乞求粮食，用了“佩玉”的歌谣，呼喊“庚癸”。伍举用“大鸟”作比来讽刺楚庄王。齐国的食客用“海鱼”的比喻来讥谏薛公；楚国的庄姬用龙的无尾来启发顷襄王，鲁国的臧文仲在信中用“羊裘”的隐语通报齐国将要发动进攻。由此可见，隐语的应用，记在史书中。它们的作用，重要的可以兴治国家和发展自身，其次可以匡正错误，启发解惑。它们的用意是为应付诡谲变化，跟游戏文辞可以说是互为表里的，可以相互配合。汉代的《隐书》，有十八篇，刘歆编著和班固编书都把它们录存在赋末尾。从前楚庄王和齐威王都喜好隐语，到了东方朔，尤其善于隐语的述说。但都爱用一些荒唐的言辞来说笑话开玩笑，对纠正人们的缺点错误并没有任何好处。自从魏代以来，对俳优人物有所非议，而君子用来嘲讽的隐语，就逐渐变为谜语了。

大鸟

楚庄王好隐语，伍举曾用大鸟来劝他振作，这便是“一鸣惊人”的由来。

## 原文

谜也者，回互[①]其辞，使昏迷也。或体目文字[②]，或图象品物，纤[③]巧以弄思，浅察以炫[④]辞，义欲婉而正，辞欲隐而显。荀卿《蚕赋》[5]，已兆[6]其体。至魏文、陈思[7]，约而密之。高贵乡公[8]，博举品物，虽有小巧，用乖远大。观夫古之为隐，理周[9]要务，岂为童稚之戏谑，搏髀(bì biàn)[10]而抃笑哉！然文辞之有谐讔(yǐn)，譬九流[11]之有小说，盖稗(bài)官[12]所采，以广视听。若效而不已，则髡(kūn)袒而入室[13]，旃(zhān)、孟之石交乎[14]！

[注释]

①回互：曲折变化。

②体目文字：分解文字成字谜。体，分解；目，识别。

③纤：细小。

④炫：夸耀。

⑤荀卿：名况，战国时赵国人，大思想家，荀卿是对他的尊称。《蚕赋》：《荀子·赋篇》中的《礼》《智》《云》《蚕》《箴》等五篇小赋，都带有谜语的性质。

⑥兆：预兆，兆头。

⑦魏文：魏文帝曹丕。陈思：陈思王曹植。

⑧高贵乡公：曹髦，曹丕之孙。他和曹丕、曹植的谜语均未传下来。

⑨周：遍及。

⑩搏髀：拍大腿。髀，大腿。

⑪九流：先秦时代的九个学派。小说家不算学派，是稗官从民间搜集到的谈话或故事。

⑫稗官：小官。

⑬髡：淳于髡。入室：学生向老师学习，先入门，进一步是登堂，再进是入室。

⑭旃：优人旃．孟：优人孟。石交：坚不可破的金石之交，指好朋友。

[译文]

"谜"，就是把话说得曲折交错，使人迷惑的意思。它们有的打文字谜语，有的打事物谜语，从纤细巧妙处玩弄心思，凭浅近的理解来炫耀文辞，但谜的意义要曲折而正确，文辞要含蓄而浅露。实际上荀子的《蚕赋》，已经开创了谜语这种体裁。到魏文帝曹丕、陈思王曹植，写得更精练而周密。高贵乡公曹髦的谜语，则广博地列举各种物品，虽有小聪明，但没有大的用处。观察古人的隐语，说理偏重于各种重要的事物，岂止是为了幼稚的儿童游戏，让大家拍腿鼓掌大笑而已吗？然而文辞中的有谐辞隐语，就譬如诸子九流中有小说一派，它是下级小官员们采集来的，用来增长见识。但是如果不停地效仿这类东西，那就是淳于髡、东方朔的高徒，优旃、优孟的至交了啊！

## 原文

赞曰：古之嘲隐，振危释惫[1]。虽有丝麻，无弃菅蒯(jiānkuǎi)[2]。会义适时，颇益讽诫。空戏滑稽，德音大坏。

[注释]

①振：救。惫：困乏，极度疲乏。

②菅蒯：即菅草和蒯草，都是多年生草本植物，可以做刷子或织席做绳。菅和蒯不如丝麻贵重，比喻谐讔不如其他文体重要。

[译文]

总结：古代用来嘲讽的谐辞隐语，可以用来挽救危机。文体虽多也不丢弃谐讔，犹如丝麻虽贵也不丢弃菅蒯。只要合乎道义适应时机，就颇有益于讽刺劝诫。如果空为戏言只图滑稽，那它们美好的声誉就会败坏。

葛

葛也可以做绳索，虽不够贵重，但常被人用。就如谐隐，虽然不够重要，但是非常实用。

# 史传第十六

**题解**

从《史传》至《书记》的十篇，所论文体，都属“笔”类，是对各体散文的论述。刘勰把“史传”列在无韵文之首来讨论，这是他认为史含文，把写史看作作文，把史家看作文学家的表现。刘勰所推崇的史书《春秋左氏传》《史记》《汉书》都具有很高的文学价值，它们的作者都是大文学家。《史传》主要讲各代的历史著作和历史著作的写作。

全篇分两大部分：一、讲“史传”的定义、史书的产生和晋宋以前的史书。二、总结编写史传的理论，提出编写史书的四条大纲。

刘勰对历史著作的基本主张是“务信弃奇”，他强调对于不可信的东西，宁可从略甚至不写，也不可以穿凿附会，追求奇异，而且他特别反对不从实际出发，抬高权贵，贬议失意之士，这是有积极意义的。但是又说不给女后立纪等，和自己的观点自相矛盾。总起来看，刘勰总结的史传写作原则，既对史传的写作与批评有积极的指导意义，又对文学创作与批评，特别是对传记文学、报告文学和纪实文学的写作与批评有很重要的意义。

## 原文

开辟草昧[1]，岁纪绵邈(miǎo)[2]。居今识古，其载籍[3]乎！轩辕(yuán)[4]之世，史有仓颉(jié)[5]，主文之职，其来久矣。《曲礼》[6]曰：“史载笔[7]。”史者，使[8]也。执笔左右，使之记也。古者，左史记事者，右史记言者[9]。言经则《尚书》[10]，事经则《春秋》[11]也。唐虞流于典谟[12]，商夏被于诰誓[13]。洎(jì)周命维[14]新，姬公[15]定法，䌷(chōu)三正以班[16]历，贯四时以联事[17]。诸侯建邦，各有国史，彰(zhāng)善瘅(dān)恶，树之风声[18]。

［注释］

①草昧：指世界初创之时尚未开化的状态。昧，冥昧。

②绵邈：遥远。

③载籍：史册。

④轩辕：是黄帝号，传说中的古帝王。

⑤仓颉：相传是黄帝史官，创造了文字。

⑥《曲礼》：《礼记》中的一篇。

⑦笔：这里泛指记事的用具。

⑧使：令。

⑨“左史记事者”二句：关于左、右史的分工，古代有两种说法：一种是《汉书·艺文志》说：“左史记言，右史记事。”一种是《礼记·玉藻》说：“动则左史书之，言则右史书之。”

⑩《尚书》：儒家经典之一，主要记帝王的谈话、誓词、讲演等，所以说是“言经”。

⑪《春秋》：儒家经典之一，记载了春秋时期鲁国的历史。相传由孔子修订，主要记春秋时代的历史事件，所以说是“事经”。

⑫典谟：指《尚书》中的《尧典》等文献，记唐虞时代的事。

⑬被于：及于。诰誓：指《尚书》中的《甘誓》《汤诰》等文献。

⑭洎：及、到。命：天命，周朝自称是受天命建立。维：乃。

⑮姬公：周公，姓姬名旦，辅佐武王制定法典。

⑯䌷三正：即推算历法。䌷，抽引，推求。三正，指夏、商、周三代的历法。正，正月，夏、商、周三代的正月各不相同。夏以阴历正月为正，商以十二月为正，周以十一月为正，故称“三正”。班：列。

⑰贯：联。四时：周代的历史是编年史，一年之内又按春、夏、秋、冬四时的顺序来记事。联事：记载史事。联，系。

⑱“彰善瘅恶”二句：借用《尚书·毕命》中的话。瘅，憎恨、厌恶。

### [译文]

自从开天辟地的蒙昧时代以来，年代非常久远。生活在今天要知道古代的事情，就靠历史书籍的记载吧！传说轩辕黄帝时代，已经有史官仓颉，主管记载历史的职务，可见史籍记载来源很久远啊！《礼记·曲礼》说：“史官带着笔来记事。”史，就是使。史官在帝王左右拿着笔，记录他们的言语和行动。在古代，在国君左面的左使专门负责记载帝王所做的事，在国君右面的右使专门负责记载帝王所说的话。记言的经典就是《尚书》，记事的经典就是《春秋》。尧舜时代的历史靠《尚书》的《尧典》《皋陶谟》等流传下来，夏商的历史记载于《尚书》的《甘誓》《汤诰》等文告里。到周文王、周武王承受天命，政务才开始革新，周公姬旦制定法典，推算夏、商、周三代的历法来排列历史顺序，贯串春、夏、秋、冬四时以联系各种事件来记事。诸侯建国，都各有自己的国史，用以表彰好的，批判坏的，树立正派的好风气。

## 原文

自平王[1]微弱，政不及雅[2]，宪章[3]散紊，彝伦攸斁(yōu dù)[4]。昔者夫子闵王道之缺[5]，伤斯文[6]之坠，静居以叹凤[7]，临衢而泣麟[8]。于是就太师以正《雅》《颂》[9]，因鲁史以修《春秋》[10]，举得失以表黜陟(chù zhì)[11]，征存亡以标[12]劝戒。褒见一字，贵逾轩冕(miǎn)[13]；贬在片言，诛深斧钺(yuè)[14]。然睿旨[15]存亡，经文婉约。丘明[16]同时，实得微言，乃原始要终[17]，创为传体。传者，转也。转受经旨，以授于后，实圣文之羽翮(hé)[18]，记籍之冠冕也。及至纵横之世[19]，史职犹存。秦并七王[20]，而战国有策[21]。盖录而弗叙[22]，故即简[23]而为名也。

［注释］

①平王：周平王，周幽王之子。周平王自东迁洛邑（今河南洛阳）后，从此周朝开始衰落。

②雅：此处代指《诗经》中《大雅》《小雅》所反映的太平盛世。

③宪章：法制。

④彝伦：正常的伦理。攸斁：所以破坏。攸，所；斁，败坏。

⑤夫子：指孔子。闵：悯，忧。缺：衰。

⑥斯文：指西周盛时的文化。斯，此、这。

⑦静居：闲居，指孔子未做官时。叹凤：古人认为天下太平会看到凤凰，叹息凤凰不来，即叹息天下不太平。

⑧泣麟：鲁国人打柴时得一麒麟。古人认为麒麟应该在太平盛世出现，当时是乱世，出现的不是时候。孔子因此悲伤自己生不逢时，所以悲泣。

⑨太师：乐官。正《雅》《颂》：《雅》《颂》，指雅乐和颂乐的乐曲。但当时乐曲已经残缺不全，所以要加以订正。

⑩因：根据。鲁史：鲁国史书。修《春秋》：鲁国本来有历史记载，孔子根据这些记载加以修订，成为《春秋》。

西狩获麟

孔子见乡人不识麒麟而伤心。

⑪黜：降。陟：升。

⑫征：验证。标：示，表明。

⑬轩冕：指高官。轩，大夫的车子或官服。冕，冠。

⑭斧钺：刑具。钺，大斧。

⑮睿旨：深远的旨意。

⑯丘明：左丘明，与孔子同时代的鲁国人，相传是《左传》的作者。

⑰原始要终：《周易·系辞》中的话，指全面探讨事物的规律。原始，探究事物的开端。要终，考察事物的终结。

⑱羽翮：翅膀。翮，羽毛上的茎。

⑲纵横：纵，合纵，即联合六国以抗秦，以苏秦为代表；横，连横，即六国和秦国和好，以张仪为代表，这是和合纵对立的主张。

⑳七王：秦灭六国是六王，秦王改称皇帝，去掉王号，即七王。

㉑战国有策：刘向《战国策序》说，因其内容主要是战国时游说之士所献策谋，故称《战国策》。

㉒叙：编次。

㉓简：竹简，也叫策或简策。单片竹简为简，连编诸简为策。

[译文]

自从周平王势力开始衰微削弱，政治不能步入正途，法制散乱，伦理道德败坏。从前孔子忧虑王道的衰微，伤感周代礼乐文明的败坏，在平时想到凤凰不来而感叹，看到麒麟出现而悲泣自己。于是他从卫国回到鲁国后，就请教乐官订正《雅》《颂》的音乐，借用鲁国的历史撰修《春秋》，举出事实的得失来加以指斥和赞美，引证国家的存亡来作为取法或警诫。在《春秋》里，一个字褒扬，比坐官车戴官帽还要难以见到；哪怕是片言只语的贬抑，就比受刀斧的诛戮还要耻辱。但《春秋》的旨意精深，经文委婉简练。左丘明与孔子同时，确实领会到孔子的微言大义，全面系统地探讨事件的始末，创作了《春秋左氏传》。传，就是转的意思。转述《春秋》的用意，转授给后代，它实在是《春秋》的辅助读物，历史记事文章中的佼佼者。到了战国时代，史官之职仍然存在。秦始皇合并了七国，可是七国的历史却保存在各国的历史简策里。因为这些简策只是把战国策士的言行录记下来，而没有依年代编排，所以叫作《战国策》。

## 原文

汉灭嬴、项[1]，武功积年。陆贾[2]稽古，作《楚汉春秋》。爰（yuán）及太史谈[3]，世惟执简[4]；子长[5]继志，甄（zhēn）序帝绩[6]。比尧称典[7]，则位杂中贤；法孔题经[8]，则文非元圣[9]。故取式《吕览》[10]，通号曰纪。纪纲[11]之号，亦宏称也。故本纪[12]以述皇王，列传[13]以总侯伯，八书[14]以铺政体，十表[15]以谱年爵，虽殊古式，而得事序焉。尔其实录无隐之旨，博雅弘辩之才，爱奇反经之尤[16]，条例踳（chuǎn）落[17]之失，叔皮[18]论之详矣。

司马迁

[注释]

①嬴：秦国的姓，指秦国。项：项羽。

②陆贾：西汉初文人。作有《楚汉春秋》，但南宋后失传。

③太史谈：即太史令司马谈，是司马迁的父亲，他著史书未完死去。临死嘱托儿子继承自己的事业。

④执简：指担任史官。

⑤子长：司马迁的字。

⑥甄：审查。绩：功业。

⑦典：经典，记圣人言行可为法式的书。

⑧孔：孔子。经：指《春秋》。

⑨元圣：上圣，指孔子。

⑩《吕览》：秦吕不韦的门客集体编写《吕氏春秋》，因其中有“八览”，故称《吕览》。刘勰认为《史记》的“本纪”是源于《吕氏春秋》的“纪”。

⑪纪纲：记事纲领。

⑫本纪：《史记》有《五帝本纪》等十二本纪，记帝王事迹。

⑬列传：《史记》有《屈原列传》等七十列传。

⑭八书：《史记》有《礼书》《乐书》《律书》《历书》《天官书》《封禅书》《河渠书》《平准书》八书。

⑮十表：《史记》中有《三代世表》等“十表”。

⑯尤：过失。

⑰踳落：乖舛，错乱。

⑱叔皮：班彪的字，班固的父亲，东汉史学家。

[译文]

汉高祖刘邦灭掉了嬴秦和项羽，积累了多年的武功。汉初的陆贾取法古代，作了《楚汉春秋》。到了汉朝的史官司马谈，世代手执简策作史；司马迁继承父亲的遗志，甄别叙述历代帝王功臣的功绩。他叙述帝王，如果比照《尚书·舜典》而称为典，但其中混杂着并非圣人的“中贤”；如果效法孔子《春秋经》而称为经，那《史记》又不是大圣人那样的文章。所以司马迁取法学习《吕氏春秋》的纪，把记帝王的历史通通号称“纪”。“纪”这种记载历史提纲挈领的名号，也是一种包举一切的大称号。所以司马迁用“本纪”来叙述帝王，用“世家”来总叙公侯的事，用“列传”来录记卿士的事，用“八书”来铺叙社会政治制度，用“十表”来谱记年表和爵位，虽然和古代编史的方式不同，却能抓住记述各种历史事实的条例。至于司马迁写《史记》注重照实记录毫不隐讳的宗旨，学识广博议论雄辩的才能，爱好奇异违反儒家经典的过失，体式条例尚不统一还有舛错杂乱的缺点，班彪在他的《史记论》里已有了详细的论述。

## 原文

及班固述①汉，因循前业，观②史迁之辞，思实过半③。其十志④该富，赞序⑤弘丽，儒雅彬彬⑥，信有遗味。至于宗经矩⑦圣之典，端绪丰赡(shàn)之功，遗亲攘(rǎng)美⑧之罪，征贿(huì)鬻(yù)笔之愆(qiān)⑨，公理⑩辨之究矣。观夫左氏缀⑪事，附经间出⑫，于文为约，而氏族难明⑬。及史迁各传，人始区详而易览⑭，述者宗焉。及孝惠委机⑮，吕后摄政⑯，班史立纪⑰，违经失实。何则？庖牺⑱以来，未闻女帝者也。汉运所值⑲，难为后法。牝(pìn)鸡无晨，武王首誓⑳；妇无与(yù)国，齐桓著盟㉑；宣后乱秦㉒，吕氏危汉㉓。岂唯政事难假㉔，亦名号宜慎矣。张衡司史，而惑同迁、固㉕，元帝王后㉖，欲为立纪，谬亦甚矣。寻子弘虽伪，要当孝惠之嗣㉗；孺子㉘诚微，实继平帝之体。二子可纪，何有于二后㉙哉？

### [注释]

①述：班固著《汉书》，称“述”而不称“作”，表示谦逊。

②观：看，遍览。

③思实过半：指思想认识有所启发，明了了一大半。

④十志：《汉书》有《律历志》《礼乐志》《刑法志》《食货志》《郊祀志》《天文志》《五行志》《地理志》《沟洫志》《艺文志》十志。该：完备。

⑤赞：《汉书》本纪、志、列传的每篇的结尾常有“赞曰”，相当于结论，表明看法。序：《汉书》表的开头有类似序的说明。

⑥彬彬：有文有质。

⑦矩：画方形的工具，引申规矩、取法。

⑧遗亲攘美：班固《汉书》中某些篇章是从自己父亲班彪的《史记后传》中吸取过来的，但班固并未予注明，全算作了自己的作品。攘美，即掠美，窃取之意。

⑨征贿鬻笔之愆：指班固受贿事。征，求；鬻，卖，指收了钱就为人家说好话；愆，过失。

⑩公理：东汉文人仲长统的字，著有《昌言》，其对《汉书》的评论已无可考。

⑪左氏：指左丘明的《左传》。缀：联结。

⑫附经间出：《左传》附在《春秋》后面，一段《春秋》，一段《左传》，互相间隔。

⑬氏族难明：《左传》称人不讲姓或氏族，所以姓和氏族弄不清楚。

⑭易览：即方便阅览。

⑮孝惠委机：孝惠，西汉惠帝刘盈，继位后不理朝政。委机，委弃国家机要大政，天子处理的政务称万计。

⑯吕后摄政：吕后，汉高祖刘邦的皇后吕雉。摄政，代理执政。惠帝死后，吕后摄政八年。

⑰班史立纪：指班固《汉书》中有《高后纪》，司马迁《史记》中有《吕太后本纪》。

⑱庖牺：即伏羲，传说中远古三皇之一。

⑲值：逢遇。

⑳"牝鸡无晨"二句：《尚书·牧誓》载周武王说"牝鸡无晨"，攻击殷纣王信任妲己。晨，司晨。

㉑"妇无与国"二句：齐桓公和诸侯在蔡丘盟会之时，盟辞中有"毋使妇人与国事"的话。与，参与。

㉒宣后乱秦：《史记·匈奴列传》载，秦昭王时，匈奴的义渠戎王与昭王的母亲宣太后私通，勾结作乱。

㉓吕氏危汉：汉高祖刘邦死后，吕后依靠吕氏家族执政，刘氏政权几乎丧失。

㉔假：指代摄政事。

㉕"张衡司史"二句：《后汉书·张衡传》说张衡曾专为《东观汉记》做修补工作，并上书主张为汉元帝的皇后王政君立"本纪"。迁、固，指司马迁、班固。

㉖元帝王后：即汉元帝的皇后王政君。

㉗"寻子弘虽伪"二句：寻，考。子弘，刘弘，汉惠帝的儿子。惠帝死后，吕后立刘弘为帝。吕后死后，汉大臣和吕氏家族争权，吕家失败被杀。汉大臣怕刘弘成人后对自己不利，就借口说他不是惠帝的儿子，将其废掉，改立刘恒，即汉文帝。刘勰相信这种说法，所以说子弘虽伪。

㉘孺子：指刘婴。王莽毒死汉平帝后，立汉宣帝仅两岁的玄孙刘婴为皇太子，称为"孺子"。

㉙二后：指汉高祖吕后和汉元帝王后。

［译文］

到班固撰述《汉书》，继承前人的事业，只要看看司马迁的《史记》，已经明白《汉书》的一半多了。它的"十志"完备宏富，"赞"和"序"的文辞弘伟富丽，内容雅正，有文有质确实有《尚书》的遗味。至于班固在写作《汉书》时尊崇"六经"、

吕太后临朝

效法圣人的典则，条理清楚、内容丰富的优点，偷取父亲著作据为己有的罪过，求取贿赂、出卖文笔的过错，这些仲长统已经讲得很透彻了。再看左丘明的《左传》纪事，按编年附在《春秋经》的经文后面，和经文相间出现，它虽有文辞简约的长处，然而人物的姓氏宗族不清楚。到了司马迁的《史记》，人物开始分别叙述，使人容易阅览，后来著述史书的人都学习效法他。到了西汉孝惠帝不管政务，吕后临朝摄政，司马迁的《史记》和班固的《汉书》都专门为她立了《吕后本纪》和《高后纪》，这既违反了经书的教训又不合实际。为什么这样说呢？因为自庖牺氏以来，没有听说过妇女当皇帝的呀！汉代的国运所遇到的事，难以作为后世效法学习的榜样。“母鸡没有司晨的”，这是周武王首先发出的誓言；“妇女不得参与国事”，这是齐桓公在盟誓中的誓词；宣太后搞乱了秦国，吕后摄政危害汉室。这岂止是国家政事难以假手于妇女，就是给其名号也应该谨慎啊！到张衡主管国史，同司马迁、班固一样糊涂，主张给汉元帝的王后立纪，写《元后本纪》，荒谬得太厉害了。考查起来，刘弘虽然不是汉惠帝的儿子，但是处于汉惠帝的后嗣这一至为重要的地位上；孺子刘婴诚然微弱幼小，但实际上他继承了汉平帝的皇业。这两人可以立为本纪，何必要有《吕后本纪》《元后本纪》呢？

## 原文

至于后汉纪传，发源东观[1]。袁、张[2]所制，偏驳不伦；薛、谢[3]之作，疏谬少信。若司马彪[4]之详实，华峤(qiáo)[5]之准当，则其冠也。及魏代三雄[6]，记传互出[7]。《阳秋》《魏略》[8]之属，《江表》《吴录》[9]之类，或激抗[10]难征，或疏阔[11]寡要。唯陈寿《三志》[12]，文质辨洽，荀、张比之于迁、固[13]，非妄誉也。至于晋代之书，系乎著作[14]。陆机肇(zhào)[15]始而未备，王韶(sháo)[16]续末而不终。干宝[17]述《纪》，以审正得序；孙盛《阳秋》，以约举为能。按《春秋》经传，举例发凡[18]。自史汉以下，莫有准的[19]。至邓粲(càn)《晋纪》[20]，始立条例[21]。又摆落汉魏，宪章[22]殷周，虽湘州曲学[23]，亦有心典谟(mó)[24]。及安国[25]立例，乃邓氏之规焉。

陆机

[注释]

①东观：东汉官中藏书及编修史书的地方。李尤、刘珍在此编的《东观汉记》记载了汉光武帝至灵帝时期的历史。

②袁：袁山松，东晋史学家，其《后汉书》，已残缺。张：张莹，东晋文人，其《后汉南记》已残缺。

③薛：薛莹，三国时期吴国的文学家、史学家。著有《后汉记》，已残缺。谢：谢承，西晋史学家，著有《后汉书》，已残缺。

④司马彪：西晋史学家，所著《续汉书》，已亡。

⑤华峤：西晋史学家，所著《后汉书》，已残缺。

⑥三雄：指魏、蜀、吴三国。

⑦互出：相继出现。

⑧《阳秋》：即《魏氏阳秋》，也称《魏氏春秋》，东晋孙盛所作。《魏略》：三国魏人鱼豢著。二书均已不存。

⑨《江表》：《江表传》，西晋虞溥著。《吴录》：西晋张勃著。二书均已不存。

⑩抗：同"亢"，高亢、高昂。激亢，即偏激高亢的高调，指虚夸。

⑪疏阔：粗略、粗疏。

⑫陈寿：西晋史学家，蜀人，著《三国志》。《三国志》包括《魏志》《蜀志》《吴志》"三志"。

⑬荀张：指荀勖、张华，均为西晋文人。他们认为班固与司马迁在文坛的地位比不上陈寿。

⑭著作：即著作郎，官名。晋代时设著作郎一职，专门编写史书。

⑮陆机：西晋文人，他写晋初历史的《三祖纪》，写了司马懿、司马师、司马昭三人，已亡。肇：始、开端。

⑯王韶：王韶之，南朝宋文人。所著《晋纪》已亡。他写东晋历史的终止时间离晋亡尚有七年，所以说"续末而不终"。

⑰干宝：东晋小说家、史学家。所著《晋纪》，已残。

⑱举例发凡：编写史书的原则和体例。《春秋》有五例，《左传》有五十凡例。

⑲准的：标准。

⑳邓粲：东晋文人，所著《晋纪》已亡。

㉑始立条例：据《史通·序例》说，干宝的《晋纪》已学习《左传》，重立凡例，在邓粲之前。

㉒宪章：法制，指取法。

㉓湘州：据《水经注·湘水》，晋怀帝时设立湘州（今湖南湘水流域）。邓粲：长沙人，所以称湘州。曲学：乡曲之学。

㉔典谟：指《尚书》。因《尚书》中有《尧典》《大禹谟》等篇。

㉕安国：孙盛的字。著《晋阳秋》，也有写作条例。

［译文］

至于东汉的本纪和列传，最早是班固等人在东观编修的。晋代袁山松的《后汉书》与张莹的《后汉南记》，都偏颇驳杂，不合史法；三国时吴国薛莹的《后汉记》和谢承的《后汉书》，疏漏谬误很多，不够真实。如像西晋司马彪著作的详尽真实，华峤著作的准确恰当，都要算史书中的佳作了。魏代三国的记传先后撰述出来，像孙盛的《魏氏阳秋》、鱼豢的《魏略》、虞溥的《江表传》、张勃的《吴录》这类著作，有的激切虚夸难以相信，有的粗疏阔略不得要领。唯有蜀人陈寿写的《三国志》做到了有文有质，明辨博通，与他同时代的荀勖和张华把他比作司马迁和班固，不是虚假的称誉。至于晋代的史书，是由史官著作郎掌管。西晋陆机写了《三祖纪》没有写完，南朝宋的王韶之续写《晋纪》没有写到晋亡。干宝著述的《晋纪》精审正确而得到称引，孙盛的《晋阳秋》以简明扼要著名。看看《春秋》的经传，都举出创作凡例来。自从《史记》《汉书》以后，就没有可作标准的凡例了。到东晋的邓粲作《晋纪》，又开始立出了条例。他摆脱汉魏以来写史的影响，效法学习殷周时代的《尚书》，虽然邓粲偏居湘江边，但也有心学习经书。后来孙盛著《晋阳秋》订立的条例，就是邓粲设立的规矩呀！

## 原文

原夫载籍之作也，必贯乎百氏[①]，被[②]之千载，表征盛衰，殷鉴[③]兴废。使一代之制[④]，共日月而长存；王霸[⑤]之迹，并天地而久大。是以在汉之初，史职为盛。郡国文计[⑥]，先集太史之府，欲其详悉于体国[⑦]也。必阅石室[⑧]，启金匮(guì)[⑨]，抽裂帛[⑩]，检残竹[⑪]，欲其博练于稽古也。是立义选言，宜依经以树则；劝戒与夺[⑫]，必附圣以居宗；然后诠(quán)评[⑬]昭整，苛滥[⑭]不作矣。然纪传为式，编年缀事，文非泛论，按实而书。岁远则同异难密，事积则起讫(qì)易疏，斯固总会之为难也。或有同归一事，而数人分功[⑮]，两记则失于复重，偏举则病于不周。此又诠(quán)配[⑯]

之未易也。故张衡摘史、班之舛(chuǎn)滥(làn)[17]，傅玄[18]讥《后汉》之冗烦，皆此类也。

班固

[注释]

①百氏：百家。《汉书·叙传下》声称《汉书》"纬六经，缀道纲，总百氏，赞篇章"。

②被：覆盖。

③殷鉴：殷朝人可以拿夏朝的灭亡作为借鉴。

④制：指典章制度。

⑤王：指推行仁政，使天下人心归向。古代儒家称尧、舜、禹、汤等圣王的政道为王道。霸：指用武力使天下顺服。称齐桓公、晋文公等春秋五霸的强大称雄为霸道。

⑥郡国：汉朝地方区域最大为州，州下是郡。此指全国各地。文计：文书计簿，郡国都要把文书计簿送给朝廷。

⑦体国：全国的体制、规划，主要指当代的政治、经济等现实情况。

⑧石室：用石料修建的藏书室。

⑨金匮：金属制的文件柜。石室、金匮都是汉朝存重要的图书文物的地方。

⑩抽：编缀汇集。裂帛：指残破的帛书。

⑪残竹：残缺的简书。古代的文件写作在帛和竹上。

⑫与夺：与，取，肯定表扬；夺，舍，否定批评。

⑬诠评：论赞。

⑭苛滥：过严与过宽。

⑮一事数人分功：如《三国志》中的赤壁之战，在周瑜、鲁肃、诸葛亮、黄盖等人的传中都讲到，就是一例。分功意为一件事分别和几人有关系。功，同"工"，指事。

⑯诠配：评量调配。

⑰张衡摘史班之舛滥：《后汉书·张衡传》载，张衡上书指出"司马迁、班固所叙与典籍不合者十余事"。舛，过失、差错。滥，不当。

⑱傅玄：西晋文人，著有《傅子》，已残。

### [译文]

推求历史书籍的写作，一定要融会贯通百家的著作，使之流传于千年之后，要使得由兴盛到衰亡的史实得到明白的征验，可以作为后世国家兴亡的借鉴。要使一代的制度与日月一起长期共存下去；使帝王的功勋业绩同天地一起长久流传。因此在汉代初年，史官这一职务很被重视。全国各郡国的文件簿册，都要先汇集在太史官府里，以便让他详细体察全国各方面的情况。史官还要阅读国家的历史文物藏书，查考珍贵的档案，整理破损的帛书，研究残存的书卷，为的是要精通熟练地考察古代的历史。因此在确立主旨、选用言辞方面，应该依靠经书来作准则；劝告警诫，肯定否定，应该凭靠圣人的主张作为宗旨；然后评论史实才能做到明确完整，苛求和浮滥评论的情况才不会发生。然而本纪和列传的样式，既有编年的问题又有缀事的问题，但不管是纪是传都不是泛泛空论，而是按照历史事实记录。只是年代久远了，事件的记载就有同有异，难以完全密切相合；历史事实积累得很多，事件始末就不容易分清楚而产生疏漏，这确实是总汇史料撰述史书的困难啊！有时同一个历史事件，与几个人都有关系，如果两处都记载就失之于重复，而只片面地写在某一纪，传里又有不周到的缺点。这又是编排资料的不容易啊！所以张衡指责司马迁的《史记》和班固的《汉书》的舛错和伪滥，傅玄讥笑《后汉书》冗赘烦琐，都属于上述两方面的问题。

## 原文

若夫追述远代，代远多伪。公羊高①云“传闻异辞”；荀况称“略远详近”②。盖文疑则阙(què)③，贵信史也。然俗皆爱奇，莫顾实理。传闻而欲伟其事，录远而欲详其迹，于是弃同即异，穿凿④傍(páng)说，旧史所无，我书则博，此讹(é)滥之本源，而述远之巨蠹(dù)⑤也。至于记编同时，时同多诡⑥，虽定、哀微辞⑦，而世情利害。勋荣之家，虽庸夫⑧而尽饰；迍(zhūn)⑨败之士，虽令德而嗤埋⑩，吹霜煦⑪露，寒暑笔端。此又同时之枉，可为叹息者也。故述远则诬矫⑫如彼，记近则回邪⑬如此，析理居正，唯素臣⑭乎！

### [注释]

①公羊高：战国时齐国人，相传是《春秋·公羊传》的作者。

②略远详近：《荀子·非相篇》：“传者久则论略，近则论详。”

③阙：缺。

④穿凿：指牵强附会。

⑤蠹：蛀虫。

⑥诡：欺诈。

⑦定：鲁定公。哀：鲁哀公。他们二人和孔子同时代。孔子编修《春秋》对二人有“微辞”。微辞：话说得隐晦含蓄。

⑧庸夫：平庸的人。

⑨迍：困顿。

⑩令：美。嗤埋：讥笑埋没。

⑪煦：温暖。

⑫矫：假造。

⑬回邪：不正。回，邪。

⑭素臣：素白之心，公心。文中指左丘明，认为他是有公心的史臣。

[ 译文 ]

至于追述远古的事，时代久远容易失实。公羊高说“远古的传说有不同的说法”；荀况主张“详近略远”。对历史事实有疑问写历史时就让它缺着，这是尊重历史的真实。然而世俗之人都好奇，不顾历史要真实的原则。记述传闻总想夸大，记录远古事迹总是猜测使之更加详细，于是丢弃共同的说法，选择奇异的，牵强附会。旧史没有记载的，我著的史书却尽量多记，这就是造成错误浮滥的根本原因，是记述远古历史的大害。至于记载当代的历史，时代相同也有很多虚假，即使孔子在《春秋》里记述和他同时代的鲁定公、鲁哀公的历史时，用了隐晦不明的表示批评的言辞，然而世道人情的利害关系却不能不考虑。贵族氏家，即使是庸夫俗子，也要尽量加以夸奖；困顿失败的士人豪杰，纵然有美好的品德操行，也常常受到嘲笑和埋没，这真好比北风吹霜冻，太阳晒露水，完全凭着一支笔。这又是对同一个时代历史的歪曲，是可叹息的。所以追述远古历史就是那样地诬妄不实虚假伪造，记述当代历史就是这样地违反事实偏邪歪曲，辨析事理能够居中得正，只有公正无私的史臣才办得到吧！

## 原文

若乃尊贤隐讳[①]，固尼父[②]之圣旨，盖纤瑕不能玷瑾(jǐn)瑜[③]也。奸慝(tè)[④]惩戒，实良史之直笔，农夫见莠(yǒu)[⑤]，其必锄也。若斯之科，亦万代一准焉。至于寻繁领杂之术，务信弃奇之要，明白头讫之序，品酌事例之条，晓其大纲，则众理可贯。然史之为任，乃弥纶[⑥]一代，负海内之责，而赢是非之尤[⑦]。秉笔荷担[⑧]，莫此之劳。迁、固通矣，而历诋后世。若任情失正，文其殆[⑨]哉！

[ 注释 ]

①尊贤隐讳：这是为封建统治阶级服务的写史书原则，即不提尊者、贤者的缺失。

②尼父：指孔子。

③纤瑕：玉石上细微的斑点。瑾瑜：美玉。

④慝：邪恶。

⑤莠：狗尾草。

⑥弥纶：包举。

⑦尤：责怪。

⑧荷担：负担，负责。

⑨殆：危险。

[译文]

至于对待尊者或贤者隐讳其缺点，本是孔子作《春秋》的宗旨，因为纤小的瑕疵不能掩盖整个美玉的光泽。对奸邪要加以惩诫，实在是优秀的史家直笔，好比农夫看见了野草就一定要锄掉一样，像这样的条例，也是万代撰写史书所遵循的同一标准。至于寻求把繁杂众多的史实统率起来寻找一个纲领的方法，务求真实可信和抛弃猎奇的要点，弄明白开头和结尾的顺序，品评事例得失的条例等，只要明白了这些大的纲要，便可以贯穿各种道理。然而撰写史书的任务，乃是包举一个时代的历史，对天下都负有责任，因而也就会招致各种是非的责备。担负著作历史的任务，没有比这更劳累辛苦的了。司马迁和班固虽然都是精通历史的专家，可还是受到后世的种种诋毁。假若撰写史书任凭感情而失去公正的原则，那这样的文章可就危险啦！

左丘明

左丘明为孔子《春秋》作解而成《春秋左氏传》，名扬后世。

## 原文

赞曰：史肇（zhào）轩黄，体备周、孔。世历斯编，善恶偕（xié）[1]总。腾褒（bāo）裁贬，万古魂动。辞宗邱明[2]，直归南、董[3]。

[注释]

①偕：共。

②邱明：即左丘明。邱，同“丘”。

③南董：南史氏、董狐。南史氏是春秋时期齐国的史官。春秋齐国崔杼杀齐庄

公，太史记道："崔杼弑其君。"（臣子杀君王叫弑。）崔杼把太史杀了。太史的两个弟弟先后接着写，也被杀。南史氏听说后，仍坚持直写其事。董狐，春秋时晋国史官。晋灵公十四年，晋卿赵盾因避灵公杀害逃走，未出国境。他的同族赵穿杀死了灵公。此事和赵盾没有直接关系，但太史董狐认为赵盾虽然逃离了国都，但未出晋国，仍根据写史的原则写道："赵盾弑其君。"孔子称赞他为良史。

[ 译文 ]

总结：史官开始设立于轩辕黄帝，史书体制完备在周公、孔子。世代的经历编写在历史书里，善的恶的共同在这里记载。它的腾声褒扬和断裁抑贬，使千秋万古都魂魄震动。写史的文辞应宗法左丘明，记史的正直要如同南史氏、董狐。

# 诸子第十七

**题解**

“诸子”指先秦及魏晋的诸子散文，它们是我国古代散文的重要组成部分，对后来历代散文的发展也有重要的影响。本篇着重讲先秦诸子散文，兼及汉魏以后的发展变化情况，对诸子散文的特点做了初步的总结。

全篇分三部分：一、叙述子书的性质、起源及子书与经书的区别。二、主要评论先秦诸子散文的内容方面不同的特点，归结为两大类，一类是纯粹的，一类是驳杂的，以是否符合儒家经典为准则。三、讲诸子散文的写作特点和汉魏以后的诸子散文，指出汉以后的子书渐不如前。

刘勰从学术内容和写作风格特点两方面研究了诸子著作。他认为诸子书是“入道见志”之书，这“道”就是“自然之道”。

## 原文

诸子者，入道①见志之书。太上立德，其次立言②。百姓之群居，苦纷杂而莫显③；君子④之处世，疾名德之不章⑤。唯英才特达⑥，则炳耀垂文，腾其姓氏，悬诸日月焉。昔风后、力牧、伊尹⑦，咸⑧其流也。篇述者，盖上古遗语，而战代所记者也。至鬻(yù)熊⑨知道，而文王咨询，余文遗事，录为《鬻子》。子目⑩肇始(zhào shǐ)，莫先于兹。及伯阳⑪识礼，而仲尼⑫访问，爰序《道德》⑬，以冠百氏⑭。然则鬻惟文友，李实孔师，圣贤并世，而经子异流矣。

[注释]

①入道：即对道有所认识。

②立德、立言：《左传·襄公二十四年》载：“太上有立德，其次有立功，其次有立言。”太上，最上等。

③显：明，著。

④君子：有道德、智慧的人物，主要指封建士大夫。

⑤章：同“彰”，显明。

⑥特：不同寻常。达：显名。

⑦风后、力牧：传说中黄帝的臣子。伊尹：商朝的开国功臣。

⑧咸：都、皆。

⑨鬻熊：周文王时人，楚国的祖先。

⑩子目：子书的名目。

⑪伯阳：老子，姓李氏，名耳，字伯阳。

⑫仲尼：孔子。

⑬《道德》：指《道德经》。

⑭百氏：诸子百家。

［译文］

诸子是指阐述“道”的内涵以表现自己志趣的书。古人认为人第一位的是树立德行，其次是著书立说。老百姓们群集居住，在纷杂的人群中难以显露出名；有教养的君子立身处世，所怕的是声名德行不能彰明。只有才华出众之人，才能才华照耀，文章留世，使其声名传布，如同日月高悬。从前黄帝的臣子风后、力牧，成汤的臣子伊尹，都是这一流的人物。他们的作品，大概是上古遗留下来的话语，经战国时代人的记述成篇的。到了后来鬻熊通晓道，周文王向他请教，传下来的文辞事迹，经录记下来，成为《鬻子》这部著作。子书的名目就是从此开始的，没有比这更早的了。及至春秋时代，老聃精通礼仪，孔子知道后便去访问请教，老聃于是作了《道德经》，成为百家中的开端。然而鬻熊是周文王的朋友，老聃是孔子的老师，还在圣人和贤者同一时代的时候，他们的著作已经分成经书和子书不同的流派了。

## 原文

逮及七国力政[1]，俊乂(yì)[2]蜂起。孟轲膺儒以磬折[3]，庄周述道以翱翔[4]，墨翟执俭确[5]之教，尹文课名实[6]之符，野老[7]治国于地利，驺子养[8]政于天文，申商刀锯[9]以制理，鬼谷唇吻[10]以策勋，尸佼[11]兼总于杂术，青史曲缀[12]以街谈。承流而枝附[13]者，不可胜[14]算，并飞辩以驰术，餍[15]禄而余荣矣。暨于暴秦烈火[16]，势炎昆冈[17]，而烟燎[18]之毒，不及诸子。逮汉成留思[19]，子政雠校[20]，于是《七略》芬菲[21]，九流鳞萃[22]，杀青[23]所编，百有八十余家[24]矣。迄至魏晋，作者间出[25]，谰言[26]兼存，琐语必录，类聚而求，亦充箱照轸[27]矣。

［注释］

①力政：力征，用武力征伐。

②俊乂：俊杰。

③孟轲：即孟子，战国时期儒家代表。膺儒：信服儒家。膺，藏在胸中。磬折：背弓曲像磬一样，鞠躬表示崇敬。磬，古代乐器，形弓曲；折，曲。

④庄周：即庄子，战国时期道家代表。翱翔：飞翔，指庄子追求逍遥自在的生活。

⑤墨翟：即墨子，战国时期墨家代表。俭确：俭苦生活。

⑥尹文：即尹文子，战国时期名家代表，主张名和实要相符合。课：核对。名实：名称和实际。

⑦野老：《汉书·艺文志》中有《野老》，属农家，战国时隐者所著。

⑧驺子：阴阳家驺衍，战国时期齐国人，通过讲自然界的阴阳变化来讲政治。养：治，教。

⑨申：申不害，战国韩昭侯的相，法家。商：商鞅，战国秦孝公的相，法家。刀锯：刑具。

⑩鬼谷：即鬼谷子，纵横家。相传是纵横家苏秦、张仪的老师，他们两人都靠口舌游说取得功名。唇吻：嘴唇，指纵横家的口才。

⑪尸佼：杂家，传说是商鞅的老师。

⑫青史：相传是春秋时晋国史官董狐的后代，小说家。曲缀：详记。

⑬枝附：像枝附在干上，比喻子书似枝叶依附根干，在前代子书的基础上向前发展。枝，这里比喻后起的子书。

⑭胜：尽。

⑮餍：满足。

⑯暴秦烈火：指秦始皇焚书一事。

⑰势炎昆冈：有玉石俱焚之意。炎，焚烧。昆，昆仑山，昆仑山盛产玉。冈，山脊。

⑱燎：延烧。

⑲汉成：西汉成帝刘骜，曾派陈农到各地搜求书籍。留思：关心。

⑳子政：刘向的字。雠校：校对。

㉑《七略》：刘向父子编的图书分类著作，有《辑略》《六艺略》《诸子略》《诗赋略》《术数略》《兵书略》《方技略》。芬菲：花草茂盛，指好作品。

㉒九流：九个流派，即儒、道、阴阳、法、名、墨、纵横、杂、农。萃：聚集。

㉓杀青：古代著作写在竹简上，新竹容易蛀虫，所以使用前要先用火烤，使其去掉水分。烤竹除去新竹青色叫杀青。这里指作品的写定。青，竹简。

㉔百八十余家：依据《七略》写的《汉

刘向

刘向整理古籍，集成《七略》，流传后世。

书·艺文志》说“凡诸子百八十九家”。实际是一百九十家。

㉕间出：轮流出现，即经常涌现。

㉖谰言：虚枉的话。

㉗充箱：充满车厢，指多。照轸：照耀车辆，指文采。轸，古代车后横木，代指车。

[译文]

到了战国，凭借武力征伐，豪俊杰出的人才纷纷涌现。孟轲信奉儒家学说，对它非常尊崇，庄周阐述道家学说，墨翟执行勤俭刻苦的生活教义，尹文子考核名和实是否相互符合，野老主张治理国家要强调地利，驺子主张治国要结合自然变化，申不害、商鞅主张用刑名法术来治理国家，鬼谷子又主张以口舌辩论建立勋业，尸佼则总括各种学术学说，青史子琐细地连缀起各种街谈巷议。诸子百家继承他们的流派，像枝条附着于主干上一样，多得数不清，都是飞扬雄辩、纵横驰骋地宣扬各自的学术，既可以饱食俸禄而又能留下光荣的名声。到了暴虐的秦始皇焚书，火势像要焚毁昆仑山那样玉石俱焚了，可是这火并没有殃及诸子的著作。到了西汉成帝关心古籍，令刘向整理校对，于是总括群书的《七略》便出现了，十家九流的著作像鱼鳞一样汇集在一起，编订的书目共有一百八十余家。到了魏晋时代，作者轮替出现，虚妄不可信的话兼而存之，琐碎语言也必记录，如把这类书籍分类聚集起来，也可以装满几个车厢了。

## 原文

然繁辞虽积，而本体易总。述道言治，枝条[①]五经；其纯粹者入矩，踳(chuǎn)驳[②]者出规。《礼记·月令》，取乎《吕氏》[③]之《纪》；《三年问》丧，写乎《荀子》之书。此纯粹之类也。若乃汤之问棘，云蚊睫(jié)有雷霆之声[④]；惠施对梁王，云蜗(wō)角有伏尸之战[⑤]；《列子》[⑥]有移山跨海之谈；《淮南》[⑦]有倾天折地之说。此踳(chuǎn)驳之类也。是以世疾诸子，混洞虚诞[⑧]。按《归藏》[⑨]之经，大明迂怪，乃称羿毙十日[⑩]，嫦娥奔月[⑪]。殷易如兹，况诸子乎！至如商、韩[⑫]，六虱[⑬]、五蠹(dù)，弃孝废仁，轘(huàn)药[⑭]之祸，非虚至也。公孙之白马孤犊[⑮]，辞巧理拙；魏牟比之鸮(xiāo)鸣[⑯]，非妄贬也。昔东平[⑰]求诸子、《史记》，而汉朝不与，盖以《史记》多兵谋，而诸子杂诡术也。然洽闻[⑱]之士，宜撮(cuō)纲要，览华而食实，弃邪而采正；极睇参差(dì cēn cī)[⑲]，亦学家之壮观也。

[注释]

①枝条：刘勰认为经书是主干，而诸子是枝条。

②踳驳：错乱。踳，错；驳，色杂。

③《吕氏》：《吕氏春秋》。

④“汤之问棘”二句：《列子·汤问篇》载，商汤问棘：远古时候有生物吗？棘回答说小虫焦螟住在蚊子的眼睫毛上，耳朵最灵的师旷夜晚也听不见它们的声音。只有黄帝和容成子在崆峒山上斋戒三个月后，才能看见它们的形状像嵩山的山坡，听见它们的声音如雷鸣。棘，传说商汤时贤人，亦名夏革。

⑤“惠施对梁王”二句：《庄子·则阳篇》载，惠施向梁惠王推荐戴晋人，戴晋人说，蜗牛左角上有触氏国，右角上有蛮氏国，“相与争地，伏尸数万”。按：惠施当做戴晋人。惠施，战国时梁国的相。

⑥《列子》：其书讲到“愚公移山”的寓言和“龙伯国巨人跨海”的故事。

后羿射白龙

诸子百家内容混杂，也存有许多古代神话故事。

⑦《淮南》：《淮南子》，西汉淮南王刘安的门客集体编撰。

⑧混：杂。洞：空。虚：不实。诞：怪诞。

⑨《归藏》：殷商时代的《易经》。

⑩羿毙十日：羿，古代传说中的神射手，传说他曾射下九个太阳。

⑪嫦娥奔月：嫦娥，羿的妻子，《归藏》说她偷吃了羿从西王母处求得的不死之药，飞到月宫，成为月精。

⑫商、韩：指战国商鞅的《商君书》和韩非的《韩非子》。《汉书·艺文志》将二书列入法家。

⑬六虱：《商君书·去强篇》以农的岁荒、食多，商的美、好，官的志、行为“六虱”。虱，害虫。《靳令》指礼乐、诗书、修善、孝悌、诚信、贞廉、仁义、非兵、羞战。

⑭轘：用几辆车子把人分裂的刑法，商鞅被车裂而死。药：毒死，韩非被囚禁后，李斯赐给毒药，逼他自杀而死。

⑮公孙：公孙龙，战国时赵国诡辩家。《列子·仲尼》载其诡辩的命题是“白马非马”“孤犊未尝有母”。孤犊：无母的小牛。

⑯魏牟：魏国的公子牟。鸮：猫头鹰一类的鸟，叫声十分难听。《庄子·秋水篇》说公子牟把公孙龙比作井底之蛙。

⑰东平：东平王刘宇，汉宣帝第四个儿子。他曾向汉成帝求书，成帝问大将军王凤，王凤主张不给。

⑱洽闻：广博的见闻。

⑲睇：注视。参差：指诸子中各不相同的观点。

### [ 译文 ]

虽然著作积累得很多，但是它们的内容是容易掌握的。它们阐述道理和议论治理国事，都是“五经”的旁枝；其中道理纯正的便符合“五经”的规矩，道理错杂的便违背“五经”的法度。《礼记·月令》篇，是从《吕氏春秋·十二月纪》的首章里借来的；《礼记·三年问》篇，写在《荀子·礼论》的后半篇之中。这些就是属于合乎“五经”一类的作品。至于商汤问询于夏革，夏革回答他说：蚊虫的睫毛上有小虫在飞鸣，黄帝和容成子听起来如雷霆之声；戴晋人对梁王说：蜗牛触角上的两个国家交战，死亡几万；《列子·汤问》篇中愚公移山的故事和龙伯巨人一步跨过大海的奇谈；《淮南子·天文训》里有共工怒触不周山，使天倾地折的怪说。这些就是事实错乱违背“五经”的。因此世人批评诸子的内容混杂、空洞荒诞。不过《归藏经》也大书荒诞神怪的故事，像后羿射下十个太阳呀，嫦娥吃了不死之药而奔月宫呀。殷商时的经书尚且这样，何况后来的诸子呢！至于像商鞅、韩非，把儒家的礼乐诗书骂为“六种虱子”“五种蛀虫”，抛弃了孝悌，废除了仁义，可见商鞅被车裂而死，韩非被赐药而亡，并不是没有原因的。公孙龙的“白马非马”“孤犊未尝有母”的辩说，文辞虽然巧妙，但论理是说不通的；所以魏公子牟比之为使人厌恶的猫头鹰的鸣声，并不是随便贬斥的。从前东平王刘宇向汉成帝求取诸子之书和《史记》，但是汉朝朝廷不给，大概是因为《史记》记载了很多用兵的策略，而诸子又夹杂了很多诡谲权变的手段的缘故吧。然而知识丰富的人，应当抓住它的纲领，欣赏它的华彩而嚼食它的果实，抛弃其中的邪说，采纳其中的正论；注意看到这种不一致的地方，那也是呈现在学者面前的一片壮观的景象。

## 原文

研夫孟、荀所述[1]，理懿（yì）[2]而辞雅；管、晏属篇[3]，事核而言练；列御寇之书[4]，气伟而采奇；邹子[5]之说，心[6]奢而辞壮；墨翟、随巢[7]，意显而语质；尸佼（jiǎo）、尉缭[8]，术通而文钝。《鹖（hé）冠》绵绵[9]，亟（jí）[10]发深言；《鬼谷》眇（miǎo）眇[11]，每环[12]奥义；情辨以泽[13]，《文子》[14]擅其能；辞约而精，《尹文》得其要；慎到[15]析密理之巧，韩非著博喻[16]之富；《吕氏》鉴远而体周，《淮南》泛采[17]而文丽：斯则得百氏之华彩，而辞气之大略也。

[注释]

①孟：孟轲。荀：荀况。

②懿：美。

③管：管仲，春秋时期齐国著名政治家。晏：晏婴，春秋时期齐国大夫。

④列御寇之书：指《列子》。

⑤邹子：即邹衍。

⑥心：作者内心的思考情志，指内容。

⑦随巢：墨子的学生，有《随巢子》六篇。

⑧尉缭：战国时尉氏人，有《尉缭子》二十九篇。

⑨《鹖冠》:《汉书·艺文志》有《鹖冠子》一篇，为春秋时隐士鹖冠子所作，因其爱戴鸟羽毛做的冠帽，故名。属道家。绵绵：遥远。

⑩亟：屡次。

⑪眇眇：深远。

⑫环：围绕。

⑬泽：丰润。

⑭《文子》:《汉书·艺文志》有《文子》九篇，为老子与学生文子所作，属道家。

⑮慎到：战国时赵国人，属法家，有《慎子》。

⑯博喻：指《韩非子》中《说林》等篇运用了大量的寓言故事来阐明道理。

⑰《淮南》泛采:《淮南子》因属杂家，所以是泛采。泛采，采集广泛。

[译文]

研究孟子、荀子的论述，理论精美而文辞雅丽；管子、晏子的文篇，事实可靠，语言精练;《列子》的论述，气魄宏伟而辞采奇丽；邹子的书内容奢夸而文辞有力；墨子和随巢子之作，意义深远而语言朴质；尸子和尉缭子所著，道理通畅但是文辞拙钝。《鹖冠子》屡屡发出含义深刻的言论;《鬼谷子》玄虚渺远，含义深奥；语言简练而精当，是《文子》的特长；文辞简约而说理精到,《尹文子》掌握了这一要领;《慎子》巧于分析理论细密;《韩非子》寓言比喻丰富;《吕氏春秋》鉴识深远而文体周备;《淮南子》广泛采集各种内容而文辞瑰丽。上述这些不仅是我们所探究得到的诸子百家的精华，而且是它们的文辞风格大略的特点。

## 原文

若夫陆贾[①]《新语》，贾谊[②]《新书》，扬雄[③]《法言》，刘向[④]《说苑》，王符[⑤]《潜夫》，崔寔(shí)[⑥]《政论》，仲长[⑦]《昌言》，杜夷[⑧]《幽求》，或叙经典，或明政术；虽标论名，归乎诸子。何者？博明万事为子，适(dí)[⑨]辨一理为论，彼皆蔓延[⑩]杂说，故入诸子之流。夫自六国以前，去圣未远[11]，故能越世[12]高谈，自开户牖(yǒu)[13]。两汉以后，体势浸[14]弱，虽明乎坦途[15]，而类多依采，此远近之渐变也。嗟夫！身与时舛(chuǎn)[16]，志共道申，标[17]心于万古之上，而送怀于千载之下，金石靡(mí)[18]矣，声其销乎[19]！

[注释]

①陆贾：西汉初期文人。其《新语》讲古今成败，贵仁义。

②贾谊：西汉初期文人。其《新书》讲秦汉政治，也崇仁义。

③扬雄：西汉末年文人。其《法言》摹仿《论语》。

④刘向：西汉时期文人，著有《说苑》《新序》，记录可为借鉴的遗闻故事。

⑤王符：东汉时期文人，其《潜夫论》评论当时政治的得失。

⑥崔寔：东汉末期文人，《政论》是其评论当时政治的著作。

⑦仲长：仲长统，东汉末文人。其《昌言》谈论古今，指斥时弊。

东岳泰山

两汉以后，诸子百家衰落，唯儒家屹立不倒，犹如泰山之于天下群山。

⑧杜夷：东晋初期文人，其先辈都宗崇儒学，本人崇尚道家，其《幽求子》讲道家学说。

⑨适：主。

⑩蔓延：像蔓草一样向四周扩展。

⑪去圣未远：古代儒家认为尧、舜、禹、汤、周文王、周武王、周公、孔子是圣人，以后便没有圣人了，刘勰也持这个观点。战国时代和后代相比，离圣人的时代特别是孔子的时代不远。

⑫越世：超脱，超俗。

⑬牖：窗。

⑭浸：渐渐。

⑮坦途：平坦的道路。指儒家学说得到官方保护，如走平坦大道。

⑯舛：违反，不合。

⑰标：示，显出。

⑱靡：消灭。

⑲声其销乎：回应本篇开头提出的“立言”为“三不朽”之一，这里指诸子著作及诸子的声名是不会消失的。销，毁灭，销毁。

[ 译文 ]

至于陆贾的《新语》，贾谊的《新书》，扬雄的《法言》，刘向的《说苑》，王符的《潜夫论》，崔寔的《政论》，仲长统的《昌言》，杜夷的《幽求子》，它们有的叙论先圣的经典，有的阐明政见治术；虽然这些著作中许多都标立了论的名称，但也是属于诸子的。为什么呢？广博阐明万事万物的道理的是“子”，只辨析某一道理的是论，而上述著作的内容都牵涉各种内容，所以归入诸子的范围。在战国以前的时代，离开圣人在世还不远，所以诸子眼光能够跳出当世，超脱地高谈阔论，自成一家。两汉以后，诸子文体的势头渐渐衰弱，诸子虽然认识到儒家学说这一平坦的大路，但大多属于依傍儒学加以采择，这就是诸子由远到近的逐渐变化。唉！一个人的身世理想与所处的时代舛违不合，他的志向和理论只有从他的著作中才能得到申述，他们的立论高出于万古之上，他们的怀抱寄托在千载之后，就是金石糜烂消灭了，他们的声名难道会消亡吗？

## 原文

**赞曰：丈夫处世，怀宝[1]挺秀。辩[2]雕万物，智周宇宙。立德[3]何隐，含道必授。条流殊术[4]，若有区囿(yòu)[5]。**

[ 注释 ]

①宝：指才德。

②辩：本指辩论口才，这是兼指写作的才能。

③立德：盖指立德、立功、立言。

④术：道路。

⑤区囿：区分。囿，园林。

[ 译文 ]

总结：堂堂的男子汉立身处世，超人的才德便会挺然秀出。雄辩的才华能论述万物，周全的智慧能遍观古今。立德立功立言何必藏隐，体会到了道就一定传授。诸子各有流派百家学术殊异，如同各有自己的区域苑囿。

# 论说第十八

**题解**

《论说》的“论”和“说”都是文体的名称。二者的共同之处是都阐明某种道理或主张，因此，后代把二者合称为“论说文”。但是两种不同的文体：“论”是论理，重在阐发理论，来辨明是非，重在逻辑说理；“说”是使人悦服，多针对紧迫的现实问题，用具体的利害关系和生动的比喻来说服对方，重在形象说理。因此，后代把二者合称叫“论说文”。

全篇分两部分：一、说明“论”的概念、类别、从先秦到魏晋的发展概况，讲“论”的写作的基本要求，附论注释文和“论”的异同，并且把注释一概归入论体。二、讲“说”的含义、发展概况“说”的写作的基本要求。

逻辑严密、形象生动，是我国古代论说文的优良传统。刘勰主张“论说文”要内容正确，逻辑严密，形象生动。同时还要求写作论说文在善于研究各家的看法、论点时要有自己的见解，具有独创性。

## 原文

圣哲彝(yí)①训曰经，述经叙理曰论。论者，伦②也。伦理无爽③，则圣意不坠④。昔仲尼微⑤言，门人追记，故抑⑥其经目，称为《论语》。盖群论立名，始于兹矣。自《论语》已前，经无“论”字，《六韬》“二论”⑦，后人追题乎！详观论体，条流多品：陈政，则与议说合契⑧；释经，则与传⑨注参体；辨史，则与赞评齐行；诠文，则与叙引⑩共纪。故议者宜言，说者说(yuè)语⑪，传者转师⑫，注者主解，赞者明意，评者平理，序者次事，引者胤(yìn)⑬辞。八名区分，一揆(kuí)⑭宗论。

[ 注释 ]

①彝：常，经久不变的意思。

②伦：理，有条理有秩序的意思。

③爽：差错。

④坠：失。

⑤微：精妙。

⑥抑：表谦虚。

⑦《六韬》“二论”：《六韬》，相传是姜太公著的兵书，其中有《霸典文论》与《文师武论》二论。

⑧契：合，一致。

⑨传：解释经典的文字，如《尚书传》《春秋左氏传》。

⑩叙：作“序”。序：一种文体，如《毛诗序》。引：引申原文的话，犹引言和前言，也指一种文体，大略如序而稍短简。

⑪说语：悦语，指话说得动听。说，同“悦”。

⑫转师：转相师传。

⑬胤：继承、延续，这里引申为原作的意思。

⑭揆：道。一揆，犹一律。

## [ 译文 ]

圣人先哲经久不变的训导叫作经书，阐述经的意义叙说道理叫作论。论，就是有条理的意思。道理讲得有条理而没有差错，那圣人经书的本意就不会丧失。从前孔子回答他的学生和当时人的问题时说了许多精妙的话，他死后学生把它们追记编辑起来，谦虚地不敢称经，而称它为《论语》。后来，各种文章以论为名，就是从这里开头的。在《论语》以前，经书没有用论字作为书名、篇名的。《六韬》中《霸典文论》与《文师武论》二论，可能是后人追题的吧。详细观察论的体裁，分枝别流的品种很多：用来陈述政事的，就与议和说这两种文体一致；用来解释经书意义的，就与传和注的体例相参考配合；用来辨析历史的，就与赞和评这两种文体意义一样；用来诠评文章的，就与序和引这两种文体一致。所以，议就是要讲得合宜得当，说就是说话要动听能使人喜悦，传就是转述老师的学说给后世，注就是以解释经书的意义为主，赞就是为了说明意义，评就是要公平地讲道理，序就是按次第顺序申说内容，引就是引申、补充所讲的事理。上面所讲的文体虽然有八种名称，但以论述道理为主是一致的，都可归属于论。

四子侍坐

孔子门生遍天下，孔子死后，孔门后人将孔子及其弟子言行辑录成《论语》，给后世以极大影响。

## 原文

论也者，弥纶[①]群言，而研精一理者也。是以庄周《齐物》[②]，以论为名；不韦《春秋》[③]，六论[④]昭列。至石渠论艺[⑤]，白虎[⑥]讲聚，述圣通经，论家之正体也。及班彪《王命》[⑦]，严尤《三将》[⑧]，敷述昭情，善入史体[⑨]。魏之初霸[⑩]，术兼名法[⑪]。傅嘏(gǔ)、王粲(càn)[⑫]，校练[⑬]名理。迄(qì)至正始[⑭]，务欲守文[⑮]；何晏[⑯]之徒，始盛玄论[⑰]。于是聃(dān)、周[⑱]当路，与尼父[⑲]争涂矣。详观兰石[⑳]之《才性》，仲宣之《去伐》[㉑]，叔夜之《辨声》[㉒]，太初之《本玄》[㉓]，辅嗣(sì)之《两例》[㉔]，平叔之《二论》[㉕]，并师心[㉖]独见，锋颖精密，盖论之英也。至如李康[㉗]《运命》，同《论衡》[㉘]而过之；陆机[㉙]《辨亡》，效《过秦》[㉚]而不及，然亦其美矣。

[注释]

①弥纶：综合论述。

②庄周：即庄子。《齐物》:《庄子》中的一篇。

③不韦：吕不韦，战国末期秦国相。《春秋》:《吕氏春秋》。

④六论:《吕氏春秋》中有《开春论》《慎行论》《贵直论》《不苟论》《似顺论》《士容论》，故称“六论”。

⑤石渠：石渠阁，西汉王朝的“图书馆”。艺：六艺，指《诗》《书》《易》《礼》《乐》《春秋》。

⑥白虎：白虎观，东汉王朝讲经的地方。

⑦班彪：东汉初期史学家。《王命》:《王命论》，叙述刘汉为承受天命而为帝王的内容。

⑧严尤：西汉末王莽的将领。本姓庄，避汉明帝刘庄讳改姓严。《三将》:《三将军论》，内容是用历史事实讽谏王莽四方用兵，今不存。

⑨史体：和“正体”相对而言。班彪的《王命论》和严尤的《三将军论》，都是通过历史事件或人物来阐明问题。

⑩初霸：即初建王霸之业。

⑪名法：指名家和法家。名家主张以名责实，法家主张以法治国。

⑫傅嘏：三国魏文人。王粲：东汉末文人。

⑬校练：核实精练。

⑭正始：三国时魏齐王曹芳的年号（240—248 年）。

⑮守文：原意是帝王受命执政，遵守前代成法。这里比喻写作文章时保守和滞拘前人的传统。

竹林七贤

正始年间，老庄得道，以竹林七贤为代表的玄学之风兴盛。

⑯何晏：三国时魏国玄学家。

⑰玄论：即玄学。魏晋时称清谈道家的理论为玄学。

⑱聃：老子的名。周：庄子的名。

⑲尼父：孔子字仲尼。

⑳兰石：傅嘏的字。其《才性论》已亡。

㉑仲宣：王粲的字。《去伐》：即王粲的《去伐论》，已不存。

㉒叔夜：嵇康的字，正始文人。《辨声》：指《声无哀乐论》。

㉓太初：夏侯玄的字，三国时魏人。《本玄》：即《本玄论》，已不存。

㉔辅嗣：王弼的字，三国时期魏文人。《两例》：指王弼的《易略例》，分为上、下两篇。

㉕平叔：何晏的字。《二论》：《世说新语·文学》说何晏注《老子》初成，看到王弼注精奇，便以自己所注为《道德二论》。《道德二论》即《道德论》。

㉖师心：以心为师的意思，指有创见。

㉗李康：三国时期魏文人。其《运命论》讲国家的治乱、人的穷达、地位的贵贱是运气、天命、时机等因素决定的。

㉘《论衡》：东汉时期王充所著。

㉙陆机：西晋初文人，原是三国吴人。其《辨亡论》主要论述了吴国灭亡的原因。

㉚《过秦》：《过秦论》，作者贾谊，主要论述了秦灭亡的原因。

## [译文]

论，就是综合各家之说来研究一个道理的文章。所以庄周的《齐物论》，用论字来作为篇名；吕不韦的《吕氏春秋》中，昭彰明著地列出《开春论》《慎行论》《贵直论》《不苟论》《似顺论》《士容论》“六论”。到汉代，汉宣帝召集诸儒在石渠阁议论经艺、汉章帝在白虎观里会聚儒家学者讲论“五经”，都是阐述圣人之道，疏通经典的意义，这是论文的正体。到班彪的《王命论》，严尤写《三将军论》，论述情理昭畅明白，很善于运用史实例证。魏武帝曹操初建霸业，兼用名家和法家的学说统治。从当时傅嘏、王粲的论文中，可以看出他们对循名责实的理论十分熟悉。到了正始年间，要致力于坚持前代人的文统；在何晏这一类文人的倡导下，讲玄学的论文开始盛行。于是老聃、庄周的道家学说得势当路，与孔子的儒家学说争夺地位了。仔细观阅傅嘏的《才性论》，王粲的《去伐论》，嵇康的《声无哀乐论》，夏侯玄的《本玄论》，王弼的《易略例》上下两篇，何晏的《道德论》等，都是不因袭前人而有独创见解，笔力锋利，持论精密，是阐发理论的杰作。至于如李康的《运命论》，与《论衡》的《逢遇》等篇内容相同，但文采比《论衡》华丽；陆机的《辨亡论》，模仿贾谊的《过秦论》，形式虽然相像，但远远不及《过秦论》，但这也算是优美之作了。

## 原文

次及宋岱、郭象，锐思于机神之区[①]；夷甫、裴頠(wěi)，交辨于有无之域[②]：并独步当时，流声后代。然滞有者，全系于形用[③]；贵无者，专守于寂寥[④]。徒锐偏解，莫诣[⑤]正理；动极神源[⑥]，其般若[⑦]之绝境乎！逮江左[⑧]群谈，惟玄是务；虽有日新，而多抽前绪[⑨]矣。至如张衡《讥世》[⑩]，颇似俳(pái)说；孔融[⑪]《孝廉》，但谈嘲戏；曹植《辨道》[⑫]，体同书抄：言不持正，论如其已[⑬]。

[注释]

①“宋岱”二句：宋岱，西晋文人，著有《周易论》一卷，已亡。郭象，西晋玄学家，有《庄子注》。机神之区，神妙的境界。机，吉凶之先见者，指预见。

②“夷甫”二句：夷甫，王衍的字，西晋文人，崇尚老、庄，他认为世界最初是无，然后生出阴阳，化生万物，所以主张天地万物以无为本。裴頠，西晋思想家，反对王衍的观点，著有《崇有论》，认为一切皆生于有。

③形用：形体实用。

④寂：无声。寥：无形。

⑤诣：到达。

⑥神源：神妙之理的源头。

⑦般若：佛家称智慧为般若，这里指佛法。

⑧江左：此处指东晋。

⑨绪：端绪。

⑩《讥世》：张衡的《讥世论》，已亡。

⑪孔融：东汉末文人，其《孝廉论》今不存。

⑫《辨道》：指曹植的《辨道论》。

⑬已：停止。

[ 译文 ]

其次说到宋岱和郭象，他们的论文思想达到事物变化的极精深神妙的境界；文人王衍和裴頠，其论文在“尚无”和“崇有”的问题上展开了交锋和辩论。他们都算得是独一无二的，而又扬名后代的人。然而在辩论中，拘滞于“崇有”论者，完全着眼于形象和物体的作用方面；而看重“尚无”论者，又专门抱守着寂寥虚静的虚无的主张。徒然作精辟的片面解释，没有谁能够达到正确而全面的理论；动用心思穷极探究到神妙的自然之道的本源，只有佛法的最高境界吧！到东晋时代，众多文人都致力于清静无为的玄虚空谈，虽然常常有新的解释，不过大多是抽引前人说过的话头罢了。至于张衡的《讥世论》，颇有些像俳优戏子的玩笑之说；孔融的《孝廉论》，只说些开玩笑的话；曹植的《辨道论》，文章写得同抄书一样。写论文不能持正确的论点，这种论文还不如不写。

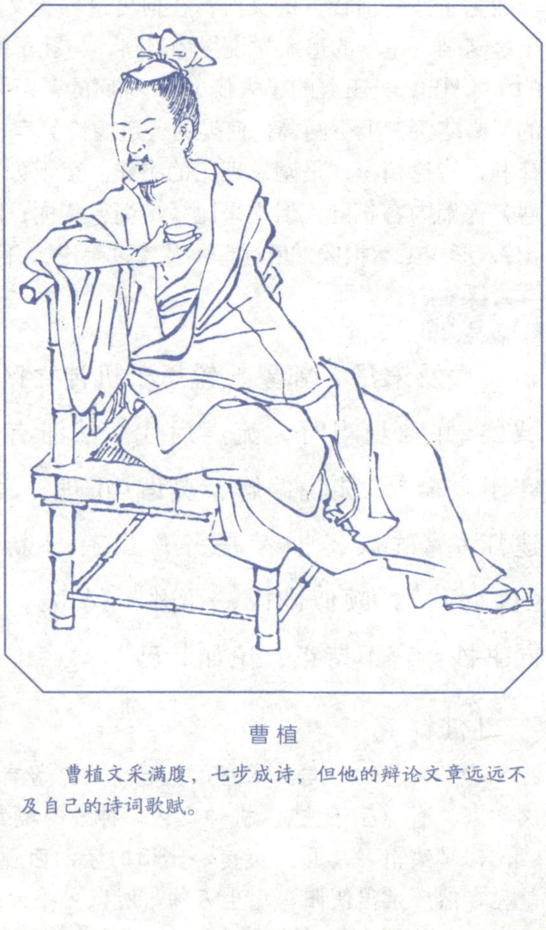

曹植

曹植文采满腹，七步成诗，但他的辩论文章远远不及自己的诗词歌赋。

## 原文

原夫论之为体，所以辨正然否；穷于有数①，追于无形②，钻坚求通，钩深取极③，乃百虑之筌（quán）蹄④，万事之权衡⑤也。故其义贵圆通，辞忌枝碎，必使心与理合，弥缝莫见其隙；辞共心密，敌人不知所乘，斯其要也。是以论如析薪（xī）⑥，贵能破理⑦。斤⑧利者越理而横断；辞辨者反义而取通：览文虽巧，而检迹知妄。唯君子能通天下之志⑨，安可以曲论哉？若夫注释为词，解散论体，杂文虽异，总会是同。若秦延君之注《尧典》，十余万字[10]；朱普之解《尚书》，三十万言[11]。所以通人[12]恶烦，羞学章句[13]。若毛公之训[14]《诗》，安国之传《书》[15]，郑君之释《礼》[16]，王弼(bì)之解《易》，要约明畅，可为式[17]矣。

[注释]

①有数：具体。

②无形：抽象。

③钩深：《周易·系辞上》“钩深致远”，疏：“物在深处，能钩取之。”极：正。

④筌：捕鱼竹具。蹄：捕兔器具。这里指用来取得鱼、兔的手段。

⑤权：秤砣。衡：秤杆。这里指衡量。

⑥析薪：析，破；薪，木柴。

⑦理：木柴的纹理。

⑧斤：斧。

⑨“唯君子”句：《周易·同人·彖辞》：“唯君子为能通天下之志。”刘勰借此用以说明论文应该以理服人。

⑩“秦延君”二句：秦延君曾经解释《尚书·尧典》篇目两字时，用了十多万字。秦延君，秦恭的字，西汉文人。

⑪“朱普”二句：桓郁的父亲桓荣所授朱普对《尚书》的解说有三十多万字。朱普，西汉文人。

⑫通人：博古通今、晓通事理的人。如扬雄、班固等都看不起繁琐的注释。

⑬章句：分章分句解释。

⑭毛公：指大、小毛公，西汉文人。大毛公毛亨、小毛公毛苌，相传是《诗经》注释者。训：解释文字意义。

⑮安国：指孔安国，西汉经学家。《书》：指《尚书》。

⑯郑君：郑玄，东汉末期的大儒。《礼》：指《礼记》。

⑰式：模范、法式。

孔安国

[译文]

考究论文这种文体，是用来明辨是非的；它深入穷极地研究具体的事物，追根寻底地探讨无形的、抽象的问题，要攻破困难求得贯通，要深入探索取得最后的结论，像筌是捕鱼的工具和蹄是捕兔的工具一样，它们乃是求得各种理论的手段；像秤砣和秤杆是衡量轻重的标准一样，它们乃是衡量万事万物的尺子。所以论文的内容贵在周全通达，言辞切忌支离破碎，必须使心思与所说的道理完全一致，这两者配合得没有一点缝隙；用辞要和所表达的思想紧密相扣，使论敌无隙可乘，这就是论文的写作要领。所以作论文好像砍木柴一样，贵在顺着木柴的纹理把它劈开。可是自恃斧头锋利的人，不顾木柴的纹理而横加砍断；这好比言辞善辩的人，就是违反了事理也要强词夺理地来自圆其说。这样的论文看起来虽然文字巧妙，但只要考求实际就知道那个道理是错的。只有有教养的君子是能够通晓天下人的思想并能够以理服人的，哪里可以凭诡辩随便歪曲论述事理呢？至于经书里注释的话，是把论文分散在各个注里，注释的文字虽然繁杂不相同，但总归起来是同属一类。如像秦延君注解《尚书·尧典》篇目的“尧典”这两个字，竟用了十余万字；朱普注解《尚书》，竟长达三十万言；所以通达事理的人都讨厌他们注释的繁琐冗长，以学这样的注释章句之学为羞耻。如像大、小毛公的训解《诗经》，孔安国给《尚书》作传解，郑玄的注释《礼记》，王弼的注解《易经》，都文字扼要，意义明显，可以算得上是注释这类文体的榜样。

## 原文

说者，悦也。兑①为口舌，故言资悦怿（yì）②；过悦必伪，故舜惊谗说③。说之善者，伊尹④以论味隆殷，太公⑤以辨钓兴周。及烛武行而纾⑥郑，端木⑦出而存鲁，亦其美也。暨（jì）战国争雄，辨士云涌，从（zòng）横⑧参谋，长短角⑨势，《转丸》⑩骋其巧辞，《飞钳》⑪伏其精术。一人之辨，重于九鼎之宝；三寸之舌，强于百万之师⑫。六印磊落⑬以佩，五都隐赈（zhèn）⑭而封。

[注释]

①兑：《周易》六十四卦之一。

②怿：喜悦。

③舜惊谗说：《尚书·舜典》记载了舜对谗言感到十分震惊，叫臣子甘龙做纳言官，日夜监察来反映民情。

④伊尹：名挚，商初政治家，厨师出身。

⑤太公：吕望，周初政治家、军事家。

⑥烛武：烛之武，春秋时郑国大夫。纾：解。

⑦端木：端木赐，即子贡，孔子的学生。

⑧从：合纵，南北为纵，主张联合六国抗秦。横：连横，主张六国和秦国和好，

归顺秦国，和合纵相反。

⑨长短：即纵横。角：较量。

⑩《转丸》:《鬼谷子》中的一篇，已亡。辩说技巧圆滑如丸之转。

⑪《飞钳》:《鬼谷子》中的一篇。讲如何抓住人心，让人听自己的指挥。

⑫“一人之辨”四句:《史记·平原君列传》载，平原君赵胜称赞毛遂说:“毛先生以三寸之舌，强于百万之师。”九鼎，相传为夏禹所铸。

⑬六印：苏秦曾佩六国相印。磊落：众多的样子，指相印众多不一致。

⑭五都:《史记·张仪列传》载，“秦惠王封仪五邑”。隐：同“殷”。殷赈：即殷实，富裕。

### [译文]

说，就是喜悦的意思。兑在《周易·说卦》里作口舌解，所以说话应说使人喜悦高兴的；过于讨好人的话必定有虚伪，所以虞舜对谗言感到十分震惊。善于说辞的，如伊尹用调味的道理来说明执政而使殷代兴盛起来，吕望用钓鱼的道理以喻治国乃使周朝兴旺。到春秋时期，烛之武说服秦军解除了郑国的困危，端木赐出使说服齐国释鲁攻吴而保存了鲁国的社稷，这些都是好的说辞的例子。到了战国时代，七国争雄，善辩游说之士风起云涌，有的合纵，有的连横，参与各国谋划，较量势力强弱;《转丸篇》里记载着他们巧言善辩的辞令,《飞钳篇》里隐伏着他们纵横捭阖的精巧技术。因此，一位辩士的话比九鼎国宝还要贵重，辩士的三寸舌胜过了百万大军。苏秦佩戴了六国相印，张仪获封五个殷实的都邑。

## 原文

至汉定秦、楚①，辩士弭节②。郦君③既毙于齐镬(huò)，蒯(kuǎi)子几入乎汉鼎④。虽复陆贾籍甚⑤，张释傅会⑥，杜钦⑦文辨，楼护⑧唇舌，颉(xié)颃(háng)万乘(shèng)⑨之阶，抵巇(xī)⑩公卿之席，并顺风以托势，莫能逆波而溯洄⑪矣。夫说贵抚会⑫，弛张相随，不专缓颊⑬，亦在刀笔⑭。范雎(jū)之言疑事⑮，李斯之止逐客⑯，并顺情入机，动言中务，虽批逆鳞⑰，而功成计合，此上书之善说也。至于邹阳⑱之说(shuì)吴、梁，喻巧而理至，故虽危而无咎矣。敬通之说(shuì)鲍、邓⑲，事缓而文繁，所以历骋(chěng)而罕遇也。

### [注释]

①秦：秦朝。楚：指项羽。

②弭节：停止活动，指不得势。弭，停止。节，使臣所拿的信物。

③郦君：即郦食其，刘邦部下的辩士，刘邦派他去说服齐王田广归汉，韩信不顾齐王已经归顺，连夜出兵袭击齐国。田广以为郦食其出卖自己，将郦丢进油锅烹杀。

④蒯子：蒯通，汉初辩士。他曾劝韩信造反，被刘邦捕获后，靠自己辩解才获救。鼎：有三脚的锅，常用作烹杀人的刑具。

⑤陆贾：汉初说客。籍甚：名誉有所凭借而益盛，指极著名。

⑥张释：即张释之，西汉文帝时人。傅会：附会，依照当前情势发言。

⑦杜钦：西汉大将军王凤的幕僚，善辩论。

⑧楼护：西汉末辩士。

⑨颉颃：上下翻飞，指往来游说。万乘：指天子。

⑩抵巇：《鬼谷子》有《抵巇篇》专讲抵巇之道。抵，击实；巇，罅隙。抵巇即击实罅隙以补漏洞和缝隙，比喻游说之士见微补缺、献计献策。

⑪溯洄：逆流而上。

⑫抚会：顺合，配合。抚，循、顺。

⑬缓颊：慢慢地说，这里指用口说。颊，脸的两侧。

⑭刀笔：古代因在竹筒上书写，所以要用笔用刀。这里指书写。

⑮范雎：战国辩士。秦昭王时太后的弟弟穰侯专权，昭王想收回权力，范雎抓住这点，给昭王写信献策。

⑯李斯：秦相。止逐客：有人向秦始皇建议赶走客卿，李斯此时已入狱，于是作《谏逐客书》指出这是赶走人才，有利六国而不利秦国，秦王接受了批评，并释放了他。

⑰逆鳞：相传龙喉下有逆鳞，谁触碰了它，龙就置谁于死命。比喻触犯人主要被杀害。

⑱邹阳：西汉文学家。他见吴王谋反，就写了一封十分含蓄的信劝阻，吴王不听。便去梁王刘武处，因其才高而被梁王部下忌恨诬告，梁王将其下狱。邹阳在狱中写了《上梁王书》，梁王看后，将其释放。

⑲敬通：冯衍的字，东汉文人。鲍：鲍永，东汉时大将军。邓：邓禹，东汉将军。冯衍是王莽之乱后投光武帝刘秀较晚的人物，这是其不被重用的主要原因。

蒯通为韩信伸冤

蒯通能言善辩。韩信被杀后，蒯通本作为韩信同党被抓，但是他一番言语，不仅保住了自己的性命，还替韩信伸了冤。

[ 译文 ]

到汉代平定秦、楚，辩士说客也不再那样得势。刘邦的辩士郦食其被齐王田广烹杀于油锅中，韩信的谋士蒯通也几乎被投入汉高祖的烹鼎之中。虽然还有陆贾因为善于言说而很有声名，张释之对汉文帝谈说善于结合当前的形势，杜钦的文辞辩论，楼护的唇枪舌剑，他们摇唇鼓舌，往来游说于帝王的殿阶之下，见微补缺，献计献策于公卿的座席之前。然而他们大多看风向说话，没有谁敢逆流而上犯颜直谏。言说之事重在看准时机，根据情况的变化需要而弛张相随，不光婉言陈说，还要书写成文。范雎上书言谈治国疑难之事，李斯谏劝停止逐客，都是顺其情理、投合机宜，用动听的言辞切中时务，他们虽然触犯了君王，却获得了成功而受到信任，这是上书中善于劝说的例子。至于邹阳上书说吴王刘濞和梁王刘武，比喻巧妙而理由充足，所以处境虽然危险而没有受害。而东汉的冯衍言说鲍永和邓禹，引证事例迂缓，文辞又繁冗，所以几经游说却很少得志见用。

## 原文

凡说之枢要①，必使时利而义贞②，进有契③于成务，退无阻于荣身。自非谲(jué)④敌，则唯忠与信。披肝胆以献主，飞文敏以济辞，此说之本也。而陆氏⑤直称“说炜晔(yè)以谲诳(kuáng)”⑥，何哉？

[ 注释 ]

①枢要：关键。枢，门的转轴。

②贞：正。

③契：合，一致。

④谲：欺诈、诡谲。

⑤陆氏：指陆机。

⑥“说炜晔”句：这是陆机《文赋》中的话。炜晔，光明。诳，欺骗。

[ 译文 ]

大凡说这种文体的关键是必须抓住有利时机，而且意义正确，使进有助于事业的成功，退不妨碍自身的荣显。只要不是欺诈的敌人，那就要讲忠诚与信实。打开心里的话来献给人主，用巧妙的文采来加强语言的说服力，这就是说此种文体的根本原则。可是，陆机在《文赋》里却说：“说这种文体只是说得天花乱坠，而实际是狡诈欺骗。”为什么呢？

## 原文

赞曰：理形于言，叙理成论。词深人天①，致远方寸②。阴阳莫忒(tuī)③，鬼神靡(mí)遁④。说尔飞钳，呼吸沮(zǔ)劝⑤。

[注释]

①人：人事，指社会。天：天地，指自然。

②方寸：心。

③阴阳：即天地阴阳之气，古人观念中阴阳之气的对立统一及其变化是天地万物的根本，这里是指抽象的道理。忒：查误。

④遁：逃，隐藏。

⑤呼吸：吐纳，指说辞。沮：阻止。劝：劝勉。

[译文]

总结：理论要用语言来表现，叙述理论便成了论文。论文研究自然与人事的奥秘，使人的思维到达深远的境地。论述像阴阳变化那样没有差错，它使得鬼神也不能逃遁。游说像飞钳一样能抓住人，能很快就产生勉励和阻止的效力。

陆贾

汉初著名思想家，口才不凡，常被刘邦派出出使诸侯。

# 诏策第十九

**题解**

《诏策》的“诏”和“策”都是文体的名称。“诏”即诏书，“策”即策书，都是皇帝的诏令文告。这类文体名目很多，后代统称作诏令。本篇反映了魏晋以前的诏策文的大概发展情况。

全篇分三部分：一、讲“诏”“策”的起源、主要分类及基本含义，并且谈论了历代诏、策的发展变化和对有关作品的评价。二、讲不同内容的“诏”“策”的不同写作特点。三、附论和“诏”“策”相近的三种文体“戒”“教”“令”，这三种诏策可以用于君对臣、臣对民、父对子。

诏策是古代的一种应用文，都是直接为统治阶级服务的，并且和广大人民关系重大，所以历代皇帝及其御用文人都极重视。诏策文是我国古代散文的重要文体之一，刘勰对不同内容的诏策提出了不同的写作要求，如授官选贤的文告要写得“义炳重离之辉”，军事讨伐的文告要写得“声有洊雷之震”，封策王侯的文告要写得“气含风雨之润”。虽然都是为了写出封建帝王的威仪、恩润、贤明，但要求行文和内容协调，写出特点，都是对的。

## 原文

皇帝御宇[1]，其言也神。渊嘿黼扆(fǔ yǐ)[2]，而响盈四表[3]，其唯[4]诏策乎！昔轩辕(yuán)[5]、唐、虞，同称为“命”。“命”之为义，制性[6]之本也。其在三代[7]，事兼诰誓[8]。誓以训戎[9]，诰以敷[10]政，命喻[11]自天，故授官锡胤(yìn)[12]。《易》之《姤(gòu)象》[13]：“后以施命诰[14]四方。”诰命动民，若天下之有风矣。降及七国[15]，并称曰命，命者，使也。秦并天下，改命曰制。汉初定仪则[16]，则命有四品：一曰策书，二曰制书，三曰诏书，四曰戒敕(chì)[17]。敕戒州郡[18]，诏诰百官，制施赦命[19]，策封王侯。策者，简[20]

始皇出诏并六国

也。制者，裁也。诏者，告也。敕者，正也。《诗》云“畏此简书[21]”，《易》称“君子以制数度[22]”，《礼》称“明神[23]之诏”，《书》[24]称“敕天之命”。并本经典以立名目。远诏近命[25]，习秦制也。《记》称丝纶[26]，所以应接群后[27]。虞重纳言[28]，周贵喉舌[29]。故两汉诏诰，职在尚书[30]。王言之大，动入史策，其出如绋(fú)，不反若汗[31]。是以淮南[32]有英才，武帝使相如视草[33]；陇右[34]多文士，光武加意于书辞[35]。岂直取美当时，亦敬慎来叶[36]矣。

［注释］

①御：驾驭，统治。宇：天下。

②渊嘿：沉默。渊，深渊；嘿，同“默”。黼扆：绣画有半黑半白的斧形纹的屏风，立在天子座位后。黼，像斧刃白身黑。

③四表：四方之外。

④唯：只。

⑤轩辕、唐、虞：即黄帝、尧帝、舜帝。

⑥制性：儒家认为天命叫性，性是天生的。天子要根据天命来制定人性，助善去恶。

⑦三代：指夏、商、周。

⑧诰：发布施政命令。誓：起兵讨伐宣言。

⑨戎：军事。

⑩敷：展布、实行。

⑪喻：明。

⑫锡胤：赐福给子孙。胤，子孙相继承，指子孙后代。

⑬《姤象》：《周易·姤卦》中的象辞。象，《周易》中解说卦辞的《象辞》。

⑭后：君主，指君主发布命令告诫四方臣民，臣民望风顺服。诰：教命。

⑮七国：战国时代。

⑯仪则：指法规。仪，法度，规章。

⑰敕：皇帝的命令。

⑱州郡：地方行政区域。秦建立郡县制后，通称地方为州郡，汉沿用秦制。

⑲赦命：减免罪行的命令。

⑳简：策书写在竹简上。

㉑简书：指策，写在竹简上的命令。

㉒数度：指尊卑之礼。君子对尊卑之礼要有所节制。数，指礼的等级。度，法度。

㉓《礼》:《周礼》。明神：指日月山川诸神能明鉴事理，称之为“明神”。

㉔《书》:《尚书》。

㉕远诏近命：一说远诏是写在简策上的，近命是当面口谕的；一说是重诏轻命。二说可以统一。帝王向远处发布命令需用书面的诏书，既然要写成书面文字，当然要重视，当面口谕的命和诏比起来，则重视程度轻一些。

㉖纶：粗丝带。指帝王的话传出去影响之大。

㉗群后：指诸侯、大臣。

㉘虞重纳言:《尚书·舜典》:“命龙作纳言。”龙，舜臣。纳言，官名，主管发布传达帝王的命令。

㉙周贵喉舌:《诗经·大雅·蒸民》:“出纳王命，王之喉舌。”(传达发布周王的命令，作为周王的喉舌。)

㉚尚书：官名，主要掌管帝王的文书。

㉛不反若汗：王命发出，像汗出不能收回一样。指令出不返。

㉜淮南：即淮南王刘安。

㉝武帝使相如视草：事见《汉书·淮南王传》。武帝，汉武帝。相如，司马相如。草，初稿、草稿。

㉞陇右：东汉初武将隗嚣驻地，在今甘肃一带。此处指隗嚣和汉光武帝通书信。

㉟光武加意于书辞：事见于《后汉书·隗嚣传》。光武，东汉光武帝。

㊱来叶：指后世。

## [译文]

皇帝统治天下，他的话是神圣的。他静坐在御座上，而他的声音却可以传遍四方，就是因为诏书、策书的作用吧！从前轩辕黄帝、唐尧、虞舜的时代，天子的话都称为“命”。“命”本来的意义，就是古时帝王给有功德的人赐姓。在夏、商、周三代，还兼有了“诰”和“誓”的作用。誓命是用来训诫军队的，诰命是用来敷告政事的，命是从天命借用来的，所以用来给有功之人授予官爵和赐福后代。《周易》的《姤卦·象辞》说：“天子用颁布命令来告诫教训四方臣民。”诰命发动臣民的作用，就好像起大风那样，只要风一吹，草就会随风而动。下到战国时代，就都称为“命”,“命”，就是使的意思。秦始皇并吞六国，统一了天下，把“命”改叫作“制”。汉代初年制定法制，把命分为四类：一类叫策书，二类叫制书，三类叫诏书，四类叫戒敕或敕书。敕书用来告诫州郡地方长官，诏书用来告示百官，制书用来施行赦免罪行的命令，策书用来封赐王侯。“策”，就是简策。“制”，就是裁断。“诏”，就是告诉。“敕”，就是改正。《诗经》说“害怕这告急的简书”,《周易》说“君子节制地来制定礼的等级制度”,《周礼》说“向北方诏告明察事理之神”,《尚书》说“敕正奉行上天的命令”。从上述可见，策、制、诏、敕都是根据经典来确立的名称。在远处的就用诏书，在近处的就用命令，这是习用秦朝的制度。《礼记》说“如果君王的话像丝一样细，那它传出去就会像钓鱼线一样粗”，所以君王对群臣说话要谨慎。虞舜看重发布帝命的纳言工作，周王因看重纳言官员而把他们比作王的喉舌。因此两汉起草诏书文告，就由尚书省来主管。君王的话影响很大，说了就要写进历史书。如果他说的话只有钓鱼线那么细，那传播出去就会有引棺的大绳那么粗，而且君王的号令一出，就像汗水一样不能收回。所以淮南王刘安有英才很会做文章，汉武帝每次给他回信或赐书，都要叫司马相如审定草稿；陇右地方做文章的人很多，汉光武帝回答他们的事情时，都特别注意诏书的文辞。这岂止是为了获得当时人们的称赞，也是审慎地考虑到对后世的影响。

## 原文

观文、景[1]以前，诏体浮杂[2]；武帝崇儒，选言[3]弘奥。策封三王[4]，文同训典[5]；劝戒渊雅，垂范后代。及制诏严助[6]，即云厌承明庐[7]，盖宠才之恩也。孝宣玺(xǐ)[8]书，责博于陈遂[9]，亦故旧之厚也。逮光武拨乱[10]，留意斯文，而造次[11]喜怒，时或偏滥。诏赐邓禹，称司徒为尧[12]；敕(chì)责侯霸，称黄钺(yuè)一下[13]。若斯之类，实乖宪章。暨(jì)明、章[14]崇学，雅诏间出[15]。和、安[16]政弛，礼阁[17]鲜才，每为诏敕，假手外请。建安[18]之末，文理代兴，潘勖(xù)《九锡》[19]，典雅逸群；卫觊(jì)[20]禅诰，符命[21]炳耀，弗可加已。自魏晋诰策，职在中书[22]，刘放、张华[23]，并管斯任，施令发号，洋洋[24]盈耳。魏文帝[25]下诏，辞义多伟，至于作威作福[26]，其万虑之一弊乎！晋氏中兴[27]，唯明帝[28]崇才，以温峤(qiáo)[29]文清，故引入中书。自斯以后，体宪风流[30]矣。

### [注释]

①文、景：汉文帝、汉景帝。

②诏体浮杂：汉文帝、景帝不用儒生，所以说诏体浮杂。

③选言：写诏令。

④三王：指汉武帝的三个儿子齐王刘闳、燕王刘旦、广陵王刘胥。

⑤训典：《尚书》中有《伊训》《尧典》等。

⑥严助：汉武帝的宠臣。

⑦厌承明庐：汉武帝下诏给会稽太守严助，说他厌倦承明庐，承明庐是汉代朝廷值班官员住宿处，所以加恩让他出任会稽太守。

⑧孝宣：汉宣帝刘询。玺：皇帝的印。

⑨责博于陈遂：《汉书·游侠传》记载，汉宣帝为太子时，常和陈遂一起下棋赌博，并多次欠陈遂的债。宣帝即位后，起用陈遂为太原太守，并写信开玩笑说：

“制诰太原太守，官尊禄厚，可以偿博进矣。”陈遂，西汉游侠。责博，问起赌债的事。责，问。

⑩拨乱：拨治王莽之乱。

⑪造次：轻率、仓促。

⑫“诏赐邓禹”二句：光武帝封邓禹为司徒，在给他的诏书中说“司徒，尧也”，赞美过分。邓禹，东汉初大将，光武帝的大司徒。

⑬“敕责侯霸”二句：侯霸向光武帝推荐阎杨，光武帝不满意，在《玺书赐侯霸》中说了“黄钺一下无处所，欲以身试法耶”的话，意思是想杀掉侯霸。钺，刑具，似斧。侯霸，东汉初大臣。

⑭明、章：东汉明帝刘庄和章帝刘炟。

⑮间出：轮替出现。

⑯和、安：东汉和帝刘肇和安帝刘祜。

⑰礼阁：汉代尚书省称为礼阁。

⑱建安：东汉献帝刘协的年号。

⑲潘勖：东汉末文人。替曹操写《册魏公九锡文》。魏公：即曹操。汉献帝以曹操有大功，封其为魏公，赐给车马等九种器物，是最高等级的赏赐。锡：同“赐”。

曹承密受衣带诏

皇上决定事务、任命臣下等发布的命令都叫诏书。诏书除由官员宣读的正式黄卷外，还有藏在衣带间的秘密诏书。

⑳卫觊：三国时魏人。著有《为汉帝禅魏王诏》。

㉑符命：天命的征验，是曹丕和他的臣下造作的。

㉒中书：中书省，魏晋主管政务和起草诏书的机关。

㉓刘放：三国时魏大臣。张华：西晋文人。二人都曾做中书监。

㉔洋洋：盛多的样子。

㉕魏文帝：曹丕。

㉖作威作福：《三国志·魏志·蒋济传》称曹丕给征南将军夏侯尚的诏书中说他可以“作威作福，杀人活人”。他的臣下对此提出意见，曹丕接受这个批评，派人追回原诏。

㉗晋氏中兴：指晋元帝司马睿建立东晋王朝。

㉘明帝：东晋明帝司马绍。

㉙温峤：东晋文人。

㉚体宪：中书省的体制有法度。风流：风气流传下去。

温峤

[译文]

看西汉文帝、景帝以前，诏书的内容浮泛杂乱；到了汉武帝，尊崇儒家，诏书选用的语言弘博典奥。他为封三个儿子为王所写的《策封三王文》，文辞跟《尚书》中的训、典相同；它的劝告警诫意义既深刻又温雅，为后代留下了典范。他在给宠臣严助的诏书中，就说他厌倦了在朝值班，让他出外做会稽太守，这是表示他对所宠爱的人才的恩典。汉宣帝写给老朋友陈遂盖有皇帝大印的书信，问起欠他赌债的事，也表现了老朋友的深情厚谊。到了东汉光武帝平定世乱，注重文化，然而他写诏策全凭自己的喜怒而定，有时不免偏激失当，滥用文辞。如他赐给邓禹的诏书，竟然称司徒邓禹是尧；他责备侯霸的敕书，居然说："我的斧钺一砍下来，在人世间就没有你居住的地方了。"这一类诏书、敕书，实在违反法制。后来东汉明帝和章帝时期，都尊崇儒学，文辞典雅的诏书屡屡出现。到了和帝和安帝时代，政务衰败松弛，起草诏书、敕书的尚书省缺乏人才，每次为皇帝起草诏书、敕书，都要请外人来代笔。东汉建安末年，有文采和理智的诏书、策书兴起，如潘勖的《册魏公九锡文》，文辞典雅超群；卫觊代汉献帝起草的《为汉帝禅魏王诏》，称述天命得征验极为显著，不能够再增加了。自从魏晋以来的诏书、策书的职责归中书省掌管，魏的刘放、西晋的张华都掌管了这个职务，他们为皇帝起草的发号施令的诏书、策书，真算是洋洋大观了。魏文帝曹丕下的诏书，言辞和意义大多都很宏伟，至于他给夏侯尚下的诏书中要其部下"作威作福"，这种不妥当的话，是他千虑一失吧！东晋元帝中兴以后，只有明帝看重人才，因为温峤的文辞清丽雅正，所以亲自下诏令任命他为中书令。从此以后，中书省的体制有了法度，成为风气流传下去。

## 原文

夫王言崇秘[①]，大观在上[②]，所以百辟其刑[③]，万邦作孚[④]。故授官选贤，则义炳重离[5]之辉；优文[6]封策，则气含风雨之润；敕戒恒诰[7]，则笔吐星汉[8]之华；治戎燮(xiè)[9]伐，则声有洊(jiàn)雷[10]之威；眚(shěng)灾肆赦[11]，则文有春露之滋；明罚敕法，则辞有秋霜之烈。此诏策之大略也。戒敕(chì)为文，实诏之切者，周穆命郊父受敕宪[12]，此其事也。魏武[13]称作敕戒，当指事而语，勿得依违[14]，晓治要矣。及晋武[15]敕戒，备告百官：敕都督[16]以兵要，戒州牧以董司[17]，警郡守以恤隐[18]，勒牙门[19]以御卫，有训典[20]焉。

春景

诏书言语应十分注意，颁恩册封就当让臣民如沐春风，和暖舒适。

### [注释]

①秘：神圣。

②大观在上：在上的言行，大为在下的所观听。见于《周易·观卦·象辞》。

③百辟：百君，指诸侯。刑：取法，仿效。

④万邦作孚：《诗经·大雅·文王》："仪刑文王，万邦作孚。"意思是只要效法学习周文王，天下万邦都会信任服从你。作孚，加以信服。

⑤重离：日月重叠。重，即重明，指日月重叠之明。离，著，明。

⑥优文：优待的文辞，即褒扬奖励之文。

⑦恒诰：经常的告诫、教导。

⑧星汉：指银河。

⑨燮：协同、谐和。

⑩洊雷：重叠的雷声。

⑪眚灾：无意的过失造成的灾害。眚，无意的过失。肆赦：宽赦。肆，宽缓。

⑫周穆：周穆王。《穆天子传》卷一载："丙寅，天子属官效器，乃命正公郊父

受敕宪。”郊父：周穆王的大臣。宪：敕令。

⑬魏武：曹操。他论述敕诫的话已不可考。

⑭依违：犹豫不决。依，从；违，反。

⑮晋武：晋武帝司马炎。

⑯敕都督：晋武帝给都督的敕诫，今不存。

⑰戒州牧以董司：司马炎有《太康初省州牧诏》。州牧，一州之长，地方行政长官。董司，督察管理。

⑱警郡守以恤隐：司马炎有《泰始五年戒郡国计吏》一文。恤隐，体恤人民疾苦。恤，体恤；隐，痛。

⑲勒牙门：司马炎著有《勒牙门》，已失传。勒，治、约束。牙门，树牙旗的军门，指军队。

⑳训典：《尚书》有《伊训》《尧典》等篇，这些文献有训诫和典则的意义，这里指司马炎敕诏也有这种作用。

### [译文]

帝王的言语崇高而又神秘，处在上位，大为在下的臣民所重视观望，所以诸侯都来效法，万邦都要信服顺从。因此授命官职，选任贤能，那诏书的含义就要像日月照耀四方的光辉；优待褒扬，册封王侯，那策书散发的恩惠就要像和风细雨般的滋润；敕书训诫，恒常教导，那笔墨中吐出银河的光彩；治理军事，协同讨伐，那文诰就要有重叠霹雳的声威；原谅错误，宽赦罪过，那赦文就要写得有如春天的朝露一样滋润；明确惩罚，以正法纪，那文诰就要写得有如秋天霜冻一样寒烈。这些就是写作诏策敕书的大概要求。用来作为诫正之用的敕书，实际上是一种更为切实的诏书，像周穆王命令郊父接受敕书的命令，这就是告诫文。魏武帝曹操说作敕书诫正臣民，应根据事实，说话有所指，不要犹豫不决，不能依违两可，是懂得政治的。到了晋武帝司马炎作敕书，训诫百官，对各种官吏都有所告诫：《敕都督》告诫都督将领要通晓军事要领，《太康初省州牧诏》告诫州牧地方长官要监督管理政务，《泰始五年戒郡国计吏》警告郡守官员要悯恤百姓的疾苦，《敕牙门》告诫部队将领要抵敌卫国。这些敕书、诏书都具有古代的训诫和典法的意义。

## 原文

戒者，慎也。禹称：“戒之用休。”①君父至尊，在三罔②极。汉高祖之敕(chì)太子③，东方朔之戒子④，亦顾命⑤之作也。及马援⑥已下，各贻(yí)⑦家戒。班姬⑧《女戒》，足称母师也。教者，效也，出言而民效也。契敷五教⑨，故王侯称教⑩。昔郑弘之守南阳⑪，条教⑫为后所述，乃事绪明也。孔融之守北海⑬，文教丽而罕施⑭，乃治体乖也。若诸葛孔明[15]之详约，庾稚恭[16]之明断，并理得而辞中，教之善也。自教以下，则又有命。《诗》云“有命自天”[17]，明命为重也；《周礼》曰“师氏诏王”[18]，明诏为轻也。今诏重而命轻者，古今之变也。

［注释］

①戒之用休：见于《尚书·大禹谟》。休，美。用美好的话来诫喻善政。

②在三：《国语·晋语一》：“父生之，师教之，君食之。”称为在三。罔：无穷。

③敕太子：刘邦的《手敕太子文》，内容是训诫太子尊敬萧何、曹参等，并以幼子如意母子托他。

④戒子：东方朔的《诫子诗》，诫子要做官守正，以官代民。

⑤顾命：《尚书》有《顾命》，记载周成王临终的遗嘱。

⑥马援：东汉初将领，有《戒兄子严敦书》，反对他们好议论人长短，乱批评法制。

⑦贻：遗。

⑧班姬：班昭，班固之妹，有《女戒》七篇。

⑨契：传说中舜的臣子，管教化。《尚书·舜典》说舜时百姓不亲，于是叫契公布五教。五教：即五常之教：父义，母慈，兄友，弟恭，子孝。

⑩王侯称教：明代徐师曾《文体明辨序说》：“秦法，王侯称教；而汉时大臣亦得用之，若京兆尹王尊出教告属县是也。故陈绎曾以为大臣告众之词。”

⑪郑弘：西汉人。守南阳：为南阳太守。南阳，在今河南南阳附近。

⑫条教：《汉书·郑弘传》说他做南阳太守“条教法度，为后所述”。条教，即条例教令。其条教今已不存。

⑬孔融：东汉末期文人，曾做北海相，教令温雅，却难悉行。北海：在今山东寿光市附近。

⑭文教丽而罕施：司马彪在《九州春秋》中说孔融在北海，教令温雅，却难以悉行。

⑮诸葛孔明：诸葛亮，字孔明，三国时蜀丞相，著名

丹书受戒

武王登基，恭敬接受丹书（用朱笔写的天书，上天授意）。

政治家。其教令有《答蒋琬教》等。

⑯庾稚恭：庾翼，字稚恭，东晋将领，有《与僚属教》，他教令明断。

⑰有命自天：《诗经·大雅·大明》："有命自天，命此文王。"

⑱师氏诏王：《周礼·地官·师氏》："师氏掌以媺诏王。"师氏，主管贵族教育的官员。媺：同"美"。诏，告，这里是下告上。秦以后"诏"才专指帝王的诏令。

［译文］

"戒"，就是谨慎的意思。夏禹说："用美好的话来警诫他。"君王、父亲和老师是最尊严的，这三者给人的恩德是无穷的。汉高祖刘邦的《手敕太子文》、东方朔的《诫子诗》，都是临终遗嘱的作品。到东汉马援的《戒兄子严敦书》以后，许多人都遗留下了家诫。班昭著的《女戒》，完全可以称为辅母和女师了。"教"，就是效法的意思，说出话来让百姓照着去做。舜叫契公布五种教诲，所以后来王侯大臣对百姓的训示便称为"教"。从前郑弘为南阳太守，他发布的一条条教令为后世所称道，这就是因为他治理政事头绪明白。孔融做北海太守，他的教令写得有文采但是很难推行，这是因为教令违背了政治体制。如诸葛亮的教令，内容详细周到，文辞简明；东晋庾稚恭的教令，明白而决断，他们的教令都是道理得当文辞恰切，是好的教令。在教令这种文体之外，还有"命"这种文体。《诗经》说"有命来自上天"，表明命是上对下，是重要的；《周礼》说"教育官师氏诏告天子周王"，这说明"诏"是臣下报告天子的用词，没有"命"那么重要。可是现今"诏"成为皇帝专用的文体，"诏"变得比"命"重要了，这就是古代和今天文体的变化。

## 原文

赞曰：皇王施令，寅严宗诰①。我有丝言②，兆民伊好（hào）③。辉音④峻举，鸿风远蹈⑤。腾义飞辞，涣其大号⑥。

［注释］

①寅严：恭敬紧迫。宗诰：尊奉诰命。

②丝言：王言如丝，指慎重的号令。

③伊：语助词，是。好：爱好。

④辉音：德音，诏诰传达的天子的声音。

⑤鸿风：帝王诏令强大的作用。鸿，大。蹈：行。

⑥涣其大号：意思是天子发其号令，如出汗一般。涣，散布。号，号令。

［译文］

总结：帝王天子发号施令，臣民恭敬严肃地接收那诏诰。天子自以为微言大义，万民都是欢喜的。光辉的诏诰高高扬起，宏大的教化向远处传播。诏策的意义和文辞到处飞扬，洽于民心涣然发出伟大令号。

# 檄移第二十

**题解**

《檄移》的“檄”和“移”都是文体的名称，本篇重点讲的是檄文，附论移文。“檄”是檄文，汉魏六朝也叫“露布”，唐宋以后，檄文专指发兵前声讨敌人的文书，露布则是专指战胜敌人的捷报。“移”是移书或移文，即下行的公文或公告一类文书。檄文用于对“逆党”的军事讨伐，移文用于对顺命臣民的“洗濯民心”。

全篇分三部分：一、讲檄文的起源，还讲到了战国时期正式出现的檄文以后的主要作品，结合檄文在征讨敌人中所起的作用。二、讲檄文写作的基本特点和要求。三、讲移文及其和檄文的区别。

檄文和移文都是军事和政治斗争的工具。尤其是檄文，具有很强的战斗性。刘勰提出的基本要求是：内容上，要宣传我方的正义；充分揭露敌方的罪行；指出我方的有利、敌方的不利，从精神上瓦解敌人；行文上，要求事情写得明白，道理讲得清楚，气势要强盛，用词要果断有魄力。

## 原文

震雷始于曜(yào)[1]电，出师先乎威声。故观电而惧雷壮，听声而惧兵威。兵先乎声，其来已久。昔有虞始戒于国[2]，夏后初誓[3]于军，殷[4]誓军门之外，周将交刃[5]而誓之。故知帝世[6]戒兵，三王[7]誓师，宣训我众，未及敌人也。至周穆西征[8]，祭(zhài)公谋父[9]称“古有威让[10]之令，令有文告之辞”，即檄(xí)之本源也。及春秋，征伐自诸侯出，惧敌弗服，故兵出须名[11]，振此威风，暴彼昏乱，刘献公之所谓“告之以文辞，董之以武师”者也[12]。齐桓征楚，诘苞茅之阙(quē)[13]；晋厉伐秦，责箕(jī)、郜(gào)之焚[14]。管仲、吕相，奉辞先路，详其意义，即今之檄(xí)文。暨(jì)乎战国，始称为檄。檄者，皦(jiǎo)[15]也。宣布于外，皦然明白也。张仪[16]《檄楚》，书以尺二[17]，明白之文，或称露布[18]。露布者，盖露板不封，播诸视听也。

**[注释]**

①曜：同“耀”。

②有虞：即虞舜，他即位后称有虞氏。戒于国：警诫国内的战士。

③夏后：指夏禹，他即位后称夏后氏。誓：指教训士兵或民众的话。

④殷：商代。

⑤周：周代。交刃：白刃相交，即作战。

⑥帝世：帝代，指五帝之一的虞舜时代。

⑦三王：指前述夏、商、周三代之王。

⑧周穆：周穆王。西征：西征犬戎。犬戎，西方的少数民族。

⑨祭公谋父：周穆王的卿士，姓祭，字谋父。祭谋父曾劝谏周穆王，远方不服，先加斥责，发去文告，即檄。

⑩让：斥责、谴责。

⑪名：名义。

⑫“刘献公”二句：刘献公，周景王的卿士。他的话见《左传·昭公十三年》。董，督责。

⑬“齐桓”二句：《左传·僖公四年》载，齐桓公伐楚国，派管仲责问楚成王，不把苞茅向周天子进贡，周天子无以滤酒祭祖。齐桓，齐桓公，春秋五霸之一。苞茅，茅草包束，滤酒去渣，祭祀用。阙，缺。

⑭“晋厉”二句：《左传·成公十三年》，晋厉公讨伐秦国，先派吕相责问秦国，曾经派兵侵入晋国，焚烧箕、郜。晋厉，晋厉公。箕、郜，均地名，属晋国，在今山西境内。

⑮皦：明白。

⑯张仪：战国末纵横家，主张连横，秦国丞相。著有《为文檄告楚相》。

⑰尺二：古代书写的木简长一尺二寸，这里指檄文。

⑱露布：盖露板不封，指让人看到文辞。

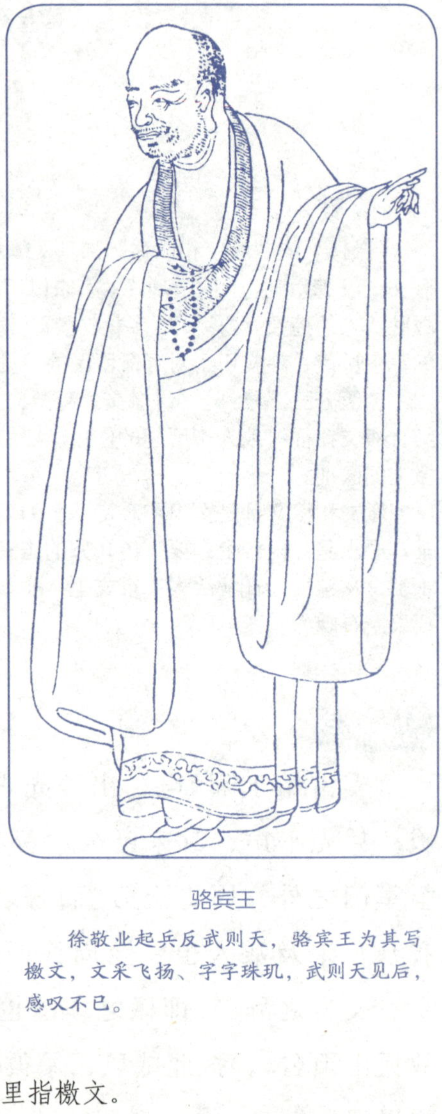

骆宾王

徐敬业起兵反武则天，骆宾王为其写檄文，文采飞扬、字字珠玑，武则天见后，感叹不已。

## [译文]

雷霆的震响开始于耀眼的闪电，军队的出动先要传播赫赫的声威。所以看到闪电就惧怕雷声的强烈，听到声势就惧怕军队的威力。出兵先要有声威，它来源已经很久远了。从前有虞氏开始警诫国内的战士，夏后氏最初在军队里宣誓，殷商在军营门外与百姓誓师，周武王在军队将要与敌军交锋前宣誓。所以从上面所述我们知道：帝舜之世的警诫军队，夏、商、周三王的在军队内誓师，都是为了宣传教训自己的部队，还没有涉及敌人方面。到了周穆王西征犬戎国，大臣祭公谋父对周穆王说：“古时出兵有威严谴责敌方的命令，有告诫对方的文辞。”于是写了谴责敌方的文辞。这就是

“檄”这种文体的源头。到了春秋时代，周王朝衰微，天下无道，出征讨伐的事都由诸侯发动，他们害怕对方不服，所以出兵必须有名义，振奋自己的威风，暴露对方昏乱无道，刘献公所说的“用文辞来告诫他，用军队来督促他”，就是这个意思。齐桓公讨伐楚国，派管仲质问楚国为什么不向周天子进贡祭祀用的苞茅草；晋厉公讨伐秦国，派吕相责备秦国为什么焚毁了箕和郜两地。齐国的管仲、晋国的吕相先举出斥敌的话再进军，考察它的意义，就是今天的檄文。到了战国时代，才开始称作檄文。檄，就是明白。揭露在外，非常地明白。张仪的《为文檄告楚相》是用长一尺二寸的竹简书写的。这种明白昭著的檄文，或又称为露布。所谓露布者，就是不加封套，使木板上的内容显露于外，让它传播于人们耳目之前。

## 原文

夫兵以定乱，莫敢自专①，天子亲戎②，则称“恭行天罚③”；诸侯御师，则云“肃将王诛④”。故分阃(kǔn)推毂(gū)⑤，奉辞伐罪，非唯致果为毅⑥，亦且厉辞为武。使声如冲风⑦所击，气似欃(chán)枪⑧所扫，奋其武怒，总⑨其罪人；征其恶稔(rěn)⑩之时，显其贯盈之数⑪；摇奸宄(guǐ)⑫之胆，订⑬信慎之心；使百尺之冲⑭，摧折于咫⑮书；万雉(zhì)⑯之城，颠坠于一檄者也。观隗(kuí)嚣(áo)之《檄(xí)亡新》⑰，布其三逆⑱，文不雕饰，而辞切事明，陇右⑲文士，得檄之体⑳矣。陈琳㉑之《檄豫州》，壮有骨鲠(gěng)㉒，虽奸阉携养㉓，章实㉔太甚，发丘摸金㉕，诬过其虐；然抗辞书衅㉖，皦㉗然露骨。敢指曹公之锋，幸哉免袁党之戮也。钟会《檄蜀》㉘，征验甚明；桓温《檄胡》㉙，观衅尤切，并壮笔也。

[注释]

①莫敢自专:《史记·周本纪》:“武王自称太子发（武王姓姬名发），言奉文王以伐，不敢自专。”因攻伐战事，关系重大，不能自作主张。

②亲戎：亲自率军征伐。

③恭行天罚:《尚书·甘誓》:“今予惟恭行天之罚。”意谓恭敬地执行上天之旨意去征罚、惩处。天罚，上天的惩罚。

④肃将：严肃地奉行。王诛：帝王诛伐之意。

⑤分阃：指委以军事大权。阃，都城的门。阃内指朝政，外指军务。毂：车轮中心的圆木，指车。推毂，即推车前进，比喻助人成事。

⑥致果为毅:《左传·宣公二年》有“杀敌为果，致果为毅”的话。果，果敢；毅，坚毅。

⑦冲风：暴风。

⑧欃枪：彗星。

⑨总：集中、总汇。

⑩征：验证。恶稔：恶满。

⑪贯盈：串绳已满，形容罪大恶极。贯，一贯；盈，满。数：气数。

⑫奸宄：犯法作乱的人。

⑬订：定。

⑭冲：冲锋的战车。

⑮咫：周代八寸为咫。

⑯雉：城墙垛。古代城墙长三丈高一丈叫作一雉。万雉，形容城墙的高大。

⑰隗嚣：东汉初将领。《檄亡新》：指隗嚣的《移檄告郡国》，声讨王莽新朝三罪。新，王莽的国号。

⑱三逆：指《移檄告郡国》揭发了王莽“逆天”“逆地”“逆人”的三种罪行。逆，反。

⑲陇右：陇西，今甘肃、青海一带，隗嚣的驻地。

⑳体：体要。

㉑陈琳：东汉末文人。他最初为军阀袁绍部下，袁为联合豫州刺史刘备声讨曹操，叫陈琳写了《为袁绍檄豫州》。

㉒骨鲠：骨气、骨力。

㉓奸阉携养：阉，太监。曹操父曹嵩为东汉大宦官曹腾养子，后改姓曹，所以陈琳在檄文中骂曹嵩是“乞丐携养”，骂曹操是“赘阉遗丑”。赘，假相连属。

㉔章实：即揭露事实真相。

㉕发丘：文中指发丘中郎将。丘，指坟。发丘即挖坟。摸金：偷金。陈琳在檄文中说曹操“特置发丘中郎将，摸金校尉”的官职。

㉖衅：裂痕、罪过。

㉗暾：明白。

㉘钟会：三国时期魏司徒，伐蜀主要军事将领之一。《檄蜀》：《三国志·魏志·钟会传》载，蜀国姜维守剑阁抗拒钟会，钟会写了《移蜀将吏士民檄》。文载《钟会传》。

㉙桓温：东晋大司马。《檄胡》：桓温的《檄胡文》。胡，此处指五胡十六国之一的后赵石勒。

## [译文]

军事行动是用来平定祸乱的，任何人都不敢独自专断，因此天子亲自带兵出征，就说是恭敬地执行上天的惩罚；诸侯出兵征伐，就说是严肃地执行天子的讨伐。所以古代帝王派遣将领，委托征战重任，不仅要推车相送，而且把处理都城外的大权分给他。大将奉承天子的辞令讨伐有罪的人，不光杀敌需要达到果敢坚毅，而且要用厉害的檄文构成威胁。使军事行动的声威像强风袭击一样有力，气魄好似彗星扫荡过一样，振奋激发我军的愤怒，统统集中到讨伐的罪人身上；用事实证明已到严惩敌人罪恶的时候，显示敌人恶贯满盈的罪恶；动摇为奸作恶者的胆量，确立顺从者的决心；使敌人百尺之长的战车，被咫尺的檄书所摧毁；万垛坚固的城墙，被一纸檄文所推倒。看看隗嚣《移檄告郡国》，用檄文声讨王莽的新朝，宣布他“逆天”“逆地”“逆人”的三大罪状，文辞虽不雕饰，但话极确切，事理明白，说明陇右文士已经掌握了檄文的体制了。陈琳的《为袁绍檄豫州》文，为袁绍声讨曹操而作，文章写得气势豪迈，有骨力，虽然骂曹操是奸恶的太监豢养的养子，揭发私密事实太过分；骂曹操设立发丘中郎将、摸金校尉从事挖坟盗金，诬骂的话超过了曹操暴虐的实际，但是他以直率的话记下曹操的罪过，写得明白露骨。敢于触犯曹操的锋芒，幸而免于作为袁绍党羽而被杀掉。钟会的《檄蜀》文，列举历史事实作为蜀国必亡的证验，事理明白；桓温的《檄胡》文，观察揭露敌人的罪恶尤其确切，都是写得有力的檄文。

陈琳

## 原文

凡檄之大体，或述此休明[1]，或叙彼苛虐；指天时[2]，审人事，算强弱，角[3]权势，标蓍（shī）龟[4]于前验，悬鞶（pán）鉴[5]于已然，虽本国信，实参兵诈。谲诡[6]以驰旨，炜晔（yè）[7]以腾说。凡此众条，莫之或违者也。故其植义扬[8]辞，务在刚健。插羽[9]以示迅，不可使辞缓；露板以宣众，不可使义隐。必事昭而理辨，气盛而辞断，此其要也。若曲趣密巧，无所取才矣。又州郡征[10]吏，亦称为檄，固明举[11]之义也。

［注释］

①休明：盛明。休，美好。

②天时：指天命、天道之类。

③角：较量。

④蓍龟：占卜用的蓍草、龟壳。此处指占卜。

⑤鞶鉴：饰有铜镜的束衣皮带，即借鉴。鞶，束衣皮带；鉴，即铜镜。

⑥谲诡：欺哄诈骗。

⑦炜晔：光彩照耀。

⑧植：树立。扬：施展、飞扬。

⑨插羽：古代檄文，插上羽毛表示紧急。后代的“鸡毛信”也由此而来。

⑩征：召。

⑪举：荐。

贾复受檄击郾

### [译文]

举凡檄文的主要特点是：或者叙述我方的美好昌明，或者揭露对方的苛暴残虐；指明天意，审察人事，比较强弱，衡量权势，用以前的凭证来预卜吉凶，用过去的事实事例来作为借鉴，虽说是本于国家的信用，实际上加上了兵不厌诈的原则。用巧妙欺诈的手法来宣传自己的旨意，用光明堂皇的言辞来传播自己的主张，大凡这几条原则，都是写作檄文不可违背的。所以写作檄文，确立意义，发扬文辞，务必刚健有力。在檄书上插上羽毛，就表示事情紧急需要火速办理，所以檄文不可以文辞舒缓；檄书不加密封让它敞露出来，就是为了向众人宣布，所以檄书不可以意义隐晦。一定要使事情叙述明白道理确切清晰，气势壮盛而言辞又果断干脆，这就是写作檄文的要点。倘若檄文写得旨意隐晦曲折，文辞细致含蓄巧妙，这种文就没有什么可取的了。还有，州郡征召官吏的文书，也称为檄书，这也是表示公开举拔人才的意思。

## 原文

移者，易也。移风易俗，令往而民随者也。相如之《难蜀老》①，文晓而喻博，有移檄之骨②焉。及刘歆(xīn)之《移太常》③，辞刚而义辨，文[4]移之首也。陆机之《移百官》[5]，言约而事显，武移之要者也。故檄移为用，事兼文武。其在金革[6]，则逆党用檄，顺命资[7]移；所以洗濯(zhuó)[8]民心，坚同符契[9]，意用小异，而体义大同，与檄参(sǎn)伍[10]，故不重论也。

## [注释]

①相如：司马相如。汉武帝遣使修筑通西南夷的路，三年不成，蜀父老请求停止。司马相如于是写了《难蜀父老》，举出禹治洪水的劳苦等事例来辨明筑路的必要。

②骨：特点。

③刘歆：西汉末文人。刘歆打算把《左氏春秋》《毛诗》等列于学官，受到汉哀帝支持，但遭到五经博士的反对，于是刘歆写了《移太常博士书》加以批判。

④文：文事，与武事相对。

⑤陆机：西晋文人。其《移百官》是给百官的移文，为什么是武移，已不可考。

⑥金革：征鼓，指战争。金，锣；革，鼓。古代作战，鸣锣后退，击鼓前进。

⑦资：取，用。

⑧濯：洗。

⑨符契：符合一致。符，信符；契，券约。

⑩参伍：交错，错综。

## [译文]

“移”，就是改变。像转移风气，改变习俗，号令发出去百姓就跟着执行。司马相如的《难蜀父老》，文辞明白，用了很多的事例作比，已具有移书檄文的骨力。刘歆的《移太常博士书》，文辞刚健而义理明辨，是文教方面的第一篇移文。陆机的《移百官》，言辞简约而叙事明显，是军事方面的重要移文。所以檄移这类文体，可兼而用文、武两方面。它用在军事上，那么对叛逆的党徒用檄文，对顺从的民众则用移文；其目的在于洗濯民众的思想，使他同官方牢固结合，如同符契一般吻合，移文和檄文的意义作用有差异，但体制要求大体相同，移文和檄文的写作错综相近，所以这里不再重复论述了。

营中受檄

## 原文

赞曰：三驱弛①网，九伐②先话。鞶鉴吉凶，蓍龟成败。摧压鲸鲵(ní)③，抵(zhǐ)落蜂虿(chài)④。移实易俗，草偃(yǎn)风迈⑤。

### [ 注释 ]

①弛：放松，解除。

②九伐：要讨伐的九种罪行，《周礼·大司马》说大司马职掌九伐之法，讨伐有九种罪行的人。

③鲸鲵：吞噬小鱼的大鱼名，比喻侵略弱小的敌人。

④抵：击。虿：蝎子一类的毒虫。

⑤偃：倒下。迈：行。风吹草倒，比喻檄文的威力。

### [ 译文 ]

总结：好比驱赶禽兽网要放开三面，对各种讨伐先要加以说明。檄文像镜子可以照清吉凶，像占卜可以预言成败。摧毁镇压那鲸鲵一样的恶人，打击扫除那成群的毒虫蜂虿。移文确实是用来移风易俗，它像风扫过一样众草伏拜。

# 封禅第二十一

**题解**

《封禅》的“封禅”是一种文体的名称。“封禅”原意是古代帝王祭天地的盛大典礼。古人认为“五岳”中东岳泰山最高，所以帝王应到泰山去祭祀。在泰山筑坛祭天叫“封”，在山南梁父山上辟基祭地叫“禅”。

全篇分三部分：一、讲封禅的意义。二、讲封禅文的发展情况，主要是古代传说至秦始皇、汉武帝的封禅和各代的“封禅”作品。三、讲封禅文在写作上的基本要求。

“封禅”文本身就是为帝王歌功颂德的作品，作品很少，不成为独立的文体，又没有什么文学价值，刘勰之所以专篇论述，最主要的就是因为封禅文是为帝王的头等大典服务的。

## 原文

夫正位北辰①，向明南面②，所以运天枢③，毓(yù)黎献④者，何尝不经道纬德，以勒⑤皇迹者哉？《绿图》⑥曰：“潬(shàn)潬噅(huī)噅⑦，棼(fēn)棼雉(zhì)雉⑧，万物尽化⑨。”言至德所被也。《丹书》⑩曰：“义胜欲则从，欲胜义则凶。”⑪言戒⑫慎之至也。则戒慎以崇⑬其德，至德以凝其化⑭，七十有二君⑮，所以封禅矣。

### [注释]

①正：中。正位，正坐的位子。北辰：北极星。古人认为它居天的正中，众星都围着它运转，是天帝居处。

②向明南面：指帝王治理天下。向明，天将明，指早朝议政；南面，帝王朝南坐。

③天枢：星名，北斗第一星，其运转好似天之枢纽。这里指运用政权。

④毓：养育。黎献：黎民，老百姓。黎，众；献，贤人。

⑤勒：刻石。

⑥《绿图》：传说有龙马衔出“赤文绿地”的河图献给尧，实际是假托尧名造的一种纬书。

⑦潬潬：蜿蜒曲折的样子。噅噅：杂糅的样子。

⑧棼棼：纷纷。雉雉：杂乱，指万物在变化中的纷杂情状。

⑨化：化生。

⑩《丹书》：也是一种纬书。指传说中周文王得到的赤雀衔来的“天书”。

⑪“义胜欲则”二句：《尚书·帝命验》中的话：“义胜欲者从，欲胜义者凶。”从，吉利。

⑫戒：警诫。

⑬崇：推崇。

⑭凝其化：造成各种祥瑞。凝，成。化，化生瑞物。

⑮七十有二君：《管子·封禅篇》说：“古者封泰山禅梁甫七十有二家，而夷吾所记者十有二焉。”七十有二即七十二。

[ 译文 ]

帝王效法天帝居于北极星辰的正位，在天将明时面向着南方坐朝听政，像北极星一样运转天道的枢纽，就像帝王运用政权，抚育众多的百姓和贤人，难道不应按照道德办事，用刻石来记帝王的功德吗？《绿图》中说：“宛转杂糅，纷纷扰扰，丰茂繁复，万物都得到化育。”这就是最高的道德所造成的。《丹书》中说：“义理胜过私欲就吉利，私欲胜过义理就危险。”这就是说诫告要十分谨慎。用戒惧谨慎来提高德行，用极高的德行来凝集对万事万物化育的功绩，古代七十二位帝王已把自己的功德告诉神明，为此到泰山举行封禅典礼。

舜受禅让

古时君王都是禅让而生，后来逐渐演变成世袭。但是世袭的君王也要表明自己君权是上天所授，所以到泰山封禅，借此将自己的功德告诉神明。

## 原文

昔黄帝神灵[1]，克膺(yīng)[2]鸿瑞，勒功乔岳，铸鼎荆山[3]。大舜巡岳[4]，显乎《虞典》[5]；成、康封禅，闻之《乐纬》[6]。及齐桓[7]之霸，爰窥王迹[8]，夷吾谲陈[9]，拒以怪物[10]。固知玉牒(dié)金镂[11]，专在帝皇也。然则西鹣(jiān)东鲽(dié)[12]，南茅北黍[13]，空谈非征[14]，勋德而已。是以史迁八书[15]，明述封禅者，固禋(yīn)祀(sì)[16]之殊礼，铭号之秘祝[17]，祀天之壮观矣。秦皇铭岱[18]，文自李斯[19]，法家辞气，体[20]乏弘润。然疏而能壮，亦彼时之绝采也。

## [注释]

①黄帝：轩辕。神灵：神异。

②克：能。膺：承受。

③“勒功乔岳”二句：《史记·封禅书》载，黄帝在荆山下铸铜鼎，鼎成，有龙来接黄帝上天。乔岳，指泰山。

④大舜巡岳：《尚书·舜典》载，舜向东巡守东岳泰山，烧柴祭天。

⑤《虞典》：即《舜典》。

⑥“成康封禅”二句：《乐动声仪》说成王、康王都曾封禅。成、康，即西周成王、康王。

⑦齐桓：齐桓公，春秋五霸之一。

⑧窥王迹：指齐桓公打算行封禅典礼。窥，窥视。王迹，王者的事，封禅是帝王之事。

⑨夷吾：管仲的字。谲陈：诈言。

⑩拒以怪物：《管子·封禅篇》载，齐桓公称霸后，与诸侯盟会于蔡丘，想行封禅礼。管仲劝谏不听，于是诈言说：要有祥瑞之物出现才能封禅。现在不见，怎能封禅呢？于是齐桓公才作罢。

⑪玉牒金镂：指刻石封禅。玉牒，玉制的简，上刻字。指封禅文。牒，简。镂，刻。

⑫西鹣：西方的比翼鸟。东鲽：东海的比目鱼。

⑬南茅：南方的茅草，一叶三脊，叶上有三道筋。北黍：北方的黍子，可酿酒。以上四种都是吉祥的动植物。

⑭征：验。

⑮史迁八书：司马迁的《史记》有《封禅书》等“八书”。

⑯禋祀：斋戒祭祀。古代祭天神的一种礼仪，先烧柴升烟，再加牲体及玉帛于柴上焚烧。

⑰铭号：刻石记功。秘祝：秘密祷告，指刻在玉牒上的秘祝文。

⑱秦皇铭岱：事见《史记·秦始皇本纪》。铭岱，指《泰山刻石文》。

⑲李斯：法家，秦始皇的丞相。

⑳体：风格。

黍

## [译文]

从前黄帝神奇灵异，能够承受鸿

大的祥瑞，在泰山上铭刻功绩，在荆山下铸造巨鼎。大舜巡视泰山，举行封禅典礼的事，被显明地记载在《尚书》的《舜典》里；周成王、周康王在泰山封禅，也可以从《乐纬》里见到。到了春秋时代齐桓公称霸，于是窥视帝王封禅的典礼，管仲用齐国没有祥瑞出现不好封禅这样谲诈的言辞来谏阻，阻止了齐桓公封禅。管仲本来知道封禅告天用的玉牒文书和金的镂釜，只有帝王才可以用，而西海的比翼鸟，东海的比目鱼，南方的三脊茅，北方的黍粮，纯属凭空虚谈而不可验证，管仲只是想说明封禅需要有圣王那样的功德罢了。所以司马迁《史记》“八书”中的《封禅书》明白地讲封禅的，确实是祭祀天神大的祀礼，是铭刻功绩的一种神圣秘密的祷祝，是天下一种伟大壮观的活动。秦始皇在泰山刻石记功，文章出自李斯的手笔，完全是法家的语气，风格上缺少阔大修饰。然而叙述清朗有力，也是那个时代最好的作品了。

## 原文

铺观两汉之隆盛，孝武禅号于肃然①，光武②巡封于梁父，诵德铭勋，乃鸿笔③耳。观相如《封禅》④，蔚为唱首⑤。尔其表权舆⑥，序皇王，炳玄符⑦，镜鸿业，驱前古于当今之下，腾休明⑧于列圣之上；歌之以祯(zhēn)⑨瑞，赞之以介丘⑩；绝笔⑪兹文，固维新⑫之作也。及光武勒碑，则文自张纯⑬。首胤(yìn)典谟(mó)⑭，末同祝辞；引钩⑮谶(chèn)，叙离乱，计武功，述文德；事核⑯理举，华不足而实有余矣。凡此二家，并岱宗⑰实迹也。

[注释]

①孝武：西汉武帝。肃然：肃然山。

②光武：东汉光武帝。

③鸿笔：大笔，大作。

④相如《封禅》：司马相如病退在家，汉武帝怕他死后作品失散，便派人去把他的作品全部取走。使者到他家中时司马相如已经死了，家中已无书，只有临死前写的一卷书《封禅文》。

⑤唱首：作“首唱”，第一篇的意思。

⑥权舆：本义为草开始萌发，引申为开始、起源。《封禅文》先叙上古。

⑦玄符：天符，玄妙的符瑞。

⑧休明：盛明。休，美。

⑨祯：吉祥。

⑩介丘：泰山，指泰山盼望封禅。介，大；丘，山。

⑪绝笔：最后一篇，指司马相如最后的作品《封禅文》。

⑫维新：创新，即“首唱”，司马相如以前没有人写作《封禅文》。
⑬张纯：东汉初文人。作有《泰山刻石文》。
⑭胤：继承。典谟：指《尚书》，《尚书》中有《尧典》《大禹谟》等篇。
⑮钩：指《孝经》的纬书《钩命诀》等九种。
⑯核：要。
⑰岱宗：泰山。司马相如的《封禅文》没有刻石的记载。

[译文]

纵观两汉兴隆旺盛的时代，汉武帝封于泰山，在梁父的肃然山祭地，汉光武帝巡守封禅于泰山，也在梁父的肃然山祭地，他们歌诵功德、铭刻勋绩的封禅书，是封禅的大手笔。看司马相如的《封禅文》，富有文采，成为首创。它表叙封禅的起始情况，叙述帝王的事业，再讲汉朝的符瑞显耀，大业可鉴，把古代帝王的功业贬低于当今帝王之下，把当今帝王的功德抬高到列朝圣君之上；歌颂他祯祥的兆瑞，用泰山盼望封禅来作赞美；司马相如的这篇绝笔文，确实是创新的作品。到了东汉光武帝中兴以后封禅泰山，那篇刻在石碑上的《泰山刻石文》，出自张纯；开头仿照《尚书》里典、谟的写法，结尾又和祝辞相同，中间多引用《钩命诀》这类纬书的内容；它叙述当时的战乱，计数光武帝平定天下的武功，论述光武中兴的文治德教，事实确切，道理标明，文采不足而朴实有余。司马相如和张纯这两家的封禅文，都是泰山封禅的确实记录。

## 原文

及扬雄《剧秦》①，班固《典引》②，事非镌（juān）石③，而体因纪禅。观《剧秦》为文，影写长卿④，诡言遁辞⑤，故兼包神怪。然骨制靡⑥密，辞贯圆通，自称极思⑦，无遗力矣。《典引》所叙，雅有懿采⑧，历鉴前作，能执厥⑨中，其致义会文，

曹植七步成诗

斐然[10]余巧。故称“《封禅(shàn)》靡而不典[11]，《剧秦》典而不实”。岂非追观易为明，循[12]势易为力欤(yú)！至于邯郸[13]《受命》，攀响前声，风末力寡[14]，辑韵[15]成颂，虽文理顺序[16]，而不能奋飞。陈思魏德[17]，假论客主，问答迂缓，且已千言，劳深绩寡，飙(biāo)焰[18]缺焉。

[注释]

①《剧秦》：即《剧秦美新》，扬雄仿司马相如《封禅文》，批评秦朝灭亡得快，赞美王莽建立的新朝，所以叫《剧秦美新》。

②《典引》：班固模仿扬雄的《剧秦美新》作《典引》，借赞美唐尧来赞美汉朝，再加引申。

③非镌石：指《剧秦美新》和《典引》不是封禅刻石之文。镌，刻。

④影写：模仿。长卿：司马相如的字。

⑤遁辞：逃遁、隐约之辞，指不是正面直叙。

⑥靡：细。

⑦自称极思：扬雄《剧秦美新》中自称：“亦臣之极思也。”极，尽。

⑧懿采：美好的文采。

⑨厥：其，它的。

⑩斐然：有文采的样子。

⑪不典：指不仿照《尧典》写，不够典雅。典，高雅。

⑫循：依。

⑬邯郸：邯郸淳，三国时期魏文人。作有《受命述》。

⑭风末力寡：冲风之末。指没有风骨，飞不起来。冲风，暴风。末，尾。

⑮辑韵：辑集韵语，指写作。

⑯文理顺序：指文理有条理。

⑰陈思：陈思王曹植。其《魏德论》存残文。

⑱飙：暴风，比喻有力。焰：光芒。

[译文]

到扬雄作《剧秦美新》，班固作《典引》，这两篇文章并不用来刻石，但是文体都仿效封禅文。看看《剧秦美新》的写作，仿照司马相如的《封禅文》，用了诡奇隐遁的文辞，所以兼包神奇古怪的内容。然而它的结构细致严密，文辞圆转，脉络贯通，自称用尽了思虑，没有一点剩余的力量了。班固《典引》的叙述，典雅而有文采，这是因为他借鉴了历代前人的作品，所以写作时能掌握得恰到好处。他的确立命意，文辞斐然，文采技巧有余。所以他说“司马相如的《封禅文》细致而不典雅，扬雄的《剧秦美新》典雅而不确实”。这岂不是看前人的作品容易看清楚，学习前人作文便容易学好吗？至于邯郸淳的《受命述》，虽然想追拟前人的创作风格，但风势衰弱，编辑韵语构成歌颂，虽然文理有条理，却是平庸，不能奋翅高飞。还有陈思王曹植的《魏德论》，假借客人和主人之间议论形式来作文，文势迂回缓慢不紧凑，而且竟长达千言，花费的劳力功夫虽然很深，但收效很少，风力和文采都没有。

## 原文

兹文为用，盖一代之典章①也。构位②之始，宜明大体。树骨于训典③之区，选言于宏富之路；使意古而不晦④于深，文今而不坠于浅；义吐光芒，辞成廉锷(è)⑤，则为伟矣。虽复道极数殚(dān)⑥，终然相袭，而日新其采者，必超前辙(zhé)⑦焉。

### [注释]

①典章：典法章程。

②构位：即构思。

③训典：《尚书》中有《伊训》《尧典》等，即仿照《尚书》中的用词来建立骨干。

④晦：暗，不明。

⑤廉锷：锋利。廉，棱角；锷，刀剑的刃，即锋芒。

⑥道：理。数：术，方法。殚：竭，尽。

⑦辙：车轮碾压的沟槽，指老路。

### [译文]

封禅这种文体的作用，要起一个时代经典章程的作用。布局构思时，应当明确它总的体制。树立义理要在经典的范围内去找根据，选择语言要在宏大富丽的作品中去寻找；使作品的内容古典但又不因辞深而隐晦，虽是今天的文辞但不失于浅薄；要它的意义内容富有光辉，文辞语言却有棱角。如果做到了这些，那就是伟大的作品了。有的人写封禅文，虽说道路和方法已经穷尽，终究是抄袭古人，但凡能够创新的人，必定能有超出前人之作。

游龙

## 原文

赞曰：封勒帝绩，对越天休①。逖(tì)②听高岳，声英克彪③。树石九旻(mín)④，泥金八幽⑤。鸿笔蟠(pán)采⑥，如龙如虬(qiú)⑦。

### [注释]

①对：对答。越：宣扬。天休：美好的天命。休，美。

②逖：远。

③彪：虎纹。以上两句说泰山刻石能使声名永传。

④九旻：九天，指天上极高处。旻，天。

⑤泥金：用水银和金屑调成金泥，用来封住写上秘文的玉牒，埋在地里。八幽：很深的地下。

⑥蟠：屈曲，环绕。蟠采，像虬龙那样蟠起来显耀文采。

⑦虬：传说中的一种龙。

### [译文]

总结：封禅刻石记载帝王的功绩，报答并宣扬上天美好的命令。在泰山遥远地听到天命，英美的声名能够光彩远飘。在高入九天的泰山树立石碑，在幽深的地方埋下玉牒文书。大手笔写的封禅文文采横生，像龙和虬的飞腾光耀。

# 章表第二十二

**题解**

《章表》的“章”和“表”都是文体的名称，都是封建社会臣下向帝王呈词的文体，以下要论的奏、启、议、对也属于这一类。

全篇分三部分：一、讲章、表的意义、起源和形成过程。二、讲两汉、魏晋章和表的作者及其作品。三、讲章、表写作的基本要求，提出了“繁约得正，华实相胜”的基本要求。

我国古代大量章、表作品中有不少精品，如诸葛亮的前后《出师表》、李密的《陈情表》、刘琨的《劝进表》等，都具有文学作品的价值。

## 原文

夫设官分职，高卑[1]联事。天子垂珠以听[2]，诸侯鸣玉[3]以朝。敷奏[4]以言，明试以功。故尧咨四岳[5]，舜命八元[6]，固辞再让[7]之请，俞往钦[8]哉之授，并陈辞帝庭，匪假书翰[9]。然则敷奏以言，则章表之义也；明试以功，即授爵之典[10]也。至太甲[11]既立，伊尹书诫[12]，思庸归亳[13]，又作书以赞。文翰献替[14]，事斯见矣。周监二代[15]，文理[16]弥盛。再拜稽首，对扬休命[17]；承文受册[18]，敢当丕显[19]。虽言笔[20]未分，而陈谢可见。

［注释］

①高卑：上下。上指天子，下指诸侯臣下百官。

②垂珠：古代帝王的冠上有板，板前垂有十二根丝绳，系着玉珠。听：听政，听取臣子的报告。

③鸣玉：鸣响的佩玉。古代诸侯朝见天子时穿的礼服上佩有玉石，走路时玉撞击发声。

④敷：陈述。奏：进。

⑤尧：帝尧。咨：访问。四岳：传说中帝尧时的四方部落首领。

⑥舜：帝舜。八元：古代传说中的八位贤人。

⑦固辞再让：臣下对帝王的任命再三表示辞让，《尚书·舜典》说舜、禹、垂、益、伯等人受到任命时，都曾辞让。

⑧俞：允，许可。表示同意、肯定的应答之词。钦：敬佩。

⑨书翰：文章。翰，笔。

⑩典：法。

⑪太甲：成汤的儿子。

⑫伊尹：成汤的大臣。太甲继位后不明智，伊尹将其流放。三年，太甲悔过，伊尹请他回亳京复位，作《太甲》三篇赞美他。

⑬思庸：想念道义。庸，常。亳：殷的京城。

⑭献替：献可，献进好的。替否：去掉否定的。献，进；替，去、废。这句指帮助帝王发扬正确的，克服错误的。

⑮监：借鉴。二代：指夏、商二代。

⑯文理：文采义理，指礼仪。

⑰稽首：叩头及地。对扬：对答宣扬。休命：王的美德。休，美。

⑱承：承受，接受。册：册命，帝王封爵的命令。

⑲丕：大。显：显耀。

⑳言笔：本书《总术篇》："发口为言，属笔曰翰。"即口头说出为"言"，文字写出为"笔"。

## ［译文］

任贤图治

尧向四方贤人询问治国之道。

国家设立官职分掌职权，上下协同处理政事。天子戴着王冠听理政务，诸侯众官穿着礼服朝见天子。臣子向天子敷陈进奏治理国家的各种意见，君主以其功效来明确验证其意见是否有效。所以唐尧咨询四方诸侯的长者，虞舜任命八位有才德的贤人，臣下有坚辞和再辞的请求，君主有谨慎从事的委任，这些都是在朝廷上口头陈说，不用书面陈述。用口头语言来陈述自己的各种政见主张，就是章表这种文体的意义；明白考察它的功效，就是赐授爵位的典法了。到了殷代太甲即位，伊尹便作《伊尹训》来劝诫他；后来太甲在流放中想到了道义，伊尹请他回到亳京继位，伊尹又作《太甲》赞扬他。用文章来帮助君王，发扬优点，去掉缺点，从这里可以看到了。周代向夏、商两代借鉴，讲究文辞言理的礼仪越来越丰富了。召虎接受天子的赐礼时说："召虎叩头及地来拜谢，称赞颂扬天子的美德。"晋文公在接受天子策命时感谢说："我重耳怎敢担当如此重大美好的授命！"他们虽然都是口头答谢，并没有口头、书面的区分，但是陈述表示感谢的内容也可以看到了。

## 原文

降及七国[①]，未变古式，言事于王，皆称上书。秦初定制，改书曰奏。汉定礼仪，则有四品[②]：一曰章，二曰奏，三曰表，四曰议。章以谢恩，奏以按劾(hé)[③]，表以陈请，议以执异。章者，明也。《诗》云"为章于天"[④]，谓文明也；其在文物，赤白曰章[⑤]。表者，标也。《礼》有《表记》[⑥]，谓德见于仪[⑦]；其在器式[⑧]，揆景[⑨]曰表。章表之目，盖取诸此也。按《七略》《艺文》[⑩]，谣咏必录；章表奏议，经国之枢机[⑪]，然阙而不纂者[⑫]，乃各有故事[⑬]，布在职司[⑭]也。

### [注释]

①七国：指秦、齐、楚、燕、赵、韩、魏七国争雄的战国时代。

②品：类。

③按：经过考核研究后所下的论断。劾：揭发罪状。

④为章于天：见于《诗经·大雅·棫朴》，是写银河的。章，彰明，意为银河是天的"文章"。

⑤"其在文物"二句：《礼记　考工记》说画缋之事"赤与白谓之章"。文物，彩绘的事物。章，即赤色与白色相交错。

⑥《礼》：《礼记》。《表记》：《礼记》中的一篇。

⑦德见于仪：《礼记·表记》说："名曰《表记》者，以其记君子之德，见于仪表。"仪，仪表。

⑧器式：器物的样式，可以作标志。式，法。

⑨揆景：按照日影测量时间的仪器，引申为度量、测量。揆，量。景，同"影"，日光。

⑩《七略》：西汉刘向、刘歆父子编的古籍目录。《艺文》：即《汉书·艺文志》，东汉班固依据《七略》编的古籍目录，里面记录了各地歌谣若干篇。

⑪枢机：枢纽机关，指主要、

日影表

重要。

⑫阙：缺。纂：编纂，指收集材料编书。

⑬故事：旧有的章程。

⑭职司：主管部门。

[ 译文 ]

到战国时代，没有改变古代的仪式，用文辞向君王陈说事情，都称作上书。秦朝初年规定制度，改称上书作“奏”。西汉初年制定礼仪制度，则把群臣给天子的上书分为四种：一叫章，二叫奏，三叫表，四叫议。章是用来谢恩的，奏用来检举弹劾罪状，表用来陈述事由情理，议用来提出自己不同的意见。“章”，就是彰明的意思。《诗经》中说“银河彰明在天上”，就是说光彩明亮。如它在有文采的物上，赤和白叫章。“表”，就是标明的意思。《礼记》有《表记篇》，说的就是品德可以从仪表上看出来。如果在器物上，那测量日影以计算时间的仪器就叫表。“章”和“表”的称呼，大概是从这里来的。按照刘歆的《七略》和班固的《汉书·艺文志》，连歌谣咏文等民间歌谣都必须收录，章、表、奏、议这些作品乃是经理国家大事至关重要的文件，却为何遗缺不加记载呢？这是按照旧章程，把它们分散在各个主管部门的缘故。

## 原文

前汉①表谢，遗篇寡存。及后汉察举②，必试章奏。左雄③表议，台阁④为式；胡广⑤章奏，天下第一。并当时之杰笔也。观伯始谒(yè)陵⑥之章，足见其典文之美焉。昔晋文⑦受册，三辞从命，是以汉末让表⑧，以三为断⑨。曹公⑩称为表不必三让，又勿得浮华。所以魏初表章，指事造实，求其靡(mí)⑪丽，则未足美⑫矣。至于文举之《荐祢(mí)衡》⑬，气扬采飞；孔明之辞后主⑭，志尽文畅。虽华实异旨，并表之英也。琳、瑀(yǔ)⑮章表，有誉当时；孔璋(zhāng)称健⑯，则其标也。陈思⑰之表，独冠群才；观其体赡(shàn)⑱而律调，辞清而志显，应物制巧，随变生趣，执辔(pèi)⑲有余，故能缓急应节⑳矣。

[ 注释 ]

①前汉：西汉。

②后汉：东汉。察举：地方上推举人才，东汉一种选拔人才的制度。

③左雄：东汉顺帝的纳言官。

④台阁：尚书台，掌管章奏的机关。

⑤胡广：东汉文人。他被举荐为孝廉后，到京城应试奏章，汉安帝称他为天下

第一。

⑥伯始：胡广的字。作有《谒陵》，今不存。谒：进见。陵：陵墓。

⑦晋文：春秋时期晋文公，春秋时周襄王册封晋文公为侯伯。

⑧汉末让表：指汉献帝被迫禅让帝位给曹丕而曹丕辞让的表。

⑨断：截止。

⑩曹公：指曹操。曹操话无可考。

⑪靡：绮丽。

⑫未足美：即不够美好。

⑬文举：孔融的字，作《荐祢衡表》。祢衡：东汉末文人。

⑭孔明：诸葛亮的字，有《出师表》，今存。后主：蜀后主刘禅，刘备之子，刘备为先主。

⑮琳：陈琳。瑀：阮瑀。二人均东汉末文人。曹丕《典论·论文》说琳、瑀之章表书记，今之隽也。

⑯孔璋：陈琳的字。称健：曹丕《与吴质书》说："孔璋章表殊健。"

孔明初上《出师表》

孔明向后主刘禅上《出师表》，提点国家大事，表明自己鞠躬尽瘁的忠心。

⑰陈思：陈思王曹植。存有《求自试表》《求通亲亲表》。

⑱赡：富。

⑲辔：马缰绳。

⑳节：节拍，节奏。

## [译文]

西汉的章表，传下来的很少。到了东汉，实行考察选举孝廉的制度，被推举的人必须考试作章、表、奏、议的文章。左雄写的章表奏议，尚书台用作标准；胡广应试的章和奏，被称为天下第一。他们写作的章、表、奏、议，都是当时杰出的作品。看看胡广的《谒陵》这篇"章"，完全可以看到他典雅之作的美好。以前晋文公接受周天子册封，辞让了三次才接受册封，所以曹丕辞让汉献帝禅让帝位的章表也以三次为限。曹操说作表辞让不一定要超过三次，又说作表不得文辞浮华。因此魏国初期的表章，叙述事件都要求实在，如果要以绮靡华丽来衡量它们，那就算不上是完美的作品了。至于孔融的《荐祢衡表》，气势昂扬，文采飞腾；诸葛亮辞别后主北伐的《出师表》，鞠躬尽瘁的思想表达充分而文辞流畅。虽然这两篇作品在质朴和华彩上用意不同，写作的旨意目的不同，但都是杰出的作品。陈琳、阮瑀的章表，在当时很有声誉；曹丕称赞陈琳的章表很是刚健，那也是章表的榜样。陈思王曹植的表，是群才中的佼佼者。看看他的作品，内容丰富而声律协调，文辞清新而情志显露，感应事物制成巧妙，随着事物感情的变化而旨趣横生，这是因为他写作文章像驾驭骏马一样，才力多余就可以随心所欲，所以不论缓慢行走或急速奔驰，都能应声合拍。

## 原文

逮晋初笔札[①]，则张华为俊[②]。其三让公封[③]，理周辞要，引义比事，必得其偶。世珍《鹪鹩》(jiāo liáo)[④]，莫顾章表。及羊公之《辞开府》[⑤]，有誉于前谈；庾公之《让中书》[⑥]，信美于往载。序志联类，有文雅焉。刘琨(kūn)[⑦]《劝进》，张骏[⑧]《自序》，文致耿介[⑨]，并陈事之美表[⑩]也。

羊祜

即文中所提羊公，西晋世族，才思过人，写得一手好文章。

[注释]

①笔札：文章，指章表。札，古代书写用的木简，指纸。

②张华：西晋初文人。俊：才智过人。

③三让公封：张华被封壮武郡公爵位时，辞让了十余次才接受。其《让公表》已失传。

④《鹪鹩》：即《鹪鹩赋》，张华的成名之作。鹪鹩，鸣禽类小鸟。

⑤羊公：指羊祜，西晋将领。晋武帝封其做车骑将军开府仪之三司，他写了

《辞开府表》固辞。开府：开建府署机关。

⑥庾公：指庾亮，西晋文人。晋明帝提拔他为中书监，他写了《让中书令表》辞让。中书：中书省长官。

⑦刘琨：西晋末、东晋初人。西晋亡后，东晋元帝司马睿安抚江东，他曾联名向渡江的司马睿上表，劝进登皇位，作《劝进表》。

⑧张骏：十六国时前凉国主，有《请讨石虎李期表》。

⑨耿：光明。介：正大。

⑩表：作“者”。

### [译文]

到西晋初年的章表，张华是最有才华的。他三次辞让晋封壮武郡公的表文，情理周到，文辞扼要，引述古义，比譬事理，都必须求得对偶。当世和后世的人们，都看重他的《鹪鹩赋》，没有谁知道他的章表也写得好。到羊祜的《辞开府表》，从前谈论的人都称誉它；庾亮的《让中书令表》，确实比以前的章表美好。他们的表都叙述情志，联系事类，而且颇有雅致的文采。刘琨的《劝进表》，张骏的《自序》，文辞精致，义理光明正大，写得很有骨气，都是陈述国家大事的优秀章表。

## 原文

原夫章表之为用也，所以对扬王庭，昭明心曲①。既其身文②，且亦国华③。章以造阙（què）④，风矩⑤应明；表以致策，骨采⑥宜耀。循名课实⑦，以文为本者也。是以章式炳贲（bì）⑧，志在典谟（mó）⑨。使要而非略，明而不浅。表体多包，情伪⑩屡迁，必雅义以扇其风，清文以驰其丽。然恳恻⑪者辞为心使，浮侈者情为文屈⑫，必使繁约得正，华实相胜，唇吻⑬不滞，则中律矣。子贡云“心以制之，言以结之”⑭，盖一辞意也。荀卿⑮以为“观人美辞，丽于黼黻文章”，亦可以喻⑯于斯乎！

### [注释]

①曲：隐。

②身文：《左传·僖公二十四年》：“介之推曰：‘言，身之文也。’”身，自身。文，文采，指文化素养。

③国华：指国光。华，指光荣。

④造阙：到达宫门。造，到达。阙，皇宫门前两边的望楼，指朝廷。

⑤风矩：风范规矩。

⑥骨采：骨力。

⑦循：依。课：查核。

⑧贲：装饰。

⑨典谟：《尚书》有《尧典》《大禹谟》等篇，这里泛指经典。

⑩情伪：真伪。

⑪恳恻：至诚。

⑫文屈：指感情为文所支配、掌握。

⑬唇吻：嘴唇口吻，指用嘴诵读的声调。

⑭“子贡”句：姓端木名赐，春秋时期鲁国人，孔子的弟子。《左传·哀公十二年》载，鲁哀公和吴王相会，吴王请求结盟，哀公不想结盟，叫子贡回答说：“心以制之，玉帛以奉之，言以结之。”指心要合于义，言要缔结信约。这里是借用，意思稍变。

⑮荀卿：即荀子。《荀子·非相篇》：“观人以言，美于黼黻文章。”黼黻，古代礼服上绣的花纹。

⑯喻：明。

[译文]

推究章、表的作用，是用来对答和宣扬天子的恩德，表明内心的情意。它既表明了自身的文采，而且显示了国家的荣耀。章是送进宫阙谢恩的，文章的风格和规范应该明白晓畅；表是用来陈述策略的，文章的骨力和文采宜于昭著显示。依循章、表的名称要求它的实质，是以有文采作为根本的。所以章的体制明显光耀，立意在于学习经典。使其扼要但并不简略，明显但不肤浅。表的体制包含的内容是多种多样的，内容的真情和假意多次变化，一定要用正确的意义来宣扬它的风力，用清新的文辞来显示它的色彩。但是，写得真诚恳切的章、表，文辞都是由内心真诚的感情所支配；写得浮华侈丽的章、表，思想感情都被辞藻所掩盖。文辞一定要繁简合适，华丽的形式和真实的内容相当，音调流美，那就算合乎作章、表的规则了。子贡说：“用心意来制定言辞，用言辞来表达心意。”这是为了使语言文辞和内容意义统一。荀卿认为：“用善意美好的言辞来说服人，比穿漂亮的衣着来说服人好。”也可以比喻辞意一致之理吧！

## 原文

赞曰：敷表绛[①]阙，献替黼(fǔ)扆(yǐ)[②]。言必贞[③]明，义则弘伟。肃恭节文，条理首尾。君子秉文[④]，辞令有斐[⑤]。

[注释]

①绛：伏。

②黼：古代帝王座后的屏风，上面刻有斧形花纹。这里指天子。

③贞：正。

④秉文：作“秉笔”。秉笔：即拿笔作文。

⑤斐：有文采的样子。

### [译文]

总结：陈进的章表送上朝廷，向帝王贡献善意规谏过错。言辞必须要正确明白，道理意义要宏大光伟。态度要严肃文辞合礼节，从头到尾都有条有理。士人君子拿起笔杆，文辞言令注意华美。

# 奏启第二十三

题解

《奏启》的“奏”和“启”都是文体的名称,都是上行公文。本篇主要论“奏”,次论“启”。“奏”是向皇帝“上书言事”的文章,“启”“表”“奏”三种文体的作用相近,晋以后才逐渐盛行起来。

全篇分三部分:一、讲“奏”的起源和含义、意义及秦汉魏晋各代的作品及其写作基本要求。二、专讲“按劾之奏”的三方面内容及其写作的基本要求。三、讲“启”的含义及其写作的基本要求。

“奏”和“启”都是臣下对帝王的政治性文件,和文学的关系不大,但是对于了解刘勰的思想还是很有意义的。

## 原文

昔唐虞之臣,敷奏以言;秦汉之辅[1],上书称奏。陈政事,献典仪[2],上急变,劾愆(qiān)[3]谬,总谓之奏。奏者,进也。言敷于下,情进于上也。秦始立奏[4],而法家少文。观王绾(wǎn)之奏勋德[5],辞质而义近;李斯之奏骊山[6],事略而意诬。政无膏润[7],形于篇章矣。自汉以来,奏事或称上疏[8]。儒雅继踵(zhǒng)[9],殊采可观。若夫贾谊之务农[10],晁错之兵事[11],匡衡之定郊[12],王吉之劝礼[13],温舒之缓狱[14],谷永之谏仙[15],理既切至,辞亦通辨,可谓识大体

贾谊

才情超群,所作文章《过秦论》《论积贮疏》直指时弊,切实中肯,又颇富文理,被后世奉为典范。

矣。后汉群贤，嘉言罔伏[16]。杨秉耿介[17]于灾异，陈蕃愤懑(mèn)于尺一[18]，骨鲠(gěng)[19]得焉。张衡指摘于史职[20]，蔡邕(yōng)铨(quán)列于朝仪[21]，博雅明焉。魏代名臣，文理迭[22]兴。若高堂天文[23]，黄观教学[24]，王朗节省[25]，甄毅考课[26]，亦尽节[27]而知治矣。晋氏多难，世交屯夷[28]。刘颂殷勤于时务[29]，温峤(qiáo)恳恻于费役[30]，并体国之忠规[31]矣。夫奏之为笔[32]，固以明允笃[33]诚为本，辨析疏通为首。强志足以成务，博见足以穷理，酌古御今，治繁总要，此其体[34]也。

蔡邕

东汉文人，博学通经，汉灵帝时曾上书指出典章制度不合于世之处，不见用，后辞去。

［注释］

①辅：辅佐，指辅佐皇帝的臣子。

②典仪：典章仪则。

③愆：过失。

④秦始立奏：秦朝开始确定称奏。

⑤王绾：秦丞相。奏勋德：指王绾等人的《议帝号》。王绾和李斯等认为秦始皇统一六国，功德为“五帝所不及”，奏请“上尊号为泰皇”。古有天皇、地皇、泰皇，泰皇最贵。

⑥李斯：秦丞相。奏骊山：指李斯向秦王报告骊山陵建设情况的奏疏《治骊山陵上书》。骊山，在陕西，秦代皇陵所在地。

⑦膏润：指恩德。

⑧疏：条列言事。

⑨继踵：相继不断。踵，脚后跟。

⑩贾谊：西汉初文人。务农：指贾谊的《论积贮疏》。汉文帝时期社会上重商轻农，贾谊向文帝建议要重视农业，看重粮食的积累，文帝接受了他的意见。文见《汉书·食货志上》。

⑪晁错：西汉政治家、政论家。兵事：指晁错的《上书言兵事》，即《言兵事

疏》。汉文帝时期，匈奴常常侵犯边疆，晁错于是就军事问题向文帝献策讲解军事。

⑫匡衡：西汉成帝的丞相。定郊：指匡衡的《奏徙南北郊》，为他劝汉成帝确定祭天的礼仪。郊，祭天礼。

⑬王吉：西汉宣帝的谏大夫。劝礼：指王吉劝汉宣帝确定祭天礼制的《上宣帝疏言得失》。

⑭温舒：路温舒，西汉大臣。缓狱：指路温舒写给汉宣帝希望其尊崇德政，减轻酷刑的《尚德缓刑书》。

⑮谷永：西汉大臣。谏仙：指谷永批评汉成帝好鬼神的《说成帝拒绝祭祀方术》，劝其不要迷信仙人。

⑯嘉言罔伏：善言无隐。伏，埋没，这里指隐藏。

⑰杨秉：东汉大臣。汉桓帝一次微行外出，遇到大风拔树，白昼变昏暗。杨秉认为大风灾是天对他私出微行的警告，劝桓帝不要私出游乐。耿介：守正不阿。

⑱陈蕃：东汉大臣。桓帝时封赏不合制度，内宠胡作非为，陈蕃上书对此提出了批评。懟：怨恨。尺一：古代书写文章的竹简或木板条长一尺一寸，指诏书。

⑲骨鲠：骨气。

⑳张衡指摘于史职：张衡曾上书指摘司马迁《史记》、班固《汉书》中不确实的叙述。又曾上书论证谶纬的虚妄。史职，史官的职责要叙述切实。

㉑蔡邕铨列于朝仪：指蔡邕的《上封事陈政要七事》，列举朝廷制度有不合礼仪的。铨，评论、衡量。列，列举。朝仪，指朝廷仪法纲纪。

㉒文理：写奏文之理。迭：连。

㉓高堂：高堂隆，三国时期魏人。天文：指高堂隆的《星孛于大辰上疏》，劝谏魏明帝大造宫殿，认为天上彗星出现是对他的警告。

㉔黄观：三国时期魏人。教学：指黄观有关教学的奏书，已不可考。

㉕王朗：三国时期魏人。节省：指王朗的《节省奏文》，劝魏明帝节约。

㉖甄毅：三国时期魏人。考课：《魏名臣奏》中有甄毅主张改进尚书郎选拔考核的奏书，其中建议学习汉代天子当面口试选拔尚书郎。

㉗节：指臣节。

㉘屯：艰难。夷：创伤。

㉙“刘颂”句：刘颂，西晋人。时务，时事政务，指国家大事。刘颂关心时务，在做淮南相时，上书谈政事。

㉚“温峤”句：温峤，西晋文人。温峤看到太子大兴土木，建西池楼观，劳费百姓，于是上书劝太子停止，太子听从了。恳恻，至诚。

㉛体：体贴、体察。规：劝。

㉜笔：刘勰认为“无韵为笔”，即指散文。

㉝允：信实。笃：诚厚。

㉞体：大体，要点。

[ 译文 ]

从前唐尧虞舜时代的臣子，用口头言辞敷陈政事进奏意见；秦汉两朝的辅佐大臣，给天子的书称为“奏”。陈述治理国家的大事，进献仪礼制度，上告紧急事变，弹劾官员的罪过错误，这些通通都叫作“奏”。“奏”，就是进的意思。臣子在下面敷陈进奏，把下情进奏给在上的天子。秦统一天下后才开始确定称奏书，但是当时法家当政，他们缺少文采。看看丞相王绾等人的上书称秦始皇功德，文辞质朴而意义浅近；李斯的《治骊山陵上书》，叙事简略，内容是虚假的。秦代的统治残暴，不施恩泽于百姓的情况也从文章中表现出来了。自从汉代以来，向皇帝进奏事情又叫上疏。文辞典雅的奏疏，前后相接，文采突出，颇为可观。如贾谊向汉文帝上疏陈述务农的《论积贮疏》，晁错向汉文帝上疏议论对匈奴用兵的《言兵事疏》，匡衡向汉成帝上疏建议定郊祀之礼的《奏徙南北郊》，王吉向汉宣帝上疏劝告实行先王礼制的《上宣帝疏言得失》，路温舒向汉宣帝上疏建议崇尚德政缓狱减刑的《尚德缓刑书》，谷永向汉成帝上疏劝谏不要喜好神仙方术一类迷信的《说成帝拒绝祭祀方术》，这些奏疏，说理既肯切周到，文辞也通畅明白，可以说是懂得奏章的体制了。东汉贤臣众多，好的议论没有隐藏起来。杨秉向汉桓帝上疏发表了对灾异现象的看法，陈蕃上疏表现了对天子赏罚不合制度的愤懑和怨恨，奏疏敢于直谏，很有骨气。张衡向汉安帝上疏指摘了《史记》《汉书》中与经典不相符的地方，蔡邕向汉灵帝上疏论列了朝廷典章制度的不合，他们都学识渊博，见识正确。魏代的名臣，有文采和理论的轮替出现。如高堂隆上疏借天象变异来劝谏魏明帝修建宫室不要过于豪华，黄观上疏奏禀有关教学的事宜，王朗上疏建议节省的问题，甄毅上疏说明选拔要实行考核制度，这些奏书说明他们在尽应尽的操守。西晋多灾多难，处于祸乱不断的时代。刘颂在免除淮南王相的职务后仍然殷勤地关心国家大事，上疏陈述自己的意见；温峤看到太子修建西池楼观劳民伤财，便深感不安而上疏劝谏，这些都是体察国事的忠心规劝啊！奏这种体裁，必须以明确可信和忠厚诚实为根本，辨别分析和通达事理为首位。意志坚强才能完成任务，见闻广博才能够把道理说得透彻，斟酌古代的经验教训来处理当今的事务，治理繁杂众多的情况而能够抓住要害，这些就是奏疏写作的基本要求。

## 原文

若乃按劾之奏，所以明宪[1]清国。昔周之太仆[2]，绳愆(qiān)纠谬；秦有御史[3]，职主文法[4]；汉置中丞[5]，总司[6]按劾。故位在鸷[7]击，砥砺(dǐ lì)[8]其气，必使笔端振风、简上凝霜者也[9]。观孔光之奏董贤[10]，则实其奸回[11]；路粹[12]之奏孔融，则诬其衅[13]恶。名儒之与险士[14]，固殊[15]心焉。若夫傅咸[16]劲直，而按辞[17]坚深；刘隗(wěi)[18]切正，而劾文阔略[19]，各其志也。后之弹事，迭相斟酌，惟新日用，而旧准弗差。

[注释]

①宪：法。

②太仆：周代官名，职责是纠正王的过失。

③御史：御史大夫，也管检察弹劾。

④文法：法令，条文。

⑤汉置中丞：汉代沿秦朝的制度，设置御史中丞，是御史大夫的辅佐官员，又称中执法。中丞，御史中丞，也管检察弹劾。

⑥司：主管。

⑦鸷：猛禽。

⑧砥砺：磨刀声，指磨炼。砥，细磨刀石；砺，粗磨刀石。

⑨“笔端振风”二句：西汉崔篆《御史箴》：“简上霜凝，笔端风起。”这两句比喻弹劾奏文严厉有力。振风，指压倒的声势。简，竹简、木板条，代指纸。

⑩孔光：西汉哀帝、平帝的丞相，以名儒称相，不敢弹劾董贤。王莽专政后，攻董贤，让孔光弹劾董贤。董贤：西汉哀帝的幸臣。

⑪奸回：奸邪。回，邪。

⑫路粹：东汉末文人。曹操因孔融反对他，要杀孔融，便让路粹作奏章编织罪名诬陷他，把他杀死。

⑬衅：裂纹，指缺点。

⑭名儒：指孔光，他是孔子的十四世孙。险士：指路粹。

⑮殊：异，不同。

⑯傅咸：西晋文人。傅咸检查弹劾，举证坚实。

⑰按辞：指按劾的奏文。

⑱刘隗：东晋元帝的丞相司直。弹劾贵族周顗，叙述罪状不具体，故称阔略。

⑲阔略：疏略。

[译文]

至于检查弹劾他人罪过的奏书，是用来严明法纪、清除弊政的。从前周代的太仆官，就是专门负责纠正过失和错误的；秦代的御史大夫，主持执掌弹劾的法令和条文；汉代设置了中丞这一官职，以总管检查弹劾。他们的职责是像鹰鸷一样勇猛地打击坏人坏事，所以写作弹劾的奏书要磨砺得笔下生风、纸上结霜那样肃杀。看看孔光的奏本弹劾董贤，就用事实来证实他的奸邪；路粹的奏本弹劾孔融，就是用捏造罪名来诬陷他有罪恶。著名的学者与阴险的人本来用心就不同。至于傅咸为人果敢正直，而他奏劾的言辞坚实深刻；刘隗为人恳切公正，而他弹劾的文奏却很粗疏概略，这反映了他们各有自己的用意。后来的弹劾奏书，多互相斟酌取舍，在日常运用上有所革新，但是并不违背旧有的准则。

## 原文

为公子取裘

《诗经》中许多场景都是劳动人民对时事的映照和讽刺，这是当时文章讥刺社会的一种体现。

然函人欲全，矢人欲伤[1]，术在纠恶，势必深峭[2]。《诗》刺谗人，投畀(bì)豺虎[3]；《礼》疾无礼，方之鹦猩[4]；墨翟非儒，目以家彘(zhì)[5]；孟轲讥墨，比诸禽兽[6]。《诗》、《礼》、儒、墨，既其如兹，奏劾严文，孰云能免！是以世人为文，竞于诋诃(dǐ hē)[7]，吹毛取瑕[8]，次骨为戾(lì)[9]，复似善骂，多失折衷[10]。若能辟礼门[11]以悬规，标义路以植[12]矩，然后逾垣(yuán)者折肱(gōng)[13]，捷径者灭趾(zhǐ)[14]，何必躁[15]言丑句，诟病为切哉！是以立范运衡，宜明体要；必使理有典刑[16]，辞有风轨[17]，总法家之裁[18]，秉儒家之文，不畏强御[19]，气流墨中，无纵诡(guǐ)随[20]，声动简[21]外，乃称绝席[22]之雄，直方[23]之举耳。

### [注释]

①函人：造铠甲的工人，要盔甲坚固，以保护人。矢人：造矢箭的工人，要弓箭锋利，以要伤人。

②峭：峻峭，严厉。

③“《诗》刺”二句：《诗经·小雅·巷伯》：“取彼谮人，投畀豺虎，豺虎不食。”指对谗人的厌恶。谮，即谗人，用恶言伤人的人。

④“《礼》疾”二句：《礼记·曲礼上》：“鹦鹉能言，不离飞鸟；猩猩能言，不离禽兽。今人而无礼，虽能言，不亦禽兽乎？”

⑤“墨翟非儒”二句：见《墨子·非儒下》，骂儒家懒惰贫困像乞丐。

⑥“孟轲讥墨”二句：《孟子·滕文公下》说：“杨氏为我，是无君也；墨氏兼

爱，是无父也。无父无君，是禽兽也。”杨氏，杨朱学派，主张一切为自己。墨氏，墨家学派，主张兼爱非攻。

⑦诋诃：毁谤苛责。

⑧吹毛取瑕：吹毛求疵。瑕，疵，小缺点。

⑨次骨：切入骨里。为戾：行为暴虐。

⑩折衷：折中，得当，不过头。

⑪辟：开。礼门：礼之门。

⑫植：竖立。

⑬逾垣：越墙。肱：胳膊。

⑭捷径：近路，指和正道相违背。趾：足趾。

⑮躁：骚扰。

⑯典刑：规范、礼法。

⑰风轨：法度、风范。

⑱裁：判断。

⑲强御：强横。御，侮。

⑳无纵诡随：见于《诗经·大雅·民劳》。纵，从，听从。诡随，诡善从恶，伪善从恶。诡，诡人之善；随，随人之恶。

㉑简：简册，指劾奏。

㉒绝席：独占一席，御史大夫坐专席。

㉓直：正。方：义。

[译文]

然而和造铠甲的人总想把人保全、制造矢箭的人总想杀伤人一样，弹劾这种手段的目的在于纠正邪恶谬误，所以其势一定要深入严刻。《诗经》讽刺进谗言的人，说要把他们丢给豺狼虎豹；《礼记》对不讲礼的人很痛恨，把他们比喻成鹦鹉和猩猩；墨翟非难儒家，把他们看成羊和猪；孟轲讥讽墨家，把他们比作禽兽。《诗经》、《礼记》、儒家、墨家既然都这样指责尖锐弹劾人的奏书，谁说能够避免这种攻击呢！所以近世的文人作文，都争相斥责，吹毛求疵，恨入切骨来作虐，好像只要善于谩骂就可以了，大多不能折其中而取其正，做到公平合理。如果能按礼义为门作为标准，举正义为路来确定标准，然后使违背约法不走正路的人就像折断了手臂，对走入歧途的人就像砍掉了脚趾，何必写那些污秽的话，丑陋的辞，以辱骂别人的弊病为巧妙呢！因此，树立规范，运用标准，应该明确体制；一定要使理论有规范，文辞有法度。掌握法家不别亲疏贵贱善能裁断的长处，秉承儒家文辞的风格，不畏强霸的人，正气要流露于笔墨之中，不许纵容伪善从恶的人，使声势在文章之外震动，这样的弹劾奏书才称得御史大夫专席的雄文和正义的壮举啊！

## 原文

汉景帝刘启

启者，开也。高宗①云“启乃心，沃朕心”②，取其义也。孝景③讳启，故两汉无称。至魏国笺(jiān)④记，始云“启闻”。奏事之末，或云“谨启”。自晋来盛启，用兼表奏。陈政言事，既奏之异条⑤；让爵谢恩，亦表之别干。必敛饬(chì)⑥入规，促⑦其音节，辨要轻清⑧，文而不侈，亦启之大略也。又表奏确切，号为谠(dǎng)言⑨。谠者，正偏也。王道有偏，乖乎荡荡⑩，矫正其偏⑪，故曰谠(dǎng)言也。孝成称班伯之谠言⑫，言贵直也。自汉置八能⑬，密奏阴阳⑭，皂囊⑮封板，故曰封事。晁错受《书》，还上便宜⑯。后代便宜，多附封事，慎机密也。夫王臣匪躬，必吐謇(jiǎn)谔⑰，事举人存，故无待泛说也。

**[注释]**

①高宗：殷高宗，名武丁，殷代帝王。

②“启乃心，沃朕心”：为高宗的话，见于《尚书·说命上》。乃，你。沃，灌溉滋养。朕，我，秦始皇以后才为帝王专用的自称。

③孝景：西汉景帝刘启。古代因要避讳帝王的名，所以不用或用别的字来代替。

④笺：小幅的纸，便笺。

⑤异条：和下句的“别干”，比树的分条别枝，指以奏为主，启是分支。

⑥敛：聚集，收拢。饬：整治。敛饬，收敛谨饬，指启是短篇说的。

⑦促：短，紧缩。

⑧辨要：辨析要点。轻清：简明。

⑨谠言：直言。

⑩“王道有偏”二句：《尚书·洪范》说：“无偏无党，王道荡荡。”党，朋，为私利结合者。荡荡，广阔无际的样子。

⑪其偏：指王道违反正道。

⑫孝成：汉成帝刘骜。班伯：西汉文人，班彪的伯父，班固的伯祖，汉成帝时做中常侍官。汉成帝问班伯，屏风上画纣王醉后拥抱妲己的意义，班伯说，戒淫乱的原因在喝醉。成帝赞美他说了直言。

⑬八能：八个懂音乐、天文、地理诸事的人，他们在冬至日奏乐，探索阴阳节气变化，秘密上奏。

⑭阴阳：指各种自然、社会现象变化的情况。

⑮皂囊：黑色的皮囊。

⑯“晁错受《书》”二句：晁错从伏生学《尚书》，回来后向文帝建议办便利适宜的事，称“便宜”。便宜，本指应办的事，借指一种上行公文，取便于公宜于民之意，即便利适宜。

⑰謇：正直，直言。谔：说话正直的样子。

### [ 译文 ]

“启”，就是开的意思。殷高宗说：“敞开你的心扉，灌溉我的心田。”就是取的这个意思。汉景帝名叫刘启，为了讳避，所以两汉的奏都没有称启的。到三国时魏国的书信，开始称“启闻”。在奏事末尾，有的称“谨启”。自从晋代以来，启这种文体非常盛行，作用兼有表和奏。陈述政见，讲明事实，即是奏这种文体的分支；辞让封爵，感谢恩典，也是表这种文体的别支。文字必须收敛谨饬合乎规矩，使其音节短促，辩论扼要，文辞轻快，既讲究文采但不侈丽，这些也就是写作“启”的大概要求。还有“表”“奏”这类文体讲究准确切实，所以称为“谠言”。“谠”，就是纠正偏差。王道的“表”“奏”有了偏向，那便违背了《尚书》里“只有不偏不倚，王道才广阔久远”的教言。说话没有偏向，所以才叫作谠言。汉成帝称赞班伯的话是“谠言”，就是因为班伯的话正直无偏。自从汉代设置了会奏音乐的八能士，探索阴阳节气变化然后秘密上奏，他们用黑色的囊袋把奏文密封起来，所以这类奏书又称“封事”。西汉的晁错被奉派到伏生那里学习《尚书》，回来后上奏了“便利适宜”。后代“便宜”一类的奏书，都加了密封，为的是谨慎地保守机密。王臣不是考虑自身的安危，一定要说正直的话，而这样的事和人多有列举和保存，所以就无须再泛泛议论了。

## 原文

赞曰：皂饬司直[①]，肃清风禁[②]。笔锐干将[③]，墨含淳（chúnzhèn）鸩[④]。虽有次骨，无或肤浸[⑤]。献政陈宜，事必胜任。

### [ 注释 ]

①皂饬：奏书，启书。司直：汉官名，专门掌管检举揭发违法乱纪之事。

②风禁：风化政教之所禁。风，风化。

③干将：吴人干将所铸宝剑。干将本是春秋时吴国人，与妻莫邪善铸剑，于是以其名作剑名。

④淳鸩：浓厚的毒酒。用鸩鸟头上的羽毛泡的毒酒。指奸恶之人诬告人的奏书。

⑤肤浸：切肤之痛和浸润的谗言。

［译文］

总结：弹劾的奏书执拿在司直手里，肃清风化那歪风邪气。笔锋比宝剑干将还要锐利，墨汁犹如含有浓厚的毒酒。虽有那深刻至骨的耿直之言，但不用谗言伤人。进献政见陈述合宜的意见，都必须靠奏和启才能胜任。

# 议对第二十四

## 题解

《议对》的“议”和“对”都是文体的名称，都是议政和对策的文章。“议”有议论的意思，与一般的议政文不同，主要在于是就有不同意见的大政方针问题向帝王陈述意见和建议的文章。“对”是对策，即“议”的另一种样式，又分为“对策”与“射策”两种，是针对考试科目的不同而分的。“对策”是回答帝王的策问；“射策”是针对政事中的问题献计献策。

全篇分两部分：一、讲“议”的含义、意义、起源和评论魏晋以前的主要代表作品。论“议”体的基本写作要求。二、讲对策、射策的含义、起源和评论两汉魏晋的代表作品，对策、射策的基本写作要求。

“议”和“对”这两种文体，关系着国家的大政方针，所以刘勰认为写作“议”和“对”都要慎重，要求对所议问题必须有所了解，不能凭空驰骋才华而无实际的作用。另外还主张知识分子应成为“练治”而“工文”的通才，既精通治理国家大事，又精通写作“议”“对”这一类文章。

## 原文

“周爰(yuán)咨谋”①，是谓为议。议之言宜②，审事宜也。《易》之《节卦》：“君子以制数度③，议德行。”《周书》曰：“议事以制，政乃不迷。”④议贵节制⑤，经典之体⑥也。昔管仲称轩辕有明台⑦之议，则其来远矣。洪水之难⑧，尧咨四岳⑨，宅揆(kuí)之举，舜畴(chóu)五人⑩。三代⑪所兴，询及刍荛(ráo)⑫。春秋释宋⑬，鲁僖(xī)预议⑭。及赵灵胡服，而季父争论⑮；商鞅变法，而甘龙交辨⑯。虽宪章无算⑰，而同异足观。

[注释]

①周爰咨谋：见于《诗·小雅·皇皇者华》。周，遍。爰，于。

②宜：合理。

③制数度：制定礼仪等级。制，法度；数，礼数；度，量。

④“周书”三句：《尚书·周官》有“议事以制，政乃不迷”的话。

⑤节：约束。制：法度。

⑥体：体制，指要求。

⑦管仲：春秋时齐国政治家。轩辕：黄帝，古时帝王。明台：相传黄帝议论政治的地方。见《管子·桓公问》。

举贤贡能

武工礼贤下士，对姜尚十分尊敬，遇有大事，都要找姜尚商议。

⑧洪水之难：相传唐尧时洪水的灾难。

⑨尧咨四岳：《尚书·尧典》有尧就洪水为灾向四岳咨询商议的记载。咨，和人商议。四岳，四方诸侯的首领，尧问四岳治理洪水的人选。

⑩宅揆之举：举荐政务官。宅，处在。揆，度量，度量人选。畴：谁，问谁可任。朝臣向舜推举禹、弃、契、皋陶、垂五人。《尚书·舜典》中有"舜畴五臣"的记载。

⑪三代：指黄帝、唐尧、虞舜。

⑫刍荛：打柴者，指老百姓。

⑬春秋释宋：《春秋·僖公二十一年》：宋襄公被楚军俘虏，鲁僖公与楚成王会盟，劝楚释放宋襄公。

⑭鲁僖预议：鲁僖公参与议论释放宋襄公的事。预，同"与"，参与。

⑮"赵灵胡服"二句：《史记·赵世家》载，战国时赵武灵王改革服装，改穿胡人服装，便于骑射，他的叔父公子成反对，展开了争辩。赵灵，赵武灵王。季父，即叔父公子成。

⑯"商鞅变法"二句：《史记·商君列传》载，商鞅主张变法，推行法治，遭到秦孝公的大臣甘龙的反对，展开了激烈的辩论，最后还是被秦孝公所采纳。商鞅，秦孝公大臣，法家。

⑰宪章：法制，指写"议"的法则。无算：无数，指多。

## [译文]

《诗经》说："于是诚心地访寻贤人来商量。"可见普遍的访问谋划就是说的"议"。"议"之所以说是说话得宜，就是因为考查事情仔细周密因而得宜。《周易》的《节卦》说："君子用节制来制定法度，议论德行。"《尚书·周官》说："按照一定的法度来议事，政事才不会迷误。"议事贵在有节制，这是经典的要求。从前管仲说，轩辕黄帝在明台上面议论国家大事，这就说明"议"的由来已经很久远了。洪水为患时，尧便去询问四方诸侯的首领，推举出任政务的人选，舜和五位大臣筹谋商量。黄帝、唐尧、虞舜这三代所以兴盛，就是因为连打柴的老百姓的意见也征求到了；春秋时代楚国释放宋襄公，是因为鲁僖公参与商议了这件事。到战国时代，赵国的武灵王改革改穿胡人的服装，季父公子成和他展开了辩论；秦国的商鞅主张变法，大臣甘龙便和他交锋论辩。虽然这些争论根据的法则很多，但其中的同异是可以看出来的。

## 原文

陆机《饮马长城窟》

陆机是江东名士，所作文章辞灿理实，深含机锋。

迄至有汉，始立驳[1]议。驳者，杂也，杂议不纯，故曰驳也。自两汉文明，楷式[2]昭备，蔼蔼[3]多士，发言盈庭[4]。若贾谊之遍代诸生[5]，可谓捷于议也。至如吾丘之驳挟弓[6]，安国之辨匈奴[7]，贾捐之之陈于珠崖[8]，刘歆之辨于祖宗[9]，虽质文不同，得事要矣。若乃张敏之断轻侮[10]，郭躬之议擅诛[11]，程晓之驳校事[12]，司马芝之议货钱[13]，何曾蠲(juān)出女之科[14]，秦秀定贾充之谥(shì)[15]，事实允当，可谓达议体矣。汉世善驳，则应劭(shào)[16]为首；晋代能议，则傅咸[17]为宗。然仲瑗(yuàn)博古，而铨贯有叙[18]；长虞识治，而属辞枝繁。及陆机断议[19]，亦有锋颖，而腴[20]辞弗剪，颇累文骨，亦各有美，风格存焉。

### [注释]

①驳：马色不纯，引申为杂。

②楷式：典范。

③蔼蔼：美盛的样子，指人才济济。

④发言盈庭：发言之声满朝廷。见于《诗经》。盈，满。

⑤诸生：诸老先生，指朝臣。

⑥“吾丘”句：《汉书·吾丘寿王传》载，汉武帝时，丞相公孙弘上书主张禁

民携带弓弩，吾丘寿王认为使民不能自救而废弃学弓箭，不方便，所以反对这一主张。

⑦安国：韩安国，字长孺，西汉大臣。辨匈奴：《史记·韩长孺列传》载，汉武帝时，匈奴请和亲，有人主张伏兵袭击，韩安国认为不宜和匈奴结怨，所以不赞成。

⑧贾捐之：字君房，贾谊之曾孙，西汉大臣。陈于珠崖：《汉书·贾捐之传》载，汉元帝元年，珠崖郡反叛，出兵镇压结果却反叛更多，于是贾捐之主张放弃，元帝听从了他的主张。珠崖，今海南地区。

⑨刘歆之辨于祖宗：《汉书·韦玄成传》载，朝中有人认为，汉武帝庙已过五世应毁，不宜为汉武帝建立宗庙，认为不能把他和祖宗并列祭祀。刘歆认为武帝功大，称世宗，不宜毁，哀帝听从了他的意见，驳斥了这种主张。

⑩张敏：东汉大臣。断轻侮：《后汉书·张敏传》载，汉章帝时人们认为杀了侮辱父亲的人，可以不死，后来据此制定了《轻侮法》。张敏上奏议否定了《轻侮法》。

⑪郭躬：东汉大臣。擅诛：擅自诛杀。《后汉书·郭躬传》载，汉明帝时，窦固和秦彭率军出击匈奴，秦彭依军法斩了人，窦固认为副帅无权杀人，于是奏他越职擅权，请求斩杀秦彭。郭躬认为副帅驻军别处，军情紧急，不及请示主帅，可以按法处决。明帝听从了他的意见。擅，超越职权。

⑫程晓：三国时魏大臣。校事：刺探官民言行的小吏，随便抓人加刑，罪名昭著，程晓于是上书主张取缔校事官职。

⑬司马芝：三国时魏大臣。《晋书·食货志》载，魏文帝时废除货币五铢钱，改用谷、帛实物交换，结果出现了很多弊病。司马芝上书主张恢复使用五铢钱，明帝接受了意见恢复用钱。

⑭何曾：西晋人。《晋书·刑法志》载，何曾认为妇女未嫁时，父母有罪应从罪，但是出嫁以后，不应该受母家牵连办罪，于是改定刑律。蠲：免除。出女：出嫁之女。

⑮秦秀：西晋人。贾充：西晋武帝时官至尚书令，专以谄媚取容。《晋书·秦秀传》载，贾充子死后，用外孙继承其子，违反礼制。秦秀建议定贾充的谥号为荒。

⑯应劭：字仲瑗，东汉文人，有驳议三十篇。

⑰傅咸：字长虞，善为奏议谏书。

⑱铨：评论。叙：次序。

⑲断议：指陆机论《晋书》的断限。

⑳腴：肥。

### [译文]

到了汉代，才开始设立驳议制度。“驳”，就是杂的意思。议论的意见很多不纯，所以叫作驳。自从两汉礼制昌明，作为模范的仪式明白具备，人才济济，发言议论的声音充满了整个朝廷。如贾谊代表所有的朝臣发表的意见，可以算得发表议论敏捷的人了。至于吾丘寿王批驳禁止百姓挟带弓弩的主张，韩安国辩论不宜对匈奴进行进攻的问题，贾捐之反对继续派兵镇压珠崖叛乱的意见，刘歆为汉武帝建立宗庙的辩护，虽然各自的质朴和文华不同，但是都抓住了辩驳的问题的要点和叙述的要领了。至于张敏请求废弃《轻侮法》，郭躬为秦彭的辩护，程晓建议废除校事官一职，司马芝议论恢复五铢钱的制度，何曾主张免除株连出嫁女的法律条文，秦秀为贾充定谥为"荒"的奏议，都是事实确当公允，可以说是明白了"议"这种体制了。汉朝善于写驳议的，以应劭为首领；晋朝作议的能手，则以傅咸为第一。应劭博古通今，所以他的驳议议论通贯有条有序；傅咸懂得国政的治理，然而他作议文却文辞重复琐碎。到陆机议论编写《晋书》所载历史的断限，颇有锋芒，但是辞采过多没有删削，显得累赘，损害了文章的骨力，但也各有自己的优点，保持了各自的风格。

## 原文

夫动先拟议①，明用稽疑②，所以敬慎群务，弛张③治术。故其大体所资④，必枢纽经典⑤；采故实⑥于前代，观通变⑦于当今；理不谬摇其枝，字不妄舒其藻。又郊祀⑧必洞于礼，戎事⑨必练于兵，佃谷⑩先晓于农，断讼⑪务精于律。然后标以显义，约以正辞，文以辨洁⑫为能，不以繁缛(rù)为巧；事以明核为美，不以环隐为奇。此纲领之大要也。若不达政体，而舞笔弄文，支离⑬构辞，穿凿⑭会巧，空骋(chěng)其华，固为事实所摈(bìn)⑮；设得其理，亦为游辞⑯所埋矣。昔秦女嫁晋，从文衣之媵(yìng)，晋人贵媵而贱女⑰；楚珠鬻(yù)郑，为薰(xūn)桂之椟(dú)，郑人买椟而还珠⑱。若文浮于理，末胜其本⑲，则秦女楚珠，复存于兹矣。

### [注释]

①拟：用前事作比。议：议论得失。

②明用稽疑：见于《尚书·洪范》。稽疑，考查疑点。

③弛张：《礼记·杂记下》："一张一弛，文武之道也。"用来调节，是周文王、武王管理政治的方法。张，拉紧；弛，放松。

④资：凭，依。

⑤枢纽经典：以经典为关键。枢纽，关键。

⑥实：典故史实。

⑦通变：发展变化。

⑧郊祀：祭祀。郊，祭天。

⑨戎事：军事。

⑩佃谷：种植谷物。

⑪断讼：诉讼、断狱。

⑫辨洁：辨析明洁。

⑬支离：分散。

⑭穿凿：牵强附会。

⑮摈：遗弃、排除。

⑯游辞：浮游之辞。

⑰“秦女嫁晋”三句：《韩非子·外储说左上》：秦君嫁女与晋公子，穿文绣衣的陪嫁女七十人，晋人爱陪嫁女儿贱秦君女。文衣，纹彩华丽之衣。媵，陪嫁的女人。

⑱“楚珠鬻郑”三句：故事见于《韩非子·外储说左上》。鬻，卖。椟，匣子。

⑲末：指“议”的形式。本：指“议”的内容。

快哉亭

写“议”一定要突出中心，勿作过多夸饰，喧宾夺主。好的“议”应论点突出，文辞简洁，如此画般疏朗开阔。

[译文]

有行动先要比较议论，明察可疑的事，为了恭敬谨慎地处理各种事务，使得统治的方法张弛有致。所以写“议”的主要依据，一定以经典的内容为关键；采取前代的典故史实，观察当今的各种继承变化；说理不荒谬，用字不随便。还有，祭天祭神一定要熟悉礼仪，论军事方面应很熟悉兵法，论种庄稼方面一定先要通晓农事，判断官司方面的议文务必要精通法律。然后突出论点来显示它的意义，用严正的文辞加以概括，文辞明辨简洁为确当，不以繁冗缛丽为妙；叙事述理以明确扼要为美，不以曲折隐晦为奇特。这些就是写作议这种文体的纲要。如果写议文不注重解决国家政务中的问题，而只是玩弄笔墨，文辞支离破碎，内容牵强附会，徒然运用辞藻，终为客观事实所摈弃；即使说得有道理，也要被浮游的文辞所埋没。从前秦国国君把女儿嫁给晋国公子，随从陪嫁女都穿着彩衣、打扮得很漂亮，结果晋人看重陪嫁的女子而看不起君王的女儿；楚国人把珠宝装在用香料熏过的精致的匣子里，结果郑国人买了匣子而退还了宝珠。如果写议文只讲究华丽的文辞，使文辞掩盖了事理，枝节胜过了主体，那秦人嫁女、楚人卖珠的笑话，又出现在这里了。

## 原文

又对策[1]者，应诏而陈政也；射策[2]者，探事[3]而献说也。言中理准，譬射侯[4]中的，二名虽殊，即议之别体也。古者造士[5]，选事考言[6]。汉文中年，始举贤良[7]。晁错对策，蔚为举首[8]。及孝武[9]益明，旁求[10]俊乂(yì)，对策者以第一登庸[11]，射策者以甲科[12]入仕，斯固选贤要术也。观晁氏之对，验古明今，辞裁[13]以辨，事通而赡(shàn)[14]，超升高第，信有征[15]矣。仲舒[16]之对，祖述《春秋》[17]，本阴阳之化[18]，究列代之变，烦而不慁(hùn)[19]者，事理明也。公孙[20]之对，简而未博，然总要以约文，事切而情举，所以太常居下，而天子擢(zhuó)上也[21]。杜钦[22]之对，略而指事[23]，辞以治宣，不为文作。及后汉鲁丕[24]，辞气质素，以儒雅中策，独入高第。凡此五家，并前代之明范也。魏晋已来，稍务[25]文丽，以文纪[26]实，所失已多。及其来选，又称疾不会[27]，虽欲求文，弗可得也。是以汉饮博士，而雉(zhì)集乎堂[28]；晋策秀才，而麏(jūn)兴于前[29]。无他怪也，选失之异耳。

### [注释]

①对策：汉代取士的考试制度之一。天子在简策上提出有关政事、经义的问题，要应举的人回答。

②射策：汉代取士的考试制度之一。主试者将疑难题写在很多的简册上，把题目遮住然后由应试者自己取答。

③探事：原意是射策者探取一密封试题，刘勰在此指探究事理。

④射侯：射箭靶。侯，射布，张挂以受矢，即箭靶。

⑤造士：被选拔到国学里去的士人，指学而有成之士。

⑥选事：选取，举荐官员之事。考言：考试辞令。

⑦“汉文中年”二句：《汉书·文帝纪》说，十五年九月，文帝命诸侯王公卿郡守推举贤良能直言极谏者，由天子亲自策问考查。这是汉代举贤良之始。中年，中期。

⑧“晁错对策”二句：指晁错的《贤良文学对策》，是汉文帝选拔人才所作，在参加对策的百余人中最好。

⑨孝武：汉武帝。

⑩旁求：广求。俊乂：杰出人才。

⑪登庸：升用。登，升；庸，用。

⑫甲科：汉代射策，按试题大小、难易分甲乙科。

⑬裁：断。指晁错的对策文辞善于裁断，即文辞简练精要。

⑭赡：富。

⑮征：证验。

⑯仲舒：董仲舒，其有《举贤良对策》三篇。

⑰祖述《春秋》：宗祖阐述《春秋》之学，即儒家之学。

⑱阴阳之化：董仲舒《举贤良对策》以阳为德，阴为刑，主张任德教而不任刑，将阴阳变化之学用于帝王统治。

⑲烦：即繁，繁琐。恩：乱。

⑳公孙：公孙弘，西汉时期文人。

㉑“太常居下”二句：《汉书·平津侯传》：公孙弘被推荐对策，作对策者有百余人。太常官将他的对策列为下等。汉武帝看后，将其升为第一。擢，提升。

㉒杜钦：西汉文人。作有《举贤良方正对策》和《白虎殿对策》。

㉓略而指事：简略而有所专指。《汉书·杜钦传》载，汉成帝召敢于直谏者对策，杜钦对成帝提的问题回答简略，而在文末指出好色的害处。

㉔鲁丕：东汉文人，其《举贤良方正对策文》主张“从民之所欲，除民之所恶”，所以称为“儒雅”。

㉕稍：渐。务：求。

㉖纪：记述综理。

㉗称疾不会：《晋书·孔坦传》：大乱之后，远方秀才孝廉到京都免除策对考试。后又恢复了考试，推举来的人都称病不肯应试。不会，不参加，即不去会试。

㉘“汉饮博士”二句：《汉书·成帝纪》：成帝命博士行饮酒礼，有野鸡飞来停在堂上叫，当时人认为是不祥之兆，但这与选举人才无关，这里只是用来作对偶。博士：汉代学官名，专管传授儒家经学。雉，野鸡。

㉙“晋策秀才”二句：事见《晋书·五行志》。麇，獐子，似鹿较小。

董仲舒

西汉大儒，向汉武帝上书对策，建议“罢黜百家，独尊儒术”，从而奠定了儒家的独特地位。

[译文]

还有对策，是对答诏书所提问题而向天子陈述自己的政见；射策，就是为了探究事理而向天子奉献自己的意见。言辞说得中肯，事理又说得准确，就如同射箭射中了靶心一样，对策和射策两种文体的名称虽然不同，但都是属于“议”的另一种体裁形式。古代造就的人才，选拔能办事的，考试善辞令的。汉文帝中期，开始诏令诸侯王公卿和地方官郡守举荐贤良。晁错回答汉文帝提问的《对策文》最好，被举荐为第一名。到了汉成帝更为显著，广泛访求人才，对策的人因第一而被提升任用，射策的人射中了甲科便入仕做官，这确实是选拔贤才的重要方法。看看晁错的《对策文》，检验古代来说明当今，文辞有裁断而辩明事理，论事通达而丰富，他能够超群出众，高升第一，确实完全是有根据的。董仲舒的《对策文》，根据《春秋》的大义，本着阴阳两气相生的变化，研究各个时代的政治演变，文辞多而不繁琐混乱，是由于明白事理的缘故。公孙弘的《对策文》，简明扼要而不旁征博引，然而他能总括要点而文辞简约，事情切合而情理昭举，所以太常官虽然把它定位下等，而汉武帝却把它擢升为上等。杜钦的《对策文》，对答得简略，却肯切地指出了他的好色事实，他的文辞因治事而作，不为辞藻而作文。到了东汉的鲁丕，他的对策文辞质朴，以儒家的正论合于对策，说到了点子上，因此他独自考入高等。以上这五家的对策文，都是前代公认的典范。从魏晋以来，渐渐追求文辞的华丽，以文辞来记载讲求实际的对策文，不足之处就多起来了。到他们被推举来应选，又假称有病不参加对策，虽然想征求对策文，也不能得到了。所以西汉成帝举行的博士饮酒礼，有野鸡飞来停在堂上；晋成帝召会各州郡的秀才举行对策考试，有麇鹿出现堂前。这没有什么怪异，只不过是选材失当的怪异罢了。

## 原文

夫驳议偏辨，各执异见；对策揄扬（yú yáng）[1]，大明治道。使事深于政术，理密[2]于时务；酌三五[3]以熔世，而非迂缓[4]之高谈；驭（yù）权变以拯[5]俗，而非刻薄之伪论。风恢恢[6]而能远，流洋洋[7]而不溢，王庭之美对也。难矣哉，士之为才也！或练治而寡文，或工文而疏治，对策所选，实属通才。志足文远[8]，不其鲜[9]欤！

芳渚临流

优秀的“驳”文就如汤汤流水，泛滥铺陈。

[ 注释 ]

①揄扬：宣扬。

②密：密切，结合。

③三五：错综。从各种情况的对照比较中，求得一个存乎其中而又出乎其上的新结论。

④迂缓：濡滞、徐舒。

⑤拯：救。

⑥恢恢：广大的样子。

⑦洋洋：水盛大貌。

⑧志足文远：《左传·襄公二十五年》："仲尼曰：'志有之言，以足志。文以足言，不言。谁知其志，言之无文，行而不远。'"足，成。

⑨鲜：少。

[ 译文 ]

驳偏重辩论事理，各自持有不同的见解；对策宣扬理论，大力阐明治理天下的道理。对策如能使所述的事宜符合治国之道，所说的道理密切结合当时政务；能斟酌各种错综复杂的情况来陶铸世俗，而不是迂腐不切实际地高谈阔议；运用通权达变来拯救世俗，而不是刻薄的谬论。如果论议能像狂风的广大而吹到远方，像水的盛大而能不泛滥，那就是朝廷上的优秀对策文了。难得呀，有才的士人！有的熟练于治理政务却缺乏文才，有的精通作文章却又疏远治理政务，通过对策所要选拔的是那些既会治理国家又有文采的，这种人确实是通才。思想能充分表达，文采传播久远，这样的人才不是很少嘛！

## 原文

赞曰：议惟畴(chóu)[①]政，名实相课[②]。断理必刚，摛(chī)辞无懦。对策王庭，同时酌和[③]。治体高秉，雅谟(mó)远播。

[ 注释 ]

①畴：同"筹"，谋划。

②课：考核。

③和：应和。

[ 译文 ]

总结："议""驳"用来筹谋政治，考核名称和实际。论断事理必须刚健果敢，运用文辞不要软弱。当面对策在那帝王朝廷，同一时刻就要斟酌应和。论治的体裁要牢牢掌握，雅正的议谋才会向远方传播。

# 书记第二十五

**题解**

《书记》的“书”和“记”都是文体的名称。本篇主要讲论“书”“记”,附论其他各种应用文。“书”指书信,“记”指笺记。笺记也是书信的一种,按照汉代的规定,对文职的公府上书称为“奏笺”,对武职的郡将上书称为“奏记”。从中可以看出主要是指私家的文书。

全篇分三部分:一、讲“书”的含义、起源、发展、两汉魏晋以前书信的写作运用情况,最后提出了写作的基本要求。二、讲“记”“笺”的含义、产生、代表作品及其特点与写作基本要求。三、讲其他各种应用文。主要是逐条解说各种名称的含义,偶尔举出几篇作品加以说明。最后强调这些作品文辞于己于国的重要意义,希望文人不要忽视它。

我国古代“书”“记”这类应用文中优秀作品很多,并且具有很高的文学价值,例如司马迁《报任安书》、嵇康《与山巨源绝交书》等,在我国文学史上都有重要的地位。本篇附论的其他各种文体,多只是一些应用文,有的并不成为一种文体,文学价值不大,但对于民间谚语的肯定,却值得重视。

## 原文

大舜云:“书用识(zhì)哉!”[1]所以记时事也。盖圣贤言辞,总为之书,书之为体,主言[2]者也。扬雄曰:“言,心声也;书,心画也。声画形,君子小人见矣。”[3]故书者,舒也。舒布其言,染之简牍(dú)[4],取象于夬(guài)[5],贵在明决而已。三代[6]政暇,文翰[7]颇疏。春秋聘(pìn)[8]繁,书介[9]弥盛。绕朝赠士会以策(kuài)[10],子家与赵宣以书[11],巫臣之责子反[12],子产之谏范宣[13],详观四书,辞若对面。又子叔敬叔进吊书于滕(téng)君[14],固知行人挈(qiè)[15]辞,多被翰墨矣。及七国[16]献书,诡丽辐辏(fú còu)[17];汉来笔札[18],辞气纷纭[19]。观史迁之《报任安》[20],东方之《谒公孙》[21],杨恽(yùn)[22]之《酬会宗》,子云之《答刘歆(xīn)》[23],志气盘桓[24],各含殊采,并杼(zhù)轴乎尺素[25],抑扬乎寸心。逮后汉书记,则崔瑗(yuàn)[26]尤善。魏之元瑜[27],号称翩翩[28];文举属章,半简必录[29];休琏(liǎn)[30]好事,留意词翰,抑其次也。嵇康《绝交》,实志高而文伟矣[31];赵至赠离[32],乃少年之激昂[33]也。至如陈遵占辞,百封各意[34];祢衡代书,亲疏得宜[35],斯又尺牍(dú)之偏才[36]也。详诸书体，本在尽言，言所以散郁陶[37]，托风采，故宜条畅[38]以任气，优柔以怿怀[39]。文明从容，亦心声之献酬[40]也。

司马迁

[注释]

①书用识哉：见于《尚书·益稷》。识，记录。

②主言：主管记言。

③“言，心声也”数句：见于扬雄《法言·问神篇》。

④染：犹写，是六朝文人的惯用语。简牍：竹简、木简，古代用于记录的工具。

⑤夬：夬卦，表决断。《周易》卦名，六十四卦之一。

⑥三代：指尧、舜、禹三代。

⑦文翰：即文章笔墨。翰，笔。

⑧聘：古代国与国之间遣使访问称聘。

⑨书介：信使，书使。

⑩绕朝赠士会以策：《左传·文公十三年》记载，晋国用计使晋在秦国的大臣士会回国，士会动身离开秦国时，秦国大夫绕朝送给他一片竹简，并对他说：“你不要认为秦国没有人才，只不过我的意见不被采用罢了。”表明他明知士会一去不回。

⑪子家与赵宣以书：《左传·文公十七年》记载，晋灵公因为郑国和楚国往来，对晋不专一，诸侯集会时不和郑穆公相见。郑大臣子家便派人送信给晋大臣赵宣子，说明郑国使陈蔡两国归附晋国有功，使晋国和郑国结盟。

⑫巫臣之责子反：《左传·成公七年》记载，楚国叛将巫臣逃往晋国，送信给楚大臣子反，子反谴责他们的罪行，声明要使他们疲于奔命死去。

⑬子产之谏范宣：《左传·襄公二十四年》记载，晋国大臣范宣子执政，搜刮钱财很多，使诸侯负担很重，郑国政治家子产写信批评他，劝他减轻向诸侯国收取财物，免得诸侯国对晋国不满。

⑭子叔敬叔进吊书于滕君：《礼记·檀弓下》：滕成公死后，鲁国子叔敬叔去吊丧并送上国书。子叔敬叔，鲁昭公臣。滕，国名。

⑮行人：外交使节。挈：携带。

⑯七国：指战国时代。

⑰辐辏：车轮中的直木叫辐，轮辐在车中心叫辐辏，文中指聚集。

⑱笔札：书信。

⑲纷纭：盛多的样子。

⑳史迁：司马迁。他遭宫刑后，老朋友益州刺史任安得罪将处死，写信给他，要他为朝廷“推贤进士”，营救他。于是司马迁写了《报任安书》，讲他为了救李陵而受腐刑，愤慨不满，为了完成《史记》写作而忍辱活着，表示不能相救。

㉑《谒公孙》：指东方朔《谒公孙弘书》，已亡佚。

㉒杨恽：司马迁的外孙。为人坦率，好揭人阴私，被人陷害，免为庶人。回乡后仍买田地、修公馆。其友孙会宗劝他不要这样，他作《报孙会宗书》回信大发牢骚。

㉓子云之《答刘歆》：刘歆写信给扬雄索取扬的《方言》，扬作《答刘歆书》说他搜集各地方言，积二十年，尚未定稿，不能出示，定稿后再出示。

㉔桓：流连，指郁结。

㉕杼轴：织机，指组织。尺素：书信。素，生帛，古人书写用生帛长一尺余。

㉖崔瑗：《后汉书·崔瑗传》说崔瑗“高于文辞，尤善为书记箴铭”。

㉗元瑜：阮瑀的字，三国时期魏文人。

㉘翩翩：曹丕的《与吴质书》称他“书记翩翩”，指风度美好。

㉙“文举属章”二句：《后汉书·孔融传》记载，魏文帝曹丕很喜欢孔融的文章，征募天下有献出孔融文章的，就给予奖赏，即使半简也抄录。文举，孔融的字。半简，半篇，指残缺的文章。

㉚休琏：应璩的字，三国时魏文人。擅长书信。

㉛嵇康《绝交》：山涛为选曹郎，举荐嵇康代替自己任尚书吏部郎，嵇康作《与山巨源绝交书》拒绝。书中称自己“非汤武而薄周礼”，所以说“志高”。山涛，字巨源，原是嵇康好友，后依附司马氏。

㉜赵至：字景真，西晋文人。赠离：指赵至《与嵇茂齐书》。

㉝激昂：《与嵇茂齐书》的内容情绪激昂慷慨。

㉞“陈遵占辞”二句：陈遵，西汉游侠。《汉书·游侠·陈遵传》说他到河南做太守上任时，叫会写信的官吏十八人代笔写信给亲友数百封，全部由其口授，亲疏分寸都掌握得好。占，即口占、口授。

㉟“祢衡代书”二句：祢衡，东汉末文人。《后汉书·文苑·祢衡传》说祢衡为黄祖做书记，轻重疏密，各得其宜。因此黄祖称赞他写出了自己心里的话。

㊱尺牍：书信。偏才：与众不同的特殊才能。

㊲郁陶：郁结。

㊳条畅：通畅，条贯。

㊴优柔：宽舒，从容。怿怀：使心情愉悦。

㊵献：进酒，指奉献。酬：答酒，指报答。

[译文]

嵇康

嵇康为竹林七贤之一，撰写的《与山巨源绝交书》言辞激烈、中肯畅达，读来如在眼前。

大舜说："书是用来记录的啊！"所以人们用它来记录时事。因为圣人贤人的言辞在竹简、帛绸上记下来通通都叫书，所以"书"作为一种文体，主要是记言语的。扬雄说："语言是从心里发出来的声音；书写是从心里发出来的文字。声音文字表现出来，君子和小人就看出来了。"所以说，"书"就是发布的意思。发布一个人的言语，记录在简牍上，那是借取夬卦卦象的形式，重在明白决断罢了。尧、舜、禹三代政务不繁忙，书记的使用颇为稀疏。春秋时代，聘会访问繁多，传达书信的使官越来越盛行。秦国的绕朝把策书送给晋国的士会，郑国的子家把书信送给晋国的赵宣子，逃跑的巫臣从晋国送书信谴责楚国的子反，郑国的子产写谏书给晋国的范宣子，详细看看这四封书信，它们的文辞就好像是面对面地说话一样。还有鲁国子叔敬叔奉吊书前去吊唁滕国成公的去世，从这里我们知道，那时使者所带去的言辞，大多被记录了。到战国时代各国递呈的书信，诡诈华丽的文辞汇集在一起；汉代以来的笔札书信，文辞缤纷，语气复杂。看司马迁的《报任安书》，东方朔的《谒公孙弘书》，杨恽的《报孙会宗书》，扬雄的《答刘歆书》，他们心志和意气郁结，各自具有独特的文采，组织成书信，在书信里把内心的情感或抑或扬地表达出来了。到了东汉，书记的写作则以崔瑗尤其擅长。三国时魏的阮瑀，写作书信素有风度美好的称誉；孔融写作的篇章，受到曹丕的推崇，就是半篇曹丕也要将其录记下来；应璩爱好写作书信，在文辞笔墨上很是留心用意，这些人算是第二类的作者吧。嵇康的《与山巨源绝交书》，确实是志气高洁而文辞宏伟了；赵至为赠送离别而写的《与嵇茂齐书》，乃是年轻人慷慨急迫情感的表现。至于游侠陈遵，他口授代笔的上百封书信，每封都各有各的用意；祢衡为黄祖代笔写信，对于亲近疏远的人写得都很得当，这又是写书信的一技之长啊！详细总结书信的体制，根本在于说尽自己想说的话，用来消散心头的郁积，寄托各自的感情，所以写作书信时应当条达舒畅来显示气势，无拘束地说出自己的情怀。书信往来写得文辞明显、从容自然，也是心声的交流啊！

## 原文

若夫尊贵差序，则肃以节文[①]。战国以前，君臣同书。秦汉立仪[②]，始有表奏。王公国内，亦称奏书。张敞[③]奏书于胶后，其义美矣。迄至后汉，稍有名品[④]，公府[⑤]奏记，而郡将奉笺[⑥]。记之言志，进己志也。笺者，表也，表识其情也。崔寔(shí)[⑦]奏记于公府，则崇让之德音[⑧]矣；黄香[⑨]奉笺于江夏，亦肃恭之遗式矣。公幹[⑩]笺记，丽而规益[⑪]，子桓[⑫]弗论，故世所共遗。若略名取实，则有美于为诗矣。刘廙(yì)[⑬]谢恩，喻切以至；陆机自理[⑭]，情周而巧，笺之为善者也。原笺记之为式，既上窥乎表，亦下睨乎书，使敬而不慑(shè)，简而无傲，清美以惠其才，彪蔚以文其响，盖笺记之分也。

[注释]

①肃：敬。节文：调节、控制文辞，此指按礼仪法度行事。

②秦汉立仪：《章表篇》说“秦初定制”“汉定礼仪”。仪，法度、法规。

③张敞：西汉文人，杨恽的好友。他做胶东王刘寄的相时，王太后几次外出游玩打猎，他上书提出批评，劝其不要出去打猎。

④名品：名位等级。

⑤公府：王公大臣的官府，指王公大臣。

⑥郡将：一郡的长官称郡守，兼管武事的称郡将。笺：小幅的纸，即便笺、纸条。

⑦崔寔：东汉文人，曾做大将军梁冀的司马。作有《奏记公府梁冀》，文已失传。

⑧德音：有德者之音，指作品。

⑨黄香：东汉文人，封建时代著名孝子，江夏安陆（今湖北安陆市）人，曾为该地写了《奉笺江夏文》，文不存。他曾经向江夏太守刘护上奏笺，表示恭敬。

黄香

⑩公幹：刘桢的字，东汉末文人。他的笺记有《谏曹植书》和《答魏文帝书》。

⑪丽而规益：指文辞华美而有规劝之益。上述两笺都是丽而规益的作品。

⑫子桓：曹丕的字。他的《典论·论文》中没有称赞刘桢的书、记。

⑬刘廙：三国时魏文人。其弟因事被诛，本当连坐，曹操特予原谅，只贬其官职，他上书谢恩。书中有“起烟于寒灰之上，生华于已枯之木”等比喻，十分恰切。

⑭陆机自理：《晋书·陆机传》载，陆机受赵王伦谋反的牵连，被捕入狱。靠成都王颖、吴王晏“救理”得释。陆机得释后写了《谢吴王表》《与吴王表》《谢成都王笺》，对自己被疑受诬都有所申辩。自理，即自我申理、申辩。

[译文]

至于尊贵地位的差别与顺序，就要严肃地按礼仪法度行事。战国以前，君王给臣子写信，臣子给君王写信，都称作“书”。秦代和汉代确立各种体制，臣子对君主开始称奏、表。在诸侯王公国内部，也称为奏书。张敞给王太后的奏书，文辞和意义都很美。到了东汉，“书”和“记”这两种文体的名称才逐渐有所区别，上书三公府称“奏记”，而上书郡将称“奉笺”。记是把言语记下来，是为了向上进献自己的意志。笺，就是表明的意思，表明自己的情意。东汉崔寔的《奏记公府梁冀》，那是表达谦让的美好声音；黄香的《奉笺江夏文》，也是留下来的恭敬的模范。三国魏刘桢的笺记，文辞雅丽而又有益于规劝，但因曹丕的《典论·论文》中没有提到，所以为当世和后世遗忘。倘使抛开虚名不予计较而只看实质，那他的笺记比他作的诗还要美。刘廙向曹操谢恩的奏笺，比喻极为贴切；陆机向吴王申述辩白的奏笺，情理周到而文辞工巧，这些都是好的奏笺作品。考究笺和记的体裁，既是向上观察吸取了“表”的一些特点，也向下睨视吸取了“书”的一些特点，使其恭敬谨慎但并不像“表”那样表现了诚惶诚恐的畏惧心情，虽简易随便但并不像“书”那样任凭气性有些傲慢的样子，用清新的风格来显示它的才华，用华藻的文辞来显示它的影响，大概是“笺”“记”的基本特点。

## 原文

夫书记广大，衣被[①]事体，笔札[②]杂名，古今多品[③]。是以总领黎庶[④]，则有谱、籍、簿、录；医历星筮(shì)[⑤]，则有方、术、占、式；申宪[⑥]述兵，则有律、令、法、制；朝市[⑦]征信，则有符、契、券、疏；百官询事，则有关、刺、解、牒(dié)；万民达志，则有状、列、辞、谚。并述理于心，著言于翰，虽艺文之末品，而政事之先务[⑧]也。

[注释]

①衣被：覆盖，包括。

②札：读书时摘记的要点和心得，这里指零星记载的一些文字。

③品：类。

④黎庶：百姓。黎、庶都是众的意思。

⑤筮：古代用蓍草占卦。

⑥申宪：明法。

⑦朝市：朝廷与市肆。

⑧先务：首要事务。

[ 译文 ]

“书”“记”包括的范围很广，包括各种记事的体裁，笔札名称繁杂，从古到今有各种名目。所以关于总领黎民百姓登记的，就有“谱”“籍”“簿”“录”；记载医术、历法、星象、卜筮的，就有“方”“术”“占”“式”；申明法令讲述兵法的，就有“律”“令”“法”“制”；朝廷和商业作信用证明的，就有“符”“契”“券”“疏”；各种官吏之间询问事情的，就有“关”“刺”“解”“牒”；万众百姓表达情志的，就有“状”“列”“辞”“谚”。所有这些，都是为了表述心中的想法，在笔札上写下言辞，虽然是各种文辞中的下品，但是治理政事的要务。

## 原文

故谓谱[①]者，普也。注序世统[②]，事资周普[③]。郑氏谱《诗》[④]，盖取乎此。

籍[⑤]者，借也。岁借民力，条[⑥]之于版。《春秋》司籍[⑦]，即其事也。

簿者，圃(pǔ)[⑧]也。草木区别，文书类聚。张汤、李广，为吏所簿[⑨]，别情伪[⑩]也。

录者，领[⑪]也。古史《世本》[⑫]，编以简策，领其名数，故曰录也。

方者，隅[⑬]也。医药攻病，各有所主，专精一隅，故药术[⑭]称方。

术者，路也。算历极[⑮]数，见路乃明。《九章》积微[⑯]，故以为术。淮南《万毕》[⑰]，皆其类也。

占者，觇(chān)[⑱]也。星辰飞伏[⑲]，伺候乃见。登观书云[⑳]，故曰占也。

式[㉑]者，则也。阴阳盈虚，五行消息[㉒]，变虽不常，而稽之有则也。

[ 注释 ]

①谱：谱是列表记载氏族世系，起于周代。古代谱、表音义相同。如《史记》的《三代世表》的表。

②注序：指编写。世统：世代相承的发展系统。

③周普：周代王朝家族的世代谱系。

④郑氏谱《诗》：郑氏，郑玄，东汉著名经学家。他所著《诗谱》，把《诗经》分国以后，再同诸侯国世次结合编成。

⑤籍：名册之类。

⑥条：条列记录。

⑦《春秋》：指解释《春秋》的《左转》。司籍：掌管籍册。

⑧簿：记事的文书、册子。圃：菜园。

⑨“张汤、李广”二句：张汤，西汉著名司法官。李广，西汉名将。他们二人都受到传讯，由官吏按照文书来传问两人，要分别事实的真假。

⑩情伪：真假、真伪。

⑪录：记录。领：统帅，有总括的意思。

⑫《世本》：古代史书。记录从黄帝以来帝王诸侯及卿大夫的世系、名号，加以总括记录。

⑬方：药方、医方。隅：角落。

⑭术：这里指有关数学的著作。

⑮极：穷尽。

⑯《九章》：指古代数学专著《九章算术》。积微：从细微处计算。

⑰淮南《万毕》：淮南王讲方术的书称《淮南万毕经》。

⑱占：视，观察征兆以知吉凶。觇：窥视。二字义近、音近。

⑲飞伏：指往来、升降、盈虚的变化。

⑳登观书云：《左传·僖公五年》：“公既视朔，遂登观台以望而书，礼也。”

㉑式：同“栻”，古代占时日的器具。这里指占时日的记载。

㉒阴阳：本义为日光的背向，向日为阳，背日为阴。事物的正反两方面，用这个概念来解释自然界物质势力消长变化。盈虚：指盛衰。五行：金、木、水、火、土五种物质元素。消息：消长，古代思想家认为“五行”相克相生，互相制约。

[ 译文 ]

“谱”，就是普遍的意思。记叙世代相承的谱系，必定要周全普遍。东汉郑玄按照《诗》的次序和诸侯的世系编成《诗谱》，就是取法仿效这一点。

“籍”，就是借的意思。一年借用百姓多少人力、物力，逐条写在书版简册上。春秋时代设立了司籍官员专门主管户籍，就是指的这件事。

“簿”，就是园圃的意思。园圃里不同的蔬菜花木要区分种植，像文书的分类编辑。西汉的张汤和李广，被官吏拿着罪状文簿一一责问审讯，是为了辨别事理的真伪。

“录”，就是总括的意思。古代的史书《世本》，是用简策编连起来的，总括帝王的世系名次，所以叫作录。

“方”，就是角隅的意思。用医药治病，各个药方有它主治的病，专门精于一方面，所以医药治病的方法叫作药方。

“术”，就是路的意思。推算历法，穷极数字，看到运算的方法才能明白。《九章算术》中积累了精妙的算法，所以把它叫作术。《淮南万毕经》都属于这一类书籍。

“占”，就是观察的意思。星辰的流动和隐伏，阴阳的变化，要伺机观察才能见到。登上观察台观察，把云雾等气象灾异的变化记下来，占测判断吉凶，所以叫作占。

“式”，就是法则的意思。阴阳五行的盛衰消长，虽然变化无常，但是稽查考核它们还是有一定法则的。

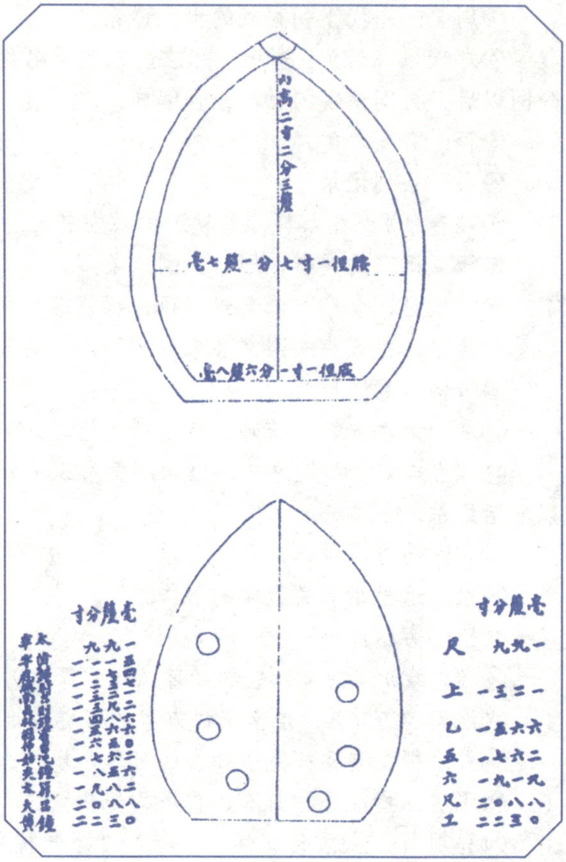

黄钟埙律分

## 原文

律者，中[1]也。黄钟[2]调起，五音[3]以正。法律驭[4]民，八刑[5]克平。以律为名，取中正也。

令者，命也。出命申[6]禁，有若自天。管仲下令如流水[7]，使民从也。

法[8]者，象也。兵谋无方[9]，而奇正[10]有象，故曰法也。

制[11]者，裁也。上行于下，如匠之制器也。

符者，孚[12]也。征召防伪，事资中孚[13]。三代玉瑞[14]，汉世金竹[15]，末代[16]从省，易以书翰矣。

契者，结也。上古纯质，结绳执契[17]；今羌胡征数[18]，负贩记缗（mín）[19]，其遗风欤！

券[20]者，束也。明白约束，以备情伪，字形半分，故周称判书[21]。古有铁券[22]，以坚信誓。王褒《髯（rán）奴》[23]，则券之谐也。

疏[24]者，布也。布置物类，撮(cuō)题近意[25]，故小券短书，号为疏也。

[注释]

①律：指刑律条文。中：中正。

②黄钟：十二律中的第一律，十二律是音乐的十二种调。犹如现代音乐有A调、B调等。

③五音：音有五：宫、商、角、徵、羽。相当于简谱的1、2、3、5、6。

④驭：控制、驾驭。

⑤八刑：《周礼·大司徒》："以乡八刑纠万民：一曰不孝之刑，二曰不睦（和睦）之刑，三曰不姻（不认亲戚）之刑，四曰不弟（不敬兄长）之刑，五曰不任（不信朋友）之刑，六曰不恤（不顾灾危）之刑，七曰造言（造谣）之刑，八曰乱民之刑。"

⑥申：表明。

⑦管仲下令如流水：《管子·牧民篇》："下令于流水之原者，令顺民心也。"

⑧法：指兵法著作。

⑨方：定。

⑩奇正：古代兵法常用术语。当敌为正，旁出为奇。

⑪制：刘向《别录》："文帝所造书，有《本制》《兵制》《服制》篇。"制，制作，指皇帝制定的各种礼仪制度。

⑫符：符合，指有关凭信的文件。孚：信。

⑬中孚：《周易》中有《中孚》卦，表诚信。

⑭二代：指尧、舜、禹三代。玉瑞：以玉为信符。瑞，瑞玉，古代以玉为信符，所以瑞引申为信符。

⑮金竹：铜虎竹使符。金，铜虎符；竹，竹使符，用长五寸的竹箭五枚做成，上刻篆字。二者都是汉代征发兵所用的信符，分两半，右半留京师，左半给地方郡守，符相合，才发兵。

⑯末代：指魏晋以后。

⑰执：拿着。契：刻文字，用文字记事。

⑱羌、胡：都是指少数民族，羌人在西南，胡人在北方。征数：验证数目、数量。

⑲负贩：背负货物从事贩卖。缗：古代用绳子穿一千钱为缗。

⑳券：契约的一种，分割字据为两半，各执一半为凭。用来互相约束。

㉑判书：字写在中间，分为两半，双方各执一份。

㉒铁券：丹书铁券。用丹（红色）写在铁件上的券契。

㉓王褒：西汉文人。《髯奴》：即《责髯奴文》，又名《僮约》。

㉔疏：《诗经》有"孔疏"。疏，分条叙述，含有分布、分疏的意思。

㉕撮题：撮举题要。撮，聚起、集中。近意：切近之意。

焚香读疏

唐宣宗乐闻规谏，每次读大臣疏章奏折，必要先焚香净手，而后展读。

[ 译文 ]

“律”，就是公正的意思。乐律从黄钟的声调奏响开始，宫、商、角、徵、羽五音才得以订正。法律来管理庶民百姓，处理好不孝、不睦等八种罪过的刑法才能公平执行。之所以用“律”来作为名称，就是取其中正的意思。

“令”，就是命令的意思。天子发出命令，申明禁止，如同天帝下达的命令一样威严。管仲下令执行如流水，因他的命令顺民心，所以很容易使百姓服从。

“法”，就是效法的意思。兵法没有一定的，而它的或奇或正有各种物象可以效法，所以兵书叫作兵法。

“制”，就是制造的意思。国家的各种典法制度，从上施行到下面，像匠人制作器物有一定制裁的规矩一样。

“符”，就是诚信的意思。召集聘请，防止伪造，这样的事要靠内心的诚信。在唐尧、虞舜、夏禹三代的时候是用玉作信符，汉朝改用“铜虎竹使符”，后代从简，改用书信了。

“契”，就是结约的意思。上古时代人单纯朴质，用结绳来作契约。现今的羌人、胡人验证数字，商贩记钱，就是上古遗留下来的风俗吧！

“券”，就是约束的意思。明确约束内容，用以防备作伪。“券”字的字形是由“半”和“分”两字组成的，所以周代叫作“判书”。古代有把盟誓刻在金属上的“铁券”，用以表示誓言的坚定可信。西汉王褒的《责髯奴文》，就是诙谐的券书。

“疏”，就是分布的意思。分类布置事物，撮述题记写出相近的意思，所以短小的约券和短小的书契就称作疏。

## 原文

关[①]者，闭也。出入由门，关闭当审[②]；庶务在政，通塞应详[③]。

韩非云："孙亶(dàn)回圣相也，而关于州部。"[4]盖谓此也。

刺者，达也[5]。《诗》人[6]讽刺，《周礼》三刺[7]，事叙相达，若针之通结矣。

解[8]者，释也。解释结滞[9]，征[10]事以对也。

牒(dié)[11]者，叶也。短简编牒，如叶在枝。温舒[12]截蒲，即其事也。议政未定，故短牒咨谋。牒之尤密，谓之为签[13]。签者，纤[14]密者也。

状者，貌也[15]。体貌本原，取其事实；先贤表谥(shì)[16]，并有行状[17]，状之大者也。

列[18]者，陈也。陈列事情，昭然可见也。

辞[19]者，舌端之文，通己于人。子产有辞，诸侯所赖，不可已也[20]。

何进谋杀十常侍

何进欲用计诛杀太后一党，肃清朝政。

谚[21]者，直语也。丧言[22]亦不及文，故吊亦称谚[23]。廛[24]路浅言，有实无华。邹穆公云"囊漏储中[25]"，皆其类也。《牧誓》曰："古人有言，牝(pìn)鸡无晨[26]。"《大雅》云："人亦有言，惟忧用老[27]。"并上古遗谚，《诗》《书》可引者也。至于陈琳谏辞，称"掩目捕雀"[28]；潘岳哀辞，称"掌珠伉俪"，并引俗说而为文辞者也。夫文辞鄙俚，莫过于谚，而圣贤《诗》《书》，采以为谈，况逾于此，岂可忽哉！

[注释]

①关者，闭也：关，关门、关口，是通过的口子，再转为官府间互相关照的

公文。

②审：慎。

③通塞：顺利和阻碍。详：了解。

④“韩非云”三句：见于《韩非子·问田》。关于州部，经由地方官上来。关，经由。刘勰解释为在州县地方官衙处理“关”这类公文，意即做州县地方官。

⑤刺者，达也：刺，探刺，指探事的公文，含有通达之意，探事为了达到某种目的。转为进谒人的名刺，即相当于今天的名片。

⑥《诗》人：指《诗经》的作者。

⑦三刺：《周礼·秋官·司刺》：“掌三刺之法。一刺曰讯群臣，二刺曰讯群吏，三刺曰讯万民。”从刺探转为探问。

⑧解：晋杜预有《春秋经传集解》，用来解释文义。

⑨结滞：积滞、疙瘩。

⑩征：验证。

⑪牒：小简或以小简编成的册。

⑫温舒：西汉临淮太守路温舒。《汉书·路温舒传》载，他少时家贫好学，曾经在牧羊时取泽中蒲叶作书写字。

⑬签：标签，用更小的简标出，像签条。

⑭纤：细。

⑮状者，貌也：状，本为形貌，转为叙述事件情状的公文。汉赵充国有《条上屯田便宜十二事状》。

⑯谥：古代对帝王大臣死后的称号。

⑰行状：文体名称，对死者一生事迹的记载。

⑱列：列本为列叙经过，后来转为辨别的文字。王符《潜夫论》有《卜列》《正列》《相列》《梦列》。

⑲辞：泛指一般言辞，特指辩说、诉讼之辞。

⑳“子产有辞”三句：《左传·襄公三十一年》载，“子产有辞（善于言辞），诸侯赖之”。郑国子产出使晋国，把简陋的宾馆的墙拆掉来容纳车马，并回答晋人责问道：怕暴露损坏了晋向郑征收的财物，不得不做的。

㉑谚：民间谚语，直截了当而短小。

㉒丧言：居丧时说的话。

㉓谚：吊慰死者家属的话，同“唁”。刘勰解释字义经常用这种同音相假的办法，此处有些勉强。

㉔廛：集市。

㉕“囊漏储中”：见于《贾谊新书·春秋篇》，粮袋漏粮在储粮器中，没有漏掉。

㉖“牝鸡无晨”：周武王的话，见于《尚书·牧誓》。牝，雌性鸟兽。

㉗"惟忧用老"：见于《诗·小雅·小弁》，但该诗中没有"人亦有言"的话。

㉘"陈琳谏辞"二句：《后汉书·何进传》载，陈琳反对何进召董卓引兵进京来威胁太后，引用"掩目捕雀"的谚语来谏说：小事尚不可以用欺骗的办法，何况国家大事。比喻不可自欺。

潘岳《秋兴赋》

潘岳才华出众，文辞华美，其文章为时人所推崇。

[译文]

"关"，就是关闭的意思。出入都要由门经过，门的关闭应当审慎；在政事上众多的公务由行政长官处理，顺利或阻止应该详细考虑。韩非说："公孙亶回是圣明的宰相，而他却曾经由地方官出身。"大概就是说这些。

"刺"，就是通达的意思。《诗经》有讽谏之刺，《周礼》说秋官掌管"三刺"的方法，事理经过叙述以相通达，就像针刺解开线疙瘩一样。

"解"，就是解释的意思。解释疑难，用核对来考验事实。

"牒"，就是叶的意思。用短的竹简编成牒，如像树叶长在树枝上一样。路温舒采取蒲叶裁剪成牒用来写书，就是这种事。议谈政事还没有定论，所以用短小的牒文来商量。牒文中更小的一种叫作"签"。"签"，就是细密的意思。

"状"，就是状貌的意思。体现一个人本来的面貌，采取他一生的言行事实而加以追叙；先代贤人死后要定谥号，并且还讲他生平经历的"行状"，这就是最大的状文。

"列"，就是陈列，把事情陈述出来，让人们可以看清楚。

"辞"，就是口头语，通过它把自己的思想传达给别人。春秋时郑国的子产善于说话，诸侯都依赖他；"辞"的作用这样大，真是不可以没有的。

"谚"，就是质直的话。父母丧亡，孝子说话不讲文采，所以吊慰的文辞也称为"谚"。它们是街头巷尾流行的浅俗言语，朴实无华。邹穆公说的"粮从口袋里漏到储粮器里"，就是这类谚语。《尚书·牧誓》里说："古人有句话，母鸡不在早晨啼叫。"《诗经·大雅》说："人们也有这样的话，忧愁过分使人老。"这些都是上古流传下来的谚语，为《诗经》《尚书》所引用了的。至于陈琳劝阻何进的话"遮住眼睛捉鸟雀"，潘岳的哀辞有"掌上明珠、伉俪夫妇"，都是引用通俗的谚语来作文。文辞浅显通俗，没有超过谚语的了，可是圣人贤者所著的《诗经》《尚书》等各种经典和文章，采来作为谈话，何况还有胜过这些的，怎么可以忽略呢！

## 原文

观此众条，并书记所总。或事本相通，而文意各异；或全任质素，或杂用文绮，随事立体，贵乎精要。意少一字则义阙（quē）[①]，句长一言则辞妨。并有司[②]之实务，而浮藻之所忽也。然才冠鸿笔，多疏尺牍（dú）[③]，譬九方堙（yīn）[④]之识骏足，而不知毛色牝（pìn）牡也。言既身文[⑤]，信亦邦瑞[⑥]，翰林[⑦]之士，思理[⑧]实焉。

### [注释]

①阙：缺，不完善。

②有司：官府。

③尺牍：书信，这里指二十四种简短的文字。

④九方堙：古代善相马者。据《淮南子·道应训》载，秦穆公派九方堙求千里马，回来说找到了，秦穆公问是什么样的马，他说“雄的黄马”，派人去牵来看，是雌的黑马。原来九方堙看马的神情，不注意马毛色和雌雄。

⑤身文：自身的文采。

⑥邦瑞：邦国之瑞。瑞，瑞玉。

⑦翰林：指文坛。

⑧理：治。

### [译文]

看看这上面所述的众多条款，都属于“书”“记”所包括的范围。有的内容上是相通的，可是用意却各有差异；有的形式上完全用朴素的语言，有的夹杂着绮丽的文辞，随着内容确立体制，重在精炼扼要。达意时少一个字就缺漏了，行文造句多了一个字文辞就有妨碍。这些都是主管官府必须切实讲究的事务，却被为浮华辞藻的文章作者所忽视的。然而才华出众的第一流的大手笔，却多数疏于书信，好比相马能手九方堙能识别千里马而忽略了马的毛色和雌雄这类小事一样。言语既然能显示个人身份，信用也是邦国的祥瑞，文坛中的人应该想到记录事实。

## 原文

赞曰：文藻条流[①]，托在笔札。既驰金相[②]，亦运木讷（nè）[③]。万古声荐[④]，千里应拔[⑤]。庶务纷纶[⑥]，因书乃察[⑦]。

[注释]

①文藻：文章辞藻，指文章作品。条流：枝条，支流。

②金相：金玉般的质地，指有华藻。相，质。

③木讷：朴质而不善说话，指质朴。

④声荐：声名扬举。荐，举。

⑤应拔：响应选拔。此句和上句指好的书札，在长时间和广大地区都受到推重，流传久远。

⑥庶：众。纷纶：纷纭。

⑦察：明。

[译文]

总结：文章辞藻的众多枝条流派，要依托“书”“记”笔札写下。既是驰骋金玉般的华藻，又运用语言的木讷朴质。万古以来的声名得到它的宣扬，千里外的呼应能得到它的推动。众多政务真是繁杂纷纭，有了“书”“记”才得以明察。

# 神思第二十六

题解

从《神思》至《总术》为创作论，而《神思》为创作论的总纲。

《神思》中的“神思”，即想象，是一种精神活动，与现代所说的形象思维相似。本篇讲如何运用神思来进行文学创作构思，即以想象为特征的艺术构思问题。

全篇分三部分：一、阐述艺术构思的特点和作用。为了更好地构思，就需要作家积极地积累知识，辩明事理，运用好自己的生活经验和提高自己的情致修养。二、通过列举过去的作家，阐述了艺术构思的不同类型。强调在构思中要抓住重点，这样才能取得创作的成功。三、提出艺术加工的必要性，以及艺术构思复杂不易说清楚。

《神思》是我国古代文论中比较全面而系统地论述艺术构思的一篇重要文献。刘勰深入、系统地探讨了艺术构思活动，形成了自己文学创作论的体系，发表了很多创见：初步总结了“神思”的形象性特点；认为“神思”在文学创作中有“杼轴献功，焕然乃珍”的作用；运用“神思”进行文学创作的特点是“规矩虚位，刻镂无形”等。

## 原文

古人云：“形在江海之上，心存魏阙之下。”①神思之谓也。文之思也，其神远矣。故寂然凝虑，思接千载；悄焉动容②，视通万里；吟咏之间，吐纳珠玉之声③；眉睫之前④，卷舒风云之色：其思理之致⑤乎！故思理为妙，神与物游⑥。神居胸臆(yì)⑦，而志气⑧统其关键；物沿耳目，而辞令管其枢机⑨。枢机方通，则物无隐貌；关键将塞，则神有遁⑩心。是以陶钧⑪文思，贵在虚静⑫，疏瀹(yuè)五藏⑬，澡雪⑭精神。积学以储宝⑮，酌理以富⑯才，研阅以穷照⑰，驯致以怿辞⑱。然后使玄解之宰⑲，寻声律而定墨⑳；独照之匠㉑，窥意象而运斤㉒：此盖驭文之首术㉓，谋篇之大端㉔。

[注释]

①“形在江海之上”二句：魏，同“巍”，高。阙，古代君王宫门前的楼。魏阙，指朝廷。引文见于《庄子·让王》，这话的原意是隐居于江湖的人却时刻想着朝廷的爵禄。此处变其意而用，指的是身在这，心却在那，说明人的思考、想象不受时间、空间的限制。

列子御风

列子御风出于《庄子》，列子借助风力可以到达自己想去之处。文章的构思想象也是如此，甚至都不用借助任何外力，只要凝神思考，意识便能到达任何地方。

②悄：静寂无声。动：变化。容：容颜。用容颜的变动来代替眼神的变动。

③吐纳：偏义复词，吐。珠玉之声：犹如珠玉一般清脆悦耳的声音。

④眉睫之前：即眼前。睫，眼毛。

⑤思理：构思。致：造成。

⑥神与物游：神，神思，指想象活动；物，物象，指作家头脑中主观化了的形象。精神和外物一起活动，即思维想象受外物的影响。

⑦胸臆：心胸。臆，胸。

⑧志气：情志、气质。情志和气质支配着构思活动。

⑨辞令：语言或文辞。作家头脑中的形象和语言总是交织在一起的。枢机：关键，即主要部分。

⑩遁：隐避，逃遁。

⑪陶钧：制陶器所用的转轮。此以陶匠用陶钧制作陶器比喻作家酝酿文思。

⑫虚：虚怀。静：安静。贵在虚静：刘勰从先秦道家和荀子那里引入文学创作并加以改造的理论，包含两层意思：一是虚才能全面接纳各种事物并很好地认识事物形象的各方面；二是虚才能在文学创作过程中排除干扰，专心一意，更好地驰骋想象，释放感情。

⑬疏瀹：疏通。五藏：同“五脏”，指心、肝、脾、肺、肾五种器官。古人观念中喜、怒、哀、乐等情感是从五脏发出的。

⑭澡雪：洗涤。以上三句是要求作者思想净化，毫无杂念。

⑮宝：指知识。

⑯酌：斟酌。富：增加，丰富。

⑰研阅：研究观察。照：察看，理解。这句是说通过观察研究尽量去明白事理。

⑱驯致：渐远，逐渐。怿：通“绎”，抽丝也，引申为探究事理。怿辞，研究文辞。

⑲玄解：懂得深奥的道理。宰：主宰，指作者的心、脑。

⑳寻：通“循”，遵照。声律：作品的节奏，此指写作的艺术技巧。定墨：木匠划定墨线为定墨，此喻作家落笔着墨，即写作。这句是说按照音节和谐来安排字句。

㉑独照之匠：承接上文的“元解之宰”而来，指有独到见解的作者。

㉒窥：视。意象：作家想象构思的景象，是主客交融，思想和形象统一的产物。运斤：运，挥动；斤，斧。指运用手中的工具。比喻有独到见解的作者运用自己的想象来写作。

㉓驭文：驾驭写作。术：方法。

㉔端：本。

[译文]

古人说：“身子住在江海的边上，心思却想到朝廷中去了。”这就是说的“神思”。进行文章构思的时候，作者的想象可以不受任何约束，飞翔得十分遥远。只要默默地聚精会神地思考，那念头便可以接触到千年以上；悄悄地改变容颜，视线便好像能够看到万里之外；在吟哦咏唱中间，可以发出如珠似玉般的悦耳声音；在凝神思想之间，眼前就展现出风云变幻的景色。这些都是作文构思时发挥想象力所构成的啊！所以写作构思很奇妙，可以使内心的想象与外物相交接。神奇的想象由作者内心来主宰，而意志和体气是支配它们活动的关键；外物由作者的耳目来接触，而语言是掌管它们的表达机构。当这个机构灵活通畅的时候，那事物的形貌便可以被描绘出来，没有隐蔽得了的；如果支配想象的机构受到阻塞，那神奇的想象就会逃遁隐蔽，也就精神涣散了。所以酝酿文思，着重在虚静心志，清除心里的成见，宁静专一。这就要努力学习，积累学识来储存珍宝，要斟酌辨析各种事理来丰富增长自己的才学，要研究阅历各种情况来进行彻底的观察，要顺着作文构思去寻求恰当美好的文辞。然后才能使深通妙道的心灵，按照声律来安排文辞；就像有着独到看法的工匠能自如挥斧一样，凭着想象来进行创作。这就是驾驭文思的首要方法，也是谋篇作文的重要开端。

## 原文

夫神思方运，万涂竞萌①，规矩虚位②，刻镂无形③。登山则情满于山，观海则意溢④于海。我才之多少，将与风云而并驱矣。方其搦（nuò）翰⑤，气倍辞前⑥，暨（jì）乎篇成⑦，半折心始⑧。何则？意翻空⑨而易奇，言征实而难巧⑩也。是以意授于思，言授于意，密则无际⑪，疏⑫则千里。或理在方寸而求之域表⑬，或义在咫尺⑭而思隔山河。是以秉心养术⑮，无务⑯苦虑，含章司契⑰，不必劳情⑱也。

[注释]

①万途：指思绪众多。涂，同“途”。竞：争。萌：发生。

②规矩：作动词用，按一定规矩加工，指对事物的揣摩。虚位：指存在于作者头脑中虚而不实之物。

③刻镂：雕刻。镂，刻。无形：与“虚位”同意。这两句是说揣摩还没有成型的文思，对尚未具体化的形象加以精雕细刻。

④溢：满出。这两句指构思中想到“登山”与“观海”的情景。

⑤搦翰：拿笔。搦，持、拿；翰，笔。

⑥辞前：作品未写成之前。辞，指作品。这两句指想象比文辞丰富得多。

⑦暨：及。篇成，作“成篇”。

⑧半折：打了一半折扣。心始：心中开始想象的。此句是说写出来的文章不能表达原来的想法。

⑨翻空：即不受限制之意，展开想象的翅膀在空中驰骋。

⑩征实：求实，即把作者的想象具体地写出。难巧：难于工巧。

⑪无际：没有空隙。

⑫疏：疏漏，结合不好，指言不能准确表达意。

⑬理：道理。方寸：心。域表：疆界之外，指很远的地方。

⑭咫：古代长度名，周制八寸，今制六寸。咫尺，比喻距离很近。

⑮秉：掌握。秉心，即操持其心，即训练思想。术：写作方法。

⑯务：求。

⑰含章：包含了美好的文采。含，包含；章，文采。司契：掌握规则。司，掌管；契，证券，契约，引申为规则。

⑱不必劳情：结合《养气》篇“率志委和，则理融而情畅；钻砺过分，则神疲而气衰”，此意为反对“钻砺过分”的“劳情”苦思。

闲看浮云

写文章的时候，各种景象纷至沓来，但是难以捕捉。要将自己的思想贴切表达出来，须加强内心修养，体悟外界的美好，如坐山观云，更能引发文思。

[ 译文 ]

想象刚刚开始运转活动的时候，各种各样的思路、物象都纷纷呈现在眼前，要在没有形成的文思中孕育内容，要在没有定型的文思中雕刻形象。登上高山，情思中就充溢着山间的景色；看到大海，情意就出现了海涛汹涌澎湃风光。想象的才能，好像飞鸟同风云一起并驾齐驱而无法计量。刚刚拿起笔的时候，比起在行文之前要气势充足倍增；可是等到写成篇章后，开始想的东西已经打了一半折扣。为什么会这样呢？想象凭空而起，容易想得奇特，而语言文字却比较实在，所以很难巧妙地表现作者的想象。所以文章的内容受作者的思想感情支配，而言辞又受文章内容的支配。如果文章的内容、作者的思想感情和文章的言辞三者结合得很紧密，那文章就贴切而天衣无缝，反之，疏漏就会相差千里。有的道理就在心里，却要到很远很远的地方去搜求；有的意思就在眼前，却像远隔着高山大河。所以要秉持虚空宁静的心思、加强修养的方法，不在于冥思苦想，要体悟外物的美好，不必去劳心累情。

## 原文

人之禀①才，迟速异分②。文之制体，大小殊功③。相如含笔而腐毫④，扬雄辍翰而惊梦⑤，桓谭疾感于苦思⑥，王充气竭于思虑⑦，张衡研京以十年⑧，左思练都以一纪⑨。虽有巨文，亦思之缓也。淮南崇朝而赋骚⑩，枚皋(gāo)应诏而成赋⑪，子建援牍(dú)如口诵⑫，仲宣举笔似宿构⑬，阮瑀(yǔ)据鞍而制书⑭，祢(mí)衡当食而草奏⑮。虽有短篇，亦思之速也。

祢衡

[ 注释 ]

①禀才：天赋，才能。

②异分：不同。

③殊：不同。功：功用。

④相如含笔而腐毫：相如，司马相如，西汉著名辞赋家。相传他文思不敏捷。含笔，笔浸在墨汁中。毫，毛，指毛笔。腐毫，即毛笔都腐烂了。

⑤扬雄辍翰而惊梦：扬雄，西汉著名辞赋家。惊梦，《新论·祛蔽篇》引扬雄的话说：汉成帝诏令扬雄作赋，精思

苦虑，写好后因困倦小睡，梦见五脏流在地上，惊醒后病了一年。辍翰，停止。

⑥桓谭疾感于苦思：桓谭，东汉政治家、哲学家。他在《新论·祛蔽篇》中说自己年少时羡慕扬雄文章写得好，因苦思太甚而发病。

⑦王充气竭于思虑：王充，东汉思想家、文论家。气竭：气力衰竭。《后汉书·王充传》说，王充闭门潜思，写作《论衡》八十五篇，二十余万言。“年渐七十，志力衰耗，乃造《养性书》十六篇”。

⑧张衡研京以十年：张衡，东汉科学家、文学家。《后汉书·张衡传》说，张衡学习班固的《两都赋》作《二京赋》(《西京赋》《东京赋》)，共花了十年时间。

⑨左思练都以一纪：左思，西晋文人。《文选》卷四《三都赋序》李善注引臧荣绪《晋书》说，左思《三都赋》的构思写作花了十余年时间。一纪，十二年。

⑩淮南：淮南王刘安。崇朝：终朝，指一个早晨。崇，终。

⑪枚皋应诏而成赋：枚皋，西汉辞赋家，文思敏捷。但多为奉命而作。

⑫子建：曹植的字。援：握。牍：简牍，指纸。这句说，曹植拿着木片写文章好像把背诵过的文章抄写下来一样。

⑬仲宣：王粲的字。宿构：头一天就构思好。

⑭据鞍：伏在马鞍上。制书：写文章。

⑮祢衡当食而草奏：当食，指吃饭时。草奏，写出文章。《后汉书·祢衡传》中说，荆州牧刘表一次在和诸文人共同草拟奏书，这时祢衡外出而归见奏书写得不好，很快另写好一篇。又黄射大宴宾客，有人献来鹦鹉，黄射请他赋鹦鹉，他席前很快写好《鹦鹉赋》。

### [译文]

每个人的才能禀赋不同，则文思就存在快慢的差异。文章的体制多种多样，则规模有大有小，功力各异。司马相如笔浸在墨汁里把毫毛都泡烂了文章才写出来；扬雄写文章用力过度，刚停下笔就睡着做了噩梦；桓谭常常因为苦苦思索，以致感疾生病；王充著作由于思虑过度，耗尽了自己的气力精神；张衡用了十年时间精研写作《二京赋》；左思花了十二年光阴创作锤炼《三都赋》。上述名家，虽写的是长篇巨作，但是也说明了其文思的迟缓。淮南王刘安接受汉文帝的诏令一个早晨就写完了《离骚赋》，枚皋总能很快地完成汉武帝的诏令写成赋作，曹植铺开纸写文章就像背诵文章，王粲举笔便成好似写预先写好的文章，阮瑀凭据着马鞍也能很快写好书信，祢衡在宴席上便起草奏书。这些人虽说写的都是短篇，但是也说明了他们文思的敏捷。

## 原文

若夫骏发之士①，心总要术，敏在虑前，应机立断；覃(tán)思②之人，情饶③歧路，鉴④在疑后，研虑方定。机敏故造次⑤而成功，虑疑故愈久而致绩。难易虽殊，并资博练⑥。若学浅而空迟，才疏而徒速，以斯成器，未之前闻。是以临篇缀虑[7]，必有二患：理郁者苦贫[8]，辞溺者伤乱[9]。然则博见为馈[10]贫之粮，贯一为拯[11]乱之药，博而能一，亦有助乎心力矣。

[注释]

①骏发之士：指上文淮南王刘安、枚皋、曹植、王粲、阮瑀、祢衡等人。骏发，指文思敏捷。骏，疾速、快速。

②覃思：深思。指文思迟缓的人写作时因构思深想而用很长的时间。

③情饶：情思富饶纷繁。饶，丰富，此作徘徊、缠绕讲。

④鉴：察看、鉴别。

⑤机敏：指文思敏捷之人。造次：仓促、匆忙。

⑥资：依靠。博练：广泛学习训练。博，博学；练，才干。

⑦临篇：到写文章之时。缀虑：构思。缀，联；虑，思。

⑧郁：郁积，思路郁积不开展。贫：贫乏，没东西可写。

⑨辞溺：指陷在辞藻中。溺，陷。乱：杂乱。

⑩博见：广博地吸取知识。馈：进食，引申为补救。

⑪贯一：贯通统一，指围绕着一个中心或重点。拯：救。

[译文]

至于文思敏捷的人，心里总揽着创作的方法要点，感觉聪敏是在事前有过深思熟虑，所以能够当机立断；文思迟缓的人，思绪纷乱时徘徊不定，想要鉴明事理，要经过研究考虑才能作出决定。文思敏捷，文章能在仓促中写成功；疑虑多，文章要很久才能写成。快和慢、难和易似乎各有不同，但都要依靠学识广博和不断历练。如果学识浅薄而只是慢慢写，才学粗疏却只要写得快，像这样写出好的文章，从来没有听说过。所以创作时酝酿文思，必然有两个困难：文思抑郁阻塞的人苦于想象的贫乏，文辞泛滥的人苦于文理紊乱。可见广博的见闻就成为补救想象贫乏的粮食，贯通统一就成为拯救文理紊乱的药方，能够做到既广闻博见又中心一贯，对创作构思的能力也大有帮助啊！

## 原文

若情数诡杂[1]，体变迁贸[2]，拙辞或孕于巧义[3]，庸事或萌于新意[4]。视布于麻，虽云未贵[5]，杼(zhù)轴献功[6]，焕然[7]乃珍。至于思表纤[8]旨，文外曲[9]致，言所不追，笔固知止。至精而后阐其妙，至变而后通其数[10]，伊挚(zhì)不能言鼎[11]，轮扁不能语斤[12]，其微矣乎！

## [注释]

伊尹

①情数诡杂：情思杂乱不正。情数，指情思。诡杂，诡奇杂乱。诡，奇，不正。

②体变：指体裁。体，体性，风格。迁贸：迁移，变化。贸，移。应该写成短篇的，硬要拉成长篇。此句与上句都指创作中由于未遵循创作的原则所出现的问题。

③拙辞：拙劣的辞。孕：孕育。巧义：巧妙的义理。这句是说不好的文辞有时包含在好的内容之中。

④庸事：平凡的事。庸，平庸。萌：萌芽。这句是说平庸的事例有时也在新奇的内容中出现。

⑤贵：指麻虽不比布贵重。

⑥杼轴：旧式织机上的两个管经纬线的装置。献功：指麻经过杼轴的加工。这里以织造加工来比喻运用想象进行文学的创作构思。

⑦焕然：鲜明、光彩的样子。

⑧表：外。纤：细微。

⑨曲：隐曲、曲折。指文辞以外还没有写到的情致。

⑩变：文体的风格变化。通：通晓、通达。数：方法，规律。

⑪伊挚不能言鼎：伊尹名挚，商汤的大臣，厨师出身。鼎，古代烹调用具，相当于锅，有三足。相传伊尹曾用鼎中味道的变化精微难以口辩来比喻治国平大下的道理也难以言传。

⑫轮扁不能语斤：轮扁，古代传说中制车轮的能工巧匠。斤，斧。此句指轮扁不能说出自己熟练的技术。与上句同来指文章的妙处也是微妙而不能说清的。

## [译文]

如果作品的情思是非诡奇混杂，体制不当而变易多端，拙劣的文辞或许包含精巧的义理，平庸的事物中或许透露出新颖的意思。我们看看布之出于麻吧，原料的麻虽然质地并不比布贵重，但经过织布机的加工，布便会焕发出光彩而成为珍贵之物。至于文思以外的细微奥妙的旨意，文辞之外的隐幽委屈的情趣，这些都是语言所不能言明，笔墨不能表达的。达到最精通的境界才能阐明它的奥妙，掌握它的微妙的变化之后才能精通它的规律，这好比厨师伊挚不能说出鼎中调味的门道，巧匠轮扁不能说出运用斧头的规律一样，真是微妙啊！

## 原文

赞曰：神用象[①]通，情变所孕。物以貌求，心以理应[②]。刻镂声律[③]，萌芽比兴[④]。结虑[⑤]司契，垂帷(wéi)制胜[⑥]。

### [注释]

①用：依，凭借，依靠。象：物象，即客观事物。

②心：感情。理：作品内容。应：反应。

③声律：音乐形象，泛指各种形象。

④比兴：《诗经》的赋、比、兴写作手法。

⑤结虑：专注的构思。

⑥垂帷：垂下帷帐。这句是说，运筹于帐幕中就能克敌制胜，借军事术语来比喻只要能巧妙地运用神思，创作定能成功。

### [译文]

总结：神奇的想象靠物象来贯通，这是作者思想感情变化所育孕的。外物以它的形貌来打动作者，作者的心用情理作为反应。雕刻描绘各种事物形象，萌芽于那《诗经》的比和兴。运用思虑来构成文章，垂下帷幕发愤构思才能取胜。

# 体性第二十七

## 题解

《体性》的“体”是体貌，即作品的风格；“性”是性情、性气，即作家的性格气质。本篇从作品的风格与作家的性格的关系来论述文学作品的风格特色。

全篇分三部分：一、从文学创作的基本问题谈起，指出创作是作者有感而发，发而成文，所以作品和作者的个性气质有着密切的关系。并且认为不同的作者有不同的风格，同时概括出了八种风格的基本特点。二、讲历代十二位作家的个性和作品风格的一致，来进一步表明作品的风格和作者的性格，完全是“表里必符”的。三、讲学习在培养作者、形成个人风格中的地位和作用，主张作者从小就向雅正的作品学习。

刘勰在本篇集中、系统、全面地论述了风格问题，它是我国古代文论中第一篇风格专论，并且正确总结了风格形成的主要原因，明确了风格和性格的关系，强调了后天学习的重要性。

## 原文

夫情动而言形①，理发而文见②，盖沿隐以至显③，因内而符外者也。然才有庸俊④，气有刚柔⑤，学有浅深，习有雅郑⑥，并情性所铄(shuò)⑦，陶染⑧所凝，是以笔区云谲(jué)⑨，文苑波诡者矣⑩。故辞理庸俊，莫能翻⑪其才；风趣刚柔，宁⑫或改其气；事义⑬浅深，未闻乖⑭其学；体⑮式雅郑，鲜⑯有反其习；各师成心，其异如面⑰。

［注释］

①情动而言形：《毛诗序》：“情动于中而形于言。”形，表现，形成。

②见：同“现”，显露。

③隐：隐藏在内，指情理。显：显露在外，指显露表现出来的言辞和文章。

④庸俊：平凡与杰出。庸，平庸；俊，杰出。

⑤气：指作者的气质。刚柔：强弱。

⑥雅郑：雅是周天子辖区内的标准音乐。郑是郑国靡靡之音的音乐。所以以雅为标准，正确；以郑为淫靡，不正确。

⑦情性：指个人的性情气质。铄：冶金，借作形成。

⑧陶染：风俗习惯的陶冶感染。指后天的学与习。

⑨笔区：和下句的“文苑”意同，均指文坛。谲：指变化。

⑩苑：花园。诡：与上面的“谲”同意，指变化。

⑪翻：改变，反转。

⑫宁：岂，难道。

⑬事义：事实义理。

⑭乖：违背，违反。

⑮体：体貌。

⑯鲜：少。

⑰“各师成心”二句：各以成心为师。成心，本心，犹个性。面，面孔、面貌。

李白峨眉山月歌

李白潇洒旷达，故而其诗意境阔大开朗。

[译文]

思想感情的活动自然就形成语言，事情道理的发表就要体现为文章，这是情感从隐蔽到显露，内容由在内到在外的。然而人们的资质才能有平庸的，有杰出的，秉性气质有刚强的，有柔婉的，学识有浅薄的，有渊深的，习染有高雅的，有庸俗的。这些都是由先天的性情才气、后天的习俗所陶冶造成的，因此在文坛上的作品像云气一样变化无穷，文苑上的创作像波涛那样奇象万千。因此，文辞或者理论的平庸或杰出，与作者的天资才能密不可分；文章的风格和情趣的刚健或婉柔，与作者的禀赋气质不会有很大差别；文中用事叙义或浅薄或深刻，不会与作者学识的深浅相反的；文章的体制雅正或绮靡，很少有和作者的习染相对立的；每个人都是根据自己的认识写作，作品正像每个人的面貌各不相同一样。

## 原文

若总其归涂[①]，则数穷[②]八体：一曰典雅[③]，二曰远奥[④]，三曰精约[⑤]，四曰显附[⑥]，五曰繁缛（rù）[⑦]，六曰壮丽[⑧]，七曰新奇[⑨]，八曰轻靡[⑩]。典雅者，熔式经诰[⑪]，方轨[⑫]儒门者也；远奥者，复采曲文[⑬]，经理玄宗[⑭]者也；精约者，核字[⑮]省句，剖析毫厘者也；显附者，辞直义畅，切理厌心[⑯]者也；繁缛者，博喻酿采[⑰]，炜烨（yè）枝派[⑱]者也；壮丽者，高论宏裁[⑲]，焯烁[⑳]异采者也；新奇者，摈[㉑]古竞今，危侧[㉒]趣诡者也；轻靡者，浮文弱植[23]，缥缈[24]附俗者也。故雅与奇反，奥与显殊[25]，繁与约舛(chuǎn)[26]，壮与轻乖[27]。文辞根叶[28]，苑囿(yòu)[29]其中矣。

[注释]

①涂：同“途”，路。

②穷：尽于。

③典雅：典，儒家经典。雅，正。指内容符合儒家经典，文辞庄重正统。

④远奥：深奥隐晦。指内容倾向玄学，文辞玄妙的文章。奥，隐，不显露。

⑤精约：精练简约。指论断精当，文辞精练。

⑥显附：明显。指内容明显清楚、文辞明白通畅的文章。

⑦繁缛：繁丰。指铺叙详尽、文辞华丽的文章。缛，文采过盛。

⑧壮丽：指内容壮伟、文辞豪迈的文章。

⑨新奇：指内容新异、文辞怪奇的文章。

⑩轻靡：轻浮绮丽。指内容浮浅、文辞浮华的文章。

⑪熔式：熔化模仿。熔，铸金属模；式，用作模范。经诰：经典。诰，《尚书》中有《康诰》等文诰，这里用来代表儒家经典。

⑫方轨：并轨，两车并驾而行。指取法经书，采用儒家，文辞庄重的是典雅。方，并。轨，车轮所行的轨道，即车辙。

⑬复采：隐复的文采，隐而不显。曲文：深曲的文意。

⑭玄宗：玄妙的理论。指采用道家，文辞玄妙的是玄奥。

⑮核字：考核用字，即文辞精练的是简约。

⑯切理：切合事理。厌心：合乎心意。厌，心理满足。指不绕弯子说话，意义畅达，道理深入人心的是显附。

⑰酿采：指辞采丰富。酿，酝酿。

⑱炜烨：有光彩，指色彩绚丽。枝派：分支别派，指内容丰富、辞采华丽的是繁缛。

⑲宏裁：大体裁。

⑳焯烁：卓越的光彩。议论卓越、文辞杰出的是壮丽。焯，同“灼”，明白、明显。烁，光芒闪耀。

㉑摈：弃，排斥。

㉒危侧：逼窄，险僻。指不走正路、追求新颖奇巧的是新奇。

㉓植：指内心的情志。

㉔缥缈：虚飘。指内容浅薄、文辞浮靡的是轻靡。

㉕殊：不同。

㉖舛：不合、违背。

㉗乖：违反。

㉘根：根本，指文体风格的由来。叶：枝叶，指文体的各种风格。

㉙苑囿：园林，代指文坛。这里作动词，意为包括。

[译文]

如果总括各种作品所归属的门类，按其特点都可以概括在八种风格之中：第一是典雅，第二是远奥，第三是精约，第四是显附，第五是繁缛，第六是壮丽，第七是新奇，第八是轻靡。典雅，以经典为范式，和儒家著作并行；远奥，就是文采覆蔽隐晦，文意深奥曲折，以道家为主；精约，就是用字扼要造句省约，解剖分析细致入微，毫无差错；显附，就是语言质直，说理畅达明白，合情合理使人满意；繁缛，就是比喻广博，辞采丰富，文章像分支别派的繁茂而有光彩；壮丽，就是议论卓越，体制宏伟，文采突出的；新奇，就是抛弃古代传统，追求新颖，未免走着危险诡奇的路子的；轻靡，就是文辞浮华，立意柔弱乏力，内容空虚缥缈，只知趋时投合时俗而显得庸俗的。所以典雅的风格与新奇的风格相反，远奥的风格与显附的风格殊异，繁缛的风格与精约的风格相违背，壮丽的风格与轻靡的风格相对立。各种文辞生根抽叶发芽滋长，大体上都在这个范围里了。

阮郎归春闺

较之唐诗，宋词显得绮丽哀婉，辞采多浮华轻靡，许多描写闺中思春、怨妇怀人的场景。

## 原文

若夫八体屡迁，功以学成。才力居中，肇(zhào)自血气①；气以实志，志以定言②，吐③纳英华，莫非情性④。是以贾生俊发⑤，故文洁而体清；长卿傲诞⑥，故理侈而辞溢⑦；子云沉寂⑧，故志隐⑨而味深；子政简易⑩，故趣昭⑪而事博；孟坚雅懿(yì)⑫，故裁密而思靡⑬；平子淹通⑭，故虑周而藻密；仲宣躁竞[15]，故颖出而才果[16]；公幹气褊（biǎn）[17]，故言壮而情骇[18]；嗣（sì）宗俶（tì）傥（tǎng）[19]，故响逸[20]而调远；叔夜俊侠[21]，故兴高而采烈[22]；安仁轻敏[23]，故锋发而韵流[24]；士衡矜重[25]，故情繁而辞隐[26]。触类以推，表里[27]必符，岂非自然之恒资[28]，才气之大略哉！

［注释］

①血气：气质。

②“气以实志”二句：见于《左传·昭公九年》。志，思想感情。

③吐：发表。

④情性：情志性气。指作家的思想与个性。

⑤贾生：贾谊，西汉文人。俊发：英俊而意气发扬。指年轻有为，才气卓越。

⑥长卿：司马相如的字。傲诞：傲慢放纵。诞，放荡。

⑦侈：夸大。溢：满。

⑧子云：扬雄的字。沉寂：沉静。《汉书·扬雄传》说扬雄沉默寡言好静思，清静无为少欲望。依时代先后，扬雄应在刘向之后。

⑨隐：晦曲。

⑩子政：刘向的字。简易：平易近人。《汉书·刘向传》说刘向为人平易没有架子。

⑪昭：明白。

⑫孟坚：班固的字。雅懿：文雅深邃。《后汉书·班固传》说班固九流百家之言无不穷究，性宽和容众，不因才能高而看不起人。

⑬靡：细。

⑭平子：张衡的字。淹通：广博通达。《后汉书·张衡传》说张衡通五经，贯六艺，虽然有很高的才华，但是没有骄尚之情。

⑮仲宣：王粲的字。躁竞：性急躁而好竞争。

⑯颖：麦芒尖，指突出、露锋芒。果：果断。

⑰公幹：刘桢的字。褊：狭隘。

⑱骇：惊人。

⑲嗣宗：阮籍的字。《三国志·魏志·王粲传》说阮籍才藻艳逸，而且倜傥放荡。俶傥：即倜傥，洒脱而不受拘束。

⑳逸：超逸。

㉑叔夜：嵇康的字。侠：豪侠。《三国志·魏志·王粲传》说嵇康“文辞壮丽，好言老庄而好奇任侠”。

㉒兴高：旨趣高迈。采烈：言辞犀利、峻烈。

㉓安仁：潘岳的字。轻敏：轻浮敏捷，指善于投机。《晋书·潘岳传》说潘岳

“性轻躁趋世利”，即善于巴结权贵。

㉔锋：文势锋芒。流：流畅。

㉕士衡：陆机的字。矜重：矜持、庄重。《晋书·陆机传》说陆机“服膺（信仰）儒术，非礼不动”。

㉖繁：富、杂。隐：晦。

㉗表：外表，指作品。里：内里，指作者的个性。

㉘恒资：恒久不变的资质，指气质。

[译文]

阮籍

至于文章的八种风格，多有发展变化，它的成功要靠学力修养。说到个人天生的才能，最初由气质所造成；气质用来充实情志，情志用来确定语言文辞，所以作家写出精彩的作品，没有不是同性情有关的。因此，贾谊才气英俊，所以他的文章文辞洁静而风格清丽；司马相如傲慢放纵，所以他的文章文理侈夸而文辞夸饰；刘向为人朴实平易，所以他的文章志趣明白而事例广博；扬雄性情沉静，所以他的文章含意隐晦而意味深沉；班固性格文雅深邃，所以他的文章体裁严密而思想细致；张衡学识广博通达，所以他的文章考虑周到而文辞细致；王粲性情急躁，好与人争，所以他的文章锋芒突出而果断有力；刘桢气量狭小思想偏激，所以他的文章言辞雄壮而情思惊人；阮籍行为豁达，放荡不羁，所以他的文章声韵超逸而声调卓越；嵇康才智过人好奇任侠，所以他的文章旨趣高雅而文采壮丽；潘岳为人轻浮反应敏捷，所以他的文章锋芒毕露而音韵流动；陆机为人矜持庄重，所以他的文章情意繁复而辞意含蓄。由此类推，我们可以看到：外表的文辞和内在的性情气质必然是相符的，从这里不是可以看出作家自然禀赋的一种常有的资质和他们的才气反映到文章写作中来的大略情况吗？

## 原文

夫才由天资，学慎始习，斫梓(zhuó zǐ)染丝[①]，功在初化，器成彩定，难可翻移。故童子雕琢[2]，必先雅制[3]，沿根讨[4]叶，思转自圆[5]。八体虽殊，会通合数[6]，得其环中[8]，则辐辏(fú còu)[7]相成。故宜摹体[9]以定习，因性[10]以练才，文之司南[11]，用此道也。

[注释]

①斫：砍。梓：树名，做木器的木料，作制器解。

②童子：初学写作之人。雕琢：加工玉器，雕刻琢磨，指写作。

③雅制：雅正的作品。指具有典雅风格的文章。

④讨：研究、探讨。

⑤圆：圆通、圆转。

⑦会通：即融会贯通。数：规律。

⑥环中：轴心。《庄子·齐物论》：“枢始得其环中，以应无穷。”

⑧辐辏：车轮中的直木叫辐，轮辐聚在车中心叫辐辏。比作不同风格的交互影响。

⑨体：风格，指典雅的风格。

⑩性：个性，指先天禀赋的资质才性。

⑪司南：指南针。

[译文]

才性是由天资决定的，学习应在初学时慎重，这好比制造车轮、制造木器和丝帛染色一样，功效都在开头显现，否则等到木器做成，色彩染定，就难以改变了。所以初学写作之人，必须先端正体裁，顺沿着它的根本去探究到它的枝叶，那么文思的运转自然圆通。上述文章的八种风格虽然不一样，但是彼此融会贯通合于一定的规则，掌握了这变通的原则，那写文章就可以得心应手，像掌握了车轮的轴心，众多的轮辐便能相辅相成一样。所以应该从摹仿各种风格中来确定自己学习的方向，根据自己的个性和气质来锻炼自己的写作才能，作为写作的指南针，要用这个原则。

## 原文

赞曰：才性异曲，文辞[1]繁诡。辞为肌肤，志实骨髓。雅丽[2]黼(fǔ)黻(fú)，淫巧朱紫[3]。习亦凝真[4]，功沿渐靡(mí)[5]。

[注释]

①辞：作“体”。体：指风格。

②雅丽：丽而不伤正。

③淫巧：过分追求华丽技巧。朱紫：古代以朱为正色，紫为间色。这里用来指各种颜色。

④真：指雅正的风格。

⑤沿：因。靡：通“磨”。

[ 译文 ]

总结：人的才能性格各有区别，文辞风格变化多端。文辞好比肌肤枝叶，情志确实是骨骼根本。典雅华丽有如古代的礼服，淫靡新巧好比杂乱的颜色。学习可以凝练真正才气，收效要靠逐渐地磨冶。

# 风骨第二十八

**题解**

《风骨》的“风骨”一词，原是用来品评汉魏以来人物的词语，指人物的风神骨相。后来又用于绘画，刘勰借用这一用语来论述对文学作品的基本要求。其中“风”是对作品内容方面的美学要求，“骨”是对作品语言文辞方面的美学要求。“风骨”即要求内容富有感染作用和语言刚健挺拔。

全篇分三部分：一、讲“风”“骨”的必要性以及和作品的关系。总的要求是：文辞要准确不易，教育作用要丰富。二、讲文采和“风骨”的关系，强调作品要文采与“风骨”兼备，才是理想的作品。三、讲如何做到作品文采和“风骨”的统一。刘勰认为必须学习经书，同时也参考子书和史书，进而创作新意奇词，才具有较强的感染力。

刘勰的“风骨论”是针对晋宋以来文学创作中过分追求文采而忽略思想内容的倾向提出来的，成为后代人常用的一个文学批评范畴，对于后代文学创作和批评产生了重要的影响。

## 原文

《诗》总六义①，风冠其首②，斯乃化感③之本源，志气之符契④也。是以怊（chāo）怅⑤述情，必始乎风；沉吟⑥铺辞，莫先于骨。故辞之待骨，如体之树骸（hái）⑦；情之含风，犹形之包气⑧。结言端直⑨，则文骨成焉；意气骏爽⑩，则文风生焉。若丰藻克赡（shàn）⑪，风骨不飞⑫，则振采失鲜⑬，负声无力。是以缀虑⑭裁篇，务盈守气⑮，刚健既实⑯，辉光乃新，其为文用⑰，譬征鸟⑱之使翼也。

[注释]

①六义：《诗经》的“六义”是汉人研究总结出来的，即风、雅、颂、赋、比、兴。其中风、雅、颂是《诗经》的三种体裁；赋、比、兴是《诗经》的表现手法。

②风冠其首：“六义”的次序按照《毛诗序》是风、赋、比、兴、雅、颂，风居首位。

③化感：感化，教育。

④志：情志和气势。气：个性、气质。符契：信约，指作品和志气一致。符，古代的凭信之物；契，约券。

⑤怊怅：同“惆怅”，失意的样子。

⑥沉吟：低声吟咏。

⑦骸：骨。

⑧形：指人的形体。气：气血之气。这句比喻风对文情即文章内容的重要。

⑨端直：端正有力。

⑩骏爽：快利爽朗。

⑪丰藻：辞藻丰富。赡：富足。

⑫不飞：指无力。

⑬鲜：明。

⑭缀虑：构思。缀，连接。

⑮守气：守身之气，即生气，生命之气。

⑯刚健：指文辞有骨力。实：切实，指作品的思想内容。

⑰其：指风和骨二者。用：即作用。

⑱征鸟：远飞的鸟。

把酒问青天

苏轼文风豪放，骨力强健，所以他的文章多刚劲有力，富震撼力。

[译文]

《诗经》包括风、雅、颂三种体裁和赋、比、兴三种表现手法，“风”排在第一位，它是感化的根本力量，是作者思想感情和精神气质的具体体现。所以，深感动人地叙述情怀，必须从有感化力量的“风”开始；反复沉吟地铺陈文辞，没有比注意“骨”更重要的了。所以文辞需要有骨力，好像人的形体需要竖起骨架一样；表达感情需要含有“风”，犹如人的形体要包含血气一样。措词端庄正直，正确有力，那文章的骨力就形成了；表现思想感情明快爽朗，文章就有力感人。如果文辞艳丽丰富，而风骨不能飞动，那振振的辞采是暗淡而不鲜明的，也不会有声韵之美。所以运思谋篇，务必充分保持充沛的生气，刚健的文辞切实地表达思想感情，文章才有新的光辉，“风”“骨”对于文章的作用，好比健飞的飞鸟使用有力的双翼一样。

## 原文

故练[①]于骨者，析[②]辞必精；深乎风者，述情必显。捶字坚而难移[③]，结响凝而不滞[④]，此风骨之力也。若瘠(jí)义[⑤]肥辞，繁杂失统[⑥]，则无骨之征也；思不环周[7]，牵课[8]乏气，则无风之验也。昔潘勖(xù)锡魏[9]，思摹经典[10]，群才韬(tāo)笔[11]，乃其骨鲠峻[12]也；相如赋仙[13]，气号凌云[14]，蔚[15]为辞宗，乃其风力遒(qiú)[16]也。能鉴斯要，可以定文；兹术或违，无务繁采。

[注释]

①练：熟练。

②析：考究、分析。

③捶字：指炼字。捶，锻打。坚：指语言精练准确。

④结响凝：使声调有力。滞：死板、呆滞。此句重在练风，凝指抒情确切，不滞指抒情生动。

⑤瘠义：意义贫乏。

⑥统：体统，条理。

⑦环周：圆熟周密。

⑧牵课：勉强。

⑨潘勖：东汉末期文人。锡魏：指潘勖的《策魏公九锡文》。魏公，指曹操。九锡，天子赐给功臣的车马等九大礼品，是最高的赏赐。

⑩思摹经典：潘勖《策魏公九锡文》是仿效《尚书》的笔法写成的。

⑪韬笔：即藏笔。指搁笔不敢再写。韬，弓、剑套，指藏。

⑫峻：高大，挺拔有力。

⑬相如：司马相如。赋仙：指司马相如所作的《大人赋》，该赋写仙人之事。

⑭气号凌云：《汉书·司马相如传》说汉武帝看了《大人赋》之后感到飘飘有凌云气游天地之间的感觉。凌，升、高出。凌云，在云上，驾云。

⑮蔚：盛。

⑯遒：劲。

[译文]

所以熟练把握文章骨力的人，辨析文辞一定精当；能够神通文风的人，表述情志一定明显。字辞捶锻得准确而难以更换，声调韵味凝聚有定却不黏滞，这就是文章有风骨的力量。如果文章命意贫乏，辞藻臃肿，非常繁杂而没有条理，那就是文章缺乏骨力的凭证；如果考虑得不周到，勉强创作而缺乏生气，那就是文章没有风力的证明。从前潘勖作《策魏公九锡文》，构词模拟经典文诰，在他的这篇文章面前，众多文士才子都为之搁笔而不敢再写，就是因为他的文章骨力峻峭挺拔；司马相如写的《大人赋》，称为飘飘然有凌云之气，富有文采而成为辞赋的典范，就是因为它感染人的风力强劲。如果能够借鉴这些要点，就可以写出好的文章；如果违背这一原则，一味追求繁缛的文采，那将毫无益处。

## 原文

故魏文[①]称："文以气[②]为主，气之清浊有体[③]，不可力强[④]而致。"故其论孔融，则云"体气高妙"[⑤]；论徐幹[⑥]，则云"时有齐气[⑦]"；论刘桢[⑧]，则云"有逸气"[⑨]。公幹亦云："孔氏卓卓[⑩]，信含异气[⑪]；笔墨之性[⑫]，殆不可胜[⑬]。"并重气之旨也。夫翚翟(huī dí)[⑭]备色，而翾翥(xuān zhù)百步[⑮]，肌丰而力沉也[⑯]；鹰隼(sǔn)[⑰]乏采，而翰飞戾[⑱]天，骨劲而气猛也。文章才力，有似于此。若风骨乏采，则鸷(zhì)集翰林[⑲]；采乏风骨，则雉(zhì)窜文囿[⑳]。唯藻耀而高翔[㉑]，固[㉒]文笔之鸣凤也。

孔融

### [注释]

①魏文：魏文帝曹丕。这里所引用的话，见于曹丕的《典论·论文》。

②气：指风格。

③清浊：指风格的清浊或刚柔，曹丕认为气质决定风格，所以气质的清或浊即决定了风格的清或浊。清，是俊爽超迈的阳刚之气，即阳刚的风格。浊，是沉郁凝重的阴柔之气，即阴柔的风格。体：体气，即气质、风格。

④强：强求，勉强。

⑤"体气高妙"：是《典论·论文》中评论孔融的话。体气，即风格气质。

⑥徐幹：东汉末期文人。曹丕在《典论·论文》中说他"时有齐气"，因为他为人恬淡优柔，性近舒缓。

⑦齐气：《文选》李善注说："齐俗文体舒缓。"齐（今山东东部）地方人习俗舒缓，影响到文章的风格也舒缓，所以称文气舒缓为齐气。

⑧刘桢：东汉末期文人。

⑨"有逸气"：曹丕《与吴质书》中说："公幹有逸气，但未遒耳。"逸气，超

逸的气质，指高超的风格。逸，超越一般。

⑩“孔氏卓卓”：是刘桢评论孔融的一段话，其出处已不可考。孔氏，指孔融。卓卓，卓越，超出一般。

⑪信：确实。异气：特出的风格。

⑫性：特点、特性。

⑬殆：几乎，差不多。胜：过。

⑭翚：五彩的野鸡。翟：长尾的野鸡。

⑮翾翥：小飞。翥，飞举。

⑯力沉：力弱。

⑰鹰隼：都是凶猛善飞的禽鸟。鹰，老鹰。隼，又名鹘鸟。

⑱翰：高。戾：到。

⑲鸷：凶猛的禽鸟。翰林：翰墨之林，即文艺的园地。

曹丕《思妇》

曹丕文学造诣极高，文章精妙，对文学理论方面也很有研究，他的《典论》成为历代文论的典范。

⑳雉：野鸡。文囿：文苑。囿，园林。

㉑藻耀：辞藻光彩闪耀，指有文采。高翔：高飞，指有风骨。此句指风骨和辞采相统一。

㉒固：乃。

## [译文]

所以魏文帝曹丕在《典论·论文》中说：“文章以作者的风格为主宰，风格的或清或浊由于气质禀赋，不是勉强所能达到的。”所以他评论孔融，就说他“风格气质都很高妙”；评论徐幹，就说他“时常有齐国地方人舒缓的风格气质”；评论刘桢，就说他“有超逸的气质风格”。刘桢也说：“孔融很是杰出，确实具有不同寻常的风格，他的文章妙处，几乎不可赶上。”这些评论，都是重视文章作者的气质禀赋的意思。野鸡具备了各种羽毛，却只能小飞百步那么远，那是因为它们的肌肉太丰满而力量不够；鹰隼没有文采却能高飞到云天之际，那是因为它们的骨力强劲而气势猛厉。文章才力，也和这相仿。假如只有风骨而缺乏文采，那就像文艺园林中鹰隼之类凶猛的鸷鸟；只有文采而缺乏风骨，那就像五彩的野鸡在文艺的园林中乱窜。只有既有藻丽耀眼的羽毛而又能翱翔上天的，才算得是文章中的凤凰。

## 原文

若夫熔铸[1]经典之范，翔集子史之术[2]，洞晓[3]情变，曲昭[4]文体，然后能孚(fú)甲[5]新意，雕画奇辞。昭体，故意新而不乱；晓变，故辞奇而不黩(dú)[6]。若骨采未圆[7]，风辞未练[8]，而跨略[9]旧规，驰骛(wù)[10]新作，虽获巧意，危败亦多。岂[11]空结奇字，纰缪(pī miù)而成经[12]矣。《周书》[13]云：“辞尚体要，弗惟[14]好异。”盖防文滥也。然文术多门，各适所好，明者弗授[15]，学者弗师。于是习华随侈(chǐ)，流遁(dùn)[16]忘反。若能确乎正式，使文明以健，则风清骨峻，篇体光华。能研诸虑[17]，何远之有哉！

### [ 注释 ]

①熔铸：熔炼金属，在铸模中铸造成形，比喻取法经典加以重新创造，同模仿不完全一样。

②翔集：指取法经史诸子使文字写得极为生动，像鸟飞翔一般。术：道路，方法。

③洞晓：洞彻了解，通晓。洞，深。

④曲昭：详悉明白。

⑤孚甲：植物果实的荚壳裂开并萌芽。

⑥黩：亵狎，不严肃，有浮滑意。

⑦圆：圆巧、圆熟。

⑧练：熟练。

⑨跨：超越。略：省略。

⑩骛：追求。

⑪岂：其。

⑫纰缪：谬误。纰，丝缕、布帛等破坏散开。成经：成为经常，经常这样。

⑬《周书》：指《尚书》中的《毕命》。《尚书》中有关周代的文诰属于《周书》。

⑭体：体现，体察。要：要点。惟：独。

⑮明者弗授：明者，指深明创作方法的人，即《神思》所说“不能言鼎”的伊挚和“不能语斤”的轮扁一类人。

⑯流遁：指沉迷在华侈的文风之中。流，游遨无度；遁，逃避、隐。

⑰诸虑：指上述所讨论的诸方面的问题。

### [ 译文 ]

至于依照经书的规范来熔铸提炼创作，吸取诸子史传创作的方法，洞彻通晓感情的变化，详尽明白文章的体制，然后才能像草木百果萌芽新生一样，创造新颖的文意，修饰不平常的文辞。明白了各种体制，才能做到文意新颖而不杂乱；通晓写作上的变化，才能做到文辞奇巧但并不违反严正的修辞手法。倘若骨力和文采还没有圆熟，有关驾驭风力言辞的方法还没有提炼，却要超越旧有的规范，好高骛远去追逐新的创作，虽然能够获得奇巧的文意，然而遭到失败的也很多。难道徒然用了一些奇特的字句，就能把错误看成正常吗？《尚书·毕命》里说："言辞重在体察要领，不只是爱好奇异。"就是为了防止文风的伪滥。然而写作方法多种多样，各人都应当有自己所爱好的方法，所以会写作的人不必把自己的喜好强加于人，善学的人也不用去请教。于是，有的人习染华艳的习气，跟随侈靡的文风跑，流连在侈靡的文风中不知道回头。倘若能够确立正确的体式，使文辞鲜明而又刚健，那么可望风力清新爽朗，骨力高超峻拔，使整篇文章具有光彩。只要能很好研究上述各种问题，那么达到那种境界又怎么会远呢！

黄庭坚

黄庭坚骨力峻拔，江西诗派学其"点铁成金"之法，为宋诗创作开辟了一条新路。

## 原文

赞曰：情与气偕①，辞共体并②。文明以健，珪璋(guī zhāng)乃聘(pìn)③。蔚④彼风力，严此骨鲠(gěng)。才锋峻立，符采克炳⑤。

### [注释]

①偕：同，配合。

②体：风格。并：合、共，统一。

③珪璋：玉制的宝器，古代诸侯朝聘时用的礼物。珪，上尖下圆。璋，形状像半个珪。聘：朝聘，古代诸侯拜见天子称为朝，诸侯之间互派使者问候称为聘。

④蔚：盛，指文采而言。

⑤符采：玉的横纹。炳：即彪炳，光彩照耀。

### [译文]

总结：情思与气质相同偕，文辞和风格相齐并。文章要写得鲜明强劲，才有如珪璋宝玉受到珍重。增强文章强盛有力之风，加强语言文辞严密挺拔之骨。作家锋颖的文才高峻卓立，文章闪烁的华彩显耀。

# 通变第二十九

**题解**

《通变》的“通”，即“会通”，继承；“变”，即“适变”，革新。本篇主要论述了文学创作的继承和革新的问题。

全篇分三部分：一、讲文学继承和革新的必要。刘勰认为各种文体的基本写作原理是一定的，而表现方法却在发生着变化，因此，文学创作对于有定的原理加以继承，对于无定的方法加以革新。二、讲“九代”文学的继承与发展情况，来说明文学史上承前启后的关系，强调二者应该并重。三、讲文学创作中怎样正确地继承革新。

《通变》从“通”和“变”的辩证关系来论述文学的继承与革新不可偏废，这是正确的。针对当时的创作倾向，提出了矫正时弊的主张。刘勰在探讨文学的发展时，发现了文学自身发展的规律，即由质到文的必然性。因此他主张要克服形式主义倾向，不能用否定文学的基本特征、不许文学发展的方法，而只能顺其规律加以引导。其基本办法就是讲“通变”。

## 原文

夫设文之体[1]有常，变文之数无方[2]。何以明其然耶？凡诗赋书记[3]，名理相因[4]，此有常之体也；文辞气力，通变则久[5]，此无方之数也。名理有常，体必资于故实[6]；通变无方，数必酌于新声[7]：故能骋无穷之路，饮不竭之源。然绠(gěng)短者衔渴[8]，足疲者辍(chuò)[9]涂，非文理之数尽，乃通变之术疏[10]耳。故论文之方，譬诸草木，根干丽[11]土而同性，臭(xiù)味晞(xī)阳[12]而异品矣。

[注释]

①体：体裁。

②数：术数，方法。无方：没有定规。

③诗赋书记：指总论从《明诗》到《书记》的文体论各篇说的。

④名理：文体的名称及其写作的原则、原理。因：因袭，继承。

⑤通变则久：《周易·系辞下》中有“变则通，通则久”。通变则久，即能够“会通”“适变”才能长久发展，推陈出新才有永恒的生命力。通，会通，通观历代的创作而求得它的规律。通变，指继承和革新。变，变革。

⑥资于故实：凭借前人的创作，即借鉴前人创作。资，凭借。故实，指前人的创作。

⑦酌：斟酌取舍。新声：新音乐，指新作品。

⑧绠：汲水的绳索。衔渴：即口中干渴。

⑨辍：停止。

⑩疏：生疏、疏漏。只知“通”不知“变”，或只知“变”不知“通”，都是疏漏，也是对“通变”生疏不熟，不善于“通变”。

⑪丽：附着。

⑫臭味：指气类相同。臭，气味。晞阳：晒太阳。晞，晒。

[译文]

文章的体裁有一定的常规，文章写作方法的变化却没有一定的标准。如何知道是这样的呢？诗、赋、书、记等所有文体，它们的名称和创作规格古今是有所继承的，这就说明体裁有一定的常规；文章的气势力量，要革新变通才能不断流传下去，这就说明写作的方法是没有一定框框的。文章名称和它们的创作规格有一定的常规，所以讲体裁一定要借鉴过去的作品；文章写作的变化革新没有一定的框框，所以讲变化一定要参考当代的新作。这样才能在没有穷尽的创作道路上奔驰，汲取永不枯竭的创作源泉。然而汲水绳短的人就会因打不到水而遭受口渴，足力疲软的人往往停步在路途中，这并不是因为创作方法有限，是不擅于变化革新罢了。所以论述创作的方法，可以用草木的生长来比喻，草木的根和干都生长在土地上，这是植物共同的性质，但是各类植物由于吸取阳光的差异，便会成长为不同的品种。

松风阁诗卷

诗歌到了宋代，不复唐时繁荣，但是越来越讲究写作方法。江西诗派尊崇“一祖三宗”，严格遵循、模仿他们的写作方法，作出来的诗歌呆板沉滞。

## 原文

是以“九代”①咏歌，志合文则②。黄歌《断竹》③，质④之至也；唐歌《在昔》⑤，则广⑥于黄世；虞歌《卿云》⑦，则文⑧于唐时；夏歌《雕墙》⑨，缛（rù）⑩于虞代；商、周篇什[11]，丽于夏年。至于序志述时，其揆(kuí)[12]一也。暨(jì)楚之骚文[13]，矩式[14]周人；汉之赋颂，影写[15]楚世；魏之篇制[16]，顾慕[17]汉风；晋之辞章，瞻望[18]魏采。搉[19]而论之，则黄唐淳[20]而质，虞夏质而辨[21]，商、周丽而雅，楚汉侈[22]而艳，魏晋浅而绮[23]，宋初讹[24]而新。从质及讹，弥[25]近弥淡。何则？竞今疏古，风末[26]气衰也。

［注释］

①九代：指黄帝、尧、舜、夏、商、周、汉、魏、晋九个时代。

②志：指“诗言志”。则：法则。

③黄：指黄帝的时代。《断竹》：《断竹歌》，即《弹歌》。其歌辞为：“断竹，续竹，飞土，逐肉。”这首歌谣当是反映上古游猎生活的作品。

④质：朴。

⑤唐：指唐尧时。《在昔》：《在昔歌》，今已不可考。

⑥广：内容广阔。

⑦虞：指虞舜时。《卿云》：《尚书大传》载舜《卿云歌》说：“卿云烂兮，纠缦缦兮。日月光华，旦复旦兮。”

⑧文：文采。

⑨夏：指夏代。《雕墙》：《尚书·五子之歌》的第二首说：“内作色荒，外作禽荒。甘酒嗜音，峻宇（高房）雕墙。有一于此，未或不亡。”此歌讽刺夏帝王太康荒淫好色，败坏国政，大意是说：太康在内荒淫好色，外出享乐打猎，只知喝酒听乐，住豪华的宫廷，有了这样一个人做君主，国家没有不灭亡的。

⑩缛：文采繁盛。

⑪篇什：《诗经》中的雅诗、颂诗，以十篇为一什，这里用以指诗篇。

⑫揆：道。

⑬骚文：指《楚辞》。

⑭矩式：规矩、法式，即取法。

⑮影写：照着影子写，指模仿。

⑯篇制：即诗篇、作品。

⑰顾慕：追慕。

⑱瞻望：意近“顾慕”。瞻，仰视。

⑲搉：扬，大略。

⑳淳：朴厚。

㉑辨：明晰，清楚。

㉒侈：浮夸。

㉓绮：有花纹的丝织物，指艳丽。

《诗经·国风》意境

《诗经》文风质朴，有感而发，为后世咏事诗开启了道路。

㉔宋：指南朝刘宋朝代。讹：怪诞，指伪体，和正确的体裁相反，指写得怪诞。

㉕弥：愈。

㉖风末：冲风之末。冲风，强烈的风。末，末尾、残余。

## [译文]

因此“九个时代”咏唱的诗歌，在情志上都合乎创作发展的法则。黄帝时代的《断竹歌》，算是质朴到极点了；唐尧时代的《在昔歌》，就比黄帝时代的歌谣要丰富些；虞舜时代的《卿云歌》，就比唐尧时代的歌谣富于文采些；夏代的《雕墙歌》，比虞舜时代的歌更富辞采；商、周时代的诗歌，比夏代的歌谣更华丽。至于在表达思想感情、叙述时事方面，它们的原则都是一致的。到了战国末期，楚国的骚体诗，效法周代的一些诗歌；汉代的赋颂，是模仿楚国的作品；魏代作品，追随汉代的文风；晋代篇章的写作，是仰慕魏时的文采。约略说来，黄帝唐尧时代的作品淳厚而质朴，虞舜夏代的作品质朴而明晰，商、周时代的作品华丽而典雅，楚汉时代的作品夸张而艳丽，魏晋时代的作品浅薄而绮丽，刘宋初期的作品讹诞而新奇。从质朴到讹诞，时代越近滋味越淡。为什么会这样？因为大家都竞相模仿近代的新奇而忽略借鉴古代的作品，这是造成文风暗淡文气衰弱的原因。

## 原文

今才颖[1]之士，刻意学文，多略[2]汉篇，师范宋集[3]，虽古今备[4]阅，然近附而远疏[5]矣。夫青生于蓝，绛生于茜(qiàn)[6]，虽逾[7]本色，不能复化。桓君山[8]云：“予见新进丽文，美而无采[9]；及见刘、扬[10]言辞，常辄有得。”此其验也。故练青濯(zhuó)[11]绛，必归蓝茜；矫讹翻[12]浅，还宗经诰[13]。斯斟酌乎质文之间，而檃(yǐn)括[14]乎雅俗之际，可与言通变矣。

[注释]

①颖：禾芒，指秀出，杰出。

②略：忽略、忽视。

③宋集：南朝刘宋文人的作品。

④备：完备、全面。

⑤近附远疏：这里指模仿近代的，疏远古远的。附，靠近。

⑥“青生于蓝”二句：刘勰的意思是从蓝草里可以提炼出青色染料，而青色染料却不能再有什么变化，用来比喻读华丽的文章没有什么收获。蓝，草本植物，从它叶中提取的靛青可作染料。绛，赤色、大红色。茜，茜草，根可作染料。

⑦逾：超过。

⑧桓君山：桓谭，字君山，东汉初文人。这里的话是他《新论》的佚文。

⑨采：采取、收获。

⑩刘：指刘向。扬：指扬雄。

⑪练：煮丝使白，这里指提炼。濯：洗。练、濯都是提炼染料或染色的工序。

⑫矫：纠正。翻：改变、翻转。

⑬经诰：经典。

⑭檃括：矫正曲木的工具，这里指纠正偏向。

[译文]

现今一些有才华的士人，都专心学习写作，可是他们大多忽略汉代的篇章，却去模仿刘宋时代的文章，虽是古今作品都看，但模仿近代肤浅诡异的作品而疏远古代华丽典雅的作品。其实青色是用蓝靛染出来的，赤色是用茜草染出来的，这两种颜色虽然都超过了蓝靛和茜草本来的颜色，但不能再有什么变化了。桓谭说：“我看到新进文人华丽的作品，文辞虽然漂亮，但没有什么可取的；等到看了刘向和扬雄的作品，就往往有所收获。”这就是上述论点的证明。所以煮青和染绛，一定要用蓝靛和茜草，要矫正伪体改变讹滥浮浅的文风，还是要尊崇经书。这样在质朴与文采之间斟酌取舍，在典雅与通俗之际安排妥帖，就可以和他讲继承和革新了。

## 原文

夫夸张声貌[①]，则汉初已极，自兹厥[②]后，循环相因，虽轩翥(zhù)出辙[③]，而终入笼内。枚乘《七发》[④]云：“通望兮东海，虹洞兮苍[⑤]天。”相如《上林》[⑥]云：“视之无端[⑦]，察之无涯[⑧]，日出东沼[⑨]，入乎西陂[⑩]。”马融《广成》[⑪]云：“天地虹洞，固无端涯，大明[⑫]出东，月生西陂(pō)。”扬雄《羽猎》[⑬]云：“出入日月，天与地沓[⑭]。”张衡《西京》[⑮]云：“日月于是乎出入，象扶桑于蒙汜[⑯]。”此并广寓极状[⑰]，而五家如一。

诸如此类，莫不相循[18]，参伍因革[19]，通变之数[20]也。

[注释]

①夸张声貌：主要指辞赋对事物声音形貌的铺张描写。

②厥：其。

③轩翥：高飞。辙：车轮碾压的轨迹，这里指老路。

④枚乘《七发》：枚乘，西汉初期文人，作有《七发》。

⑤兮：《七发》原文作“乎”。虹洞：相连的样子。

⑥相如《上林》：司马相如，西汉辞赋家，有《上林赋》。

⑦端：开始。

⑧涯：边际。

⑨沼：水池。

⑩陂：山坡。

⑪马融：东汉文人。《广成》：马融的《广成颂》。

⑫大明：指太阳。

⑬扬雄《羽猎》：即扬雄的《羽猎赋》。

⑭沓：合。

⑮张衡《西京》：张衡的《西京赋》。

⑯扶桑：传说中的神树，太阳从那里升起。蒙汜：神话中日落的地方。

⑰寓：托喻。状：描绘。

⑱循：沿袭。

⑲参伍：错综。因革：继承革新。

⑳数：规则，方法。

东山秋月

［译文］

对声音形貌的夸张描写，在汉代初期的辞赋里已经达到极点了，自那以后，便循环往复相互因袭，纵然有人想要跳出旧套，却终于落在套子里。枚乘的《七发》说："远望啊东海，广阔无边啊相连的是苍天。"司马相如的《上林赋》说："望起来望不到头尾，细察没有边涯，太阳从东边的池子里出来，落到西边池塘下。"马融的《广成颂》说："太阳从东方出来，月亮从西边的山坡上升起。"扬雄的《羽猎赋》说："太阳和月亮在这里升起来降下，天地之际真是杳冥旷远。"张衡的《西京赋》说："太阳和月亮总是从里面进进出出，就像从扶桑出来又从蒙汜进去一样。"这些极其夸张的描写，五家好像一样。类乎这样，没有不是互相因袭的，必须错综交织，有继承有革新，才是"通变"的规则和方法。

## 原文

**是以规略文统[1]，宜宏大体[2]。先博览以精阅，总纲纪而摄契[3]；然后拓衢(qú)路[4]，置关键，长辔(pèi)[5]远驭，从容按节[6]，凭情以会通，负[7]气以适变，采如宛虹之奋鬐(qí)[8]，光若长离[9]之振翼，乃颖脱[10]之文矣。若乃龌龊(wò chuò)[11]于偏解，矜(jīn)激乎一致[12]，此庭间之回骤[13]，岂万里之逸[14]步哉！**

［注释］

①规略：谋划。统：指总的，根本的事物。

②大体：这里指主体，基本原则。

③摄：取。契：契约，指要点。

④衢路：四通八达的大路。

⑤辔：马缰绳。

⑥节：节拍，节奏。

⑦负：恃，依靠。

⑧宛虹：弯曲的长虹。宛，弯曲。奋鬐：虹背。

⑨长离：古代传说中凤凰一类的灵鸟。

⑩颖脱：锥子尖从袋子里脱露出来，露头角的意思。

⑪龌龊：局促。

⑫矜激：矜恃偏激。矜，夸耀。一致：一得之见。致，至。

⑬骤：驰马。

⑭逸：快。

［译文］

因此规划文章的总纲，应该着重大的方面。首先博览群书并且精研细阅，抓住它们的纲领加以吸收；然后开拓创作的思路，掌握关键，这才能像操纵长长的缰绳驾驭着骏马向远方驰骋，态度从容地按着节拍前进，凭靠真情实感来求变通，依附气质来适应变革，使绚丽的文采像弯曲的长虹弓起脊背，使耀眼的光芒似凤凰振动着翅膀，那才是卓越的作品。倘若局限于片面的理解，矜恃偏激地夸耀自己的一得之见，这好比在庭院中让骏马来回奔跑，哪里是万里长途上驰骋啊！

## 原文

赞曰：文律运周①，日新其②业。变则其久，通则不乏。趋时必果③，乘机无怯④。望今制奇，参古定法。

### [注释]

①文律：写作规律。运周：运转不停，不断发展变化。

②其：将。

③趋时：适应情势。果：果敢决断。

④怯：懦弱。

### [译文]

总结：写作的法则运转不停，日日都有新的文学成就。适应变化创新才能持久，善于继承规律创作才不贫乏。适应时代要求必须果断，抓住时机不要胆怯。面向当今努力创新动人的作品，参考古代确定创作的法则。

# 定势第三十

**题解**

《定势》的“定”是确定、确立的意思；“势”指“文章的体势”，即文章的体裁及其所具有的一定的自然趋势。本篇主要论述了由不同文体所决定的体势问题。

全篇分三部分：一、论体势形成的原理，文学创作要“因情立体，即体成势”是自然的道理，即关键在于事物本身，它的特点决定着与之相应的势。二、讲文章体势的区分虽无严格界限，但是不能混淆。指出不同的文体要求不同的体势，即使一篇中有几种势，也应该统一其基调。三、讲近代作者违反“定势”的原则及其危害，提出“执正以驭奇”的要求。

本篇提出了“因情立体，即体成势”的创作原则，阐明了“情”“体”“势”三者的辩证关系；讨论了“势”和风格、文气的关系与区别。

## 原文

夫情致[1]异区，文变殊术[2]，莫不因情立体[3]，即体成势[4]也。势者，乘利而为制也[5]。如机[6]发矢直，涧曲湍[7]回，自然之趣[8]也。圆者规体[9]，其势也自转；方者矩[10]形，其势也自安[11]。文章体势，如斯而已。是以模经为式[12]者，自入典雅之懿（yì）[13]；效《骚》命篇[14]者，必归艳逸[15]之华；综意[16]浅切者，类乏酝（yùn）藉[17]；断辞辨约[18]者，率乖繁缛（rù）[19]。譬激水不漪（yī）[20]，槁[21]木无阴，自然之势[22]也。

白居易《晚秋闲居》

白居易的诗文平淡质朴，力求能使老妪蒙童明白，也因此少了一些含蓄与典雅。

## [注释]

①情致：情趣，旨趣。

②殊术：不同的方法、方式。

③体：体制、体裁。

④势：体势，指文体的特点构成的自然趋势、势态。

⑤“势者”句：《孙子·计篇》：“势者，因利而制权也。”意思是，势就是趁着有利的条件而进行机动。讲的是军事问题，刘勰取其意稍加变通用于论文。“乘利而为制”即“因利而制权”的意思。权，权变，即机动灵活，随机应变。

⑥机：弩，古代一种弩箭，用机械力量来射箭的弓。

⑦涧：山溪。湍：急流。

⑧趣：同“趋”。

⑨规体：圆形。规，圆规，指圆形。

⑩矩：矩尺，画方形的工具，指方形。

⑪安：稳，平稳安定。

⑫模：仿效。式：榜样。

⑬懿：美。

⑭《骚》：《离骚》，指楚辞。命篇：作文。

⑮逸：高超，卓绝。

⑯综意：用意。

⑰类：大都。酝藉：指有涵养。

⑱辨：明晰。约：简练。

⑲率：大都。乖：违反、不合。缛：文采繁复。

⑳漪：涟漪，微波。

㉑槁：枯。

㉒自然之势：即上文说的“自然之趣”。

## [译文]

由于作者的思想情趣各个不同，因而创作手法也各有变化，但没有不是依照情思来确定文章的体裁、就着体裁来形成一种文势的。这种文势，是乘着便利自然形成的。如机弩一发射，矢箭就端直地疾飞出去了；山涧曲折，溪流因而湍急回旋，都是一种自然的趋势。圆的体积合乎圆规，它的体势自然转动；方的体积合乎矩形，它的体势就自然安定。文章的体裁及其风格，就是这样罢了。所以凡是模仿经典来写作的，自然具有典雅的好处；效法《离骚》命意创作的篇章，必然归进华丽卓越之类；文意浅显切实的，大都不够含蓄；用词明白简练的，大都和丰富多彩不符合。这些都好比急湍的水流中不会有微波，枯槁的树木下没有密密浓荫一样，都是自然的趋势。

## 原文

是以绘事图[①]色，文辞尽情，色糅（róu）[②]而犬马殊形，情交[③]而雅俗异势。熔范[④]所拟，各有司匠[⑤]，虽无严郛（fú）[⑥]，难得逾越。然渊[⑦]乎文者，并总群势：奇正[⑧]虽反，必兼解以俱通；刚柔虽殊，必随时而适用[⑨]。若爱典而恶华，则兼通之理偏，似夏人争弓矢，执一不可以独射也[⑩]；若雅郑[⑪]而共篇，则总一之势离，是楚人鬻（yù）矛誉[⑫]盾，两难得而俱售也。

[注释]

①图：画。

②色糅：色彩杂糅，指调配色彩。糅，糅合、调配。

③情交：不同感情交替。交，交融，融合。

④熔范：熔铸金属的模型，指写作的范本。

⑤司匠：主管的匠师，指师承。

⑥郛：划界的城墙，指界限。

⑦渊：深，指精通。

⑧奇正：原是军事用语，见于《孙子·势篇》，刘勰将其引入文论，奇指新奇，正指雅正。

⑨“刚柔”二句：《周易·系辞下》：“刚柔者，立本者也；变通者，趋时者也。”刚柔，指作品的刚强或婉柔的基本特性。

⑩“似夏人争弓矢”二句：夏代有个人夸自己的弓好说：“我的弓好，没有谁的箭能够配得上。”另一人夸自己的箭好说：“我的箭好，没有谁的弓能配得上。”羿听到后说：“没有弓，怎能射箭？没有箭，怎能射中靶子？”

⑪雅：雅正的音乐。郑：郑声，郑国的靡靡之音。

⑫鬻：卖。誉：夸。

[译文]

因此绘画要讲究色彩，写作文章要尽力表现思想感情，调配颜色画的狗和马的形状才有区别，思想感情有了交错融合，文章的雅与俗就具有不同的体势。作者所拟定学习的范文，都各有各的师承，虽然彼此之间没有严格的界限，却很难越过。然而精于作文的人，都善于综合各种文章体势：新奇和雅正的体势虽然相反，却能融会贯通；刚健和婉柔的体势虽然不同，却能跟着时机加以采用。倘若只是爱好典雅的体势而厌恶华丽的体势，那就偏离了兼晓并通的道理，这好比夏人争弓好还是箭好，各执一端，可是光拿着其中的一样是不可能发射的；倘若典雅的体势和淫靡的体势统一在一篇作品里，那就破坏了统一的体势，这好比楚人卖矛和盾，既要夸矛好又要夸盾好，弄的两样东西都难以卖出去了。

张瀚《端阳龙舟》

张翰是西晋文学家，性格放纵不拘，行文流畅恣肆，见秋风起而思吴中“莼羹”、鲈鱼，弃官还乡者便是。

## 原文

是以括囊①杂体，功在铨（quán）②别，宫商朱紫③，随势各配。章、表、奏、议④，则准的⑤乎典雅；赋、颂、歌、诗⑥，则羽仪⑦乎清丽；符、檄（xí）、书（shū）、移⑧，则楷式⑨于明断；史论序注⑩，则师范⑪于核要；箴（zhēn）、铭、碑、诔（lěi）⑫，则体制⑬于宏深；连珠、七辞⑭，则从事于巧艳：此循⑮体而成势，随变而立功⑯者也。虽复契会相参⑰，节文⑱互杂，譬五色之锦⑲，各以本采为地⑳矣。

［注释］

①括囊：收束在袋子里，指包罗。

②铨：衡量。

③宫商：指宫、商、角、徵、羽五音。朱紫：大红色和紫色，此处代表各种颜色，指辞采。

④章、表、奏、议：文体名称。

⑤准的：准则，作动词。

⑥赋、颂、歌、诗：文体名称。

⑦羽仪：羽毛可以作仪表，即模范。仪，法。

⑧符：符命，歌颂帝王的文章。檄：讨伐敌人的文字。书：书信。移：责备对

方的文书。

⑨楷式：楷模。

⑩史、论、序、注：文体名称。

⑪师范：学习模范。

⑫箴、铭、碑、诔：文体名称。

⑬体制：写作规格、规范。

⑭连珠：用各种比喻来说明道理，各种比喻美妙得像连串的珠子。七辞：即“七体”，用七件事来说明用意。

⑮循：依照，因袭。

⑯功：效。

⑰契会：相互结合。契，约券，指两种不同体势的参合。会，会合，指多种不同体势的会合。相参：不同体势相互参合。

⑱节：声律。文：文采。

⑲锦：彩色的丝织品。

⑳地：锦缎本色作底子。本色不同，好比各种文体的风格也不相同。

[ 译文 ]

所以总括各种文章体势，功效在于权衡辨别加以运用，像音乐有宫商五音，色彩有朱紫五色一样，文章的声律和辞采都要随体势的变化来调配。比如：章、表、奏、议这些文体，就要以典雅作为标准；赋、颂、诗、歌这些文体，就要以清丽作为规范；符、檄、书、移这些文体，就要以明确果断作为楷模；史、论、序、注这些文体，就要以简明扼要作为榜样；箴、铭、碑、诔这些文体，就要求广大深刻；连珠、七辞这些文体，就要求做到巧妙华艳：这都是根据不同体裁构成不同文势，适应变化而收到功效。虽然原则和时机互相关联，音韵的节奏和文辞的色彩可以互相交错，然而好比五色的锦缎，还是用各自的本色作底子。

## 原文

桓谭①称："文家各有所慕，或好浮华而不知实核，或美众多而不见要(yāo)约。"陈思②亦云："世之作者，或好烦③文博采，深沉④其旨者；或好离言⑤辨白，分毫析厘者：所习不同，所务各异。"言势殊也。刘桢(zhēn)⑥云："文之体指，实有强弱⑦，使其辞已尽而势有余，天下一人⑧耳，不可得也。"公幹⑨所谈，颇亦兼气⑩。然文之任势，势有刚柔，不必壮言⑪慷慨(kāng kǎi)，乃称势也。又陆云⑫自称："往日论文，先辞而后情，尚势而不取悦泽⑬。及张公⑭论文，则欲宗其言。"夫情固先辞⑮，势实须泽[16]，可谓先迷后能从善矣。

陆云

陆云为陆机之弟，所作诗颇重藻饰，以短篇见长。为文清省自然，旨意深雅，语言清新，感情真挚。主张“文章当贵轻绮”，开六朝文学先声。

[注释]

①桓谭：东汉初期文人，他的话可能是《新论》的佚文。

②陈思：陈思王曹植。他的话已不可考。

③烦：烦琐、繁多。

④深沉：深隐。

⑤离言：犹断言。

⑥刘桢：东汉末期文人。他的话不可考。《南齐书·文学·陆厥传》说：“刘桢奏书，大明体势之致。”

⑦指：趋向。强：指刚健的体势。弱：指柔婉的体势。

⑧天下一人：具体指何人不详，未必是实指，而是指这样的人很少，不可多得。

⑨公幹：刘桢的字。

⑩气：指作者的气质体现在作品中形成的文体气势。

⑪壮言：激昂豪壮的言辞。

⑫陆云：西晋文人。引文见于《与兄平原书》。平原，陆机的字。

⑬悦泽：美好的文采。泽，润色。

⑭张公：指西晋文人张华。

⑮情固先辞：即《情采》讲的“为情而造文”，《物色》讲的“辞以情发”的意思，这是刘勰的重要文学主张，贯穿全书。

⑯势实须泽：文章体势和文采必须统一，说明刘勰的体势论侧重于表现形式方面。

[译文]

桓谭说：“写文章的都各有所爱好，有的爱好虚浮华丽而不懂得朴实扼要，有的爱好繁冗而不知道精要简约。”曹植也说：“世上的作者，有的爱好博采繁文，以使其命意深沉不露；有的爱好分析言辞辨明语句，剖析毫厘。各人习好的不同，因而所务求的也各有差异。”说明体势有种种分别。刘桢说：“文章的体势确实有强有弱，要是话说完了，文势还很有力，天下只一人罢了，不可得到啊！”刘桢所谈论的，也兼指文体气势。然而文章任随文势，文势有刚有柔，不必一定要豪言壮语、慷慨激昂，才算有势。还有，陆云自称："从前谈论文章，首先重视文辞，然后才考虑文章的感情，又崇尚文章的体势，而不讲究文辞的润色。后来听了张华父子议论作文，便要尊崇他的话。"其实情感本来比文辞重要，体势确实需要润饰，陆云可说是先迷失了方向，后来能接受好的意见了。

## 原文

自近代①辞人，率好诡巧②，原其为体，讹势所变。厌黩（dú）③旧式，故穿凿④取新，察其讹意，似难而实无他术也，反正而已。故文反"正"为"乏"⑤，辞反正为奇⑥。效奇之法，必颠倒文句⑦，上字而抑⑧下，中辞而出外，回互⑨不常，则新色耳。夫通衢（qú）夷坦⑩，而多行捷径⑪者，趋近故也；正文明白，而常务反言者，适俗故也。然密会者以意新得巧⑫，苟异⑬者以失体成怪。旧练⑭之才，则执正以驭奇；新学之锐，则逐奇而失正：势流不反，则文体遂弊。秉兹情术⑮，可无思耶？

### [注释]

①近代：指南朝刘宋时代以来。

②率：大都，大抵。诡：反常。

③黩：厌烦。

④穿凿：牵强附会。

⑤文反正为乏：篆文"乏"作"玉"，和"正"字相反。《左传·宣公十五年》："文反正为乏。"这里有双关的意思，指写作如果违反了正常就会意义贫乏，怪诞不经。

⑥奇：怪诞反常，含贬意。

⑦颠倒文句：如鲍照《石帆铭》把"想彼君子"写成"君子彼想"。

⑧抑：压。

⑨回互：曲折，指颠倒。

⑩夷坦：平坦。夷，平。

⑪捷径：近便的小路。

⑫密会：深切的体会。意新：当作"新意"。

⑬苟异：苟且求异。

⑭旧练：熟练旧体。

⑮情术：指"定势"的原则和方法。

### [译文]

自从近代以来的作者，大都爱好奇巧的文章，考察他们作品的体制，乃是从讹滥新奇这种错误趋势造成的。由于厌弃旧有的雅正文体，所以便穿凿附会追求新奇，考察他们为什么采用这种错误方法好像很难，其实并无奥妙，只是反对正常的做法罢了。所以如“正”字反写便成了“乏”字一样，文辞故意违反正常用法就成了新奇。仿效新奇的方法，必须颠倒字句，把上面的字放到下面，把中间的词放到外面，这样颠倒不正常，就算有新奇的色彩了。大道平坦，很多人却去走小道，那是因为贪图路近的缘故；雅正的文章很是明白，可是人们常追求反常的言辞，那是为了迎合时俗的缘故。然而，精通写作的人能够用新颖的文意写出精巧的文章，只求奇异的就会因违背文体而变成怪诞。熟悉旧体裁的能够依照正常的写法来驾驭新奇；迎合新风气的，则喜欢追逐新奇而违反正常的写作原则。如果这种追逐新奇的趋势不纠正，那文章的正常体统就败坏了。要掌握写作中的这种情况和方法，怎能不经过深思吗？

## 原文

赞曰：形生势成，始末相承①。湍回似规，矢激如绳②。因利③骋节，情采自凝④。枉辔(pèi)⑤学步，力止寿陵⑥。

### [注释]

①始末：指物的形体及其趋势、势态。承：承接。

②激：急。绳：直。

③因利：即“乘利”。

④凝：指结合。

⑤枉辔：指走冤枉路。枉，曲。

⑥寿陵：《庄子·秋水》记载，寿陵有个人去学邯郸人走路，不但没学会，连自己的步法也忘了，只好爬着回去。

### [译文]

总结：形体产生态势便跟着形成，文章体裁体势始终紧紧相承。激流回旋好似圆形的规，疾飞的箭矢有如工匠的墨绳。因势利导驰骋文坛有节有拍，情志辞采自然很好地结凝。不走正道乱学邯郸步法，力气用尽只落个笑柄爬行。

# 情采第三十一

**题解**

《情采》的“情”是情理，指文学作品的思想内容；“采”是文采，指文学作品的艺术形式。本篇主要论述文学艺术的内容和形式的辩证关系。

全篇分三部分：一、论述内容和形式的关系：形式只有依附一定的内容才有意义，内容也只有通过一定的形式才能更好地表达。二、从“为情而造文”与“为文而造情”的角度总结了两种不同的文学创作道路。三、讲驾驭文采的原则和方法，首先确立内容，然后造文施采，使内容和形式密切结合，写成文质兼备的理想作品。

本篇是《文心雕龙》中很重要的一篇。它阐述的理论不仅在创作论各篇中有所体现，而且在全书中也处处有所体现。刘勰在本篇中有很多精到的见解。

## 原文

圣贤书辞①，总称“文章”②，非采③而何？夫水性虚而沦漪(yī)结④，木体实而花萼(è)振⑤：文附质⑥也。虎豹无文⑦，则鞟(kuò)⑧同犬羊；犀兕(sì)⑨有皮，而色资丹漆⑩：质待文⑪也。若乃综述性灵⑫，敷写器象⑬，镂心鸟迹⑭之中，织辞鱼网⑮之上，其为彪炳，缛(rù)采名⑯矣。故立文之道⑰，其理有三：一曰形文，五色⑱是也；二曰声文，五音⑲是也；三曰情文，五性⑳是也。五色杂而成黼黻(fǔ fú)㉑，五音比而成韶(sháo)夏㉒，五性发而为辞章，神理之数㉓也。

**[注释]**

①书辞：著作。

②文章：绘画与刺绣上交错的彩色，即纹彩。这里的文章指文采显明，不是文章作品的意思。

③采：文采，即文辞彩饰。在本篇中泛指作品的艺术形式。

④性：性质，特征。沦漪：即涟漪，水的波纹。结：产生。

⑤体：本体。实：坚实。花萼：花托，花瓣下的一圈绿色小片，此泛指花朵。振：开放，扬。

⑥文：文采。附：依附。质：质地。这三句是说，水波有待于水性，花萼全靠树林，可见文采依附着质地。

⑦文：指虎豹皮毛的花纹。

⑧鞟：革，去毛的皮。

⑨犀兕：犀，雄犀牛。兕，雌犀牛。犀、兕的皮都很坚韧，古代用来做盔甲。

⑩资：靠。丹：红色。古代用犀兕皮做的盔甲用丹漆等漆上色彩。二句是说犀牛皮坚韧可以制成兵甲，但需要涂上丹漆彩绘有色彩之美。

⑪质待文：这句讲质地又需要一定的文来表现。

⑫若乃：至于。综述：总述，指抒写。性灵：心性和精神，指人的思想感情。

⑬敷：叙述，铺陈。敷写，描写。器象：万物的形象。

⑭镂心：精细雕刻推敲。镂，雕刻。鸟迹：文字。

⑮织辞：组织文字，指写作。鱼网：纸。《后汉书·蔡伦传》说蔡伦用鱼网、树皮、麻头造纸，故这里用鱼网代纸。

云中君

云中君是屈原《离骚》中的人物，《离骚》文辞华美，形象鲜明，富有文采，是浪漫主义作品的代表。

⑯缛：盛多，繁多。名：明，鲜明。

⑰文：指广义的文，即《原道》中“文之为德”的“文”，包括颜色、声音、情理，即形文、声文、情文。立文，指写作。

⑱形文：表形之文。五色：青、黄、赤、白、黑。用于写作则为形象描写。

⑲五音：宫、商、角、徵、羽。用于写作则为语言文辞的声律。

⑳五性：仁、义、礼、智、信。指思想感情。

㉑黼黻：古代礼服上刺绣的花纹，白与黑相错杂的花纹叫黼，黑与青相错杂的叫黻，这里泛指一般的花纹。

㉒比：并列，调和。韶夏：古代的音乐。韶，舜时的音乐。夏，禹时的音乐。这里泛指美好的音乐。

㉓神理：神妙的道理，即天理，自然的道理。数：规律。

## [译文]

古代圣贤的著作，总称作“文章”，这不是说文章要有文采又是什么呢？像水有虚柔的性质，所以才会起波纹；树木有充实的质体，所以开出鲜艳的花来：可见文采要依附于一定的质地上。如果虎豹没有花纹色彩，那它们的皮毛就同狗和羊的相似；犀和兕的皮虽然坚硬可做战甲，但还靠涂上丹红的漆来显示它们的色彩：可见质地还需要文采。至于抒写性情，描写万物的形象，在文字上用心琢磨，组织好文辞写在纸上，它们之所以光彩焕发，就是因为它们的文采丰富、光明显著啊！所以构成文采的方法，共有三种：一是形象的文采，这就是红、黄、蓝、白、黑五色；二是声音的文采，这就是宫、商、角、徵、羽五音；三是情感的文采，这就是喜、怒、哀、乐、怨五性。五色杂糅在一起就成为彩色的花纹，五音排列配合在一起就成为动听的音乐，五性抒发出来就成为美好的辞章，这些都是一种神妙的自然规律。

## 原文

《孝经》垂典①，丧言不文②；故知君子常言③，未尝质也。老子疾伪④，故称“美言不信”，而五千精妙⑤，则非弃美矣。庄周云“辩雕万物”⑥，谓藻饰⑦也。韩非⑧云“艳乎辩说”，谓绮丽也。绮丽以艳说，藻饰以辩雕，文辞之变，于斯极矣。研味《孝》《老》⑨，则知文质附乎性情⑩；详览《庄》《韩》，则见华实过乎淫⑪侈（chǐ）。若择源于泾渭⑫之流，按辔⑬于邪正之路，亦可以驭文采矣。夫铅黛⑭所以饰容，而盼倩生于淑⑮姿；文采所以饰言，而辩丽本于情性⑯。故情⑰者文之经，辞者理⑱之纬；经正而后纬成，理定而后辞畅：此立文之本源⑲也。

［注释］

①《孝经》：儒家经典之一，论述封建孝道，汉代列为七经之一。作者各说不一，以孔门后学所作一说较合理。垂：传下来。典：法。

②丧言不文：居父母丧期间说话不应有文采。《孝经·丧亲章》：“子曰：‘孝子之丧亲也，哭不依，礼无容，言不文。’”

③常言：指居丧期之外平常的话语。

④疾：憎恶。《道德经》第八十一章中有“信言不美，美言不信”的话。

⑤五千精妙：《道德经》有五千余字，用韵文写成。

⑥庄周：战国时期道家代表人物，他的《庄子·天道篇》中有“故古之王天下者（受天下拥戴为王的人），辩虽雕万物不自说也”的话。辩，巧言。雕，雕饰。说，同“悦”。

⑦藻饰：文采。

⑧韩非：战国末期法家代表人物。《韩非子·外储说左上》说：“范且、虞庆之言，皆文辩辞胜而反事之情……夫不谋治强之功，而艳乎辩说文丽之声，是却有术

之士，而任坏屋折弓也。”范且、虞庆皆为战国时期说客。韩非对他们的“艳乎辩说”持反对态度。艳，指艳丽的文采。辩说，巧妙的语言。采，当作“乎”。

⑨《孝》：即《孝经》。《老》：即《老子》《道德经》。

⑩文：华丽。质：质朴。性情：性气，情志。

⑪华：华丽。实：朴实。过乎：失之于。过，失。淫：过度。

⑫泾渭：泾水和渭水，指界限分明。渭水清，泾水浊，在二水汇合时才显，所以要从源头上去分。

⑬按辔：控制马缰绳，指驾驭。

⑭铅：铅粉，扑面用。黛：黛石，青黑色颜料，画眉用。

⑮盼：眼球黑白分明。倩：口颊含笑，即巧笑。淑：美。

⑯情性：情埋性气，即思想感情。

⑰情：指作品内容。

⑱理：和上“情”义近。情和理在这里是互文，情是兼包理的，理是兼包情的。

⑲本源：根本。

老 子

老子著《道德经》，义理精奥，文辞精巧，实乃历代典范。

## [译文]

《孝经》留传下教训，要求居丧期间不说有文采的话；所以从这里可以知道士大夫平常说话，也不是朴质的。老子厌恶虚伪，曾说“漂亮的话不可靠”，但是五千余言的《道德经》文辞精巧，可见他也并不是厌弃文采的。庄周说“用巧妙的语言来细致刻画万事万物”，这是说用辞藻来修饰。韩非说“辩说在于艳丽”，也是说的讲究华丽和文采。用绮丽的文辞来辩说，用巧妙的辞藻来描绘万物，文章辞采的变化在这里达到极点了。研究体味《孝经》《老子》，就可以知道文采或朴质分别依附于人的性情；详细阅览《庄子》《韩非子》，就可以看见文辞和内容重于浮夸。如果能从源头上分清泾水和渭水的清浊，在驾驶上辨别偏邪和正确道路的方向，那也就可以驾驭文采了。铅粉和黛色是用来美化容颜的，可是顾盼倩美却来自自己美好的风姿；辞藻是用来美化言辞的，而文章的巧妙华丽却本源于性情的真挚。所以情理是文章的经线，文辞是文章的纬线；经线要端直之后纬线才能织上去，情理要确定之后文辞才能畅达：这就是写作的根本。

## 原文

昔《诗》人[1]什篇，为情而造文；辞人[2]赋颂，为文而造情。何以明其然？盖《风》《雅》[3]之兴，志[4]思蓄愤，而吟咏情性，以讽其上[5]，此为情而造文也；诸子[6]之徒，心非郁陶[7]，苟[8]驰夸饰，鬻(yù)声钓[9]世，此为文而造情也。故为情者要约而写真，为文者淫[10]丽而烦滥。而后之作者，采滥忽真，远弃《风》《雅》，近师辞赋，故体情之制[11]日疏，逐文之篇愈盛。故有志深轩冕(miǎn)[12]，而泛咏皋(gāo)壤[13]；心缠机务[14]，而虚述人外[15]：真宰[16]弗存，翩其反矣[17]。夫桃李不言而成蹊(qī)[18]，有实[19]存也；男子树兰而不芳[20]，无其情也。夫以草木之微，依情待实，况乎文章，述志为本，言与志反，文岂足征[21]？

李树

桃树和李树都能结出甜美的果实，受人喜爱，所以树下会被人踩平。后来常用“桃李不言，下自成蹊”来形容人或者事物有内涵而引人趋附、尊崇的情况。

[注释]

①《诗》人：《诗经》的作者。什篇：作“篇什”。篇什即诗篇。《诗经》雅、颂，十篇为什。

②辞人：指辞赋家。

③《风》《雅》：《诗经》的《国风》《大雅》《小雅》。

④志：记。

⑤上：指统治者。

⑥诸子：指辞赋家。

⑦郁陶：感情郁结不畅。

⑧苟：勉强。

⑨鬻：卖。钓：取。

⑩淫：过分。

⑪体：体现。制：作品。

⑫轩冕：坐车和戴礼帽，大官的排场。轩，官员的车，有屏帷。冕，官帽、

礼帽。

⑬皋壤：水边的田野，指隐居生活。皋，水边高地。

⑭机务：政事，政务。

⑮人外：世外。

⑯真宰：真心和真情。真，本性。宰，主宰，指心。

⑰翩其反矣：本指花的翻动。翩其，状翻动。反，翻，这里指相反。

⑱桃李不言而成蹊：《史记·李广传赞》："桃李不言，下自成蹊。"是司马迁称赞李广的话。李广是西汉抗击匈奴的名将。蹊，小路。

⑲实：果实。双关，又指作品有情实内容。

⑳男子树兰：《淮南子·缪称训》："男子树兰，美而不芳。"这里是借来作比。芳：香气。

㉑征：证验。

### [译文]

从前《诗经》作者的诗篇，是为了抒情而创作；汉代辞赋的作者写作赋颂，是为了创作而虚构感情。用什么来说明这点呢？我们知道《诗经》中《国风》《大雅》《小雅》的创作，有情志，有怨愤，于是把感情唱出来，用来讽刺上位的人，这就是为抒情而创作；可是汉代辞赋的作者，心情精神并不郁结忧闷，只是随便运用夸张的言辞，沽名钓誉，这就是为了创作而虚构感情。所以为抒发感情而创作，语言简练，写出真实的感情；为了创作而虚构感情，文辞浮华，内容杂乱而虚夸。而后来的作者却学习讹滥的文风，忽略轻视写真实的感情，抛弃了远古时代《国风》《大雅》《小雅》的作者的好传统，效法近代的辞赋，所以抒写真情的作品越来越少了，追求辞藻的作品越来越多。所以有的人热衷于高官厚禄，却空泛地歌咏山林水泽的田园隐居生活；有的人一心牵挂着繁忙的政务，却虚假地叙述人世之外的情趣。这些文章中真实的思想感情都不存在了，全是和内心完全相反的东西啊！桃树和李树不会说话，但树下形成了小路，那是因为它有香甜的果实；男子虽然种植了兰草，但并不芳香，那是因为他没有和花相应的情味。就是草木这样微小的东西，也要依靠美好真诚的感情，凭借香甜的果实，何况以抒情言志为根本的文章呢，说的话和情志相反，这样的文章难道可以相信吗？

## 原文

是以联辞结采①，将欲明理；采滥辞诡②，则心理愈翳(yì)③。固知翠纶(lún)桂饵，反所以失鱼④。"言隐荣华"⑤，殆⑥谓此也。是以"衣锦絅(jiǒng)衣"⑦，恶文太章⑧；贲(bì)象穷白⑨，贵乎反本⑩。夫(fú)能设模⑪以位理，拟地以置心⑫，心定而后结音，理正而后摛(chī)⑬藻，使文不灭质⑭，博不溺心[15]，正采耀乎朱蓝[16]，间色屏（bǐng）[17]于红紫，乃可谓雕琢其章，彬彬[18]君子矣。

[注释]

①联辞结采：指写作文章。

②诡：伪诈。

③心理：指内心感情。翳：障蔽。

④“翠纶桂饵”二句：《太平御览》卷八百三十四引《阙子》说：“鲁人有好钓者，以桂为饵，黄金之钩，错（嵌）以银碧，垂翡翠之纶……然其得鱼不几矣。故曰：‘钓之务不在芳饰，事之急不在辩言。’”纶，钓鱼线。桂，肉桂，一种珍贵食品。饵，诱饵。

⑤言隐荣华：见《庄子·齐物论》。隐，隐蔽。荣华，草本植物的花叫荣，木本植物的花叫华，这里用来指文采。

⑥殆：大约。

⑦衣锦䌹衣：《诗经·卫风·硕人》：“硕人其颀，衣锦䌹衣。”硕人，高大白胖的人。颀，修长的样子。䌹衣，麻布衣。《硕人》诗中原意是妇女出嫁穿上麻布罩衫遮灰尘，以保护锦衣。

⑧恶文太章：恶，厌恶。章，同“彰”，明。这是刘勰对“衣锦䌹衣”的解释，用来说明他的主张，已使诗的原意改变了。

⑨贲象穷白：《周易·贲卦》中的“贲”是文饰的意思，可是它的象却归于白色。穷，探究到底。白，指本色，因为丝的本色是白的。

⑩本：本色，即白色。

⑪设模：即设置标准。模，规范，指体裁。

⑫拟地：拟定基本色地，文章的润饰文采，好像在白底子上着色。地，底子，本色。心：内心感情，指作品的内容。

⑬摛：铺陈。

⑭文：文采。质：内容。

⑮博：指文采繁盛。溺：淹没。

⑯正采：正色。古代以青、赤、黄、白、黑为正色。朱：大红，属赤色。蓝：属青色。正色代表雅正的好的文采。

⑰间色：杂色，古代以绀、红、缥、紫、流黄为间色。间色代表淫丽的文采。屏：弃。

⑱彬彬：有文有质。《论语·雍也》：“文质彬彬，然后君子。”

[译文]

所以组织文辞，织结文采，是想要用来阐明道理抒发感情；如果文采泛滥，文辞诡异，那情和理就会受到掩蔽。像用装饰有翡翠的纶线垂钓、用肉桂作钓饵，反而钓不到鱼。庄子所说“言语的真实含意被辞采隐蔽了”，说的大概就是这种情况。因此“穿着漂亮的锦缎衣服再罩上件麻布衫”，怕的是文采过于显耀；《贲卦》的卦象探索到本源是用白色来装饰的，这说明最可贵的在于保持本色。要是能够建立规格像选择体裁那样来安顿思想，要能拟定一种基本的格调来抒发感情，感情确定之后才配合音律，思想端正之后才运用辞藻铺陈开去，使文章既有文采又不掩盖内容，材料虽然广博但并不淹没作者的感情，这样的文章就会闪耀发光，一切妖容冶态就会被扫除。这样才算是善于修饰文辞，成为文质彬彬的君子。

## 原文

赞曰：言以文远[①]，诚哉斯验。心术既形[②]，英华乃赡（shàn）[③]。美锦好渝[④]，舜英[⑤]徒艳。繁采寡情，味之必厌。

### [注释]

①言以文远：《左传·襄公二十五年》：“言之无文，行而不远。”文，文采。

②心术既形：内心的情感已经通过文辞显露出来，即写出了情思，这就构成了文采。

③赡：富。

④渝：变色。

⑤舜英：木槿花，朝开暮谢，有花无实，不长久。

### [译文]

总结：靠文采语言才能流传久远，确实是啊，这话就是灵验。运用文思的方法既然明确，作品中的文采才会丰富新鲜。美丽鲜艳的锦绣容易变色，朝开暮谢的木槿空自华艳。文辞华丽缺少内容的作品，看起来必然令人讨厌。

《鹧鸪天·春闺》

宋词中的许多阕重形式甚于内容，文辞华丽妖冶，但是缺乏真情实感，所以只在当世流传，并未给后世多大影响。

# 熔裁第三十二

题解

《熔裁》的“熔”，即对作品内容的规范；“裁”，即对繁文浮词的剪裁。“熔裁”即规范文章的主题内容和裁剪文章的语言文辞。

全篇分三部分：一、讲“熔裁”的含义和在文学创作中的必要性。二、讲“熔”和“裁”的准则和方法。熔是熔意，对此提出了三条准则；裁是裁辞，要求作品中没有一个可有可无的字。三、讲前人在“熔裁”方面的正反面经验，进一步说明熔裁的必要。

刘勰针对写作中经常出现的内容繁杂、主题不鲜明和文辞芜乱的情况，提出了“熔”和“裁”的办法。“熔”的主要任务是“规范本体”，即解决内容和主题的集中统条问题；“裁”的主要任务是“剪截浮词”，即解决文辞运用的繁略得当问题。二者各有侧重，但又密不可分。

## 原文

情理设位①，文采行乎其中。刚柔以立本，变通以趋时②。立本有体③，意或偏长；趋时无方④，辞或繁杂。蹊要所司⑤，职⑥在熔裁。檃括⑦情理，矫揉⑧文采也。规范本体⑨谓之熔，剪截浮词⑩谓之裁。裁则芜秽(huì)⑪不生，熔则纲领昭⑫畅，譬绳墨之审分⑬，斧斤之斫(zhuó)⑭削矣。骈(pián)拇枝指，由侈于性；附赘(zhuì)悬疣(yóu)，实侈于形⑮。一意两⑯出，义之骈枝也；同辞重句，文之疣(chǐ)赘也。

［注释］

①情理：情感道理，指内容。设位：安排位置，即构思布局。

②“刚柔”二句：刚柔，刚健柔婉，指文章的风格体势。本，根本，指文章的情感内容。变通，变化。趋时，追随时势，适应情况。

③体：中心、主体。

④方：定。

⑤蹊要：主要道路，主要方法。蹊，路。司：主管，这里指掌握主要方法。

⑥职：主要。

⑦檃括：矫正曲木的工具，指矫正。

⑧矫揉：把木料弯成车轮，这里指修辞剪裁。矫，使曲的变直。揉，使直的变曲。

⑨规范本体：使本体合乎规范，即使情理和刚柔、体裁相配合。本，性的刚柔。体，体裁风格。

⑩浮词：虚饰不实的文辞。

⑪芜秽：杂乱，指“浮词”言。

⑫昭：明白。

⑬绳墨：木匠用的量画直线的工具墨斗线。审分：审查是否合标准。

⑭斤：斧子。斫：砍削。

⑮“骈拇枝指”四句：《庄子·骈拇篇》：“骈拇枝指，出乎性哉，而侈于德；附赘悬疣，出乎形哉，而侈于性。”骈拇，脚的大拇指和二拇指相合连成一指。枝指，手的大拇指旁生出一指，即六指。侈，多余。性，天性。赘，多余的东西。疣，肉疙瘩。

⑯两：并，同。

[译文]

根据情理内容来谋篇布局，文采也就在其中了。按照风格体势的刚健或柔婉来建立创作的根本要求，适应时代的演变来求变通。确立文章的内容根本有一定的主体中心，但有时文意有些偏颇片面、多余过长；文辞语言适应时代没有定规，于是文辞有时繁芜有时杂乱。关键在于做好熔意裁辞的工作。熔裁，就是纠正文章的情理内容的缺点，矫正文章的语言文采的毛病。规范好文章的本体内容叫作熔，剪截去文章的虚浮文辞叫作裁。经过精心裁剪，文辞不再拖沓冗长；经过熔模规范，全篇的纲领才明白晓畅，这好比在木材上用墨线来审查度量分辨曲直，用斧头来砍削使木料端正一样。脚的大指与二指骈生和手的大指的枝生，是天生的多余；身体上长了肿瘤，是形体上的多余。一篇文章中，一个意思前后重复，是意义上的多余；同一句话说了两次，是文辞上的多余。

贾岛

贾岛是苦吟诗人的代表，“两句三年得，一吟双泪流”，为一句诗的增删修改而绞尽脑汁，所以才有经典诗句流传下来。

## 原文

凡思绪[①]初发，辞采苦杂，心非权衡[②]，势必轻重。是以草创鸿笔[3]，先标三准[4]：履(lǚ)端于始[5]，则设情[6]以位体；举正于中，则酌事以取类[7]；归余于终，则撮(cuō)[8]辞以举要。然后舒华布实[9]，献替节文[10]，绳墨以外[11]，美材既斫，故能首尾[12]圆合，条贯[13]统序。若术不素定[14]，而委心[15]逐辞，异端[16]丛至，骈赘(piánzhuì)必多。

[注释]

①思绪：思路。绪，头绪。

②权：秤砣。衡：秤杆。

③草创：起草创作。鸿笔：鸿文。

④标：突出、标立。准：准则。

⑤履端：与下面的“举正”“归余”都是古代推算历法的术语。据《左传·文公元年》讲历法：开始要推步，即测星象，叫“履端”；其次定月份，叫“举正”；最后把多余的日子归总起来置闰月，叫“归余”。这里只是借用来指第一、第二、第三。

⑥情：情感内容。

⑦酌：取。类：类似的事。

⑧撮：聚集而取之。

⑨华：花朵，指文采。实：果实，指内容。

⑩献替：即“献可替否”，采用好的，去掉不好的。献，进。可，肯定的，好的。替，废。否，否定的，坏的。节文：调节文字。

⑪绳墨以外：木匠的墨线以外，指不合要求的部分。

⑫首尾：文章的开头结尾。

⑬条贯：条理层次。

⑭术：方法，路子。素定：预先确定。

⑮委心：任心。

⑯异端：即绳墨以外不合主题的部分。

[译文]

在开始构思的时候，往往苦于文章辞采的繁杂，内心不能像天平那样可以准确地衡量，对一些问题的看法势必出现有轻有重的毛病。因此要写好文章，先要标立三个准则：第一，根据文情情理来确定体制；第二，根据内容来选取材料；第三，撮取词语用以突出文章的要义。然后舒展文辞华彩，铺陈文章的思想内容，去芜存菁，调节文采，像好的木材，墨线以外的已经砍削去掉，所以文章能够首尾呼应，圆通相合，条理连贯，体统有序。倘若没有先确定这些准则，随心所欲想到什么就写什么，杂乱的念头纷纷涌现，那么不合准则的异端东西必然会丛生沓至，那文意多余的地方必然很多。

## 原文

故三准既定，次讨字句。句有可削，足见其疏；字不得减，乃知其密。精论要语，极略之体①；游心窜句②，极繁③之体。谓繁与略，随分④所好。引而申之，则两句敷⑤为一章；约⑥以贯之，则一章删成两句。思赡(shàn)⑦者善敷，才核⑧者善删。善删者字去而意⑨留，善敷者辞殊而意显。字删而意阙(quē)⑩，则短乏而非核；辞敷而言重，则芜秽(huì)而非赡。

杜牧

用词精练或恣肆都是作家的个人风格，唐时贾岛精练为人称道，杜牧《阿房宫赋》铺陈华丽，汪洋恣肆也名传后世。

### [注释]

①略：简略。体：风格，体势。

②游心：浮想，想象的奔驰。窜句：东游西窜的词句，指言辞铺张。

③繁：繁多，即《体性》所说的“繁缛”类型的风格。

④分：禀赋，天分，指个性。

⑤敷：铺陈，引申。

⑥约：简练。

⑦赡：丰富。

⑧才核：抓住要点的才能。核，要。

⑨意：作“义”。

⑩阙：缺。

### [译文]

所以讲“熔”的三条准则既然确定了，其次就是斟酌字句的剪裁。句子有可以删削的字词，可见文辞的粗疏松散；文辞不能增减，才知道文辞的严密。议论精辟，语言扼要，是极其简略的风格；思想奔放，字句铺张，是极为繁复的风格。作者在创作中对繁复与简略的取舍，要适应不同的个性爱好来确定。把话加以引申扩展，两句话可以敷展为一章；把话加以简练概括，那一章也可以删减成两句。文思丰富的人善于扩充，文才简练的人善于简化。善于删减的字虽删去而意思却保留下来，善于敷陈的用词虽不同而用意却更明显。如果简化了意思却残缺不全，那就是短缺贫乏而并非扼要；如果文辞扩充而言语重复，那就是芜乱秽杂而并非丰富。

## 原文

昔谢艾、王济[1]，西河[2]文士。张骏[3]以为“艾繁而不可删，济略而不可益[4]”。若二子者，可谓练[5]熔裁而晓繁略矣。至如士衡[6]才优，而缀辞[7]尤繁；士龙思劣[8]，而雅好清省[9]。及云之论机[10]，亟(jí)[11]恨其多，而称“清新相接，不以为病”，盖崇友于[12]耳。夫美锦制衣，修短[13]有度，虽玩[14]其采，不倍领袖，巧犹难繁，况在乎拙？而文赋以为榛楛(zhēn hù)勿剪，庸音足曲[15]，其识非不鉴[16]，乃情苦芟(shān)[17]繁也。夫百节[18]成体，共资荣卫[19]；万趣[20]会文，不离辞情。若情周而不繁，辞运而不滥，非夫熔裁，何以行之乎？

### [注释]

①谢艾：东晋文人，凉州牧张重华的属官。王济：也为凉州牧的部下文士，和谢艾同时。

②西河：指黄河以西的陕西华阴、华县一带。

③张骏：东晋初为凉州牧，后为十六国前凉国主，张重华的父亲。

④益：增加。

⑤练：熟悉，指擅长。

⑥士衡：陆机的字。

⑦缀辞：作文。缀，联结。

⑧士龙：陆云的字。劣：相对于陆机而言的。

⑨雅：很，甚。清省：清新省略。

⑩云之论机：陆云《与兄平原书》中说：“兄文章之高远绝异，不可复称言，然犹皆欲微多，但清新相接，不以此为病耳。”

⑪亟：屡次。

陆机《古歌之六》

陆机诗文多有出彩之处，但是文辞散乱，良莠并现，故而其诗文后世虽流传，但屡遭诟病。

⑫崇：尊重。友于：本于《尚书·君陈》："惟孝友于兄弟。"后代指兄弟。友，指敬爱兄弟。

⑬修短：长短。修，长。

⑭玩：欣赏，玩味。

⑮"文赋"二句：《文赋》，陆机作，用赋的形式论文学创作。赋中有"彼榛之勿剪，亦蒙荣于集翠"之句，意为也都受到翠鸟来停的好处。指有了警句，旁边的芜杂的句子也可以不删。

⑯鉴：照，看清。

⑰芟：割草，指删去不必要的文句。

⑱节：骨节、关节。

⑲资：凭借。荣卫：血脉流通。

⑳趣：旨趣。

### [译文]

从前谢艾和王济，是西河地方的文士。张骏认为：谢艾的文章虽然繁复却不可删削，王济的文章虽然简略但不可增益。像他们两位，可以说精通熔意裁辞的方法，懂得怎样该繁该简的道理。至于如陆机，虽然文才优秀，而写文章却过于繁复；陆云文思较差，平素爱好文笔清新省约。等到陆云评论陆机文章的时候，虽然屡次嫌他的文辞繁多，却又称他有清新的文辞前后衔接，所以虽繁多而不是毛病，这可能是看兄弟情分吧。像用美丽的锦缎缝制衣服，长短也要适度，纵使欣赏爱好它的色彩，也不能把衣领和衣袖的尺寸加倍。工巧的文辞尚且难以写得繁复，何况拙略的呢？然而陆机《文赋》却认为杂乱丛生的短树可以不必修整，平庸的音调可以凑成曲调。他的见识并不是不高明，乃是因为他舍不得忍痛割爱。要知道上百骨节构成人体，都要靠血脉流通；各种各样的念头集成文章，离不开文辞和思想感情。若要使得情思周密而不繁乱，文辞运用恰当而不芜滥，不研究熔裁的方法，怎么能做到呢？

## 原文

赞曰：篇章户牖(yǒu)①，左右相瞰(kàn)②。辞如川流，溢③则泛滥。权衡损益④，斟酌浓淡⑤。芟(shān)繁剪秽(huì)，弛⑥于负担。

### [注释]

①牖：窗户。

②相瞰：相互观看，此引申为相互配合、照应。

③溢：过多，满溢。

④损益：增删。损，减少。

⑤浓淡：指详和简。

⑥弛：解除。

[ 译文 ]

总结：篇章好比房屋的门窗，左右应该互相配合。文辞犹如河川的水流，河水满溢就会造成泛滥。内容要仔细权衡删损增益，文辞要用心斟酌推敲详略。删去多余的和杂乱的部分，才能解除文章多余的负担。

# 声律第三十三

**题解**

《声律》的“声”，指语言的声调；“律”，指语言的韵律。“声律”即语言的声调韵律。本篇主要讲声调和韵律的运用，即文学语言的和谐美。

全篇分三部分：一、讲声律的起源、文章语言的音律与乐声的比较，指出研究声律对文学创作的必要。二、讲文学作品语言声调的和谐与押韵。其中涉及双声、叠韵，平仄的配合以及和声、押韵等。三、联系具体的作者讲正声和方言的利弊，进一步总结掌握正声的必要性。讲前人作品声律运用的得失及作者掌握好声律的条件。

文学语言要求语音的和谐美。古代作者虽不懂得“声律”，但也自发地注意到语言要和谐顺口。随着文学的发展，对语音和谐的规律逐渐有所认识，刘勰发现了语言音律的复杂性，并对这种复杂情况进行了探讨，得出了比较符合语音科学的结论。

## 原文

夫音律所始，本于人声者也。声含宫商①，肇(zhào)自血气②，先王因③之，以制乐歌。故知器写④人声，声非学⑤器者也。故言语者，文章关键，神明⑥枢机，吐纳律吕⑦，唇吻⑧而已。古之教歌，先揆(kuí)⑨以法，使疾呼中(zhòng)宫，徐呼中徵(zhǐ)⑩。夫宫商响高，徵羽声下；抗喉矫舌⑪之差，

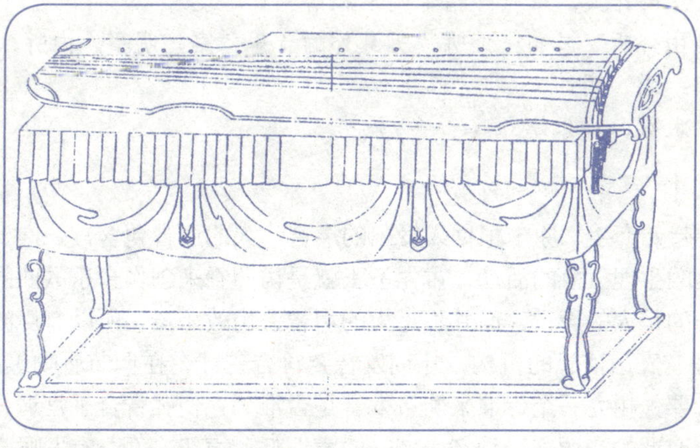

琴

琴乐是古时高雅之乐，琴棋书画是古代文人必备的技艺。琴用途十分广泛，也常被人拿来比喻文章的写作。

攒(cuán)唇激齿[12]之异，廉肉[13]相准，皎然可分。今操琴[14]不调，必知改张，摛文乖张[15]，而不识所调。响在彼弦，乃得克谐，声萌我心，更失和律，其故何哉？良由外听易为察，内听难为聪也[16]。故外听之易，弦以手定；内听之难，声与心纷：可以数[17]求，难以辞逐。

［注释］

①官商：指宫、商、角、徵、羽五音，相当于简谱的1、2、3、5、6。

②肇：始。血气：指人体的血气流行。古人认为血气是生命的象征，是维持生命的根本。血，血液。气，呼吸。

③因：依凭。

④器：乐器。写：仿效。

⑤学：效。

⑥神明：精神，智慧。

⑦吐纳：吐气吸气，指发音。律吕：十二律，指音律。

⑧唇吻：即嘴唇，指嘴。

⑨揆：度量。

⑩“疾呼中宫”二句：宫商比较强，徵音比较弱，音的强弱取决于振幅的大小，与音的高低决定于振动数多少的不同。因此这里的疾徐指强弱说。中，合于。

⑪抗喉：发喉音。抗，举。矫舌：发舌音。矫，通“挢”，举之意。

⑫攒唇：发唇音。攒，聚。激齿：发齿音。

⑬廉肉：指元音的宽窄、洪细。廉，棱角，指尖锐。肉，肥满，指饱满。

⑭操琴：弹琴。操，弹奏。

⑮摛文：即作文。乖张：指音调不和谐。

⑯“良由外听”二句：外听，听身外的音乐。察，明察。内听，倾听发自内心的语言声律。聪，明。

⑰数：术数，指乐律。

［译文］

音律的起始产生，原本根据人发出的声音。人的声音包含宫、商、角、徵、羽五音，本于人的生理气血的活动，古先圣王就是仿照它来创作音乐歌曲的。所以我们知道乐器模写的是人的声音，而并不是人的声音去仿效乐器。所以有声的语言，是构成文章的关键，表达情思的机构，吐词发音要符合音律，在调节唇吻等发音机关罢了。古代教唱，要先树立一个标准来衡量发音是否准确：使强音合乎宫调，使弱音合乎徵调。宫调、商调的音调高，徵音、羽音的声调低；声纽方面，有发喉音和发舌音时喉头和舌头的差异，发唇音和齿音时嘴唇和牙齿的不同，另外还有韵部元音发音窄宽、瘦肥、细洪，人的发音同乐器的音或者饱满或者尖锐相合，音的强弱明白得可以区分。

如今人们弹琴如果不协调，必然知道调整琴弦，可是作文音调不协调，却不知道如何协调。那琴弦上的音响，能够调得和谐，而心声发自我内心里，却失掉了和谐的声律，这是什么缘故呢？实在是因为听身外的乐调容易辨别，而听内心的声调难以听得明白啊！所以听身外的琴音容易辨认它合不合调，琴弦的协调可以用手来调定；而听内在的心声困难，声韵与内心的情思复杂。前者可以根据乐律来衡量，后者难以根据文辞来考求。

## 原文

凡声有飞沉[1]，响有双叠[2]。双声隔字而每舛(chuǎn)[3]，叠韵离句而必睽(kuí)[4]；沉则响发而断，飞则声扬不还：并辘轳(lù lú)[5]交往，逆鳞相比[6]，迕(wǔ)其际会[7]，则往蹇(jiǎn)来连[8]，其为疾病，亦文家之吃[9]也。夫吃文为患，生于好诡[10]，逐新趣[11]异，故喉唇[12]纠纷；将欲解结，务在刚断[13]。左碍而寻右，末滞而讨前，则声转于吻，玲玲[14]如振玉；辞靡(mí)[15]于耳，累累[16]如贯珠矣。是以声画妍蚩(chī)[17]，寄在吟咏，滋味流于下句，气力穷于和韵[18]。异音[19]相从谓之和，同声[20]相应谓之韵。韵气[21]定，故余声易遣[22]；和体抑扬，故遗响难契[23]。属笔[24]易巧，而选[25]和至难，缀文[26]难精，而作韵甚易。虽纤意[27]曲变，非可缕言[28]，然振[29]其大纲，不出兹论。

李白醉兴

李白的诗歌语言悦耳明丽，声调铿锵圆转，整体气势流畅，属于诗歌中的上上之作。

[注释]

①飞：指宫、商响亮，即平声。沉：指徵、羽声下，即仄声。

②双叠：即双声、叠韵。

③隔字：双声和叠韵连在一

起都可用，要是用字将其隔开，如“佳丽殊百城”，“殊”和“城”就是隔字双声，念起来就不美了。舛：错，不合。

④离句：把相连的叠韵字在句中分离开。睽：乖违。

⑤辘轳：井上绞汲水桶的工具，摇起来上下转动。这里用来比喻单调，指一句中全是平声或仄声字。

⑥逆鳞：《韩非子·说难》说龙的喉下有反长的鳞片。这里是指麟的意思，比喻不合正常规律，指“双声隔字”“叠韵离句”之类。比：列。

⑦迕：乖违，不顺适。际会：接合。

⑧蹇、连：都指不顺利。

⑨吃：口吃。

⑩诡：奇，不正。

⑪趣：趋。

⑫喉唇：指声律。

⑬刚断：坚决果断。

⑭玲玲：形容玉声。

⑮靡：细密，指和谐。

⑯累累：积累不断的样子。

⑰声画：声音的形象，指文章的声韵。扬雄《法言·问神》：“言，心声也；书，心画也。”妍蚩：美恶。

⑱和：句和句的音节和谐。韵：句末押韵。

⑲异音：指句内平仄不同。

⑳同声：指句末押韵相同。

㉑韵气：即韵。

㉒余声：收声。声母都在一个字发声的开始，叫发声；韵母都在一个字字音收尾的地方，叫收声。收声即韵，所以称余声。易遣：押韵有一定规律，容易安排使用，所以称易遣。

㉓遗响：每一组音节中末一个音节叫遗响，上组末一个音节和下组末一个音节难以协调。契：如符契一样吻合。

㉔属笔：指写作。

㉕选：选择，引申为做到的意思。

㉖缀文：写作。缀，即辑，辑字成文，即写作。

㉗纤意：一作纤毫，指写作上的细微处。

㉘缕言：逐条细论。

㉙振：扬举。

［译文］

声音有飞扬和下沉之分，音响有双声和叠韵之别。双声字中隔断了读起来就不顺口，叠韵被分离念起来一定别扭；一句之中全用沉抑的仄声字读起来很不方便，声响的发出就像要中断了一样；一句中全是飞扬的平声字读起来也不顺口，声调就好像飞扬出去回不来一样。配合起来就像辘轳一样上下圆转，像鳞片难以紧密排列；如果违反了声律配合的规律，念起来那就会佶屈聱牙，这种病症，好像作家得了口吃病一样。文章之所以有口吃病，是写作的人爱好诡奇造成的，文辞过于追逐新奇趋向怪异，所以弄得声韵纠纷杂乱；想要解开这个疙瘩，主要在于坚决果断地去掉癖好。左边有了障碍，也可以从右边去寻找毛病，末尾阻滞不畅，也可以从上面去调整。这样，那声调念起来就很圆转，清脆得像是宝玉发出的声响；那辞语听起来就很悦耳，圆转得像贯穿起来的累累相连的珍珠一样。所以文章声韵的美恶好坏，寄托在吟咏之中，韵味从句子间流露出来，气力尽用在求和谐和押韵上。句内的音调随从协调叫作和谐，句末相同的声韵相呼应叫作押韵。押韵的规则有一定，所以收声相同的音容易安排；声调和谐要注意抑扬平仄变化，所以遗下的音响难以协调恰当。拿起笔写文章易于工巧，然而选择声调的协调却是十分困难；连缀辞语成为文章难以精致，然而押韵却甚为容易。虽然其中细微曲折的变化难以详述，然而它们大略的纲要，不会超出这些论述。

## 原文

若夫宫商大和，譬诸吹籥（yuè）①；翻回取韵，颇似调瑟②。瑟资移柱，故有时而乖贰③；籥含定管，故无往而不壹④。陈思、潘岳⑤，吹籥之调⑥也；陆机、左思⑦，瑟柱之和⑧也。概举而推，可以类见。又《诗》人综韵⑨，率多清切⑩，《楚辞》辞楚⑪，故讹韵⑫实繁。及张华论韵，谓士衡多楚⑬，《文赋》亦称知楚不易⑭，可谓衔灵均⑮之余声，失黄钟⑯之正响也。凡切韵⑰之动，势若转圜（huán）⑱，讹音之作，甚于枘（ruì）方⑲；免乎枘方，则无大过矣。练才洞鉴⑳，剖字钻响，疏识阔略㉑，随音所遇，若长风之过籁（lài）㉒，南郭之吹竽㉓耳。古之佩玉㉔，左宫右徵，以节其步，声不失序，音以律文，其可忽㉕哉！

［注释］

①籥：一种管乐器，形状像笛，管上有孔，一个孔吹一个音，它的音位是固定的。

②瑟：弦乐器，有二十五条弦，它的音位是不固定的，靠调弦来定音。

③乖贰：不合，不协调。

④壹：一致，协调。

⑤陈思：陈思王曹植。潘岳：西晋文人。

⑥吹籥之调：比喻曹植、潘岳作品的声律协调。

⑦陆机、左思：均为西晋文人。

⑧瑟柱之和：比喻陆机、左思作品中杂有方言，方言和正音有时相违，所以声律有时乖违。陆机是吴人、左思是齐人。

⑨《诗》人:《诗经》作者。综韵：运用音韵。综，织机的装置，指组织。

⑩率：大都。清切：指《诗经》用当时通行的音韵，所以说清切。

⑪《楚辞》辞楚：指《楚辞》用楚方言写成。

⑫讹韵：以通行音韵为正，以不通行的方言音韵为讹。讹，错误。

⑬“张华论韵”二句：陆云《与兄平原书》中说：“张公（张华）语云（陆云自称）云，兄（陆机）文故自楚。”

湘灵鼓瑟

文章与音乐相通，也有韵律曲调，如声律和谐圆转者才是好文章。屈原《离骚》中描述湘灵鼓瑟的场面，因为用韵得当，读者能够领略文章的声律。

⑭知楚不易：陆机《文赋》中讲音韵的部分未曾讲到方言或楚音的问题，更没有讲“知楚不易”，所以“知楚”两字是多余的。

⑮灵均：屈原的字。屈原作品用楚音，不够标准。

⑯黄钟：十二律之一，代指正声，指《诗经》的标准音。

⑰切韵：通过反切来研究声韵。

⑱圜：同“圆”。

⑲枘方：圆凿方枘，指把方的木端装入圆孔，比喻一定合不上。枘，木端、木榫。

⑳练：熟练，精练。洞鉴：深识。

㉑阔略：疏略。

㉒籁：孔窍，指风吹窍发声。

㉓南郭吹竽：桓谭《新论·审名篇》说齐宣王使人吹竽，一定要三百人一起吹，南郭先生不会吹竽，夹杂在会吹的人中间滥竽充数。

㉔佩玉：佩戴玉器。《礼记·玉藻》说："古之君子必佩玉，右徵角，左宫羽。"佩玉发声分别官徵，用以调节步子。

㉕忽：忽视。

[译文]

至于音位固定而宫、商、角、徵、羽五音谐和的，就好比吹笛一样；反复地调音以求合乐的，又颇似调瑟一样。调整瑟弦要靠移动瑟的弦柱，所以有时调不准便会音调不合；笛子的孔在管上是固定的，所以无论怎样吹出来的音是一定的。曹植和潘岳的作品的声韵，就是吹笛的调子；陆机和左思的作品的声韵，是瑟柱的调子。约举两例加以推求，别的也可类推了。再有《诗经》的作者运用声韵，大多清楚明确，《楚辞》夹杂着楚国的方言，所以它的音韵不够清楚明白的实在繁多。到了西晋的张华论述用韵，说陆机的作品多用楚音，陆机的《文赋》也说用韵不容易，可以说继承屈原的用韵，却失去了《诗经》黄钟正调的音响。大凡音韵运用得正确贴切，那文势大都圆转自如而和畅无碍，但如果文章的音律发生讹变，比把方木榫插进圆孔还更加地不合适，能避免这种不和的现象，那么用韵就没有大毛病了。作者才识精深的，会剖析字句、钻研音响声韵、掌握调和声律的方法，如果学识疏浅，用韵就像偶然碰上的，如同长风吹过箫管眼孔，必然发出杂音，像南郭先生吹竽，只好滥竽充数罢了。古代人佩戴玉石饰品，走路的时候左边的玉器碰击发出宫、羽的音调，右边的玉器碰击发出徵、角的音调，用来调节走路的步子，使其声调不失应有的秩序，而在写作上音调构成文章的声律，怎么可以忽视呢？

## 原文

**赞曰：标情①务远，比②音则近。吹律③胸臆(yì)，调钟④唇吻。声得盐梅⑤，响滑榆槿(jǐn)⑥。割弃支离⑦，宫商难隐⑧。**

[注释]

①标情：标举情志。

②比：合，指调配。

③吹律：吐气合律。吹，吐气发音。

④钟：黄钟，十二律之一，指音律。

⑤盐梅：盐味咸，梅味酸，都是煮菜的调味品。这里用来比喻声律对文章有调节作用。

⑥榆槿：榆，树名，果实可食。槿，木槿，花可食。这两种植物的皮含有滑汁，煮菜时用作使食物柔滑细嫩的调味品。

⑦支离：不正。指前面说的方言，在声韵上的逐新趋异违反声律的规律。

⑧难隐：不能隐蔽，即能够很好地掌握音律。

[ 译文 ]

总结：表明情志务必高远，调配音韵则要求细密。声音节律从胸中发出，调和音调在于唇吻。文章有了声律这调味的盐梅，那音响就像榆槿一样柔滑。摒除追逐新奇的不正之音，那文章的声律就更加动听。

# 章句第三十四

**题解**

《章句》的“章”，沿用了《诗经》乐章的“章”，指作品表达了某一内容的段落。“句”是古代说话时一个停顿单位，不是现代汉语中所说的“句”。本篇讲文章写作中的分章造句。

全篇分三部分：一、讲“章”“句”的定义和意义，以及分章造句的基本原理。二、讲“章”“句”组织的基本原则和方法。三、讲“章”“句”中的长短、字数、押韵及虚词运用的基本原则和方法。

本篇中，刘勰强调“章”“句”是构成文学作品的细胞，是写作的基础；要求文采交织于外，脉络贯注于内，结构严密，首尾一体；围绕这几点，刘勰对句子的长短、语气的缓急、韵调的改从、虚字的运用等都作了探讨。

## 原文

夫设情有宅，置言有位①；宅情曰章②，位言③曰句。故章者，明也；句者，局④也。局言者，联字以分疆⑤；明情者，总义以包体⑥。区畛(zhěn)⑦相异，而衢(qú)路交通⑧矣。夫人之立言⑨，因字而生句，积句而为章，积章而成篇。篇之彪炳⑩，章无疵(cī)也；章之明靡(mí)⑪，句无玷⑫也；句之清英，字不妄也。振本而末从⑬，知一而万毕⑭矣。

［注释］

①设、置：指安排、安顿。情：感情，包括思想在内。宅、位：指处所，情意和语言都要有个安置的处所，就是分章句。

②宅情：即分章。章：本是音乐的一段，这里指诗文的章节。

③位言：即造句。

④局：局限，划定疆界，即把语言分化成句子。

⑤疆：界。

⑥体：整体，指各句组成章的整体。

⑦区畛：区域。畛，田间小路。区域不同，道路相通，指章和句的范围不同，彼此密切相关。

⑧衢路：道路。交通：互相通达，指句、章的关系密切相通。

⑨立言：写文章，著书立说。

⑩彪：虎身斑纹。炳：光明、显著。彪炳，指光彩鲜亮。

⑪靡：细致。

⑫玷：玉的斑点。

⑬振本而末从：本、末，树根和树梢，比喻字句和篇章的关系。

⑭知一而万毕：《庄子·天地篇》：“记曰：‘通于一而万事毕。’”一，道。毕，全部。

[译文]

创作要把情意安排在合适的处所，语言安置在适宜的位置上；把情意内容安顿在一定的地方叫作分章，把语言安顿好就叫作造句。所以，“章”就是明白的意思；“句”就是分界的意思。把语言分界，就是把一个个字词联缀起来构成各自分别的单位；把情意内容叙述明白，就是总括所要包容的思想，把它涵蕴在选定的体裁之中。这样句和章的区域界限虽然互相不同，可是却像有道理连接那样彼此相通。人们的写作，用字造句，积累句子成为章，积累章成为一篇。全篇写得昭明卓著，也是由于每章都没有瑕疵；每章写得明白而细致，是因为每个句子都没有毛病；句子写得清新挺拔，也是由于每个字词都不乱用。这就像振摇树木的根本枝叶就会随之摆动一样，懂得事物的根本原则，各种各样的事例都可以概括进去了。

李 贺

写文章需有足够的素材、充沛的感情，而后才能联章裁句，妙笔生花。李贺是有名的“诗鬼”，他经常清晨出外搜集素材，寻找灵感，将想出的诗句放在随身行囊里，终生不懈。他写出的诗句也情意充沛，文辞简约，为后世传诵。

## 原文

夫裁文匠笔①，篇有大小；离章②合句，调有缓急：随变适会，莫见定准。句司③数字，待相接以为用；章总一义，须意穷而成体④。其控引⑤情理，送迎际会⑥，譬舞容回环⑦，而有缀兆⑧之位；歌声靡(mí)曼⑨，而有抗坠⑩之节也。寻⑪诗人拟喻，虽断章取义⑫，然章句在篇，如茧之抽绪⑬，原始要终⑭，体必鳞次⑮。启行⑯之辞，逆萌⑰中篇之意；绝笔[18]之言，追媵（yìng）[19]前句之旨，故能外文绮[20]交，内义脉注[21]，跗萼（fū è）[22]相衔，首尾一体。若辞失其朋[23]，则羁旅[24]而无友；事乖其次[25]，则飘寓[26]而不安。是以搜句忌于颠倒，裁章贵于顺序，斯固情趣之指归，文笔之同致也。

剥茧抽丝

好的文章应文势贯通，内在结构严密，可如剥茧抽丝，理出清晰的脉络。

［注释］

①裁文匠笔：裁、匠，均指构思、写作。文、笔，泛指文章。有韵叫文，无韵叫笔。

②离章：分章。

③司：主管，引申为包括的意思。

④体：即“总义以包体”的“体”。

⑤控引：控制，掌握。

⑥际会：遇合，指取舍得当。际，边际。会，合。

⑦舞容：即舞蹈。回环：回旋环绕。

⑧缀：舞蹈时的行列。兆：舞者的位置。

⑨靡曼：细致而拉长，指摇曳。

⑩抗坠：指高下。抗，同“亢”，高。坠，下降。

⑪寻：考查，探究。

⑫断章取义：摘取全篇中的一章或几句来表达自己的情意，不管它原来的意思。春秋时的外交使臣，念诗句来表达自己的心意往往断章取义。但就创作言，需要前后文相互联系。

⑬绪：丝端，这里泛指丝。

⑭原始要终：见于《周易·系辞下》。原意为探讨事物的始末，这里指写作的从头到尾。

⑮鳞次：如鱼鳞排列。
⑯启行：开路，出发，指开头。
⑰逆萌：预先萌生，即伏笔。逆，预先考虑到。萌，萌芽。
⑱绝笔：断笔，指文章的结尾。
⑲追媵：追上文作陪衬，指作呼应。媵，送。
⑳绮：有花纹的丝织品，指绮丽。
㉑脉注：如脉贯注，指文章内在的条理、逻辑。
㉒跗：花萼下的房。萼：花瓣外部下面的一圈绿色小片。
㉓朋：同类，指文辞和作品的整体关系而言。
㉔羁旅：滞留外乡。
㉕乖：违背。次：次序。
㉖寓：寄居。

[译文]

人们创作有韵或无韵的文章，篇幅有大有小；作品的章句或者分离或者合一，它们的声调有缓有急。这些都要随文章的内容变化而加以调配，没有一定的标准。一个句子不管有多少个字词，要把字词相互连接才能发挥作用；作品的一章总括一个完整的意思，必须把一个意思表达完整了才能成为一个段落。其中要掌握所表达的情意，有时放开，有时接住，要切合命意。例如舞蹈的回旋环绕，要有一定的行列和位子；又好比歌声婉柔摇曳，要有忽高忽低的节奏。考查诗人用诗句来比拟譬喻，虽然是断章取义，然一章一句都在全篇之中，好比蚕茧抽出丝绪一样，诗文从开始到结束，在体制上必须像鱼鳞一样按秩序紧密排列。行文开始的言辞，就要为中篇埋下伏笔；结尾的言辞，要呼应前文语句的意旨，所以能够做到文字像织绮的花纹那样交接，内在的意义一脉贯通，好像花房和花萼一样相互衔接，首尾连成一个整体。倘若词句没有配合恰当，上下脱节，那就好像羁留异乡的旅客孤独无友；叙述要是违反了顺序，那就像漂泊寓居在外的人一样不安定。因此造句切忌颠倒，裁断分章要重视行文有顺序，这本来就是表达情意的要求，无论有韵之文或无韵之笔都是一致的。

## 原文

若夫章句无常，而字有条数[①]：四字密而不促，六字格[②]而非缓，或变之以三五，盖应机之权节[③]也。至于《诗》颂大体[④]，以四言为正，唯《祈父》“肇禋(zhào yīn)”[⑤]，以二言为句。寻二言肇于黄[⑥]世，《竹弹》[⑦]之谣是也；三言兴于虞[⑧]时，《元首》[⑨]之诗是也；四言广于夏年[⑩]，《洛汭(ruì)》之歌[⑪]是也；五言见于周代，《行露》[⑫]之章是也；六言七言，杂出《诗》《骚》[⑬]，两体[⑭]之篇，成于西汉。情数运周[⑮]，随时代[⑯]用矣。

## [注释]

①条数：分条述说，分别说明。

②格：木长貌，有宽裕、宽长的意思。

③权节：权宜、变通的节拍。《诗经》以四言为主，三字、五字句只是适应情势，加以变通。

④《诗》颂大体：《诗经》以四言为主，特别是《颂》严格遵守四言句式。由于《颂》是用于宗庙祭祀的，是一种庄重严肃的体式，所以称为大体。

⑤《祈父》：《诗经·小雅》中的一篇。诗的第一句是“祈父，予王之爪牙”。祈父即圻父，官名，镇守封圻（边疆）军队的司马。爪牙，指虎士，比喻武臣。肇禋：开始祭祀。《诗经·周颂·维清》中有“肇禋，迄用有成，维周之桢”。

凫雁皆唼夫粱藻兮

《诗经》及以前诗歌多为四字句，而屈原情感充沛，不得不吐，故而《离骚》和《楚辞》中七、八、九言诗句皆有。

⑥黄：黄帝。

⑦《竹弹》：指传为黄帝的弹歌。

⑧虞：虞舜。

⑨《元首》：《尚书·虞书》载有《元首歌》：“股肱喜哉！元首起哉！百工熙哉！”“喜”“起”“熙”押韵，所以说是三言。股肱，指大臣。股，大腿。肱，胳膊。元首，指虞舜。百工，即百官。

⑩夏年：指夏帝太康时期。

⑪《洛汭》之歌：即《五子之歌》，共五首，基本是四言，夏时国君太康的弟弟在洛水边上唱的歌。

⑫《行露》：《诗经·召南》中的一篇。全诗分三章共十五句，其中八句是五言。如：“谁谓雀无角，何以穿我屋？”

⑬“六言七言”二句：《诗经》《楚辞》中已有六言、七言的句子。如《诗经·大雅·召旻》：“维昔之富不如时，维今之疚不如兹。”《离骚》：“路漫漫其修远兮，吾将上下而求索。”“兮”是助词，不算字数。

⑭两：疑当作“二”。二体：指六言、七言这两种诗体。

⑮情数：指作品内容的多种多样。数，屡，指复杂。运周：运转不停。周，周详。

⑯代：更替。

[ 译文 ]

至于章、句的变化虽没有一定的常规，而一句之中字数多少的作用可以分别说明：四字的句短，虽然密凑但音节并不急促，六字句长，虽然宽裕但音节并不迂缓，有时变成三言、五言的句子，大概是适应情势变化的权宜节拍。至于《诗经》中《雅》《颂》这一类郑重的体裁，以四言诗为正宗，唯有《小雅·祈父》《周颂·维清》用了二言的句子。考察二言诗开始于黄帝时代，《竹弹谣》就是二言的歌谣；三言诗是从虞舜时代兴起的，《元首诗》就是三言的诗歌；四言诗在夏朝时多用，《洛汭之歌》便是四言的诗歌；五言诗出现在周代，《行露》便是五言诗歌；六言诗和七言诗，夹杂在《诗经》和《楚辞》中间，运用这两种句式的诗歌体裁，到西汉时才发展成为完整的诗篇。由于情势趋向于复杂，表达要求得更周详，随着时代的发展，复杂的长句的运用就逐渐代替了简单的短句。

## 原文

若乃改韵徙①调，所以节②文辞气。贾谊、枚乘，两韵辄(zhé)易③；刘歆(xīn)、桓谭，百句不迁④：亦各有其志也。昔魏武论赋⑤，嫌于积韵⑥，而善于资代⑦。陆云亦称“四言转句，以四句为佳”⑧。观彼制韵，志同枚、贾。然两韵辄易，则声韵微躁⑨，百句不迁，则唇吻⑩告劳。妙才激扬⑪，虽触思利贞⑫，曷若折之中和⑬，庶保无咎⑭。

[ 注释 ]

①徙：变，迁。

②节：调节。

③“贾谊、枚乘”二句：贾谊的《吊屈原赋》《鹏鸟赋》都是用两个韵脚就转韵。枚乘用两个韵脚就转韵的作品已看不见。辄，就。

④“刘歆、桓谭”二句：刘歆、桓谭二人一韵到底的作品已失传。迁，变，转。

⑤魏武：曹操。赋：当作“诗”。曹操论诗的话无可考。

⑥积韵：重复用同一个韵，即“百句不迁”。

⑦资代：取代，指转韵。

⑧“陆云亦称”三句：陆云论韵的话见其《与兄平原书》。四言诗句一韵，四句两个韵脚，他也主张两个韵脚就转韵。陆云，陆机的弟弟。

⑨躁：急。

⑩唇吻：嘴唇。

⑪妙才：高手。激扬：指作者的才情高昂。

⑫触思利贞：构思顺利。贞，正。

⑬曷：何。折之中和：既不要用了两个韵脚就转韵，也不要老是转韵，要求得中正和平。

⑭庶：将近，差不多。咎：过失。

[译文]

至于辞赋改换音韵使适合情调，是为了调节文辞，配合气势。贾谊和枚乘的作品，喜欢用两个韵脚之后就改韵；刘歆和桓谭的作品，写了一百句也不换韵。这也是各有自己的用意和志趣啊！从前魏武帝曹操论诗，对同韵的字用多了表示不满，却赞美换韵。陆云也说，四言诗的转韵，以四句一转为好。看他对用韵的主张，同枚乘和贾谊是相同的。可是用两韵之后即改韵，在声韵上就显得稍微有些急躁，如果一百句都不换韵又太单调，读起来嘴巴也会感到疲劳。富有才华的作者能使音韵激荡抑扬，这样虽然在用韵上很好地触动思想有利表达真诚的感情，但何不如加以折中，根据具体情况变换音韵，这样几乎可以保证在用韵上没有过失。

## 原文

又《诗》人以“兮”字入于句限[①]，《楚辞》用之，字出句外[②]。寻“兮”字承句，乃语助余声。舜咏《南风》[③]，用之久矣，而魏武弗好，岂不以无益文义耶！至于夫、惟、盖、故者，发端之首唱[④]；之、而、于、以者，乃札句[⑤]之旧体；乎、哉、矣也者，亦送末之常科[⑥]。据事似闲[⑦]，在用实切。巧者回运[⑧]，弥缝[⑨]文体，将令数句之外，得一字之助矣。外字[⑩]难谬，况章句欤！

[注释]

①句限：句内。《诗经》中用“兮”字的诗歌很多。如《郑风·萚兮》：“兮兮，风其吹女。”有的用在句内。

②句外：指“兮”字在韵脚后，所以说句外。如《楚辞·橘颂》：“年岁虽少，可师长兮。行比伯夷，置以为像兮。”“长”“像”是韵脚。其“兮”字在韵脚之外。

③《南风》：《尚书·虞书》中记载有《南风歌》，其歌辞为：“南风之熏兮，可以解吾民之愠兮；南风之时兮，可以阜吾民之财兮。”

④发端、首唱：开头。这些虚字都用在句、章、篇的开头。

⑤札：削竹刺入，嵌进。札句，指嵌入句中的助词。

⑥常科：常用的形式。

⑦闲：空，没有实际的作用。

⑧回运：婉转灵活地运用。

⑨弥缝：弥补，缝合。

⑩外字：实字之外的字，指虚字。

[ 译文 ]

再有《诗经》作者在句内用“兮”字，《楚辞》中大量用了“兮”字，而且“兮”字已可以用在句子之外。考察“兮”字构成的句子，作为承接语气的成分，乃是一种语助词，用来延缓语气的。虞舜咏唱的《南风歌》里，早就用了“兮”字，可是魏武帝曹操却不喜欢用“兮”字，难道不是他认为“兮”字在文义上没有什么作用吗？至于夫、惟、盖、故这些虚词，是句子开头的发语词；之、而、于、以，是造句中的常用虚词；乎、哉、矣、也这些虚词，是句末的常用助词。照叙议的事理来看这些虚词似乎是闲余的，就作用而言它们却很实在管用。巧妙的作者善于回环婉转地运用，使文辞更加严密，就能在使用实词构成几句外，又得到一个虚词的帮助。实字之外的虚字的运用都不允许有谬误，何况是实字构成的章句呢！

仰明月而太息兮

屈原的《离骚》沿用古诗体，多采“兮”字，句末押韵，辞情并茂，让人欲罢不能。

## 原文

赞曰：断章有检[1]，积句不恒[2]。理资配主，辞忌失朋。环情革调[3]，宛转相腾。离合同异[4]，以尽厥[5]能。

[ 注释 ]

①检：规格、法式。

②恒：久，有定。

③革：改。革调，即“改韵徙调”。

④离合：即“离章（分章）合句（造句）”。同异：有同有异，指章句的千变万化。

⑤厥：其，指章、句。

［译文］

总结：断分章节有一定的法度，积句成章却没有常规。每个章节的内容要配合主题，用词切忌不注意关系变得孤立。围绕思想感情来安排韵调，使文辞抑扬宛转相互发扬。从实际需要出发分章遣句，尽量发挥章句的功能。

# 丽辞第三十五

**题解**

《丽辞》的“丽”是骈俪的意思，“丽辞”即骈俪之辞，即讲究对偶，是我国文学艺术独有的艺术特色之一。本篇论述了文学的对偶问题。

全篇分三部分：一、讲语言的对偶形成的原因及其源流梗概。刘勰认为丽辞的产生出于自然，是自然形成的，事物本身具有对偶的自然美，反映事物的语言自然也有对偶。他欣赏对偶的自然美，主张“自然成对”。二、讲对偶的四种基本类型。刘勰将古来的对偶归纳为四种类型：言对、事对、反对、正对。他的分析基本上是对的。三、通过列举几种应该避免的弊病，论述了使用对偶的基本原则和注意事宜：要对得合理恰当，对句和散句要交错运用等。

对偶是文学作品的一种修辞手段。汉魏六朝文学作品讲对偶之风的逐渐兴起，和文学本身的发展直接有关，它一方面说明随着文学的发展人们日益重视文学艺术修辞手段的运用，另一方面也说明对这一修辞手段如不正确运用会助长形式主义的文风。刘勰正是在这一情况下讨论了丽辞问题。

## 原文

造化[①]赋形，支[②]体必双，神理[③]为用，事不孤立。夫心生文辞，运裁百虑，高下相须[④]，自然成对。唐虞之世，辞未极文，而皋陶(gāoyáo)赞[⑤]云：“罪疑惟轻，功疑惟重。”[⑥]益陈谟(mó)[⑦]云：“满招损，谦受益。”[⑧]岂营丽辞，率然[⑨]对尔。《易》之《文》《系》[⑩]，圣人之妙思也。序《乾》四德，则句句相衔[⑪]；龙虎类感，则字字相俪(lì)[⑫]；乾坤易简，则宛转相承[⑬]；日月往来，则隔行悬合[⑭]：虽句字或殊，而偶意一也。至于《诗》人偶章[⑮]，大夫联辞[⑯]，奇偶[⑰]适变，不劳经营。自扬、马、张、蔡[⑱]，崇盛丽辞，如宋画吴冶[⑲]，刻形镂法，丽句与深采并流，偶意共逸韵[⑳]俱发。至魏晋群才，析句弥密，联字合趣，剖毫析厘。然契机[㉑]者入巧，浮假[㉒]者无功。

[注释]

①造化：指天地、自然。

②支：同“肢”，即肢体。

③神理：因为肢体成双是天生的，所以说神理。

④相须：相对，相需。须，待，宜。

⑤皋陶：舜时掌管刑法的大臣。赞：助。

⑥“罪疑惟轻”二句：《尚书·伪大禹谟》中皋陶回答舜的话。疑，疑惑不定。

⑦益：舜的大臣。陈：进献。谟：策划，议谋。

⑧“满招损”二句：《尚书·伪大禹谟》中益赞助禹说的话。

⑨率然：随便，未经思考。

⑩《易》：指《周易》。《文》《系》：指解说《周易》的《文言》和《系辞》，相传都是孔子所作。

⑪“序《乾》四德”二句：《周易·乾卦》：“乾，元亨利贞。”元、亨、利、贞即“四德”。这四句都是相衔对偶的。

⑫“龙虎类感”二句：《周易·乾卦·文言》中有“水流湿，火就燥，云从龙，风从虎”的话，这些话都字字相对。俪，对偶，骈俪。

⑬“乾坤易简”二句：《周易·系辞上》：“天尊地卑，乾坤定矣。卑高以陈，贵贱位矣……乾以易知，坤以简能。易则易知，简则易从；易知则有亲，易从则有功，有亲则可久，有功则可大……”这段解说论理上承下接而又对偶。

⑭“日月往来”二句：《周易·系辞下》：“日往则月来，月往则日来，日月相推而明生焉；寒往则暑来，暑往则寒来，寒暑相推而岁成焉。”悬，悬隔，远。

⑮《诗》人偶章：《诗经》中的对偶句也有很多。如《小雅·采薇》：“昔我往矣，杨柳依依；今我来思，雨雪霏霏。”章，诗章。

⑯大夫联辞：春秋战国时期各国士大夫的聘问之辞，讲究文采，有很多的对偶句。如《左传·僖公五年》载宫之奇谏虞国君不要让晋国军队穿过虞国去攻打虢国时说：“晋不可启，寇不可玩。”最后两句是对偶。

⑰奇偶：奇，单数；偶，双数。指散句和偶句。

⑱扬、马、张、蔡：指扬雄、司马相如、张衡、蔡邕。

⑲宋画：《庄子·田子方篇》载，宋元君召集许多画家画画，大家接受命令后都作揖行礼站着画。有一人回舍后来，不仅态度从容不迫，而且接受任务后便进房舍解开衣，伸开腿坐着画。宋元君认为他是真正的画家。吴冶：干将、莫邪夫妇铸剑很讲究，采用五山的精铁、天下的好铜，精工冶炼而成。此喻指吴人善冶。

⑳逸韵：高雅超逸的音韵。

㉑契机：合时，指对偶得当。

㉒浮假：浮滥。

## [译文]

自然所赋予的形体，肢体都一定是成双成对的，这是造化的作用，它说明事物都不是孤立存在的。人的心思需要表达因而产生了文辞，创作文辞多方面地裁剪考虑，高低上下相互配合，自然便构成对偶。唐尧、虞舜时代，文辞还没有很讲究文采，而

托赋写愁

汉朝大赋盛行，骈俪华美之辞不绝，不少文人借赋来抒愁思、遣离怀。

皋陶就曾经赞助虞舜出主意说："罪过大小不能确定的就从轻处理，功劳大小不能确定的就从重奖赏。"益也向夏禹贡献意见说："自满的招致损失，谦虚的受到益处。"这些难道是有意造成的对偶吗？不经意自然相对罢了。《易经》中的《文言》《系辞》，是圣人精思的表现。叙述《乾卦》的元、亨、利、贞这"四德"，就字字相对；讲到同类互相感应，例如"云随从龙，风随从虎"，就是字字都相骈俪；讲到天地的道理简要平易，就非常婉转地相互承接；说的"日往则月来，月往则日来"，就是隔行隔句遥相对仗。虽然这些句子的字数不一样，可是用意构成对偶却是一致的。至于《诗经》的作者在作品中相对偶的章句，东周列国士大夫在外交上应对时使用的联偶的言辞，有单句有偶句，都适应内容变化的需要，不用劳费心思去安排经营。自从扬雄、司马相如、张衡、蔡邕推崇华丽对偶的文辞，大加运用，如像宋人的讲究画画、吴人的讲究铸剑一样，注意文辞的雕饰，所以在他们的作品中，骈俪的句子与丰富的文采一起流传，对偶的意思和超逸的声韵一起显耀。到了魏、晋时代的许多作者，造句更加地精密，联缀字词，情趣配合，讲究对偶，辨析毫厘。然而契合时机用得适当的才巧妙，浮泛造作的没有效果。

## 原文

故丽[①]辞之体，凡有四对：言对[②]为易，事对[③]为难，反对[④]为优，正对[⑤]为劣。言对者，双比空辞[⑥]者也；事对者，并举人验者也；反对者，理殊趣合者也；正对者，事异义同者也。长卿《上林赋》[⑦]云："修容乎礼园[⑧]，翱(áo)翔乎书圃。"[⑨]此言对之类也；宋玉《神女赋》[⑩]云："毛嫱(qiáng)障袂(mèi)，不足程式[⑪]；西施掩面，比之无色。"[⑫]此事对之类也；仲宣《登楼》[⑬]云："钟仪幽而楚奏[⑭]，庄舄(xì)显而越吟[⑮]。"此反对之类也；孟阳《七哀》[⑯]云："汉祖想枌(fén)榆[⑰]，光武思白水[⑱]。"此正对之类也。凡偶

巫山神女

辞胸臆[19]，言对所以为易也；征[20]人之学，事对所以为难也；幽显同志[21]，反对所以为优也；并贵共心[22]，正对所以为劣也。又言对事对，各有反正，指类而求，万条自昭然矣。张华诗[23]称：“游雁比[24]翼翔，归鸿知接翮(hé)[25]。”刘琨诗[26]言：“宣尼悲获麟(lín)，西狩泣孔丘。”[27]若斯重出，即对句之骈枝(pián qí)[28]也。

## [注释]

①丽：同“俪”。

②言对：文字的对偶。

③事对：用事用典的对偶。

④反对：意义相反的对偶。

⑤正对：意义相同、性质相似的对偶。

⑥空辞：指不用典的文辞。

⑦长卿：司马相如的字。《上林赋》是司马相如的代表作之一。

⑧修容：修饰容仪。礼园：礼仪之园。《礼》是用调整威仪的，即可以修容。

⑨翱翔：浮游，徘徊，指学习《尚书》。圃：园圃，园地。

⑩宋玉：战国时代楚国文人，作有《神女赋》。

⑪“毛嫱障袂”二句：毛嫱，古代美女。袂，衣袖。程式，标准。

⑫“西施掩面”二句：西施，春秋时期越国美女。无色，无颜色，不美。以上是《神女赋》形容神女貌美，连毛嫱、西施也自愧不如。

⑬仲宣：王粲的字，代表作为《登楼赋》。

⑭钟仪：春秋时期楚国的乐师，被郑国俘虏后献给晋国而成为囚犯。晋景公在军府里看见他，叫人解缚并给他琴让他弹奏，他弹奏了楚国的音乐。幽：囚。

⑮庄舄：春秋时期越国人，在楚国当了大官，仍然弹吟越国的音乐。显：显贵。

⑯孟阳：张载的字，西晋文人，作有《七哀诗》。

⑰汉祖：汉高祖刘邦。枌榆：在今江苏省丰县东北，刘邦的家乡，刘邦起兵时，

曾祷于枌榆社。

⑱光武：东汉光武帝刘秀。白水：在今河南南阳，这里指刘秀的故乡。

⑲胸臆：内心，指偶辞是由内心思考而成。

⑳征：验证。

㉑幽显同志：幽、显二字在这里双关，既一般地指幽隐和明显两种相反的情况，又指钟仪的幽囚和庄舄的显贵。

㉒并贵共心：也是双关，既指对偶两句表达相同的思想，又指刘邦和刘秀都贵为天子而同样思念家乡。

㉓张华：西晋文人。诗：指张华的《杂诗》。

㉔比：并。

㉕翮：翅膀。

㉖刘琨：西晋末期文人，作品刚健有力。诗：指刘琨的《重赠卢谌诗》。

㉗“宣尼悲获麟”二句：宣尼，指孔子，汉平帝追封孔子为褒成宣尼公。西狩：就是获麟，冬猎称狩。孔子听说猎人在西郊冬天打猎，捉获麟，悲伤他的道不行，因为古人认为麟应该在太平时出现，当时世乱而麟出现，所以孔子悲伤。

㉘骈枝：多余的，不必要的。骈，脚拇指与二指相连。枝，手拇指枝生一指。

## [译文]

骈俪对偶的体例，大概有四种：言对是容易的，事对是困难的，反对是优的，正对是差的。言对，就是对偶的双方都用抽象的言辞而不用事例；事对，就是并列举出人事证验的事实；反对，就是事理相反而又旨趣相合的对偶；正对，就是事实不同而意义相合的对偶。司马相如的《上林赋》中说：“在礼仪的殿堂上修饰，在书圃之中翱翔飞舞。”这就是属于言对这一类。宋玉的《神女赋》中说：“美女毛嫱用袖遮着脸蛋，自愧不够标准；美人西施以手掩着面庞，相比没有光彩。”这是事对这一类。王粲的《登楼赋》说：“楚人钟仪被晋国幽禁为囚，仍然弹奏楚国的音乐；越人庄舄在楚国做大官，犹尚吟咏越国的歌曲。”这就是反对这一类的。张载的《七哀诗》说：

美女罗敷

罗敷是古人对美女的代称，最有名的美女描写当属《陌上桑》。全文对偶排比活用，用行人的各种情状衬托出罗敷的美貌。

“汉高祖怀念家乡枌榆社，光武帝思念故乡白水县。”这就是正对这一类的例子。只要把心里话组成对偶就行，这就是言对之所以容易的原因；事对要考验一个人的学问，所以它就比较困难；钟仪和庄舄虽然一个幽囚一个显达，但他们不忘故国的志气是相同的，所以反对是好的；汉高祖和光武帝都很荣贵，思念家乡的感情也相同，所以说正对是差的。事对也有正对和反对的区别，按照各类来考求，各种各样的对偶自然看得清楚明白了。张华的《杂诗》说：“远游的大雁比翼飞翔，归去的鸿雁连翅而飞。”刘琨的《重赠卢谌诗》说：“孔子听说捕获到了麒麟很悲伤，孔子听说在西郊狩猎到了麒麟而哭泣。”像这类意思重复的句子，就是对句中重复多余的部分。

## 原文

是以言对为美，贵在精巧；事对所先，务在允当。若两事相配，而优劣不均，是骥(jì)在左骖(cān)①，驽(nú)②为右服也。若夫事或孤立，莫与相偶，是夔(kuí)③之一足，趻踔(chěnchuō)④而行也。若气无奇类，文乏异采，碌碌⑤丽辞，则昏睡耳目。必使理圆事密，联璧⑥其章。迭⑦用奇偶，节以杂佩⑧，乃其贯耳。类此而思，理自⑨见也。

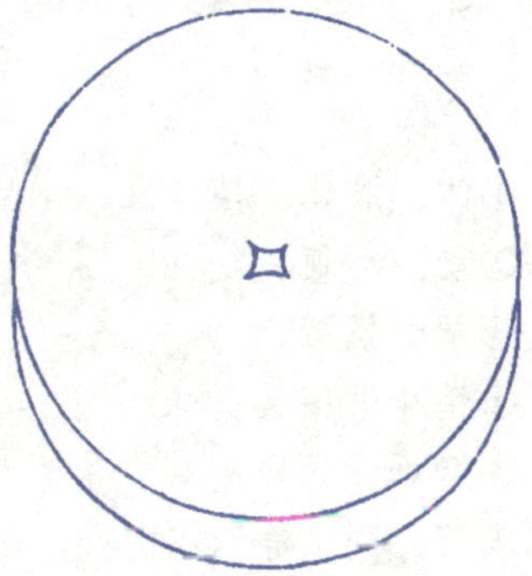

夕月坛正位白璧

骈文的句子对偶工整，如同双联的璧玉，相互辉映。

### [注释]

①骥：良马。骖：古代驾车的四马，在两侧的两马叫骖，居中的两马叫服，这里借指一车驾两马，左为骖，右为服。即左、右相对，骖、服相对要平衡。

②驽：劣马。

③夔：神话中的人物，传说他只有一只脚，儒家传说他是虞舜的乐官。

④趻踔：跳跃着走。

⑤碌碌：平庸。

⑥璧：环玉。

⑦迭：交替。

⑧杂佩：包括各种不同的佩玉，有各种形式和名称。

⑨自：作“斯”。

### [译文]

因此言对是美好的，好在对得精致巧妙；事对是好的，好在用事公允恰当。倘若两件事情相配对偶，而一好一坏优劣不相称，那就像驾车，把千里马套在马车的左边作骖马，把劣马套在马车的右边作服马。至于要是只有孤零零的一件事情，没有可以相配对的，那就像夔只有一只脚一样，只能跳着走路了。倘若文意气势毫无创新之处，文辞缺乏新异的文采，只是些平庸的骈俪之辞，那就只能使人看了昏昏欲睡了。因此，一定要使对偶的句子文理圆通，事义周密，像双联的璧玉呈现文采，共同在一篇文章里。再加上交错地运用奇句和偶句，像用各种佩戴着的玉石来调节它，这才算是可贵的。类似这样去思考，怎样用对偶的道理自然明白了。

## 原文

赞曰：体植①必两，辞动②有配。左提右挈(qiè)③，精味④兼载。炳烁(shuò)联华⑤，镜静⑥含态。玉润双流⑦，如彼珩(héng)佩⑧。

### [注释]

①体：肢体。植：立。

②动：动辄，往往。

③挈：携带。

④精味：精义韵味。

⑤炳烁：光彩照耀。华：花。

⑥静：同“净”，明净。

⑦双流：双垂。垂，布，流传。指玉的光泽与声音，比喻丽辞必须讲究藻饰与声律。

⑧珩：成双的佩玉上面的横玉。佩：古代衣带上佩戴的玉石。

### [译文]

总结：事物的生长自然成双成对，文辞的运用也往往对偶。创作中能上下左右兼顾，精义与韵味就能共同表现。像光彩闪烁并联的花朵，如明镜照物含有千姿百态。玉石的光泽和声韵双双传流，像那佩戴着的美玉杂佩。

# 比兴第三十六

**题解**

《比兴》的“比”是比喻，“兴”是起兴，都是我国古代诗歌创作中的传统艺术表现手法。这两种表现手法都和艺术现象有密切关系。本篇讲“比”“兴”这两种艺术表现方法及其和艺术形象的关系。对比、兴的理解，历来分歧较大。刘勰在总结前人的基础上提出自己的一些看法，这些意见对比兴传统方法的发展有一定的影响。

全篇分三部分：一、讲“比”“兴”的意义及其关系。比是比喻，兴是因物起兴。这基本是对汉人比兴方法的总结，此外，又将比兴方法和思想感情联系起来，这是刘勰对该方法的发展。二、讲“比兴”的艺术表现特点，通过《诗经》《楚辞》中的实例，进一步说明“比兴”艺术方法在具体创作中的运用。三、专论“比”的类别及用“比”的基本原则。

《比兴》篇是我国第一篇专论“比兴”的论文。刘勰总结了汉以来文学创作正反面的经验，对“比兴”的含义有了新的认识，即“比兴”不仅是艺术表现方法，而且包含有艺术形象的萌芽。此外刘勰对“比兴”的运用提出了一个重要的要求：“拟容取心”的原则。“拟容”即要重视“比兴”的具体形象，“取心”即要重视形象所包含的意义，提取其精神实质。即要通过能表达实际意义的形貌，来抒写作者的思想感情。

## 原文

《诗》文弘奥[①]，包韫(yùn)六义[②]，毛公述传[③]，独标兴体[④]，岂不以风通而赋同[⑤]，比显而兴隐[⑥]哉？故比者，附[⑦]也；兴者，起[⑧]也。附理者，切类[⑨]以指事，起情者，依微[⑩]以拟议。起情故兴体以立，附理故比例[⑪]以生。比则蓄愤以斥言[⑫]，兴则环譬以托讽[⑬]。盖随时之义不一，故《诗》人之志有二[⑭]也。

**[注释]**

①《诗》文：《诗经》的作品。弘：大。奥：深。

②韫：藏。六义：即风、赋、比、兴、雅、颂。其中风、雅、颂指诗的类型，赋、比、兴是表现手法。赋是直接铺陈，比是比喻，兴是因物起兴。

③毛公：相传战国末、西汉初鲁人毛亨（世称“大毛公”）注诗，称《毛诗故训传》，简称《毛传》。以传授赵人毛苌，世称“小毛公”。传：经的注释。

④独标兴体：《毛传》注释《诗经》时，对“兴体”有特别注明。

⑤风通：风指风雅颂，《诗经》中用“风”“雅”“颂”来分类，所以不必在每

首诗下再注明是风是雅或颂。赋同：赋的铺陈手法前后相同，容易区分。

⑥比显：比喻手法明显，也较易识别。兴隐：起兴手法隐晦，和比喻又有相似之点，不易识别。

⑦附：接近，指托附于物以成比喻。

⑧起：引起。

⑨切：切合。类：相似。

⑩微：隐。

⑪例：体例。

⑫蓄愤：积愤，兼激愤的感情。斥言：指斥的话。

⑬环譬：婉转的譬喻，回环委婉。托讽：寄托讽喻。

⑭《诗》人：指《诗经》的作者。有二：二指比、兴两种手法。

### [译文]

《诗经》的内容深广，包含着风、雅、颂、赋、比、兴这“六义”。可是毛公给《诗经》作注，只注明某篇作品是用的“兴”法，难道不是因为全书按照“风”“雅”“颂”来分类，而“赋”是直接铺陈手法前后相同，比喻也很明显，只有托物起兴比较隐晦吗？所以“比”，就是比附的意思；“兴”，就是起兴的意思。比附事理的，用贴切的类比方法来说明事物；因物起兴的，依靠含义微隐的事物来寄托情意。因为触物起情，所以起兴的手法得以成立；因为比附事理，所以比喻的手法得以产生。比喻就是怀着蓄积愤懑的感情来斥责，起兴就是用委婉的譬喻来寄托用意的意思。由于实际情况不同，所以《诗经》作者们言志的手法有比喻和起兴这两种区分了。

《豳风之六》二之日凿冰冲冲

《诗经》是古代诗歌的集大成者，“六义”在其中体现得尤为明显。

## 原文

观夫兴之托喻，婉而成章①，称名也小，取类也大②。关雎(jū)有别，

关雎

《诗经》中常用“兴”的手法，如“关关雎鸠，在河之洲”为起兴，借此引出窈窕淑女之语。

故后妃方德[3]；尸鸠(jiū)[4]贞一，故夫人象义。义取其贞，无疑于夷禽[5]；德贵其别，不嫌于鸷鸟(zhì niǎo)[6]：明而未融[7]，故发[8]注而后见也。且何谓为比？盖写物以附意，扬言[9]以切事者也。故金锡以喻明德[10]，珪璋(guī zhāng)[11]以譬诱民，螟蛉(míng líng)以类教诲[12]，蜩螗(tiáo táng)以写号呼[13]，浣(huàn)衣以拟心忧[14]，卷席以方志固[15]：凡斯切[16]象，皆比义也。至如“麻衣如雪”[17]“两骖(cān)如舞”[18]，若斯之类，皆比类者也。楚襄[19]信谗，而三闾(lǘ)忠烈[20]，《依》诗制《骚》，讽兼比兴。炎汉[21]虽盛，而辞人夸毗(pí)[22]，讽刺道丧，故兴义销亡。于是赋颂先鸣，故比体云[23]构，纷纭杂沓[24]，倍[25]旧章矣。

## [注释]

①成章：自成文理、文章，指写得好。章，即《情采》“圣贤书辞，总称文章”之“章”。

②“称名”二句：《周易·系辞下》：“其称名也小，其取类也大。”小中见大，小事寓大义。取类，取义，取相类事物来起兴以寄托讽喻的意义。

③“关雎”二句：《诗经·周南·关雎》：“关关雎鸠，在河之洲。”关关，状鸟和鸣的声音。雎，雎鸠，一种水鸟，雎鸠性凶猛，但雌雄配合后即有别，不再和别的雎鸠相配。《毛传》认为《关雎》的内容主题是赞美后妃之德，是儒家的封建观点。方，比方。

④尸鸠：即鸤鸠，布谷鸟。

⑤夷禽：即常禽，指尸鸠。

⑥鸷鸟：凶猛的鸟，指雎鸠。

⑦明而未融：天刚明还没有大亮。融，朗，大明。

⑧发：阐发、启发。

⑨扬言：大声宣称，明言。

⑩“金锡”句：《诗经·卫风·淇奥》：“瞻彼淇奥，绿竹如箦，有匪君子，如金如锡，如圭如璧。”箦，积。匪，同“斐”，文采貌。金，铜。锡，锡、铜合金，即青铜。

⑪珪璋：玉名，上圆下方的叫珪，半叫璋。

⑫“螟蛉”句：《诗经·小雅·小宛》：“螟蛉有子，蜾蠃负之。教诲尔子，式谷似之。”诗人认为细腰蜂捕捉螟蛉放入自己的巢内，产卵后用泥封住，幼虫孵出即吃螟蛉长大。诗人误认为蜾蠃养螟蛉为子，螟蛉就会化成细腰蜂。

⑬“蜩螗”句：《诗经·大雅·荡》：“文王曰咨，咨女殷商，如蜩如螗，如沸如羹。”蜩，小蝉。螗，大蝉。

⑭“浣衣”句：《诗经·邶风·柏舟》：“心之忧矣，如匪浣衣。”浣衣，洗衣。

⑮“卷席”句：《诗经·邶风·柏舟》：“我心匪席，不可卷也。”

⑯切：合。

⑰麻衣如雪：《诗经·曹风·蜉蝣》：“蜉蝣掘阅，麻衣如雪。”蜉蝣，一种昆虫，朝生暮死。阅，即洞穴。麻衣，诸侯所穿的朝服。

⑱两骖如舞：见于《诗经·郑风·大叔于田》：“叔于田，乘乘马，执辔如组，两骖如舞。”形容大叔驾驶的本领高强。骖，驾车时左右两旁的马。

⑲楚衰：指楚怀王和楚顷襄王时代，怀王和顷襄王听信靳尚等奸臣谗言，疏远流放屈原。

⑳三闾：指屈原，屈原曾为三闾大夫，主管楚国昭、屈、景三家贵族的事务。忠烈：指屈原忠于楚国，以身殉国。

㉑炎汉：古代用五行来讲朝代盛衰兴亡，认为汉是火德，因称。炎，火盛。

㉒辞人：指辞赋家。夸毗：柔媚，无骨气的人。

㉓云：纷纷的意思，形容众多。

㉔杂沓：众多，杂乱。

㉕倍：即“背”。

［译文］

观察起兴的寄托讽喻，措辞委婉而又自然成章，它所举的名物虽小，但取其相类之点以托喻的含义很大。关雎鸟雌雄相配各自有别，所以诗人用后妃来比这种贞洁的德行；尸鸠鸟守巢坚贞专一，所以诗人用夫人来比拟这种节义。在用意上只取它坚贞专一这一点，不在乎它是平凡的飞禽；在德行上只看重它雌雄有别这一点，不必嫌忌它是猛禽。这些诗句虽然明白，但它们的含意不够显豁，所以要看了注才懂得。再说什么叫比喻？就是用一定的事物来比附，明白而确切地说明用意。所以《诗经》的作者用金和锡来比喻君子美好的德行，用珪和璋的配合来譬喻教导臣民，用螟龄来类比教诲子女，用蝉噪来比喻描写殷的饮酒呼号之声，用衣服脏了也不浣洗来比拟内心的忧愁，用我的心不似席子那样可以卷收来比方心志的坚固：像这些贴切的形象，都是比喻的手法。至于像说“麻布衣就像雪一样洁白”“两骖马和两服马奔驰像合于舞蹈的节拍”，这一类例子也都属于比喻。战国时代，楚国衰败，楚顷襄王听信谗言，屈原忠烈而被流放，他因而继承《诗经》的义旨，创作了《离骚》，其中的讽喻兼用比喻和起兴的手法。汉代的创作虽然兴盛，可是辞赋的作者喜欢阿谀奉承，《诗经》《离骚》讽刺的传统丧失了，起兴的手法意义销匿亡故了。这时赋、颂就首先得到发展，所以比喻手法风起云涌，繁多而复杂，背离了过去比兴并运的法则。

## 原文

夫比之为义①，取类不常：或喻于声，或方于貌，或拟于心，或譬于事。宋玉《高唐》②云：“纤③条悲鸣，声似竽(yú)籁(lài)④。”此比声之类也；枚乘《菟(tù)园》⑤云：“猋猋纷纷⑥，若尘埃之间⑦白云。”此比貌之类也；贾生《鵩(fù)鸟》⑧云：“祸之与福，何异纠纆(mò)⑨。”此以物比理者也；王褒《洞箫》⑩云：“优柔温润，如慈父之畜⑪子也。”此以声比心者也；马融《长笛》⑫云：“繁缛(rù)络绎⑬，范、蔡⑭之说也。”此以响比辩者也；张衡《南都》⑮云：“起郑舞⑯，茧曳⑰绪。”此以物比容⑱者也。若斯之类，辞赋所先，日用乎比，月忘乎兴，习小而弃大，所以文谢于周人⑲也。至于扬、班⑳之伦，曹、刘㉑以下，图状山川，影写㉒云物，莫不织综㉓比义，以敷其华，惊听回视㉔，资此效绩。又安仁《萤赋》㉕云“流金在沙”，季鹰《杂诗》㉖云“青条若总翠”，皆其义者也。故比类虽繁，以切至为贵，若刻鹄(hú)类鹜(wù)㉗，则无所取焉。

**[注释]**

①义：即“六义”之义，这里当手法讲。

②《高唐》：战国时期楚国文人宋玉的《高唐赋》。

③纤：细。

④竽：乐器名，形似笙，有三十六簧。籁：孔窍发出的声音。

⑤《菟园》：汉代辞赋家枚乘的《菟园赋》。

⑥猋猋：形容鸟飞得快。

⑦间：夹杂。

⑧贾生：即贾谊。《鵩鸟》：《鵩鸟赋》。

⑨纠纆：用三股打成的绳。纆，绳索。

⑩《洞箫》：王褒的《洞箫赋》。

⑪畜：养。

⑫《长笛》：马融的《长笛赋》，载《文选》卷十八。

⑬缛：文采繁盛。络绎：接连不断。

⑭范、蔡：范雎、蔡泽，都是战国时期辩士，都曾做过秦国的丞相。

⑮《南都》：张衡的《南都赋》。《南都赋》原话为："坐商歌兮起郑舞，白鹤飞兮茧曳绪。"

⑯郑舞：郑国地方的舞蹈。

⑰曳：抽，牵引。

⑱容：仪态。

⑲谢：逊色，这里是指比不上。周人：周代《诗经》作者。

⑳扬、班：扬雄、班固。

㉑曹、刘：曹植、刘桢。

㉒影写：模写。

㉓织综：织机上的装置，这里是组织运用的意思。

㉔回：眩惑，疑惑。

㉕安仁：西晋文人潘岳的表字。《萤赋》：即《萤火赋》，这里所引原文为："飘飘颎颎，若流金之在沙。"颎颎，同"炯炯"，形容光明的样子。流，流动。

㉖季鹰：西晋文人张翰的表字。其《杂诗》中有"青条若总翠，黄花如散金"句。总，聚集。翠，翠鸟，这里指翠鸟的羽毛。

㉗鹄：天鹅。鹜：野鸭子。

## [译文]

比喻这种手法，在用作比喻的事物上没有一定的常规：有的用声音来比喻，有的用形貌来比方，有的用心思来比拟，有的用外在的事物来比譬。宋玉《高唐赋》中说："纤细的枝条发出悲切的声音，好似吹竽吹箫一样。"这就是拿声音来比譬的一类。枚乘《菟园赋》中说：

翠柳

张翰用"青条若总翠"之语来形容柳条青翠，是很常见的比喻。

“众多的鸟儿纷纷疾飞，好像点点尘埃间杂在白云里一样。”这就是拿形象来比喻的一类。贾谊《鹏鸟赋》中说：“祸殃与福气，跟三股绳纠结在一起没什么不同。”这就是用事物来比譬道理的。王褒《洞箫赋》中说：“优雅柔和，像慈父抚养子女一样。”这就是用箫的声音来比用心的。马融的《长笛赋》里说：“繁言缛辞，连续不断，就像范雎、蔡泽的辩说之辞一样。”这就是用音乐来比喻游说辩论的。张衡《南都赋》中说：“跳起郑国的舞蹈，就像蚕茧抽丝一样。”这就是用事物来比拟人的舞姿的。像上述这一类例子，都是辞赋这种文体所争先运用的，往往注重用比喻的手法，渐渐忘掉用起兴，熟悉次要的比喻手法，抛弃意义重大的起兴手法，所以诗文创作就不及周代了。至于扬雄、班固这班人，曹植、刘桢以下的作者，他们图绘山川状貌，描写云物形影，没有不把比喻像织综一样交错地运用起来的，显示文采的，耸动视听的，全靠比喻来显示它的功效成绩。再有潘岳的《萤火赋》说，萤火虫飘飘忽忽的闪光，“就像流动的金子在沙里闪烁”；张翰《杂诗》说“青青的枝条好似集合在一起的翠玉”，都是用比喻手法。所以比喻的运用虽然各种各样，要以用得贴切合理最为重要，如果把天鹅刻画得像鸭子一样，那就没有什么可取的了。

## 原文

赞曰：《诗》人比兴，触物圆览①。物虽胡越②，合则肝胆③。拟容取心④，断辞必敢。攒杂⑤咏歌，如川之澹⑥。

### [注释]

①触物圆览：意思是通过仔细周全地观察外界事物来运用比、兴。圆，周全。览，观察。

②胡越：胡，胡人，在北方。越，越人，在南方。比喻相距很远。

③肝胆：指肝和胆位置相连很近，这里比喻比兴的运用很切合。

④容：容貌，形象。心：指精神实质。

⑤攒：积聚。杂：指各种事物。

⑥澹：水波动荡的样子。

### [译文]

总结：《诗经》作者兼用了比喻

春江流水

比兴是诗篇常用手法，可以增进文章气势和感染力，使文章如滔滔江水，奔流不息。

和起兴的手法，感触事物加以周密鉴别观览。事物虽如北胡、南越互不相关，运用比兴便近如肝胆紧连。比拟形象抓住精神实质，判断采用词语必须果敢。攒积事物杂用比兴写成诗篇，那文章就会合成滔滔奔流的河水。

# 夸饰第三十七

**题解**

《夸饰》的“夸”是夸张,“饰”是修饰。“夸饰”即夸张的修饰。本篇讲夸张的手法的运用。

全篇分三部分：一、讲夸张描写在文学创作中的必要性。刘勰并且断定，凡是文辞描写，就永远存在夸张的表现手法。二、讲两汉赋家运用夸饰的情况及其艺术力量。举出了汉赋中运用夸饰的例子，说明汉赋充分发挥了夸张的艺术效果。三、讲运用夸饰手法的基本原则。

我国古代对夸张的艺术表现手法的认识不正确，刘勰则看到了“文辞所被，夸饰恒存”的现象和夸饰在文学创作中的必要性，认识到夸饰的艺术表现手法的作用。说明其对文学艺术的表现特点，有着较为正确的认识。

## 原文

夫形而上者谓之道，形而下者谓之器[①]。神道[②]难摹，精言不能追其极[③]；形器易写，壮辞可得喻[④]其真：才非短长，理自难易耳。故自天地以降[⑤]，豫[⑥]入声貌，文辞所被[⑦]，夸饰恒存。虽《诗》《书》雅言[⑧]，风俗训世[⑨]，事必宜广，文亦过[⑩]焉。是以言峻则嵩(sōng)高极天[⑪]，论狭则河不容舠(dāo)[⑫]，说多则子孙千亿[⑬]，称少则民靡孑遗(mí jié yí)[⑭]；襄陵举滔天之目[⑮]，倒戈立漂杵(chǔ)之论[⑯]：辞虽已甚，其义无害也。且夫鸮(xiāo)音之丑，岂有泮林而变好[⑰]；荼味之苦，宁以周原而成饴[⑱]：并意深褒赞，故义成矫饰[⑲]。大圣[⑳]所录，以垂[㉑]宪章，孟轲所云“说《诗》者不以文害辞，不以辞害意”也[㉒]。

[注释]

①形而上：成形之前，也就是抽象的东西。形而下：成形之后，也就是具体的东西。器：器物，事物。

②神道：即神妙的道理。因其抽象，所以难摹写。

③追其极：彻底表达出来。极，终极。

④喻：说明。

⑤以降：以下，以后。

⑥豫：干预，参与。

瀑布

“飞流直下三千尺，疑是银河落九天”是典型的夸饰，庐山瀑布未有三千尺，但是李白为了加强诗句的效果，特意如此写法。

⑦被：及。

⑧雅言：正言。雅指标准，是当时通行的话。

⑨训世：教化世人。

⑩过：超过。这里有夸大意。

⑪嵩高极天：《诗经·大雅·嵩高》：“嵩高维岳，峻极于天。”嵩，高，山大而高。

⑫河不容舠：《诗经·卫风·河广》：“谁谓河广，曾不容刀。”刀，同“舠”，小船。

⑬子孙千亿：《诗经·大雅·假乐》：“干禄百福，子孙千亿。”干，求。

⑭民靡孑遗：《诗经·大雅·云汉》：“周余黎民，靡有遗孑。”黎，百姓。靡，无。遗孑，遗留。孑，遗、余。

⑮“襄陵”句：《尚书·尧典》：“汤汤洪水方割，荡荡怀山襄陵，浩浩滔天。”汤汤，水流的样子。荡荡，水大的样子。浩浩，水盛大。陵，大土山。目，此处是“说法”之意。

⑯“倒戈”句：《尚书·伪武成》：“罔有敌于我师，前徒倒戈，攻于后以北，血流漂杵。”周武王伐纣，纣前面的军队倒戈击纣。杵，舂米或捶衣的木棒。

⑰“鸮音”二句：《诗经·鲁颂·泮水》：“翩彼飞鸮，集于泮林，食我桑椹，怀我好音。”翩，轻快飞的样子。泮林，指春秋时鲁国建在泮水边的鲁侯宫，即泮宫，有桑林。桑椹，桑果。怀，归。

⑱“荼味”二句：《诗经·大雅·绵》：“周原朊朊，堇荼如饴。”周，周国。原，平原，即岐山之南的地方。朊朊，肥美的样子。堇，野菜，即堇葵，味苦。堇、荼，皆为苦菜。饴，麦芽糖。

⑲矫饰：夸饰。矫，改正，引申为改变的意思。

⑳大圣：指孔子。《诗经》等经书相传是孔子编著的。

㉑垂：流传。

㉒“孟轲”三句：引文见于《孟子·万章上》。说诗，即解说《诗经》。文，文采。辞，指诗句本身。意，《孟子》作“志”。原文是：“故说《诗》者，不以文害辞，不以辞害志，以意逆志，是为得之。”

［译文］

超乎形象而抽象的叫作道理，有形象而具体的叫作器物。神妙的道理难以描摹，用精深的语言也不能写出它的妙极之点；具体的器物容易描绘，壮丽的文辞就可显示它的真相。这并不是作者的才能有什么高低，只不过事理表达自有其难易区别罢了。因此，自从开天辟地以来，描述事物声音形貌的，只要用文辞的表现的地方，夸张的修饰长期被运用。即使《诗经》《尚书》是典雅之言，但为了教化世人，因此用事理应该广博，文辞也要求有夸饰。所以形容高峻就说“山高能够顶到天”，评论狭窄就说“黄河里放不下一条小船”，说到多就说“子子孙孙有千亿”，说到少就说“人民没有一个留下来”，讲洪水围上了山陵，举出了“滔滔的洪水淹没天空”的说法；讲敌人前军倒戈杀得血流成河就说“血多得可以把杵棒都漂浮起来了”。这些言辞虽然夸大，但对表达文义并没有妨害。况且，猫头鹰丑恶的声音，哪有因为它停在学宫树上而变得好听呢？荼菜的苦味，哪有因为长在周氏家族肥美的平原上就变成了甘甜的饴糖？这些话用意都在于加强赞美，所以从义理上来讲就似乎成了违反常情的夸饰。这些都是伟大的圣人所记录，用作传世的典范。这正如孟轲所说的：“解说《诗经》不要因为文字损害了言辞的意义，不要拘泥辞义来损害作者的用意。”

洛水神宓妃

## 原文

自宋玉、景差①，夸饰始盛，相如凭风②，诡滥愈甚，故《上林》之馆，奔星与宛虹入轩③；从禽之盛，飞廉与鹪(jiāo)明俱获④。及扬雄《甘泉》⑤，酌⑥其余波，语瑰奇则假珍于玉树，言峻极则颠坠于鬼神[7]。至《西都》之比目[8]，《西京》之海若[9]，验理则理无可验，穷饰则饰犹未穷矣。又子云《羽猎》，鞭宓(mì)妃以饷屈原[10]；张衡《羽猎》，困玄冥于朔(shuò)野[11]。娈(luán)[12]彼洛神，既非魍魉(wǎng liǎng)[13]，惟此水师[14]，亦非魑魅(chī mèi)[15]；而虚用滥形，不其疏乎！此欲夸饰其威而饰其事，义睽(kuí)剌[16]也。

## [注释]

①宋玉、景差：都是战国时期楚国辞赋家。

②相如：司马相如。凭风：继承宋玉、景差辞赋的夸饰风格。

③《上林》之馆：指宋玉《上林赋》中所描写的馆苑。奔星：流星。宛虹：弯曲的虹。《上林赋》中说"奔星更于闺闼，宛虹拖于盾轩。"

④从禽：打猎追赶禽兽。飞廉：神话中的动物，即龙雀，鸟身鹿头。鷦明：形似凤凰的鸟。《上林赋》对打猎描写说"椎飞廉""掩焦明"。

⑤《甘泉》：扬雄的《甘泉赋》。甘泉，汉朝的离宫。

⑥酌：汲取，学习之意。

⑦"语瑰奇"二句：玉树，珊瑚为枝、碧玉为叶的树。颠坠，跌落。《甘泉赋》中有"翠玉树之青葱兮"和"鬼魅不能自逮兮，半长途而下颠"的话。

⑧《西都》之比目：班固《西都赋》中有"揄文竿，出比目"的话。比目，即比目鱼，古代传说东方有比目鱼。

⑨《西京》之海若：张衡《西京赋》中有"海若游于玄渚"的话。海若，海神。渚，水中小块陆地。

⑩"子云《羽猎》"二句：扬雄《羽猎赋》中有"鞭洛水之宓妃，饷屈原与彭、胥"的话。宓妃，相传是伏羲的女儿，淹死在洛水之中，成为洛水女神。饷，以物给神或人称饷。彭，彭咸，殷臣。胥，伍子胥，春秋时期楚人，后辅佐吴王夫差。二人均忠君而死于水或死后葬身于水中。

⑪"张衡《羽猎》"二句：指张衡的《羽猎赋》，今已残。玄冥，水神名。朔，北方。

⑫娈：美好的样子。

⑬魍魉：水怪。

⑭水师：水神，指玄冥。

⑮魑魅：鬼怪。

⑯睽剌：乖违。

## [译文]

从战国末期的宋玉和景差以来，夸张修饰开始大量运用，到西汉司马相如架空立说，诡谲讹滥就更加厉害了。所以《上林赋》中描写上林苑馆囿的宏大，就夸张说流星与宛虹飞进了它的栏杆；描写猎取飞禽的众多，就夸张说飞廉和凤凰都同时抓到了。

到扬雄作《甘泉赋》，受到司马相如的影响，说到树木的珍奇，就假借那珍贵的珊瑚为枝、碧玉为叶的玉树；谈及宫殿的高峻，就说鬼神上去也要掉下来。至于班固《西都赋》里谈到的比目鱼，张衡《西京赋》里说到的海若神，凭事理去检验就没有可验证的，就极度夸张，也谈不上夸张到了极点。再有扬雄的《羽猎赋》说，鞭打洛水之神宓妃，要她给屈原送饭；张衡的《羽猎赋》说，把管水的神玄冥囚困在北方的原野。那美好的洛神宓妃既不是妖精，这水之族之师的玄冥也不是怪物；作者没有根据地加以浮夸地形容，不是太疏忽了吗？这只是想夸大它的声势和事件，却违反了事理。

## 原文

至如气貌[1]山海，体[2]势宫殿，嵯(cuó)峨揭业[3]，熠(yì)耀焜(kūn)煌[4]之状，光采炜炜而欲然[5]，声貌岌岌[6]其将动矣。莫不因夸以成状[7]，沿饰而得奇也。于是后进[8]之才，奖气挟声[9]，轩翥(zhù)[10]而欲奋飞，腾踯而羞跼(jú)步[11]；辞入炜烨(yè)[12]，春藻不能程[13]其艳，言在萎绝[14]，寒谷未足成其凋[15]；谈欢则字与笑并，论戚则声共泣偕[16]，信可以发蕴而飞滞[17]，披瞽(gǔ)而骇聋[18]矣。

[注释]

①气：指气势。貌：指形貌。

②体：体态、体貌。

③嵯峨：状险峻突兀。揭业：状高耸。

④熠耀：光明。焜煌：辉煌。

⑤炜炜：状光彩。然：同“燃”。

⑥岌岌：高而可危。

⑦状：疑当作“壮”。

⑧后进：后起。

⑨奖气：自我夸奖才气，即仗恃才气。挟声：指挟持、利用夸饰的声势。挟，持。

⑩轩翥：高飞。

⑪腾踯：奔腾跳跃。跼步：小步。跼，狭小，局促。

⑫烨：火光很盛的样子。

⑬程：衡量。

⑭萎绝：枯死。

⑮寒谷：刘向《别录》：“燕有谷地美而寒，不生五谷。”燕，燕地。凋：凋零。

⑯戚：悲伤。偕：同。

⑰蕴：积蓄。滞：阻滞不通畅。

⑱披瞽骇聋：披，开。瞽，盲人。骇，震。开盲人之目，震聋人之耳，均喻指使人耳目一新。

[ 译文 ]

至于描写山海的气势形状，宫殿的格局形势，或突兀高大，或富丽辉煌，光彩照耀像要燃烧似的，形势巍峨像要飞动起来。这些都是靠着夸张来形成惊人的形状，顺着增饰来获得奇突的表现。于是后起之秀靠着这种夸饰的手法奋力高飞于青云之上，跳跃奔腾都羞于侷促的小步。如果用文辞描写炜烨明亮的光彩，就是春天的花卉也不能比它鲜艳；如果用语言形容枯萎寂寥的景色，荒山寒谷也不能比它萧条。谈到欢乐，文字里面带着笑声；论到悲戚，就好像声音里面带着哭泣。确实可以展露出内心的奥秘，使停滞的文势飞动起来，使盲人开眼，使聋人震惊啊！

阿房宫

阿房宫是秦始皇的宫殿，富丽奢华，是后人心中对豪华宫殿的向往。唐朝杜牧在《阿房宫赋》中就运用夸饰手法，将自己心中阿房宫的富丽堂皇发挥到极致。

## 原文

然饰穷其要，则心声锋起①；夸过其理，则名实两乖②。若能酌诗书之旷③旨，剪扬、马之甚泰④，使夸而有节⑤，饰而不诬⑥，亦可谓之懿（yì）⑦也。

[ 注释 ]

①锋起：通“蜂起”。

②名实：实际、名称。指夸张的语言与所描写的实际对象。乖：背反。

③酌：取。旷：广远。

④扬、马：扬雄、司马相如。泰：过度。

⑤节：节制。

⑥诬：妄，歪曲。

⑦懿：美。

### [译文]

然而如果夸饰能够尽量抓住事物的要点，恰到好处，那读者的共鸣就会蜂拥而起；如果夸张违背了事物的常理，那语言和实际便会两相乖违了。倘若能够斟酌《诗经》《尚书》这些经典深远的旨意，剪除去掉扬雄、司马相如这些辞赋家过分的形容，使夸张有一定的节制，修饰而不虚假，那也可以算是美好啊！

## 原文

赞曰：夸饰在用，文岂循检[①]。言必鹏运[②]，气靡鸿渐[③]。倒海探珠，倾昆取琰[④]。旷而不溢[⑤]，奢而无玷[⑥]。

### [注释]

①检：法式，规格。

②鹏运：大鹏的运行。《庄子·逍遥游》说：北海有一种鱼，字名叫作鲲，不知有几千里大，变成鸟，化成了鹏，它的背不知有几千里长，一飞就飞到南海的天池。这里用来指夸饰要有气魄。

③靡：不，无。鸿渐：鸿的上升。鸿雁的起飞，从水到岸，是逐步上升。

④昆：昆仑山，产玉。琰：玉。

⑤溢：过多，满出。

⑥奢：夸。玷：玉的斑点，指毛病。

### [译文]

总结：夸张修饰的作用在于实际应用，文辞哪有可以依循的条条款款。语言的气魄一定要像鲲鹏海运，气势不要像鸿雁逐渐迁缓。倒干大海去探寻语言的珍珠，反转昆仑去觅取宝玉。含意旷远但并不满溢过分，语言夸张但并无瑕疵缺点。

# 事类第三十八

**题解**

《事类》的“事”是旧有的事例或典故，“类”是类比。“事类”即“据事以类义”，根据旧有的事例或者典故来类比说明所要讲的义理。但刘勰的事类，有两个方面的内容：一是文学作品中引用前人有关事例或史实，一是引证前人或古书中的言辞。这比通常所说的“典故”范围要大得多。本篇论述诗文中引用有关事类的问题。

全篇分三部分：一、讲“事类”的含义、作用及古代用“事类”的概貌。二、讲才、学的关系进而论述广博学识的必要。三、讲魏、晋文人用“事类”的缺点和错误，以说明用典引文必须准确得到而如自出其口。

刘勰对“事类”在创作中运用的基本要求：一是准确贴切；二是自然，使引用的事和言与文章融为一体；三是抓住最精要的东西。刘勰认为“事类”的运用，涉及作者的才、学问题，既要有广博的知识，又要有驾驭知识的能力，即才学兼备。

## 原文

事类[①]者，盖文章之外[②]，据事以类义[③]，援[④]古以证今者也。昔文王繇（zhòu）《易》[⑤]，剖判爻（yáo）位[⑥]。《既济》九三，远引高宗之伐[⑦]，《明夷》六五，近书箕（jī）子之贞[⑧]：斯略举人事，以征[⑨]义者也。至若胤（yìn）征羲（xī）和，陈《政典》之训[⑩]；盘庚诰民，叙迟任之言[⑪]：此全引成辞，以明理者也。然则明理引乎成辞，征义举乎人事，乃圣贤之鸿谟（mó）[⑫]，经籍之通矩[⑬]也。《大畜》之象[⑭]，“君子以多识前言往行”[⑮]，亦有包[⑯]于文矣。

［注释］

①事类：指类似的、有关的事例或言辞。

②文章之外：文采辞藻之外。

③类义：用同类事物来证明文义。

④援：引用。

⑤文王：周文王姬昌。相传他曾被殷纣王囚于羑里时演《周易》，作解释卦象和爻象的卦辞和爻辞。《周易》有六十四卦，每卦有六爻，解释一卦的文字叫卦辞，解释卦中每爻的文字叫爻辞。繇《易》：作卦辞、爻辞解释《周易》卦和爻的意义。繇，即卦辞、爻辞，这里用为动词，有引申、阐发之意。

⑥剖判：分别。爻位：《周易》每卦的六爻都有其一定的位置。

⑦“《既济》九三”二句：《既济》：《周易》卦名。九三，爻位，即倒数第三爻是九，这一爻的爻辞是：“高宗伐鬼方，三年克之。”殷高宗征伐北方的鬼方国，三年把它打败。

⑧“《明夷》六五”二句：《明夷》，《周易》卦名。六五，即倒数第五爻是六，这一爻的爻辞是：“箕子之明夷，利贞。”意思是箕子因为明智而受殷纣王伤害，能在艰难中善于保持自己的正义。箕子，殷纣王的贤臣。

⑨征：验。

文王八卦图

文王被拘而演《周易》，用以解释各种卦象。

⑩“胤征羲和”二句：《尚书·胤征》说：主管历法的羲、和二人只知沉醉废事，王命胤国君前去讨伐，胤国君引用了《政典》中的话作为讨伐的根据：“先时者杀无赦，不及时者杀无赦。”时指农业的时令时节，表示扰乱农时的要受到严厉的惩罚。《政典》，夏代的法典。

⑪“盘庚诰民”二句：《尚书·盘庚》记载：殷王盘庚迁都，遭到反对，他告诫动员人民，引用了史官迟任的话：“人惟求旧，器非求旧，维新。”

⑫鸿谟：大的谋划，指大文章。

⑬矩：法度、规矩。

⑭《大畜》：《周易》卦名。象：是解释这一卦象意义的象辞。

⑮“君子”句：象辞的原文为：“君子以多识前言往行以畜其德。”君子，有修养的士大夫。识，记住。畜，同“蓄”。

⑯包：同“苞”，丰富的意思。

## [译文]

文章中的“事类”，就是文章在达意抒情之外，援用典故来类比说明义理，引用古事、古语来论证今义。从前周文王解释《周易》的卦辞和爻辞，分别每卦六爻的位置，《既济》卦的第三个阳爻，在爻辞里引用了古远的殷高宗征伐鬼方三年取得胜利的事，在《明夷》卦的第五个阴爻，在爻辞里记载近时箕子的坚贞受到殷纣王伤害的事：这是约略引用事例，用来证明含义的。至于像胤国君主去征讨羲、和，引用了《政典》里的教训；殷帝王盘庚告诫臣民，叙述了史官迟任的言论：这都是引用现成的词语来说明道理的。然则说明某一道理引用现成的词语，证论某一意义引用有关的事义例举人事，乃是圣人贤人的大文章，经书通用的规范了。《周易·大畜》卦的象辞说：“君子要多记识从前的言论和过去的行状。”这句话也包括文辞写作在内了。

## 原文

观夫屈、宋①属篇，号依《诗》人②，虽引古事，而莫取旧辞。唯贾谊《鵩(fú)鸟》，始用鶡(hé)冠之说③；相如《上林》，撮(cuō)引李斯之书④：此万分之一会也⑤。及扬雄《州官箴(zhēn)》，颇酌于《诗》《书》⑥；刘歆(xīn)《遂初赋》，历叙于纪传⑦，渐渐综采矣。至于崔、班、张、蔡⑧，遂捃摭(jùn zhí)⑨经史，华实布濩(huò)⑩，因书立功，皆后人之范式也。

### [注释]

①屈、宋：屈原、宋玉。

②《诗》人:《诗经》的作者。指屈原、宋玉写作有创造性，很少引用别人的话。

③“贾谊《鵩鸟》”二句：贾谊的《鵩鸟赋》有些话和《鶡冠子·世兵》篇相同。

④“相如《上林》”二句：司马相如《上林赋》中引用了李斯《谏逐客书》中的“建翠华之旗，树灵鼍之鼓”的话。鼍，动物名，即扬子鳄，其皮可用来做鼓。撮，取。

⑤万分之一会：偶尔的会合。万分之一，指极少。

⑥“扬雄《州官箴》”二句：扬雄有《十二州箴》《二十五官箴》，引用《诗经》《尚书》之语。

⑦“刘歆《遂初赋》”二句：刘歆受排斥，不被重用，后被贬去做五原太守，经过春秋时期晋国地方，感今思昔，写了《遂初赋》，以寄托情思。纪传:《遂初赋》讲到周、晋史事甚多，这里泛指历史。

⑧崔、班、张、蔡：崔骃、班固、张衡、蔡邕，均为东汉时期文人。

⑨捃摭：摘取，搜集。

⑩布濩：分布。

蔡邕

蔡邕是东汉末年著名文人，所作文章撷取前人言语故事，文采斐然。

### [译文]

看看屈原、宋玉的创作，号称仿照《诗经》的作者，虽然引用古代的事例，却没有采用原文。只有到了贾谊的《鹏鸟赋》，才开始引用《鹖冠子》里的说法；司马相如的《上林赋》，摘引李斯的《谏逐客书》中的话。这种情况还只是很少的一部分。等到扬雄作《州官箴》，颇多地采用《诗经》《尚书》中的话；刘歆的《遂初赋》，则按次叙述了本于史书中的纪传，渐渐综合采用古籍中的成语和人事了。至于崔骃、班固、张衡、蔡邕这些人，就注意广为采摘拾取经书史籍中的成语故事，使得他们的作品写得好像树上布满花果，这是依靠从古籍中的成语典故中采摘而收到的成效，这些都成为后来人写作的榜样。

## 原文

夫姜桂因①地，辛在本性；文章由学，能在天才。故才自内发，学以外成，有学饱而才馁(něi)②，有才富而学贫。学贫者迍邅(zhūnzhān)③于事义，才馁者劬(qú)劳④于辞情，此内外之殊分也。是以属意⑤立文，心与笔谋，才为盟主⑥，学为辅佐⑦，主佐合德，文采必霸⑧，才学褊(biǎn)⑨狭，虽美少功。夫以子云之才，而自奏不学⑩，及观书石室⑪，乃成鸿采。表里相资⑫，古今一也。故魏武⑬称张子⑭之文为拙，以学问肤浅，所见不博，专拾掇崔、杜小文⑮，所作不可悉难⑯，难便不知所出，斯则寡闻之病也。

[注释]

①姜：多年生草本植物，地下茎块味辛辣，可调味、入药。桂：牡桂，一种植物，性辛辣。因：依靠。

②馁：饥饿，这里指才弱。

③迍邅：困难不前。

④劬劳：过分劳苦。

⑤属意：意念集中到一点上。

⑥盟主：诸侯盟会之主，这里指作者的才性在创作中的主要作用。

⑦辅佐：辅助。

⑧霸：诸侯之长，比喻创作上的成就最高。

⑨褊：狭小。

⑩自奏不学：扬雄《答刘歆书》中说他做郎时，曾经上奏书给皇帝说自己年轻时未读到书，请求去学习，愿意三年不领薪俸，后来皇上批准了他带薪读书，还补助笔墨钱。

⑪石室：即石渠阁，汉代宫中藏书之所，在今西安市西北长安故城内。

⑫表里：指上文所说的内才外学。资：凭借。

⑬魏武：曹操。他评论张子的话原文今已不存。

⑭张子：名字不详。

⑮拾掇：拾取。崔、杜：疑为崔骃、杜笃。

⑯悉：全，尽。难：问难，这里指追究。

[ 译文 ]

姜和桂依靠土地才能生长，它们的辛辣味是它们本性具有的；文章需要学问，才能却在于先天的资质。才能从本性出发，学问靠向外吸取，有的人学识饱满渊博而缺少才能，有的富有才能却缺少学问。缺少学问的在创作中引证事义感到很困难，缺少才能的在驱情遣词上感到很劳累，这就是内在的才能和外在的学识的不同。因此命意作文的时候，用心思来驱使文笔，才能是主宰，学识是辅佐，主宰和辅佐配合得好，作品一定有文采必定能够称雄一时；才能和学问都不够，文辞虽美也很少有成功的作品。以扬雄那样的才华，还自称没有学问，后来在皇家的藏书室里读了大量的书籍，才构成了作品的丰富文采。学问的表和才能的里相辅相成，这个道理从古到今都是一样的。所以魏武帝曹操认为张子的文章是拙劣的，因为他学问浅薄，所见所识不广博，专门拾取崔、杜两人小文里的话来写作，所写的东西经不起一一去拷问，一拷问便不知道出处，这是浅见寡闻的毛病。

## 原文

夫经典沉深，载籍浩瀚①，实群言之奥区②，而才思之神皋（gāo）③也。扬、班④以下，莫不取资⑤，任力耕耨（nòu）⑥，纵意渔猎，操刀能割⑦，必列膏腴（yú）⑧；是以将赡（shàn）⑨才力，务在博见，狐腋（yè）⑩非一皮能温，鸡跖（zhí）⑪必数千而饱矣。是以综学在博，取事贵约，校练⑫务精，捃（jùn）理须核，众美辐辏⑬，表里发挥。刘劭（shào）《赵都赋》⑭云："公子之客，叱（chì）劲楚令歃（shà）盟⑮；管库隶臣，呵强秦使鼓缶（fǒu）⑯。"用事如斯，可称理得而义要矣。故事得其要，虽小成绩，譬寸辖（xiá）⑰制轮，尺枢（shū）⑱运关也。或微言⑲美事，置于闲散，是缀⑳金翠于足胫（jìng），靓（jìng）粉㉑黛于胸臆（yì）也。

[ 注释 ]

①载籍：书籍。浩瀚：像水的广大，指广大众多。

②奥区：深奥的区域。

③神皋：神明的界限。奥区、神皋，都有宝库之意。

④扬、班：扬雄、班固。

⑤取资：取用。资，取。

⑥耕耨：耕耘，比喻从中学习。耨，锄草。

⑦操刀能割：贾谊《陈政事疏》引黄帝曰：“操刀必割。”《汉书·贾谊传》注引太公曰：“操刀不割，失利之机，言当及时也。”这里有强调应该充分利用儒家经典之意。

⑧列：分割。列、裂古通用。膏腴：土地肥沃。

⑨赡：丰富，充足。

⑩狐腋：狐狸夹肢窝下的皮毛最能保暖，取很多狐腋下的皮毛缝成的皮裘，称为狐腋之裘。腋，夹肢窝。

⑪鸡跖：鸡脚掌。

⑫校练：选择考核。练，同“拣”。

⑬辐辏：即汇集。

⑭刘劭：三国时魏国文人，作有《赵都赋》，今已佚。

⑮“公子之客”二句：公子，指战国时期赵国公子平原君赵胜。客，指平原君的食客毛遂。歃盟，古时喝牲畜的血来结盟。

杜甫《绝句》

杜甫曾云“读书破万卷，下笔如有神”，极其精练地说明了文学积累与文学创作的关系。杜甫自己也是因为不倦学习，所以才能写出众多精妙的文章。

⑯“管库隶臣”二句：管库隶臣，指战国时期赵国相蔺相如，他原是赵国宦官缪贤家里的舍人，给缪贤管库房。《史记·廉颇蔺相如列传》载，蔺相如随赵王与秦王会于渑池，秦王叫赵王鼓瑟来侮辱赵王，蔺相如听后则叫秦王敲瓦钵。秦王不愿意，蔺相如就威胁说，如果不敲，就以命相拼，秦王于是不得不敲。缶，瓦钵。

⑰辖：车轴头上的铁键，用以防止车轮脱落。

⑱枢：门上的转轴。

⑲微言：深刻精微的话。

⑳缀：装饰。

㉑靓：搽抹。粉：搽脸用的铅粉。黛：画眉的青色颜料。

［译文］

经书的内容沉厚渊深，书籍的数量众多，它们确实是记载众多言论的宝库，表现才智文思神奇的世界。扬雄、班固以下，作者没有不从中吸取采用的，在这里，像农

廉颇肉袒负荆

司马迁《史记》善于摘取典型事例来刻写人物，《廉蔺列传》就以蔺相如出身寒微而力抵秦王，功拜右卿而廉颇不服为开端，后廉颇肉袒负荆，向蔺相如请罪，两人共同保卫赵国。只以寥寥数千语便将当时的时事和廉颇、蔺相如两人的情状描写得栩栩如生，成为后世文章的典范。

夫一样任凭气力努力耕种耘耨，像渔人猎户一样纵情称意的捕鱼打猎，如果握着刀子能够割取，就一定去捡肥美的割取。因此要丰富自己的才力，务必在博见多闻上下功夫，用狐狸夹肢窝里的皮毛制裘不是一张皮子就能够做出来的，鸡脚掌上的肉必须数千个才能让人吃饱。因此，综合的学识在于渊博，而选取事例成辞则重在精简，考核提炼务求精当，采摘义理必须抓住核心，把各种优点都汇集起来，使所具有的学问和才识都发挥长处。三国时魏刘劭的《赵都赋》说："平原君的食客毛遂，叱责强大楚国的国王，使他和赵国歃血为盟；缪贤手下的库房小臣蔺相如，呵斥强大的秦王，使其为赵王鼓敲瓦盆为乐。"这样用事用典，可以说既合理又抓住要点了。所以引用事例只要抓住要点，虽然小事也能显现出它的效果，好比车轴头上寸把长的键能够管制车轮，门上一尺长的枢轴可以转动大门一样。有的人把微妙的成语和美好的典故，放在无关紧要的场合，这岂不是把金玉翡翠缀挂在脚颈上，把铅粉黛色搽抹到胸脯上吗？

## 原文

凡用旧合机[①]，不啻[②]自其口出；引事乖谬，虽千载而为瑕[③]。陈思[④]，群才之英也，《报孔璋书》[⑤]云："葛天氏[⑥]之乐，千人唱，万人和[⑦]，听者因以蔑韶（sháo）、夏[⑧]矣。"此引事之实谬也。按葛天之歌，唱和三人[⑨]

而已。相如《上林》云："奏陶唐[10]之舞，听葛天之歌，千人唱，万人和。"唱和千万人，乃相如推之，然而滥侈（chǐ）[11]葛天，推三成万者，信[12]赋妄书，致斯谬也。陆机《园葵》诗云："庇足同一智，生理各万端。"[13]夫葵能卫足，事讥鲍庄[14]，葛藟（lěi）庇根，辞自乐豫[15]。若譬葛为葵，则引事为谬，若谓庇胜卫，则改事失真：斯又不精之患。夫以子建明练[16]，士衡沉密[17]，而不免于谬。曹洪之谬高唐[18]，又曷[19]足以嘲哉！夫山木为良匠所度[20]，经书为文士所择；木美而定于斧斤[21]，事美而制于刀笔[22]。研思之士，无惭匠石[23]矣。

[注释]

①合机：适合，得当。

②不啻：无异于。

③瑕：玉的斑点。

④陈思：三国时期陈思王曹植。

⑤《报孔璋书》：已失传。孔璋，陈琳的字。

⑥葛天氏：传说中的古代部落的首领。

⑦和：跟着唱。

⑧韶：舜乐。夏：禹乐。

⑨唱和三人：《吕氏春秋·古乐篇》："昔葛天氏之乐，三人操牛尾投足以歌八阕。"八阕，即八首歌曲。

⑩陶唐：即帝尧，史称陶唐氏。陶，古地名，在今山东省菏泽市定陶区西北，相传尧初居此处，故称为陶唐。

⑪侈：夸大。

⑫信：任意。

⑬"庇足"二句：庇护其足只不过是一种智慧而已，但生存的道理却是各有差异、千变万化的。

⑭"葵能卫足"二句：《左传·成公十七年》记载："齐灵公刖鲍牵。仲尼曰：'鲍庄子之知，不如葵，葵犹能卫其足。'"刖，古代把足砍掉的一种酷刑。

⑮"葛藟庇根"二句：《左传·文公七年》："宋昭公将去（杀掉）群公子。乐豫曰：'不可。公族，公室之枝叶也，若去之，则本根无所庇荫也。葛犹能庇其本根……况国君乎？'"葛，葛藤，葡萄科。藟，藤类植物。乐豫，宋国司马。

⑯子建：曹植的字。明练：精明熟练，指对用事用典而言。

⑰士衡：陆机的字。沉密：深沉细密。

⑱曹洪：三国时期魏人。谬高唐：陈琳《为曹洪与魏文帝书》中有"盖闻过高

唐者，效王豹之讴”的话。

⑲曷：何。

⑳度：度量。

㉑定于斧斤：即取定于斧斤，进行加工的意思。斤，斧。

㉒刀笔：古代记事用刀刻于龟甲或竹木上，后以笔写，用刀削误。这里泛指书写工具。

㉓匠石：先秦有名的工匠，石是其名。《庄子·人间世》说他到了齐国，看见一棵栎社树（柞树），树荫可以盖住几千头牛，树干直径高十丈，高出旁边山头几丈才有横枝。他的徒弟认为此树是良材，匠石却说是一无所用的树。

## [译文]

凡是引用故事或旧闻恰到好处，跟从作者的口里说出来的没有什么两样；如果引用成语典故不当，即使传了千百年也还是瑕疵缺点。陈思王曹植，是许多人才中的杰出人物，他的《报孔璋书》中说：“古代葛天氏的音乐，千人唱，万人跟着唱，听的人因此蔑视舜的韶乐和禹的夏乐。”这样引用故事，实在是错误的。考查葛天氏的歌，唱与和的只不过有三人罢了。司马相如的《上林赋》说：“演奏陶唐氏的舞乐，听着葛天氏的歌曲，千人唱，万人跟着和。”唱与应和的有成千上万人，乃是司马相如夸大的说法；但是把葛天氏的音乐随便写得这样浮夸，把三人夸大成成千上万人，乃是因为司马相如没有根据地乱写，信手随便作赋，才造成这样的错误。陆机的《园葵》诗说：“虽然在庇护足跟上具有同样的智慧，在生理上该是各不相同。”孔子说“葵尚且能够卫护自己的脚跟”，以此来讥笑鲍庄子不能保卫他的脚，说“葛能够庇护根本”，这句话是乐豫谏止宋昭公赶走公族的话。假如把葛比譬为向日葵，那应该说“葛能够庇护本根”，如果

葵

陆机的《园葵》诗词义明了、文采斐然，成为后来作者写同类诗的范本。

说成“葵能够卫护脚跟”，那么就是引用事实错误；假如说“庇”字比“卫”字好，那就是改变了事情失去了真实：这是粗枝大叶的毛病。以曹植那样的高明老练，陆机那样的深沉细密，却不免有引事用典上的谬误；那么曹洪在给曹丕的信里，把高唐地方的歌手绵驹错成王豹，又哪里值得嘲笑呢！山中的树木为优秀的木匠所度量，经书为文人学士所采择；可是木料的美好决定于匠人手中的斧头的加工，事义的美好决定于文人手中的笔杆。精于运思的人，在古代的名匠面前也毫不惭愧。

## 原文

赞曰：经籍深富，辞理遐(xiá)亘(gèn)[①]。皓如江海，郁若昆邓[②]。文梓[③]共采，琼[④]珠交赠。用人若己，古来无懵(měng)[⑤]。

### [注释]

①遐：远。亘：延续不断，此句指儒家经书的文辞和内容都具有永恒的意义。

②皓：皓皓，同“浩浩”，广大貌。郁：草木繁茂。昆：神话中的昆仑山。邓：神话中的邓林。《山海经·海外北经》记载夸父追赶太阳，渴死后他的手杖化为邓林，即桃林。

③文梓：有斑纹的梓木，质地好，纹理美。

④琼：美玉。

⑤“用人若己”二句:《尚书·伪仲虺之诰》:“用人惟己。”用人，采用前人的言行行事。无懵，不愁闷，这里指高兴、欢迎。

巍峨高峰

经典书籍辞意宏大精深，如同巍峨高山，岿然挺立。

### [译文]

总结：经典书籍精深宏富，文辞情理有着永恒的意义。浩浩广大有如长江大海，郁郁繁盛似若昆仑桃林。优质的梓木可供共同采取，美好的琼玉珠宝都能交相赠送。引用别人的话如自口出，古往今来的读者都十分欢迎。

# 练字第三十九

**题解**

《练字》的“练”是选择的意思，“字”是文字。“练字”即选择文字。本篇探讨了创作中如何用字的问题。以诗赋作品为主，而不是泛论一般的用字问题。

全篇分三部分：一、讲文字的起源、发展变化以及汉魏以来的运用情形。总结了“难”和“易”的观点，表达了反对用古字、怪字的态度，这些都是辩证的、可取的。二、讲“练字”的原则与方法。强调了善于炼字，必须兼通古今兴废之变；扼要地说明了语言文字和思想感情的关系。三、讲文字使用中发生错误的原因及防止的方法。

刘勰已经正确认识到，文字是语言符号，是构成文字的基础，所以很重视写作中文字的使用。认为文字是随时代的发展而变化的，其趋势是由繁难到简易，不同时代文字的使用有不同特点。

## 原文

夫文象列而结绳①移，鸟迹明而书契②作，斯乃言语之体貌③，而文章之宅宇④也。仓颉(jié)造之，鬼哭粟飞⑤；黄帝用之，官治民察⑥。先王声教，书必同文，輶(yóu)轩之使⑦，纪言殊俗，所以一字体，总异音。《周礼》保氏⑧，掌教六书⑨。秦灭旧章⑩，以吏为师⑪。乃李斯删籀而秦篆⑫兴，程邈(miǎo)⑬造隶而古文废。

仓颉

[注释]

①文象：文字形体。列：排列。结绳：上古没有文字，人们用结绳记事。

②鸟迹：相传黄帝的史官仓颉根据兽蹄鸟迹的形状创造象形文字。书契：文字。契，刻。

③体貌：形象符号。

④宅字：住所。指文章寄托于文字。

⑤鬼哭粟飞：《淮南子·本经训》说："昔有仓颉作书而天雨粟，鬼夜哭。"有了文字，乱事便多，所以反常，下小米雨，鬼夜哭。这是反对文化进步的观点。粟，小米。

⑥官治民察：见于《周易·系辞下》。

⑦辅轩：使臣所乘的轻车。辅轩使，即天子使臣。古代天子曾经派使臣到各地去搜集方言。

⑧保氏：地方官名。

⑨六书：《周礼·地官》说保氏的职责之一是教授"六书"。"六书"即创造文字的六种方法：象形、指事、会意、形声、假借、转注。

⑩旧章：指各国的章程法规，包括文字的条例。灭旧章，即焚书。

⑪以吏为师：指向吏学法令。法家主张以官吏为教育者，秦国任用法家当政。

⑫李斯：秦相。秦统一六国后，他主张统一文字，废除和秦文字不同的文字。籀：籀文，周朝文字，笔画比较复杂，秦统一六国后，李斯主张统一文字，于是就将它加以简化，称为小篆。秦篆：小篆。比大篆简化，仍复杂。

⑬程邈：秦始皇时文字学家。原为狱吏，因狱中事繁，于是整理民间简化字，改小篆为隶书，以便书写。

### [译文]

象形文字的出现与使用改变了上古结绳记事，仓颉受到鸟兽足迹的启发才发明创造了文字，它是语言的符号，构成文章的材料。相传仓颉造字的时候，鬼神夜哭，天上落下粟雨来；黄帝使用仓颉造的文字，官吏借以治理政务，百民借以洞察事理。前代王者传播教化，书写必须用统一的文字，坐着轻车外出寻访的使臣，要到各地去记录方言的发音和文字书写的不同习俗，这些是为了统一文字字体，汇集各地不同的方言。据《周礼》记载，周代的保氏官，是掌管教授文字的官。秦统一六国后，烧掉各国旧有的规章，主张以官吏为师。到李斯删改籀书，秦朝的小篆得以兴起；后来程邈又把小篆改造为隶书，而周代的古文字被废去了。

## 原文

汉初草律[①]，明著厥[②]法：太史学童[③]，教试"六体"[④]；又吏民上书，字谬辄（zhé）劾（hé）[⑤]。是以马字缺画，而石建惧死[⑥]，虽云性慎，亦时重文也。至孝武[⑦]之世，则相如[⑧]撰篇。及宣、平[⑨]二帝，征集小学[⑩]，张敞以正读[⑪]传业，扬雄以奇字纂（zuǎn）训[⑫]，并贯练《雅》《颉》[⑬]，总阅音义。鸿笔[⑭]之徒，莫不洞晓。且多赋京苑[⑮]，假借形声。是以前汉小学，率多玮[16]字，非独制异[17]，乃共晓难[18]也。暨(jì)乎后汉，小学转疏，复文隐训[19]，臧否(zāng pǐ)[20]大半。

[注释]

①汉初草律:《汉书·艺文志》载有汉初萧何制定法律及有关文字的条例。草，起草，创制。

②厥：其。

③太史学童：指太史考试学童。太史，官名。汉代太史掌管天文、修史、历法等。

④六体：指古文（籀文）、奇字（古文的异体）、篆书（小篆）、隶书、缪篆（刻印字体）、虫书（旗幡字体）。

⑤劾：揭发，弹劾。

⑥石建惧死：石建，汉武帝时的郎中令，石奋之子。《汉书·石奋传》说，他写的奏章皇帝批下来后，看到“马”字少了一笔，他很害怕，说罪责该死。

⑦孝武：汉武帝。

⑧相如：司马相如，汉朝辞赋家，作有《凡将篇》，其中没有一个重复的字，像后来的千字文。

⑨宣：汉宣帝。平：汉平帝。

⑩小学：文字学。

⑪张敞：西汉文人。李斯编著的《仓颉》，多古字，当时的教师不能认读。汉宣帝时征召懂文字的学者读《仓颉》，张敞向他学习。正读：正音释意。

⑫“扬雄”句：平帝时，征集了一百余文字学者在未央宫中讲文字，扬雄根据他们所讲的写了《训纂篇》。训，解释。纂，编。

⑬《雅》:《尔雅》，古代字书，是分类释义的字典。相传为孔子所著，实由汉初学者编辑而成。尔，近。雅，正。《颉》:《仓颉》，古代文字专著。

⑭鸿笔：大作家。

⑮多赋京苑：西汉赋多写京都苑囿，如司马相如的《上

萧何

林赋》、扬雄的《羽猎赋》等。

⑯玮：玉，珍奇，这里指奇异的字。

⑰异：异体。

⑱难：难字。

⑲复文：异体字。隐训：怪僻的字。

⑳臧否：善恶，指正误。

[ 译文 ]

汉朝初年，萧何创制法律，明白地写出有关文字的法令：太史考试学童背诵文字，用六种文体来测验；另外还规定官吏、百姓上书，书写的字有错误就要受到处罚。所以郎中令石建因为奏书中的“马”字缺了一画，就吓得要死，虽说他的小心谨慎，也是由于当时看重文字的缘故。到了汉武帝的时候，司马相如作《凡将篇》，其中撰写的每个字都不重复。及至汉宣帝和汉平帝时，征集研究文字的学者，张敞以跟随他们学习正音释义，扬雄以采集他们的各种奇字写作了《训纂篇》，他们都熟悉《尔雅》和《仓颉》这些文字学的典籍，全面阅读掌握了它们的字音字义。当时创作鸿篇巨制的人，没有不深通文字学的。并且多写赋颂京都苑囿的作品，喜欢用假借字来描绘形象声音。因此西汉的文字学中有很多玮奇的字，这不独是作者喜欢制造异样的字体，乃是当时大家都通晓这些难识的文字。到了东汉，文字研究反而疏忽了，异体字和诡异解释都产生了，正确和不正确的也各有一半。

## 原文

及魏代缀藻[①]，则字有常检[②]，追观汉作，翻成阻奥[③]。故陈思[④]称：“扬、马[⑤]之作，趣幽旨深，读者非师传不能析其辞，非博学不能综其理。”岂直[⑥]才悬，抑亦字隐。自晋来用字，率[⑦]从简易，时并习易，人谁取难？今一字诡异，则群句震惊，三人弗识，则将成字妖矣。后世所同晓者，虽难斯[⑧]易，时所共废[⑨]；虽易斯难，趣舍[⑩]之间，不可不察。

[ 注释 ]

①缀藻：写作。缀，组合字句。藻，文辞。

②常检：一定的规格法度。

③翻：反。阻奥：疑难。

④陈思：曹植。下引他的话已无考。

⑤扬、马：扬雄、司马相如。

⑥直：但，仅。

⑦率：大都。

⑧斯：是。

⑨时所共废："时"上疑脱一字；"废"下合补"者"字。

⑩趣舍：趋向或舍弃，与取舍意近。

释草图

[ 译文 ]

到曹魏时代的写作，文字的运用就有了一定的规格；用这种规格去阅读汉代作品，反而觉得汉代的作品深奥难懂了。因此陈思王曹植说："扬雄和司马相如的著作，文意旨趣深远，读者没有老师的讲授就不能辨析它的辞义，不是学识渊博的人便不能掌握它的内容。"这岂止是因为读者和扬雄、司马相如的才智悬殊，也是由于他们用的文字太隐晦诡僻的缘故。从晋代以来所用的文字，都相率遵从简单平易的原则，当时都用容易认识的字，谁还去采用难字僻字呢？到现在用字只要有一个怪异，就使人对许多句子都感到震惊；三个人都不认识的字，那就要成为字妖啊！后世共同都能明白理解的字，即使是难字也成为容易的了；为时代所共同废除的字，即使容易也成为难懂的一类。写作的文人在取舍文字的时候，不可不明白这个道理。

## 原文

夫《尔雅》者，孔徒之所纂(zuǎn)①，而《诗》《书》之襟带②也；《仓颉》者，李斯之所辑，而鸟籀(zhòu)③之遗体也。《雅》以渊源诂(gǔ)训④，《颉》以苑囿(yòu)⑤奇文，异体相资⑥，如左右肩股，该旧⑦而知新，亦可以属(zhǔ)文⑧。若夫义训古今，兴废殊用，字形单复⑨，妍媸(chī)⑩异体，心既托声于言，言亦寄形于字，讽诵则绩在宫商⑪，临文则能归字形⑫矣。

[ 注释 ]

①孔徒之所纂：《尔雅》是我国最早解释词义的专著，相传为孔子所著。

②《诗》《书》：《诗经》《尚书》。指经典古籍。襟带：衣领和衣带，衣服要有

襟带才能穿，比喻古籍要有《尔雅》才能够读懂。

③鸟籀：鸟指仓颉初作的书，即原始文字。籀指《史籀》。

④诂训：指古义。

⑤苑囿：聚养禽兽的林木园地。这里作动词用，指汇集。

⑥资：凭借。

⑦该旧：总括旧字。该，兼，备。

⑧属文：即作文。

⑨字形单复：即字形的笔画少和多。单，笔画单一。复，笔画复杂。

⑩妍媸：美、丑。

⑪讽诵：朗读。宫商：指音节协调。

⑫字形：泛指刘勰对炼字的一般要求。即“言亦寄形于字”的文字，不是“字形单复”的“字形”。

## [译文]

《尔雅》是孔子的后学所编纂著作的，它像衣服的襟和带一样，是《诗经》《尚书》的辅助读物；《仓颉》是秦丞相李斯所编辑的，保留着原始文字鸟书和史籀的籀书遗传下来的字体。《尔雅》是解释古语的渊源，《仓颉》是收集奇异文字的园地。这两种工具书体裁不同，却又互相配合，如像人的左右肩膀和股腿一样，通过研究它们来总括了解旧学，也有助于懂得新意，在文字创作上也是有用的。至于字义古今的训诂解释，有新兴发展的，有衰旧废亡的，作用不同，要区别运用；字的形体分简单复杂，排列起来有好看难看的分别，用字造句时要注意文字的不同形体。作者的心思既然通过声音用语言来表达，语言又通过字体用文字来记录；讽吟诵读的动听，在于文字的声律和谐，看起来美观在于字形的对称。

## 原文

是以缀字属篇，必须拣择[①]：一避诡异[②]，二省联边[③]，三权重出[④]，四调单复。诡[⑤]异者，字体瑰怪者也。曹摅（shū）[⑥]诗称：“岂不愿斯游，褊心恶讻呶（xiōng náo）[⑦]。”两字诡异，大疵（cī）美篇。况乃过此，其可观乎？联边者，半字同文[⑧]者也。状貌山川，古今咸用，施[⑨]于常文，则龃龉（jǔ yǔ）[⑩]为瑕，如不获免，可至三接[⑪]，三接之外，其字林[⑫]乎？重出者，同字相犯[⑬]者也。《诗》《骚》适会[⑭]，而近世忌同，若两字俱要，则宁在相犯。故善为文者，富于万篇，贫于一字，一字非少，相避为难也。单复者，字形肥瘠[⑮]者也。瘠字累句，则纤疏而行[⑯]劣；肥字积文，则黯黮（dǎn）[⑰]而篇暗；善酌字者，参伍[⑱]单复，磊落[⑲]如珠矣。凡此四条，虽文不必有，而体例不无。若值[20]而莫悟，则非精解。

贾岛

“鸟宿池边树，僧敲月下门”，贾岛为“推”“敲”二字反复琢磨，方才锤炼出精练的语句。

[注释]

①拣择：用字的加工选择。

②诡异：指怪僻奇异的字。

③联边：偏旁相同的字。

④重出：重复的字。

⑤诡：同“瑰”，奇特。

⑥曹摅：西晋良史。所引诗句无考。

⑦褊：狭。呶呶：即扰声，喧哗。

⑧半字同文：指偏旁相同的字。

⑨施：用。

⑩龃龉：牙齿不齐，喻不合。

⑪三接：用三个偏旁相同的字联在一起。

⑫字林：字典、字书。按部首编排的字典。

⑬相犯：相抵触、侵犯。一联或一诗中避免用相同的字，有了就发生抵触。

⑭《诗》《骚》:《诗经》《楚辞》。《骚》,《离骚》，代表《楚辞》。适会：偶合，偶然相同，不以为忌。《诗经》《楚辞》都善于适应情况恰当重复用字。

⑮肥瘠：笔画多，字肥；笔画少，字瘦。

⑯纤疏：稀疏。行：字行。

⑰黯黕：状暗黑。

⑱参伍：错综。

⑲磊落：状圆转。

⑳值：遇。

[译文]

因此联字作文，对使用的字必须选择：第一要避免诡异，第二要减少联边，第三要权衡重出，第四要调配单复。“诡异”，就是字体怪异。曹摅的诗说：“我难道不愿意参加游乐，只是褊狭的心胸讨厌那里的吵嚷。”诗里用“呶呶”这两个诡怪的字，大大地损害了美好的篇章，何况那些用诡怪文字比这还多的作品，难道还有什么可观的呢？“联边”，就是半边相同的字联在一起用。描山范水，古今多用些山旁和水旁的“联边”字，用在平常的文章里，便显得不相协调而成为缺点，如果实在不能避免用

“联边”字，最多可用到三字“联边”，三字以上的“联边”，那要成为字书了吧？“重出”，就是相同的字在句中重复使用。《诗经》《离骚》中都恰当地用相同的字，可是近代把用相同的字看成忌讳，假如“重出”的两个字都是必要的，那就宁肯重复。所以善于作文章的人，即使胸中富有文章万篇，也常常苦于换一个重复的字，并非是找不到那一个字，而是因为要避免重复字的困难。“单复”，就是笔画字形的多或者少。笔画简单的字连接成句子，就会因它们笔迹纤细疏散而行款单薄，就不好看；笔画复杂的字连接起来组成章节，就会因它们笔迹繁密而篇章臃肿昏暗不美观；善于斟酌用字的人，注意交错配搭运用简单和复杂的字形，使字形圆转像连贯的珠子。上面说的这四条，虽然文章里不一定都碰到，可是就文字体例的应用上却不一定没有这些情况。如果遇到这些情况却不懂得如何处置，那就不是精通炼字了。

## 原文

至于经典隐暧（ài）[①]，方册[②]纷纶，简蠹（dù）帛[③]裂，三写易字[④]，或以音讹（é），或以文变。子思弟子[⑤]，“於穆不似”[⑥]者，音讹之异也。晋之史记[⑦]，“三豕（shǐ）渡河”[⑧]者，文变之谬也。《尚书大传》有“别风淮雨”[⑨]，《帝王世纪》云“列风淫雨”[⑩]。别、列、淮、淫，字似潜移[⑪]，淫、列义当而不奇，淮、别理乖而新异。傅毅制诔（lěi）[⑫]，已用“淮雨”[⑬]，元长作序，亦用“别风”[⑭]。固知爱奇之心，古今一也。史之阙（quē）文[⑬]，圣人所慎，若依义弃奇，则可与正文字矣。

### [注释]

①隐暧：隐晦，字义不明。

②方册：指书籍。方，木板，刻书所用。册，编联在一起的竹简，即古代的书。

③蠹：蛀虫。帛：指帛书，古代的一种书籍，用帛书写。帛，一种未染过的丝织品。

④三写：几次传抄。易字：抄错字。

⑤子思：名伋，孔子孙。弟子：指子思的学生孟仲子。

⑥於穆不似：孟仲子把《诗经·周颂·维天之命》中“於穆不已”错读为“於穆不似”。於，赞美词。穆，深远的样子。不已，不止。

⑦晋之史记：晋国的历史书。春秋各国都有自己的史书。

⑧三豕渡河：子夏到晋国去，从卫国经过时，听到有人在读史记道：“晋师三豕渡河。”子夏说：“不对，是己亥渡河。”到晋国一问，果然是“己亥渡河”。“己”与“三”、“亥”与“豕”形近。见于《吕氏春秋·察传篇》。

⑨《尚书大传》：解释《尚书》的书。旧题西汉伏生撰，可能是其弟子集录而成。“别风淮雨”：《尚书大传·周传》的原文为：“久矣，天之无别风淮雨，意者中

国有圣人乎！”“别风淮雨”是抄错了的文字。

⑩《帝王世纪》：史书。西晋皇甫谧著，记上古以来帝王事迹，今不全。“列风淫雨”：《帝王世纪》的原文与《尚书大传》相同，只改“别”为“列”、“淮”为“淫”。列风，烈风，即暴风。淫雨，即过多的雨。

⑪潜移：暗变。

⑫傅毅：东汉文人。诔：指傅毅的《北海靖王兴诔》。

⑬已用“淮雨”：《北海靖王兴诔》中有“白日幽光，淮雨杳冥”二句话，但是现存的《北海靖王兴诔》残文中没有这二句。

⑭元长：南朝齐王融的字。他用“别风”一词的序文已无可考。

⑮阙文：缺字。

竟陵八友

南朝齐永明年间，以王融为首的“竟陵八友”相互唱酬应和，形成了独特的文学流派，后世称为“永明体”，非常看重字句雕琢。

## [译文]

至于说经典中文字隐晦暧昧，书籍简册中文字纷繁众多，简册容易遭蛀虫之害，帛书也容易损坏破裂，几经传抄就会发生错误，或者因为字音相近而发生错误，或者因为字形相近而发生错误。子思的学生孟仲子把“於穆不已”读成“於穆不似”，就是字音讹变产生的差异；晋国的史记，把晋军“己亥渡河”写成“三豕渡河”，就是字形相似发生的谬误。《尚书大传》有“别风淮雨”的记载，而《帝王世纪》则作“列风淫雨”。“别”和“列”、“淮”和“淫”字形相似，无意中抄错了。“列风淫雨”中“淫”字和“列”字的意义恰当倒并不奇怪，“别风淮雨”中“淮”字与“别”字意义不合却很新奇。傅毅在写作《北海靖王兴诔》时，就已经用了“淮雨”；王融作序文，也用了“别风”二字。可见文人爱奇，古今相同。要知道史书上缺了的文字，圣人谨慎地对待它，弄不清楚，宁肯缺着，倘使能够依照文字本来意义去理解运用，放弃好奇心理，那样的人就可以跟他订正文字了。

## 原文

赞曰：篆(zhuàn)隶相熔[①]，《苍》《雅》品训[②]。古今殊迹，妍媸异[③]分。字靡[④]易流，文阻[⑤]难运。声画[⑥]昭精，墨[⑦]采腾奋。

### [注释]

①篆隶相熔：指小篆由大篆熔炼而成，隶书由小篆提炼而成，由篆书发展为隶书。熔，铸器模子，即熔炼。

②品训：分别训诂解释。指《仓颉》《尔雅》所汇集训解的对象不同。品，众多。

③异：作“易”。

④靡：顺，指顺时。

⑤阻：指违时，这里指文字怪异奥僻。

⑥声画：表达思想感情的文字。

⑦墨：文字，这里泛指文章作品。

### [译文]

总结：隶书从篆中演变发展而来，《仓颉》《尔雅》对文字作了全面解释。古今文字运用的不同形迹，其好坏标准就有相异的区分。用字为世所通晓才易于传流，为世所共废则难以行运。文字把思想表达得明白而精确，笔墨的华彩定然飞扬突出。

# 隐秀第四十

**题解**

“隐秀”的“隐”是含蓄，不仅包括对内容的要求，也包括对形式方面的要求。“秀”是独拔、突出。本篇讲“隐”和“秀”两种艺术手法和艺术风格及其相互关系。

全篇（连同补文）分三部分：一、讲“隐”“秀”的含义及其各自所具有的特点。二、讲“隐”与“秀”的关系。三、提出对“隐”“秀”的要求：要“自然会妙”，反对“雕削取巧”。

本篇所论，涉及文学艺术的一些基本特征，也对后世文学创作和文学理论有着重要的影响。可惜《隐秀》有残缺，残缺部分大约是明人补的，本篇补文部分下加圈点以示区别。

## 原文

夫心术[1]之动远矣，文情[2]之变深矣，源奥而派[3]生，根盛而颖峻[4]，是以文之英蕤(ruí)[5]，有秀有隐。隐也者，文外之重(chóng)旨[6]者也；秀也者，篇中之独拔[7]者也。隐以复意[8]为工，秀以卓绝[9]为巧，斯乃旧章之懿(yì)[10]绩，才情之嘉[11]会也。夫隐之为体[12]，义生文外，秘响旁[13]通，伏采[14]潜发，譬爻(yáo)象之变互体[15]，川渎之韫(yùn)[16]珠玉也。故互体变爻(yáo)，而化成四象[17]；珠玉潜水，而澜表方圆[18]。始正而末奇[19]，内明而外润，使玩之者无穷，味之者不厌矣。彼波起辞间，是谓之秀。纤手[20]丽音，宛乎[21]逸态，若远山之浮烟霭[22]，娈女之靓(jìng)[23]容华。然烟霭天成，不劳于妆点；容华格[24]定，无待于裁熔[25]。深浅而各奇，秾(nóng)纤[26]而俱妙，若挥之[27]则有余，而揽之[28]则不足矣。

**［注释］**

①心术：本指运用思想的方法，这里指转念头。

②文情：指作品的内容。

③派：支流。

④颖：禾芒，比树梢。峻：高。

⑤英蕤：指精华。英，草本植物的花瓣。蕤，花叶下垂的样子。

⑥重旨：言外之意，话中有话。重，双重。

⑦独拔：独特突出。

红杏弄春

"红杏枝头春意闹"，只此一"闹"字，便将春光泛滥景象生动传神地渲染出来。"闹"字即为这篇中最独特突拔的"秀"句。

⑧复意：即两重意思，一是字面的意思，一是言外之意。

⑨卓绝：即"独拔"的意思。

⑩旧章：指前人的作品。懿：美。

⑪才情：才智情思，即才华。嘉：美。

⑫体：风格、特点。

⑬秘响：隐秘之响，即暗响。指不显露的意义。旁：侧面。

⑭伏采：隐伏的文采。

⑮爻象之变互体：爻象，爻构成《易》卦的基本符号，一个卦有六画，称为六爻。每个爻有解释的话称为爻象。卦的变化取决于爻的变化，故爻具有交错和变动的意义。互体，《周易》卦凡卦爻二至四、三至五，上、下两体交互，各成一卦，叫互体，又叫互卦。六十四卦中任何一卦，都可由卦爻的变化而产生互体，即一卦包含有另一卦（卦中有卦），比喻含蓄、话中有话。

⑯渎：通海的河。韫：藏。

⑰四象：《周易》六十四卦的卦象有实象、假象、义象、用象，称"四象"。如以乾卦象天，为实象；以乾为父，为假象；以乾为健，为义象；乾有元（始）、亨（通）、利（和）、贞，为用象。

⑱"珠玉潜水"二句：《淮南子·地形训》中说水中蕴藏着玉，水纹方而曲折；水中蕴含着珠，水纹圆而曲折。

⑲始正：开始觉得平正。末奇：后来觉得新奇。指"隐"的艺术特点。

⑳纤手：妇女细柔的巧手。纤，细。

㉑宛乎：好像，仿佛。

㉒霭：云气。

㉓娈女：美好。靓：装饰。

㉔格：式。

㉕裁熔：修饰。

㉖秾：盛，花木繁盛貌。指妇女的盛妆、浓妆。纤：细，指妇女的淡妆。

㉗挥之：舍去，即不加装点，顺其自然。

㉘揽之：采取，即加上人工装点。

[ 译文 ]

写作时意念的转动可以想得极其遥远广阔，文情变化的状况可以显得极其深刻。源头深远才会有支流产生，树木的根底壮盛才使得枝叶茂盛，因此文章的精华有“秀”有“隐”。所谓“隐”，就是文外所隐藏的言外之意；所谓“秀”，就是篇章中最独特突拔的语句。隐语以言外含有另一层意思为工巧，秀句以独特超出一般为巧妙，这乃是前人文章中的美好成就，是作者才情的完美表现。“隐”的主要特点在于文外之义，像神秘的音响从旁边传出，像潜伏的文采在暗中闪耀，好比爻象的变化含蕴在互体中，好比河川的水流蕴藏着珠玉。所以，互体变化爻象，就会演化成四种“卦象”；珠玉潜藏在河水里，水面上就产生各种形状的波澜。这样的文章开始端正，末尾新奇，又像内含明珠，外表光润，使赏玩者感到余味无穷，品味的人永不厌倦。那文辞之间涌起的波澜，就称作“秀”。又像灵巧的手弹出美好的音乐，呈现出一种飘逸的姿态，好比远山飘浮的烟云雾霭一样，好像美女焕发的容光。然而烟霭是天然生成的，不用人工装点；容貌是自然长定的，不用人工去修饰。烟霭或深或浅各显奇景，容貌的或胖或瘦都各有妙处，要是听其自然就美好有余，而加以人为造作便显得不够自然了。

## 原文

夫立意之士，务欲造奇，每驰心于玄默之表[1]；工[2]辞之人，必欲臻(zhēn)[3]美，恒匿(nì)思于佳丽之乡。呕心吐胆[4]，不足语穷[5]；煅(duàn)岁炼年[6]，奚(xī)[7]能喻苦？故能藏颖词间，昏迷于庸目[8]；露锋文外，惊绝乎妙心[9]。使酝(yùn)藉[10]者蓄隐而意愉，英锐者抱秀而心悦。譬诸裁云制霞，不让乎天工[11]；斫(zhuó)卉刻葩(pā)[12]，有同乎神匠矣。若篇中乏隐，等宿儒[13]之无学，或一叩[14]而语穷；句间鲜秀，如巨室[15]之少珍，若百诘[16]而色沮：斯并不足于才思，而亦有愧于文辞矣。

[ 注释 ]

①玄默：指极深沉。玄，幽、深。默，静默。表：外。

②工：巧，精于其事。这里用为使之工巧的意思。

③臻：到达。

④呕心吐胆：呕吐出心胆。比喻劳心苦思。

⑤穷：困，难。

⑥煅岁炼年：饱经年岁锻炼，比喻功夫的深久。煅，指对文章的锤炼。

⑦奚：何。

⑧庸目：平常人的眼力。

⑨妙心：精妙的用心。

⑩酝藉：含蓄。

⑪天工：大自然的工巧。

⑫斫：砍削。卉：草的总称。葩：花。《列子·说符》说：有个宋国人用玉为宋国君王雕制楮树叶，三年才成功，将其混在楮树叶中和真楮叶没有什么区别。这里暗用此典。

⑬宿儒：老练博学的儒生。

⑭叩：问，指阅读。

⑮巨室：富贵之家。

⑯诘：反问。

### [译文]

善于立意的人，务必要创造出新奇的意境，往往让自己的思想驰骋于深微玄妙的境地；工于修辞的人，一定要创造美好的词语，常常把自己的心思沉溺在辞藻美丽的境域。像呕尽心血乃至吐出胆汁那样，还不足说明用心的良苦；经年累月的锻炼加工，哪能说明反复推敲的辛苦？所以他们能够把光彩的文思隐藏在文辞之间，让眼光平庸的人感到迷惑；又能够把锋芒显露文辞之外，让有识者大为震惊。这样就使爱好含蓄的人看到含蓄之处而高兴，爱好警句的看到秀句而心情喜悦。它们都好比裁剪织制云霞，并不比天工造物逊色；又好比雕削刻绘花草，跟自然造物几乎相同。如果一篇文章中缺乏含蓄的意思，跟老朽的儒生没有学问一样，一加叩问就无话回答；句子中缺少了警句，就好像大户人家少了珍珠，只要多加诘问主人就神情沮丧。这些缺点都是由于才智文思不够，所以在文辞上也显得有愧色啊！

## 原文

将欲征[1]隐，聊可指篇：古诗之离别[2]，乐府之长城[3]，词怨旨深，而复兼乎比兴。陈思之黄雀[4]，公幹之青松[5]，格刚才劲，而并长于讽谕[6]。叔夜[7]之赠行，嗣(sì)宗[8]之咏怀，境玄思澹(dàn)，而独得乎优闲。士衡[9]之疏放，彭泽[10]之豪逸，心密语澄(chéng)[11]，而俱适乎壮采。如欲辨秀，亦惟摘句："常恐秋节至，凉飙(biāo)夺炎热"[12]，意凄而词婉，此匹妇[13]之无聊也；"临河濯长缨(yīng)，念子怅悠悠"[14]，志高而言壮，此丈夫之不遂[15]也；"东西安所之，徘徊以彷徨"[16]，心孤而情惧，此闺房之悲极也；"朔风动秋草，边马有归心[17]"，气寒而事伤，此羁旅(jī lǚ)之怨曲也。

### [注释]

①征：证验。

②古诗:《古诗十九首》。东汉时期作品。离别:指《古诗十九首》中的《行行重行行》一诗。

③乐府之长城:指乐府古辞中《饮马长城窟行》一诗。

④黄雀:指曹植的《野田黄雀行》,该诗写少年救雀,用以比喻救人于患难。

⑤公幹:刘桢的字,东汉末文人。青松:刘桢《赠从弟》其第二首的第一句为"亭亭山上松"。该诗写松以比喻人有节操。

《饮马长城窟行》

"客从远方来,遗我双鲤鱼。"诗句未有一句写离愁,但愁绪漫溢字里行间,是历代离别诗的代表。

⑥讽谕:借物喻意。曹植的《野田黄雀行》和刘桢的"亭亭山上松"都借黄雀喻意。

⑦叔夜:嵇康的字。

⑧嗣宗:阮籍的字。

⑨士衡:陆机的字。

⑩彭泽:指陶潜,字渊明,东晋著名诗人,他曾做过彭泽县令。

⑪澄:水静而清。

⑫"常恐"二句:班婕妤《怨歌行》中的诗句。班婕妤,东汉女诗人。此诗中她自比作扇,怕秋风一起,扇便被弃。此诗后人疑为伪作。飙,暴风。

⑬匹妇:普通妇女。

⑭"临河"二句:传为西汉李陵《与苏武诗》中的话。李陵,西汉名将李广之孙。苏武,西汉武帝时人,出使匈奴,被扣十九年。《与苏武诗》自刘勰以来,历代学者多认为是后人伪托。濯,洗。缨,衣帽上用为装饰的穗带,这里指冠缨。子,你,指苏武。

⑮不遂:不顺心。

⑯"东西"二句:这是乐府古辞《伤歌行》中的诗句。

⑰"朔风"二句:西晋诗人王赞《杂诗》的头两句。此诗写对故乡的思念。朔风,北风、寒风。

[译文]

就含蓄来举例，姑且可以指出一些篇章来：《古诗十九首》中的《行行重行行》，乐府古辞中的《饮马长城窟行》，文辞哀怨，旨意幽深，而且兼用了比喻和起兴的表现手法。陈思王曹植的《野田黄雀行》、刘桢的“亭亭山上松”，风格刚健，才气遒劲，而且都善于讽喻。嵇康的《赠秀才入军》、阮籍的《咏怀》意境深微，思想淡泊，而且独具悠闲的姿态。陆机的疏放，陶潜的豪逸，思想绵密，语言清澄，而且都具有壮丽的文采。如果想辨别秀句，也只有从篇章中摘录句子来看：“常常恐惧秋季来到，凉风夺去了夏天的炎热。”诗意凄切而文辞婉转，这是妇女怕失宠无可依靠的情绪表现。“临河洗濯长缨，想到你啊多么惆怅！”志气高洁而言辞豪壮，这写出了丈夫不得志的思想。“或东或西不知朝哪里去，又徘徊来又彷徨。”心情孤独而情绪恐惧，这是表现闺房里妇女极度悲哀的情感。“北风吹动秋草，边寨的乘马也有归返的心思。”天气寒冷而人事又很伤感，这是羁留北国异乡的旅客的怨歌。

## 原文

凡文集胜篇[①]，不盈十一[②]；篇章秀句，裁可百二[③]：并思合而自逢，非研虑之所课[④]也。或有晦(huì)塞[⑤]为深，虽奥非隐，雕削[⑥]取巧，虽美非秀矣。故自然会[⑦]妙，譬卉木之耀英华[⑧]；润色致美，譬缯(zēng)帛之染朱绿[⑨]。朱绿染缯，深而繁鲜[⑩]；英华曜(yào)[⑪]树，浅而炜烨(yè)[⑫]；隐篇所以照文苑，秀句所以侈翰林[⑬]，盖以此也。

[注释]

①胜篇：优异的文章。

②盈：满。十一：十分之一。

③裁：仅。百二：百分之二。

④课：考课。

⑤晦塞：隐晦不通达。

⑥雕削：雕琢。

⑦会：合。

⑧英华：花朵。英，草本植物的花瓣；华，木本植物的花。

⑨缯：丝织品的总称。朱绿：朱红色和绿色，此指各种色彩。

⑩繁鲜：鲜丽过分，和“自然会妙”相对而言。

⑪曜：照耀。

⑫炜烨：光彩鲜明。烨，火光盛貌。

⑬文苑、翰林：都是文坛的意思。侈：夸。

[ 译文 ]

大抵文章中优秀的作品，不满十分之一；篇章中突出的警句，百句中不过二句：这些都是情思和文思合拍而自然造成的，并不是苦心经营可以达到的。或者有的人以用意隐晦难懂为高深，虽然深奥但并不是我们所说的“隐”；有的人以雕琢刻削来求得工巧，虽然美好但并不是我们所指的“秀”。所以“隐”和“秀”都要自然合乎妙处，好比草木的花朵光彩照耀一样；用润色修饰求得美好，好比丝绸染上朱红绿色一样。红绿各色染上丝绸，颜色深而花色繁多鲜艳；花朵在树上照耀，颜色浅但是富有光彩；含蓄的篇章之所以能够照耀文坛，突出的警句之所以能够夸耀艺苑，大概就是因为这样。

## 原文

赞曰：深文隐蔚①，余味曲②包。辞生互体，有似变爻(yáo)。言之秀矣，万虑③一交。动心惊耳，逸响笙匏(páo)④。

[ 注释 ]

①蔚：草木盛貌，指文采丰富。

②曲：曲折，指含蓄婉转。

③虑：思。

④笙匏：即笙和匏，都是吹奏乐器。

[ 译文 ]

总结：深厚的作品通常含蓄多彩，包含的言外的余味婉转曲折。文辞里话中有话的产生，好似卦中有卦出自变爻。独特提拔的警言秀句啊，千思万虑才得到一句。动人心魄惊人耳目的句子，高超无比赛过笙匏。

# 指瑕第四十一

**题解**

《指瑕》的“指”是指出，“瑕”是玉的斑点，比喻文章写作中的毛病。“指瑕”即指出文章写作中的毛病。本篇主要论述了写作中应该避免的种种毛病。

全篇分三部分：一、讲文章写作中缺点难以避免和“指瑕”的必要，认为文学作品极容易流传并深入人心。二、讲古代和近代作者写作中的缺点，主要是从用字、用意两方面加以论述的。三、讲注解中存在的问题。

刘勰认为文章写作“虑动难圆，鲜无瑕病”，认为缺点是不可避免的；但他并不因此放松写作中的毛病，而强调写作应该慎重，尽量减少毛病。减少毛病的方法之一，就是“指瑕”以防治毛病。本篇提出的一些弊病，也具有一定的普遍意义。

## 原文

管仲有言：“无翼而飞者声也，无根而固者情也。”①然则声不假②翼，其飞甚易；情不待根，其固非难：以之垂文③，可不慎欤(yú)？古来文才，异世争驱；或逸才以爽迅④，或精思以纤密，而虑动难圆⑤，鲜⑥无瑕病。陈思⑦之文，群才之俊也，而《武帝诔》⑧云“尊灵永蛰(zhé)⑨”，《明帝颂》⑩云“圣体浮轻⑪”。浮轻有似于蝴蝶，永蛰(zhé)颇拟于昆虫，施之尊极⑫，岂其当乎？左思《七讽》⑬，说孝而不从⑭，反道若斯，余不足观矣。潘岳⑮为才，善于哀文，然悲内兄⑯，则云感口泽⑰，伤弱子⑱，则云心如疑⑲。礼文在尊极⑳，而施之下流㉑，辞虽足哀，义斯替㉒矣。若夫君子拟人必于其伦㉓，而崔瑗(yuàn)之诔(lěi)李公㉔，比行于黄、虞㉕；向秀之赋嵇(jī)生㉖，方罪于李斯㉗；与其失㉘也，虽宁僭(jiàn)无滥㉙，然高厚之诗，不类甚矣㉚。凡巧言易标㉛，拙辞难隐，斯言之玷，实深白圭㉜。繁例难载，故略举四条㉝。

**[注释]**

①“无翼”二句：见于《管子·戒篇》，但刘勰断章取义，借以比喻文章能传之久远，容易为人所记识。

②假：借助。

③之：指上述不待翼而飞，没有根可固的道理。垂文：留下文章，指写作传世。

④爽：高迈，豪爽。迅：迅速。

⑤动：每，常。圆：周全。

⑥鲜：少。

⑦陈思：陈思王曹植。

⑧武帝诔：曹植为悼念曹操的功德所作。武帝，魏武帝曹操。

⑨蛰：动物冬眠期间，不吃不喝藏伏不动。曹植以此喻死者（曹操）蛰伏。

⑩明帝颂：指献给魏明帝曹睿的《冬至献袜颂》。

⑪浮轻：比拟轻如仙人。

竹林七贤

竹林七贤文名远播，其中大多才情高洁，不同流合污。嵇康因为不肯与当世权贵合作而被杀，李斯虽然被赵高害死，但是他品行低劣，不能与嵇康相比。故而向秀比照这两人的说法欠妥。

⑫尊极：最尊贵的人，指帝王。

⑬左思：西晋时期著名诗人，作《七讽》，今失传。

⑭说孝而不从：据“七体”文通例，“七体”所说七件事，大都前六件为被说者所不接受，即“不从”，“说孝”即为“六事”之一。

⑮潘岳：西晋时期文人，以善于作哀文著称。

⑯悲内兄：潘岳悲内兄文不可考。内兄，妻子的哥哥。

⑰感口泽：《礼记·玉藻》：“母没而杯圈不能饮焉，口泽之气存焉尔。”口泽，口所润泽。

⑱弱子：婴孩的通称，这里指潘岳的幼子金鹿。

⑲心如疑：金鹿夭折后，潘岳写了《金鹿哀辞》，文中有“将反如疑，回首长顾”的话。

⑳礼文：即上引《礼记·玉藻》和《檀弓》中的记载。尊极：指极尊严的长辈。

㉑下流：魏晋人称子孙晚辈为下流之辈。

㉒替：废去。

㉓伦：类。

㉔崔瑗：东汉文人。诔李公：崔瑗的《李公诔》，已失传。李公不知是否崔瑗推崇的李固。李固：东汉文人，有盛名，因敢于反对外戚、宦官专权而被杀。

㉕黄、虞：黄帝、虞舜，传说中古代有德行的帝王。

㉖向秀：西晋文人。赋嵇生：嵇生，指嵇康。向秀有《思旧赋》怀念好友嵇康，赋见《文选》卷十六。

㉗方罪于李斯：向秀的《思旧赋》中有“昔李斯之受罪兮，叹黄犬而长吟；悼嵇生之永辞兮，顾日影而弹琴”，秦赵高诬陷李斯叛乱，把他杀死。李斯临死前，叹息自己要像从前那样带着猎狗去打猎是不可能了。嵇康不和司马氏合作被杀害，临死时看看日影弹了一曲《广陵散》，说此曲要失传了。把李斯和嵇康作比很不恰当，一个贪权，一个品格高尚。方，比。

㉘失：指比拟的不伦不类的差错。

㉙宁僭勿滥：宁可赏赐过分，不要刑法过分。僭，超过名分。

㉚“高厚之诗”二句：《左传·襄公十六年》载晋国和诸侯会盟，会上各人赋诗，齐国大夫高厚诵读的诗不恰当。因为齐国怀有二心，不服晋国。刘勰用高厚之事来比拟万一不恰当“宁僭勿滥”，但不能如“高厚之诗”的过分不恰当。不类，不善，不恰当。

㉛标：树梢，引申为表现。

㉜“斯言之玷”二句：玉上有斑点，可以磨去，话说错了，不容易磨去。《诗经·大雅·抑》：“白圭之玷，尚可磨也；斯言之玷，不可为也。”圭，上尖下方的玉器。玷，白玉上的污点。

㉝四条：指上述曹植的比拟不当，左思的“反道”，潘岳的称谓不当，崔瑗、向秀的比方不当。

## [译文]

《管子·戒篇》说：“没有翅膀而能四处传飞的，是语言；没有根柢却能牢牢固结的，是感情。”可见语言不靠翅膀，它的飞翔甚为容易；感情无须有根，它的牢固也并不困难。那么用文字把它们记录下来使之流传后世，可以不谨慎吗？自古以来的文人才士，都在不同的时代相互驱驰前进；他们有的才气卓越而行文豪爽迅速，有的思考精纯而用心周密，可是思维活动却往往难以周到圆通，很少没有缺点的。陈思王曹植的文章，是众多文人中的杰出者，而他的《武帝诔》却说“尊敬的英灵永远蛰伏”，《明帝颂》也说“圣王的身体浮轻”。浮轻好像蝴蝶，永远蛰伏又颇像昆虫，用来指极尊贵的帝王，难道是恰当的吗？左思的《七讽》，讲到孝道却不赞成，像他这样违反圣人之道，其余的就不值得去看了。潘岳的文才，善于作哀悼的文章，然而他却在悲悼内兄的文章中，感叹说他用的杯口上存留着口液，在哀伤夭折的孩子的文章中却说，疑心他还活着。按照礼制，“口泽”“如疑”这样的字眼都是用在极尊贵的人身上，而他却用在同辈或下辈身上，文辞虽然写得够悲哀，原来的含义却因此丧失了。至于君子对人的比拟，一定要是同类的，可是崔瑗哀悼李公，把李公的德行比作黄帝、虞舜；

向秀作赋哀悼嵇康，把他的受刑情况和李斯相比，虽然两种比方都同样有差错，与其如向秀那样比方得过坏，不如像崔瑗那样比方得过好，然而都像高厚念的诗那样，就比得太不伦不类了。一切工巧的言辞容易标立，拙劣的词语难以隐蔽，这些语言上的毛病，实在比白玉上的污点更难磨灭。繁多的例子难以一一记载，所以这里只约略举出了四条。

## 原文

若夫立文之道[1]，惟字与义。字以训[2]正，义以理宣[3]。而晋末篇章，依稀[4]其旨，始有“赏际奇致”之言，终无“抚叩酬即”之语[5]，每单举一字，指以为情。夫赏训锡赉(lài)，岂关心解[6]？抚训执握[7]，何预情理？《雅》《颉》[8]未闻，汉魏莫用，悬领[9]似如可辨，课[10]文了不成义，斯实情讹(é)[11]之所变，文浇[12]之致弊。而宋[13]来才英，未之或改，旧染成俗，非一朝也。近代辞人，率多猜忌[14]，至乃比语求蚩(chī)[15]，反音取瑕[16]，虽不屑[17]于古，而有择于今[18]焉。又制同他文，理宜删革[19]，若掠人美辞，以为己力，宝玉大弓[20]，终非其有。全写则揭箧(qiè)，傍采则探囊[21]，然世远者太轻[22]，时同者为尤[23]矣。

### [注释]

①道：道路，途径。

②训：训诂解释。

③宣：表达，显示。

④依稀：模糊不清、不明确。

⑤“始有”二句：“赏、际、奇、致”和“抚、叩、酬、即”，即刘勰举出的八个“依稀其旨”的用语。有，指有不合字的本义的用法。无，指无字的本义的用法。

⑥“赏训锡赉”二句：锡赉，赏赐。赉，赐。心解，内心领会。

⑦抚训：击节叹赏。执握：执持。

⑧雅：《尔雅》。《颉》：即《仓颉》。

⑨悬领：凭空领会，无根据的主观臆测。

⑩课：考核。

⑪讹：错误，不正常。

⑫文浇：文风衰落。浇，薄。

⑬宋：南朝刘宋朝代。

⑭猜忌：猜疑忌讳。

⑮比语求蚩：比语，同音比拟的字词并列。蚩，同“嗤”，讥笑。例如梁代费

旭的诗有“不知是耶非”句，殷沄的诗有“飘扬云母舟”句，梁简文帝看后说：“旭既不识其父，沄又飘扬其母。”把“耶”谐音为“爷”（父），把“云母”当作“沄母”（殷沄的母亲）。见《颜氏家训·文章篇》。

⑯反音取瑕：反音，反切。例如，何僧智曾经在任昉（梁作家）处赋诗而说他的诗不伦不类。任昉对何说：“你的诗可谓高厚。”何大怒说：“你骂我的诗是狗号。”高厚切为狗，厚高切为号。见于《金楼子·杂记篇上》。

⑰不屑：轻视，不重要。

⑱有择于今：因当时文人习用反切，所以重视反音取瑕。择，挑剔。

⑲删革：删改。

⑳宝玉大弓：鲁国的宝器，被阳货偷走。孔子著《春秋》在定公八年写明“盗窃宝玉大弓”，来贬斥阳货的罪行。宝玉，夏后氏的宝玉。大弓，封父用过的大弓。

㉑“全写则揭箧”二句：《庄子·胠箧篇》载，为了防备盗贼，唯恐箱柜、口袋不牢固，但大盗来了则把整个箱柜、口袋全拿走。全写，全部照搬别人的文字。揭箧：端箱，指全偷。揭，举。箧，箱匣。傍采，即旁采，从侧面即部分窃取。探囊，摸口袋。探，摸。

㉒轻：浅薄，轻薄。

㉓尤：过错。

[译文]

至于作文的方法，在于运用文字和确立文义。文字凭借解释规定含义，文义用理论来加以说明。可是晋代末年的文章，意旨模糊，开始有“赏、际、奇、致”这样的言辞，最后有“抚、叩、酬、即”这些话语，往往单独举出一个字，用来说明情意。“赏”字的意思是赐赏，难道和内心的理解有关吗？“抚”字的意思是执握，跟文章的情理有何相干？在《尔雅》和《仓颉》里没有听说过这样的用法，在汉代和魏代的写作中也没有谁这样用过，凭空领会好像可以辨识，考核文字则完全没有这种意义，这实在是文情诡讹所造成的，是文风衰薄浮夸的弊病。可是刘宋以来的文人才士，对这种弊病没有谁能够改正，这种旧有的坏文风习染成为一种习俗，不是一朝一夕的缘故。近代的作者，大都猜疑忌讳过多，甚至从语言的谐音中去挑毛病，从语音的反切里去找缺点，这些对古人来说虽然是不屑一顾的，但是对当今来说值得注意。再有，写的和他人的作品有相同的地方，照理应该删去或改动，如果掠取别人的美辞作为自己的功劳，那就像春秋时阳货盗窃了宝玉大弓一样，终究不是自己所有。全部抄写别人的东西，那就如同端走箱子盗窃；只是从侧面摘取几句，那就如同摸别人的口袋，然而时代遥远的问题不大，但是同时代的就成为罪状了。

## 原文

若夫注解为书，所以明正事理；然谬于研求，或率[①]意而断。《西

寂寥扬子居

作文不可抄袭他人，但是可以化用他人诗句为我所用。卢照邻《长安古意》中有“寂寂寥寥扬子居，年年岁岁一床书”之语，后来刘希夷又化用此语，写出“年年岁岁花相似，岁岁年年人不同”，立意深刻，境界顿高，成为千古称颂的名句。

京赋》[2]称“中黄、育、获之畴”[3]，而薛综[4]谬注谓之阉（yān）尹[5]，是不闻执雕虎之人[6]也。又《周礼》井赋[7]，旧有匹马[8]，而应劭（shào）[9]释匹，或量首数蹄，斯岂辨物之要哉？原夫古之正名[10]，车“两”而马“匹”[11]，“匹”“两”称目[12]，以并耦（ǒu）[13]为用。盖车乘贰佐[14]，马俪（lì）骖（cān）服[15]，服乘不只，故名号必双，名号一正，则虽单为“匹”矣。匹夫匹妇，亦配[16]义矣。夫车马小义，而历代莫悟[17]；辞赋近事[18]，而千里致差[19]；况钻灼（zhuó）[20]经典，能不谬哉？夫辨匹而数首蹄，选勇[21]而驱阉尹，失理太甚，故举以为戒。丹青初炳而后渝[22]，文章岁久而弥光[23]。若能檃（yǐn）括[24]于一朝，可以无惭于千载也。

［注释］

①率：轻率，不慎重。

②《西京赋》：东汉张衡的名作。

③中黄、育、获之畴：《西京赋》中有“乃使中黄之士，育、获之俦”的话。中黄，中黄伯；育，夏育；获，乌获。都是古代的大力士。畴，同“俦”，类、伴。

④薛综：三国时期吴文人，他注《西京赋》上述引句的错误已被李善改正，现

存李善注中保存的薛综注里不见错误的注文。

⑤阉尹：宦官之首。阉，太监，宦官。尹，正，官名。

⑥执雕虎之人：即中黄伯。

⑦《周礼》井赋：据《周礼·地官·小司徒》疏：周代的田赋三十家出马一匹。井，井田制。一井九百亩地，按规定有九夫（九家，一夫即一个男劳动力代表一家），除去道路房屋占地三分之一和休耕地三分之一，实际只有三夫耕种。三十家即十井。井赋，按井田征收赋税。

⑧旧有匹马：指上述旧有的井田制关于兵赋出马匹数的规定。

⑨应劭：东汉文人。这里指出的他关于释"匹"的注释无考。

⑩正名：指辨证名称、名分。

⑪车"两"马"匹"：车称"两"，马称"匹"，都见于《尚书》。如《牧誓》："武王戎车三百两。"《文侯之命》："马四匹。"

乘

古时乘指马车，一乘是指用一辆四匹马拉的车。

⑫目：称。

⑬耦：同"偶"，双数，配偶。

⑭车乘贰佐：乘，车。贰，贰车，朝祀用的副车。佐，佐车，战争、打猎用的副车。

⑮俪：成双、对偶。骖服：古代驾车，一车四马或三马，其中间两匹或一匹叫服马，两旁两匹叫骖马；一车二马，则左为骖马，右为服马。

⑯配：合，配偶。

⑰悟：理解、明白。

⑱近事：平常之事。

⑲千里致差：指薛综错注《西京赋》。

⑳钻灼：古代用烧红的金属在龟甲上钻刻，看龟甲的纹裂来判断吉凶。这里借

指探讨经典的深意而为之作注。

㉑勇：勇士，指中黄伯，推选勇士推出了太监头子，这是对薛综误注的嘲讽说法。

㉒丹青：绘画用的颜料，也指画。炳：鲜明。渝：变。

㉓弥光：更加光彩鲜明。

㉔檃括：矫正曲竹木使之平直或成形的工具，这里指改正作品中的瑕病。

[ 译文 ]

至于书的注解，是为了正确地说明事理；可是也有在研究上发生谬误的，或者轻率地凭主观随意作出判断。张衡的《西京赋》写到中黄伯、夏育、乌获那样的大力士，而薛综却错误地把他注释为“阉尹”——太监头子，这是他没有听说捉斑斓猛虎的勇士。再有《周礼》按井纳税，十井三十家按旧例出马一匹，而应劭在解释“匹”的意义时，认为或者是计量马首，或者是数计马蹄，这难道是辨明事物的正确解释吗？考察古时的端正名称，车称为“两”而马称为“匹”，用“匹”和“两”作为马和车的计量名称，含有两两相配的意思。因为古代车子都有“贰车”“佐车”与之相配，拉车的马有骖马和服马相配，服马、骖马和车子都不是单一的，所以名称必须成双，名称确定后又有变化，那即使是单独的一只马也要称为“匹”了。其实匹夫匹妇，也含有与此相同的相匹配的意思。车“两”马“匹”的含义很小，可是历代文人也搞不清楚；辞赋中这类浅近的事情，注释也常差之毫厘谬以千里；何况钻研经书，还能不发生谬误吗？辨别“匹”字的意义而去计算马的头首和蹄脚，选择勇士却推出太监，太违反常理了，所以特别举出这两个例子来引以为戒。丹青的色彩起初有光泽而后来变暗，但文章年岁越久远越是有光彩，倘若错误能够在一朝加以校正，可以流传千年也没有惭愧了。

## 原文

赞曰：羿氏舛(chuǎn)射[①]，东野败驾[②]。虽有俊才，谬则多谢[③]。斯言一玷(diàn)，千载弗化。令章靡(mí)疚[④]，亦善之亚[⑤]。

[ 注释 ]

①羿氏舛射:《史记 · 夏本纪正义》说：帝羿和吴贺一起出游，吴贺让羿射雀的左眼，结果误中了右眼，羿感到十分惭愧，终身不忘。羿，古传说中的神射手。舛，错。

②东野败驾:《庄子 · 达生篇》说：东野稷驾马车的技术非常高明，能使它盘旋进退像编织花纹一样，一次他为鲁庄公表演驾马车，不顾马力，把马的力气用完了，终于失败。

③谢：引以为过，惭愧。

④令章：美好的作品。靡疚：没有毛病。

⑤亚：次。

［译文］

总结：神箭手后羿也曾有过误差，神御手东野稷也曾败驾。他们虽有杰出的才能，但有了错误便引以为戒。作品中有一个小小的缺点，千年之后也不能改变。能写出美好没有毛病的文章，也算得善于写作的高手了。

# 养气第四十二

**题解**

《养气》的“养”是保护修养的意思，“气”是与人的精神密不可分的。“养气”即保护修养精神性气。本篇讲保持旺盛的创作精神的问题，使创作的活力常在的原则和方法。

全篇分三部分：一、从一般规律和实际创作两个方面来说明“养气”的必要。二、论神衰气伤的危害。人的精力是有限的，用之过度，就会造成神衰气伤。三、根据文学创作的特点讲“养气”的原则和方法。

《神思篇》曾提出关于养气的主张，《养气篇》对此作了进一步的阐述。他的“养气”的原则是“率志委和”，反对“钻砺过分”，即写作要自然，不可过分地雕琢伤气。具体主张就是写作要“清和其心，调畅其气，烦而即舍，勿使壅滞，意得则舒怀以命笔，理伏则投笔以卷怀，逍遥以针劳，谈笑以药倦”。但同时又肯定“锥股自励”的精神，提倡学习应该刻苦钻研。因为只有平时刻苦学习，写作时才会“从容率情，优柔适会”。

## 原文

昔王充著述，制养气之篇[1]，验己而作[2]，岂虚造哉！夫耳目鼻口，生之役也[3]；心虑言辞，神[4]之用也。率志委和[5]，则理融而情畅；钻砺[6]过分，则神疲而气[7]衰：此性情之数[8]也。夫三皇辞质[9]，心绝于道华[10]；帝世始文[11]，言贵于敷奏[12]；三代[13]春秋，虽沿世弥缛(rù)[14]，并适分胸臆(yì)[15]，非牵课[16]才外也。战代枝诈[17]，攻[18]奇饰说；汉世迄今，辞务日新，争光鬻(yù)[19]采，虑亦竭矣。故淳言以比浇辞[20]，文质悬乎千载；率志以方[21]竭情，劳逸差于万里：古人所以余裕[22]，后进所以莫遑(huáng)[23]也。

**[注释]**

①养气之篇：即《养性》之书，王充著《养性》之书凡十六篇，养气自守、延年益寿的道理和方法，但该书已失传。王充：东汉学者、思想家。

②验己：经过自己的检验、体验。

③生：生命。役：役使。

④神：精神。

⑤率志：顺着心意情志。率：循、顺。委和：和顺。

⑥钻砺：钻研磨砺。

⑦气：元气，人体维持其生命的功能。

⑧数：自然之数。

⑨三皇：一般指伏羲、神农、黄帝。质：朴。

⑩心绝于道华：指“三皇辞质”。《老子》第三十章：“道之华而愚之始。”三皇时代言辞非常朴质，人们根本没有想到语言要讲究华丽。道华，道理开放的花朵，指文采。

⑪帝世：指尧舜时期。文：文采，与质朴相对。

⑫敷奏：进言。敷，陈。奏，进。

⑬三代：指夏、商、周。

⑭缛：文采繁盛。

⑮适分：适合于作者的本分、个性。胸臆：心胸。

⑯牵课：牵连，勉强。

⑰枝：疑作“权”。权诈：诡诈、权谲。

⑱攻：研究。

⑲鬻：卖，卖时往往夸耀自己的货物好，指炫耀。

⑳浇辞：文采美盛之辞。浇，沃。

㉑方：比。

㉒余裕：从容不迫。裕，宽。

㉓莫遑：没有空暇。遑，闲暇。

王充

## [译文]

从前王充著《养性》书，写作了论述养气的篇章，那完全是自己体验后写出的，难道是凭空造作吗！耳目鼻口是为人的生存服务的；心思言语是属于精神活动的。要是心意情志自然谐和，那就会事理融洽而情意舒畅；钻研磨砺用心过分，那就会使精神疲劳而气力衰竭：这是属于体气性情方面的变化。“三皇”时代文辞朴质，思想和华靡绝缘；“五帝”时代开始具有文采，敷陈进奏时很重视语言；从夏商周三代到春秋时代，虽然各代相沿愈来愈讲究文采繁缛，但思想还都是从心中发出，分量恰当，不是勉强扯到才力外去。战国时代思想分歧而好诡诈的技能，专门研究奇谲的道理和文饰游说的言辞；从汉代到今天，修饰文辞每天都务求新奇，竞逐光华，炫耀文采，心思也用空了。所以用淳厚质朴的言辞来和华丽浮夸的文辞相比，文采和质朴相差千里；用顺着心志写作和竭尽思虑苦写比较，劳累和安逸要相差万里。这是古人所以从容、后代所以忙碌的原因。

曹操

曹操不独有韬略，文采也是超出常人，他虽才力过人，但是流传后世的文章并不太多，也许是因为觉得作文太耗费心力。

## 原文

凡童少[1]鉴浅而志盛，长艾[2]识坚而气衰；志盛者思锐以胜劳[3]，气衰者虑密以伤神，斯实中人之常资[4]，岁时之大较[5]也。若夫器分[6]有限，智用无涯[7]，或惭凫(fú)企鹤[8]，沥辞镌思[9]，于是精气内销，有似尾闾(lǘ)[10]之波；神志外伤，同乎牛山[11]之木：怛惕(dá tì)之盛疾[12]，亦可推[13]矣。至如仲任置砚[14]以综述，叔通怀笔[15]以专业，既暄(xuān)之以岁序[16]，又煎之以日时，是以曹公[17]惧为文之伤命，陆云[18]叹用思之困神，非虚谈也。

### [注释]

①少：古代以三十岁以前为少，即青少年。

②艾：头发灰白为艾，古人五十岁为艾，即老年人。

③胜劳：战胜疲劳。

④中人：平常人。资：资质、禀赋。

⑤岁时：年龄。大较：大概情况。

⑥器分：才分。

⑦涯：边。

⑧惭凫企鹤：《庄子 · 骈拇》："是故凫胫虽短，续之则忧；鹤胫虽长，断之则悲。"鸭子的脚胫短，鹤的脚胫长，都是天生的，都勉强不得。庄子的意思是讲不要违反自然的天性。惭凫，惭愧鸭胫之短；企鹤，企羡鹤胫之长。这就是违反自然。

凫，野鸭。

⑨沥：液体一滴滴地往下滴，指榨出文采来。镌思：雕刻，指用力作文章。镌，刻。

⑩尾闾：排泄海水的地方，永无休止地排泄海水，比喻永无休止地消耗精气。见于《庄子·秋水》。

⑪牛山：牛山上茂盛的树木，因为靠近齐国的都城，又是砍伐又是放牧，结果变得光秃秃的了。见于《孟子·告子上》。

⑫怛：悲伤。惕：惊恐。盛：在器中叫盛。怛惕盛疾，犹说疾装盛在怛惕之中，即忧能伤人之意。

⑬推：类推、推想。

⑭仲任置砚：仲任，王充的字。王充在家里到处放置笔砚，以便想到什么就写下来。

⑮叔通怀笔：叔通，曹褒的字，东汉文人。他为给东汉制定一套礼仪而废寝忘食。

⑯暄：和暖，这里指煎熬。岁序：年岁季节。

⑰曹公：指曹操。他的话不详。

⑱陆云：西晋文人，陆机之弟。他在《与兄平原书》中说过“用思困人”的话。

### [译文]

大凡青少年阅历较浅而志气旺盛，年长的人识力坚定而体气衰弱；志气旺盛的人因文思敏锐而不感劳累，体气衰弱的老人因思虑周到便损伤精神，这实是一般人通常有的资质，由于年龄大小而表现出来的大概的情况。至于各人的才能天分是有限的，智力的运用是无穷的，有的对自己的足胫像鸭一样短感到惭愧，羡慕鹤足胫长，炼辞运意，呕心沥胆，于是使精气消耗，好像水波流到无底洞中；神志斫伤，如同牛山上的树木被砍光一样，这样因悲苦惊恐造成疾病，也是可以推想的。至于像王充著《论衡》那样在住宅内到处放着笔墨纸砚，像曹褒专门研究礼仪那样睡觉时也怀抱纸笔，既按年按季来自己督促自己，又按日按时来自己煎熬自己，因此曹操惧怕作文章会缩短生命，陆云感叹运思伤害精神，并非空话。

## 原文

夫学业在勤，故有锥(zhuī)股自厉①；至于文也，则申写郁滞②，故宜从容率情，优柔适会③。若销铄(shuò)④精胆，蹙(cù)迫⑤和气，秉牍(dú)⑥以驱龄，洒翰以伐性⑦，岂圣贤之素心⑧，会文⑨之直理哉！且夫思有利钝⑩，时有通塞⑪，沐则心覆⑫，且或反常，神之方昏⑬，再三愈黩(dú)⑭。是以吐⑮纳文艺，务在节宣⑯，清和⑰其心，调⑱畅其气，烦而即舍，勿使壅(yōng)⑲滞；

意得则舒怀以命笔[20]，理伏则投笔以卷怀[21]，逍遥以针[22]劳，谈笑以药倦。常弄闲于才锋[23]，贾(gǔ)余于文勇[24]，使刃发如新[25]，腠理[26]无滞，虽非胎息之万术[27]，斯亦卫气[28]之一方也。

李白斗酒诗百篇

作文章应顺其自然，文思泉涌时洋洋洒洒，才情枯竭时也不需着急，适当缓解情绪才能有佳作。就像李白，最好的文章多是乘着酒兴而作的。

［注释］

①锥股自厉：苏秦以连横说秦，刻苦学习，为了不打瞌睡把头发悬在梁上，困了就用锥子刺股。

②郁滞：郁结不通畅。

③优柔：宽容。适会：适应机会。

④销铄：熔化。

⑤蹙迫：逼迫。

⑥秉：持，拿着。牍：古代写字的木简，指纸。

⑦洒翰：挥笔。伐性：残害性命。

⑧素心：本意，本心。

⑨会文：指写作。

⑩利钝：兵器的锐利或不锋利，喻文思的敏锐或迟钝。

⑪通塞：思路的通畅与阻塞。

⑫沐则心覆：《左传·僖公二十四年》载，晋文公逃亡归来，他原来的货币保管头须求见，晋文公推说洗头不见。头须批评说："沐则心覆，心覆则图反，宜吾不得见也。"洗头时心的位置不正，思想颠倒，所以不肯见我。沐，洗头。洗头时，头下埋，心的位置反在头上。覆，反。

⑬方：正当。昏：迷糊。

⑭黩：同"渎"，昏乱。

⑮吐：写作。

⑯节宣：节制作息之意。

⑰清和：清静和谐。

⑱调：作“条”。

⑲壅：堵塞不通。

⑳命笔：提笔写作。

㉑伏：隐藏，不显露。卷怀：收卷情怀。卷，收。

㉒针：针石治病，这里指医治。

㉓才锋：才华锋芒。

㉔贾余勇：勇敢有余。《左传·成公二年》记载，齐国和晋国作战，齐国的高固冲入晋军，夺取战车，俘虏敌人，返回了齐军阵地，说：“欲勇者贾余勇。”（要想勇敢的，来买我的多余的勇气。）

㉕刃发如新:《庄子·养生主》中说庖丁由于掌握了解剖牛的规律，他的刀用了十九年，解剖了几千头牛，但刀刃还像新磨过的一样。

㉖腠理：指宰牛时顺着牛的纹理割。腠，肌肉纹理。

㉗胎息：即气功。万术：多种技术，指技术。

㉘卫气：养气。

### [译文]

做学问在于勤奋，所以有用锥子刺股来激励自己的；至于作文章则不相同，那要舒畅心头的郁闷，应当从容不迫地顺着感情，宽舒不疾地去适应时会。倘使消耗精力，损伤和顺的体气，拿着纸张去驱催性命，挥洒着笔墨来损害本性，难道这是圣人贤人平素的本心，作文章的正确理论吗？况且作者的文思有的锐敏有的迟钝，写作的时机有时通畅有时阻塞，这正像洗头的时候弯着身子心的位置翻覆，甚至会违反常情去考虑问题一样，在神志正昏愦的时候，如果再三用思作文章，只会越加昏乱。所以抒写文辞，务必在调节疏导上下功夫，使内心清明和顺，性气调和畅通，如果心烦意乱就立即放开，不要使思路壅塞阻滞；心情舒畅时便命笔写作，文思潜伏时，就把笔放下不再思索，用逍遥自在的方法来解除劳累，用谈笑风生的方法来赶走疲倦。这样常常超脱有闲暇来培养才华的锋芒，在写作上保持多余的精力，使自己的笔锋像新磨过的刀刃一样，宰牛时解开肌肉的纹理没有一点迟钝，这虽然不是气功的技术，也是养气的一个方法。

## 原文

赞曰：纷哉万象，劳矣千想。玄神[①]宜宝，素气资养[②]。水停以鉴[③]，火静而朗[④]。无扰文虑，郁此精爽[⑤]。

### [注释]

①玄神：精神。

②素：平素。资：靠。

③鉴：镜，引申为明。

④朗：明亮。

⑤郁：使其茂盛，培育。精爽：指清朗的精神。精，神。爽，明。

[ 译文 ]

总结：纷繁复杂啊万事万物，劳累啊创作的千思百想。玄妙的精神应当珍惜，恒常的精气有待保养。水流停止不动可以更加清明，火焰平静那便更加明亮。不要扰乱创作的思虑，应当保持文思茂盛精神清爽。

# 附会第四十三

题解

《附会》的“附”是附着，是对表面形式的处理，即“附辞”，使文辞紧密附着于文意；“会”是会合，对内容方面的处理，即“会义”，把文意会合成一个整体。“附会”就是“附着会合”的意思，即使文章通篇相附着而会合成一个整体。本篇主要论述创作中谋篇命意、布局结构的问题。

全篇分三部分：一、讲“附会”的含义、必要性和写作构思的基本原则。二、讲附辞会义必须抓住纲领，通篇考虑。要求作者从大处着眼，有全局观点。在处理创作的具体问题时，应具体问题具体分析，掌握了创作的基本方法，才会运用自如。三、讲文章的修改及文章的开头结尾问题。

刘勰在本篇中所提出的“以情志为神明，事义为骨髓，辞采为肌肤，宫商为声气”，即思想内容是主体，辞采形式是为其服务的，是刘勰的重要的文学观点之一，不仅是“附会”的重要原则，也是整个文学创作的原则。

## 原文

何谓附会①？谓总文理②，统首尾，定与夺③，合涯际④，弥纶⑤一篇，使杂而不越⑥者也。若筑室之须基构⑦，裁衣之待缝缉⑧矣。夫才童⑨学文，宜正体制，必以情志为神明⑩，事义为骨髓⑪，辞采为肌肤，宫商⑫为声气，然后品藻玄黄⑬，摛(chī)振金玉⑭，献可替否⑮，以裁厥中⑯：斯缀思之恒数⑰也。

[注释]

①附会：附辞会义。附辞，调整词语，使语言不混杂重复。附，附着。会义，安排情意，使情意有条理不颠倒。

②文理：文章义理，指主题。

③与夺：给予、剥夺，即取舍。

④涯际：边际，指文章的节与节之间。

⑤弥纶：包举，概括。

⑥杂而不越：复杂而不松散，内容丰富而结构严密。杂，内容文辞丰富多样。越，超越，散乱。

⑦基构：基本结构。

⑧缉：一种缝法，一针对一针地缝，即缝得细密。

⑨童：少年，这里指初学者。

⑩神明：精神主宰。

⑪事义：事类，即引事引言。骨髓：一作“骨鲠”，骨架。

⑫宫商：即宫、商、角、徵、羽五音，指语言的声律。

⑬品：品评。玄黄：指色彩。玄，黑。

⑭摛振：演奏，比喻写作。摛，舒布。振，扬。金玉：指金、石类的乐器，如钟（金）、磬（玉石）等。奏乐时用钟发声，用磬收韵，比喻写文章始终有条理。

⑮献：进。可：好的，恰当的。替：废去。否：坏的，不适合的。

⑯厥中：其中。中，指恰好。

⑰缀思：作文。缀，联。恒数：经久不变的方法。数，方法，规律。

### [ 译文 ]

什么叫“附会”？“附会”就是统率文章的义理主题，联系文章的首尾段落，决定材料的取舍，组合衔接文章章节，包举全篇，使内容丰富而不散漫。这好像建筑房屋必须打好基础，裁制衣服要细针密缝一样。少年学作文章，应当端正文体，必须以思想感情为精神主宰，以内容的事类材料为骨骼，以文章的辞采为肌肉皮肤，以语言韵调为声气，然后品评区别使用各种辞藻，像音乐注意和谐，选用恰当，去掉不合适的，使各方面取裁都恰到好处：这就是谋篇运思恒常的法则啊！

## 原文

凡大体[1]文章，类多枝派[2]，整派者依源，理枝者循干。是以附辞会义，务总纲领，驱万涂于同归，贞百虑于一致[3]，使众理虽繁，而无倒置之乖[4]，群言虽多，而无棼(fén)丝[5]之乱。扶阳而出条[6]，顺阴而藏迹[7]，首尾周密，表里[8]一体：此附会之术[9]也。夫画者谨发而易貌，射者仪毫而失墙[10]，锐精[11]细巧，必疏体统[12]。故宜诎(qū)寸以信[13]尺，枉尺以直寻[14]，弃偏[15]善之巧，学具[16]美之绩：此命篇之经略[17]也。

### [ 注释 ]

①大体：这里是指篇幅较大的文章。

②枝派：分支流派。派，水的支流。

③“驱万涂”二句：《周易·系辞下》：“天下同归而殊涂，一致而百虑。”涂，用途，路。贞，正，使之正。

④乖：不合。

⑤棼丝：乱丝。棼，纷乱。

⑥阳：阳光。出条：抽发小枝。

⑦顺阴而藏迹：《庄子·渔父》中说有人害怕自己的影子而想要离开它，可他越走得快影子越不离开他，自以为走慢了便尽快地走，结果累死。这是他不懂得“顺阴而藏迹”，只要在阴处影子便没有了。阴，阴暗处。迹，影迹。

⑧表里：指事物的两个方面，这里指内容和形式。

⑨术：方法。

⑩“画者”二句：《淮南子》：“画者谨毛而失貌，射者仪小而遗大。”谨发，指专注于画头发。易貌，改变了面貌。即重小轻大的意思。刘勰在此处以画者谨发易貌、射者仪毫失墙来比喻重小轻大是错误的。

⑪锐精：集中精神、注意力。

⑫疏：忽视。体统：大局、总体。

⑬诎：同“屈”。信：伸，直正。

⑭枉：屈。直：伸。寻：三十尺。

⑮偏：片面。

⑯具：同“俱”，完备。

⑰经略：谋篇的规划。

## [译文]

凡是篇制宏大的文章，都类似树木多分枝、江河多支流一样，整顿支流要依靠河流的源头，清理枝条要遵从树木的主干。因此附着言辞会合文义，务必抓住全篇的纲领，驱使万条思路都同归于一个目的，正确地使百种念头都达到一致，使段落大意虽然繁复，却没有前后倒置的错乱，全篇的语言虽极丰富，却不像没有头绪的丝团那样纠结。需要明白表现的地方，就应像树木的枝条一样向着太阳抽拔出来；应该含蓄委婉的地方，就要顺着暗处隐藏踪迹，做到文章的首尾结构周密，内外一致：这就是附辞会义的方法。假使画师只注意谨慎对待毛发小处就会把相貌画得走样，射箭的人只瞄准细微处便要失掉大目标，这是因为把精神集中在细微处，一定会在大体上疏忽。所以作文章首先应当保持一尺的正确，不必拘泥于一寸，保证一丈的正确，不必拘泥于一尺，宁可放弃枝节的巧妙细小，也要争取大局的完美：这是谋篇的总体安排。

## 原文

夫文变无方①，意见浮杂，约②则义孤，博则辞叛③；率故多尤④，需为事贼⑤。且才分⑥不同，思绪⑦各异，或制首以通尾⑧，或尺接以寸附⑨；然通制者盖寡，接附者甚众。若统绪失宗⑩，辞味必乱；义脉⑪不流，则偏枯⑫文体。夫能悬识腠理⑬，然后节文⑭自会，如胶之粘木，豆之合黄⑮矣。是以四牡⑯异力，而六辔（pèi）如琴⑰；并驾齐驱，而一毂（gǔ）统辐⑱：驭（yù）

文之法，有似于此。去留随心，修短[19]在手，齐其步骤，总辔(pèi)而已。

## [注释]

①方：定。

②约：精练、简单。

③叛：离开中心，乱。

④率：轻率。尤：过错。

⑤需：迟疑不决。贼：害。

⑥分：本分、天分，指各人写作的才能。

⑦绪：端绪、头绪。

⑧制首以通尾：指写作文章有通盘考虑，所以首尾贯通。

⑨尺接以寸附：和上句所说情况相反，没有通盘考虑，写一段算一段，一尺一寸地接上去。

⑩统绪：总束头绪。宗：主。

⑪义脉：以人体的气脉来喻文章内容的脉络。

⑫偏枯：半身不遂，这里用以喻作品的脉络阻塞。偏，半边。枯，枯萎。

⑬悬识：远见。悬，远，深。腠理：肌肤纹理，指规律。

⑭节文：指音节和文采。

⑮豆之合黄：一作“石之合玉”。比喻附会贴切。豆，指黄豆。

⑯四：指古代同驾一车的四匹马。牡：雄性禽兽，指雄马。

⑰辔：马缰绳。如琴：和谐如琴声。

⑱毂：车轮的辐汇集之处，也是车轴穿过之处。辐：车轮上连接轮圈和车毂的木条。

⑲修短：长短，指多写或少写。

短兵相接

“机不虚掎，弦不再控，矢无单杀，中必叠双”，这是班固《西都赋》中的语句。《西都赋》与当时其他大赋一样，文字恣肆泛滥，反倒妨害了中心义理的表达。

## [译文]

文章的变化没有定规，因为作者往往容易对文意的见解浮泛繁杂，主张简约就可能发生文义孤单的毛病，主张广博就可能发生文辞杂乱的缺点；写作轻率迅速的，固然草率而多过失，写得慢的又往往迟疑不决，也是作文章的祸害。况且个人的才智天分不同，想法各异，有的能掌握全篇首尾使其贯通，有的一尺一寸地枝枝节节地连接黏附；然而在写作上能够通盘考虑的很少，边写边连接黏附的却颇多。假如文章的各种头绪失去了中心，言辞的韵味一定紊乱；文章义理的脉络不流畅贯通，那文体就会显得枯燥。能够深切地认识文章的条理脉络，然后文章的章节结构自然会合理，如胶汁黏结木料，大豆混合黄色一样。因此驾车的四匹雄马虽然力气不同，但六条缰绳能拉得像琴弦那样协调；马车的并驾齐驱，靠的是车的轮毂统一了众多的轮辐：驾驭文章的方法，和这很相似。文章增删得当，长短合适，就像调整四匹马的步调，只在于抓住缰绳罢了。

## 原文

故善附者异旨如肝胆①，拙会者同音如胡越②。改章难于造篇，易字艰于代句，此已然之验也。昔张汤拟奏而再却③，虞松草表而屡谴④，并事理之不明，而词旨之失调也。及倪(ní)宽更草，钟会易字，而汉武叹奇，晋景称善者，乃理得而事明，心敏而辞当也。以此而观，则知附会巧拙，相去远哉！若夫绝笔断章⑤，譬乘舟之振楫(jí)⑥；会词切⑦理，如引辔(pèi)以挥鞭。克终底(zhǐ)绩⑧，寄深写送⑨。若首唱⑩荣华，而媵(yìng)句⑪憔悴，则遗势郁湮(yān)⑫，余风不畅，此《周易》所谓“臀(tún)无肤，其行次且”⑬也。惟首尾相援⑭，则附会之体，固亦无以加于此矣。

[注释]

①异旨：不同的旨意。肝胆：肝和胆紧密相连，比喻密切。

②同音：和谐音调。胡越：古代称北方的少数民族或异族为胡；越国在南方，比喻疏远。

③张汤：西汉时期著名司法官。张汤做最高司法官廷尉时，有疑难案件上奏，两次都被汉武帝退回，主管文书的不知怎么办。后来倪宽代写奏书便得到汉武帝的认可。倪宽，原是张汤门下管牛羊畜牧的，后受汉武帝重用当了御史大夫。却：退。

④虞松：三国时期魏人。司马景王（即晋景帝）司马师命令中书令虞松起奏章表，两次交上去都不满意，叫虞松修改，虞松用尽心思也想不出如何改。后来钟会帮他改了五个字，得到司马景王的称赞。钟会，三国时魏将领，灭蜀的主要军事指挥。谴：责，批评。

⑤绝笔：绝，断。绝笔，不再写，指全篇结尾。断章：一章的断句。

⑥楫：桨。

钟 会

⑦会词：修辞。切：合。

⑧克终：能够有始有终，指全篇都写好。克，能。终，文章结尾。厎绩：致绩，收到功绩。

⑨写送：写作有余韵，六朝文人常语。

⑩首唱：文章的开头。

⑪媵句：陪衬句，指承接句。媵，送，随嫁。

⑫郁湮：受抑湮没。

⑬臀：屁股。次且：同“趑趄（zī jū）”，走路艰难。

⑭首尾相援：前后互相照应。

[ 译文 ]

所以作文章善于调整文辞的人，能把不同的旨趣结合得像肝胆一样密切；拙于安排命意的人，却把相同的和谐音调写得像北胡、南越那样背离。修改文章有时比写文章还困难，换字词有时比更换句子要艰苦，这是已经经过证实了的。从前张汤草拟的奏书一再被汉武帝退回，虞松起草表章屡次受到晋景王的指斥，都是因为文章的事理没有说明白，文理没有安排好。等到倪宽替张汤重新起草奏书、钟会把虞松的章表改动了几个字，便使得汉武帝赞美、晋景王称好。那是因为他们修改的文章事理得当，叙事明白，心思敏捷，措辞恰当。从此，我们就可以知道附辞会意的巧妙与拙劣，相差很远了。至于一篇文章的结尾，一章的结句，好比划船打桨要有力；调整词语切中情理，就像牵引住缰绳得心应手地挥动马鞭。那便能够有始有终地收到功绩，使文章寄托深意，具有情味。倘若文章的开始写得很有光彩，而结尾的句子却很拙劣，那就会使文势阻滞，余留的风味也就不畅了。这就是《周易》所说的“屁股上没有皮肤肌肉，走路就很困难”。只要全篇起首结尾互相声援呼应，那文章的附辞会意的作用，也就没有比它更重要的了！

## 原文

赞曰：篇统间关①，情数稠叠②。原始要(yāo)③终，疏条布④叶。道味⑤相附，悬⑥绪自接。如乐之和，心声⑦克协。

[注释]

①篇统：全篇各种头绪的总安排。统，统绪。间关：状道路艰险，比喻文章结构曲折。

②情：文情内容。数：同“术”，写作手法。稠：密。叠：重。

③原：推源，追溯。要：归结。

④疏：疏通。布：分布。

⑤道：指文情内容。味：指文辞韵味。

⑥悬：远。

⑦心声：文章。

[译文]

总结：文章结构要全面统一安排，文情文术才会适当稠迭。从开头到归总结尾，都要注意疏理干条布置枝叶。只要情理和文辞布置妥帖，相隔悬远的头绪自然可以连贯。就像音乐必须动听谐和一样，作者内心的话也要调配协调。

# 总术第四十四

**题解**

《总术》的“术”，指文学创作的原则和方法。刘勰的创作理论十分广泛，从基本原则到具体的技巧问题都在《神思》至《附会》各篇中做了专题论述，本篇综合论证了写作方法的重要性。

全篇分三部分：一、讲“文”和“笔”之分。晋宋以来，文笔之分渐渐明显，刘勰对此尚持肯定的态度，但是对颜延年的“文”“笔”“言”则持否定的态度。二、讲“研术”的重要意义。认为只有研究各种文学体裁，明确写作基本法则，才能在文学创作上取得成就。三、进一步说明了掌握写作方法的必要。

从《神思》至《附会》，刘勰已经系统地讨论了创作中的各种问题，至此，需要作出总结。认为“文场笔苑，有术有门”，即创作是有一定原则和方法可以遵循的，并且要求掌握创作的规律和方法要全面。

## 原文

今之常言，有“文”有“笔”①，以为无韵者“笔”也，有韵者“文”也。夫文以足言②，理兼《诗》《书》③，别目④两名，自近代⑤耳。颜延年⑥以为：“笔”之为体，“言”之文⑦也；经典则“言”而非“笔”⑧，传记则“笔”而非“言”⑨。请夺彼矛，还攻其盾⑩矣。何者？《易》之《文言》⑪，岂非“言”文？若“笔”果“言”文，不得云经典非“笔”矣。将以立论，未见其论立也。予⑫以为发口为言⑬，属翰⑭曰笔，常道曰经，述经曰传⑮。经传之体，出“言”入“笔”，“笔”为“言”使⑯，可强可弱⑰。“六经”以典奥为不刊⑱，非以“言”“笔”为优劣也。昔陆氏《文赋》⑲，号为曲尽⑳，然泛论纤悉㉑，而实体未该㉒。故知九变之贯匪㉓穷，知言之选㉔难备矣。

[注释]

①文：有韵文。笔：无韵文，它包括了韵文之外所有文章和文字记载的东西。

②文以足言：文，指文章。足，成。言，语言。

③《诗》《书》：《诗经》有韵文，《尚书》无韵文。古代不分“文”“笔”，都

是文。

④目：名称。

⑤近代：指晋以来。

⑥颜延年：南朝晋宋间文人，他主张把作品分成“文”“言”“笔”三种。

⑦文：文采。

⑧“经典”句：颜延年认为经书文采较少，所以属于“言”。

⑨“传记”句：颜延年认为传记如《左传》之类作品有文采，所以应该属于“笔”。

⑩矛：长柄有尖刃的进攻兵器。盾：打仗时防御的盾牌。

⑪《易》之《文言》：《周易》的《文言》，相传为孔子所作。《周易·大传》“十翼”之一，专门解说《乾》《坤》两卦，写得很有文采。

⑫予：余、我，刘勰自称。

⑬发口为言：发口，说出口。言，语言。

⑭属翰：用笔写文。属，缀、联。翰，笔。

⑮“常道曰经”二句：张华《博物志·文籍考》：“圣人制作曰经，贤者著述曰传。”

⑯使：用。

⑰强、弱：指文采的强或弱。文采强，指文采多；文采弱，就是文采少一些，指质朴。

⑱不刊：不可磨灭。

⑲陆氏：陆机。其《文赋》对文体的论述比以往的人详细。

⑳曲尽：详尽。

㉑纤：细。悉：详。

㉒该：完备。

㉓九变之贯：变化多端的事。九，虚数，指多。贯，事，指文体。匪：非。

㉔知言：指懂得文体变化。选：择。

钟会

文笔之争是中国文学史上一个很重要的现象，出现于齐梁之际，到后世逐渐演变为注重文学的功用和欣赏价值的对立。以黄庭坚为代表的江西诗派崇尚文学的实用性，“点铁成金”，束缚了文学的正常发展。

[译文]

今天人们常说：文章有“文”和“笔”的区分，认为无韵的就是“笔”，有韵的就是

“文”。文和笔都是有文采的，文采是用来丰富语言的，照理包括了韵文《诗经》和散文《尚书》在内，至于把文章分为“文”和“笔”两个名称，是从晋代才开始的。颜延年以为：“笔”这种文体，是有文采的“言”；经书就是没有文采的“言”而不是有文采的“笔”，传记就是有文采的“笔”而不是没有文采的“言”。颜延年的说法有自相矛盾的地方，请借用他的矛用来还攻他的盾。为什么这样说呢？《易经》里的《文言》，难道不是有文采的“言”吗？倘若说“笔”是有文采的“言”，那就不能说经书不是有文采的“笔”了。颜延年想要用上述原则来立论，实在看不出这个论点可以确立。我认为说出口的话就是“言”，用笔墨文字写出来就叫“笔”，讲恒久不变的道理的是经书，解释经书的是传记。经和传这类文体，脱离了“言”，而进入于“笔”，可见“笔”这类文体是受语言影响的，它的文采可以多些，也可以少些。“六经”是以它叙理述事的正确精奥而不可改变，不是用“言”和“笔”来分优劣的。从前陆机的《文赋》，号称对文体有详尽的论述，但是只一般地谈琐屑的问题，而实际上对文体的论述却并不完备。因此，认识到文体的变化无穷，懂得这种变化的人可算是难得了。

## 原文

凡精虑造文，各竞新丽，多欲练[1]辞，莫肯研术[2]。落落之石，或乱乎玉；碌碌之玉，时似乎石。精者要约[3]，匮(kuì)者亦鲜[4]；博者该赡(shàn)[5]，芜[6]者亦繁；辩者昭晰[7]，浅者亦露[8]；奥者复隐[9]，诡者亦曲[10]。或义华而声悴[11]，或理拙而文泽[12]。知夫调钟[13]未易，张琴[14]实难。伶人告和，不必尽窕槬(huà)之中[15]；动用挥羽，何必穷初终之韵[16]？魏文[17]比篇章于音乐，盖有征[18]矣。夫不截盘根[19]，无以验利器；不剖文奥，无以辨通才[20]。才之能通，必资[21]晓术，自非圆鉴区域[22]，大判条例[23]，岂能控引[24]情源，制胜文苑哉！

[注释]

①练：选择。

②术：方法。这里指刘勰所论各种创作技巧、方法和原理。

③约：简练。

④匮：缺少。鲜：少。

⑤博：广。赡：富足。

⑥芜：杂。

⑦昭晰：明白。

⑧露：显。

⑨奥：深。复隐：含蓄。

曹丕《善哉行》场景

曹丕文学造诣极高，所作文章清丽哀婉，对文学理论也有深刻的认识，其《典论》是极有分量的文论著作。

⑩诡：怪异。曲：曲折，隐晦。

⑪声悴：文辞不好。声，文辞声韵。悴，微弱。

⑫文泽：文辞美好。泽，光润。

⑬调钟：古代编钟，由十六个钟构成，所以敲击时要调整音律。调，调整，和调。

⑭张琴：施张琴弦，即安装、调整琴弦，因为琴弦的松紧和音律的关系十分密切，紧则音高，松则音低。

⑮“伶人告和”二句：周景王铸钟的故事：周景王要铸造巨大的无射钟，臣子们都认为太耗钱财，但景王不听。“钟成，伶人告和。”伶人谄媚景王，报告说钟声和谐。见于《左传·昭公二十一年》和《国语·周语下》。窕，钟声的细小与洪大。刘勰用这个故事意为，乐师报告钟声调和，可能是碰巧，不一定真掌握了奏乐的技巧。比喻有的人写作偶然可取，但并未真正掌握写作的技巧。

⑯“动角挥羽”二句：动、挥，指弹奏音乐。角、羽，指宫、商、角、徵、羽五音。雍门子周以他的琴艺去见齐国的孟尝君，为他弹琴，“徐动宫、徵，微挥羽、角，切终而成曲”。从开始到结尾，弹完一曲。孟尝君听了涕泪交流。掌握了弹琴的技巧，一定能演奏出动听感人的音乐。刘勰以此喻为：掌握了写作的技巧，一定能写出好文章。

⑰魏文：魏文帝曹丕。他在《典论·论文》中说：“文以气为主，气之清浊有体，不可力强而致。譬诸音乐，曲度虽均，节奏同检（法度），至于引气不齐，巧拙有素，虽在父兄，不能以移子弟。”

⑱征：证验。

⑲盘根：弯曲盘绕的树根，比喻复杂困难。

⑳通才：深通创作方法的人才。

㉑资：凭借。

㉒圆鉴：全面考察。区域：指写作的各个方面。

㉓判：判断、裁决。条例：写作的原则方法。

㉔控引：控制，驾驭。

**[译文]**

精心创作文章的人，各自争取文章的新奇藻丽，多要求练辞，而不肯研究作文的方法。因此，无用的石子，有时混杂在玉石里；美好的玉石，有时又好似石子一样。精练的人创作内容简明扼要，贫乏的人作文也很简单短小；博识的人作文内容完备详尽，芜杂的人作文内容也非常繁多；善于辨析事理的人作文昭畅明白，浅薄的人作文也写得很显露；善于深思的人作文层叠曲折，喜欢诡奇怪异的人作文也可以写得迂回曲折。有的意义华美而缺乏声情，有的事理劣拙而文辞光润。从这里我们知道写文章和搞音乐一样，使钟声协调，琴弦和谐确实非常困难。乐师说钟的声调和谐了，可能是碰巧，不一定都掌握了调钟的方法；乐师弹奏出各种乐调，哪能从头到尾都合于音律？魏文帝曹丕在《典论·论文》里拿音乐来比譬作文章，是有根据的。不砍断盘错的树根，无从检验斧子的锋利；不能分析文章的奥妙，无从辨别是否具有精通创作的才能。能够精通创作必须懂得作文的方法，如果不能周全地鉴别各种文体的区分，尽量分析各种条理和例证，哪能够控制情理，在文坛中取得优胜呢！

## 原文

是以执术驭篇，似善弈之穷数[1]；弃术任心，如博塞之邀遇[2]。故博塞之文，借巧傥(tǎng)来[3]，虽前驱[4]有功，而后援[5]难继。少既无以相接，多亦不知所删，乃多少之并惑，何妍蚩(chī)[6]之能别乎！若夫善弈之文，则术有恒数[7]，按部整伍[8]，以待情会[9]，因[10]时顺机，动[11]不失正。数逢其极[12]，机入其巧，则义[13]味腾跃而生，辞气丛杂[14]而至。视之则锦绘[15]，听之则丝簧(huáng)[16]，味之则甘腴(yú)[17]，佩[18]之则芬芳：断章[19]之功，于斯盛矣。夫骥(jì)足虽骏[20]，纆(mò)牵忌长[21]，以万分一累[22]，且废千里。况文体多术，共相弥纶[23]，一物携贰[24]，莫不解体。所以列在一篇，备总情[25]变；譬三十之辐(fú)，共成一毂(gǔ)[26]，虽未足观，亦鄙夫[27]之见也。

**[注释]**

①弈：下围棋。数：技巧。

②博塞：赌博，分五道赌胜负，不掷骰子的叫博，掷骰子的叫塞。邀遇：不邀自遇，偶然相合。邀，求。遇，偶，得。

③傥来：意外得来。

④前驱：指文章的前面、前半。

⑤后援：指文章的后面、后半。

⑥妍蚩：美丑。蚩，同“媸”，丑恶。

⑦恒数：一定方法，一定变化。

⑧按部整伍：犹按部就班，指按一定次序。

⑨情会：情思会合。

⑩因：沿袭，依照。

⑪动：每，往往。

⑫极：指中正。

⑬义：意义，指内容。

⑭丛杂：众多繁杂，指丰富多彩。

⑮锦绘：比喻作品形象鲜明漂亮。锦，杂色丝织品。

⑯丝簧：音乐。丝，指弦乐器。簧，指管乐器。

⑰腴：肥美。

⑱佩：带。

⑲断章：裁断篇章，指写作。

⑳骥：良马。骏：迅速。

㉑缨牵忌长：《战国策·韩策三》说王良的徒弟驾千里马，却跑不了千里路，驭马神手造父的徒弟告诉他说："你的缰绳牵得过长。"缰绳长只是万分之一的小问题，却妨碍跑千里路。缨牵，缰绳。

㉒万分一累：万分之一，千里与缰绳过长的比例不过万分之一。累，妨碍。

苏洵

作文的技巧并不是投机取巧，而是有相当的文学根底以后，再依循写作的总体原则进行创作。所以作家都需学习前人的文章、言论，掌握写作的原则。苏洵年近壮岁发愤读书，遍览前贤，了解文章的作法，方才作出当世好文章。

㉓弥纶：组合。

㉔携贰：不协调。携，离。贰，不一致。

㉕备总：全面总结概括。情：指各种写作原则方法。

㉖"譬三十之辐"二句：《老子》第十一章："三十辐共一毂，当其无，有车之用。"辐，车轮中的直木。共，即拱，是拱卫、集中的意思。毂，众辐会聚的车轴中心圆木，也是众辐集中的地方。刘勰引用《老子》的话，一是比喻文学创作的各种原则方法是一个整体，二是比喻《总术》是对各种创作原则方法即对本书创作论各篇的总结。

㉗鄙夫：刘勰自谦之词。自谦中也颇含自负之情。

## [译文]

由此可知，掌握了技巧来驾驭写作文章，就好像善于下围棋的人精通棋术；抛弃技巧凭着主观，就好像赌博碰运气的偶然遇合。所以像赌博那样写作，凭借不可靠的巧合意外得来，虽然前面有功效，可是后面的部分却难以继续下去。内容写少了不知道如何补充，多了也不知道该如何删减，这样不管多了少了，都感到迷惑，怎么能够掌握写作的好坏呢！至于像善于下围棋那样写作，那技巧就有恒常一定的法规，按部就班地等待情思的酝酿成熟，因其时宜，顺其机会，使文章的写作总不离开正轨。如果技巧掌握得极好，时机又掌握得很巧妙，那文章的义理韵味便会腾跃升起涌现出来，文辞气势便会蜂拥到来。看起来文采就像织锦彩绘，听上去像音乐合奏管弦，尝起来就像甘美佳肴，佩戴则像兰桂芬芳：写作所能收到的效果，到这样才算是最好的了。千里马虽然跑得快，但缰绳切忌过长，缰绳牵得过长不过是万分之一的小缺点罢了，尚且要妨碍马的千里之行。何况文章写作的各种体裁的各种要求，讲创作理论需要相互密切配合，只要某一方面不协调，整个体系就会遭到破坏。所以在写作原则一一进行研究论述之后，这里又把整个作文的原则归纳综合写成《总术》这篇文章，用来全面概括写作的原则及其变化，这好比车轮的三十辐共同凑集在车轮的毂上组成车轮的整体一样，虽然那样讲写作不值得称美，也是浅陋者的一得之见。

## 原文

赞曰：文场笔苑，有术有门。务先大体，鉴必穷源[①]。乘一总万[②]，举要治繁。思无定契[③]，理有恒存[④]。

### [注释]

①源：根源，指文学创作的基本原理。

②一：指规律。万：各种情况，创作中的各种问题。

③契：契约，指规则。

④理：基本原理。恒存：永远存在。

### [译文]

总结：繁华的文坛茂盛的艺苑，文章创作方法多种多样。务必首先注意根本总体，彻底认清基本写作原理。掌握技巧才能总揽万端变化，抓住要点才能驾驭一切纷繁。文思虽然没有一定规则，但写作的原理是一定的。

# 时序第四十五

**题解**

《时序》的“时”是时代，“序”是顺序。“时序”即时代发展。本篇从历代文学创作的发展变化情况来探讨文学与社会现实的密切关系。

全篇分五部分：一、讲先秦时期的文学情况。二、讲两汉时期的文学情况。三、讲建安、正始文学情况。四、讲晋代文学情况。五、讲南朝宋、齐文学情况。

本篇是一篇文学简史或文学简史论，集中讨论了各代文学的发展变化和原因。刘勰提出“十代九变”，可以看出他是用发展的观点来看待文学的；更重要的是在探讨各代文学发展变化的原因时提出了精到的见解。首先，他认为文学创作和社会现实之间有复杂的关系，作出了“文变染乎世情，兴废系乎时序”的科学论断。其次，从各代文学的继承发展中看到了文学一经产生，即有其相对的独立性，文学自身发展规律对于文学的发展具有重要的影响。

## 原文

时运①交移，质文代变②，古今情理，如可言乎！昔在陶唐③，德盛化钧④，野老吐“何力”之谈⑤，郊童含“不识”之歌⑥。有虞⑦继作，政阜(fù)民暇⑧，“薰风”诗于元后⑨，“烂云”歌于列臣⑩。尽其美者何？乃心乐而声泰⑪也！至大禹敷土⑫，九序⑬咏功，成汤圣敬⑭，“猗(yī)欤(yú)”⑮作颂。逮姬文⑯之德盛，《周南》⑰勤而不怨；大王⑱之化淳(chún)，《邠风》乐而不淫⑲。幽、厉昏而《板》《荡》怒⑳，平王微而《黍(shǔ)离》哀㉑。故知歌谣文理㉒，与世㉓推移，风动于上，而波震于下者也。

[注释]

①时运：气运，风气，指时代的治乱、盛衰等。

②质文：质朴和文华，朴实和文采。代：替代。

③陶唐：尧号陶唐氏。

④钧：同“均”，普及。

⑤“野老”句：《论衡·艺增篇》记载，尧时百姓无事，有人看到五十岁的老人做击壤的游戏，便赞叹说：“伟大啊，尧的功德！”击壤的老人说：“吾日出而作，日入不息，凿井而饮，耕田而食，尧何力于我也。”击壤，打土巴。

⑥“郊童”句：《列子·仲尼篇》载，尧化装在大路上游访，听到儿童唱童谣

《诗经·国风·周南·卷耳》

讲述民女采摘卷耳的劳作场面，反映了人民勤劳而不怨恨的精神。

道:“不识不知，顺帝之则。”含，衔，指经常在口里唱。

⑦有虞：舜号有虞氏。

⑧阜：盛。暇：安闲安乐。

⑨薰风：指《南风歌》。相传为舜所作，实际是后人依托。其中有“南风之薰兮”句。薰，暖和。诗：此处作动词用，即吟咏诗歌。元后：天子，指舜。

⑩烂云：指《尚书大传》记舜和臣子们唱和的《卿云歌》。舜首唱的歌辞为：“卿云烂兮，缦缦兮。日月光华，旦复旦兮！”列臣相和的歌辞为:“明明上天，烂然星陈。日月光华，弘于一人。”

⑪泰：安舒。

⑫大禹：夏禹。敷土：划分土地，即分为九州。敷，分布。

⑬九序：即各方面的工作都井然有序。九，虚数，指一切。

⑭成汤：殷代第一个帝王，名汤，谥号成。圣敬:《诗经·商颂·长发》:“汤降不迟，圣敬日跻。”跻，进、升。

⑮猗欤:《商颂·那》第一句的头两个字。

⑯姬文：周文王姬昌，周代第一个帝王周武王姬发的父亲，他为周武王灭纣奠定了基础。

⑰《周南》:《诗经》中的国风之一。周天子直属地方以南地区的民歌。

⑱大王：太王，周文王的祖父公刘。

⑲《邠风》：同《豳风》,《诗经》中的国风之一，邠地方的民歌，在陕西旬邑县。

⑳幽、厉：周幽王、周厉王，都是西周的昏君、暴君。《板》《荡》:《诗经·大雅》中的《板》诗和《荡》诗，都是讽刺周厉王的诗。

㉑平王：周平王。周幽王无道，犬戎灭亡西周，周平王被迫东迁洛邑，是为东周，周朝从此衰微。《黍离》:《诗经·王风》中的一首诗歌。周大夫重过西周京城，看到宫室变成了田地，长起禾黍，作了此诗悲悼西周的灭亡。

㉒文理：形式与内容。

㉓世：时代。

[译文]

随着时代的交替推移，崇尚文采或者质朴各代不同，古往今来的情理发展，似乎可以谈一谈吧！从前在唐尧的时代，道德高尚，教化普及，田野的老人吐出了“尧对我们有什么贡献”的言谈，郊外的儿童口里唱着“不识不知”的歌谣。虞舜继承唐尧的事业，政治清明，百姓安闲，元首大舜唱出了《南风歌》，列位臣子相和歌唱起了《卿云歌》。这些作品为什么都极其美好？乃是因为大家心里快乐声音和畅啊！到了夏禹治理水土有了成就，有九种有益民生的事物发挥作用而被加以歌颂，成汤圣哲英明，尊敬贤德，《商颂·那》篇作出了“美啊”的颂辞。到了周文王姬昌德政盛行，《周南》的民歌便反映了勤劳而不怨恨的精神；周的太王教化淳厚，《邠风》的民歌便充满了欢乐而不过分的情调。周幽王、周厉王昏庸无能，所以《诗经·大雅》里的《板》诗和《荡》诗便表达了愤怒的感情，周平王东迁后宗室衰微，《王风·黍离》便表现了哀怨的感情。所以我们知道歌谣的文采与情理随着时世转变，政治教化像风那样在上面吹动，歌诗就像水波在下面震荡一样。

## 原文

春秋以后，角①战英雄，“六经”泥蟠(pán)②，百家飙(biāo)骇③。方④是时也，韩、魏力政⑤，燕、赵任权⑥；五蠹(dù)六虱⑦，严于秦令；唯齐、楚两国，颇有文学⑧。齐开庄衢(qú)之第⑨，楚广兰台之宫⑩。孟轲(kē)⑪宾馆，荀卿宰邑⑫；故稷(jì)⑬下扇其清风，兰陵郁其茂俗⑭，邹子⑮以谈天飞誉，驺奭(zōu shì)⑯以雕龙驰响，屈平联藻⑰于日月，宋玉交彩⑱于风云。观其艳说⑲，则笼罩《雅》《颂》⑳，故知炜烨(yè)之奇意㉑，出乎纵横之诡俗㉒也。

[注释]

①角：较量胜负。

②泥蟠：屈伏在泥里，指埋没。

③百家：诸子百家。飙骇：风起云涌。飙，暴风。

④方：当。

⑤力政：力征，即武力征伐。

⑥任权：任凭权术。

⑦五蠹六虱：见《诸子》，喻蠹国害民的官吏。

⑧文学：指学术文化。

⑨庄衢之第：齐王重视文化学术，为各家学者“开第康庄之衢，高门大屋，尊宠之”。见于《史记·孟子荀卿列传》。庄衢，四通八达的大道。第，府第，高房大屋。

⑩兰台之宫：宋玉《风赋》："楚襄王游于兰台之宫。"相传在今湖北省钟祥市。

⑪孟轲：即孟子，战国儒家代表。他曾住在齐国的宾馆里。

⑫荀卿：即荀子，名况，战国后期儒家代表。他曾在楚国当兰陵（今山东枣庄峄城区）令。宰：主宰。宰邑指当县令。

⑬稷：齐国国都临淄城门，当时讲学的地方，在今山东省淄博临淄区。

⑭郁：积。茂俗：美好的风气。

宋玉《神女赋》

"既姽婳幽静兮，又婆娑乎人间。"宋玉文辞华丽诡艳，其文为当世人所追逐。

⑮邹子：指邹衍，战国时期齐国文人、阴阳家。他说的话极为夸大，喜欢推究天地没有形成以前的情况，当时人叫他"谈天衍"。

⑯驺奭：战国时期齐国人。他说话很讲究文采，像雕刻龙纹一样，当时人称"雕龙奭"。

⑰屈平：屈原名平。联藻：联辞结藻，指写作有文采。

⑱宋玉：战国末期楚国诗人。交彩：也指写作有文采。

⑲艳说：指屈原、宋玉文采华丽的作品。

⑳笼罩：超过，罩盖。《雅》《颂》：指《诗经》。

㉑炜烨：光彩照耀。奇意：指《楚辞》在风格上奇特创新的特点。

㉒纵横之诡俗：纵横家喜用夸张、巧辩、奇异、动听的言辞来游说人，打动人。

## [译文]

春秋以后，七国角逐争战竞相称雄，"六经"被抛弃，诸子百家风起云涌使人吃惊。那个时候，韩国、魏国使用武力征战，燕国、赵国任用权谋；商鞅、韩非反对儒家，把文学看作"五种蛀虫""六种虱子"之一的法治主张，命令严加禁止；只有在齐、楚两国里，富有文化学术。齐国在四通八达的大街上开设了府第招待学者，楚国广建兰台宫延纳文人学士，孟轲作为齐国的贵宾住在客馆，荀卿当了兰陵县令；所以齐国的稷门之下掀起了清新的学风，楚国的兰陵地方培养成了美好的风俗，邹衍因为能谈天说地而声名远扬，驺奭因为有"雕龙"似的文采驰骋文坛，屈原的作品可与日月争光，宋玉色彩相交的作品可与风云辉映。看看他们艳丽的文辞，就要笼罩住《诗经》中的《雅》《颂》，所以我们知道文采照耀的诡异文思，是从战国时诡异风俗中产生出来的。

## 原文

爰(yuán)至有①汉，运接燔(fán)②书，高祖尚武，戏儒简③学。虽礼律草创④，《诗》《书》未遑(huáng)⑤，然《大风》《鸿鹄(hú)》之歌⑥，亦天纵⑦之英作也。施及孝惠⑧，迄(qì)于文、景⑨，经术颇兴，而辞人勿用，贾谊抑而邹、枚沉⑩，亦可知已。逮孝武⑪崇儒，润色⑫鸿业，礼乐争辉，辞藻竞骛(wù)⑬：柏梁⑭展朝宴之诗，金堤⑮制恤民之咏，征枚乘以蒲轮⑯，申主父以鼎食⑰，擢(zhuó)公孙之对策⑱，叹倪宽之拟奏⑲，买臣负薪而衣锦⑳，相如涤(dí)器而被绣㉑。于是史迁、寿王㉒之徒，严、终、枚皋(gāo)㉓之属，应对固无方㉔，篇章亦不匮(kuì)㉕，遗风余采，莫与比盛。越昭及宣㉖，实继武㉗绩，驰骋(chěng)石渠㉘，暇(xiá)豫㉙文会，集雕篆(zhuàn)之轶(yì)材㉚，发绮縠(hú)之高喻㉛。于是王褒之伦㉜，底禄㉝待诏。自元暨(jì)成㉞，降意㉟图籍，美玉屑之谭㊱，清金马㊲之路，子云锐思于千首㊳，子政雠(chóu)校(jiào)于“六艺”㊴，亦已美矣。爰(yuán)自汉室，迄(qì)至成、哀㊵，虽世渐百龄㊶，辞人九变㊷，而大抵㊸所归，祖述㊹《楚辞》，灵均㊺余影，于是㊻乎在。

### [注释]

①爰：发语词。有：语助词。

②运：时运。燔：焚烧。

③戏儒：刘邦常常把儒生的帽子取下来装小便。简：怠慢，简慢。

④礼律草创：汉初，叔孙通起草礼仪，萧何起草法律，作律九章。

⑤《诗》《书》：《诗经》《尚书》，这里指“六经”。遑：闲暇。

⑥《大风》：汉高祖刘邦当皇帝后衣锦还乡，作《大风歌》，有“大风起兮云飞扬”的句子。《鸿鹄》：刘邦想要废除太子刘盈，改立幼子如意，看到商山四位德高望重的老人出来辅佐刘盈，说他羽翼已成，不能废除，因此作了《鸿鹄歌》，有“鸿鹄高飞，一举千里”的句子。

⑦天纵：即天使他这样。

⑧施：影响，延及。孝惠：汉惠帝刘盈，高祖子。

⑨文、景：汉文帝刘恒，汉景帝刘启。

⑩贾谊抑：汉朝贾谊立志改革，遭大臣反对，不被信任，被贬为长沙王太傅，抑郁而死。抑，压抑。邹：指邹阳，他在梁国被谗害入狱。枚：指枚乘，曾在汉朝做小官，后以病去官。沉：低沉，低下。

⑪孝武：汉武帝。他罢黜百家，独尊儒学。

⑫润色：修饰、增润。

⑬骛：驰。

⑭柏梁：柏梁台，汉武帝所建。相传汉武帝和群臣在台上联句作诗，每人一句，是为《柏梁诗》。

⑮金堤：形容黄河堤的坚固。汉武帝时，黄河在瓠子（今河北濮阳市南）地方决口，武帝发动几万人去堵塞决口，并且亲临决河处，作诗。成功之后，堤名金堤。

⑯“征枚乘”句：汉武帝为太子之时，久闻枚乘声名。登位后，便以安车蒲轮去聘请他。时枚乘已年迈，死于路上。征，聘请。蒲轮：用蒲草裹住车轮，减少颠簸，古代征聘贤士用。

⑰“申主父”句：主父偃上书汉武帝，深受赞赏，一年之内，连升四级。申，满足的意思。鼎食：富贵人家的饮食。

⑱“擢公孙”句：公孙弘对武帝策问，即他的《对贤良策》，武帝取为第一名。擢，提拔。

⑲“叹倪宽”句：倪宽原是张汤门下管牛羊畜牧的，后受汉武帝重用当了御史大夫。最高司法官廷尉张汤有疑难案件上奏，两次都被汉武帝退回，主管文书的不知怎么办。后来倪宽代写奏书便得到汉武帝的认可。

⑳“买臣”句：朱买臣，他曾靠卖柴为生，汉武帝任他做会稽太守，衣锦还乡。

㉑“相如涤器”句：司马相如曾在临邛开酒馆，亲自洗酒器，后来武帝派他做使节到西南去，蜀人以为光荣。

㉒史迁：司马迁，善著作。寿王：姓吾丘，名寿王，西汉辞赋家。

㉓严：严安，西汉文人。终：终军，西汉文人。枚皋：西汉辞赋家。

㉔方：一定规格。

㉕匮：缺乏。

㉖昭：汉昭帝刘弗陵，武帝子。宣：汉宣帝刘询。

㉗武：指汉武帝。

㉘驰骋：指展开辩论。石渠：汉代宫内有石渠阁，是藏书处。西汉甘露三年汉宣帝曾在石渠阁召集诸儒讨论经学。

㉙暇豫：闲逸。

㉚雕篆：雕虫篆刻，指创作辞赋。轶材：杰出的人才。

㉛发绮縠之高喻：扬雄认为辞赋好比美丽的绉纱，所以说高喻。绮，极细薄的有花纹的丝织品。縠，有皱纹的纱。

㉜王褒：西汉文人。伦：类。

㉝厎禄：致禄，指做官。

㉞元：汉元帝刘奭，宣帝子。成：汉成帝刘骜，元帝子。

㉟降意：关心。

㊱玉屑之谭：把玉碾成末子，指珠玉般的谈吐。谭，同“谈”。玉屑，玉的碎末，比喻言谈或文字的美好。

㊲金马：汉朝官署门前有铜马，称金马门。被汉朝征招的人，在金马门待诏。

蒲轮征贤

汉武帝尊崇儒家学说，用蒲轮车去征聘枚乘，给文人儒生以极高的待遇，巩固了汉朝统治，也促进了汉朝文学的发展。

㊳子云：扬雄的字。千首：扬雄认为读千首赋才能写好赋。见于桓谭《新论·道赋篇》。

㊴子政：刘向的字。雠校：校对各种版本。刘向奉汉成帝之命编订校对古籍图书目录，未完死去，其子刘歆继父业，编成《七略》，其中有《六艺略》。

㊵哀：汉哀帝刘欣。

㊶百龄：西汉从汉武帝建元元年至汉哀帝建平元年，计一百三十五年，故称进于百年。渐：进。龄：年。

㊷九变：多种变化。

㊸大抵：大概。

㊹祖述：继承。

㊺灵均：屈原小字。

㊻于是：于此。

## [译文]

到了汉代，处在秦始皇焚书之后，汉高祖刘邦崇尚武功，戏弄儒生怠慢学者。虽然礼法和律法已经开始创制，但还没有来得及去整理《诗经》《尚书》这些经典，尽管如此，但汉高祖的《大风歌》和《鸿鹄歌》也算得是天才的杰作了。延续到孝惠帝，直到汉文帝、汉景帝时，经学稍稍兴起，可是文人还是不受重用，这只要看看贾谊遭到贬抑，邹阳和枚乘的地位低下不得志，也可以知道了。到了汉武帝尊崇儒家学说，要用文采来粉饰他的鸿大功业，制礼作乐，争放光辉，文辞与华藻竞争纷驰：汉武帝在柏梁台上与群臣开宴联句而成《柏梁诗》，在瓠子河堤上作了忧民的《金堤咏》，用安稳的蒲轮车去征聘枚乘，给主父偃以鼎食高官的待遇，公孙弘的对策好就获擢升为第一加以任用，赞叹倪宽拟写的奏书非同凡俗，卖柴为生的朱买臣让他穿上了官服锦衣，开酒馆洗杯碗的司马相如让他披上了皇家绣袍做使节。于是司马迁、吾丘寿王这些人，严安、终军、枚皋一类人，他们的回应对答确实灵活没有一定，他们写的文章也并不匮乏，风流文采遗传下来，没有比那时更兴盛的了。经过汉昭帝到了汉宣帝的时代，确实继承了汉武帝的事业，他召集群儒在石渠阁展开对经学的辩论，文士在文会上从容讨论，既聚集了创作辞赋的杰出人才，又发出贬低辞赋尊重经书的高论。在这个时候，王褒这些有文才的人，凭着文采等待皇帝的诏令得到高官厚禄。从汉元帝到汉成帝，都很重视收集整理图书典籍，赞美像珠玉般美好的言辞，为文人们扫清了通向金马门的道路，因此扬雄在上千首的赋上用尽心思，刘向父子整理校订了包括《六艺略》的群书目录《七略》，这些都是美盛一时的事情。自从汉家王朝建立以来，到汉成帝、汉哀帝为止，虽然时代经历了一百余年，文人写作的变化很多，然而他们仍然继承了《楚辞》的传统，屈原留下的影响，在这些作品里就可以看到。

## 原文

自哀、平陵替[①]，光武[②]中兴，深怀图谶(chèn)，颇略[③]文华。然杜笃献诔(lěi)以免刑[④]，班彪参奏以补令[⑤]，虽非旁求[⑥]，亦不遐(xiá)弃[⑦]。及明、章[⑧]叠耀，崇爱儒术，肄(yì)礼璧堂[⑨]，讲文虎观[⑩]；孟坚珥笔于国史[⑪]，贾逵给札(zhá)[⑫]于瑞颂，东平擅[⑬]其懿(yì)文，沛王振[⑭]其《通论》，帝则藩仪[⑮]，辉光相照矣。自和、安[⑯]已下，迄至顺、桓[⑰]，则有班、傅、三崔[⑱]，王、马、张、蔡[⑲]，磊落鸿儒[⑳]，才不时乏，而文章之选[㉑]，存而不论。然中兴之后，群才稍改前辙[㉒]，华实[㉓]所附，斟酌经[㉔]辞，盖历政讲聚[㉕]，故渐靡[㉖]儒风者也。降及灵帝[㉗]，时好辞制，造《皇羲(xī)》[㉘]之书，开鸿都[㉙]之赋；而乐松[㉚]之徒，招集浅陋，故杨赐[㉛]号为驩(huān)兜，蔡邕(yōng)比之俳(pái)优[㉜]，其余风遗文，盖蔑如[㉝]也。

**[注释]**

①平：汉平帝刘衎，哀帝弟。陵替：像丘陵倒塌，指衰败。

②光武：东汉光武帝刘秀。他尊崇谶纬之学。

③略：轻视、忽略。

④“杜笃”句：杜笃，东汉文人。杜笃因得罪美阳县令，被捕下狱，押送京城的途中遇上大司马吴汉病死，光武帝命诸儒作诔。杜笃在狱中作《大司马吴汉诔》，文辞壮美，为光武帝所赞赏，得到释放。

⑤“班彪”句：班彪，东汉文人、史学家。班彪在河西窦融手下，他劝窦融归顺光武帝，参与窦融所写的章奏，受到光武帝赞赏，让他做了徐县县令。

⑥旁求：广求。

⑦遐弃：远远抛弃。

⑧明：汉明帝刘庄。章：汉章帝刘炟。

⑨肄：学习。璧堂：指皇宫中的明堂、灵台、辟雍三处宫殿，是汉明帝讲习礼仪的地方。

⑩虎观：白虎观。章帝曾召集有关官吏及诸儒在白虎观讲经。

⑪孟坚：班固的字。珥笔：古代史官入朝，常把笔插在冠帽侧。珥，插。国史：指《汉书》。

⑫贾逵：东汉文人、天文学家。明帝时有“神雀”飞到宫殿上，明帝叫人把笔札给他，让他作《神雀颂》，得到明帝赏识。札：木简，犹纸。

⑬东平：东平王刘苍。刘苍“少好经书，雅有智思”，光武中兴后天下太平，他主持议订了礼乐制度。擅：专长。

⑭沛王：沛献王刘辅，光武帝子。振：扬。

⑮帝则：帝，指明帝、章帝。则，准则。藩仪：藩，指东平、沛献诸侯王。仪，榜样。

⑯和：汉和帝刘肇。安：汉安帝刘祜。

⑰顺：汉顺帝刘保。桓：汉桓帝刘志。

⑱班：班固。傅：傅毅。三崔：崔骃、崔瑗、崔寔，均为东汉文人。

⑲王：王延寿，王逸子。马：马融。张：张衡。蔡：蔡邕。均为东汉文人。

⑳磊落：众多的样子。鸿儒：大儒。

㉑文章之选：指上述作家中优秀作品的选录。

㉒辙：车轮迹，指路。

张衡《西京赋》图

“嚼清而却转，增婵娟以跐豸。”这是张衡《西京赋》中的语句。张衡文辞清雅，在当时占据一席之地。

㉓华实：形式与内容。

㉔经：指儒家经典。

㉕历：历代，指明帝、章帝诸帝。讲聚：指“壁堂”“白虎观”等儒家学说讲习讨论的地方。

㉖靡：披靡，倒下，指受到影响。

㉗灵帝：汉灵帝刘宏。

㉘《皇羲》：《后汉书·蔡邕传》说汉灵帝“自造《皇羲篇》五十章”，是文字书。

㉙鸿都：鸿都门，东汉藏书和讲学的地方。

㉚乐松：被召到鸿都门来的文士。

㉛杨赐：汉灵帝时司空。

㉜俳优：弄臣。古代士大夫认为俳优是供人玩弄的。

㉝蔑如：指不足称道。蔑，无。

[译文]

自从西汉的哀帝、平帝时汉朝趋向没落衰微，到光武帝中兴，他非常推崇图箓谶纬之学，而对文辞却颇为忽略。然而杜笃因献《大司马吴汉诔》而让光武帝免去了他的刑罚，班彪为西河大将军窦融写的奏章写得好也被增补为徐县县令，虽然不是广泛地搜求人才，然而也可以看到汉光武帝对文人也并不是远远地抛弃的。到了汉明帝和汉章帝时期，在文章写作方面可算得是东汉叠璧双耀的时代，他们都崇尚经学，明帝在大学里学习了礼仪，章帝在白虎观里讲论经书；班固帽侧插上笔杆撰写出汉代的国史，贾逵接到纸札写作了瑞祥的颂文，东平王刘苍发挥专长写下了许多美好的礼文，沛献王刘辅振扬笔杆写出了阐述“五经”的《沛王通论》，皇帝立下准则，藩王作出规范，像光辉般互相辉映。自和帝、安帝以下，到顺帝、桓帝为止，在文坛上便有班固、傅毅和崔骃、崔瑗、崔寔、王延寿、马融、张衡和蔡邕，众多的大学者，时时产生，并不缺乏，然而对他们的文章作品的选录，我们暂且不谈。自从光武帝中兴之后，历代众多的文人在文章写作上渐渐改变了从前的道路，在文采和内容的结合中，酌量采用经典中的辞藻，这大概是因为几代以来都聚集学者儒生讲经，所以便逐渐受了儒家风气影响的缘故。向下传到汉灵帝，当时的风尚爱好是写作辞赋，他也亲自写作了《皇羲篇》五十章，开放鸿都门来接待写作辞赋的文人；后来乐松之徒，招纳聚集了些浅俗鄙陋的文人，所以杨赐把他们称为害人的驩兜，蔡邕把他们比为小丑，他们余留下来的习气和文字，是不值得讲的。

## 原文

自献帝播迁①，文学蓬转②，建安③之末，区宇方辑④。魏武⑤以相王之尊，雅⑥爱诗章；文帝以副君⑦之重，妙善辞赋；陈思⑧以公子之豪，下笔琳琅(láng)⑨；并体貌⑩英逸，故俊才云蒸⑪。仲宣委质于汉南⑫，孔璋（zhāng）归命于河北[13]，伟长从宦于青土[14]，公幹委质于海隅[15]，德琏（liǎn）综其斐然[16]之思，元瑜展其翩翩[17]之乐。文蔚、休伯[18]之俦（chóu），子叔、德祖[19]之侣，傲雅觞（shāng）豆[20]之前，雍容衽（rén）席[21]之上，洒笔以成酣[22]歌，和墨以藉谈笑[23]。观其时文，雅好慷慨，良[24]由世积乱离，风衰俗怨，并志深而笔长，故梗概[25]而多气也。至明帝纂（zuǎn）戎[26]，制诗度曲[27]；征篇章之士，置崇文之观[28]，何、刘群才[29]，迭相[30]照耀。少主相仍[31]，唯高贵[32]英雅，顾盼含章，动言成论。于时正始[33]余风，篇体[34]轻淡，而嵇（jī）、阮、应、缪[35]，并驰文路矣。

杨修

建安时期是文坛的繁盛期，除了曹氏父子、建安七子为代表的文人外，还有杨修、邯郸淳等人，文学作品异彩纷呈。

## [注释]

①献帝：汉献帝刘协，灵帝子。播迁：流离迁徙。董卓逼迫汉献帝迁都长安，后来曹操诛董卓，又把他迁到许昌。

②文学：指作家。蓬转：流离失所。蓬，蓬草，飘转不定。

③建安：汉献帝年号（196—220年），实际是曹操掌权。

④区宇：宇内，国内，指北方。辑：安集，安定。

⑤魏武：曹操。建安时为汉献帝丞相，后封魏王。曹丕取代汉献帝后追尊为魏武帝。

⑥雅：一向。

⑦文帝：魏文帝曹丕，曹操长子。副君：指太子。

⑧陈思：陈思王曹植。

⑨琳琅：美玉，比喻文章美好。

⑩体貌：礼敬，有礼貌地接待。

⑪云蒸：云集，像云那样多，比喻人才多。

⑫仲宣：王粲的字。他本在荆州刘表处避难，曹操下荆州时归附曹操。委质：

托身，古代做官时向君献进礼物，表示托身。质，形体，身体。汉南：荆州在汉水之南。

⑬孔璋：陈琳的字。他原是河北冀州袁绍部下，曹操灭袁绍后，归向曹操。河北：冀州在黄河之北。

⑭伟长：徐幹的字。他原籍北海，在今山东寿光。从宦：当官。青土：青州。

⑮公幹：刘桢的字。海隅：海边。刘桢原籍东平（今山东东平），在海边。

⑯德琏：应玚的字。曹丕《与吴质书》中说："德琏斐然有述作意，其才学足以著书。"斐然，有文采貌。

⑰元瑜：阮瑀的字。"建安七子"之一。翩翩：状风度好。

⑱文蔚：路粹的字。为军谋祭酒。休伯：繁钦的字。为丞相主簿。

⑲子叔：邯郸淳的字。德祖：杨修的字。

⑳傲雅：啸傲风雅，傲有不受拘束意，指吟诗。觞：酒杯。豆：笾豆，祭祀时盛果品的竹器，指食器。

㉑雍容：从容。衽席：席子，座席。

㉒洒笔：指写作诗文。酣：酒喝得很畅快、高兴。

㉓和墨：指写作诗文。藉谈笑：有助笑谈。

㉔良：诚，确实。

㉕梗概：即慷慨。

㉖明帝：魏明帝曹睿，曹丕子。纂戎：继承祖业。纂，通"缵"，继承。戎，大。

㉗度曲：谱曲。

㉘崇文观：魏明帝召集文士处。

㉙何：何晏，三国魏文人。刘：刘劭，三国魏文人。

㉚迭相：交相。迭，轮替。

㉛少主：年轻的君主。魏明帝以后接连几位君主都很年轻，故说"少主相仍"。相仍：相继。仍，重、再。

㉜高贵：高贵乡公曹髦，曹丕孙，封高贵乡公。齐王曹芳被司马氏废后，被立为帝，爱好儒学，善于作诗文。后被司马昭杀。

㉝正始：魏齐王曹芳的年号（240—249年），当时文坛受何晏的影响。

㉞体：风格。

㉟嵇：嵇康。阮：阮籍。应：应璩，应玚弟。缪：缪袭。均为三国魏文人。

［译文］

自从汉献帝流离迁移，文士也像蓬草一样随风飘荡辗转四方，到了建安末年，北方地区方才安定。魏武帝曹操以丞相和魏王的崇高地位，一向爱好诗歌辞章；魏文帝曹丕以太子的重要地位，善于写作精妙的文辞诗赋；陈思王曹植以大家公子的豪华，文采像珠玉般美好：他们都殷勤地接待杰出的文士，所以一时文采极盛。王粲从汉水之南来归顺，陈琳从黄河之北来归附，徐幹从青州来做官，刘桢从海边来投奔，应玚综合辞采华美斐然的文思，阮瑀施展了他风度翩翩的书记才能。还有路粹、繁钦这类文人，邯郸淳、杨修这些文友，他们都常在酒杯前吟咏诗篇，在座席上从容谈艺，挥毫便写成了酣畅的歌，调和墨汁便出手可助言谈欢笑的篇章。观察那时的文章，一向都喜欢慷慨激昂，实在因为当时长期战乱，风气败坏，人们仇怨，这些作者都感慨深沉，下笔沉重，所以他们的作品便慷慨激昂而又富有气势。到了魏明帝继承祖业，制作诗词，谱度乐曲；召集会作文章的人士，设置崇文观作为讲学作文的地方，于是何晏、刘劭这一群有才华的文人，文采互相照耀。以后年少的君主相继即位，其中唯有高贵乡公曹髦，有才华学问，他顾眄之间就形成文章，一发言就成为高论。在这个时期，受到正始余风的影响，文体轻浮淡泊，只是嵇康、阮籍、应璩、缪袭这些文人显得不同，都在文学的大路上奔跑前进了。

## 原文

逮晋宣[①]始基，景、文克构[②]，并迹沉儒雅[③]，而务深方术[④]。至武帝惟新[⑤]，承平受命[⑥]，而胶序篇章[⑦]，弗简皇虑[⑧]。降及怀、愍(mǐn)[⑨]，缀旒(liú)[⑩]而已。然晋虽不文，人才实盛：茂先[⑪]摇笔而散珠，太冲[⑫]动墨而横锦，岳、湛(zhàn)曜联璧[⑬]之华，机、云标二俊[⑭]之采，应、傅、三张[⑮]之徒，孙、挚、成公[⑯]之属，并结藻[⑰]清英，流韵绮靡(mí)[⑱]。前史以为运涉季世[⑲]，人未尽才[⑳]，诚哉斯谈，可为叹息！

司马昭

晋朝时司马氏掌权，朝纲混乱，社会动荡，许多文人都身处朝野，未能发挥自己的才华。

[注释]

①晋宣：晋宣帝司马懿。

②景：晋景帝司马师，司马懿之子。文：晋文帝司马昭，司马师之弟。司马懿、司马师、司马昭三人的帝号都是死后司马炎篡魏称帝后追加的。克构：能够构造，指父奠基，子构造。

③迹沉儒雅：迹，事迹；沉，沉没。这里指儒学文章方面没有取得成绩。

④方术：指阴谋权术，司马懿父子三人用阴谋来篡夺政权。

⑤武帝：晋武帝司马炎，司马昭子。惟新：新建王朝。《诗经·大雅·文王》：“周虽旧邦，其命惟新。”

⑥受命：受天命，指称帝。

⑦胶序：周朝称太学叫东郊，殷朝称乡学叫序。篇章：文章。

⑧弗简皇虑：皇帝没有心思考虑。简，考查，关注。

⑨怀：晋怀帝司马炽，武帝子。愍：晋愍帝司马邺，武帝孙。他们二人都为匈奴刘聪所俘虏。

⑩缀旒：皇冠上垂挂的串珠，喻指国君没有权力，只是作装饰品。

⑪茂先：张华的字，西晋初期文人。

⑫太冲：左思的字。

⑬岳：潘岳。湛：夏侯湛，潘岳的好友。联璧：当时人称岳湛为联璧。

⑭机：陆机。云：陆云，陆机弟。二俊：张华说“伐吴之役，利获‘二俊’”，指得到陆云、陆机，比得到吴国更有利。

⑮应：应贞，西晋文人，三国魏文人应璩子。傅：傅玄，西晋文人。三张：张载、张协、张亢，三兄弟都是西晋文人。

⑯孙：孙楚。挚：挚虞。成公：成公绥。都是西晋文人。

⑰结藻：写作有文采。

⑱靡：细密。

⑲前史：前代史家。季世：末世。

⑳人未尽才：这些西晋文人中，左思、张载、张协等都抑郁不得志，张华、陆机、陆云、潘岳、刘琨等都被杀害，挚虞在荒乱中饿死。

［译文］

到了晋宣帝司马懿开始打下开国的基础，晋景帝司马师、晋文帝司马昭继承父业；他们在行动上忽略儒学和风雅，致力于钻研篡夺皇位的阴谋权术。至晋武帝司马炎建立新王朝，在太平时代称帝，但是学校和辞章，还没有引起他的注意。下传到晋怀帝和晋愍帝，皇帝只成了装饰品罢了，哪里谈得上提倡文章事业！然而，晋代的皇帝虽然不重视文学事业，但有才华的文人实际上很多：张华摇动笔杆像会落下珍珠，左思挥洒墨汁创作作品就像展开锦绣，潘岳、夏侯湛的文章像双璧般光彩照耀，陆机、陆云显示出两位才人的文采，应贞、傅玄、张载、张协、张亢之徒，孙楚、挚虞、成公绥之辈，文章辞藻清新英俊，有风韵而华艳细密。以前史学家认为时代进入末世，这些人都没有发挥才华，确实是这样啊，这些人的遭遇使人们叹息！

## 原文

元皇中兴[①]，披[②]文建学，刘、刁[③]礼吏而宠荣，景纯文敏而优擢(zhuó)[④]。逮明帝[⑤]秉哲，雅好文会，升储御极[⑥]，孳孳(zī)[⑦]讲艺，练情于诰策，振采于辞赋；庾(yǔ)以笔才逾[8]亲，温[9]以文思益厚，揄(yú)扬[10]风流，亦彼时之汉武也。及成、康促龄[11]，穆、哀短祚(zuò)[12]，简文[13]勃兴，渊乎清峻[14]，微言精理，亟满玄席[15]；淡思酡采，时洒文囿。至孝武不嗣[16]，安、恭[17]已矣。其文史则有袁、殷之曹[18]，孙、干之辈[19]，虽才或浅深，珪璋(zhāng)[20]足用。自中朝贵玄[22]，江左[21]弥盛，因谈[23]余气，流成文体。是以世极迍邅(zhūnzhān)[24]，而辞意夷泰[25]，诗必柱下[26]之旨归，赋乃漆园之义疏[27]。故知文变染乎世情[28]，兴废系乎时序，原始以要(yāo)[29]终，虽百世[30]可知也。

［注释］

①元皇：东晋元帝司马睿。中兴：西晋灭亡，晋元帝南渡，建立东晋王朝。

②披：开。

③刘：刘隗，东晋文人，受到元帝器重，任命为丞相司直，主管刑法。刁：刁协，东晋文人。

④景纯：郭璞的字。优擢：晋元帝选拔郭璞作著作佐郎。

⑤明帝：晋明帝司马绍。

⑥升储：立为太子。储，储君，太子。御极，登位，即继位。

⑦孳孳：不倦。

⑧庾：庾亮，东晋文人。他是明帝穆皇后之兄，明帝即位后委任他为中书监，他上书辞让。逾：愈、益。

⑨温：温峤，东晋文人。明帝时任为侍中，参与机密大谋，起草诏令文书。

⑩揄扬：称扬，指提倡。

⑪成、康：晋成帝司马衍，在位十六年，死时二十二岁；晋康帝司马岳，在位二年，死时二十三岁。促龄：短命。

⑫穆、哀：晋穆帝司马聃，

庄子

魏晋时期，因为社会动荡，文人不得志，于是老子和庄子的清谈玄学兴盛，文学创作上也趋于平和雅正。

在位十七年，死时十九岁；晋哀帝司马丕，在位四年，死时二十五岁。祚：福、位。

⑬简文：晋简文帝司马昱，元帝子，清虚寡欲，善玄言。

⑭渊：深，引申为很。清峻：清高。指简文帝爱好玄学。

⑮亟：屡。满：充满。玄席：玄谈之席。

⑯孝武：晋孝武帝司马曜，简文帝子。不嗣：孝武帝开始东晋皇权就落入刘裕手中，帝王成了傀儡，所以说“不嗣”。嗣，继承。

⑰安：晋安帝司马德宗，一切举动都听人指使。恭：晋恭帝司马德文。二人都为刘裕所立，又为其所杀。

⑱袁：袁宏，东晋文人，史学家。殷：殷仲文，东晋诗人。曹：辈。

⑲孙、干：孙盛、干宝，都是东晋史学家，会写散文。

⑳璋：玉器，比喻人的才德。

㉑中朝：指西晋。玄：当时的清谈，提倡《老子》《庄子》《易经》，称为“三玄”。

㉒江左：江东，指东晋。

㉓谈：玄谈，清谈。

㉔迍邅：艰难。

㉕夷泰：太平。

㉖柱下：殿柱下，老子曾当过柱下吏，指老子。

㉗漆园：庄子曾做漆园吏，指庄子。义疏：讲解的文辞。

㉘世情：时代社会的情况。

㉙原：追溯，探究。要：约会，归总。

㉚世：三十年。

[ 译文 ]

晋元帝中兴建立了东晋王朝，提倡文章写作的事业，兴建了经学考试的制度；文人刘隗、刁协由于是精通礼法的官吏而受到皇帝的尊敬，郭璞因为文思敏捷而被皇帝从优提拔。晋明帝天资聪明，向来爱好文人学士的会聚，他从立为太子到继承皇位，都孜孜不懈地讲求六经，在写作诰书、策书上注意研讨，在辞赋上发挥文采；庾亮因为有写作的才华越发得到亲近，温峤因文思敏捷而越发受厚待，晋明帝这样对待文才，确实算得是那个时代的汉武帝了。到了孝成帝、康帝寿命短促，穆帝、哀帝在位时间也不长，简文帝时文学事业勃然兴起，气度深沉，风格清俊，微妙的语言，精深的道理，常常充满着玄学清淡的讲席；道家的思想，浓厚的文采，时时流布到文学园地上来。到了孝武帝的时候，政权逐步被刘裕篡夺，没有人继承，到安帝和恭帝，东晋就完结了。这段时期文士兼史学家的有袁宏、殷仲文诸人，孙盛、干宝等辈，他们的才智虽然有浅有深，但也像宝贵的玉器一样，足够朝廷使用了。自从晋朝看重文学清谈，到东晋偏安长江以南便更为流行了，这种清谈玄学的风气影响到了文学，便形成了一种新的文风。所以世道虽然极度艰难，而文辞却写得平静宽缓，诗歌一定以老子、庄子的思想作为宗旨和归宿，辞赋只能是老子、庄子著作义理的解释。所以知道文章的变化受到时代情况的感染，不同文体的兴衰和时代的兴衰有关，探究它的开始，总归它的终结，即使是百世的文学流变也是可以推知的。

## 原文

自宋武爱文[1]，文帝彬雅[2]，秉文[3]之德，孝武[4]多才，英采云构[5]。自明帝[6]以下，文理替[7]矣。尔其缙(jìn)绅[8]之林，霞蔚而飙(biāo)[9]起。王、袁联宗[10]以龙章，颜、谢重叶以凤采[11]，何、范、张、沈[12]之徒，亦不可胜数也。盖闻之于世，故略举大较[13]。暨(jì)皇齐驭(yù)宝[14]，运集休[15]明。太祖以圣武膺箓(yīng lù)[16]，世祖以睿文纂(zuǎn)业[17]，文帝以贰离[18]含章，高宗[19]以上哲兴运，并文明自天，缉熙景祚(zuò)[20]。今[21]圣历方兴，文思光被[22]，海岳降神[23]，才英秀发，驭飞龙于天衢(qú)[24]，驾骐骥(jì)[25]于万里。经典礼章，跨周轹(lì)[26]汉，唐、虞之文，其鼎盛[27]乎！鸿风懿(yì)[28]采，短笔敢[29]陈？扬言赞时，请寄明哲[30]。

### [注释]

①宋武爱文：宋武帝刘裕亲自考试诸州郡秀才孝廉，下令建立国学。

②文帝彬雅：宋文帝刘义隆建立儒学馆，又下令立玄学、史学、文学。彬雅，彬彬儒雅。

③文：指文章、文学。

④孝武：宋孝武帝刘骏，文帝子。

⑤云构：状众多。

⑥明帝：宋明帝刘彧，文帝子。

⑦替：废。

⑧缙绅：士大夫束腰的赤色带，指士大夫。缙，赤色。绅，束腰带。

⑨蔚：盛。飙：大风。

⑩王、袁联宗：刘宋时代王姓，如王延、王僧达、王征，袁

谢灵运

南朝谢灵运政治上不如意，便将满腔心绪寄情于山水，开创了山水诗派。其诗描写景物细致入微，语气精雕细琢，为后人所称道。

姓如袁淑、袁湛、袁粲等，都几代出人才。

⑪颜、谢重叶：刘宋时代颜姓和谢姓，同一宗族中有好多文才。颜家如颜延之、颜竣、颜测，谢家如谢灵运、谢惠连、谢瞻、谢晦、谢世基等。重叶，几代。叶，世代。凤采：言文采如凤羽。

⑫何：何承天，南朝宋哲学家、天文学家、文学家。范：范晔，《后汉书》作者，南朝宋史学家、文学家。张：张邵，南朝宋文人。沈：沈约，南朝著名文学家、史学家，历仕宋、齐、梁三代。

⑬大较：大概。

⑭皇齐：大齐。对当代的称呼。皇，大、美。驭宝：掌握大权。

⑮休：美。

⑯太祖：齐高帝萧道成。膺箓：即受天命，指即位。箓，图谶符箓。

⑰世祖：齐武帝萧赜。睿：明智、聪敏。

⑱文帝：齐文惠太子萧长懋。贰离：双重光明，指太子。离，火。

⑲高宗：齐明帝萧鸾。

⑳缉熙：光明。景祚：意为洪福，誉指皇位。

㉑今：指当今皇帝，即写作《文心雕龙》一书或《时序》时在位的皇帝。

㉒光被：广被。被，及。

㉓海岳：指黄河下游和出海的地区，即青州、徐州，滨渤海，有泰山。萧衍祖籍属徐州兰陵县。海岳降神，各地降下神明的人才。

㉔衢：四通八达的大道。

㉕骐骥：千里马。

㉖轹：车轮碾过，指超过。

㉗鼎盛：正盛。

㉘懿：美。

㉙短笔：作者的自谦之词。敢：岂敢。

㉚明哲：明智，这里指高明的评论家。

［译文］

自从南朝的宋武帝爱好文学，宋文帝也儒雅彬彬倡导文学，宋武帝具有宋文帝的德才，多才多艺，辞采丰富。从宋明帝以下，文辞儒学便衰废了。在刘宋时代的士大夫中，文士像云霞般众多，狂风般突起。王姓、袁姓宗族中接连出现文才，颜姓、谢姓世家也有好几代以文采著名，还有何逊、范云、张邵、沈约等，多得不可枚举。这里只就当时著名的，约略说一大概的情况。到大齐建国，国运昌盛。齐太祖以他圣明的武功膺受天命而继位，齐世祖以他的深通文学继承了父亲的大业，齐文帝以他的明智使文章得以孕育，齐高宗以他上等的智慧使国运因之兴盛，他们的文雅明智都是天生的，光照皇位。现在国运正在昌隆，文教遍及各地，四海五岳都降下了神明，人才突出，像驾驭飞龙在天上飞，驾驰骏马跑万里路。现在的经书、典籍、礼乐、文章，可说是跨过了周朝，压倒了汉代，唐尧虞舜时代的文风，是正在兴盛了吧！当今宏伟的文风，美好而丰富的辞采，拙劣之笔岂敢陈述？扬言评赞当代文章的这个任务，请寄托给明智的人来完成吧！

## 原文

赞曰：蔚映十代①，辞采九②变。枢③中所动，环流④无倦。质文沿时，崇替在选⑤。终古⑥虽远，僾焉⑦如面。

[ 注释 ]

①十代：唐、虞、夏、商、周、汉、魏、晋、宋、齐。

②九：虚数，指多。

③枢：中心，关键。

④环流：环绕运动。

⑤崇替：兴废。选：齐。指文学的盛衰与时代的发展变化是相齐并致。

⑥终古：古昔，远古。

⑦僾焉：仿佛。

[ 译文 ]

总结：十个朝代文学蔚然有采，文章的发展历来多变。时代就像门枢为中心，文学环绕它变化不断演变。文风的质朴和华丽沿时代发展，文学的兴盛衰亡和时代紧连。往古的时代虽然相去久远，通过文章却清楚得如在眼前。

# 物色第四十六

题解

《物色》的“物”是指景物、与人相对的外物；“色”指声色。“物色”即外物的声色。本篇就自然景物对文学创作的影响，来论述文学与现实的关系。

全篇分三部分：一、讲自然界的外物对作者的影响和作用。二、讲《诗经》、《楚辞》、汉赋和晋、宋作品中对自然界外物和人的思想感情关系的处理情况及其得失，从而说明如何描写自然景物。必须对客观景物进行仔细观察研究，再结合物象的特点来思考和描写。三、总结晋宋以来“文贵形似”的新趋势，提出了一些具体的写作要求：密切结合物象、能抓住物色的要点、继承前人加以创新、到自然中去汲取营养。

本篇是本部书中写得较精彩的一篇，除论述形象生动外，还以鲜明的唯物观点，总结了一些创作的重要原则和方法。

## 原文

春秋代序①，阴阳惨舒②，物色之动，心亦摇焉。盖阳气萌而玄驹步③，阴律凝而丹鸟羞④，微虫犹或入感，四时之动物深矣。若夫珪璋(zhāng)挺其惠⑤心，英华秀其清气⑥，物色相召，人谁获安？是以献岁⑦发春，悦豫⑧之情畅；滔滔孟夏⑨，郁陶⑩之心凝；天高气清⑪，阴沉⑫之志远；霰(xiàn)雪无垠⑬，矜⑭肃之虑深。岁有其物，物有其容⑮，情以物迁，辞以情发⑯。一叶且或迎⑰意，虫声有足引心。况清风与明月同夜，白日与春林共朝哉！

### [注释]

①春秋：这里用春秋来代指四季。代：更替。序：次序。

②阴阳惨舒：即阴惨阳舒。秋冬为阴，春夏为阳。惨，戚，不愉快。舒，逸。

③阳气萌：冬至后阳气开始萌生。玄驹：蚂蚁。步：走动。

④阴律凝：阴历八月秋天到来阴气开始凝聚。古代乐律分阴、阳二种，古人以十二种乐律分配于十二律，阳律六、阴律六。八月属于阴律，这里借指阴冷的季节。丹鸟：螳螂。羞：吃。

⑤珪璋：古代聘问时所用的名贵的玉器，这里泛指美玉。珪，上尖圆下方。璋，半珪叫璋。惠：通“慧”。

⑥英华：美丽的花朵。英，草本植物的花。华，木本植物的花。

⑦献岁：新的一年。献，进。

⑧悦豫：喜悦愉快。豫，安乐。

⑨滔滔：阳气盛发的样子。孟夏：初夏。孟，始。

⑩郁陶：忧闷郁积。

⑪天高气清：指秋天。

⑫阴沉：深沉。

⑬霰：小冰粒，下雪前先下霰。垠：边界。

⑭矜：严肃、庄重。

⑮物有其容：《左传·昭公九年》："事有其物，物有其容。"

⑯"情以物迁"二句：《明诗》所说"应物斯感，感物吟志"和这两句意思相同。

⑰迎：接，引申为触动、感触。

刘禹锡

文人自古爱怀春悲秋，刘禹锡有诗云"自古逢秋悲寂寥"，极言文人悲秋心态。

[译文]

春夏秋冬四季互相代替，阴沉而寒冷的天气使人感到凄惨，阳和而温暖的天气使人感到欢快舒畅，自然景物声色的变化，也会使人们的心情跟着动荡起来。冬至过后阳气萌动，气候渐渐温暖，蚂蚁就走出洞穴开始活动；八月里阴气凝聚，天气渐渐寒冷，螳螂就加紧吃食准备过冬。就是这些微小的昆虫也能感到气候的变化，可见四季影响事物是十分深远的了。至于人的智慧心灵比美誉更卓著，清爽的气质比花朵更清秀，对各种景物的感召，谁又能无动于衷呢？因此每当进入新的年岁，春气萌发，心情欢乐而舒畅；初夏的时候，草木茂盛，心情烦躁而不畅；在秋天天高气清，阴郁沉寂的心志便显得很深远；冬天里，大雪纷纷渺无边际，思虑严肃而深沉。一年四季各有它的景物，不同的景物又各有它独特的容貌声色，感情由于景物而改变，文辞由于感情而产生。一片树叶落下来尚且能触动人的情思，昆虫鸣叫的声音也足以引起人们的心思，何况那清风、明月的夜晚，白日、春林的早晨展示的美景呢！

## 原文

是以《诗》人感物，联类[①]不穷；流连[②]万象之际，沉吟[③]视听之区。写气[④]图貌，既随物以宛转[⑤]；属采附声[⑥]，亦与心而徘徊。故

"灼灼"[7]状桃花之鲜，"依依"[8]尽杨柳之貌，"杲杲(gǎo)"[9]为出日之容，"瀌瀌(biāo)"[10]拟雨雪之状，"喈喈(jiē)"[11]逐黄鸟之声，"喓喓(yāo)"学草虫之韵[12]。"皎日""嘒(huì)星"[13]，一言[14]穷理；"参差""沃若"[15]，两字[16]连形：并以少总[17]多，情貌无遗矣。虽复思经千载，将何易夺[18]？及《离骚》[19]代兴，触类而长[20]，物貌难尽，故重沓[21]舒状，于是"嵯峨(cuó é)"[22]之类聚，"葳蕤(wēi ruí)"[23]之群积矣。及长卿[24]之徒，诡势瑰[25]声，模山范水[26]，字必鱼贯[27]，所谓《诗》人丽则而约言，辞人丽淫而繁句也[28]。至如《雅》咏棠华，或黄或白[29]；《骚》述秋兰，绿叶紫茎[30]。凡摛(chī)[31]表五色，贵在时见[32]，若青黄屡出，则繁而不珍。自近代[33]以来，文贵形似，窥情风景之上，钻貌草木之中。吟咏所发，志惟深远；体[34]物为妙，功在密附[35]。故巧言切[36]状，如印之印泥[37]，不加雕削，而曲写毫芥[38]。故能瞻(zhān)言而见貌，即字而知时[39]也。

霜露惨凄

上古文章古雅简约，以《诗经》为代表，到了屈原的《离骚》，摹情状物，极尽所能，如"霜露惨凄而交下兮"之类文辞层出不穷。

[注释]

①联：联系，联想。类：相近，相似。

②流连：徘徊不忍离去。

③沉吟：低吟。

④气：天气，如日出。

⑤宛转：曲折回旋。

⑥属采：用有色彩的语言描写景物的色彩。附声：用象声的词语摹拟自然景物的声音。

⑦灼灼：形容桃花的色彩鲜明。《诗经·周南·桃夭》："桃之夭夭，灼灼其华。"

⑧依依：形容杨柳枝条柔嫩。《诗经·小雅·采薇》："昔我往矣，杨柳依依。"

⑨杲杲：太阳出来的明亮。《诗经·卫风·伯兮》："其雨其雨，杲杲日出。"

⑩瀌瀌：雪下得大。《诗经·小雅·角弓》："雨雪瀌瀌，见晛曰消。"

⑪喈喈：鸟和鸣声。《诗经·周南·葛覃》："黄鸟于飞，集于灌木，其鸣喈喈。"

⑫喓喓：虫鸣声。《诗经·召南·草虫》："喓喓草虫。"

⑬皎日：洁白明亮的太阳。《诗经·王风·大车》："谓予不信，有如皎日。"嘒星：微小的星。《诗经·召南·小星》："嘒彼小星。"

⑭一言：一字。

⑮参差：长短不齐。沃若：鲜嫩润泽的样子。

⑯两字：两字相连成为双声字和叠韵字。"参差"是双声，"沃若"是叠韵。

⑰总：概括。

⑱易：更改。夺：除去。

⑲《离骚》：《楚辞》的代表作，这里指《楚辞》。

⑳长：发展、引申。

㉑重沓：多的意思。

㉒嵯峨：山石高耸。

㉓葳蕤：花叶茂盛下垂的样子。

㉔长卿：司马相如的字。

㉕诡：不平常，奇异。瑰：珍奇。

㉖模山范水：描绘山水。模，指依照物象描绘。

㉗鱼贯：所用辞藻如鱼游先后相接，指罗列堆砌的毛病。

㉘"《诗》人丽则"二句：扬雄《法言·吾子篇》："诗人之赋丽以则，辞人之赋丽以淫。"《诗》人，指《诗经》的作者。则，合乎规则。约，简练。辞人，指辞赋家。淫，过度。

㉙"《雅》咏棠华"二句：《诗经·小雅·裳裳者华》："裳裳者华，或黄或白。"华，泛指花。

㉚"《骚》述秋兰"二句：《楚辞·九歌·少司命》："秋兰兮青青，绿叶兮紫茎。"《骚》，这里泛指《楚辞》。

㉛摛：发布，引申为描写。

㉜时见：适时出现。

㉝近代：指晋、南朝刘宋时期。

㉞体：体现，描写。

㉟密附：指贴切地描绘事物。

㊱切：切合。

㊲印之印泥：印泥上盖印。古代封信用泥，泥上盖印，和后来用的火漆相似。

㊳曲：详尽。毫芥：细微。毫，长而尖锐的毛。芥，小草。

㊴即：就。时：四季、时令。

[ 译文 ]

因此《诗经》作者对景物的感触，所引起的联想是无穷的；在多种多样的现象中流连忘返，在听到看到的范围内吟味体察。描写天气和实物的形状，既要随着景物声色的变化而宛转起伏；绘写景物的色彩，临摹自然的声律，又要联系自己的心情来回地斟酌。所以用“灼灼”来形容桃花色彩的鲜艳，用“依依”来表尽杨柳轻柔的形貌，用“杲杲”来描绘太阳出来时的光亮，用“瀌瀌”来比拟下雪大的样子，用“喈喈”来追摹黄鹂鸟的鸣叫，用“喓喓”来学纺织娘的叫声。“皎日”“嘒星”，一个“皎”字和一个“嘒”字就把太阳的明亮和星星的微小形容穷尽了；“参差”“沃若”，一个双声连词和一个叠韵连词就把荇菜和桑叶的形状不整齐润泽的样子描绘了出来：上面的这些例子都是用少数字来总括众多的事物，把事物的情思和形状毫不遗漏地描写出来了。这些精练的描写，虽是经过千年来作家们的反复思考，又有谁能用别的字来代替呢？到《离骚》取代《诗经》兴起，触类旁通而加以引申，景物声色的形貌难以详尽表现出来，所以便用重复双叠的词来形容不同的事物形象，因此“嵯峨”这一类词语聚集起来，“葳蕤”这类词群便连接起来。到了司马相如这些人，讲究诡谲的形式，瑰奇的声貌，刻画山水的形貌，用的形容词必须几十字、上百字相连串，像游鱼般连接着，这正如扬雄说的诗人言辞简约清丽而合乎法度，辞赋作品过分华丽而词句繁缛。至于像《小雅》吟咏花儿，说“堂堂盛开的鲜花，有的黄来有的白”；《楚辞》歌咏秋兰，说“秋兰啊青青，绿色的叶啊紫色的茎”。一切色彩的描写，可贵在及时地看到，倘若不管实际情况青色和黄色累累出现，那就会使人觉得繁杂而并不珍贵了。自从晋、宋以来，作品描写重在逼真，从风景里观察它的情态，从草木里钻研它的情状。作者吟唱歌咏的出发点，应该只是抒发深远的情志；描写事物巧妙，功夫全在于贴切。所以巧妙的言辞和事物的形状贴切吻合，就像在那印泥上盖印章一样，不需要雕琢刻削，却详尽地把极细微处都表现了出来。因此看到这些语言描述就像看到了具体的景物一样，就其字辞而知道当时的时令景色。

## 原文

然物有恒①姿，而思无定检②，或率尔造③极，或精思愈疏。且《诗》《骚》所标④，并据要害⑤，故后进锐笔⑥，怯于争锋。莫不因方⑦以借巧，即势以会奇，善于适要⑧，则虽旧弥新⑨矣。是以四序⑩纷回，而入兴贵闲⑪；物色虽繁，而析辞尚简；使味飘飘而轻举，情晔晔(yè)⑫而更新。古来辞人，异代接武⑬，莫不参伍⑭以相变，因革⑮以为功，物色尽而情有余者，晓会通⑯也。若乃山林皋(gāo)壤⑰，实文思之奥府⑱，略语则阙(quē)⑲，详说则繁。然则屈平所以能洞监《风》《骚》⑳之情者，抑亦江山之助乎！

有女同车

《诗经》博大精深，成为后代作家汲取借鉴的源泉。如“有女同车，颜如舜华”“蒹葭苍苍”等语被人反复传唱，历久弥新。

[注释]

①恒：经常的，有定的。

②检：法式。

③率尔：随便。造：达。

④标：显出。

⑤据要害：指《诗经》《楚辞》写景物抓住景物的特点，写得十分精彩。要害，事物的主要特征。

⑥锐笔：指精通写作的人。

⑦因方：指继承《诗经》《楚辞》写作的原则与方法。

⑧适要：适应变化抓住要点。

⑨旧：指常见的、前人多次写到的事物。弥：更加。新：新鲜。

⑩四序：四季。

⑪入兴：进入创作的兴致。闲：法度。

⑫晔晔：美盛的样子。

⑬接武：继承效法前人。武，足迹。

⑭参伍：错杂。

⑮因革：继承革新。

⑯会通：指对传统精神的融会贯通。

⑰皋壤：池边地。皋，水边的高地。

⑱奥：深。府：藏聚财物之处。

⑲阙：缺，空虚。

⑳洞监：透彻鉴察。《风》：指《诗经》中的《国风》，即民歌。《骚》：指《楚辞》中的《九歌》，它是屈原根据楚国的民歌加工写成的。

[ 译文 ]

然而景物都有它一定的姿态形状，而人的思想却没有一定的框子。因此，有的人不经意一下就达到了极妙的境界，有的人用尽心思反而离开得越远。而且在写景物声色方面，《诗经》《楚辞》中写景的名句，都抓住了景物的要害地方，所以后来才思敏捷的大手笔，在这方面也怯于和它们较量。没有不是凭着成规，借用前人的巧妙的方法，依循文章发展的趋势，融会贯通去创作新奇的作品，只要善于适应新的变化，那么虽然借用成规也是可以写得更新鲜的。因此，四季虽然循序相代，万物纷纷回环往复，而引起诗人的兴味重在心地娴静；景物的声色虽然十分繁杂，而分析事理运用言辞却重在简练；使文章的兴味飘飘荡荡自然升举，情采鲜明而清新。自古以来的文人，不同时代先后相接相承，他们无不注意错综运用前人的写作经验求变化，有继承有革新，进而收到效果。他们的作品之所以能做到形貌写尽而情味有余，就是因为懂得继承革新再求变通的道理。至于山水林泉，肥沃原野，实在是启发文思的宝库，但简略写来就会空洞不全，详细说来又会繁冗啰唆。那屈原之所以能够洞察《诗经》的《国风》和楚国民间《骚》体诗歌的情韵，也还是靠山川景物的帮助吧！

## 原文

赞曰：山沓水匝(zā)①，树杂云合②。目既往还，心亦吐纳③。春日迟迟④，秋风飒(sà)飒⑤。情往似赠⑥，兴来如答⑦。

[ 注释 ]

①匝：围绕。

②合：聚会。

③吐纳：指抒发。

④春日迟迟：见于《诗经·豳风·七月》。迟迟，缓慢。

⑤飒飒：风声。

⑥赠：送。

⑦兴：指景物引起作者产生的创作兴致。答：酬答。

[ 译文 ]

总结：高山重叠，流水环绕，绿树交映，云霞聚合。目光往还驰骋欣赏景物，激起心中之情就有所抒发。春天的太阳舒畅柔和，秋天的西风萧飒愁人。一往情深观景似相赠，诗兴飞来好像是酬答。

# 才略第四十七

**题解**

《才略》《知音》《程器》属文学批评论。

《才略》的“才”指才能，“略”指识略。“才略”指作家的才能识略。本篇主要是从文学才力上论历代作家的主要成就。本篇可谓古代文学批评史上作家论的洋洋大观。

全篇分五部分：一、讲先秦作家的才略。二、讲两汉作家三十三人的才略。三、讲建安、魏作家十八人的才略。四、讲两晋作家二十五人的才略。五、根据以上的评述所作的小结，主要说明文人成就的大小和他所处的时代有关。

《才略》是作家论之一，是评论作家的专文。刘勰在本篇中，一、认为作家的才能识略虽然纷繁复杂、千差万别，但都要通过作品反映出来，所以仍然“皎然可品”。二、应用辩证的眼光来评价九十五位作家的创作成就及其才能识略，既肯定其长处，也指出其短处。三、对作家的评论主要从作家的才能识略方面展开探讨，有的也涉及作家所处时代及身世遭遇对其创作的影响。四、从实际出发来评论作家，提出自己的看法，无论同乎旧谈还是异于旧谈都力求客观。虽然他异于旧谈的地方有正确的，也有欠妥的。

## 原文

九代[1]之文，富矣盛矣；其辞令华彩，可略而详也。虞、夏文章，则有皋陶(gāoyáo)六德[2]，夔(kuí)序八音[3]，益则有赞[4]，五子作歌[5]。辞义温雅，万代之仪表也。商、周之世，则仲虺(huī)垂[6]诰，伊尹敷训[8]，吉甫之徒[7]，并述诗颂。义固为经，文亦足师矣。及乎春秋大夫，则修辞聘(pìn)[9]会，磊落如琅玕(lánggān)[10]之圃，焜(kūn)耀似缛(rù)锦之肆[11]。薳(wěi)敖[12]择楚国之令典，随会[13]讲晋国之礼法，赵衰[14]以文胜从飨(xiǎng)，国侨[15]以修辞捍郑，子太叔[16]美秀而文，公孙挥[17]善于辞令，皆文名之标[18]者也。战代任武[19]，而文士不绝：诸子以道术取资[20]，屈、宋[21]以楚辞发采，乐毅[22]报书辨以义，范雎(jū)[23]上书密而至，苏秦[24]历说壮而中，李斯[25]自奏丽而动，若在文世[26]，则扬、班[27]俦矣。荀况[28]学宗，而象物名赋[29]，文质[30]相称，固巨儒之情也。

**[注释]**

①九代：黄帝、唐、虞、夏、商、周、汉、魏、晋。

②皋陶六德：皋陶，舜时的大臣。他曾经讲了“九德”，但未讲“六德”，即宽而栗（严肃）、柔而立、愿（朴实）而恭、乱（整治）而敬、扰（驯顺）而毅、直而温、简而廉、刚而塞（质实）、强而义，为“九德”。

③夔序八音：夔，舜时的大臣，主管音乐。夔说：在舜的庙堂上用八种乐器来伴奏歌咏诗章，使祖先之灵感动降临，最后使凤凰来临。序，序列。八音，金、石、丝、竹、匏、土、革、木八种乐器，这里指由各种乐器演奏的雅乐。

④益则有赞：《尚书·大禹谟》：“益赞于禹曰……满招损，谦受益。”益，舜的臣子。赞，助。

⑤五子作歌：见《尚书·伪五子之歌》。

伯益

舜时与大禹同朝为官，文治教化方面很有建树，与大禹两人相互推崇。

⑥仲虺：商汤的臣子，曾向汤进行告诫。垂：布、传。

⑦伊尹敷训：伊尹，商汤的臣子。汤死后，太甲继位，伊尹训告新即位的帝王太甲。敷，陈述。

⑧吉甫之徒：指尹吉甫、召康公、仍叔、召穆公等《诗经》的作者。

⑨聘：访问。古代诸侯大夫出访问候诸侯。

⑩磊落：众多。琅玕：像玉的美石。

⑪焜耀：光辉照耀。肆：店铺。

⑫蒍敖：楚庄王之臣，曾修订楚国的法典。

⑬随会：晋国大夫，修订了晋国的礼法。

⑭赵衰：晋国大夫。他追随公子重耳（晋文公）逃亡秦国期间，因为他熟悉礼仪，陪重耳赴秦穆公的宴会，教导重耳行礼致辞。

⑮国侨：春秋时期郑国大夫子产。

⑯子太叔：即游吉，春秋时期郑国大夫。

⑰公孙挥：春秋时期郑国大夫，郑简公时的外交官，十分善于辞令。

⑱标：木梢，这里引申为突出。

⑲任武：任用武力。

⑳取资：取用，供人采用。

㉑屈、宋：屈原、宋玉。

㉒乐毅：战国时期燕国大将。他为燕昭王攻破齐国，惠王即位，中了齐国反间计，乐毅逃奔赵国，齐军大胜。惠王后悔，派人责怪，于是他回信写了《报燕惠王书》。

㉓范雎：范雎上书不说明外戚专权，但是话很深切，所以说“密而至”。

㉔苏秦：战国末期纵横家，合纵派代表。

㉕李斯：战国时期楚国人，为秦丞相。初入秦为客卿，当时秦国有人建议秦王驱逐外来客卿，他也入狱，在狱中写了《谏逐客书》，即《上秦始皇书》。

㉖文世：指崇尚文化、文学之世。

㉗扬、班：扬雄、班固。

㉘荀况：荀子。

㉙象物名赋：荀子的《礼》《智》《云》《蚕》《箴》诸赋，都形象描写事物并用该事物命名。

㉚文质：内容与形式。

[ 译文 ]

九代的文章作品，真是丰富繁盛极了；它们的语言文采，可以总括起来较仔细地谈一谈。虞、夏时代的文章，就有皋陶谈论治理国家的六德，夔主管的八音，伯益则有赞助禹的赞辞，五子作了讽刺夏太康的《五子歌》。这些作品，文辞温和，意义雅正，可以说是万代的标准。商、周时代，仲虺留下了告诫的话，伊尹陈述教训的话，尹吉甫这类人，都作诗来歌功颂德。这些作品在意义上固然成了经典，在文辞上也值得效法。到了春秋时代的士大夫，他们在访问诸侯和参加盟会这些外交活动时，修饰文辞，丰富得像美玉的宝库一样，光彩照耀得像锦绣的店铺。楚国的宰相蒍敖编选楚国的法令典章，晋国的随会修订晋国的礼仪法规，赵衰因为熟悉礼仪跟着公子重耳赴秦穆公的宴会，郑国的子产因为善于措辞而捍卫了郑国的利益，郑国的子太叔的文章风姿秀美而有文采，公孙挥善于外交辞令，这些人都是以言辞富有文采而著名的。战国时代，尚任武力，但是文学之士不断出现：诸子百家用学说供人们采择，屈原、宋玉以他们的《楚辞》发扬光彩，乐毅《报燕惠王书》的自我辩解非常入情合义，范雎《上秦昭王书》写得措辞含蓄而用意深切，苏秦游说文辞有力而切合情势，李斯的《谏逐客书》华丽而又能打动人，要是在崇尚文学的时代，那就是扬雄、班固一类的作家了。荀子是学术界的领袖，而他却写了一些取象事物来命名的赋，文采和内容都很相称，的确表现出了大儒家情思。

## 原文

汉室陆贾[①]，首发奇采，赋《孟春》而选典诰[②]，其辩之富矣。贾谊才颖[3]，陵轶飞兔[4]，议惬而赋清[5]，岂虚至哉？枚乘之《七发》[6]，邹阳之上书[7]，膏润[8]于笔，气形于言矣。仲舒专儒[9]，子长[10]纯史，而丽缛成文，亦《诗》人之告哀[11]焉。相如好书，师范屈、宋，洞[12]入夸艳，致名辞宗[13]。然覆[14]取精意，理不胜辞，故扬子以为"文丽用寡[15]者长卿"，诚哉是言也！王褒[16]构采，以密巧[17]为致，附声测貌[18]，泠然[19]可观。子云属意[20]，辞义最深，观其涯度幽远[21]，搜选诡丽，而竭才以钻思，故能理赡而辞坚[22]矣。

[注释]

①陆贾：西汉初期文人。

②《孟春》：陆贾的《孟春赋》，已失传。孟春，初春。选典诰：选用经典的语言。《尚书》中有《典》《诰》，这里用以指儒家经典。

③颖：禾芒，指才华杰出。

④陵轶：超过。陵，越。轶，过。飞兔：古代千里马的名。这里指文辞奔放不羁。

⑤议惬：贾谊的议论文《过秦论》《陈政事疏》等议论事理都很恰当。惬，恰当。赋清：贾谊的《吊屈原赋》《鹏鸟赋》都写得清凄痛切。

⑥《七发》：枚乘的代表作，以七件事来启发太子，竭力铺张描绘。

⑦邹阳之上书：邹阳在吴国，上书吴王陈述利害，劝他不要谋反，不听。于是他来到梁国，被毁谤下狱，在狱中上书梁王，得释。

⑧膏润：指有文采。

⑨仲舒：董仲舒。专儒：董仲舒向汉武帝提出了"罢黜百家，独尊儒术"的主张，对后代影响很大。

⑩子长：司马迁的字。他的《史记》对后代影响很大。

⑪《诗》人之告哀：《诗经·小雅·四月》："君子作歌，惟以告哀。"董仲舒也有《士不遇赋》、司马迁有《悲士不遇赋》。

⑫洞：深。

⑬宗：主。

⑭覆：考核。

⑮扬子：扬雄。他的话见于《法言·吾子篇》。寡：少。

⑯王褒：西汉时期辞赋家。

⑰密巧：指王褒的《圣主得贤臣颂》，写得骈偶工巧。密，细密。巧，精巧。

⑱附声：描绘声音。附，接近。测貌：描绘形貌。测，量。

⑲泠然：轻巧。

⑳子云：扬雄的字。属意：作文。属，连缀。

㉑涯度：广度、深度。涯，边，指广度。度，测量，指深度。幽远：深远。

㉒辞坚：用词确切。坚，牢，不可移动。

［译文］

汉代的陆贾，首先发出了不平凡的光彩，在撰写《孟春赋》时，选用了经典中的言辞，他辩论的话是很丰富了。贾谊的文才脱颖而出，超过了千里马，他议论恰切，辞赋清新，难道是凭空造成的吗？枚乘的《七发》，邹阳的狱中上书，可说是笔酣墨饱，气势旺盛，作者的思想志气表现在言辞上了啊！董仲舒是专门的儒学家，司马迁是纯粹的历史家，却写出繁复的文章，也是属于诗人哀愁这一类。司马相如爱好读书，学习屈原、宋玉的辞赋，深入了解掌握夸饰艳丽的文辞，以致成为辞赋中的领袖。然而考核他作品中的精义，情理不能胜过辞采，所以扬雄认为，“文章艳丽而不切实际的要算司马相如的作品”，确实是这样，这句话评论得好啊！王褒的文章，讲究构结文采，以细密精巧为特点，附写声韵，测绘形貌，轻巧绝妙而耐看。扬雄命意写文章，含意最为深刻，看他的作品内容深广，选词绮丽，竭尽自己的才智去钻研思考，所以他的文章能做到义理丰富而言辞确切不侈。

风化绿林

两汉时期，儒学大盛，文人以儒家学说作为自己作文的依托。东汉郑玄师从马融，遍注儒家经典，使儒家思想大行后世。

## 原文

桓谭①著论，富号猗（yī）顿②，宋弘称荐，爰（yuán）比扬雄③，而集灵④诸赋，偏浅无才，故知长于讽论⑤，不及丽文⑥也。敬通⑦雅好辞说，而坎壈（lǎn）盛世⑧，《显志》⑨自序，亦蚌病成珠⑩矣。二班两刘⑪，奕（yì）叶（yè）⑫继采，旧说以为固文优彪，歆学精向，然《王命》⑬清辩，《新序》⑭该练，璇（xuán）璧产于昆冈[15]，亦难得而逾(yú)本矣。傅毅、崔骃[16]，光采比肩[17]，瑗(yuàn)、寔(shí)踵(zhǒng)武[18]，能世厥[19]风者矣。杜笃、贾逵[20]，亦有声于文，迹[21]其为才，崔、傅之末流[22]也。李尤[23]赋铭，志慕鸿[24]裁，而才力沉膇(zhuì)[25]，垂翼不飞。马融[26]鸿儒，思洽登高[27]，吐纳[28]经范，华实相扶[29]。王逸博识有功[30]，而绚采无力[31]。延寿[32]继志，瑰[33]颖独标，其善图物写貌，岂枚乘之遗术欤(yú)？张衡通赡[34]，蔡邕(yōng)[35]精雅，文史彬彬[36]，隔世[37]相望。是则竹柏异心而同贞[38]，金玉殊质而皆宝也。刘向之奏议，旨切[39]而调缓；赵壹[40]之辞赋，意繁而体疏；孔融[41]气盛于为笔，祢(mí)衡思锐[42]于为文：有偏美[43]焉。潘勖(xù)[44]凭经以骋才，故绝群于《锡(xī)命》[45]；王朗[46]发愤以托志，亦致美于序铭[47]。然自卿、渊已[48]前，多役才而不课[49]学；雄、向[50]以后，颇引书[50]以助文：此取与之大际[50]，其分不可乱者也。

［注释］

①桓谭：东汉时期哲学家、政论家。

②猗顿：春秋时代的富商。

③“宋弘称荐”二句：宋弘，东汉光武帝时的大司空，他曾向汉光武帝推荐桓谭，说他的才学几乎能赶上扬雄和刘向父子，不说比司马相如。

④集灵：汉武帝所建集灵宫，专为求仙所用。桓谭作《仙赋》对集灵宫加以歌颂。

⑤讽论：讽，指桓谭的讽谏疏；论，指《新论》。

⑥丽文：指诗、赋等文采华丽的作品。

⑦敬通：冯衍的字，东汉初期辞赋家。因为他未及早归顺光武帝，因此不受重用，后来又因与外戚交往而被免官，明帝时也遭谗毁，一生不得志，潦倒而死。

⑧坎壈：不得志的样子。盛世：指光武中兴之世。

⑨《显志》：冯衍曾作《显志赋》自励。

⑩蚌病成珠：异物进入蚌壳内后，蚌会分泌一种液体物质包围异物而结成珍珠。古人认为蚌因病才结成珍珠，比喻人不得志才有好的作品问世。

⑪二班：班彪及其子班固，东汉时期史学家、文学家。两刘：刘向及其子刘歆，西汉时期目录学家、文学家。

⑫奕叶：累代，指两代。

⑬王命：班彪著《王命论》，讲刘氏承受天命而为帝。

⑭《新序》：刘向所著，记录了一些遗文故事，供统治者参考的。

⑮璇：美玉。璧：环玉。昆冈：昆，产玉山名。冈，山脊。

⑯傅毅：东汉时期文人。崔骃：东汉时期文人。

⑰比肩：并肩。

⑱瑗：崔骃子，东汉时期文人。寔：崔寔，崔瑗子，东汉时期政论家。踵武：继步。踵，足后跟。

⑲世：世代相继。厥：其。

⑳杜笃：东汉时期文人。贾逵：东汉时期文人、经学家、天文学家。

㉑迹：考，作动词，即追寻其创作的踪迹而加以考查。

㉒崔、傅：指崔骃、傅毅。末流：后列。

㉓李尤：王莽手下的将军，东汉时期文人。今残存的赋有《函谷关赋》《辟雍赋》等。

㉔鸿：大。

㉕沉膇：害湿气病，这里指滞钝。沉，沉溺。膇，足肿。

㉖马融：东汉时期著名经学家。

㉗洽：博通。登高：登高能赋，指善于作赋。马融有《长笛赋》。

㉘吐纳：指发言、写作。

㉙华实：形式与内容。相扶：相互配合，指形式与内容结合得好。

㉚王逸：东汉时期文人。博识有功：指王逸著有《楚辞章句》，有学识。

㉛绚采无力：指王逸模拟《楚辞》写的《九思》成就不大。绚，文采。

㉜延寿：王延寿，王逸子，东汉时期辞赋家。代表作有《鲁灵光殿赋》。

㉝瑰：瑰奇突出。

㉞张衡：东汉时期辞赋家、科学家。代表作有《西京赋》《东京赋》。通赡：指张衡学博才富。

㉟蔡邕：东汉末期文人，长于碑铭等文体。

㊱文史彬彬：指张衡、蔡邕都文、史双全，作品有文有质，形式内容都好。

㊲隔世：张衡（78—139 年）、蔡邕（132—192 年），隔一世代。世，三十年。

㊳竹柏异心：竹心空，柏心实，质地相异。贞：坚贞。

㊴旨切：刘向的奏议，多为当时外戚专权、汉室危急而发，言极痛切，反复申明。

㊵赵壹：东汉时期辞赋家。代表作《刺世疾邪赋》，其文主题都比较集中。

㊶孔融：东汉末期文人。长于写章表，写得很有气势。

㊷祢衡：东汉末期文人。思锐：文思敏锐。祢衡即席作《鹦鹉赋》，文不加修改而成。

㊸偏美：偏长于某一方面。

㊹潘勖：东汉末期文人。

㊺锡命：指潘勖的《册魏公九锡文》，模仿经书写成。

㊻王朗：东汉末期文人。

㊼序铭：指王朗的序铭，今不存。

㊽卿：司马相如字长卿。渊：王褒字子渊。已：同“以”。

㊾课：考求。

㊿雄、向：指扬雄、刘向。

㊿书：指古代典籍。

㊿大际：大致的界限。际，边。

**[译文]**

桓谭的著作论述，多得像富翁猗顿的财富那样，宋弘在汉光武帝面前推荐，把他比作扬雄，但他写的集灵宫这些赋，内容却偏狭浅薄没有才华，所以我们知道他长于作讽谏和议论，不善于作华丽的辞赋。冯衍平素爱好文辞游说，可是他在盛明时代很不得志，他写了《显志赋》来自述心志，就像蚌蛤得病因而生长了珍珠一样。东汉的班彪、班固，西汉的刘向、刘歆，都是父子两代文采先后相继，以前认为班固的文章胜过班彪，刘歆的学问超过刘向，然而班彪的《王命论》文辞清新辩理透彻，刘向的《新序》内容丰富而文辞精练，美玉既在昆仑山上出产，再好也难得超过它的出产地的。傅毅和崔骃的文章，文采像肩挨着肩，不相上下，崔瑗和崔寔的创作，跟着他们的足迹，可以说他们的文风世代相继。杜笃和贾逵，在作文章上也很有声望，追寻踪迹，考查他们的文学才能，应该排在崔、傅两家的后面。李尤的赋和铭，有志追求巨大的体裁，可是才力钝滞，耷拉着翅膀飞不起来。马融是一代大儒，文思广博通达，见解高超，发言成为规范，华彩内容互相配合。王逸在学问识力上都有成就，可是运用文采的绚丽方面却显得没有才力。王延寿继承父亲的遗志，写作的文章瑰奇新颖，独标异彩，他善于图绘事物，描写声貌，难道是掌握了枚乘遗传下来的技巧方法吗？张衡的学识精通，文思丰富，蔡邕学识精纯，文辞雅正，都使文学和史书很有文采，隔代并称。这就好像竹子和柏树虽然性质不同，但同样耐寒，金子和玉石虽然质地不同，却一样宝贵。刘向的奏议，用意切合，语调舒缓；赵壹的辞赋，辞意繁复，体制疏阔；孔融章奏，气势昂扬；祢衡作赋，文思很敏锐。他们各有一个方面的优点。潘勖凭借经典以驰骋文才，所以他的《九锡文》成了当时超群绝出的作品；王朗发愤为文以寄托他的志向，也在序和铭的写作上达到美善的境地。然而总观汉代的文人，自司马相如和王褒以前，写作上多依凭自己的天才而不注意考求学问；扬雄和刘向以后，则颇注意引用经典来写文章：这是取舍的大概，它的分别是不能混淆的。

## 原文

魏文[①]之才，洋洋[②]清绮。旧谈抑[③]之，谓去植[④]千里。然子建思捷而才俊[⑤]，诗丽而表逸[⑥]；子桓虑详而力缓，故不竞于先鸣，而乐府清越[⑦]，《典论》[⑧]辩要，迭用短长[⑨]，亦无懵(měng)[⑩]焉。但俗情抑扬，雷同[⑪]一响，遂令文帝以位尊减才，思王以势窘[⑫]益价，未为笃论[⑬]也。仲

烹羊宰牛同饮酒

此为曹植《野田黄雀行二首》之一的场景。曹植文思过人，诗歌秀丽深隽，超越世俗。

宣⑭溢才，捷而能密⑮，文多兼善⑯，辞少瑕累，摘⑰其诗赋，则七子之冠冕乎⑱！琳、瑀(yǔ)以符檄(xí)擅⑲声，徐幹以赋论标美⑳，刘桢(zhēn)情高以会采㉑，应场(yáng)学优以得文㉒，路粹、杨修颇怀笔记㉓之工，丁仪、邯郸亦含论述之美㉔，有足算㉕焉。刘劭(shào)《赵都》㉖，能攀于前修㉗；何晏《景福》㉘，克光于后进㉙；休琏(liǎn)风情㉚，则《百壹》标其志㉛；吉甫㉜文理，则《临丹》㉝成其采；嵇(jī)康师心以遣论㉞，阮籍使气以命诗㉟，殊声而合响㊱，异翮(hé)㊲而同飞。

[注释]

①魏文：魏文帝曹丕，字子桓。

②洋洋：广大的样子。

③抑：贬低。

④植：曹植，字子建。

⑤俊：俊秀。

⑥表：曹植有《求自试表》等。逸：卓越。

⑦乐府：指曹丕的《燕歌行》等乐府诗。清越：清新激越。越，扬。

⑧《典论》：指曹丕所著的《典论·论文》，是我国最早的文艺理论批评专著。

⑨迭：交互，更迭。短长：指长处，短是陪衬字。

⑩懵：糊涂，不明。

⑪雷同：人云亦云。

⑫思王：陈思王曹植。势窘：指曹植在和曹丕争夺王权的斗争中失败。窘，穷困。

⑬笃论：确论。笃，纯。

⑭仲宣：王粲的字。

⑮捷：文思敏捷。密：精密。

⑯兼善：指王粲善于写作各类文体。

⑰摘：选取。

⑱七子："建安七子"，有孔融、陈琳、王粲、徐幹、阮瑀、应玚、刘桢。冠冕：指首位。

⑲琳：陈琳。他有《为袁绍檄豫州》。瑀：阮瑀。他归顺曹操后和陈琳一起负责草拟书檄公文，代表作有《为曹公作书与孙权》。擅：擅长，专长。

⑳"徐幹"句：见于《典论·论文》。

㉑"刘桢"句：刘桢文有气势和文采。

㉒"应玚"句：曹丕《与吴质书》说其富有才学。

㉓路粹：东汉末期文人。曹操欲杀孔融，令他作奏章，他极尽网罗构陷之能事，陷害孔融。杨修：东汉末期文人。笔记：指书记一类的文体。笔，指无韵文。

曹丕

魏文帝曹丕虽然文思不如其弟曹植敏捷，但是思虑周到，立论深远，文学理论造诣尤高。

㉔"丁仪"句：丁仪，东汉末期文人。邯郸，邯郸淳，东汉末期文人。

㉕足算：计数。

㉖刘劭：三国时魏文人。《赵都》：《赵都赋》，今有残文。

㉗前修：前代贤人。修，有修德之士。

㉘何晏：三国时魏文人、玄学家。《景福》：《景福殿赋》，景福殿是魏明帝避暑的宫殿，描绘宫殿建筑，歌颂曹魏功德，文辞典丽精工。

㉙后进：后代的人。

㉚休琏：应璩的字，三国时魏文人。风情：规劝、讽劝之情。

㉛《百壹》：应璩的代表作《百壹诗》，讥切时事，语言通俗。百壹，百虑有一失的意思。

㉜吉甫：应贞的字，应璩之子，魏末晋初文人。

㉝《临丹》：应贞的《临丹赋》。

㉞“嵇康”句：嵇康著有《养生论》《声无哀乐论》。师心，以心为师，指独创。

㉟“阮籍”句：阮籍志气宏放。使气，任其气性。

㊱殊声：不同之声，指嵇康的论和阮籍的诗文体不同。合响：同响，指都对司马氏不满。

㊲翮：翅。

### [译文]

魏文帝曹丕的文才，才力充沛而文采清丽。旧说贬抑他，说他比曹植差之千里。虽然曹植文思敏捷而才华卓越，他的诗写得漂亮而表章杰出；曹丕则思虑周到而显得才力徐缓，所以在抢先方面不能跟曹植相比，可是他的乐府清丽激扬，《典论》辨析事理得当，只要看到他们各有长处和短处，也就不会有懵懂糊涂的评价了。但世俗喜爱加以贬抑和褒扬，都是人云亦云，随声附和，便使得魏文帝曹丕因其地位尊贵而减低了他的才华，陈思王曹植因为他失势处境窘迫而提高了身份，这是不确切的评论啊！王粲的文学才华横溢，文思敏捷，细密周到，兼善多种文体，文辞很少有毛病，选出他诗赋的代表作来看，那是“建安七子”中的首位了吧！陈琳、阮瑀以擅长章表檄文著名，徐幹以他的赋和论说称美，刘桢情操高洁而兼有文采，应玚学识优秀而又有文采，路粹、杨修很有书记的才能，丁仪、邯郸淳也具有写作论述的美才，这些人都是值得计数的。刘劭的《赵都赋》，能追上前代文学家的水平；何晏的《景福殿赋》，能够照耀后来进取的文人；说到应璩讽劝的情怀，那《百壹诗》便可以标示他的心志；说到应贞的文辞情理，那《临丹赋》便构成他的文采；嵇康不受拘束，独行己意地发挥议论；阮籍使气任性，放纵不羁地咏写诗篇，他们两人真像用不同的声音来合奏，像张开不同的翅膀朝同一个方向飞翔。

## 原文

张华短章[1]，奕奕清畅，其《鹪鹩》[2]寓意，即韩非之《说难》[3]也。左思奇才，业深覃(tán)思[4]，尽锐于《三都》[5]，拔萃于《咏史》[6]，无遗力矣。潘岳敏给[7]，辞旨和畅，钟美于《西征》[8]，贾余于哀诔(lěi)[9]，非自外[10]也。陆机才欲窥[11]深，辞务[12]索广，故思能入巧而文不制繁[13]。士龙朗[14]练，以识检[15]乱，故能布采鲜净，敏于短篇。孙楚缀思[16]，每直置[17]以疏通。挚虞述怀[18]，必循规[19]以温雅，其品藻《流别》[20]，有条理焉。傅玄[21]篇章，义多规镜[22]；长虞笔奏[23]，世执刚中[24]：并桢(zhēn)干[25]之实才，非群华之韡萼(wěi è)[26]也。成公子安[27]，撰赋而时美；夏侯孝若[28]，具体而皆微[29]，曹摅(shū)[30]清靡于长篇；季鹰[31]辨切于短韵，各其善也。孟阳、景阳[32]，才绮而相埒（liè）[33]，可谓鲁卫之政，兄弟之文也[34]。刘琨（kūn）[35]雅壮而多风，卢谌（chén）[36]情发而理昭，亦遇之于时势[37]也。

［注释］

①张华：西晋文人，其《永怀赋》《归田赋》等都较短。

②《鹪鹩》：张华的《鹪鹩赋》。张华认为鹪鹩是平凡的小鸟，不像凶猛高飞的雕鹰鸿雁和有羽毛漂亮的孔雀翡翠那么因有文采被人捕捉，以隐喻有才华的人容易被害。鹪鹩，一种很小的鸟。

③韩非：战国时期法家代表人物。《说难》：《韩非子》的第一篇，讲向君主进谏，会因触怒君主而被杀，《鹪鹩》《说难》两者有相同之处。

④覃思：深思。

⑤《三都》：《三都赋》，即《蜀都赋》《吴都赋》《魏都赋》，花了十二年收集资料。

⑥《咏史》：左思的代表作，借古人古事来抒发自己的情怀。

⑦潘岳：西晋文人。敏给：即敏捷。

⑧钟：聚集。《西征》：《西征赋》，写西去长安途中的见闻感受，表现出他的才华。

⑨贾余：出卖多余的力气，指文才有余。哀诔：潘岳以哀诔著称。

⑩非自外：指出自内在的才华与情思。

⑪窥：探求。

⑫务：求。

⑬制繁：控制繁多。

⑭士龙：陆云的字，陆机弟，所写文章短小精练。朗：明。

⑮检：敛制。

⑯孙楚：西晋文人。缀思：作文。

⑰直置：直书其事，置于句中，即不用典故。

⑱挚虞：西晋文人。述怀：指挚虞的诗赋。

⑲循规：指遵循天命。《思游赋》的序说："虞尝以死生有命，富贵在天。"为了说明"信天任命之不可违"而作《思游赋》。

⑳品藻：品评。《流别》：指挚虞的《文章流别》，在当时影响颇大。

㉑傅玄：西晋文人、哲学家。

㉒规镜：鉴戒。

㉓长虞：傅咸的字，傅玄子，西晋文人。笔奏：指傅咸擅长写奏议文章。

㉔刚中：刚直不阿。

㉕桢干：筑墙时，在两头树立的木料叫桢，竖在两边的叫干。比喻人才。桢，坚木。

㉖辨萼：状光彩。

㉗成公子安：姓成公，名绥，字子安，西晋文人。

㉘夏侯孝若：姓夏侯，名湛，字孝若，西晋文人。建安之后，骈文盛行，他一反流俗，仿《尚书》作《昆弟诰》，补《诗经》中亡失的《南陔》《白华》等篇。

㉙具体皆微：具备《诗经》《尚书》的体裁，只是规模小些。

㉚曹摅：西晋时期诗人，作品多长篇，代表作有《感旧》《思友人》。

㉛季鹰：张翰的字，西晋时期诗人。

㉜孟阳：张载的字，西晋文人。景阳：张协的字，张载弟，西晋诗人。

㉝埒：同等。

㉞“鲁卫之政”二句：《论语·子路》：“鲁卫之政，兄弟也。”兄弟，关系密切，比喻不相上下。

㉟刘琨：西晋著名爱国将领、诗人。刘琨力图恢复中原，后被盟友鲜卑族段匹磾拘禁，他作诗给好友卢谌，希望能营救自己出险。

㊱卢谌：西晋末、东晋初诗人。刘琨被段匹磾杀害后，他上表东晋朝廷，替刘琨申理，写得情辞恳切。

㊲时势：指西晋末年的动乱局势。

## [译文]

西晋张华的短篇，写得有神采而清新流畅，他的《鹪鹩赋》寓意深长，就是韩非的《说难》。左思才华突出，用思极深，在写作《三都赋》上用尽了气力，在写作《咏史》诗上显示了卓越的才能，他写作这些作品可以说是不遗余力了。潘岳文思敏捷，文辞和旨义都很和顺畅达，《西征赋》里汇集了他的美才，在哀诔上显示出还有富余的才情，他之所以能这样，是因为他本身就具有才华，并非要炫耀自己。陆机才华出众，在文辞上力求广博，所以他的文思巧妙，但用词不能控制过分繁缛的毛病。陆云明畅练达，用思精练，文章文采鲜明干净，对短篇文章的写作很是敏捷。孙楚构思，往往用直率的措辞，文辞疏朗通达。挚虞叙述情怀，写作辞赋，一定按照规矩，措辞温雅，他的评论之作《文章流别论》，写得有条有理。傅玄写作的文章，内容多有规劝的话；他的儿子傅咸写作的奏书，继承了上代，写得刚直不阿，他们父子都是像坚硬木料一般的有真才

张 载

实学的人才，不是经不起风雨的漂亮的花萼啊！成公绥撰写的辞赋，时时有美好的篇章；夏侯湛摹仿《诗经》《尚书》，具备各种体裁，只是规模小些；曹摅的长篇诗歌，文辞清丽细致；张翰的短篇诗歌，写得明辨确切。上述几位作者，都各有他们的优点啊！张载和张协，他们的文才绮丽不相上下，可以说像鲁国和卫国之间亲密的政治关系一样，是文章中的兄弟啊！刘琨的诗歌雅正雄壮，多有讽喻，卢谌的文章激情奋发而义理昭明，这也是遭逢时势所造成的。

## 原文

景纯①艳逸，足冠中兴②，《郊赋》既穆穆③以大观，《仙诗》④亦飘飘而凌云矣。庾元规⑤之表奏，靡(mí)密以闲畅⑥；温太真⑦之笔记，循理而清通，亦笔端之良工也。孙盛、干宝⑧，文胜为史，准的⑨所拟，志乎典训⑩，户牖(yǒu)⑪虽异，而笔采略同。袁宏发轸(zhěn)以高骧(xiāng)⑫，故卓出而多偏；孙绰⑬规旋以矩步，故伦序而寡状⑭。殷仲文之《孤兴》⑮，谢叔源之《闲情》⑯，并解散辞体⑰，缥缈浮音⑱：虽滔滔⑲风流，而大浇⑳文意。宋代逸才㉑，辞翰鳞萃㉒，世近易明，无劳甄(zhēn)㉓序。观夫后汉才林，可参西京㉔；晋世文苑，足俪(lì)邺(yè)都㉕。然而魏时话言㉖，必以元封为称首㉗；宋来美谈，亦以建安为口实㉘。何也？岂非崇文之盛世，招才之嘉会哉？嗟夫，此古人所以贵乎时㉙也！

[注释]

①景纯：郭璞的字，东西晋之交文人、训诂学家。

②冠：第一。中兴：指晋元帝东渡，然后建立了东晋王朝。

③《郊赋》：《南郊赋》，今文残。穆穆：庄敬。

④《仙诗》：郭璞有《游仙诗》。

⑤庾元规：庾亮的字，东晋文人，擅长作章表，其代表作为《让中书监表》。

⑥靡：细。闲畅：熟练通畅。

⑦温太真：温峤的字，东晋初期文人，晋明帝时被任为中书令，长于作文。

⑧孙盛、干宝：都是史学家。

⑨准的：标准。

⑩典训：《尚书》中有《尧典》《伊训》等，这里代指经典。

⑪户牖：门户。牖，窗户。

⑫袁宏：东晋文人、史学家。发轸：开车。轸，车后横木，指车。骧：马昂头快跑。

⑬孙绰：东晋文人。

⑭伦序：有次序、条理。寡状：孙绰《游天台山赋》多言佛、老玄理，对山水少描写。

⑮殷仲文：东晋诗人。他的诗开始改变东晋玄言诗的风尚。《孤兴》：不详。

⑯谢叔源：谢混，东晋诗人。《闲情》：未详。

⑰解散辞体：指不合规格。

⑱缥渺：若有若无、若隐若现状。浮音：浮泛之音。

⑲滔滔：盛大的样子。

⑳浇：浅薄。

㉑逸才：出众的人才。

㉒鳞萃：鱼鳞密集。萃，集聚。

㉓甄：区别，审查。

㉔参：比。西京：指西汉国都长安。

㉕邺都：曹魏都城所在地，在今河南临漳县西。

㉖话言：善言。

㉗元封：汉武帝年号，这里泛指西汉文学兴盛时期。称首：称道之首。

㉘建安：东汉末汉献帝年号，实际是曹操执政，人们称这一时期的文学为“建安文学”。口实：谈话资料、话柄。

㉙时：时机。

## [译文]

东晋郭璞辞采艳丽，才华卓越，足为中兴之冠，他的《南郊赋》既可说是肃穆庄严而非常可观，《游仙诗》也飘飘然有凌云的感觉。庾亮的表章，文思细密而又从容通畅；温峤的笔记，循循依理而文辞清通，他们也是写作上的能工巧匠啊！孙盛和干宝，以长于作文之笔写作历史，他们所追求的标准，在于《尚书》，他们所走的路虽然不完全一样但文笔辞采大体相同。袁宏写作文章，发端高扬，所以文辞卓绝突出而多有偏颇之处；孙绰写

孙绰

作文章总是在规矩中回旋，所以他的作品虽有条理却少有精彩壮丽的描写。殷仲文的《孤兴》诗，谢叔源的《闲情》诗，都是把骈体文写成诗行，成为虚无缥缈的浮泛声音。虽是滔滔清淡，却是大大浮浅单薄了。刘宋时人才华出众，作品多得像鱼鳞一样密集，这些文人离现代很近，容易明白了解，无须烦劳加以铨评叙述。看看东汉如林的文人才士，可和西汉的文人才士相参比；晋世的文坛，足以和曹魏的文学相配。然而曹魏时代的谈论，一定首推汉武帝元封年代的文学；宋代以来的美称，也以汉末建安时代的文学作为佳话。为什么呢？难道不是因为它们是崇尚文学的盛世，召集才人的盛会吗？唉，这是古人所以看重时代啊。

## 原文

赞曰：才难然乎[①]，性各异禀[②]。一朝综文[③]，千年凝[④]锦。余采徘徊[⑤]，遗风籍甚[⑥]。无曰纷杂，皎(jiǎo)然可品[⑦]。

### [注释]

①才难然乎：《论语·泰伯》：“子曰：‘才难，不其然乎？’”然，是。

②禀：禀赋。

③综文：即作文。综，机缕持丝交者，犹织。

④凝：聚集。

⑤徘徊：指影响存在着。

⑥籍甚：著名。甚，意同“盛”。

⑦皎：明、白。品：评。

### [译文]

总结：文才难得，确实如此，他们的天性赋禀各有差异。一朝把性情写成文章，便千年不变凝成华锦。丰富的文采长期流传，遗下的文风名声更盛。不要说九代的文才纷繁众杂，仍可清楚地予以评品。

# 知音第四十八

**题解**

《知音》的“知”是懂得的意思，“音”指音乐。“知音”即懂得音乐。刘勰用“知音”作篇名意为：文学也如音乐一样需要“知音”的评论和鉴赏。本篇论述了如何进行文学批评，是刘勰批评方面比较集中的一个专著。

全篇分四部分：一、讲“知实难逢”。刘勰以秦始皇、汉武帝、班固、曹植等人为例，说明古来文学批评“贵古贱今”，好的文学批评家难以逢遇。二、讲“音实难知”。因为文学作品本身的抽象复杂，以及评论家见识有限又各有偏好，所以做好文学批评确实存在一定的困难。三、讲文学批评鉴赏的方法：评论者应该博见广闻，以增强其鉴赏文学作品的能力；要求本着客观公正的态度；提出“六观”，即六个评价的角度，从此出发来考察其作品。四、提出文学批评的理论根据。

刘勰认为无论是帮助读者识别作品还是促进文学的发展，都需要文学的批评和鉴赏，相当全面地分析了文学批评的态度、特点、方法和文学批评的基本原理，并涉及了文学批评和文学创作的关系和欣赏等问题。

## 原文

知音[1]其难哉！音实难知，知实难逢，逢其知音，千载其一乎！夫古来知音，多贱同[2]而思古，所谓“日进前而不御，遥闻声而相思”[3]也。昔《储说》[4]始出，《子虚》[5]初成，秦皇、汉武，恨不同时[6]；既同时矣，则韩囚而马轻[7]，岂不明鉴[8]同时之贱哉！至于班固、傅毅[9]，文在伯仲[10]，而固嗤(chī)[11]毅云：“下笔不能自休。”[12]及陈思[13]论才，亦深排孔璋(zhāng)[14]；敬礼请润色，叹以为美谈[15]；季绪好诋诃(dǐ hē)，方之于田巴[16]，意亦见矣。故魏文称“文人相轻”[17]，非虚谈也。至如君卿唇舌[18]，而谬欲论文，乃称“史迁[19]著书，谘(zī)东方朔[20]”，于是桓谭[21]之徒，相顾嗤笑。彼实博徒[22]，轻言负诮(qiào)[23]，况乎文士，可妄谈哉！故鉴照洞[24]明，而贵古贱今者，二主[25]是也；才实鸿懿(yì)[26]，而崇己抑[27]人者，班、曹[28]是也；学不逮[29]文，而信伪[30]迷真者，楼护是也。酱瓿(bù)[31]之议，岂多叹哉！

[注释]

①知音：懂得音乐中的含义，能欣赏音乐，借来指能够欣赏评价作品。

②贱：轻贱。同：同时代的意思。

③“日进前而不御”二句：见于《鬼谷子·内楗》。御，用。声，名。

④《储说》：即韩非所著《韩非子》中有《内储》《外储》《说林》《说难》等篇，泛指韩非的著作。

⑤《子虚》：司马相如的《子虚赋》。

⑥恨不同时：韩非的著作传到秦国，秦始皇读后感叹自己不能和此人同时，后来他用武力威胁韩国，得到了韩非。又《汉书·司马相如传》载，汉武帝读了司马相如的《子虚赋》感叹不能与此人同时，后来他得知《子虚赋》是当时人司马相如所作，立即召见了司马相如。

⑦韩囚：韩即韩非，他被李斯陷害，下狱被迫自杀。马轻：马即司马相如，汉武帝并未重用，只是当作戏子一样供娱乐用的臣子。

⑧鉴：察看。

⑨班固、傅毅：均为东汉时期著名文人。

⑩伯仲：兄弟的次序，指不相上下。

⑪嗤：讥笑。

⑫下笔不能自休：班固讥笑傅毅的话，笑其文章冗长。休，止。

⑬陈思：陈思王曹植。

⑭排：排斥。孔璋：陈琳字孔璋，东汉末文人。曹植在《与杨德祖书》中评论陈琳说他并不善于作辞赋，却自比为司马相如，好比画虎不成反为狗。

⑮“敬礼”二句：敬礼，丁廙的字。润色，修改文章。曹植《与杨德祖书》中说，丁廙请他修改文章并说：“后世还有谁能知道我，能够改订我的文章呢！”曹植称赞这是“美谈”。

⑯“季绪”二句：季绪，刘修的字，东汉末文人。诋诃，毁谤斥责。田巴，战国时人，好攻击他人。曹植在《与杨德祖书》中批评刘修不擅创作，却爱批评别人的文章，像田巴一样。

⑰魏文：魏文帝曹丕，曾说：“文人相轻，自古而然。”见于《典论·论文》。

⑱君卿：楼护的字，西汉末期辩士。唇舌：有口才，能说会道。

⑲史迁：司马迁。

⑳谘：询问。东方朔：西汉文人。楼护说司马迁著书曾向东方朔咨询的话无考。

㉑桓谭：东汉初文人。

㉒博徒：赌徒，指微贱的人。这里指楼护，他曾是游侠。

㉓诮：责怪，讥讽。

㉔鉴照：如镜之照。鉴，镜子。洞：透彻。

㉕二主：指秦始皇、汉武帝。

㉖懿：美。

㉗抑：贬低。

㉘班、曹：指班固、曹植。

㉙逮：到，及。

㉚信伪：指相信关于司马迁向东方朔请教是讹传。

㉛酱瓿：《汉书·扬雄传》说刘歆看了扬雄的《太玄》后说："吾恐后人用覆酱瓿也。"这里含有知音难得的意思。

[ 译文 ]

东方朔

知音多么困难啊！音乐实在难以理解，懂得音乐的人又实在难遇到，碰到知音的人，千年只有一次吧！从古以来的"知音"，大多看轻同时代的人而怀念古代的人，这就是所谓的"每天在面前不信用，老远听见名声便想念"啊！从前韩非的《储说》方才传播，司马相如的《子虚赋》刚刚写成，秦始皇和汉武帝看了，都怨恨不能和作者同时；后来知道是同时代的人了，结果韩非被囚禁，司马相如也遭轻贱，这岂不是明白地看出了对同时的人看轻吗？至于班固和傅毅，文章不相上下，然而班固却嗤笑傅毅说："下笔便没完没了，不能自己休止。"及至陈思王曹植评论文人的才能，也极力贬低陈琳；丁廙请他修饰文辞，他就赞赏丁廙的态度谦恭，可传为文坛佳话；刘修喜好诋毁别人的文章，他就把刘修比方为爱攻击人的田巴，从这些议论里曹植的用意也可以看到了。所以魏文帝曹丕说："文人相轻，自古以来就是这样。"这并不是空话。至于像楼护这种摇唇鼓舌的人，却荒谬地想要评论文章，说什么"太史公司马迁著作《史记》，要咨询请教东方朔"，于是桓谭这些人，都对楼护的谬论相视而笑。他本来没有地位，轻率的发言被人耻笑，何况是文人，怎么可以乱说呢？所以观察得深切明白，却又看重古代而轻视现代，两位君主便是；文才确实鸿博懿美，但只抬高自己而贬低别人的，班固和曹植便属于这一类；学识够不上谈论文章，却把伪谬当成是真实的，楼护便属于这一类。刘歆看了扬雄的《太玄》后说："我怕后人用它来盖酱瓮。"这难道是多余的感叹吗？

## 原文

夫麟凤与麏（jūn）雉（zhì）悬绝①，珠玉与砾（lì）②石超殊，白日垂其照，青眸③写其形。然鲁臣以麟为麏[4]，楚人以雉为凤[5]，魏民以夜光为怪石[6]，宋客以燕砾为宝珠[7]。形器易征[8]，谬乃若是；文情难鉴，谁曰易分？夫篇章杂沓[9]，质文[10]交加，知[11]多偏好，人莫圆该[12]。慷慨者逆声而击节[13]，酝（yùn）藉者见密而高蹈[14]，浮慧[15]者观绮而跃心，爱奇者闻诡[16]而惊听。会已则嗟讽[17]，异我则沮[18]弃，各执一隅（yú）之解[19]，欲拟[20]万端之变，所谓"东向而望，不见西墙"[21]也。凡操[22]千曲而后晓声，观千剑而后识器[23]；故圆照之象[24]，务先博观。阅乔岳以形培塿（lǒu）[25]，酌沧波以喻畎浍（quǎn huì）[26]。无私于轻重，不偏于憎爱，然后能平理若衡[27]，照辞如镜矣。

［注释］

①麟：麒麟，古代传说中的一种兽，象征吉祥。凤：凤凰，古代传说中的鸟王，羽毛很美。麏：似鹿而小，有角。雉：野鸡，有彩色羽毛，雄雉的长尾十分漂亮。悬绝：远隔，指差别非常大。

②砾：小石子。

③青眸：黑的眼瞳仁。

④"鲁臣"句：鲁国人获得了麒麟，不认识，说是长有角的鹿。

⑤"楚人"句：楚国有人担着野鸡，一位过路人问他担的是什么，他欺骗那人说是凤凰。于是过路人便买去献给楚王。

⑥"魏民"句：魏国的田父拾得一块直径一尺的宝玉，不认识是宝物。邻居哄他说是怪石。他就把它放在堂下的屋子里，结果整间屋子都照亮了，以为真是怪石，赶快把它丢到荒野。

⑦"宋客"句：宋人在梧台的东面得到一块燕国的石子，以为是宝物，就拿回家藏起来。一位周地的人去看后告诉道：这是燕国的石子，与瓦片没有什么不一样。

⑧征：验证。

⑨沓：重复。

⑩质文：质朴和文采。

⑪知：指作品的欣赏品评者。

⑫圆该：即面面俱到。圆，周全。该，兼备。

⑬逆：迎着。节：乐器名。

⑭酝藉：有涵养。高蹈：举足高，指高兴。

⑮浮慧：浮华小慧。

⑯诡：奇特，超乎寻常。

⑰嗟：叹。讽：诵读。

⑱沮：丧气、沮丧。

⑲一隅之解：指片面的见解。隅，角落。

⑳拟：度，衡量。

㉑“东向”二句：《吕氏春秋·去宥》有“东面望者，不见西墙”的话。

㉒操：奏乐。

㉓器：器物，指剑。

㉔圆照：佛语，即全面透彻地观察了解。照，观察。象：法。

㉕乔岳：高山。培塿：小土丘。

㉖酌沧波：汲取沧海水。畎浍：田间的小水沟。

㉗衡：秤。

凤凰

[译文]

麒麟、凤凰与麏鹿、野鸡相差极远，珍珠、宝玉与沙砾、石子完全不同。明亮的太阳把它们的样子照得很清楚，眼睛可观察它们的形态。然而鲁国的臣子把麒麟当作麇鹿，楚国人把野鸡当成凤凰，魏国人把夜光璧看成怪石，宋国的愚客把燕地的石子当作宝珠。有形的器物容易验证考查，还发生这么多的谬误；抽象的文情难以鉴定识别，谁说容易区分清楚？篇章复杂，质朴和文华交织，人的爱好多有所偏，不能做到周全兼备地观察问题。喜欢慷慨的人听了昂扬的歌声便会击节赞赏，有涵养的人看到细致的含蓄就高兴，喜欢浮华的人观看到绮丽的作品就动心，爱好新奇的人听到奇特的作品就耸动。符合自己的爱好就大加叹赏朗诵，和自己的爱好相异的就感到看不下，各自执持着一隅的片面见解，要想量度多种多样的变化，正像面向东望，看不到西墙。大凡操奏千支曲子之后才能通晓音乐，观看千把宝剑之后才能识别剑器；所以全面观察的方法，务必先广博地观览。观看过高山更显出土堆的小，经过沧海更识别沟水的浅。对文章轻重的评论没有私心，对作品的爱憎没有偏见，然后评论文章作品才能做到公平合理像衡器衡量东西一样，分析文章作品才能做到明晰全面像镜子照清物品一样。

## 原文

是以将阅文情，先标①六观：一观位体②，二观置辞③，三观通变④，四观奇正⑤，五观事义⑥，六观宫商⑦。斯术⑧既行，则优劣见矣。夫缀文⑨者情动而辞发，观文者披⑩文以入情，沿波讨源，虽幽必显。世远莫见其面，觇[11]文辄见其心。岂成篇之足深，患识照[12]之自浅耳。夫志在山水，琴表其情[13]，况形之笔端，理将焉匿[14]？故心之照理[15]，譬目之照形，目瞭[16]则形无不分，心敏则理无不达[17]。然而俗监之迷[18]者，深废浅售[19]，此庄周所以笑《折杨》[20]，宋玉所以伤《白雪》也[21]。昔屈平[22]有言："文质疏内，众不知余之异采。"[23]见异唯知音耳。扬雄自称"心好沉博绝丽之文"[24]，其不事浮浅，亦可知矣。夫惟深识鉴奥[25]，必欢然内怿[26]，譬春台[27]之熙众人，乐饵[28]之止过客。盖闻兰为国香[29]，服媚[30]弥芬；书[31]亦国华，玩绎[32]方美；知音君子，其垂意[33]焉。

［注释］

①标：标置。标举设置。

②位体：设情以位体，根据内容确定体制。

③置辞：安排运用文辞。

④通变：继承发展。

⑤奇正：指奇和正的表现方法。

⑥事义：即事类，指文中引用材料，如事件、引文、典故等。

⑦官商：指音律，如平仄节奏。

⑧术：方法。

⑨缀文：作文。缀，连。

⑩披：打开，翻阅。

⑪觇：观，察。

⑫识照：鉴别力。

⑬"志在山水"二句：伯牙弹琴，一时志在泰山，一时志在流水。钟子期一听琴音就知道。

⑭匿：隐藏。

⑮心：品评者的心。理：作品的理。

⑯瞭：眼明。

⑰达：通晓。

⑱监：监察，观察。迷：误。

⑲深废：高深的作品被抛弃。售：得售，指得到赏识。

⑳"庄周"句:《庄子·天地篇》说：古乐俗人听不进去，听到《折杨》就高兴。《折杨》，一种浅俗的民歌，即俗言。

㉑"宋玉"句：见于宋玉《对楚王问》。

㉒屈平：屈原名平。

㉓“文质疏内”二句：见于屈原《楚辞·九章·怀沙》。文质疏内，即文疏质讷，外表疏落不加修饰，内心朴质。讷，朴实。异采，指卓越的光彩。

㉔“扬雄”二句：扬雄的话见其《答刘歆书》。沉，深。

㉕鉴奥：观察深刻。

㉖怿：喜悦。

㉗春台：《老子》第二十章：“众人熙熙，如春登台。”熙熙，和乐的样子。

㉘乐饵：《老子》第三十五章：“乐与饵，过客止。”饵，食物。

㉙国香：全国最香的花，即国花。

㉚服：服用，指佩戴。媚：爱好，喜爱。

㉛书：文章著作。

㉜玩：赏玩，欣赏。绎：推求意蕴，指分析。

㉝垂意：留心。

[译文]

所以要审查文章的情思，先要标置“六看”：第一看文体的安排是否合适，第二看文辞布置的情况如何，第三看在文学的继承发展方面做得怎样，第四看奇与正的表现方法运用得是否恰当，第五看运用事类合不合适，第六看作品的音律怎样。这个评论的方法运用了，那文章优劣便显现出来了。作者先有情思再发为言辞，读者先看了文辞再了解情思，沿着水波去探讨作者思想感情的源头，即使很幽深也必定能使它显露出来。年代相隔遥远，虽然不能见到他们的面，但是只看到他们的文章就可以窥见他们内心的感情。难道文章十分深奥吗？怕的只是自己认识鉴别的能力太浅薄罢了。俞伯牙的志向在泰山和流水，琴音就表现了他的思想感情，何况在文字上表达出来，感情又怎能隐藏得住呢？所以心的观察情理，好比眼睛看见物体的形状一样，眼光明了那物体的形状就没有不能区分的，心思灵敏那情理没有不了解的。然而世俗间迷糊的人，对内容深沉的反而抛弃、浅薄的反加赏识，这就是庄周之所以讥笑世人喜爱《折杨》，宋玉之所以伤感《白雪》听的人少啊！从前屈原有话说：“外表疏落不加修饰，内心朴质，众人看不到我特异的光彩。”看到特异光彩的唯有知音罢了。扬雄自称道：“内心爱好深沉渊博奇绝华丽的辞赋。”他的不喜浮浅文章的写作，从这里也就可以知道了。只有具备深刻的认识能力，看到作品奥妙的地方，那内心就必然欢快怿悦，好比春天登台远望那样能使众人快乐，好比音乐与美食能使过往的客人止步。听说兰花是国内最好的香花，喜欢佩戴它会感到更加地芳香；文章著作也是一国文明的精华，要经过欣赏分析方才能了解它的美之所在；愿意做知音的人们，还是好好注意这些吧！

## 原文

赞曰：洪钟万钧[①]，夔(kuí)、旷所定[②]。良书盈箧(qiè)[③]，妙鉴乃订[④]。流郑淫人[⑤]，无或失[⑥]听。独有此律[⑦]，不谬蹊[⑧]径。

## [注释]

①洪钟：大钟。洪，大。钟，乐器。钧：古代重量单位，一钧为三十斤。
②夔：舜时的音乐官。旷：师旷，春秋时期晋国乐师。
③箧：箱。
④订：校订。
⑤郑：郑国的靡靡之音。淫人：指使人迷乱。淫，过分。
⑥失：差错。
⑦律：吕律，即十二律，音乐定音的准则，比喻评论鉴赏文章的方法。
⑧蹊：路。

## [译文]

总结：洪大的乐钟重达万钧，只有夔和师旷才能制定。满满一箱子的好书，依靠卓越的鉴赏家来评定。流荡的郑国音乐使人走入歧途，审查鉴别请不要因它而错听。唯有遵守评论鉴赏的规则，才不会搞错迷失方向。

# 程器第四十九

**题解**

《程器》的“程”是计量考核的意思；“器”是材器，指具有品德和政治见识的人才。“程器”就是衡量作家的品德修养和政治见识。本篇主要论述作家的道德品质修养等问题。

全篇分三部分：一、讲文人应品德和文采并重。刘勰以木工制器为喻，说明不应只顾外表的美观。二、讲对人才不能求全和历代对文人的不平待遇，为文人鸣不平。主要通过列举历代的文人事迹来加以说明。三、进一步提出文人不仅要注意道德品质，还要通晓军政大事。

本篇是《文心雕龙》中文字最激烈的一篇，反对“务华弃实”，是贯穿全书的基本思想之一，从正面来论述“实”的必要性。从本篇所褒贬的内容看，在上层社会道德败坏的时期，大都是有益于时的。

## 原文

《周书》[1]论士，方之《梓材》[2]，盖贵器用而兼文采也。是以朴斫成而丹雘(huò)施[3]，垣墉(yuányōng)立而雕杇(wū)[4]附。而近代[5]词人，务华弃实。故魏文[6]以为：“古今文人，类不护细行[7]。”韦诞所评，又历诋(dǐ)群才；后人雷同，混之一贯。吁，可悲矣！

### [注释]

①《周书》：《尚书·梓材》属《周书》。

②方：比。《梓材》：告诫康叔，讲执政治国的道理如像木工选材制造木器、修建房屋一样。梓材，木匠把木料制成木器和修建房屋。梓，木匠。

③朴：木未成器，指整治木料。斫：砍削，加工。丹：赤色颜料。丹，红砂。雘，好的色彩。

④垣墉：垣，低墙；墉，高墙。雕杇：指粉刷墙壁。

⑤近代：从下文看，这个近代包括汉朝在内。

⑥魏文：魏文帝曹丕。

⑦类：大都。护：爱护，注意。细行：细节。

### [译文]

《周书》议论士人，用木工选材、制器、染色来比方，既看重实用价值，又看重文采。因此，木料砍斫加工成器物，而后涂漆和染色，墙壁砌成后再加粉饰。可是后代的文人，力求华丽的文辞，放弃实用的美德。所以魏文帝曹丕认为：“古今文人大都不顾小节。”韦诞所作的评论，又对许多有才华的文人一一指摘；后来的人也随声附和，好坏不分，混同一贯。唉，这实在可悲啊！

卓文君

文人才情出众，但并不能掩盖他们品行的瑕疵。司马相如曾用琴声挑逗新寡女子卓文君，带其私奔，后又接受卓父的财物，此举颇为人不齿。

## 原文

略观文士之疵（cī）[①]：相如窃妻而受金[②]，扬雄嗜酒而少算[③]，敬通之不修廉隅[④]，杜笃之请求无厌[⑤]，班固谄窦以作威[⑥]，马融党梁而黩（dú）货[⑦]，文举傲诞以速[⑧]诛，正平狂憨（hān）以致戮[⑨]，仲宣轻脱以躁竞[⑩]，孔璋偬（zǒng）恫（dòng）[⑪]以粗疏，丁仪[⑫]贪婪以乞货，路粹餔（bū）啜（chuò）而无耻[⑬]，潘岳诡祷于愍（mǐn）怀[⑭]，陆机倾仄于贾、郭[⑮]，傅玄刚隘而詈（lì）台，孙楚狠愎（bì）而讼府，诸有此类，并文士之瑕累。

### [注释]

①疵：毛病。

②“相如窃妻”句：司马相如以琴音挑逗新寡的卓文君，跟他一起私奔。后来司马相如受汉武帝派遣使蜀，又因接受贿金失官。

③“扬雄嗜酒”句：扬雄不会计算过日子，好喝酒，家贫，没有余粮。嗜，爱好。

④“敬通”句：敬通，东汉冯衍的字。他曾因妻子不许娶妾而把妻子赶走。廉隅，意志坚贞，行为端正。

⑤“杜笃”句：杜笃与美阳县令交往，屡次向他请托，不知满足，触怒县令，被押送京师下狱。厌，满足。

⑥“班固”句：班固在大将军窦宪手下当中护军和参议，他放任子侄们在外横行不法。谄，巴结奉承。

⑦“马融”句：马融替大将军梁冀起草奏章攻击大臣李固，又收受贿赂。党，党附，投靠。黩货，贪污受贿。

⑧文举：孔融。他讥刺曹操，发言狂妄，后被操所杀。速：招致。

⑨正平：祢衡的字。他得罪曹操，曹操把他送给荆州刘表。又因态度傲慢被刘表送给江夏太守黄祖。最后因出言不逊被黄所杀。憨：痴。戮：杀。

⑩仲宣：王粲。轻脱：有锋芒。躁竞：急躁，竞争。

⑪孔璋：陈琳的字。偬恫：匆忙草率。

⑫丁仪：东汉末文人。

⑬路粹：东汉末文人。啜：白吃饮食。无耻：路粹奉曹操的旨意陷害孔融，这种行为是无耻的。

⑭潘岳：西晋文人。诡祷：指阴谋诡计的祷神文。贾后阴谋废弃晋惠帝的太子愍怀，让潘岳起草了一篇有反意的祷神文，逼太子照抄一遍。然后据此废掉了太子。

⑮"陆机"句：陆机依附权门贾谧、郭彰。仄，侧倾。贾，即贾谧。郭，指郭彰，贾后的从舅。贾、郭两家都是皇亲国戚。

祢衡裸衣骂曹操

许多文人有才但是德性比较欠缺。祢衡本来很受曹操的赏识，但是他放诞无羁，当众大骂曹操，为自己惹来杀身之祸。

[译文]

约略地观察文人的毛病：司马相如勾引卓文君并一起私奔又接受贿赂，扬雄嗜好饮酒安排家事又缺少计算，冯衍不遵守规矩，杜笃向美阳县令索取不知满足，班固谄媚权臣窦宪又作威作福，马融投靠豪门梁冀又贪污受贿，孔融傲慢狂妄招致杀身，祢衡狂放痴迷招致了屠戮，王粲轻率锋利不拘小节而又急躁竞进，陈琳说话草率而又粗疏，丁仪贪婪到处乞求财物，路粹白吃陷害孔融不知耻，潘岳假写祷告神明之人阴谋诬陷愍怀太子，陆机拜倒在权贵贾谧和郭彰足下，傅玄性情刚愎狭隘责骂书台，孙楚凶狠刚愎控告上级。诸如此类的事，都是文人们的缺点。

## 原文

文既有之，武亦宜然。古之将相，疵(cī)咎[①]实多：至如管仲之盗窃[②]，吴起之贪淫[③]，陈平[④]之污点，绛、灌[⑤]之谗嫉，沿兹以下，不可胜数。孔光负衡据鼎[⑥]，而仄媚董贤[⑦]；况班、马之贱职[⑧]，潘岳之下位[⑨]哉？王戎开国上秩[⑩]，而鬻(yù)官嚣(áo)俗[⑪]；况马、杜之磬(qìng)悬[⑫]，丁、路[⑬]之贫薄哉？然子夏无亏于名儒[⑭]，浚(jùn)冲不尘乎竹林[⑮]者，名崇而讥减也。若夫屈、贾之忠贞[⑯]，邹、枚之机觉[⑰]，黄香之淳(chún)孝，徐幹之沉默，岂曰文士，必其玷(yú)欤！盖人禀五材，修短殊用，自非上哲，难以求备。然将相以位隆特达，文士以职卑多诮(qiào)，此江河所以腾涌，涓(juān)流所以寸折者也。

［注释］

①咎：过失。

②管仲盗窃：春秋齐相管仲，相传他贫困时曾偷窃过。

③吴起贪淫：吴起，春秋时魏将，贪财好色。

④陈平：汉丞相。刘邦重用陈平，周勃、灌婴等不服，向刘邦说陈在家时和嫂子通好，又接受诸将金钱。

⑤绛、灌：绛侯周勃、灌婴，是西汉时期大臣。他们都排斥毁谤贾谊。

⑥孔光：西汉丞相。负衡据鼎：高位的当权者，指居相位。负衡，表持平，即平衡全局的职责。据鼎，指做丞相，鼎有三足，比喻三公大臣。西汉丞相、太尉、御史大夫合称“三公”。

⑦仄媚董贤：西汉董贤的父亲董恭，原来是丞相孔光的下级，后来董贤当了大司马，与孔光地位相等。皇帝故意叫董贤去见孔光，孔光知道哀帝想抬高董贤的地位，不敢行宾主礼，而用接待上级礼接待他。仄，不正。

⑧班、马：班固、马融。班固只做过兰台令史和窦宪的中护军等小官，马融也只官至武都太守、拜议郎，比之陈平、孔光等，官职都很低下。

⑨潘岳之下位：潘岳官至太傅主簿即被杀，官位并不高。

⑩王戎：西晋文人，官至司徒、尚书令，“竹林七贤”之一。他接受南郡太守刘肇的贿赂。秩：禄位。

⑪鬻：卖。嚣俗：跟世俗沉浮。嚣，通“遨”，遨游。

⑫马、杜：司马相如、杜笃。磬悬：形容家贫，空无所有，只有椽梁如悬磬。

⑬丁、路：丁仪、路粹。

⑭子夏：孔光的字。名儒：孔光是西汉时期的名儒。

⑮浚冲：王戎的字。竹林：“竹林七贤”，魏末晋初的七位文人山涛、阮籍、嵇康、向秀、刘伶、阮咸、王戎，常集于竹林之下，肆意酣畅。

⑯屈、贾：屈原、贾谊。屈原忠于楚国，贾谊忠于汉室。

⑰邹、枚：邹阳、枚乘。机觉：机警觉察。邹阳觉察到吴王刘濞谋反，便上书相谏，吴王不听，便和枚乘、严忌一起离开了吴王。

**[译文]**

文人既然有这些毛病，武人也应该是这样的。古代将相，毛病确实是很多的：如春秋时代齐国宰相管仲偷窃，战国时期魏国吴起贪财好色，西汉丞相陈平行为不轨，大将周勃、灌婴对贾谊谗毁，嫉妒贤才。从此以后，有污点的将帅例子数也数不清。西汉的孔光位居丞相之职，然而他却要向权贵董贤侧身取媚；何况班固、马融这些职务卑微，潘岳这样地位低下的文人呢？王戎是西晋的开国功臣，享受着上等官禄，然而却受贿卖官，随波逐流；何况司马相如、杜笃家徒四壁，丁仪、路粹那样一贫如洗的人呢？然而，这些缺点并不损害孔光成为当代名儒，也不妨碍王戎成为“竹林七贤”之一，因为他们名望崇高，人们就会减少对他们的讥诮。至于说到屈原、贾谊的忠贞正直，邹阳、枚乘对吴王刘濞阴谋的机警觉察，黄香对父母淳厚的孝道，徐幹对官禄的沉静淡薄，都是优秀的品质，难道说文人一定都是有缺点的吗？因为人禀赋的五种材质德性，但多少各有不同，若不是上等圣哲聪明的人，就难以要求他们周全完备。然而将帅宰相因为他们的地位崇高，所以名声就特别显达；文人因为他们的职位卑微，所以经常招致讥诮，这正像大江大河所以波涛腾涌，小沟小水所以波涛曲折一样。

## 原文

名之抑扬，既其然矣，位之通塞[①]，亦有以[②]焉。盖士之登庸[③]，以成务[④]为用。鲁之敬姜[⑤]，妇人之聪明耳，然推其机综[⑥]，以方治国，安有丈夫学文，而不达于政事哉？彼扬、马[⑦]之徒，有文无质[⑧]，所以终乎下位也。昔庾元规[⑨]才华清英，勋庸[⑩]有声，故文艺[⑪]不称；若非台岳[⑫]，则正以文才[⑬]也。文武[⑭]之术，左右惟宜[⑮]。郤縠（xì hú）敦书[⑯]，故举为元帅，岂以好文而不练武哉？孙武《兵经》[⑰]，辞如珠玉，岂以习武而不晓文也？是以君子藏器，待时而动[⑱]，发挥事业，固宜蓄素以弸（péng）[⑲]中，散采以彪外，楩（pián）楠其质，豫章其干。摛（chī）文必在纬军国，负重必在任栋梁，穷则独善以垂文，达则奉时以骋绩。若此文人，应《梓材》之士矣。

**[注释]**

①通塞：犹高低。指通达或阻塞。通达则地位高，阻塞则地位低。

②以：原因。

③登庸：提拔任用。登，升。庸，用。

④成务：成事。

⑤敬姜：文伯当了鲁国的宰相之后，他的母亲敬姜对他说：治理国家好比织

布帛。

⑥机综：织机的经纬交织。综，织机上的装置。

⑦扬、马：扬雄、司马相如。

⑧有文无质：指扬雄、司马相如的辞赋只讲文采而不重实用。

⑨庾元规：庾亮字元规，西晋文人，晋明帝的国舅。

⑩勋庸：功勋。

⑪艺：技。

⑫台岳：中央的三公大臣及地方诸侯。台，三台星，喻三公。岳，四岳，四方诸侯之长。

⑬文才：房玄龄等史学家认为庾亮的文才高于其治才。

⑭文武：文事与军事。

⑮左右惟宜：指文事与军事、笔杆子和枪杆子相辅相成。

⑯郤縠：春秋时期晋国的元帅。敦：治，研究。书：指《诗经》《尚书》等古代经典。

⑰孙武：春秋时期著名军事家。《兵经》：即《孙子兵法》。

⑱君子：指理想的知识分子。器：器用，指才德。

⑲素：蓄积素养。弸：满。

［译文］

名声受到贬抑或褒扬，既然是这样，职位的通达和阻塞，也有它的原因。大概文人的被录用，是凭他能够办事来作准则的。鲁国的敬姜，是个聪明的妇人罢了，然而她能够用织布加以推论，来比方治理国家的大事，哪有男儿大丈夫学习文章而不懂得治理国家政事的呢？扬雄、司马相如那些人，有了文才却没有处理政事的实际能力，所以始终处在低下的职位。从前庾亮文章才华清俊，但因功勋卓著，所以他的创作不被称扬；倘使他不是身为大官，那就应该以文才著名。文才武略可以像左右手一样相辅相成。春秋时晋国的郤縠爱研究古代典籍，所以被举荐为元帅，难道因为爱好文学就不熟悉兵法吗？是因为好尚文术便不练习武术吗？孙武的《兵法》，文辞如珠玉一样美好，他难道是因为讲习武术便不懂得文辞吗？因此君子要身藏利器，等待时机加以施展，建立一番事业，本该积蓄知识修养德行以充实内在美，散发文采以显示外在美，做到像楩、楠那样质地坚硬，像豫、樟那样躯干高大。写作文章一定要经纬军国大事，担负起重任一定要成为国家栋梁，穷困就独身自善著书立说垂流后世，显达就遵奉时代使命驰骋天下建立功绩。像这样的文人，应该说就是《尚书·梓材》中所说的士人了。

## 原文

赞曰：瞻彼前修[①]，有懿(yì)文德[②]。声昭楚南[③]，采动梁北[④]。雕而不器，贞干谁则？岂无华身，亦有光国。

[注释]

①前修：前贤，指有德有行的人。

②懿：美。文德：文才与德行。

③楚南：指屈原、贾谊，他们都是南方有德才的人。

④梁北：指邹阳、枚乘，他们都是北方有德才的人。

[译文]

总结：瞻望那些从前的贤人，都有美好的文才和品德。有的声名昭著于南方楚地，有的文采震动了北方梁国。如果只有外表而无才德，怎能从根本上给人树立榜样？难道只是自身荣耀？也该有助于光耀国家。

# 序志第五十

**题解**

《序志》的“序”是叙述;“志”是心志、情志。“序志”即叙述作者写作《文心雕龙》的想法。本篇是《文心雕龙》一书的序言，讲了写作该书的目的、意图、方法、态度，特别是其指导思想和内容安排等，都详细地说明。因此，本篇是学习《文心雕龙》全书和作者思想的重要章节。

全篇分三部分：一、说明《文心雕龙》书名的含义和写作该书的原因。二、讲为什么写作该书，主要是意图阐发儒家经典来纠正当时文坛上追逐浮华新奇的不良风气。三、对魏晋以来作家的文论进行评论。四、《文心雕龙》的体例。五、表明自己评论作家作品和阐述文学理论的态度:“唯务折衷”的方法论。

## 原文

夫文心者，言为文之用心①也。昔涓子《琴心》②，王孙《巧心》③，心哉美矣，故用之焉。古来文章，以雕缛(rù)④成体，岂取驺奭(zōu shì)⑤之群言雕龙也？夫宇宙绵邈(miǎo)⑥，黎献⑦纷杂，拔萃出类，智术而已。岁月飘忽，性灵不居⑧，腾声飞实⑨，制作⑩而已。夫人肖貌天地，禀性五才⑪，拟耳目于日月，方声气乎风雷，其超出万物，亦已灵矣。形同草木之脆，名逾金石之坚，是以君子处世，树德建言。岂好辩哉？不得已也！

[注释]

①心：本。用心，即用心之所在。

②涓子：即环渊，战国时楚人，是道家，著有《琴心》。

③王孙：即王孙子，是儒家，著有《巧心》。

④雕缛：修饰文采。缛，文采丰富。

⑤驺奭：战国时齐人，他很善于修饰语言，像雕刻龙纹一样，当时人称“雕龙奭”。

⑥绵邈：遥远。

⑦黎献：黎，黎民，百姓。献，贤人。指众人中的贤人。

⑧性灵：指人的智慧。不居：很快就过去了。居，停留。

⑨腾声：名声的流传。腾，越起。实：指造成名声的事业。

⑩制作：指写作。

⑪“夫人肖貌天地”二句：《汉书·刑法志》：“夫人肖天地之貌，怀五常之性。”肖，像，相似。这里有象征的意思。五才，即“五常”，指仁、义、礼、智、信。

老 子

君子生于世，当立德建言，向世人传播优美的德行。如老子这样，虽已逝几千年，但名声言论不废。

## [ 译文 ]

“文心”是讲作文的用心的。从前，涓子著有《琴心》，王孙子写过《巧心》，心可能是太灵巧了，所以人们经常将它作为书名。从古以来的文章，需要修饰和文采才能构成，难道是效仿修饰语言犹如雕刻龙纹一样的驺奭吗？宇宙无穷无尽，常人和贤才总是混杂不分，超出一般的只靠才智罢了。时间飞快地过去，人的才智不能永存，要使声名和事功可以流传下去，只有靠创作罢了。人的容貌像天地，天就具有仁、义、礼、智、信等品性，耳目如同日月，声音好似风雷，他超出万物，可以说是很灵智的了。但是人的形体如同草木一样脆弱，而人的名声则比金石还要坚固，因此，君子生十世上，就应该立德建言。这样立言难道是他们喜欢辩论的缘故吗？是为了不朽之名而不得已啊！

## 原文

予生七龄，乃梦彩云若锦，则攀而采之。齿在逾（yú）立[1]，则尝夜梦执丹漆之礼器[2]，随仲尼而南行[3]。旦而寤（wù）[4]，乃怡然[5]而喜：大哉，圣人之难见也，乃小子[6]之垂梦欤（yú）！自生民[7]以来，未有如夫子[8]者也。敷赞[9]圣旨，莫若注经，而马、郑[10]诸儒，弘[11]之已精，就有深解，未足立家。唯文章之用，实经典枝条[12]，五礼[13]资之以成，六典[14]因之致用，君臣所以炳焕，军国所以昭明，详其本源，莫非经典。而去圣久远，文体解散[15]，辞人[16]爱奇，言贵浮诡，饰羽尚画[17]，文绣鞶帨（pánshuì）[18]，离本弥甚，将遂讹滥。盖《周书》论辞，贵乎体要；尼父陈训，恶乎异端。辞训之奥，宜体于要。于是搦（nuò）笔和墨，乃始论文。

孔 子

孔子是至圣大儒，其思想泽被深远，文人都将其言论奉为经典，不敢越雷池一步。

**［注释］**

①齿：年齿，年龄。逾立：过了三十岁。立，三十岁。孔子说自己“三十而立”。

②礼器：祭祀用的笾豆。笾，竹制的圆形盛器。豆，木制，像高脚的盘子。

③仲尼：孔子的字。南行：捧着祭器随着孔子向南走，表示成了孔子的学生，协助老师完成某种典礼。

④寤：睡醒。

⑤怡然：喜悦的样子。

⑥小子：刘勰谦称。

⑦生民：人民百姓，指人类。

⑧夫子：孔子的学生对孔子的尊称。

⑨敷：阐述、陈述。赞：明。

⑩马、郑：马融、郑玄，都是东汉著名经学家，都遍注儒家经典，是后汉著书的典范。

⑪弘：大，发扬光大。

⑫枝条：刘勰把经典比为树木的根干、文章比为树枝，即经典是文章的根本。

⑬五礼：即吉礼（祭祀等）、凶礼（丧吊等）、宾礼（朝觐等）、军礼、嘉礼（婚、冠等）五种主要仪礼。

⑭六典：指治典（政治）、教典（教化）、礼典（礼乐）、政典（军事）、刑典（刑法）、事典（经济）。典，法典，这里指国家的政治制度等。

⑮文体解散：指文章体制破坏。

⑯辞人：辞赋家。

⑰饰羽尚画：比喻文辞过于华丽。

⑱鞶帨：鞶，皮带，古束衣用。帨，佩巾。

**［译文］**

我在七岁时，就梦见彩云像锦绣一样，于是便登攀上去采摘。过了三十岁，又曾在夜里梦见手拿丹红的祭器，跟随孔子向南方走。天亮醒来，非常高兴地自言自语说：“伟大的圣人多么难以见到啊！可是他竟然降梦给小子我啊！”自从有人类以来，没有像孔夫子这样伟大的人了！要阐述明白圣人的意旨，最好是注释经典，然而在这方面，马融、郑玄等大儒已经注释得十分宏富精辟了，我就算有深刻的理解，也够不上自成一家之言。只有文章的作用，确实是经典的旁枝，五种礼制靠它才得以形成，六种法典靠它才得以实施，君主臣子的政绩之所以能够光彩照耀，军国大事之所以能够昭彰显明。详细推究它们的本源，没有不是从圣人的经典那里来的。然而由于离圣人的时代太久远了，文章的体制遭到破坏，作家爱好新奇，看重浮靡奇诡的言辞，好比在漂亮的羽毛上涂上彩色，在不用刺绣的佩巾上绣上花纹一样，离文章的根本越来越远，将要造成讹诡和浮滥了。《周书》里讲到文辞，认为文章重在体现要义；孔子陈述的教训，则是憎恨异端。《周书》的论辞和孔子的教训所说的“不要好尚奇异”和“攻击声讨异端”，都是作文应该体察的要义。根据这一要点我才拿起笔杆，调和墨汁，开始论述创作写作的问题，撰写《文心雕龙》。

## 原文

详观近代[1]之论文者多矣！至于魏文述《典》[2]，陈思序《书》[3]，应玚[4]《文论》，陆机《文赋》[5]，仲洽《流别》[6]，弘范翰林[7]，各照隅隙[8]，鲜观衢(qú)路[9]；或臧否(zāng pǐ)[10]当时之才，或铨(quán)品前修[11]之文，或泛举雅俗之旨，或撮[12]题篇章之意。魏《典》密而不周[13]，陈《书》辩而无当[14]，应《论》华而疏略[15]，陆《赋》巧而碎乱[16]，《流别》精而少功[17]，《翰林》浅而寡要[18]。又君山、公干[19]之徒，吉甫、士龙[20]之辈，泛议文意，往往间出，并未能振叶以寻根，观澜而索源。不述先哲之诰，无益后生之虑。

### [注释]

①近代：指魏晋以来。

②魏文：魏文帝曹丕。《典》：他著有《典论·论文》，对“建安七子”作了评价，对文体、文气作了论述，是我国最早的文艺理论批评专论之一。

③陈思：陈思王曹植。《书》：他的《与杨德祖书》，其中除评论了当时一些作家外还表达了他对文章修改的重视等。杨德祖，名修，是曹植的好友。

④应玚：东汉末文人。

⑤陆机：西晋文人。他的《文赋》用赋的形式讲文学创作问题，是继《典论·论文》之后又一古代文学理论的重要文献。

⑥仲洽：挚虞的字，西晋文人。他曾选文为《文章流别集》，为各种文体各为之论，成为《文章流别论》。此处指的是《文章流别论》。

⑦弘范：李充的字，东晋文人、目录学家。他编辑古代文章的选本叫《翰林》，并写了《翰林论》论述所选文章。

陆机《塘上景》

陆机古风歌作不少，但是最为著名的还是他的《文赋》，开始探讨文学流变的规律。但《文赋》是从细枝末节去关注，没有形成系统理论，所以在刘勰看来，还不够完善。

⑧隅隙：角落、缝隙，指不全面，或者次要的地方。

⑨鲜：少。衢路：通衢大道，指通观全面。

⑩臧否：褒贬。

⑪铨品：衡量品评。前修：前贤。

⑫撮：聚集而取，这里指内容的摘要。

⑬密而不周：指《典论·论文》讲才气比较严密，讲文体比较简单，讲才气又只强调先天禀赋。周，全。

⑭辩而无当：指《与杨德祖书》评论当时作家有辩才，但轻视辞赋和有“文人相轻”的毛病。

⑮华而疏略：可能是指《文质论》写得十分有文采，但理论性不强。

⑯巧而碎乱：指《文赋》论文学创作有创见，文辞精巧，但内容杂乱琐碎。

⑰功：指功效，功用。精而少功：指《文章流别论》分类讲文章的源流有见地，但没有讲各种文章的写作要点，不切实用。

⑱浅而寡要：指《翰林论》写得一般化，没有特点。

⑲君山：桓谭的字，东汉学者。公干：刘桢的字，东汉末文人。

⑳吉甫：应贞的字，西晋文人。士龙：陆云的字，西晋文人。他对文学的主张大都在给其兄陆机的信中。

## [译文]

细看近代评论文章的人很多了！如魏文帝曹丕的《典论·论文》，陈思王曹植的《与杨德祖书》，应玚的《文质论》，陆机的《文赋》，挚虞的《文章流别论》，李充的《翰林论》，他们都各自阐述了一种理论和一个观点，很少有观察到整个创作理论的；他们有的褒贬当时人才，有的品评前代贤人的文章，有的一般地谈论雅和俗的旨趣，有的约略举出文章的用途。曹丕的《典论·论文》论点严密但不完备，曹植的《与杨德祖书》论文辨析清楚然而有不当之处，应玚的《文质论》有文采但是粗疏简略，陆机的《文赋》巧妙但显得碎乱，挚虞的《文章流别论》写得精心但不切实用，李充的《翰林论》浅薄而没能抓住要领。再有桓谭、刘桢之流，应贞、陆云之辈，他们往往泛泛议论文章的用意，时断时续，偶尔才有所发现，但是他们都不能从枝叶追寻到根本，由观看波澜而去探寻源头。像这样论议文章，不阐述先哲圣人的告诫教训，无益于帮助后辈解决在写作中遇到的问题。

## 原文

盖《文心》之作也，本乎道[1]，师乎圣[2]，体乎经[3]，酌乎纬[4]，变乎骚[5]：文之枢纽[6]，亦云极[7]矣。若乃论文叙笔[8]，则囿别[9]区分，原始以表末[10]，释名以章[11]义，选文以定篇，敷理[12]以举统：上篇[13]以上，纲领明矣。至于剖情析采，笼圈条贯[14]，摛(chī)《神》《性》[15]，图《风》《势》[16]，苞《会》《通》[17]，阅《声》《字》[18]，崇替[19]于《时序》，褒贬于《才略》，怊(chāo)怅于《知音》，耿介于《程器》，长怀《序志》以驭(yù)群篇：下篇以下，毛目显矣。位理定名，彰乎大衍之数，其为文用，四十九篇而已。

### ［注释］

①本乎道：即"原道"。指《原道》，说明文本与道。

②师乎圣：以圣人为师，即"征圣"，指《征圣》。

③体乎经：文学创作以经书为宗，即"宗经"，指《宗经》。

④酌乎纬：斟酌取舍于纬书，即《正纬》。

⑤变乎骚：学习《离骚》的能通能变、有继承有发展，即《辨骚》所讲。

⑥枢纽：关键，这里指全书的总论部分。

⑦极：追究到终极。

⑧文：有韵文。笔：无韵文。

⑨囿别：区别。囿，园圃，分别区域，这里指文体的区分。

⑩原：考查。末：应作"时"。时，指文体的时代流变。

⑪章：明。

⑫敷理：敷陈道理。

⑬上篇：《文心雕龙》全书分上、下篇。上篇二十五篇，前五篇是总论，后二十篇是文体论。下篇二十五篇，包括创作论、文史论、批评论二十四篇和总序一篇。

⑭笼圈：包括全面。条贯：条理。

⑮摛：发布，引申。《神》：指《神思》。《性》：指《体性》。

⑯图：描绘，指申说。《风》：指《风骨》。《势》：指《定势》。

⑰苞：同"包"，包括。《会》：指《附会》。《通》：指《通变》。

⑱阅：检阅。《声》：指《声律》。《字》：指《练字》。

⑲崇替：兴盛衰废。

### [译文]

《文心雕龙》一书的写作，在根本上探索到道，在师法上仿效圣人，在体制上宗法于经书，在文采上斟酌取舍于谶纬之学，在变化上参考通变于《离骚》：本书论述文章关键，也可说探索到极点了。至于论述有韵文和无韵文，那就按文体区分开来，在分类论述的时候首先推求各体的来源，叙述它的流变；解释各体的名称，以阐明它的意义，选择各体有代表性的作品来确定论述的篇章，陈述各体的理论构成系统：本书上部各篇文章的纲领就明确了。至于解剖文章的情理，分析文章的文采，全面考虑写作条理：论述《神思》和《体性》，考虑《风骨》和《定势》，包括《附会》和《通变》，观察《声律》和《练字》；从《时序》里看到各时代文学的兴盛与衰废，在《才略》中褒扬与贬抑历代文人，在《知音》里叙述了怊恨惆怅的感情，在《程器》里表现了愤懑不平的感慨，最后长抒情怀写下了《序志》，用它来统驭全书众多的篇章：本书下部所有篇章的细目便显目了。按照理论系统来排列，确定各篇的名称，明显地合于五十这个《周易》的“大衍”之数，不过其中说明文章功用的，不过只有四十九篇罢了。

## 原文

夫铨(quán)序一文为易，弥纶[1]群言为难，虽复轻采毛发[2]，深极骨髓[3]；或有曲[4]意密源，似近而远，辞所不载，亦不胜[5]数矣。及其品评成文，有同乎旧谈者，非雷同[6]也，势自不可异也；有异乎前论者，非苟[7]异也，理自不可同也。同之与异，不屑[8]古今，擘(bò)肌分理[9]，唯务折衷[10]。按辔(pèi)[11]文雅之场，环络藻绘之府[12]，亦几乎备[13]矣。但言不尽意，圣人所难；识在瓶管，何能矩矱(yuē)？茫茫往代，既沉予闻，眇(miǎo)眇来世，倘尘彼观也。

### [注释]

①弥纶：包举一切。

②毛发：指创造中的枝节，比喻辞藻问题。

③骨髓：指创作上的核心、本质问题。

④曲：隐。

⑤胜：尽。

⑥雷同：人云亦云。

⑦苟：随便。

⑧不屑：不介意。

⑨擘肌分理：擘，削。肌，肌肉。理，纹。此句比喻剖析文章精细。

⑩折衷：求恰当。衷，中。

⑪按辔：按，以手抚物，停止不动。辔，马缰绳。

⑫环络：环，绕。络，马笼头。与上面“按辔”都指文坛上的活动。藻绘之府：与上句“文雅之场”同义，都指文坛。

⑬备：周全。

[译文]

评论一篇文章比较容易，总论历代的文章很是困难，虽然分析文章注意到毛发那样细微，探索到骨髓那样深入；但有的文章含意隐曲，根源幽密，看似浅近，却很深远，至于本书中所没有记载的问题，那也是多到无法计算的。到了具体品评文章作品，有的话和前人说的相同，但并不是人云亦云，实在是不能不同；有的话和从前的论述相异，并不是随便标新立异，按道理确实是不能不异。相同与相异，不必介意这是古人的意见还是今人的意见，只要分析文章的组织结构，力求恰当。漫步在文学的园地，环绕在藻采的场所，这样评论文章也几乎可算得是比较周到了。但是，言语不能把用意完全表达出来，这也是圣人难办到的；加上自己的知识很有限，怎么能够讲出创作的标准来呢？遥远的古代，已经使我们沉陷在见闻的知识之中，渺渺未来的世界，也许我这本《文心雕龙》也会迷惑他们的眼睛吧。

## 原文

**赞曰：生也有涯，无涯惟智①。逐物②实难，凭性良易③。傲岸泉石，咀嚼文义④。文果载心⑤，余心有寄。**

[注释]

①“生也有涯”二句：《庄子·养生主篇》：“吾生也有涯，而知也无涯。”涯，边际。智，同“知”。

②逐物：理解掌握事物。

③凭性：依凭自然本性。良：甚。

④傲岸：不随时俗，性格高傲。泉石：隐居的山林。咀嚼：细嚼体味。

⑤文：指《文心雕龙》。心：指为文之用心。

[译文]

总结：人的生命总是有限的，学问却无边无际。要理解事物的真相确实很困难，依凭自然天性了解就较容易。如无拘无束的隐居者那样，去细细体味文章的意义。这书果能表达自己的心意，那我的思想也便有所托寄。

**图书在版编目（CIP）数据**

图解文心雕龙 / (南朝梁) 刘勰著；崇贤书院释译 .
— 合肥：黄山书社，2021.9
（中华古典珍品）
ISBN 978-7-5461-9736-4

Ⅰ . ①图… Ⅱ . ①刘… ②崇… Ⅲ . ①《文心雕龙》
—图解 Ⅳ . ① I206.2

中国版本图书馆 CIP 数据核字（2021）第 196902 号

出 品 人　贾兴权
选题策划　贾兴权　汤吟菲
编辑统筹　刘　春
责任编辑　刘　春　汤吟菲
装帧设计　观止堂_未　氓　朱　璇
责任印制　李　磊
出版发行　时代出版传媒股份有限公司（http://www.press-mart.com）
　　　　　黄山书社（http://www.hspress.cn）
地址邮编　合肥市政务文化新区翡翠路 1118 号出版传媒广场 7 层 230071
印　　刷　安徽联众印刷有限公司
版　　次　2021 年 12 月第 1 版
印　　次　2021 年 12 月第 1 次印刷
开　　本　700 mm × 1000 mm　1/16
字　　数　600 千字
印　　张　29
书　　号　ISBN 978-7-5461-9736-4
定　　价　43.80 元

服务热线　0551-63533706
销售热线　0551-63533761
官方直营书店（https://hsss.tmall.com）